In ihrem siebzehnten Fall wird Ann Kathrin Klaasens Können auf eine harte Probe gestellt, denn die Explosion von Dirk Klatts Auto im Innenhof der Polizeiinspektion hat alle erschüttert. Wer legt in Ostfriesland Bomben unter Polizeifahrzeuge? Und was bezweckt derjenige damit? Bei ihren Ermittlungen können Ann Kathrin und ihre Kollegin Marion Wolters nur knapp dem Tod entrinnen, und für die neue Polizeichefin, Elisabeth Schwarz, wird sofort klar: In Ostfriesland läuft manches anders als im Rest der Republik.

»Wer Regional-Krimis liebt, liegt bei Klaus-Peter Wolf, dem König des Nordsee-Reißers, genau richtig. (...) Spannend und maritim stimmungsvoll.« Kester Schlenz/Stern

Klaus-Peter Wolf, 1954 in Gelsenkirchen geboren, ist freier Schriftsteller und lebt mit seiner Frau, der Kinderbuch-Autorin und Liedermacherin Bettina Göschl, in Norden, in der Stadt, in der auch seine Kommissarin Ann Kathrin Klaasen lebt. Seine erste Geschichte schrieb er mit 8 Jahren und verkaufte sie sofort für zehn Pfennig. Er hat zahlreiche Auszeichnungen und Preise erhalten, seine Bücher wurden insgesamt über 14 Millionen Mal verkauft und in 26 Sprachen übersetzt, die Verfilmungen der Ann-Kathrin-Klaasen-Romane sind Quotenrenner zur besten Sendezeit. Klaus-Peter Wolfs Romane sind nicht nur spannende Erzählungen, sondern auch Röntgenbilder einer Gesellschaft, oft liegen Gut und Böse sehr nah beieinander und sind nicht immer eindeutig zu trennen. Als Schirmherr für den Förderverein Stationäres Hospiz Norden e. V. engagiert er sich ehrenamtlich. Wenn der Autor nicht am nächsten Roman schreibt, dann kann man ihn in seiner neuen Rolle als *Teebotschafter und ehrenamtlicher Tortentester* vor Ort in Norden treffen.

Weitere Informationen finden Sie auf www.fischerverlage.de

KLAUS-PETER WOLF

Ostfriesen GIER

Kriminalroman

Der neue Fall für
Ann Kathrin Klaasen

FISCHER Taschenbuch

Aus Verantwortung für die Umwelt hat sich der S. Fischer Verlag zu einer nachhaltigen Buchproduktion verpflichtet. Der bewusste Umgang mit unseren Ressourcen, der Schutz unseres Klimas und der Natur gehören zu unseren obersten Unternehmenszielen.

Gemeinsam mit unseren Partnern und Lieferanten setzen wir uns für eine klimaneutrale Buchproduktion ein, die den Erwerb von Klimazertifikaten zur Kompensation des CO_2-Ausstoßes einschließt.

Weitere Informationen finden Sie unter:
www.klimaneutralerverlag.de

MIX
Papier | Fördert gute Waldnutzung
FSC® C083411
FSC www.fsc.org

Originalausgabe
Erschienen bei FISCHER Taschenbuch
Frankfurt am Main, Februar 2023

Satz: Dörlemann Satz, Lemförde
Druck und Bindung: CPI books GmbH, Leck
Printed in Germany
ISBN 978-3-596-70754-6

»Vieles, was man sich zu Herzen nimmt,
sollte einem besser am Arsch vorbeigehen.«
Hauptkommissar Rupert, Mordkommission Kripo Aurich

»Solange mein Dienstherr nur so tut, als würde er mich
richtig gut bezahlen, reicht es auch, wenn ich nur so tue,
als würde ich richtig gut arbeiten.«
Hauptkommissar Rupert, Mordkommission Kripo Aurich

»Die Regeln sind nicht das Spiel. Das Spiel ist das Spiel.«
*Hauptkommissarin Ann Kathrin Klaasen, Mordkommission
Kripo Aurich*

Die Amtseinführung der neuen Polizeidirektorin Elisabeth Schwarz ging gründlich schief. Was erstens daran lag, dass Rupert sie als Alice Schwarzer begrüßte und dann noch Wellers Handy während ihrer Grundsatzrede *Piraten Ahoi!* spielte.

Das alles hätte sie vielleicht noch professionell weggelächelt, aber dann explodierte draußen auf dem Parkplatz am Fischteichweg in Aurich Dirk Klatts Auto. Er saß zum Glück nicht drin, sondern flanierte am ostfriesischen Büffet vorbei und wog ab, was dagegensprach, erst Lamm und dann Fisch zu essen. Vielleicht würde er dafür den Nachtisch weglassen, obwohl die Rote Grütze mit Vanillesoße sehr gut aussah. Er, der Hesse, hatte sich inzwischen sogar an Matjes gewöhnt und in den letzten Monaten fünfzehn Kilo abgenommen.

Seinen Hals zierte eine lange Narbe. Die Stiche, mit denen die Wunde vernäht worden war, wirkten wie Tätowierungen. Für Rupert sah er jetzt noch mehr nach Frankensteins Monster aus, aber das sagte Rupert nicht.

Gleichzeitig mit der Amtseinführung sollte Martin Büschers Verabschiedung in den Ruhestand gefeiert werden. Rupert hatte auf seine ureigene Art versucht, Büscher davon abzuhalten: »Martin«, hatte Rupert gesagt, »überleg dir das mit der Pensionierung noch einmal. Einen gefährlicheren Job als den eines Rentners kenne ich nicht.« Nach einer Pause hatte er hinzugefügt: »Kaum einer überlebt das wirklich.«

Martin Büscher zu Ehren wollte der Polizistinnenchor singen, der es durch seine Eigenkomposition *Supi, dupi, Rupi* zu ziemlicher Berühmtheit gebracht hatte. Der Song war als Spottlied auf Rupert gedacht gewesen. Ein Spaß – mehr nicht –, doch irgendwer hatte bei den Proben wohl ein Handy mitlaufen lassen. Seitdem geisterte der Song durchs Internet. Inzwischen gab es verschiedene Cover-Fassungen, die von Bands gesungen wurden.

Zum Auftritt des Chors kam es aber nicht mehr. Frau Schwarz, die vierundfünfzig Jahre alt war, nach eigenen Aussagen zwei Ehen und zwei tödliche Krankheiten überlebt hatte, brach ihre Rede kurz nach der Detonation ab. Sie hatte, wie viele der Anwesenden, für einen Moment die Hoffnung gehabt, der Lärm könne etwas mit den Bauarbeiten im *Caro* zu tun haben. Das Einkaufszentrum lag direkt neben der Polizeiinspektion. Manchmal ließen sie sich von dort asiatisches Essen kommen oder holten sich in den Pausen einen Döner.

Als die Ersten nach draußen strömten, knüllte die neue Polizeidirektorin den Zettel zusammen, auf dem sie die Zahlen für ihren Vortrag festgehalten hatte. Sie wollte eigentlich frei reden, doch bei Zahlen war sie penibel. Sie hatte Respekt vor der hohen Verantwortung, die sie jetzt für die einundzwanzig Dienststellen und die vierhundertzwanzig »Bediensteten« hatte. Sie war jetzt für eine Viertelmillion Einwohner verantwortlich, und wenn die Urlauber kamen, wuchs die Zahl rasant an. Aurich, Wittmund, Esens, Norden, Wiesmoor und die Inseln. All das wollte sie aufzählen, und sie hatte lange darüber nachgedacht, ob sie Polizistinnen und Polizisten sagen sollte oder lieber Polizist:innen. Im Grunde fand sie das Gendern richtig. Aber es sah dämlich aus und hörte sich verkrampft an. Das Wort Kolleg:innen ging ihr nur schwer über die Lippen, darum sagte sie jetzt »Bedienstete der Polizei«. Aber das hörte sich ein bisschen nach Servicekräften an, so als würde hier gekellnert und man könnte bei der Polizei ein Schnitzel mit Pommes bestellen.

Sie wollte so gern alles richtig machen und von allen gemocht werden. Nun stand sie kreidebleich neben Ann Kathrin Klaasen auf dem Innenhof zwischen Glasscherben und Autoschrott. Statt eine feierliche Rede zu halten, blieb ihr nur noch der schlichte Satz: »Jemand führt Krieg gegen uns.«

Ann Kathrin Klaasen sah gar nicht so aus, wie Elisabeth Schwarz sie sich vorgestellt hatte. Sie kam ihr unscheinbar vor. Nicht Lichtgestalt, sondern eher verhuscht. Nicht extrovertiert, auf Wirkung bedacht, sondern nachdenklich. Ruhig. Natürlich kannte sie Fotos der legendären Kommissarin, hatte Ausschnitte von einigen Talkshow-Auftritten gesehen und unzählige Geschichten über sie gehört. Vor allen Dingen wusste sie, dass Ann Kathrin Klaasen ihren Posten abgelehnt hatte. Es war ein seltsames Gefühl, neben der Frau zu stehen, deren Vorgesetzte sie ab jetzt sein würde, nur weil diese keine Leitende Polizeidirektorin werden wollte.

Wahrscheinlich, dachte Elisabeth Schwarz, ahnte Ann Kathrin Klaasen, dass es kein Traum, sondern ein Albtraum werden würde.

»Ein Anschlag auf einen Polizeibeamten ist ein Anschlag auf uns alle. Auf unsere freiheitliche Gesellschaft als Ganzes«, sagte sie zu Ann Kathrin Klaasen so laut, dass alle Umstehenden im Hof sie hören konnten.

»Klasse. Damit kommt man in der Presse bestimmt gut an«, konterte Ann Kathrin Klaasen, »aber leider in der Ermittlungsarbeit nicht wirklich vorwärts. Es wurde nicht irgendein Auto in die Luft gesprengt, sondern das von Dirk Klatt. Es ist das zweite Mal, dass ein Mordanschlag auf ihn verübt wird. Es ist gut, wenn wir uns alle gemeint fühlen. Aber zunächst versucht jemand, ihn umzubringen. Und wir müssen gemeinsam herausfinden, warum.«

Elisabeth Schwarz schwieg betreten. Das war die erste kalte Dusche, dachte sie und musste sich gleichzeitig eingestehen, dass Kommissarin Klaasen recht hatte. Für einen kurzen Moment fragte Elisabeth Schwarz sich, ob hier etwas lief, das man ihr verschwiegen hatte. Ein Gangsterkrieg gegen die Polizei? Wäre sie dann als Chefin die Nächste? Hatte Frau Klaasen deswegen abgelehnt, den Posten zu übernehmen? War Martin Büscher nicht etwa ausgebrannt, sondern einfach nur ängstlich?

Gut zwei Dutzend Einsatzkräfte, die eigentlich zur Feierstunde gekommen waren, befanden sich im Innenhof. Die Fenster standen offen, viele sahen von dort aus herunter. Es war ein einziges Durcheinander und Herumgewusele. Einige Kollegen überprüften ihre Autos.

Frank Weller stand auf Zehenspitzen zwischen den Glassplittern. Er reckte sich und brüllte: »Ja, seid ihr denn alle wahnsinnig geworden? Geht sofort in Deckung! Das war ein Bombenanschlag!«

Seine Worte lösten ohne jeden Widerspruch eine Flucht ins Gebäude aus. In Sekunden war der Parkplatz menschenleer.

Das hätte ich sagen müssen. Das wäre meine Aufgabe gewesen, ärgerte Elisabeth Schwarz sich. *Prima Einstand. Ich versage noch während der Begrüßung. Schon beim ersten Problem, das auftaucht.*

Rupert erklärte allen laut, ohne von irgendwem gefragt

worden zu sein: »Das ist eine alte Terroristentaktik. Sie lassen eine Bombe hochgehen und locken damit Schaulustige und Rettungskräfte an. Dann erst kommt die eigentliche Explosion, die einen noch viel höheren Schaden anrichtet …«

Weller guckte Rupert sauer an. Der wusste nicht, was er falsch gemacht hatte, korrigierte aber vorsichtshalber: »Also, ich meine, der zweite Anschlag kostet noch mehr Menschenleben als der erste, deshalb hat der Kollege Weller völlig zu Recht …«

»Rupert, halt endlich die Fresse! Fordere lieber Sprengstoffexperten an«, zischte Weller. Rupert nickte gelehrig.

»Es wird keine zweite Bombe geben«, sagte Ann Kathrin. »Der Anschlag galt Klatt, und entweder wollten die ihn hier vor aller Augen in unserem Innenhof töten, oder sie wollten uns nur demonstrieren, dass sie es jederzeit tun können.«

Klatt hatte sich auf der Toilette eingeschlossen. Weller klopfte: »Was ist? Durchfall? Kommen Sie raus, Mensch! Wir müssen reden.«

Klatt zitterte, als er Weller gegenübertrat. Sein Anzug schlabberte an seinem Körper.

»D… das … galt mir …«, flüsterte er und betastete die Narbe an seinem Hals. Es fühlte sich an, als sei sie wieder aufgeplatzt.

⚓

In den letzten zwei Jahren war Anneliese noch nie zu spät gekommen. Sie war eine äußerst beliebte Servicekraft im Café ten Cate. Ihre Freundlichkeit war nicht aufgesetzt, sondern entsprang ihrem sonnigen Gemüt. Wenn sie Kuchen empfahl, bekam jeder Gast Lust, ihn zu probieren, und sie trug die

Bestellung durchs Café, als sei sie stolz darauf, etwas so Leckeres anbieten zu können.

Menschen, die eine Antenne dafür hatten, fühlten sich beschenkt, egal, wie hoch die Rechnung am Ende war. Dementsprechend bekam Anneliese großzügig bemessene Trinkgelder, besonders von den Touristen im Sommer, bei gutem Wetter.

Dies wäre eigentlich ihr Tag gewesen, doch sie kam nicht. Sie meldete sich auch nicht ab. Sie fehlte einfach.

Jörg Tapper versuchte, sie telefonisch zu erreichen, doch bei ihr sprang nur die Mailbox an. Seine Frau Monika machte sich sofort Sorgen und fuhr rasch mit dem Rad vorbei. Es war nicht weit.

Monika klingelte dreimal, doch Anneliese öffnete nicht. Trotzdem beschlich Monika das Gefühl, Anneliese sei zu Hause. Warum reagierte sie nicht? Ihr Fahrrad stand abgeschlossen vor dem Haus unter einer Überdachung.

Sie war eine alleinerziehende Mutter. Vor zwei Jahren war sie aus Dinslaken nach einer schwierigen Scheidung mit ihrer Tochter Mara an die Küste gekommen.

Monika rief im AWO-Kindergarten an. Anneliese hatte die kleine Mara heute nicht vorbeigebracht. Die Erzieherin wunderte sich darüber. Heute sollte eine Kinderliedermacherin aus Norden im Kindergarten auftreten. Mara war ganz aufgeregt gewesen. Sie konnte einige Lieder auswendig und freute sich auf eine Begegnung mit der Künstlerin.

Monika wunderte sich. Hatte Anneliese vergessen, dass sie im Café eingeteilt war? Die anderen Mitarbeiter wussten auch nichts. Anneliese hatte sich bei niemandem abgemeldet.

Jörg baute derweil in der Konditorei zwei dreistöckige Hochzeitstorten, während im Café Hochbetrieb herrschte.

Monika kümmerte sich wieder um ihre Gäste. Sie hatte viel zu tun, doch ihre Gedanken kehrten immer wieder zu Anneliese zurück.

Irgendetwas stimmte da nicht.

⚓

Die Erste Kommissarin Elisabeth Schwarz hatte das Büro vollständig umgestalten lassen. Nichts erinnerte hier mehr an die ehemaligen Chefs Ubbo Heide oder Martin Büscher. Selbst das Bild vom Bundespräsidenten war ausgewechselt worden. An der Stelle hing jetzt ein Foto, das Frau Schwarz mit dem Bundespräsidenten zeigte. Sie strahlte in die Kamera. Er lächelte eher milde.

Die ganze unaufgeräumte Gemütlichkeit von früher war einer organisierten Sachlichkeit gewichen. Hier lagen keine Bücher auf Stühlen herum und keine Zeitungen auf dem Schreibtisch. Kaffeetassen mit eingetrockneten Resten suchte man vergeblich. Keine Essensreste und auch keine herumliegenden Kleidungsstücke.

Der Raum roch auch anders. Ein bisschen nach Desinfektionsmitteln, neu lackierten Möbeln und Hustenbonbons. Die alte Kaffeehausatmosphäre mit ihren Gerüchen nach Mandeln, gerösteten Bohnen und Fischbrötchen mit Zwiebeln war verloren.

An der Fensterseite stand jetzt ein Tisch mit einem Schachbrett. Daneben eine Schachuhr mit zwei Zeitanzeigen. Eine Flasche Mineralwasser und zwei saubere Gläser warteten auf die Eröffnung der Partie.

Ann Kathrin Klaasen sah sich im Raum um und schloss aus der Neueinrichtung auf die Person, die sie vor sich hatte. Was

Ann wahrnahm, gefiel ihr nicht. Das Zimmer hatte nichts Vertrauenerweckendes mehr. Die herausgestellte Funktionalität der Büromöbel empfand Ann Kathrin als kalt.

Die Aktenwand existierte nicht mehr. Alles war hinter abschließbaren Rollladenschränken verborgen und sollte, sofern die personellen Kräfte jemals ausreichen würden, irgendwann auf Festplatten gespeichert werden. Die Zylinderschlösser an den Schränken signalisierten Ann, dass hier jemand etwas zu verbergen hatte oder befürchtete, ausspioniert zu werden.

Elisabeth Schwarz registrierte, wie Ann Kathrin mit einem schnellen Rundblick ihr Büro scannte, und sie ahnte, dass Ann Kathrin glaubte, sie nun als Person einschätzen zu können.

Ann Kathrins Satz *Ein Buchregal ist wie ein Fingerabdruck der Seele* war in Polizeikreisen zur Legende geworden. Hier gab es gar keine Bücher. Auch das erzählte Ann Kathrin etwas.

»Ja, hier hat sich einiges verändert«, gab Frau Schwarz zu. Es klang ein bisschen wie eine Ankündigung oder eine Drohung. Als seien noch ganz andere, größere Veränderungen geplant.

Ann Kathrin zuckte mit den Schultern: »Wem's gefällt …«

Die Polizeidirektorin zog die Augenbrauen hoch, als hätte sie nicht richtig verstanden.

Ann Kathrin ergänzte: »Jeder soll nach seiner eigenen Fasson glücklich werden. Aber Sie haben mich doch sicherlich nicht zu sich gebeten, um mit mir über Büroeinrichtungen zu diskutieren, oder?«

»Nein«, stellte Elisabeth klar und deutete auf das Schachspiel am Fenster. »Ich würde gerne Schach mit Ihnen spielen.«

Damit hatte Ann Kathrin nicht gerechnet. Sie staunte. »Das ist jetzt nicht Ihr Ernst …«

»Doch.«

»Wir haben gerade eine Bombenexplosion auf unserem Innenhof erleben müssen.«

»Ja, trotzdem, oder gerade deshalb, muss ich diese Dienststelle führen und neu strukturieren.«

»Und dazu spielen Sie Schach?«

Elisabeth lächelte und spielte die Überlegene. »Schach ist wie das Leben. Man lernt viel über seine Gegner beim Spiel.«

Das konnte Ann Kathrin sich sogar gut vorstellen. Sie glaubte nur, es sei in dieser Situation vollkommen unangemessen. »Bin ich die Erste, mit der Sie ein so ungewöhnliches Personalgespräch führen? Darum handelt es sich doch, oder?«, fragte Ann.

»Nein, ich habe bereits gegen einige Ihrer Kollegen gespielt.«

Ann Kathrin staunte. »Davon hat mir bisher niemand etwas erzählt.«

Die Aussage gefiel Frau Schwarz. Es gab also schon Geheimnisse zwischen ihr und einigen Kollegen der Polizeiinspektion, von denen Ann Kathrin Klaasen nichts wusste. Sie trumpfte auf: »Zum Beispiel gegen Ihren Kollegen Rupert. Matt in neun Zügen.«

Ann Kathrin nahm eine Holzfigur vom Brett und sah sie sich an. Es war ein filigran geschnitztes Pferd. »Und, was wissen Sie jetzt über Rupert?«

Elisabeth setzte sich ans Brett und lud Ann Kathrin ein, auf dem anderen Stuhl Platz zu nehmen. »Eine Menge. Er hat spanisch eröffnet, aber ich glaube kaum, dass ihm das bewusst war. Er spielt selbstbewusst, ganz auf Angriff. Dabei vernachlässigt er die Deckung seiner Offiziere. Er macht von Anfang an Druck, verrennt sich aber und muss herbe Verluste hinnehmen. Er manövriert sich rasch in ausweglose Situationen und ist dann kopf- und planlos. Niederlagen steckt er aber leicht weg, als hätte er nur mal Pech gehabt, mitten in einer Glückssträhne. Er hat öfter auf meinen Busen geschaut als aufs Schachbrett. Wenn eine Frau geschickt mit ihren Reizen spielt, kann sie ihn verunsichern, ja manipulieren.«

Die neue Chefin lehnte sich im Stuhl zurück, verschränkte die Arme vor der Brust und sah Ann Kathrin auffordernd an.

»Ja«, gab Ann zu, »das ist ein Volltreffer. Jeder hier könnte dieser Beschreibung seiner Person zustimmen. Sie haben nur zwei Dinge vergessen.«

»So? Welche?« Sie goss sich Wasser ein.

Ann Kathrin zögerte einen Moment, dann sagte sie: »Er ist ein absolut loyaler Freund, und er ist ein unbestechlicher Polizist. Er glaubt noch daran, dass wir hier für das Gute und gegen das Böse kämpfen.«

Elisabeth Schwarz beugte sich vor und sah Ann Kathrin in die Augen: »Und steht er mit dieser Meinung alleine da?«

Ann Kathrin hielt dem Blick stand. »Nein, alleine sicherlich nicht, aber einige zweifeln schon an unserem Tun.«

»Gibt es eine Sinnkrise in dieser Polizeiinspektion?«, wollte die neue Chefin wissen.

Ann Kathrin machte eine raumgreifende Geste: »Gibt es nicht auf der ganzen Welt eine große Sinnkrise?«

Elisabeth Schwarz nahm einen schwarzen Bauern in die rechte Hand und einen weißen in die linke. Sie ließ beide Figuren hinter ihrem Rücken verschwinden und lächelte geheimnisvoll. Dann hielt sie Ann Kathrin wortlos über dem Schachbrett ihre geschlossenen Fäuste hin.

Ann tippte mit dem Zeigefinger auf die rechte Hand.

»Sie glauben also«, erklärte Elisabeth, »dass ich die Figuren hinter meinem Rücken vertauscht habe …« Sie öffnete die Hand, und Ann sah den schwarzen Bauern.

»Nein«, schmunzelte Ann, »ich spiele lieber mit Schwarz.«

Die Chefin glaubte ihr nicht. »Aber wer eröffnet, gibt den Takt vor und ist klar im Vorteil.«

Ann schüttelte den Kopf: »Wer eröffnet, zeigt sich und seinen Plan. Ich kontere gern, wenn ich weiß, wohin der andere will. Wir Polizisten spielen im Leben immer schwarz.«

»Wie kommen Sie darauf?«

Ann Kathrin stellte den Bauern wieder in die Linie und nahm sich auch ein Glas Wasser. »Zuerst geschieht ein Verbrechen, dann reagieren wir. Unser Zug ist immer der zweite.«

»Nie etwas von Prävention gehört? Delinquenzprophylaxe?«

»Ja, das ist etwas für Psychologinnen, Sozialarbeiter und Lehrerinnen. Ich bin aber bei der Mordkommission. Und wir kommen in der Realität immer erst, wenn das Verbrechen bereits geschehen ist.« Ann Kathrin zeigte aufs Brett: »Sie eröffnen, Frau Schwarz.«

Die Partie begann.

⚓

Niemand nannte in dieser Situation den Computerspezialisten Kevin Janssen Lisbeth Salander. Spitznamen passten nicht in die aufgeladene Stimmung.

Eine Überwachungskamera war durch die Explosion zerstört worden, aber Kevin hatte die Daten auf einer externen

Festplatte gespeichert. So konnten sie sämtliche Aufzeichnungen aller Kameras gleichzeitig sehen.

Marion Wolters stand hinter Kevin und stützte sich auf die Lehne seines Bürostuhls, als sei er ein Rollator. Sie atmete schwer.

Weller drängelte sich neben sie, um einen guten Platz zu bekommen, ohne ihr zu nahe kommen zu wollen. Sie legte burschikos einen Arm um ihn und zog ihn näher zu sich: »Stell dich nicht so an.«

Rupert fühlte sich ausgeschlossen. Er suchte ein gutes Sichtfeld. Es war ihm hier unten einfach zu eng. »Ja, kuschelt ihr nur«, griente er. Gleichzeitig wollte er nicht wirklich von Marion in den Arm genommen werden.

Nick Hering, Dezernatsleiter aus Osnabrück, suchte auch einen Platz. Er hatte das blöde Gefühl, nicht willkommen zu sein. Sein Handy brummte. Er sah auf dem Display, dass es ein Anruf von seiner Frau Michaela war, und ging vorsichtshalber nicht ran. Es lief seit einiger Zeit nicht mehr wirklich gut zwischen ihnen.

Am Tag der offiziellen Amtseinführung gab es natürlich zahlreiche Gäste. Es fuhren mehr Autos auf den Innenhof als normalerweise. Auch Fahrzeuge aus Osnabrück, Emden, Oldenburg und Wiesbaden. Sie konnten jede Person aussteigen sehen und klar einer Einladung zuordnen. Die meisten näherten sich nicht einmal Klatts Wagen, sondern gingen direkt zum Eingang weiter, wo sie von Jessi Jaminski begrüßt wurden.

Klatt war bereits sehr früh gekommen. Sein Audi stand ab 7 Uhr 14 auf dem Parkplatz. Nur vier Personen hatten sich dem Wagen so sehr genähert, dass sie überhaupt die Möglichkeit gehabt hätten, eine Bombe zu platzieren.

Links und rechts daneben parkten zwei jetzt schwer beschädigte Polizeifahrzeuge. Mit dem einen war Marion Wolters gekommen, das andere stand schon da, als Klatt einparkte.

Zwei Polizisten aus Osnabrück hatten eine Weile am Heck gestanden und ihre E-Zigaretten gepafft. Heinz Jelinek und Jan Block.

Kevin Janssen spulte die Szene zum dritten Mal zurück. Block bückte sich und tat so, als würde er etwas suchen. Jelinek sah sich im Innenhof um.

»Sie wirken ein bisschen wie kleine Jungs, die Angst haben, beim Rauchen auf dem Schulhof erwischt zu werden«, kommentierte Marion. »Oder checkt der eine, ob sie beobachtet werden?«, fragte sie dann kritisch nach.

Weller konnte es kaum glauben. Er hielt immer noch nach einer Person Ausschau, die hier nicht hingehörte.

Die Journalisten Holger Bloem und Lasse Deppe kamen erst kurz vor Beginn der Feierlichkeiten. Schon wenig später ging die Bombe hoch.

Holger Bloem schlenderte nah an Dirk Klatts Fahrzeug vorbei in die Inspektion. Er bückte sich nicht, aber er hätte die Chance gehabt, eine Sprengladung an der Tür anzubringen. Marion Wolters, Weller und Rupert schlossen diese Möglichkeit aber gleich aus. Für Dezernatsleiter Hering sah das sofort nach Vetternwirtschaft und Mauschelei aus. Kritisch merkte er an, dass hier ohne Ansehen der Person ermittelt werden müsse.

In Weller kochte der alte Autoritätskonflikt hoch. Er bremste Hering scharf aus: »Ich weiß ja nicht, wie ihr das bei euch macht, aber wir sehen uns die Personen eben ganz genau an. Und der da ist ein bekannter Journalist, mit dem wir seit vielen Jahren freundschaftlich zusammenarbeiten.«

Hering hatte Mühe, freundlich zu bleiben. Er war in seiner Dienststelle nicht viel Widerspruch gewohnt. »Dann sollten Sie sich selbst für befangen erklären und sofort aus dem Fall zurückziehen.«

Weller erschrak.

Rupert wandte ein: »Wir haben doch noch gar nicht angefangen, zu ermitteln. Und der Bloem ist völlig harmlos. Ein Spinner – ja klar –, aber der sprengt doch keine Autos in die Luft.«

Hering zeigte erst auf Weller, dann auf Rupert und zischte: »Es erwartet natürlich niemand, dass Sie gegen einen Freund ermitteln. Habe ich mich klar ausgedrückt? Frau Schwarz wird das sicherlich genauso sehen.«

Er verließ den Raum ohne ein weiteres Wort. Er hörte aber hinter sich noch Ruperts Satz: »Der heißt zwar Hering, sieht aber mehr wie ein Schweinswal aus.«

Ann Kathrin fiel es schwer, sich auf das Schachspiel zu konzentrieren. Sie fand es auch einen Irrsinn, in dieser Situation ein solch verrücktes Personalgespräch zu führen. Sie ahnte, dass die neue Chefin einen sehr eigenen Führungsstil hatte. Etwas an der unkonventionellen Art gefiel Ann Kathrin sogar.

Sie hatte ihr bereits zwei Bauern genommen, aber dabei einen Läufer verloren. Das schwarze Pferd stand jetzt am Rand, und Elisabeth kommentierte: »Reiter am Rand, des Spielers Schand.«

Unbeirrt fuhr Ann Kathrin mit einer kleinen Rochade fort. Offensichtlich hatte ihre Gegnerin aber genau damit gerechnet.

»Warum«, fragte Elisabeth Schwarz, »sollte jemand Ihrer Meinung nach einen Anschlag auf den Kollegen Klatt verüben? Sie kennen ihn doch gut.«

»Gut ist übertrieben, aber es gab schon einmal einen Mordversuch, bei der Verhaftung eines Profikillers. Wir können nicht ausschließen, dass der Killer sogar auf ihn angesetzt war.«

»Daher die Narbe an seinem Hals?«

»Ja.«

»Sie haben ihn gerettet.«

Ann Kathrin wehrte ab: »Das war Frank, mit einen finalen Rettungsschuss.«

Elisabeth lächelte und bedrohte Ann Kathrins Dame. Nach jedem Zug stoppten die Spielerinnen die Uhr.

»Ihr Mann Frank Weller, ich weiß. Dirk Klatt verdankt Ihnen beiden also sein Leben.«

Ann Kathrin atmete tief durch. Die neue Chefin kannte demnach die Akten. Sie spielte nicht nur Schach, um Leute kennenzulernen.

»Erzählen Sie mir etwas Neues, Frau Klaasen.«

»Was wollen Sie wissen?«

»Was tut ein so hochkarätiger Mann vom BKA wie Dirk Klatt hier bei Ihnen – verzeihen Sie mir den Ausdruck – in der Provinz?«

»Das«, schlug Ann Kathrin vor, »sollten Sie ihn besser selbst fragen.«

»Er macht auf mich keinen gesprächigen Eindruck«, konterte Elisabeth.

»Auf mich auch nicht«, sagte Ann Kathrin.

Jemand klopfte. »Nein, jetzt nicht«, rief die neue Chefin streng.

Rupert öffnete die Tür. »Es waren keine Fremden da. Nur Mitarbeiter der Firma. Die Bürgermeister aus Norden und Aurich und zwei geladene Journalisten.«

Pikiert seufzte die Kommissarin: »Sind Sie schwerhörig? Ich hatte gesagt, jetzt nicht.«

Rupert bestätigte grinsend: »Ja, ich dachte, das sei ein Scherz. War es doch auch, oder?« Er guckte Ann Kathrin an, als könne er Frau Schwarz ohnehin nicht trauen.

»Lassen Sie uns bitte alleine, Neun«, empörte die Chefin sich.

Rupert griff sich in den Schritt und maulte: »Was ist denn hier los? Zickenkrieg, oder was?«

Sie schickte ihn mit einer unwirschen Handbewegung weg. Er drehte sich im Türrahmen noch einmal um und öffnete die Tür weiter als vorher. »Wieso nennen Sie mich Neun? Ich heiße Rupert.« Mit einem Blick, als wisse er alles über sie, verabschiedete er sich.

Elisabeth Schwarz räusperte sich und nahm einen Schluck Wasser.

»Wenn Ihr impertinenter Kollege recht hat, dann würde das also bedeuten, dass die Bombe von einem unserer Leute angebracht worden ist, den Journalisten oder von einem der Bürgermeister.«

Ann Kathrin nahm sich mit der Antwort Zeit und analysierte die Situation auf dem Schachbrett. Sie würde ihre Dame wohl verlieren. »Ich kann Ihrer Schlussfolgerung nicht zustimmen«, sagte sie betont freundlich.

»Ach nein?«

Wieder ließ Ann sich Zeit. »Wer sagt denn«, fragte sie ruhig, »dass die Bombe hier auf dem Innenhof an seinem Auto angebracht wurde? Er kann doch bereits damit gekommen sein.«

Ein Hauch von Röte schoss in Elisabeths Gesicht. Sie war nur dezent geschminkt und sah jetzt fast aus, als würde sie sich schämen. »Interessanter Gedanke, Frau Klaasen. Dann nutzen uns die Überwachungskameras also nichts.«

Ann wiegte den Kopf hin und her. »Nicht in dieser Frage.«

Elisabeth deutete auf die Schachuhr: »Ihre Zeit läuft ab, Frau Klaasen.«

»Ich spiele nicht gern gegen die Uhr«, stellte Ann klar.

»Ja, aber so ist das Leben. Wir haben für das, was wir tun, nur begrenzte Ressourcen zur Verfügung. Zeit ist auch eine solche Ressource. Wenn andere schlechter sind als wir, aber eben schneller, dann verlieren wir. Es gewinnen auch nicht die Klügsten und Besten, sondern einfach die Schnellsten.«

Ann Kathrin erhob sich. Sie sah müde aus, erschöpft, aber doch voller Tatendrang.

»Sie geben auf?«, fragte Elisabeth und tat, als habe sie damit gerechnet.

»Nein«, sagte Ann Kathrin, »ich habe nur etwas Wichtigeres zu tun, als jetzt mit Ihnen Schach zu spielen.«

»Erwarten Sie, dass ich Ihnen ein Remis anbiete?«

Ann lächelte milde. »Keineswegs.«

Elisabeth zeigte aufs Brett: »Ja, wollen Sie das etwa noch gewinnen?«

»Nein.«

»Was wollen Sie dann?«

Ann schoss ihre Worte wie Pfeile ab: »Ich will Sie gern ermitteln sehen, Frau Schwarz.«

Elisabeth stand auf. Sie prägte sich die Stellung der Figuren ein und kündigte an: »Matt in drei Zügen.«

Ann hielt schon die Türklinke in der Hand. Sie drehte sich

aber noch mal zu ihrer neuen Chefin um: »Ich werde mir jetzt den Kollegen Klatt vorknöpfen.«

»Der steht bestimmt noch unter Schock«, wandte Elisabeth ein.

»Ja«, stimmte Ann zu. »Aber vielleicht ist er dann offener. Ich fürchte, er verschweigt uns einiges. Wollen Sie dabei sein?«

»Warum fragen Sie?«

Ann sagte es frei heraus: »Vielleicht fühlt er sich Ihnen gegenüber verpflichtet, die Wahrheit zu sagen.«

»Ach«, lächelte Elisabeth gespielt erstaunt, »befürchten Sie, von ihm nicht ernst genommen zu werden?«

Die Spitze saß.

»Ich bezweifle, dass er Frauen in der Mordkommission überhaupt ernst nimmt. Wir sollten uns aus seiner Sicht mit anderen Dingen beschäftigen.«

»Nämlich?«

Ann verdrehte die Augen. »Mode. Kochen. Reisen. Und wie man einen Hemdkragen richtig bügelt.«

Elisabeth lästerte: »Er ist halt ein moderner Mann …«

Ann Kathrin gab ihr lächelnd recht.: »Ja, allerdings aus der Spätromantik.«

Über Männer herzuziehen war vielleicht ein guter Kitt für eine brüchige, nicht ganz einfache Beziehung unter Frauen, dachte Ann. »Rupert«, behauptete sie, »ist schon viel weiter als Klatt. Der verehrt uns Frauen wenigstens.« Ann Kathrin machte eine Atempause und fügte dann ironisch hinzu: »Zumindest als Sexualpartnerinnen.«

⚓

Dirk Klatt wurde nicht im Verhörraum befragt. Das hätte jeder komisch gefunden. Er saß stattdessen am runden Tisch in dem Zimmer, wo sonst die Dienstbesprechungen stattfanden. Er knabberte trockene Sanddornkekse, die von der letzten Sitzung übrig geblieben waren.

Bei Stress bekam er immer Hunger. Er musste dann alles in sich hineinstopfen, von Frikadellen über Bratwürstchen bis hin zu Schokoriegeln. Jetzt hätte er am liebsten einen Burger mit doppelt Käse gegessen. Nichts half ihm besser gegen die Angst als heißes Hackfleisch mit geschmolzenem Käse obendrauf. Auch Ketchup und ein paar Gewürzgurken durften nicht fehlen.

Verglichen damit waren diese Kekse für ihn ein Hohn. Er bekam einen trockenen Hals davon und Hustenreiz.

Die Polizeipsychologin Elke Sommer kümmerte sich um ihn. Er hatte bei Psychologinnen immer das ungute Gefühl, sie könnten ihm tief in die Seele gucken und aus Gesten und Worten Erkenntnisse über ihn ableiten. Das nervte ihn. Schon nach wenigen Minuten mit Elke Sommer erwischte er sich bei dem Gedanken, die Frau könne mehr über ihn wissen als er über sich selbst. Das gefiel ihm überhaupt nicht. Als jetzt auch noch Ann Kathrin Klaasen den Raum betrat, presste er seine Lippen fest aufeinander.

Die Polizeipsychologin und Ann Kathrin kannten sich gut. Sie schätzten sich trotz mancher Konflikte, die sie im Laufe der Jahre ausgetragen hatten. Sie verständigten sich mit Blicken.

Er ist zwar verstockt, aber klar zu Zeit und Raum orientiert, sagte Elke wortlos.

»Herr Klatt, ich finde, es wird Zeit, höchste Zeit, dass wir offen miteinander reden«, verlangte Ann Kathrin.

Er guckte an den Frauen vorbei zum Fenster.

Ann beugte sich auf den Tisch gestützt zu ihm vor: »Herr Klatt, jemand hat es auf Sie abgesehen. Warum?«

Er schob sich einen Keks in den Mund und kaute trotzig.

Ann Kathrin zog den Teller weg. Sie wollte keine Ablenkung zulassen. Das gefiel Elke Sommer nicht. Sie bemühte sich immer darum, für die Klienten eine angenehme, entspannte Atmosphäre zu schaffen. Ann dagegen stand unter Druck und war ungeduldig. Sie zeigte auf Klatt: »Sie sitzen da wie eine verschlossene Auster, die sich nicht knacken lassen will.«

Es war eine klare Situationsbeschreibung, klang Elke Sommer aber zu vorwurfsvoll. Sie versuchte, Verständnis für Klatt zu wecken: »Eine Auster verschließt sich aus Angst.«

Ann Kathrin sagte nichts. Sie suchte nur Blickkontakt zu Klatt, doch der wich ihr aus.

Elke Sommer hielt die angespannte Situation kaum aus. Während draußen Sprengstoffspezialisten das Autowrack untersuchten, sagte sie: »Die Auster hat Angst, zu sterben. Sie will nicht gegessen werden.«

Ann Kathrin streckte sich und bog ihren Rücken durch. »Ich bin mir jetzt nicht sicher, ob Austern ein Bewusstsein haben, aber Herr Klatt, ich vermute doch mal, Sie sind intelligenter als eine Auster. Der nächste Mordversuch könnte erfolgreich sein.«

Klatt stöhnte. Er schielte demonstrativ zu Frau Sommer und fragte dann Ann Kathrin: »Also, was wollen Sie wissen?«

Ann Kathrin bat die Psychologin, sie mit Klatt allein zu lassen. Elke Sommer ging, fast ein bisschen erleichtert. Das Ganze hier ging doch mehr in Richtung Zeugenverhör und unterschied sich deutlich von einem therapeutischen Gespräch mit dem Opfer eines Verbrechens.

Als sie die Tür hinter sich geschlossen hatte, zog Ann Kathrin einen Stuhl heran und setzte sich sehr nah zu Klatt. Sie sprach ihn streng an: »Also? Ich höre!«

Klatt breitete die Arme aus, als ob er vorhätte, sie zu umarmen. Seine Stimme war leicht zittrig, seine Augen geweitet. Für Ann Kathrin deutliche Zeichen, dass er nicht vorhatte, die Wahrheit zu sagen.

»Ich weiß nicht, was ich Ihnen erzählen soll. Mein Gott, ich bin schon länger bei der Firma als Sie alle. Wenn ich wüsste, wer es auf mich abgesehen hat, glauben Sie mir, Frau Klaasen, dann stünde der Typ längst vor seinem Richter.«

Sie konfrontierte ihn hart: »Warum belügen Sie mich, Herr Klatt? Wie soll sich Ihre Situation denn noch verschlechtern? Was macht Ihnen noch mehr Angst, als umgebracht zu werden?«

Er zuckte mit den Schultern und machte ein Gesicht wie ein schmollendes Kind, das sich missverstanden fühlt.

Er spielt geschickt damit, die Mutter in mir anzusprechen, dachte Ann. Auf so billige Tricks fiel sie nicht rein.

Elisabeth Schwarz betrat das Zimmer. Sie blieb an der Tür stehen und deutete gestisch an, Ann Kathrin solle ruhig fortfahren und sich nicht stören lassen.

Ann blieb konkret: »Wo war Ihr Wagen geparkt, bevor Sie hierhergekommen sind?«

Die Frage verblüffte ihn.

Ann Kathrin fuhr fort: »Vielleicht gibt es dort Kameras in der Nähe. Es muss ja jemand die Bombe an Ihrem Auto angebracht haben.«

»Wie – ist das nicht hier auf dem Hof geschehen?«, staunte er.

»Nein. Was irritiert Sie daran so sehr?«

»Ich war gestern allein. Der Wagen stand im offenen Carport. Das heißt, der Täter hätte die Sprengladung genauso gut an meiner Tür anbringen können ...«

»Ja. Oder sie im Schlaf erschießen können. Hat er aber nicht, sondern diese Feierstunde hier auserkoren. Die Amtseinführung unserer neuen Chefin. Es sollte Aufsehen erregen und nicht nach einer privaten Abrechnung aussehen, sondern nach mehr ...« Sie überlegte, ob sie es sagen sollte. »Mehr offiziell ...«

Die neue Chefin löste sich von der Tür. Sie konnte den sauren Geruch von Angstschweiß nicht länger ertragen. Sie öffnete zwei Fenster. Mit dem Wind im Rücken sagte sie: »Vielleicht hoffte er auch, ein paar von uns mit in die Luft zu jagen. Er wollte einfach großen Schaden anrichten. Das ist eine Sache für den Staatsschutz. Ein Anschlag auf uns alle. Auf unser Land und unsere Gesellschaft. Allein der gewählte Ort zeigt das überdeutlich.«

Ihre Aussage machte Klatt noch nervöser. Er knackte mit den Fingern und reckte die Arme, als sei er am Stuhl gefesselt und wolle sich aus der unbequemen Lage befreien.

Ann Kathrin fragte: »Heißt das, Frau Schwarz, der Fall soll uns entzogen werden?«

»Darauf können Sie sich verlassen, Frau Klaasen. Das ist für unsere Möglichkeiten ein paar Nummern zu groß.«

Ann Kathrin verschränkte die Arme vor der Brust und stellte klar: »Im letzten Jahr gab es im Bereich der Polizeidirektion Osnabrück zweiundsechzig Straftaten gegen das Leben.« Sie zählte zu Elisabeth Schwarz' und Klatts Verblüffung auf, was das bedeutete, als hätte sie es nicht mit Profis, sondern mit Laien zu tun: »Mord, Totschlag, Tötung auf

Verlangen. Auch fahrlässige Tötung. Sechs Taten in Emden, zwei im Landkreis Wittmund, vier in Leer ...«

Elisabeth Schwarz unterbrach Ann Kathrin: »Was soll das? Wollen Sie uns hier jetzt eine Unterrichtsstunde erteilen? Ich kenne die Zahlen.«

»Dann wissen Sie sicherlich auch, dass sämtliche Tötungsdelikte, die in unseren Zuständigkeitsbereich fielen, aufgeklärt wurden. Von daher fällt es mir schwer zu glauben«, Ann Kathrin zitierte ihre neue Chefin, »dass der Fall *für unsere Möglichkeiten ein paar Nummern zu groß ist.*«

Der Dezernatsleiter aus Osnabrück, Nick Hering, war kurzatmig zurückgekommen. Er hatte sich Verstärkung geholt. Einen Hauptkommissar und eine Hauptkommissarin, die sich beide nicht vorstellten und links und rechts neben ihm wie Zeugen oder Bodyguards Aufstellung nahmen. Ihre Anzüge rochen nach Qualm und Fruchtbonbons.

Er kratzte sich ständig am Hals. Zum fünften Mal ließ er die Aufnahmen von Holger Bloem und Lasse Deppe vergrößern und in Zeitlupe vorführen. »Hier! Da! Bloem hat etwas in der Hand! Er geht am Audi vorbei, und danach ist seine Hand leer.«

Seine Sätze klangen mehr nach Anklage als nach einem Verdacht.

Weller erklärte zum dritten Mal: »Das ist sein Handy, Himmelherrgott! Und er steckt es sich in die Jackentasche.«

Hering ließ das nicht gelten: »Oder er pappt eine Sprengladung an die Tür ... Und da! Sehen Sie das nicht? Dieser andere Journalist ...«

»Lasse Deppe«, ergänzte Weller.

»Ja, wie auch immer. Der checkt nervös die Gegend. Die sind Komplizen, sieht man ganz deutlich.«

»Nein«, widersprach Weller. »Die beiden sind Kollegen. Sie stehen sogar in Konkurrenz zueinander. Also ihre Blätter zumindest. Aber der ...«, Weller äffte Hering nach, »checkt nicht nervös die Gegend, der ist Journalist. Neugierig. Müssen die sein. Ist sozusagen Teil ihrer DNA.«

»Das sehe ich auch so«, sagte Kevin Janssen und verrenkte seinen Hals, um sich nach Weller umzudrehen. Er hoffte, dass der ihn als unterstützend wahrnahm, denn es nervte Kevin, wie Weller unter Druck gesetzt wurde.

Auch Rupert sprang Weller bei: »Das macht uns aus. Dieser Deppe guckt sich um. Es interessiert ihn, wer so alles kommt. Der ist auf der Suche nach Interviewpartnern und woher die Autos kommen ... Insgeheim hatten ja einige sogar den Ministerpräsidenten erwartet, den Innenminister oder wenigstens einen Landrat. Im Grunde sind gute Journalisten wie wir: Spürhunde. Trüffelschweine.« Rupert sah sich um: »Stimmt doch, oder?«

Hering wurde heftig: »Entweder sind Sie blind oder voreingenommen. Wir werden beide Typen jetzt festsetzen und vernehmen.«

Wenn Frank Weller nervös wurde, brauchte er Schokolade oder Marzipan. Das hatte er vom alten Kripochef Ubbo Heide übernommen, den er immer noch verehrte.

Weller zog eine halbe Tafel weiße Schokolade mit rotem Pfeffer aus der Tasche. Eine neue Kreation von Jörg Tapper. Er brach ein Stück ab und zerkrachte es laut zwischen den Zähnen. Er hielt Rupert die Schokolade hin, der sofort zugriff und sie an Kevin weiterreichte.

»Geil«, stöhnte Rupert genüsslich. Die Schärfe gefiel ihm. Er versuchte, Jörg immer dazu zu bewegen, eine Schokolade zu schaffen, die nach Currywurst schmeckte. Diese hier war für Rupert ein erster Schritt in die richtige Richtung.

Offen provokativ gegen Dezernatsleiter Hering fragte er Weller: »Also, ich hab für so einen Scheiß keine Zeit. Du, Frank?«

Herings Leute zeigten sich empört und schnauften wütend. Die eigentliche Antwort überließen sie aber ihrem Chef. Der fuhr Rupert an: »Keine Sorge, Herr Kollege, es wird Ihre kostbare Zeit nicht kosten. Wir haben für so etwas Verhörspezialisten.«

Die Leute, die er mitgebracht hatte, nickten schon. Rupert ermutigte sie ironisch: »Ich würde an eurer Stelle vorher noch zum Friseur gehen. Und zieht euch etwas Anständiges an. Oder wollt ihr so in die Zeitung? Und glaubt mir, in die Zeitung werdet ihr kommen. Vielleicht schafft ihr es ja auf die Titelseite.«

Sogar Marion Wolters grinste klammheimlich, obwohl sie Ruperts Witze noch nie gemocht hatte. Er nannte sie *Bratarsch* und sie ihn im Gegenzug *Stummelschwänzchen*.

Sauer öffnete Hering die Tür und sagte barsch zu seinen Leuten: »Block, Jelinek, wir gehen.«

»Tschüs«, grinste Rupert und winkte ihnen hinterher.

⚓

Nach einem kurzen Telefonat mit Oberstaatsanwältin Meta Jessen ordnete Elisabeth Schwarz die sofortige Verhaftung von Holger Bloem und Lasse Deppe an. Bloem befand sich zu dem Zeitpunkt noch im Gebäude der Polizeiinspektion. Er saß in der Cafeteria und befragte Zeugen nach ihren Eindrücken. Seine Jacke hing über der Stuhllehne.

Lasse Deppe war schon wieder unterwegs in die Redaktion nach Oldenburg.

Der Norder Bürgermeister Florian Eiben zeigte sich erleichtert darüber, dass es weder Tote noch Verletzte gegeben hatte. Holger versprach gerade, ihn mit nach Norden zurückzunehmen, denn Eibens Auto war durch die herumfliegenden Teile beschädigt worden.

In dem Moment tauchte Jessi Jaminski, die junge Kommissarin, auf, die aussah wie eine sehr sportliche Gymnasiastin kurz vor dem Abitur, und bat höflich um Verzeihung: »Ich störe ja nur ungern Ihr Gespräch, aber ich muss Sie leider verhaften.«

»Mich?«, fragte der Bürgermeister.

Es war Jessi peinlich, sich so missverständlich ausgedrückt zu haben. Sie entschuldigte sich erneut und antwortete mit hochrotem Gesicht: »Nein, Sie natürlich nicht, Herr Eiben, sondern Herrn Bloem.«

Links und rechts hinter Holger, für ihn nicht sichtbar, wohl aber für den Bürgermeister, nahmen zwei Kollegen Aufstellung, die als geladene Gäste aus Osnabrück zur Feier gekommen waren. Heinz Jelinek und Jan Block. Kritisch beobachteten sie jede Bewegung, die Bloem machte. Sie waren bereit, ihn sofort zu packen.

»Das ist jetzt aber ein Scherz, oder?«, fragte Holger.

»Nein«, sagte Jessi, »leider nicht.«

Holger Bloem stand auf und wollte seine Jacke vom Stuhl nehmen, um sie anzuziehen. Florian Eiben deutete noch mit einem Blick an, er solle sich vorsichtshalber mal umdrehen, doch dazu kam Holger schon nicht mehr. Er wurde von hinten gepackt. Jelinek schlug ihm die Beine weg, und schon lag er bäuchlings auf dem Boden. Ein Knie drückte sich in seinen Rücken, und Handschellen schlossen sich um seine Gelenke. Er sah in dieser Haltung nur noch Füße und Waden. Nicht weit von seinem Kopf entfernt lag ein heruntergefallener Teelöffel mit dem Wappen des Landes Niedersachsen darauf. Ein springendes weißes Pferd auf rotem Grund. Es kam ihm so vor, als sei das Sachsenross lebendig und könne sich jeden Moment vom Löffel lösen und auf ihn zu galoppieren.

Holger spürte Hände, die ihn abtasteten.

»Ist das wirklich nötig?«, fragte Florian Eiben.

Jessi konnte nicht aufhören, sich zu entschuldigen. Sie trat dabei von einem Fuß auf den anderen und drückte ihre Knie zusammen. Sie stand jetzt da, als müsse sie ganz dringend zur Toilette.

»Er ist unbewaffnet«, schnarrte eine raue Stimme. Es klang, als wäre dem Polizisten das Gegenteil lieber gewesen.

Holger sagte zynisch: »Ja, meine Kalaschnikow habe ich heute ausnahmsweise mal zu Hause gelassen.« Er blies aus, weil ihm das Knie im Rücken Schmerzen bereitete. Sein Atem wirbelte Staub auf dem Boden auf.

Florian Eiben machte sich wohl Sorgen, dass Holgers Aussage missverstanden werden könnte und erklärte: »Das war ein Scherz! Er hat nur einen Scherz gemacht!«

»Und warum lacht dann keiner?«, fauchte Jelinek, während er auf Holger kniete.

Jessi glaubte das Richtige zu tun, als sie es aussprach wie ein fast religiöses Bekenntnis: »Bitte, Kollegen, mäßigt euch. Ich würde für diesen Mann hier meine Hände ins Feuer legen.«

Der Norder Bürgermeister stimmte ihr zu: »Ich auch.«

»Dann passt mal auf, dass ihr zwei euch nicht die Pfoten verbrennt«, schnauzte Jelinek und erhob sich drohend. Er riss Holger an den Handschellen unsanft hoch. Doch der Journalist wollte sich nicht einfach so abführen lassen. Er wies deutlich darauf hin, dass er alleine gehen könne und nicht angefasst werden wolle.

»Außerdem«, rief er, »liegt da auf dem Tisch meine Kamera, die hätte ich gerne bei mir.«

Florian wollte sie schon an sich nehmen und für Holger verwahren, doch Hauptkommissar Block war schneller. »Die Kamera ist sowieso beschlagnahmt«, behauptete er.

»Das wird ja immer schöner«, stöhnte Holger und fragte: »Wie heißt ihr Clowns eigentlich? Ich kenne euch ja gar nicht.«

Holger wurde vorwärtsgestoßen. »Na, dann freu dich drauf. Du wirst uns gleich schon kennenlernen.«

Lasse Deppe wurde kurz vor Westerstede von einem Polizeiwagen überholt und dann mit roter Kelle gestoppt. Er hatte eigentlich ein gutes, ja entspanntes Verhältnis zur Polizei. Als Gerichtsreporter waren ihm die Abläufe bei einer Verhaftung nicht fremd. Er hatte nur nicht damit gerechnet, selbst in so eine Lage zu geraten.

Er zeigte seine Papiere vor und wurde gebeten, auszusteigen. Er sah die Nervosität in den Augen der Beamten blitzen. Einer hielt seine Waffe schussbereit, zielte allerdings nicht auf den Journalisten, ja, sah ihn nicht einmal an, als sei ihm das peinlich.

Schon wurde Lasse gegen sein Auto gedrückt, musste die Hände aufs Dach legen und die Beine schulterbreit stellen. Er wurde nach Waffen durchsucht.

»Ich bin Mitglied der Chefredaktion. Das ist keineswegs eine terroristische Vereinigung«, stellte Lasse klar, weil der Verdacht irgendwie spürbar durch die Luft waberte.

»Kennen Sie einen gewissen Holger Bloem?«, brüllte jemand in Lasses Ohr, der sich ein bisschen anhörte wie Herbert Grönemeyer mit Sommergrippe.

»Ja klar, den kennt doch jeder.«

»Sie leugnen also nicht, ihn zu kennen?«

»Nein, natürlich nicht. Was soll der Quatsch?« Lasse blickte sich um. War das hier ein Spaß von *Vorsicht, Kamera*?

Der Polizist mit der Grönemeyer-Stimme verleugnete seine Bochumer Herkunft nicht, sondern stellte in breitem Ruhrpott-Singsang fest: »Dat leuchnet der nich ma mehr.«

»Wat?«, entgegnete Lasse Deppe provozierend.

»'n Sympathisant zu sein«, knurrte Gröni.

»Sympathisant«, spottete Deppe. »So ein Blödsinn. Das ist ein Wort aus dem letzten Jahrtausend, aus der Zeit der RAF. Willkommen im Hier und Jetzt, Jungs.«

Der Journalist wurde unsanft angefasst und fühlte sich rüpelhaft behandelt. Er sah sich die Beamten genau an, um sie später sicher wiedererkennen zu können. Er war nicht bereit, sich das gefallen zu lassen.

Die zwei Polizisten bemerkten das wohl. Der Grönemeyer-Typ belehrte Deppe: »Wenn man versucht, einen Polizisten umzubringen oder ein ganzes Präsidium in die Luft zu jagen, dann muss man sich nicht wundern, wenn der Rest der Truppe sauer auf einen wird. Ab jetzt gilt: Kein Pardon mehr! Null Toleranz! Klaro?«

»Wenn das bedeutet, dass ich verhaftet bin, dann würde ich jetzt gerne meinen Anwalt anrufen«, konterte Deppe.

Der ruhige Polizist, der ein bisschen dicklich, unsportlich, ja plump, wirkte, hatte aber diese wachen Augen, die oft Menschen zu eigen sind, die viele Interessen haben und die Dinge in der Tiefe durchdringen wollen, nickte wissend. Er beschäftigte sich mit Deppes Handy.

»Die Gesichtserkennung bemerkt vermutlich, dass Sie nicht ich sind«, grinste Deppe. »Dazu ist sie ja im Prinzip auch da.«

»Mit dem Ding«, orakelte Grönemeyer, »kann man auch eine Zündung auslösen.«

Lasse Deppe stöhnte: »Das ist ein ganz normales Handy. So etwas hat heutzutage jeder. Und ich habe selbstverständlich damit keine Zündung ausgelöst.«

»Hätte er aber machen können«, behauptete der Bochumer.

Der Pummelige sagte: »So, wir machen jetzt kurzen Prozess.«

Deppe zuckte zusammen.

Ruhig fuhr der Polizist fort: »Und bringen den nach Aurich. Sollen die sich doch mit dem rumärgern.«

Holger Bloem hockte trotzig im Verhörraum. Er hoffte, dass gleich die anerkannte Verhörspezialistin Ann Kathrin Klaasen hereinkäme. Allein ihr Erscheinen würde ausreichen, um das Missverständnis aufzuklären. Aber stattdessen kam die neue Chefin, Frau Schwarz, persönlich. Sie wurde von Nick Hering begleitet, der es sich nicht nehmen ließ, seine Kollegin in dieser schweren Situation zu unterstützen.

Er stellte ein tragbares Detektionsgerät mit der Selbstverständlichkeit, mit der er früher bei Dienstbesprechungen seine Filterzigarettenpackung griffbereit vor sich gelegt hatte, auf den Tisch.

Frau Schwarz eröffnete das Gespräch kalt: »Ihr Name ist Holger Bloem, und Sie sind angeblich der Chefredakteur des Ostfriesland Magazins und vielen hier bekannt?«

»Nein«, widersprach Holger, »mein Name ist Earl of Greystoke.«

Hering vermutete ein Geständnis. Ein falscher Journalist, der sich so Zugang zur Feier erschlichen hatte, um den Anschlag zu inszenieren.

»Earl of Greystoke«, hakte er nach. Der Name kam ihm bekannt vor. »Dann ist Bloem also Ihr Pseudonym?«

Holger beugte sich vor und erklärte lachend: »Ja, Greystoke ist mein Familienname. Mein Vater war ein Silberrücken. Sie dürfen aber ruhig Tarzan zu mir sagen. So nennen mich die meisten.«

Elisabeth Schwarz spürte, dass sie es mit einem harten Brocken zu tun hatte. Er war auf eine lässige Art selbstsicher, die sie rasend machte. Sie wusste, dass es gefährlich war, sich mit der Presse anzulegen. Die Zeitungen konnten ihr das Leben schwermachen, zum Beispiel mit Überschriften wie: *Kripo tappt im Dunkeln* oder *Polizei hat immer noch keine Spur.*

Obwohl sie Schwierigkeiten befürchtete, wollte sie von vornherein klarstellen, dass es bei ihr keine Sonderbehandlung gab. Für niemanden.

Sie nickte Hering zu. Der schnaufte und spielte Bloem die Szene auf dem Tablet vor. »Da, sehen Sie, Herr Greystoke, die Kamera hat Sie genau erwischt. Hier holen Sie etwas aus

Ihrer Tasche und gehen ganz nah am Audi vorbei. Hier hinterm Audi haben Sie nichts mehr in der Hand.«

Holger seufzte und rieb sich die Schulter: »Deswegen haben Ihre Leute mir den Arm verrenkt? Das da ist mein Handy. Ich hab's mir in die Tasche gesteckt. Das ist alles.«

»Das kann man aber hier nicht erkennen. Sie könnten auch eine Sprengladung an die Tür gepappt haben.«

»Das ist doch lächerlich«, protestierte Holger und tippte sich gegen die Stirn.

»Sie haben sicherlich nichts dagegen, wenn wir Ihre Hände jetzt auf Schmauchspuren untersuchen?«, fragte Elisabeth Schwarz.

Holger, der über viele Ermittlungen und Prozesse geschrieben hatte, kannte sich mit Polizeiarbeit recht gut aus und kommentierte: »Also, ein Schuss wurde doch gar nicht abgegeben. Wie sollen dann Schmauchspuren an meinen Händen sein?«

Sie lächelte überlegen: »Wir können heutzutage auch feinste Spuren von TNT oder Nitroglyzerin nachweisen.«

Holger Bloem tat, als würde er sich freuen. »Wie schön für Sie ... Ich bin bereit, und danach würde ich gerne Kommissarin Ann Kathrin Klaasen sprechen oder wenigstens meinen Anwalt.«

Sie hatte die Probestreifen schon in der Hand. Sie bestand darauf, es selbst zu machen. Elisabeth Schwarz wollte allen zeigen, dass sie mehr war als eine Verwaltungschefin, die Urlaubspläne absegnete.

Holger ließ alles gespielt gelangweilt über sich ergehen. In Wirklichkeit passte er mit journalistischer Neugier auf. Er witterte längst eine gute Geschichte: *Wie fühlt sich ein unschuldig Verdächtigter?*

Elisabeth Schwarz bedankte sich übertrieben höflich und reichte Hering die Streifen, der sie in den Detektionskasten schob.

Holger wusste von Kontrollen an Flughäfen, dass das Ergebnis in Sekunden vorliegen würde. Trotz seiner Unschuld wurde er nervös. Was, wenn irgendwelche Stoffpartikel durch die Explosion an seine Finger geraten waren?

Hering kam mit dem Gerät nicht gut klar. Er brauchte länger als nötig. Der neuen Chefin war das dem Journalisten gegenüber peinlich, und sie betonte noch einmal: »Danke, Herr Bloem, für Ihre Kooperationsbereitschaft.«

»Den Dank, Dame, begehr ich nicht«, sagte Holger Bloem.

Sie erkannte das Schiller-Zitat sofort. Hering konnte damit zunächst nichts anfangen, wurde nur an den Deutschunterricht erinnert. Er hatte damals keine Lust darauf gehabt, die Klassiker zu lesen. Naturwissenschaften lagen ihm mehr.

Er atmete heftig und verkündete es wie eine große Überraschung, mit der er nicht gerechnet hatte: »Negativ!!!«

Holger grinste die beiden unverschämt an.

»Das heißt aber noch gar nichts«, führte Hering aus. »Vielleicht ist das Gerät ja kaputt, oder er hat sich die Hände gründlich gewaschen. Zeit genug hatte er ja.«

»Klar«, sagte Holger, »aber wenn das Ding etwas Verdächtiges gefunden hätte, dann wäre der Kasten in Ordnung und ich überführt, oder was?« Da keiner der beiden dazu Stellung nahm, fuhr Holger fort: »Erkenntnistheoretisch ist das ein Rückfall in Zeiten vor der Aufklärung.«

Hering hatte das Gefühl, das ginge gegen ihn. Er giftete den Journalisten an: »Nun spielen Sie sich hier mal nicht so auf!«

»Ach, mache ich das?«, fragte Holger.

»Ja, glauben Sie, dass hier viele Verdächtige beim Verhör Goethe zitieren?«

»Hab ich nicht«, verteidigte Holger sich. »Das war Schiller. *Der Handschuh*. Mein Lieblingsgedicht, als ich in der Pubertät war.«

Die Polizeichefin räusperte sich und zupfte an ihrer Kleidung herum. Da waren Flusen, und sie wusste nicht, woher. »Meine Herren«, sagte sie streng, »wir haben Wichtigeres zu tun.«

Hering streckte sich und sah auf den sitzenden Journalisten herab. »Wie würden Sie Ihr Verhältnis zu Dirk Klatt bezeichnen?«

Holger zuckte mit den Schultern.

»Darf ich Ihre Antwort so deuten, dass Sie ihn nicht leiden können?«, hakte Hering nach.

Holger reagierte nicht.

Hering insistierte: »Wie ist Ihr Verhältnis zur Polizei und zum Staat überhaupt?« Als sei die Frage nur schwer zu verstehen, erläuterte er: »Ich meine, zur Obrigkeit an sich.«

Der Begriff gefiel Elisabeth Schwarz nicht. Sie verzog tadelnd den Mund.

Holger echote süffisant: »Mein Verhältnis zur Obrigkeit?«

Hering griff direkt an: »Besser tot als ein Sklave, das ist doch euer ostfriesischer Wahlspruch, oder?«

Holger wiederholte den Satz auf Platt: »*Lever dood as Slaav.* Ja, so zogen wir einst in die Schlacht. Heute steht das auf T-Shirts und Mützen. Die Leute, die das tragen, gehören aber keiner terroristischen Gruppierung an.«

⚓

Annelieses unentschuldigtes Fehlen ließ Jörg und Monika Tapper keine Ruhe. Inzwischen hatte Jörg mehrfach versucht, jemanden bei der Polizei zu erreichen. Er konnte es kaum glauben: Nicht mal der Notruf 110 funktionierte. Zweimal war besetzt gewesen, und Jörg fand, so etwas dürfe es überhaupt nicht geben. Dann wieder war die Leitung tot, als sei das Netz völlig zusammengebrochen.

Okay, es hatte eine Explosion bei der Amtseinführung der neuen Polizeichefin in Aurich gegeben, aber das konnte nicht der Grund sein, warum niemand mehr zu erreichen war. Nicht einmal in Norden oder Wittmund.

Das Café war voll, und auch draußen waren alle Stühle besetzt. Nach der langen Zeit der Pandemie hatten die Menschen eine irre Sehnsucht danach, sich zu treffen, gemeinsam Tee zu trinken, Kuchen zu essen und miteinander zu reden. Man wollte sich wieder in die Augen sehen. Cafés und Eisdielen waren dafür tagsüber wunderbare Orte.

Sie hatten gerade jetzt zu wenig Personal, aber Monika Tapper hielt es trotzdem nicht länger aus. Sie lief einfach quer über den Markt zur Polizeiinspektion, um dort persönlich vorzusprechen. Schon am Eingang gab sie auf. Zwei Polizeifahrzeuge standen quer vor dem Gebäude. An der Tür herrschte Gedrängel, und laute Stimmen waren zu hören.

Monika entschied sich, ihre Freundin Ann Kathrin Klaasen jetzt einfach über die private Handynummer anzurufen. Eigentlich galt es zwischen ihnen als abgesprochen, nicht während der Dienstzeit zu telefonieren, aber dies war nun mal eine Notsituation.

Ann Kathrin ging nach dem dritten Heulen des Seehunds ran. Es war ein anschwellender Klingelton, der mit jedem Mal lauter wurde. Sie sah Monikas Namen auf dem Display und glaubte irgendein Treffen vergessen zu haben, eine Verabredung zum Spaziergang oder zum Kaffeetrinken.

Ann Kathrin meldete sich mit: »Oh, meine Süße, ich bin gerade mächtig unter Druck.«

Monika sprudelte gleich los. Ann Kathrin erkannte schon an der Stimme, dass ihre Freundin sich wirklich Sorgen machte. Sie versuchte, sie zu beruhigen: »Ach, du Gute, ich kenne Anneliese ja auch. Sie ist eine Seele von Mensch.«

»Gewissenhaft und zuverlässig«, fügte Monika hinzu.

»Trotzdem. Vielleicht hat sie es einfach vergessen und ist zu ihrer Mutter, weil sie krank ist oder Geburtstag hat oder was weiß ich. Die Mutter lebt doch im Ruhrgebiet, wenn ich mich recht erinnere.«

»Ja, in Dinslaken. Sie hat bei ihr gewohnt, bevor sie nach Ostfriesland kam.«

»Na, siehst du. Hast du da mal angerufen?«, wollte Ann Kathrin wissen.

»Nein. Ich kenne die ja gar nicht. Meinst du, ich könnte da einfach mal ... «

»Na klar.«

Monika war während des Gesprächs auf dem Rückweg zum Café. Sie wartete gegenüber der Schwanen-Apotheke an der Ampel auf Grün. Sie war aber so aufs Gespräch konzentriert, dass sie das Umspringen der Ampel verpasst hatte, und jetzt war wieder Rot.

Heinz Edzards, der früher die Buchhandlung neben dem Café geführt hatte, grüßte sie. Sie nickte ihm zu. Er wartete neben ihr und machte sie beim nächsten Grün darauf aufmerksam, dass sie nun losgehen könnte.

Monika lauschte, was ihre Freundin ihr zu sagen hatte.

»Eine Vermisstenmeldung kannst du natürlich als Arbeitgeberin aufgeben. Aber grundsätzlich dürfen erwachsene Personen ihren Aufenthaltsort selbständig bestimmen und müssen sich weder Freunden noch Verwandten gegenüber dazu äußern. Wir suchen sie nur, wenn Gefahr für Leib und Leben im Verzug ist beziehungsweise vermutet werden kann. Zum Beispiel bei suizidgefährdeten Menschen. Aber so ein Verdacht liegt doch bei ihr nicht vor, oder?«

Monika schämte sich fast ein bisschen dafür, überhaupt angerufen und so viel Wind gemacht zu haben. »Nein«, sagte sie, »suizidgefährdet ist Anneliese ganz bestimmt nicht. Ich kenne sie nur als Frohnatur.«

»Grüner wird es nicht mehr«, behauptete Heinz Edzards und motivierte Monika, mit ihm die Straße zu überqueren.

»Vielleicht«, orakelte Ann Kathrin, »erscheint sie morgen früh wieder zum Dienst wie immer und sagt: *Ach, hatte ich vergessen, euch das zu sagen? Meine Mama hat doch gestern ihren Sechzigsten gefeiert, da wollte ich unbedingt dabei sein.*«

»Dafür«, sagte Monika, »hätten wir ihr gerne eine Torte spendiert.«

Hinter Ann Kathrin war eine lauter werdende Geräuschkulisse zu hören. Sie rief: »Ja, ich komme gleich!«

»Ich will dich jetzt auch nicht länger nerven«, beteuerte Monika rücksichtsvoll.

»Du nervst nicht. Die Typen hier nerven«, stellte Ann Kathrin laut klar, damit nicht nur Monika sie hörte, sondern auch die Menschen ihrer Umgebung.

Dirk Klatt behauptete, für heute endgültig genug zu haben. Er wollte nach Hause fahren, und da sein Auto dafür nicht mehr zur Verfügung stand, benötigte er entweder einen Streifenwagen oder ein Taxi.

Ann Kathrin Klaasen war dagegen. Sie protestierte energisch und wollte ihn auf keinen Fall einfach so in seine Wohnung lassen. Er sollte Polizeischutz bekommen, und sie bestand darauf, dass sein Haus von Suchhunden nach Sprengstoff *abgeschnüffelt* werden sollte, wie sie es ausdrückte. Sie vertraute den Hunden mehr als den Detektoren. Maschinen versagten für sie deutlich öfter als Hunde. Statistisch ließ sich das kaum beweisen, aber sie glaubte ohnehin nicht an Statistiken, sondern schätzte ihre eigene Erfahrung höher ein. Für sie zählte immer nur der Einzelfall. Verallgemeinerungen gefielen ihr nicht.

Klatt fand das lächerlich, aber kein Mensch lachte. Ann Kathrin schlug vor, Klatt solle in eine der angemieteten Schutzwohnungen. Sie forderte sein Handy von ihm und verbot ihm jegliche Außenkontakte.

Er sah sie an, als sei sie irre geworden, und stemmte sich mit aller Kraft gegen ihre Anweisungen. Vielen wurde jetzt erst deutlich, dass er tatsächlich sehr abgenommen hatte. Ihm fehlte die wuchtige körperliche Präsenz, die er noch vor ein paar Monaten gehabt hatte. Die Narbe an seinem Hals schien zu glühen. Er bekam Glubschaugen, wenn er sich so aufregte.

»Sie werden nicht über mich bestimmen, Frau Klaasen. Ich bin nicht Ihr pubertierender Sohnemann!«, brüllte er.

In Ann Kathrin keimte der Verdacht auf, er könne etwas in seinem Haus zu verbergen haben. Wollte er vielleicht deswegen wieder hin? Gab es etwas zu beseitigen oder in Sicherheit zu bringen?

»Mein Sohn ist nicht mehr in der Pubertät«, konterte sie, »und er wäre in diesem Fall auch mit Sicherheit wesentlich vernünftiger als Sie, werter Kollege.«

Die neue Polizeichefin betrat gemeinsam mit dem Osnabrücker Dezernatsleiter Nick Hering den Raum. Mit dem Handrücken wischte sie über ihre Lippen, wodurch ihr Lippenstift anders, als es die Werbung versprochen hatte, verschmierte. Sie sah jetzt aus, als hätte sie gerade heftig geknutscht.

Sie versuchte zu vermitteln: »Ich glaube, Frau Klaasen, wir sollten dem Kollegen Klatt zubilligen, dass er selbst entscheiden kann …«

Hering wollte auch einen Beitrag leisten und triumphierte: »Außerdem haben wir zwei dringend Tatverdächtige dingfest gemacht. Der Earl of Greystoke ist im Verhörraum, und dieser Lasse Deppe wurde auch schon festgenommen.«

Ann Kathrin sah sich in der Runde um. Sie blickte in ratlose Gesichter. Jessi Jaminski starrte auf ihre Schuhe.

»Der Earl of Greystoke«, wiederholte Ann Kathrin.

»Er nennt sich auch Bloem. Oder Tarzan«, erläuterte Hering.

Jessi raunte zu Ann Kathrin: »Ich wollte es dir ja gerade sagen …«

Marion Wolters griff sich an den Kopf.

»Ihr habt«, erkundigte Ann Kathrin sich und machte ein Gesicht, als könne sie sich nur verhört haben, »Holger Bloem verhaftet?«

Hering bejahte das stolz: »Jawoll. Und diesen Lasse Deppe.«

»Seid ihr nicht mehr ganz dicht?«, fragte Ann Kathrin. Sie drängte sich zwischen allen anderen durch zur Tür und lief die Treppe runter.

Hering bedauerte Elisabeth Schwarz und sprach das auch laut aus: »Es wird nicht leicht, diesen ostfriesischen Sauhaufen zu ordnen und wieder klare Strukturen in die Dienststelle zu bringen. Mein erster Eindruck ist: Das hier ist ein Saftladen, und jeder macht, was er will.«

»So ist es«, bestätigte Elisabeth Schwarz, »so wird es aber nicht bleiben.«

⚓

Rupert telefonierte zum dritten Mal mit seiner Frau Beate. Sie machte sich Sorgen. In ihrer Phantasie wurde die Polizeiinspektion angegriffen, beschossen und aus der Luft bombardiert.

Rupert hatte sich in die Toilettenräume zurückgezogen, um in Ruhe mit Beate reden zu können. Wie sah das denn vor den Kollegen aus, wenn er ständig Privatgespräche führte? Aber manchmal brauchte seine Beate eben viel Aufmerksamkeit und Fürsorge. Jetzt zum Beispiel, denn sie hatte Angst um ihren Mann. Das hatte auch noch mit einer eigenartigen Sternenkonstellation zu tun, wenn er sie richtig verstanden hatte, und mit Shiva, einer hinduistischen Hauptgottheit. Shiva war, so kapierte Rupert, ein Gott der Zerstörung. Das hatte irgendetwas mit schlechtem Karma zu tun.

Rupert hatte nichts gegen hinduistische Götter, solange sie als Figuren auf seiner Gartenterrasse standen und sich nicht in sein Leben einmischten. Auch der dicke Buddha war ihm als Gartenzwerg bei den Rosen gerade recht. Er hörte Beate sogar gern zu, wenn sie ihm Märchen dieser Gottheiten erzählte. Aber er glaubte nicht, dass Shiva Bomben in Aurich legte. Die Sterne waren ihm sowieso schnuppe. Wenn man anhand der Sterne in die Zukunft gucken konnte, wieso, verdammt nochmal, fragte er sich, war dann keiner dieser hochverehrten Astrologen in der Lage, die Lottozahlen vorauszusagen?

Das alles sagte er nicht, denn er liebte seine Beate und wollte nicht mit ihr streiten. Er nahm die Dinge, die ihr wichtig waren, ernst. Zumindest tat er so.

»Wir sind in Sicherheit, Süße«, behauptete er. »Guck nicht ins Internet. In den asozialen Medien erzählen sie Mist. Die machen aus jedem Matjesbrötchen ein gegrilltes Nilpferd. Wir haben das hier alles voll im Griff.«

»Komm nach Hause«, bat sie. »Ich habe Angst um dich.«

Die Tür ging auf. Rupert hörte Atmen. Dann ratschten zwei Reißverschlüsse fast gleichzeitig.

Rupert drückte den Ton weg. Er verhielt sich ruhig, denn er wollte nicht, dass sich herumsprach, er würde auf der Toilette mit seiner Frau telefonieren.

Ein Strahl rauschte ins Keramikbecken, dann ein zweiter.

Eine Stimme grummelte: »Wie ich diese ganze ostfriesische Mischpoke hasse! Die arme Elli glaubt, das sei eine Beförderung. In Wirklichkeit ist das doch ein Himmelfahrtskommando. Sie kann ja nur scheitern.«

»Ich würde lieber in Hannover verstaubte Akten ordnen, als hier meinen Hintern im Chefsessel wärmen. Das ist ein Schleudersitz. Ein Karrierekiller. Du kennst doch den Spruch: In Aurich ist's schaurig, in Leer noch mehr.«

Beide fuhren gleichzeitig miteinander fort: »Und in Norden ist noch keiner was geworden.«

Sie lachten viehisch. Rupert hörte einen Reißverschluss.

Die Männer verließen die Toilette gemeinsam. Sie flüsterten.

Rupert blieb noch und versuchte weiter, Beate zu beruhigen. Sie versprach, vegane Apfelpfannkuchen für ihn zu machen, mit Äpfeln aus dem eigenen Garten. Eine Currywurst von *Gittis Grill* wäre ihm lieber gewesen, aber er gab vor, sich schon riesig darauf zu freuen.

Wenn ich mich nicht getäuscht habe, dachte Rupert, dann hat nur einer seinen Reißverschluss wieder hochgezogen. Da rennt also draußen einer mit offenem Hosenschlitz herum. Er hätte nur zu gern gewusst, wer von den geladenen Gästen so über ihn und seine Kollegen gesprochen hatte. Sie mussten für diese Typen ja eine wahre Albtraumtruppe sein.

Wieder bei den anderen, sah er sich um. Eine kleine Gruppe, alles Leute, die er nicht kannte, standen beim Kaffeeautomaten und produzierten Verschwörungstheorien. Sie gingen von internationalen Drogenkartellen über islamistische Gotteskrieger bis zu Klatts Ehefrau, die ihn leid sei und nun die Lebensversicherung kassieren wolle.

In dem Stimmengewirr konnte er nicht heraushören, ob einer von ihnen mit auf der Toilette gewesen war. Er sah die Raucher im Hof. Ann Kathrin rannte an ihm vorbei in Richtung Verhörraum.

Rupert suchte jemanden mit offenem Hosenschlitz, wurde aber nicht fündig.

Zwei Beamte brachten Lasse Deppe ins Gebäude. Er trug Handschellen. Rupert grinste ihn an: »Na, falsch geparkt?« Lasse verzog den Mund.

Rupert versuchte einen Sprachwitz. Darin war er aber nicht gut, wie Beate oft betont hatte: »Das musst du noch üben, Rupi.«

»Gerade noch freier Journalist und schon in Ketten ...«

»Ich finde das nicht komisch«, konterte Deppe.

»Stimmt«, sagte Rupert kleinlaut, »ich eigentlich auch nicht.« Er holte tief Luft und pflaumte die Kollegen an: »Wir leben in einem freien Land. Warum verhaftet ihr einen Journalisten?«

»Wegen des Verdachts der Beihilfe zu einer schweren Straftat«, triumphierte Grönemeyer, der dafür bekannt war, sich nichts gefallen zu lassen.

Ann Kathrin Klaasen war inzwischen bei Holger Bloem und bekundete ihm ihr Bedauern über die Situation. »Die Kollegen waren übereifrig«, beteuerte sie. »Sei ihnen nicht böse, Holger. Das ist der schwierigen Situation geschuldet. Immerhin haben wir es mit einem Bombenanschlag zu tun, und so etwas passiert nicht alle Tage.«

Holger zeigte sich sofort großzügig: »Kein Ding«, sagte er, »war eine gute Erfahrung für mich.«

»Schön, dass du es sportlich nimmst«, freute Ann sich.

Hinter ihr betraten Elisabeth Schwarz und Nick Hering den Raum. Sie wirkte nicht wie eine Frau unter Druck. Sie tat, als hätte sie alles voll im Griff.

Hering dagegen schien kurz vor einem Wutausbruch oder einem Schlaganfall zu stehen. Er war kurzatmig. Die langen Wege und die vielen Treppen im Gebäude machten ihm zu schaffen. Herz und Lunge erinnerten ihn daran, dass er fast zwanzig Jahre lang vierzig filterlose Zigaretten am Tag geraucht hatte.

Holger erhob sich. Er hatte keine Lust mehr, Zeit mit Hering und Schwarz in diesem Raum zu verbringen. »Das heißt, ich kann jetzt gehen, Ann?«

Während er die rhetorische Frage stellte, sah er Ann Kathrin an.

Ann Kathrin nickte, doch laut und energisch antwortete Hering, als sei die Frage an ihn gerichtet gewesen. Seine Stimme klang dabei, als würde ein kranker Hund heiser bellen: »Nein, können Sie nicht!«

Holger zischte: »Wenn ich mit Ihnen rede, merken Sie das daran, dass ich Sie ansehe, Sie sieze und auch ganz bestimmt nicht Ann nenne. Ann ist ein weiblicher Vorname.«

»Impertinente Person!«, schimpfte Hering.

»Selbsterkenntnis ist der erste Weg zur Besserung«, behauptete Holger.

Ann Kathrin drehte sich zu Elisabeth Schwarz um. Sie ignorierte Hering dabei demonstrativ: »Da draußen läuft jemand herum, der sehr gefährlich ist und es auf einen von uns abgesehen hat, oder auf uns alle als Repräsentanten eines Systems. Wir sollten uns darauf konzentrieren, alles zu tun, um …«

Ann wurde von einer Stimme mit deutlichem Ruhrgebietsslang unterbrochen.

»Wir würden den Vogel hier jetzt gerne loswerden. Wo dürfen wir den denn abliefern?«

Lasse Deppe wurde ins Zimmer geschoben.

»Ist ja die reinste Pressekonferenz hier«, lästerte Holger.

»Falls wir gemeinsam im Knast landen, könnten wir zusammen die Gefängniszeitung herausgeben«, grinste Deppe.

»Der Humor wird euch noch vergehen«, knurrte Hering.

Ann Kathrin ging ihre neue Chefin jetzt direkt an. Sie zeigte auf Hering und fragte: »Hat der hier eigentlich auch etwas zu sagen?«

»Als Journalist und Beschuldigter interessiert mich das natürlich auch«, rief Holger.

Lasse Deppe zog sich einen Stuhl heran, setzte sich, streckte die Beine weit von sich und verschränkte die Hände hinterm Nacken. Er wirkte wie jemand, der es sich vor dem Fernseher gemütlich machte. Er fragte Holger Bloem: »Gibt's hier auch einen anständigen Kaffee?«

⚓

Monika Tapper zog sich ins Büro zurück und rief noch einmal bei Anneliese an. Wieder nichts.

Sie fand die Telefonnummer der Mutter rasch heraus. Es war ein Festnetzanschluss in Dinslaken. Den Namen Stierhohn gab es in Dinslaken nur ein einziges Mal im Telefonbuch.

Monikas Herz schlug heftig, als sie die Nummer wählte. Frau Stierhohn ging sofort ran. Sie meldete sich höflich, aber verhalten. Der Stimme nach zu urteilen, war sie um die fünfzig. Sie hörte sich fast an, als habe sie mal eine Stimm- oder Gesangsausbildung genossen.

»Moin, Frau Stierhohn. Wir kennen uns nicht. Mein Name ist Monika Tapper. Ihre Tochter Anneliese arbeitet bei uns in Norden im Café. Sie ist heute Morgen nicht zum Dienst erschienen. Ich mache mir Sorgen. Ist sie zufällig bei Ihnen?«

»Ja ... Das klingt jetzt aber merkwürdig ... Soll ich sie Ihnen mal geben? Wie war noch mal Ihr Name?«

»Tapper. Monika Tapper.«

»Hier, Lieschen, ist wohl für dich.«

Es raschelte, und Monika musste sich ein paar Sekunden gedulden. Der Hörer wurde wohl zugehalten, denn sie bekam mit, dass gesprochen wurde, konnte aber nicht verstehen, was genau gesagt wurde.

Sehr distanziert meldete sich eine raue weibliche Stimme: »Ja? Sie wünschen?«

Monika vermutete keineswegs, Anneliese am Telefon zu haben. Die hatte eine ganz andere, viel weichere Stimme, sprach melodischer. Deshalb bat sie: »Ich wollte Anneliese Stierhohn sprechen.«

»Ja, und wer sind Sie?

»Monika Tapper aus Norden. Frau Anneliese Stierhohn arbeitet für mich in unserem Café«

Hartes Gelächter war die Antwort. »Das wüsste ich aber. Ich bin nämlich Anneliese Stierhohn.«

»Ja, aber …«

»So, nur damit eins ganz klar ist, gute Frau: Ich war noch nie in Ihrem Kaff in Norden, und ich habe auch nicht vor, in einem Café zu arbeiten. Ich bin in ungekündigter Stellung bei der Stadtverwaltung. Wenn das hier irgend so ein Telefontrick ist, um Geld zu ergaunern, dann sind Sie bei uns an der falschen Adresse.«

»Entschuldigung«, sagte Monika, »dann ist das wohl eine Verwechslung.«

Sie legte auf und blieb noch eine Weile nachdenklich im Büro sitzen. Sie sah sich die Adresse genau an. Anneliese hatte damals einen Bogen ausgefüllt, wie Monika ihn allen Angestellten vorlegte. Sie hatte bei der richtigen Adresse angerufen.

Monika erinnerte sich. Anneliese war zu der Zeit noch nicht nach Norden umgemeldet, denn sie suchte noch eine Wohnung, hatte sich aber schon entschieden, an der Küste zu bleiben. Angeblich aus gesundheitlichen Gründen, wegen ihrer Lungenprobleme. Später war nie wieder die Rede davon gewesen. Monika war davon ausgegangen, die Seeluft hätte Anneliese und ihrer Tochter gutgetan.

Monika hatte ihre Worte noch im Ohr: *Ich hab bis jetzt bei meiner Mutter in Dinslaken gewohnt, aber irgendwann muss man ja schließlich auch mal flügge werden.*

Am liebsten hätte Monika sofort ihre Freundin Ann Kathrin angerufen, um ihr von diesem merkwürdigen Gespräch zu erzählen. Doch dann entschied sie sich, zunächst mit Jörg zu sprechen. Ann Kathrin hatte im Moment wahrlich andere Probleme.

⚓

Dirk Klatt genoss es, mit dem Taxi nach Hause zu fahren und nicht von einem Dienstwagen gebracht zu werden. Es war irgendwie ein Triumph, als sei es ein Zeichen seiner Unabhängigkeit und seines Wohlstands, dass er es nicht nötig hatte, auf einen Dienstwagen zurückzugreifen.

Er hatte die Taxifahrerin schon bezahlt und ihr ein großzügiges Trinkgeld gegeben, war dabei, auszusteigen, und hielt noch einmal inne. Er klemmte sich wieder auf die Rückbank und bat die Taxifahrerin, ihn zum Hafen zu fahren. Er wollte noch ein wenig in Norddeich spazieren gehen und frische Seeluft einatmen. Vielleicht würde er sich auch noch ein, zwei Bierchen genehmigen. Eigentlich brauchte er nach diesem Tag sogar noch etwas Stärkeres. Es wurde ja nicht jeden Tag ein Bombenanschlag auf einen verübt.

Die Taxifahrerin warf ihre Locken zurück und lächelte ihn mit ihren neu gebleichten Zähnen an. Sie roch nach Pfefferminz und einem Hauch frischer Mandeln.

»Ich würde bei dem Wetter auch lieber am Meer spazieren gehen, als in der Bude zu hocken«, sagte sie.

Klatt schätzte sie auf Mitte zwanzig. Er vermutete, sie war

im Alter seiner Tochter. Sie wirkte aber viel fröhlicher und lebenslustiger auf ihn. Für einen Moment fragte er sich, warum Janine immer so miesepetrig war, zumindest, wenn sie sich mal trafen, was ja wahrlich nicht oft vorkam. Sie hatte etwas Stachliges an sich, fand er. Sie lebte mit ihrem Freund in Wiesbaden, und er hatte sich in Norden gut eingerichtet. Was zunächst nach einer Stippvisite an die Küste ausgesehen hatte, war im Grunde zu einem Wohnortswechsel geworden. Er hatte hier jetzt offiziell seine Zweitwohnung. Was steuerlich ganz günstig war wegen der doppelten Haushaltsführung, empfanden alle das als große Erleichterung in ihrem Leben. Sie waren in Wiesbaden glücklicher ohne ihn. Seiner Familie ging es da nicht anders als seinen Kollegen. Sie taten alle nur so, als ob sie ihn vermissen würden. In Wirklichkeit waren sie heilfroh, ihn los zu sein. In Ostfriesland war er aber nie wirklich heimisch geworden. Er hatte die Nordsee durchaus lieben gelernt, aber mit diesem Menschenschlag hier kam er nicht richtig klar. Er musste sich eingestehen, dass er eigentlich nirgendwo so richtig dazugehörte. Vielleicht war das auch besser so. Er war eben ein Einzelgänger. Aber nun versuchte man, ihn endgültig loszuwerden.

Er saß hinten im Taxi und ließ die Scheibe herunterfahren. Er brauchte jetzt Fahrtwind im Gesicht. Schon die Sicht auf die Kutter und Segelschiffe tat ihm gut. Fast hätte er die Taxifahrerin eingeladen, ihn auf dem Spaziergang zu begleiten. Fast. Er tat es nicht.

Er gab ihr noch einmal ein Extra-Trinkgeld. Sie machte ihm auf eine fast laszive Art ein Kompliment, gleichzeitig war aber klar, dass sie an keinem Flirt interessiert war, sondern lediglich nett sein wollte. Vielleicht sah sie ihm an, wie fertig er war und wie einsam.

»Sie sind aber großzügig«, lobte sie ihn. Es waren die wärmsten und ehrlichsten Worte, die er glaubte heute gehört zu haben. Sie spürte, dass es ihm gutgetan hatte, und fügte noch hinzu: »Ich kann es gut gebrauchen. Ich finanziere mir mit dem Taxifahren mein Studium.«

»Was wollen Sie denn mal werden? Nein, lassen Sie mich raten – Lehrerin? Forscherin? Psychologin? Irgendetwas mit Menschen, oder?«

Sie nickte. »Soziale Arbeit.«

Er wollte gehen, hatte aber fast das Gefühl, sie durch einen Abbruch des gerade beginnenden Gesprächs zu beleidigen oder zumindest zu enttäuschen. Er verabschiedete sich mit den Worten: »Heute heißt das doch nicht mehr Diplom, sondern …«, er schnippte mit den Fingern, als läge es ihm auf der Zunge.

»Bachelor of Arts«, half sie ihm.

Er lachte. »Genau. Bachelor. Ist ein wenig in Verruf geraten durch die blöde Fernsehserie, oder? Da klingt Diplom doch immer noch seriöser, finden Sie nicht?«

Sie sah ihm nach, als er zum Yachthafen schlenderte, die rechte Hand in der Hosentasche. Er sah sich die Schiffe an, als hätte er vor, eins zu kaufen oder zumindest eine Fahrt damit zu machen.

Vielleicht wartete sie noch einen Moment, ob er es sich noch einmal anders überlegen würde. Er wirkte so wankelmütig auf sie. Aber etwas in seiner Art deutete auch an, er könne sich, ohne zu zögern, das Leben nehmen. Er trug das alles in sich, fand sie. Diese gelassene Weisheit, die aus Erfahrung kommt, gepaart mit Lebensgier und einer tiefen Resignation, als sei alles sinn- und ausweglos.

Er drehte sich nicht mehr zu ihr um, war versunken in

seine eigenen Gedanken. Dirk Klatt brauchte Luft – und Alkohol.

Der Wind zerrte an seiner Kleidung. Fast trotzig zog er seine Jacke aus, obwohl er zu frieren begann, und warf sie sich lässig über die Schulter, als sei dies ein heißer Sommertag. Den Zeigefinger der rechten Hand schob er durch den aufgenähten Aufhänger der Jacke, der schon einmal abgerissen war. Er hatte ihn selbst wieder angenäht. Wenn er etwas nicht konnte, dann nähen. Das gehörte zu diesen weiblichen Geheimnissen, die er nie verstanden hatte. Schon nach ein paar Schritten riss der Aufhänger erneut. Klasse! Welch ein Tag!

Klatt saß lange auf dem Deich und blickte aufs Meer. Die Sonne hatte den Asphalt erwärmt, die dieser jetzt an Klatts Hintern abgab.

Es war wie ein Abschiednehmen für ihn. Der Anschlag heute hatte ihm gegolten, das war ihm klar. Etwas in ihm war zerbrochen. Wenn er sich vorstellte, jetzt gleich von einer Kugel erwischt zu werden, dann hatte der Gedanke fast etwas Erlösendes. War es nicht leichter, sich in sein Schicksal zu ergeben als erneut den Kampf zu beginnen? Einen Kampf, der doch nicht zu gewinnen war?

So wie jedes Leben eben irgendwann zu Ende geht, so war auch seins nun an der Reihe. Er würde eben nicht nach einer Diagnose, langen Krankenhausaufenthalten, zahlreichen Operationen, eingestellt auf Medikamente, langsam sterben, sondern rasch, durch eine Kugel oder eine Bombe. Ein Knall und aus. Der Gedanke hatte fast etwas Tröstliches.

Etwas hatte er kapiert. Etwas, das sehr weh tat: Niemand mochte ihn wirklich. Von einigen wurde er respektiert und gar gefürchtet. Er konnte einige Hebel der Macht bedienen und so manche Gunst verteilen oder auch Leuten Schwierigkeiten machen. Deshalb wurde er oft angelächelt oder gar angezuckert. Aber immer wollten die Menschen dann etwas von ihm. Nur wenn er Leistung brachte, erntete er Anerkennung. Er war so sehr, was er tat. Niemand liebte ihn um seiner selbst willen. Würde er nach der Pensionierung zu einem einsamen, alten Mann werden?

Er hatte vierhunderttausend zur Seite gebracht, aber er wusste plötzlich nicht mehr genau, warum. Was sollte er damit anfangen? Reisen? Gute Restaurants? Edle Weine? Das alles war doch nichts wert, wenn man es nicht mit jemandem teilen konnte.

Wenn die Menschen erfahren würden, wer er wirklich war und was er getan hatte, würden sie ihn dann verachten? Er war doch nur einmal schwach geworden, während er die ganze Zeit versucht hatte, stark zu sein und zu den Guten zu gehören.

Er bemitleidete sich selbst und fand es gleichzeitig peinlich.

Im Diekster Köken trank er einen halben Liter Bier und aß einen Fischteller mit Bratkartoffeln. Er stopfte alles stumm in sich hinein, schlang aber mehr, als dass er speiste, und beobachtete neidisch ein Pärchen. Sie waren beide eher dick als mollig, zwischen fünfzig und sechzig, und voll ineinander verknallt. Sie aßen mit Lust, ganz langsam, himmelten sich dabei an, als sei der jeweils andere als Nachspeise vorgesehen. Sie kicherten immer wieder und fütterten sich gegenseitig.

Was hätte er darum gegeben, mit dem Mann zu tauschen!

Er suchte nach seinem Handy. Normalerweise steckte er es in die rechte Jackentasche oder legte es vor sich auf den Tisch.

Hatte er es verloren, als die Jacke von seiner Schulter gerutscht war? Oder im Taxi? Wann hatte er es zum letzten Mal bewusst benutzt?

Und plötzlich, wie eine Erkenntnis, deren Entdeckung ihm ungeheuerlich vorkam, fragte er sich, wieso eigentlich jemand, der keine Freunde hatte, ein Handy brauchte. Um ständig beruflich erreichbar zu sein? War das Handy dann nicht vielleicht das Hundehalsband am Hals des leitenden Beamten?

Ohne Handy kam er sich auf eine spitzbübische Art wie befreit vor.

Er besaß ein zweites Handy, seitdem er einmal während einer Überwachung eines mit einem umgestoßenen Bierglas gekillt hatte. Seitdem ging er auf Nummer sicher. Es lag zu Hause.

Apropos Bier: Er winkte der Kellnerin. Er brauchte noch ein Frischgezapftes.

⚓

Monika Tapper hatte Mühe, sich auf ihre Arbeit zu konzentrieren. Das Ganze war zu mysteriös. Sie schrieb eine Nachricht an Rupert, um Ann Kathrin zu entlasten. Sie wollte ihre Freundin jetzt nicht mehr stören.

Rupert hatte mal heftig mit Anneliese im Café geflirtet. Daran erinnerte Monika sich noch sehr gut. Sie schrieb ihm: *Ich glaube, wir kennen Anneliese gar nicht richtig. Jedenfalls ist ihre Mutter nicht ihre Mutter und ihr Elternhaus nicht ihr Elternhaus.*

Ihren Mann Jörg fragte sie: »Warum gibt ein Mensch sich als jemand aus, der er nicht ist?«

Jörg war gerade dabei, mit einem Vertreter über die Lieferung von umweltfreundlichem Verpackungsmaterial zu verhandeln. Er unterbrach das Telefongespräch: »Das macht nur eine Person, die gesucht wird, denke ich mir.« Er versuchte einen Scherz, weil er sah, wie betroffen seine Frau war: »Sommerfeldt wird sich zum Beispiel – wo auch immer er ist – bestimmt nicht Dr. Bernhard Sommerfeldt nennen. Ich kann mir allerdings vorstellen, dass er wieder als Arzt praktiziert, nur eben unter anderem Namen.«

Monika winkte ab. Davon wollte sie jetzt nichts wissen. »Mist«, sagte sie, »und ausgerechnet jetzt hat Ann Kathrin keine Zeit, weil in Aurich eine Bombe hochgegangen ist.«

Jörg bemühte sich, das Gespräch mit dem Vertreter zu beenden. Die zwei kannten sich schon lange. Jörg sagte freundlich, aber bestimmt: »Lass uns morgen weiterreden. Jetzt ist es gerade schlecht.«

Erleichtert legte er auf. Jetzt hatte er Zeit für seine Frau. Er versuchte, sie zu beruhigen: »Wir gehen heute Abend noch einmal hin. Bestimmt klärt sich das alles auf.«

Rupert antwortete mit einer schnell getippten Nachricht: *Die nette Anneliese? Schick mir ein Foto von ihr.*

Da musste Monika nicht lange suchen. Es gab mehrere Bilder, die sie gemeinsam mit Anneliese und ihrer Tochter Mara zeigten. Sie schickte zwei davon an Rupert.

Eine halbe Stunde später kam seine Antwort: *Weder du noch Anneliese seid in unserem Informationssystem zur Überwachung rückfallgefährdeter Sexualstraftäter.*

Monika stöhnte und zeigte Jörg die Antwort.

»Da hat Rupert vermutlich ausnahmsweise mal recht«, sagte er und probierte eine frische Rosinenschnecke.

⚓

Dirk Klatt ließ sich ein Taxi zum Diekster Köken kommen. Die Wartezeit überbrückte er mit einem Aquavit. Diesmal saß keine nette Studentin hinter dem Steuer, sondern ein schlechtgelaunter Rentner, der Rückenprobleme hatte und den das Rheuma in den Gelenken quälte, der aber Taxi fahren musste, um seine knappen Bezüge aufzubessern. Er war, vermutlich nicht ganz grundlos, sauer auf die Regierung, weil nach einem langen Arbeitsleben nun die Rente nicht reichte. Er verfluchte alle, die gerade an der Macht waren, und seine Exfrau dazu.

Er spricht, als hätte er vor, eine terroristische Vereinigung zu gründen, dachte Klatt. Früher hätte ihn das rasend gemacht, er hätte sofort begonnen, die Regierung zu verteidigen, die niedrigen Renten zu erklären und den Mann darauf aufmerksam gemacht, wie gefährlich seine Reden und Gedanken waren. Doch erstaunt stellte Klatt fest, dass er keine Lust hatte, ihn zu belehren oder zu erziehen. Sollte der Typ hinterm Steuer doch denken, was er wollte. Er wollte nur nach Hause.

Der Aquavit brannte noch in der Speiseröhre, und Klatt stellte sich vor, zu Hause noch einen weiteren Schnaps zu trinken. Er hatte einen Raki im Kühlschrank. Manchmal trank er Raki, um sich an einen schönen Urlaub zu erinnern. Als seine Tochter noch klein war und seine Frau und er noch glaubten, sie hätten ein schönes Eheleben vor sich. Aus heutiger Sicht war er damals richtig verliebt in sie gewesen und fühlte sich auch geliebt von ihr. Es war viel zu heiß in der Türkei gewesen, sie hatte den ganzen Tag gestöhnt und mehr Zeit im klimatisierten Hotel als am Strand verbracht, aber zwischen ihnen beiden war eine gute, wohlwollende Atmosphäre gewesen, und abends spielten sie mit Janine Mensch-ärgere-dich-nicht.

Bis der Taxifahrer ihn nach Hause gebracht hatte, blieb Klatt innerlich ganz in der Türkei. Diesmal gab er kein großzügiges Trinkgeld, sondern rundete nur auf einen vollen Euro auf.

Im Haus legte er Leonard Cohen auf: *I'm leaving the table, I'm out of the game.* Für ihn war das Cohens Abschiedssong, mit dem er von der Bühne des Lebens abtrat. Jetzt tat es ihm gut, die warme, düstere Stimme zu hören. *I'm leaving the table* hatte ein Spieler in Wiesbaden im Casino mal gesagt, als er seine letzten Chips verspielt hatte und mit einer gewissen Gleichgültigkeit aufstand, als habe er sich nur an den Roulettetisch gesetzt, um alles zu verspielen.

Klatt hatte den Mann fasziniert beobachtet. Er war damals ein junger Hauptkommissar gewesen und träumte von einer Karriere in der Organisation. Von spektakulären Fällen im Beruf und einem ruhigen Familienleben zu Hause.

Er wollte alles: das Abenteuer und die Idylle.

Damals hatte er zum ersten Mal das berühmte Casino besucht, und dieser Mann war ihm gleich aufgefallen. Merkwürdig alterslos und doch mit silbergrauen Haaren. Er trug seinen maßgeschneiderten Smoking so lässig wie andere ihre lockere Freizeitkleidung. Trotzdem hatte es etwas Erhabenes an sich, wie er Platz nahm und die Chips vor sich stapelte, die er zu setzen plante. Klatt schätzte die Türme auf gut fünfzehn-, vielleicht zwanzigtausend Euro.

Zunächst gewann der Mann sogar und zog viel Aufmerksamkeit anderer Gäste auf sich. Er schien sich weder zu freuen noch zu ärgern. Einmal, als sein Hunderter-Chip den fünfunddreißigfachen Einsatz brachte, ließ er alles stehen. Die nächste Runde nahm ihm den kompletten Gewinn.

Er zeigte keine Enttäuschung. Da verstand Klatt: Der

Mann wollte verlieren. Das gab ihm irgendeine Art von Bestätigung.

Klatt sah ihm zu, als könne er von ihm etwas über das Leben lernen. Er hätte es nicht gewagt, den Mann anzusprechen. Irgendwie benahm er sich so, als hätte niemand ein Recht, auch nur eine Sekunde seiner Zeit zu stehlen.

Klatt gestand sich jetzt ein, während er Cohen hörte und Raki mit Eiswasser verdünnte, dass er den Mann bewundert hatte. Man musste lernen, zu verlieren, mit Haltung zu Boden zu gehen …

Als der Herr das Casino verließ, hatte er einen spöttischen, ja triumphalen Zug um die Lippen. Klatt kam er vor wie ein Wissenschaftler, der das Labor abschloss, nachdem ein Versuch genau zu dem Ergebnis geführt hatte, das er vorausgesagt hatte. So wie dieser Verlierer als Sieger gegangen war, als Sieger über sich selbst und damit auch über die Welt, so wollte auch er eines Tages abtreten.

I'm leaving the table, I'm out of the game …

Er ging zum Fenster und öffnete es. Blickte in den Sternenhimmel. Dann spielte er den Song zum dritten Mal ab.

Er goss sich noch einmal ein. Raki war jetzt genau das Richtige. Eine Erinnerung an eine schöne Zeit.

Er wusste, dass er am offenen Fenster, mit dem hell erleuchteten Hintergrund, ein prächtiges Ziel abgab. Aber er ahnte nicht, dass er mit seinem Rakiglas in der Hand im Fadenkreuz eines Zielfernrohrs erschien. Er machte es seinem Mörder leicht. Es war fast ein Angebot, das dieser nicht ablehnen konnte.

⚓

Nach dem Fehlschlag in Aurich hatte er vor, es so rasch wie möglich zu beenden. Klatt galt als Risiko, als einer, der, wenn er unter Druck gerate, zum Singvogel werden könnte, um seine eigene Haut zu retten. Eigentlich wollte er ihn auf dem Sofa beim Fernsehen erledigen, mit einem Schuss durch die Scheibe. Er hatte ihn mehrfach nachts beobachtet. Klatt war abends meistens allein und schlief vor der Flimmerkiste ein. Der Mord sollte aber spektakulär sein, hatte sein Auftraggeber verlangt. Das Bombenattentat war aufsehenerregend genug, nur leider war es schiefgelaufen. Jetzt mussten sofort neue Fakten geschaffen werden. Man lief sonst Gefahr, sich lächerlich zu machen und als verletzlich, ja unprofessionell zu gelten.

Er hieß Dalibor. Seine tschechische Mutter hatte ihm den Namen gegeben, weil sie die Oper von Smetana so liebte. Er konnte mit Opern nicht viel anfangen, aber es war wenigstens kein Allerweltsname, und er sollte so etwas bedeuten wie *Kämpfer aus der Fremde*.

In der Szene glaubten die meisten, es sei sein Deckname. Wer arbeitete schon unter seinem richtigen Namen?

Wahrscheinlich, dachte er ironisch, gab es kaum eine bessere Tarnung, als seinen echten Namen zu nehmen, den jeder für falsch hielt.

Er feuerte aus dem Auto. Er war knapp fünfzig Meter von seinem Ziel entfernt. Eigentlich hatte er hier noch bis Mitternacht warten wollen. Er mochte es, im Mondlicht zuzuschlagen. Er war ein Nachtmensch. Aber eine bessere Gelegenheit würde sich nicht mehr bieten. Sein Ziel stand am offenen Fenster.

Dalibor hatte rasch sein Gewehr ausgepackt und angelegt. Er traf Klatt zwischen die Augen. Das Rakiglas fiel aus dem

Fenster nach unten vors Haus. Er selbst krachte rückwärts ins Wohnzimmer.

Dalibor war völlig sicher, dass Klatt tot war. Es war ein Meisterschuss. Die ermittelnden Behörden würden sofort den Profi erkennen. So etwas konnte nur jemand, der lange geübt hatte. Aber er konnte sich keine Fehler oder Missgeschicke mehr erlauben. Er galt als absolut zuverlässig. Also stieg er aus, ging zum Haus, brach die Tür auf und verpasste Klatt mit seiner Beretta noch zwei Kugeln in die Brust.

Er sah sich in der Wohnung um und dachte: jämmerlich! Das bleibt also nach zig Jahren Berufstätigkeit und nach einem eigentlich ganz respektablen Aufstieg.

So wollte er nicht enden.

Auf einem Stuhl lagen zwei dicke Bildbände aufgeschlagen, mit einer Spur von Mehl und Bratensoße versehen. *Ostfriesland backt* und *Ostfriesland kocht*.

Mit seiner Mutter hatte Dalibor manchmal gebacken. Das waren wunderschöne Kindheitserinnerungen. Er hatte sofort wieder die wundersamen Gerüche in der Nase, als er die Bücher sah.

Er nahm den Bildband *Ostfriesland backt* in die Hand und knibbelte etwas von dem Teigrest ab, der daran klebte. Er beschloss, das Buch mitzunehmen. Wer sollte schon den Diebstahl bemerken und warum? Es spielte überhaupt keine Rolle, ob man die Bücher hier fand oder nicht.

Er verließ das Haus ohne Eile und fuhr zurück zu seiner Ferienwohnung. Darin gab es zwar eine Küche, aber er hatte heute Abend nicht mehr vor, zu backen. Ohne seine Mutter machte es nur halb so viel Spaß. Er aß immer noch gerne Kuchen und Gebäck. Am liebsten Kolatschen. Aber wo gab es so etwas Feines im vereinten Europa noch? Zweimal hatte er nach dem Tod seiner Mutter versucht, die Hefefladen mit Quark, Mohn und Pflaumenmusfüllung selbst zu machen. Entweder sie wurden nicht richtig saftig oder sie blieben zu matschig.

Die Konsistenz stimmte nie. Dieses Knusprige und gleichzeitig Fluffig-Samtene bekam er ohne seine Mutter nicht hin. Das Backen machte ihn dann eher traurig, weil er seine Mutter vermisste, in deren Augen er immer ein guter Junge gewesen war. Sie hatte immer zu ihm gehalten. Ihre Hoffnung war, dass er Arzt werden würde. Statt Menschen dabei zu helfen, gesund zu werden, half er ihnen jetzt, ohne großes Leid ins Jenseits zu wechseln. Aber vermutlich wäre seine Mutter nicht stolz auf ihn gewesen, dachte er, und das schmerzte ihn.

Man würde Klatt frühestens morgen finden, dachte Dalibor. Wenn er nicht zum Dienst erschien, würde sich vielleicht jemand nach ihm erkundigen. Es könnte aber auch länger dauern, bis jemand bei ihm vorbeifuhr, um nachzusehen. Klatt war eigentlich genau der Typ, der wochenlang tot in der Wohnung lag, und niemand bemerkte es.

Dalibor meldete den Vollzug. Er schickte keine Fotos wie andere Hitmen. Er begnügte sich mit einem Codewort. Es hieß: *Krabbenbrötchen*.

Ein unverfänglicheres Codewort war kaum denkbar. Hin und her geschickte Fotos konnten vor Gericht später als Beweismittel gelten. Aber niemand war jemals verurteilt worden, weil er das Wort *Krabbenbrötchen* verschickt hatte.

Suchprogramme der Ermittlungsbehörden und Geheimdienste forschten im Internet nach verdächtigen Worten, um Pädophile zu fangen, Drogenhändler oder Terroristen. Aber egal, wie engmaschig die Wort- und Bildnetze auch waren: Das Wort *Krabbenbrötchen* verfing sich garantiert nicht darin. Wer stattdessen *Waffenfähiges Plutonium* als Wortkombination herumschickte, musste damit rechnen, dass er nachts vom Staatsschutz aus dem Bett geklingelt wurde.

Suchmaschinen waren gründlich, aber eben auch blöd. Ihnen fehlte der menschliche Faktor. Künstliche Intelligenz war eben gar nicht intelligent, sondern nur schnell und effektiv. Aber sie ließ sich – davon war er fest überzeugt – überlisten.

Seit die Gesichtserkennung seines Handys nach einem Zahnarztbesuch, bei dem ihm zwei Weisheitszähne gezogen worden waren, ihn nicht wiedererkannt hatte, fühlte er sich als Mensch wieder Maschinen und Algorithmen überlegen, denn alle Menschen hatten ihn erkannt. Sogar die neue Kellnerin in seinem Lieblingsrestaurant, die ihn erst zwei- oder dreimal bedient hatte. Sie bedauerte ihn und schlussfolgerte: »Oje … Zahnarzt? Was können Sie denn überhaupt essen? Wir haben eine gute Consommé. Soll ich Ihnen die bringen?«

Er hatte die Kraftbrühe genommen und mit dem Bewusstsein geschlürft, dass Menschen Dinge erfassen und erfühlen können, die Maschinen einfach fremd sind. Seitdem ging es ihm irgendwie besser.

In seiner Ferienwohnung blätterte er im Backbuch und stellte sich vor, wie es gewesen wäre, wenn er mit Klatt gemeinsam ein paar der Rezepte ausprobiert hätte. Ja, wenn sie sich unter anderen Umständen kennengelernt hätten, wäre vielleicht eine Freundschaft daraus geworden.

Er grinste bei dem Gedanken. Ein, zwei knackig-saftige Kolatschen wären jetzt genau das Richtige gewesen, aber eine Apfeltasche tat es zur Not auch. Gestern hatte er ein halbes Dutzend gebacken. Die Ferienwohnung duftete noch jetzt danach.

Andere meditierten vor einem solchen riskanten Anschlag. Er wusste von Attentätern und Hitmen, die beteten sogar vorher. Er backte sich ein paar Teilchen, saß dann vor dem Backofen und sah dem Teig zu, wie er goldgelb wurde. Ihn beruhigte das. Er hatte bei jedem Job selbstgemachtes Gebäck dabei. Er aß es direkt vorher und danach. Diesmal waren es Apfeltaschen mit Rosinen gewesen. Er nahm zwei Sorten Äpfel, um den Säure- und Süßegrad besser ausbalancieren zu können.

Er aß jetzt die letzte Apfeltasche, für die er Blätterteig aus dem Supermarkt-Kühlregal benutzt hatte. Seine Mutter hätte das niemals akzeptiert. Von ihr hatte er früh gelernt, Blätterteig selbst zu machen, aber es dauerte ihm jetzt zu lange. Der Teig brauchte viel zu viel Ruhezeit.

Dalibor nahm manchmal im Leben eine Abkürzung, um schneller zum Ziel zu kommen. Er schämte sich ein bisschen dafür und bat innerlich seine Mutter um Verzeihung, als er das letzte Stückchen der Apfeltasche zwischen seinen Lippen verschwinden ließ.

Er beschloss, noch ein bisschen fernzusehen, und hoffte, in den Nachrichten etwas über die Bombenexplosion in Aurich zu hören. Er wurde nicht enttäuscht.

⚓

Polizeidirektorin Elisabeth Schwarz stellte fest, dass keine Fluchtgefahr bestand, und ließ Lasse Deppe und Holger Bloem nach Hause gehen. Sie forderte die beiden aber auf, sich weiterhin zur Verfügung zu halten.

Hering gefiel das nicht, aber er geriet hier an die Grenzen seiner Befugnisse.

Frau Schwarz bat Ann Kathrin Klaasen in ihr Büro. Die Frauen schritten stumm nebeneinanderher durch den Flur und betraten das Zimmer gemeinsam.

Ann Kathrin rechnete mit ein paar vertrauten Worten, mit einem dienstlichen Gespräch ohne Zeugen. Doch ihre Chefin setzte sich gleich ans Schachbrett, als hätte sie vor, zu spielen. Ihre rechte Hand schwebte über den Figuren, bereit, einen Zug zu wagen.

Ann Kathrin zögerte, sich dazuzusetzen. »Sie wollen jetzt aber nicht ernsthaft mit mir die Schachpartie beenden …«

»Warum nicht? Angst, zu verlieren?«

Ann Kathrin lachte demonstrativ laut: »Nein. Ich habe nur andere Sorgen.«

»Sie sollten auf Ihren Turm aufpassen. Wenn Sie jetzt falsch ziehen, sind Sie in drei Zügen matt.«

Ann Kathrin setzte sich nun doch ans Brett. »Ich kenne Fresssüchtige. Drogensüchtige. Workaholics. Sexsüchtige. Fitnessjunkies. Kaffeesüchtige. Aber mit Schachsüchtigen hatte ich es bis jetzt noch nicht zu tun.«

»Ich bin nicht schachsüchtig. Ich neige überhaupt nicht zu Süchten. Ich mag aber Logik, Struktur und Klarheit im Denken. Alles das finde ich hier. Sie dagegen, Frau Klaasen, handeln eher gefühlsbetont.« Elisabeth Schwarz zog.

»Stimmt«, gab Ann Kathrin zu, »und mein Gefühl sagt mir, ich sollte jetzt Ihre Dame schlagen.«

Ann Kathrins neue Chefin tat zu offensichtlich verblüfft. Als würde sie erst jetzt bemerken, dass sie einen Fehler gemacht hatte. In Wirklichkeit war Ann in eine Falle getappt und tatsächlich, nach wenigen weiteren Zügen, unausweichlich matt.

»Herzlichen Glückwunsch, Frau Klaasen.«

»Glückwunsch? Sie haben gewonnen.«

»Ja, aber ich habe vierundzwanzig Züge gebraucht, um Sie matt zu setzen. Das geschieht nur sehr selten.«

Ann zuckte mit den Schultern. »Wie viele brauchen Sie normalerweise?«

»Selten mehr als fünfzehn oder sechzehn. Eine vierundzwanzig ist ziemlich gut.«

»Verlieren Sie nie?«, fragte Ann.

Elisabeth Schwarz machte eine Bewegung, als würde sie etwas hinter sich werfen. »Das letzte Mal ist lange her. Gut zwei Jahre. Vor der Pandemie. Ich war beschwipst und hatte mich auf eine Blindpartie eingelassen.«

»Das heißt, Sie haben beide das Schachbrett nicht gesehen und mit verbundenen Augen gespielt?«

Die Polizeidirektorin schüttelte den Kopf. »Doch. Mein Partner schon. Nur ich hatte die Augen verbunden.«

»Echt jetzt?«, fragte Ann Kathrin.

»Ja. Wie gesagt. Ich war beschwipst. Normalerweise trinke ich nicht im Dienst und natürlich nicht beim Schach.«

⚓

Es war für alle ein langer Tag gewesen. Ruperts Überstundenkonto wuchs weiter. Er fuhr noch zu ten Cate, um genau zu erfahren, was eigentlich los war. Im bereits geschlossenen Café saß er hinten mit Monika und Jörg Tapper. Sie warteten noch auf Ann Kathrin, die versprochen hatte, zu kommen, aber mal wieder auf sich warten ließ.

Jörg hatte einen Teller mit Naschereien auf den Tisch gestellt. Deichgrafkugeln, Baumkuchenspitzen, Pralinen und ein paar Kekse. Die Teekanne auf dem Stövchen zierte eine ostfriesische Rose. Es duftete nach Schwarztee, und Jörg ließ dicke Kandisklumpen in seiner Tasse zerkrachen. Er mochte dieses Geräusch und brachte sein Ohr beim Eingießen näher an die Tasse.

Ann Kathrin guckte durch die große Fensterscheibe ins beleuchtete Café. Aus ihrer Perspektive sah es aus, als würde Jörg sich Tee ins rechte Ohr gießen.

Sie klopfte gegen die Scheibe, und Monika öffnete ihr.

Rupert erzählte gerade: »Die Anneliese ist schon eine tolle Frau. Ich meine, nicht so eine richtig scharfe Schnitte, aber sie hat das gewisse Etwas. Ich fand sie geheimnisvoll.«

»Das ist sie wohl auch tatsächlich«, bestätigte Monika. »Wie gut kennst du sie denn, Rupert? Du hast sie doch mal nach Dienstschluss hier abgeholt.«

»Näher kannte ich sie nicht.«

Das hörte sich für Ann Kathrin, noch bevor sie sich gesetzt hatte, so verkniffen und umständlich an, als hätte Rupert etwas zu verbergen. Sie wollte gleich Klarheit: »Hast du sie etwa auch flachgelegt?«

Rupert guckte, als könne er sich auf Anhieb gar nicht so recht daran erinnern, und versuchte, sich gestenreich zu erklären: »Also, das war ... ich glaube ... nach der Verknobelung hier.«

»Also am fünften Dezember«, stellte Jörg fest.

»Genau. Ich hatte eine Torte gewonnen und ein Marzipanbrot. Ich wollte eigentlich noch ins Mittelhaus und da um Salamiwürste knobeln, aber bei Theos Glühweinstand blieb ich hängen. Ich hatte ein, zwei Eierpunsch, und da stand sie plötzlich neben mir. Sie wirkte sehr nervös und bat mich, den Arm um sie zu legen.«

Jörg riet: »Was du natürlich sofort gemacht hast ...«

Rupert nickte. »Richtig. Ich wollte sie auch zu einem

Glühwein einladen. Ich schlug ihr vor, den weißen zu probieren, aber sie wollte lieber gleich gehen.«

»Vermutlich, weil sie sooo scharf auf dich war«, spottete Ann Kathrin.

Monika warf ein: »Sie kam normalerweise mit dem Rad zur Arbeit. Sie sagte gern, hier braucht man ja überhaupt kein Auto.«

»Was ihr immer denkt«, grinste Rupert und goss sich auch einen Tee ein, obwohl ihm ein Bier lieber gewesen wäre. Er machte es spannend. Er genoss die Aufmerksamkeit. »Da lungerte auf der Osterstraße so ein Typ rum, vor dem sie wohl Angst hatte. Schwarze Kapuzenjacke, Schal über Kinn und Mund. Dunkle Motorradbrille. Trekkingschuhe. Eine echt finstere Gestalt.«

»Was wollte der von ihr?«, fragte Monika.

»Hat er sie belästigt?«, wollte Jörg wissen und fügte nachdenklich hinzu: »Ich erinnere mich an den Tag. Sie hatte sich auf die Verknobelung sehr gefreut. Sie mochte ostfriesische Traditionen. Das geht den Zugereisten ja oft so. Aber an dem Abend war sie so fahrig. Einmal hat sie sich sogar beim Auszählen der gewürfelten Augen vertan. War ihr unheimlich peinlich. Es sah aus, als hätte sie schummeln wollen. Wollte sie natürlich nicht. Sie ist eine echt ehrliche Haut.«

»Jedenfalls ist der Typ tatsächlich hinter uns hergelaufen. Immer mit gebührendem Abstand. Sie dachte wohl, er ist ihr Ex oder so.«

Rupert unterbrach seine Rede und angelte nach den Deichgrafkugeln, die von ihm aus mehr als eine Armlänge weit entfernt waren. Er nahm sich gleich zwei vom Teller.

»Nun mach es doch nicht so spannend«, mahnte Monika.

»Ich habe sie – ganz gentlemanlike natürlich – bis vor die

Tür gebracht. In der Jackentasche das Marzipan und in der Linken habe ich die Torte balanciert. Rechts hielt ich sie im Arm.« Rupert machte es vor.

»Und dann?«, forschte Ann Kathrin, die sich nicht vorstellen konnte, dass das schon die ganze Geschichte gewesen war.

»Nun, ich wollte eigentlich noch mit zu ihr rein.«

Das dachten sich offensichtlich alle.

»Aber?«, fragte Jörg.

»Wollte sie nicht?«, freute sich Ann, die es liebte, wenn Rupert eine Abfuhr bekam.

Er lächelte weltmännisch. »Ich habe ihr vorgeschlagen, bei ihr auf dem Sofa zu schlafen, falls sie sich Sorgen wegen des Typen macht.«

»Weiter«, drängelte Ann.

»Aber dann hab ich gemerkt, dass sie wirklich Schiss vor dem Typen hatte. Ich wollte das klären. Ich bin hin und hab ihn zur Rede gestellt. Ich hab ihn angeguckt und gesagt: *Äi, Mann, was willst du von der Frau? Was stimmt mit dir nicht?* –. Er wurde gleich stinkig, und dann hab ich nicht lange gefackelt.«

»Was heißt das?«, fragte Ann. Sie hätte es gerne konkreter gehabt.

Es machte Rupert sichtlich Spaß, weiterzuerzählen. Ann bezweifelte zwar, dass es sich genau so zugetragen hatte, aber alle anderen glaubten ihm.

»Ich hab dem Typen die Torte in die Hand gedrückt und gesagt, er solle sie mal kurz halten. Hat er auch gemacht, der Idiot. Dann hab ich ihm voll eine reingesemmelt. Der hat zwar die ganze Zeit auf großer, starker, wilder Mann gemacht, ist dann aber ganz schnell in die Knie gegangen.

Ein Schlag und aus. Sogar die Torte hat er fallen lassen, der Stümper. Dafür hat er gleich noch einen Satz heiße Ohren von mir bekommen.«

Anns Lob klang nach Spott: »Ja, welche Heldentat!« Sie wurde sofort wieder sachlich: »Und dann hast du seine Personalien festgestellt?«

Rupert sah betreten aus: »Nein, dann kam Anneliese aus dem Hauseingang gelaufen, hat sich den Typen angeguckt und gesagt, das sei ja gar nicht ihr Ex, sie hätte den wohl verwechselt und ich solle den doch in Ruhe lassen, es sei nur ein Irrtum gewesen. Der Typ ist getürmt. Die Torte war hin, und ich hatte keinen Grund mehr, dem hinterherzulaufen.«

»Und dann bist du mit hochgegangen?«, fragte Jörg.

»Klar. Ich konnte sie doch in der Situation nicht im Stich lassen. Die Frau war ja ganz aufgeregt.«

»Und dann hast du bei ihr auf dem Sofa geschlafen?«, erkundigte Ann Kathrin sich.

Rupert blickte reihum allen einmal in die Augen. »Das geht euch eigentlich gar nichts an, Freunde«, behauptete er.

Monika war unzufrieden: »Was bedeutet das denn jetzt? Sie geht nicht ans Handy, sie meldet sich nicht, sie ist nicht zu Hause ... «

»Oder sie öffnet nicht«, warf Rupert ein.

»Wir können schlecht auf einen Verdacht hin die Tür aufbrechen«, mahnte Ann Kathrin.

»Wenn das Kosten verursacht und unnötig war, dann übernehmen wir die Kosten«, schlug Jörg vor und erntete von seiner Frau zustimmende Blicke.

Ann Kathrin wirkte trotzdem unentschlossen.

Monika versuchte zu argumentieren: »Ann, ich habe ihre Mutter angerufen und mit der richtigen Anneliese Stierhohn gesprochen. Die war noch nie in ihrem Leben in Norden. Ich komme mir ganz merkwürdig vor. Wir hatten eine wunderbare Servicekraft, und die hat hier unter falschem Namen gearbeitet. Wir wissen gar nicht, wer sie ist. Warum macht jemand denn so etwas?«

»Wie kann es überhaupt passieren, dass du ihren richtigen Namen nicht kennst? Hatte sie falsche Papiere?«, fragte Ann.

Monika schüttelte den Kopf. »Nein. Ich habe«, sie zog einen mitgebrachten Zettel aus der Tasche, »so etwas. Das füllen alle Angestellten aus. Auch die Aushilfskräfte wie Anneliese.«

»Und du lässt dir nicht ihren Ausweis zeigen?«

»Nein«, lächelte Monika, »das war noch nie nötig. Wir sind hier in Ostfriesland. Du liebe Güte …«

⚓

Die Taxi fahrende Studentin der Sozialarbeit erschrak, als auf dem Rücksitz, wo niemand saß, plötzlich ein Handy klingelte. Sie stand in Norden am Bahnhof und wartete auf Kundschaft, die nach Aurich wollte und gleich aus Köln ankommen sollte.

Sie ahnte, von wem das Handy war. Der Zug hatte eh laut Durchsage fünfzehn Minuten Verspätung, und sie entschloss sich, in den Ortsteil Tidofeld zu fahren. Es war nicht weit von der Gnadenkirche entfernt, wo der großzügigste Fahrgast der letzten Wochen wohnte.

Nein, sie fuhr nicht hin, weil sie auf ein weiteres Trinkgeld hoffte. Sie wollte einfach nur nett sein. Er hatte ihr wahrlich genug gegeben.

In der Gnadenkirche befand sich eine Dokumentationsstätte zur Integration der Flüchtlinge und Vertriebenen in Niedersachsen. Erst vor wenigen Wochen war sie durch eine Einladung einer Freundin überhaupt darauf aufmerksam geworden. Sie hatte dort auch einen Film zum Thema Flucht und Integration gesehen.

Sie fuhr zu Klatts Haus und hielt direkt davor. Das Fenster stand offen, und es brannte Licht. Sie klingelte, aber er öffnete nicht.

Vor dem Fenster rief sie seinen Namen. Sie sprang hoch, um reinzugucken und zu rufen: »Ich glaube, ich habe Ihr Handy! Vermissen Sie Ihr Handy?«

Ihr war, als hätte sie Schwefel gerochen. Sie sprang noch einmal hoch und sah den Mann im Wohnzimmer liegen. Sie rief sofort die Polizei.

Ann Kathrin blickte Jörg und Monika um Verständnis heischend an, als das Seehundgeheul aus ihrem Handy erklang. Ruperts Handy meldete sich gleichzeitig mit *Born to be wild*.

Marion Wolters bat Ann Kathrin, sofort zu Klatts Wohnung zu fahren: »Wenn uns da niemand einen Bären aufbindet, dann hat einer die Sache zu Ende gebracht.«

»Ich bin in drei Minuten da«, versprach Ann. Das war leicht übertrieben, aber sie schnappte sich noch ein Stückchen Baumkuchen und lief zur Tür.

»Wir übernehmen«, behauptete Rupert und rannte hinter ihr her.

Jörg und Monika sahen sich an. »So ist das, wenn man solche Freunde hat«, sagte Jörg.

Als Rupert auf die Osterstraße trat, sah er Ann Kathrin

schon nicht mehr. Sie hatte ihren Twingo hinter dem Café bei den Fahrrädern geparkt.

Rupert sprintete rüber zur Polizeiinspektion und nahm ein Dienstfahrzeug. Es war ihm ohnehin peinlich, in Ann Kathrins Rostlaube zu fahren. Für ihn war das ein Auto für Schüler oder Studenten, aber nicht für Polizisten.

Vor der Gnadenkirche hatte sich ein Grüppchen Radfahrer versammelt. Es waren Jugendliche auf der Suche nach Abenteuern oder wenigstens einem preiswerten Rausch. Sie glaubten, hier in Norden sei nichts los, und planten deshalb schon, zu Burger King zu fahren, weil das Jugendzentrum aus – wie es hieß – betriebsbedingten Gründen geschlossen hatte.

Paul Schilling wollte mit einem Blitzstart allen zeigen, was er draufhatte. Er fühlte sich als neuer Danny MacAskill. Danny fuhr Bäume hoch, nutzte Treppengeländer, Dächer oder sprang mit seinem Rad auf Felsbrocken herum. Auf YouTube folgte Paul Schilling seinem Idol.

Jetzt achtete MacAskills größter Fan leider mehr darauf, ob seine Freunde auch zuguckten, als auf den Straßenverkehr. Er überlebte nur, weil Ann Kathrin Klaasen voll auf die Bremse stieg und das Lenkrad herumriss. Ihr froschgrüner Twingo drehte sich auf der Fahrbahn. Das Fahrrad krachte gegen die Tür, und Paul flog durch die Luft. Sein Fahrradhelm sah zwar uncool aus, war aber jeden Euro wert. Paul war oft deswegen ausgelacht worden. Jetzt bewahrte der Helm ihn vor schlimmeren Kopfverletzungen. Nur die LED-Leuchten zerbrachen.

Paul kam mit dem Schrecken davon, mit ein paar blauen Flecken und einer Lücke zwischen den Schneidezähnen, die seiner Sprache einen ganz neuen Charme verlieh. Das brennende Gefühl, etwas falsch gemacht zu haben, befeuerte seinen Fluchtimpuls. Sein Misstrauen Erwachsenen gegenüber trug auch dazu bei, dass er versuchte, zu entkommen. Für einen kurzen Moment hielt er es für eine gute Idee.

Seine Freunde standen schockstarr bei ihren Rädern.

Ann Kathrin sprang aus dem Auto und rannte hinter dem Jungen her. »Bleib stehen! Mach keinen Mist! Bist du verletzt?«, rief sie.

Auf der anderen Straßenseite stolperte Paul. Er bemerkte erst jetzt, dass er nur noch einen Turnschuh trug. Ihm wurde schwindlig. Bevor er zusammensackte, hielt Ann ihn schon im Arm.

»Ich glaube, ich bin versichert«, stammelte Paul. Dann wurde er ohnmächtig.

Ann Kathrin rief einen Rettungswagen.

Pauls Freunde verzogen sich und beobachteten alles aus guter Entfernung.

Ann Kathrin sammelte die Sachen des Jungen ein, die auf der Straße lagen, und fuhr den Twingo auf die Grasnarbe beim Radweg zurück.

Ein Schuh, ein Schlüssel, eine Trinkflasche, ein paar Pillen in einer Plastikfolie. Sie betrachtete das Medikament irritiert. Waren dem jungen Mann wirklich Viagra-Tabletten aus der Tasche gefallen?

Er lag mit dem Rücken an einen Baum gelehnt, kam langsam wieder zu sich, und als er mitbekam, was sie in der Hand hielt, wurde er nervös. Sein Rad hatte mehr als einen Achter, aber das interessierte ihn nicht so sehr.

Ann zeigte ihm die blauen Pillen und fragte: »Was ist das?«

»Keine Ahnung. Gehört mir nicht.«

Sie glaubte ihm kein Wort. Sie war als Kommissarin so oft angelogen worden, dass sie gelernt hatte, Lügen auf Anhieb von der Wahrheit zu unterscheiden. Und dieser junge Mann war ein schlechter Lügner.

»Wie alt bist du?«

»Fünfzehneinhalb.«

Sie pfiff beeindruckt. »Und mit fünfzehneinhalb hat man Potenzprobleme? Hat dir das etwa ein Urologe verschrieben?«

»Nein … Das … das kriegt man überall.«

»Ist das nicht rezeptpflichtig? Klär mich auf. Ich alte Frau kenne mich da nicht so gut aus.«

Der Rettungswagen kam, fuhr aber, an Ann Kathrin und dem verunglückten Radfahrer vorbei, direkt zu Klatts Haus. Ann winkte vom Straßenrand, doch sie wurde nicht gesehen.

Paul Schilling versuchte, sich zu verteidigen: »Das nimmt doch heute jeder. Es ist ja auch nicht verboten.«

Ann Kathrin staunte: »Ist der Erwartungsdruck bei euch so hoch? Sex als Leistungssport oder was?«

Sie wollte etwas herausfinden über den Gemütszustand junger Menschen, aber Paul war das peinlich. »Ich werde Sie auch ganz bestimmt nicht anzeigen«, versprach er. »Lassen Sie mich einfach nur in Ruhe.«

»Der Unfall muss korrekt angezeigt werden«, sagte Ann Kathrin, doch Paul wehrte sich: »Es ist doch nichts passiert … Ich bekomme ein neues Rad. Meine Eltern sind nicht so …«

Schon kam ein zweiter Rettungswagen und erlöste Paul von weiteren unangenehmen Fragen.

⚓

Rupert war vom Parkplatz der Polizeiinspektion einen anderen Weg gefahren und kam vor Ann Kathrin bei Klatts Haus an. Ein Fenster stand sperrangelweit offen, die Haustür war aufgebrochen, da zögerte er nicht lange, außer diesen kurzen Moment, als er der Taxifahrerin, die auf die Polizei gewartet hatte, in die Augen sah. Er dachte fast ergriffen: Was für tolle Frauen es doch in Norddeutschland gibt. Aber jetzt war nicht die Stunde, eine davon anzubaggern. Stattdessen lobte er sie nur: »Das haben Sie gut gemacht.«

Er guckte sich um. Da er Ann Kathrin nicht sah, zog er seine Waffe und hielt sie mit beiden Händen rechts neben sein Gesicht, die Mündung nach oben gerichtet. Er glaubte, das würde verwegen aussehen. Auf der Polizeiakademie brachte einem das ja keiner bei. In Samstagabendkrimis wurden ermittelnde Beamte aber immer wieder genau so in Großaufnahme gezeigt.

Er hoffte, die junge Frau damit zu beeindrucken, stieß die Haustür mit seinem rechten Fuß auf und rief in den Flur: »Polizei! Ist da jemand? Bitte geben Sie sich zu erkennen!«

Er bekam keine Antwort.

Die Taxifahrerin raunte ihm zu: »Tote reden nicht. Der hat ein Loch im Kopf.«

»Und wenn der Mörder noch im Haus ist?«, warnte Rupert sie und betrat demonstrativ tapfer das Gebäude.

Er war sich sicher, hier keinen Täter mehr anzutreffen. Es entsprach nicht seiner Erfahrung, dass Mörder in Ruhe auf die Polizei warteten, es sei denn, es handelte sich dabei um die Ehepartnerin des Ermordeten. Ehefrauen saßen manchmal apathisch im Sessel, als würden sie den Spätfilm gucken, und sagten beim Eintreffen der Polizei: »Ich habe ihn umgebracht.«

Das hatte er schon zweimal erlebt. Die Ehepartnerinnen brachen allerdings keine Türen auf. Sie hielten lediglich die Enge in der ehelichen Wohnung nicht länger aus.

Rupert hatte, wie wohl die meisten, Dirk Klatt nie wirklich leiden können. Klatt war mit seiner poltrigen, autoritären Art in Ostfriesland einfach nicht gut angekommen. Er hatte sich mit diesem BKA-Nimbus umgeben, als sei sein Verein eine besonders qualifizierte Truppe, besser als die Polizisten vor Ort. Für die komplexen Fälle, organisierte Kriminalität oder Terrorismus, war das BKA zuständig.

Marion Wolters hatte es mal hämisch so ausgedrückt: »Wir sind hier die Grundschüler, und die sind aus ihrer Sicht die Gymnasiasten.«

Manchmal hatte Rupert diesem Klatt mit seinem arroganten Grundton die Pest an den Hals gewünscht. Besonders, wenn er bei einer Dienstbesprechung mit seinem Gesicht stumm zum Ausdruck brachte, dass es eigentlich eine Beleidigung für ihn war, mit ihnen zusammenarbeiten zu müssen.

Aber ihn jetzt dort in seinem Blut liegen zu sehen, erschreckte Rupert doch, und plötzlich tat Klatt ihm leid. Mit seinen weit aufgerissenen Augen schien er Rupert anzustarren. Er war ganz klar tot, aber im Tod hatte er etwas sehr Lebendiges an sich, fand Rupert. Etwas Vorwurfsvolles und zugleich Erstauntes.

Rupert hatte Klatt nie zu Hause besucht. Es sah hier aus wie in einer typischen Ferienwohnung. Nichts deutete darauf hin, dass hier eine Familie lebte. Alles sah nach Junggesellenbude aus. Ein Übergang. Nichts Festes. Zusammengewürfelte Möbel.

Seine Beate hätte mit einigen Handgriffen – mit Kerzen,

Blumen und Tüchern – aus diesen unpersönlichen Räumen ein wohnliches Zuhause geschaffen, das wusste Rupert.

Klatts Leben kam Rupert plötzlich unendlich traurig vor. Die Bude sah nicht gerade aus, als wären hier tolle Junggesellenpartys gefeiert worden, und von einer Liebeslaube hatte die Wohnung auch nichts.

Rupert warf einen Blick ins Schlafzimmer. Nein, darin ließ sich keine romantische Stimmung erzeugen.

In der Dienststelle machte Klatt einen auf großen Zampano, und dann, privat, sah es bei ihm nicht gemütlicher aus als in seinem grässlichen Büro.

Durchs offene Fenster erhellte Blaulicht das Zimmer und ließ Klatts blutverschmiertes Gesicht gruselig wirken, als würde er lachen.

»Ihr kommt zu spät«, rief Rupert den Rettungssanitätern zu. »Wir brauchen einen Leichenwagen!«

Er machte rasch ein paar Fotos mit dem Handy. Es gab schon Merkwürdigkeiten. Wenn Klatt am offenen Fenster erschossen worden war, warum brach dann noch jemand ein? Oder war der Täter durchs Fenster geflohen? Aber warum?

Diese Frage stellte Rupert auch Ann Kathrin, als sie endlich am Tatort erschien. Inzwischen hatte bereits die Arbeit der Spurensicherung begonnen. Immer, wenn es so weit war, fühlten sich die ermittelnden Beamten rasch überflüssig oder gar störend, denn die Fachleute zeigten ihnen gerne, dass sie im Weg standen.

Ann Kathrin und Rupert verließen das Haus und sahen sich draußen um. Sie kannten die Gegend, aber sie betrachteten sie jetzt mit anderen Augen. Sie standen auf der anderen Straßenseite, ziemlich genau dort, wo Dalibor geparkt hatte.

»Er wurde durchs Fenster erschossen, wetten? Und zwar

von hier aus«, sagte Rupert und deutete auf das erleuchtete Haus, in dem die Spurensicherung ihre Arbeit tat.

Klatt wurde auf einer Bahre in die Gerichtsmedizin transportiert.

»Aber die Tür ist aufgebrochen worden. Warum?«, fragte Ann.

Rupert hatte gleich eine Theorie: »Einer wollte beim schlafenden Klatt einbrechen. Der wurde aber wach und hat ihn vertrieben. Dann hat Klatt ihm vom Fenster aus hinterher gebrüllt: *Ich kenn dich! Ich weiß genau, wer du bist! Wir kriegen dich!* Blöd und selbstbewusst genug war er ja, unser Klatt. Der Typ hat dann von hier aus gefeuert und Klatt erledigt.«

»Aber dann müsste Klatt nach dem ersten Treffer umgefallen sein, und den liegenden Mann kann man von hier aus nicht noch einmal mit einer Kugel erwischen«, wandte Ann Kathrin ein.

Rupert leuchtete die Wiese und die Straße ab. Er suchte Patronenhülsen.

»Es war ein Profi«, sagte Ann, »und der wollte sichergehen. Er ist nach dem ersten Schuss ins Haus und hat alles ohne Restrisiko beendet.«

»Kann sein«, gab Rupert zu. »Oder er hat noch etwas aus Klatts Besitz entwendet.«

»Was denn?«

»Was man heutzutage so klaut. Einen Stick mit Daten. Ein paar Kilo Koks. Fotos …«

Weller kam an. Er sah aufgekratzt und gleichzeitig geschafft aus. Ann bat ihn, in den umliegenden Häusern die Menschen zu befragen, ob jemand etwas gesehen hatte. Außerdem hoffte sie, dass Paul Schilling und seine Bikerfreunde, vielleicht ohne es zu wissen, eine entscheidende Beobachtung gemacht hatten.

⚓

Monika und Jörg gingen noch einmal gemeinsam zu Anneliese Stierhohns Wohnung. Es war still. Kein Licht brannte.

Monika klingelte. Keine Reaktion.

»Wir können bei den Nachbarn fragen«, schlug Jörg seiner Frau vor. Da öffnete sich bereits eine Tür.

Die Nachbarin, Frau Onnen, war eine lebensfrohe Dame, knapp über achtzig, mit welligen weißen Haaren, die sehr auf ihr Äußeres achtete und die, wenn sie ihre Mietwohnung verließ, ein Auftreten hatte, als würde eine Königin sich darauf freuen, im Schlosspark zu lustwandeln. Sie genoss jeden Tag ihres Lebens. Dazu gehörte auch, dass sie sonntags gegen elf ins Café ten Cate kam, eine Rosinenschnecke aß und dazu einen Kaffee mit Milch und Zucker trank.

Sie strahlte Jörg und Monika an. Sie freute sich immer, bekannte Gesichter zu sehen. »Moin!«

Jörg sprach die Stammkundin mit dem Namen an: »Moin, Frau Onnen. Wissen Sie vielleicht, wo die gute Anneliese ist?«

Frau Onnen hatte keine Ahnung, wollte aber selbst gerne mehr wissen. »Ja, ist sie denn nicht zu Hause?«

»Nein«, sagte Monika. »Sie reagiert nicht auf Anrufe, und sie ist auch nicht zur Arbeit erschienen. Wir machen uns Sorgen.«

Frau Onnen war gerührt. »Und da kommen Sie, um selbst nachzusehen, wie es ihr geht?«

»Ja, natürlich«, bestätigte Monika.

»Das ist aber nett von Ihnen, Frau Tapper. Wenn ich mal nicht mehr ins Café käme, würden Sie dann auch nach mir sehen?«

Monika und Jörg guckten sich an und versprachen gleichzeitig: »Sicher.«

Frau Onnen lächelte zufrieden. »Man will ja schließlich nicht monatelang tot in der Wohnung liegen, und niemand kümmert sich ...«

Jörg beruhigte sie: »Ja, in der Anonymität der Großstadt passiert so etwas vielleicht, aber hier sind wir doch in Ostfriesland.«

Frau Onnen schlug vor: »Wir können ja mal nachsehen.« Dabei erhob sie ihren Zeigefinger und malte Zeichen in die Luft. »Ich habe einen Ersatzschlüssel. Den hat die Anneliese mir gegeben, falls sie ihren mal verliert. Sie hat auch einen von meiner Haustür.«

Jörg war sofort begeistert. »Das ist eine gute Idee.«

Frau Onnen fuhr fort: »Sie gießt bei mir immer die Blumen, wenn ich mal bei meinem Enkel in Berlin bin. Und ich fahre ja auch noch jedes Jahr für eine Woche in das Hotel nach Luzern, wo mein Mann und ich so gern Urlaub gemacht haben.«

»In den Rebstock. Ich weiß«, sagte Monika, die die Geschichte schon oft von Frau Onnen gehört hatte.

Frau Onnen ging in ihre Wohnung zurück, um den Schlüssel zu holen. Dann öffnete sie die Haustür ihrer Nachbarin und wollte mutig voranschreiten, zögerte aber im letzten Moment, sah Jörg Tapper an und bat ihn: »Gehen Sie besser erst rein. Man weiß ja heutzutage nie ...«

Die Räume wirkten, als seien sie fluchtartig verlassen worden oder die hier lebenden Personen hätten vorgehabt, gleich wieder zurückzukommen. Auf dem Esstisch stand ein Teller, darauf Hof-Käse aus der Krummhörn. Ein angeschnittener Pilsumer Bauernkäse, offene Butter auf einem Unterteller, daneben eine halbvolle Kaffeetasse. Gedünsteter Brokkoli auf einem Kinderteller. Zwei Scheiben Roggenbrot, davon eine halb mit Butter bestrichen.

Hier hat jemand nicht zu Ende gefrühstückt, folgerte Jörg.

Monika bekam ein ganz ungutes Gefühl.

⚓

Ann Kathrin musste zugeben, dass sie nicht mehr konnte. Ihre Batterie war fast leer. Sie hatte Mühe, sich auf Aussagen zu konzentrieren, und die ersten Gesichter verschwammen vor ihren Augen. Sie bat Frank, sie nach Hause zu fahren. Er war erleichtert. Nicht immer erkannte sie ihre Grenzen oder akzeptierte, dass sie überhaupt welche hatte.

Er fuhr sie in den Distelkamp. Auch er wollte für heute Feierabend machen. Zu Hause angekommen, öffnete er eine Rotweinflasche mit den Worten: »Ich brauche noch einen Absacker.«

Ann Kathrin wollte lieber eine Tasse heißes Wasser. Wenn sie richtig durch war, trank sie nicht einmal mehr Tee, sondern einfach nur ostfriesisches Leitungswasser. Manchmal kalt, manchmal heiß, je nachdem, wie sie sich fühlte.

Sie nippte nachdenklich ein Schlückchen und legte die Beine hoch. Frank hatte den Eindruck, mit dem Wein kehrten seine Lebensgeister zurück. Ungefragt setzte er sich zu seiner Frau, stellte das Glas ab und begann ihre Füße zu massieren. Sie schloss die Augen, stöhnte wohlig und genoss es eine Weile.

Er glaubte schon, sie sei dabei eingeschlafen. Das passierte öfters und freute ihn, da er dann merkte, dass das, was er tat, eine Wirkung hatte. Aber sie schlief nicht, sondern sagte leise: »Manchmal verstehe ich die Welt nicht mehr, Frank. Ich habe heute einen Fünfzehnjährigen getroffen, der Viagra nimmt.«

»Wahrscheinlich die Versagensangst vor dem ersten Mal«, gab Weller zu bedenken. »Die stehen heute unter enormem Leistungsdruck.«

»Das ist doch verrückt«, sagte Ann.

Weller sah das anders: »Nein. Es ist eine logische Folge.«

»Wovon?«

»Von dem nicht vorhandenen Jugendschutz. Die Pornoflut im Internet ist für die Kids frei zugänglich. Die sehen heute im Grundschulalter auf ihrem Handy Dinge, die können sie nicht verarbeiten. Die halten das für Realität. Die wissen doch noch nichts darüber, wie Filme geschnitten werden und wie man etwas faked.«

»Du willst mir doch nicht sagen, dass diese Filme unkontrolliert für Kinder zugänglich sind?«

Weller wunderte sich über ihre Naivität: »Aber sicher, Ann. Man gerät sogar zufällig auf die Seiten. Da googelt ein Kind das Wort Milch, um in der Schule einen Aufsatz über biologische Landwirtschaft zu schreiben, vertippt sich und schreibt statt Milch *Milf*, und gleich kommen ein paar Dutzend *Mother-I'd-like-to-fuck*-Videos. Kostenlos, versteht sich.« Weller lachte bitter: »Wir haben uns mit zehn an der Kinokasse mit Herzklopfen in einen Film ab zwölf geschummelt. Und die heute …«

»Das ist ein unhaltbarer Zustand«, grummelte Ann. »Ein Skandal sondergleichen.«

Weller gab ihr recht: »Ja, kein Wunder, dass die Kids versuchen, an sexuelle Aufputschmittel heranzukommen. Sie wollen doch mithalten und sich nicht blamieren.«

»Das heißt«, beschwerte Ann sich, »die Pornoindustrie bestimmt letztendlich die Vorstellungen junger Leute von Sexualität?«

Weller gab sich weiterhin Mühe mit ihren Füßen und hoffte, sie mit seiner Massage zu beruhigen. Gleichzeitig redete er sich selbst in Rage: »Ann, wir reden hier nicht über irgendwelche fröhlichen Sexfilmchen, in denen einfach Blümchensex praktiziert wird. Die kommen heutzutage problemlos an jeden Sadomaso-Mist, Fetischfilme und …« Er unterbrach sich selbst, weil ihm etwas einfiel, das ihn damals sehr empört hatte. Es war schon ein paar Jahre her, aber er spürte die Wut noch wie heute: »Als meine Tochter Jule für die Schule an einem Referat zum Thema *Gerichtsbarkeit im Mittelalter* gearbeitet hat, googelte sie *Folter* oder *Folterinstrumente*, das weiß ich nicht mehr so genau. Die Flut der Filme war groß. Die Kleine hat sich einiges davon angeschaut. Sie war völlig verstört, als ich nach Hause kam. Sie wollte von mir wissen, ob das echt sei, ob die Menschen da wirklich gefoltert würden und gelitten hätten oder ob das Schauspieler seien. Das war schon hart … Selbst für mich. Und als Vater war es auch nicht ganz einfach … Man weiß doch gar nicht, wie man so was auffangen soll …« Er zuckte mit den Schultern: »Meinetwegen können die sich privat so lange auspeitschen und quälen, wie sie wollen. Aber sie sollen doch bitte unsere Kinder davor schützen.«

Er sah die Bilder wieder vor sich. Er schwieg jetzt, um Ann Kathrin nicht zu sehr aufzuregen. Er trank noch einen

Schluck Rotwein und nahm sich vor, weiter zu massieren, bis sie eingenickt wäre. Es dauerte eine gefühlte halbe Stunde. Sie sprachen nicht mehr. Schließlich deckte er sie zu und ging leise mit seinem Weinglas noch eine Weile in den Garten. Er legte sich in die Wiese und sah in den Sternenhimmel. Das, dachte er, gibt es ja zum Glück auch.

Eine Sternschnuppe fiel herab und zog einen leuchtenden Schweif hinter sich her. Weller hatte in diesem Jahr schon sechs Sternschnuppen gesehen und zwölf Regenbogen. Solche Beobachtungen halfen ihm, den Irrsinn der Welt zu überstehen, ohne verrückt oder depressiv zu werden.

Weller hörte Schritte im Haus. Er wusste nicht, wie lange er schon auf der Wiese gelegen hatte. Vielleicht war er eingeschlafen. Er sprang auf und stürmte hinein, bereit, sich, seine Frau und das Haus gegen jeden Eindringling zu verteidigen. Da er sicher davon ausging, dass Ann schlief, versuchte er, zunächst im Dunkeln an seine Waffe zu kommen. Bevor er sie erreichte, ging das Licht an. Ann Kathrin stand im Flur und zog sich die Schuhe an.

»Herrgott, was machst du denn da?«, schimpfte er.

Sie deutete auf ihre Schuhe. Das war selbsterklärend. Er kam sich blöd vor.

»Verzeih«, bat er, »ich krieg schon Paranoia. Ich dachte, es wäre jemand im Haus.«

»Ja. Ich.«

»Was hast du vor? Ich dachte, du schläfst.«

»Ich hole die Akten.«

»Welche Akten?«

»Alle, auf die wir Zugriff haben. Die Personalakte von Klatt zum Beispiel. Welche Fälle hat er in den letzten Jahren bearbeitet? Mit wem hat er sich angelegt?«

»Du hast Zugriff auf Personalakten des BKA?«, fragte Weller ungläubig.

Sie stand schon im Türrahmen. »Nein, aber er hat seine eigenen Unterlagen angefordert. Sie lagen auf seinem Schreibtisch, als ich …« Sie glaubte keine Zeit zu haben, sich weiter zu erklären. Sie machte eine abwehrende Geste.

»Und wieso ziehst du dich im Dunkeln an?«, fragte Weller verwirrt.

»Ich dachte, du schläfst im Wohnzimmer. Es war dunkel im Haus. Ich wollte dich nicht wecken.«

»Ja, danke«, grummelte Weller.

Ann Kathrin lief zum Auto.

Weller sah ihr nach. »Sei vorsichtig, Ann …«, rief er hinter ihr her.

»Ich kann Auto fahren«, behauptete sie forsch.

»Aber du bist übermüdet. Du gehörst eigentlich ins Bett. Morgen ist auch noch ein Tag. Man muss nicht das ganze Leben in einen Tag packen.«

Sie winkte und versuchte, ihm zuzulächeln: »Ich schlafe besser, wenn ich die Akten hier bei mir habe.«

»Ich habe eine Sternschnuppe gesehen«, sagte Frank.

»Wie schön für dich.«

Frank ließ sie gehen. Er wusste, dass es keinen Sinn hatte, zu versuchen sie aufzuhalten. Sie setzte am Ende doch immer ihren Dickkopf durch. Was sie jetzt machte, war für ihn reiner Aktionismus. Da legte er sich lieber noch einmal in den Garten und betrachtete die Sterne.

»Alles, was wir wissen müssen, steht meist schon in den Akten«, hatte ihr ehemaliger Chef, Ubbo Heide, oft gesagt.

Ann nahm diesen Spruch sehr ernst. Wenn Fälle nach langen Ermittlungen gelöst worden waren, brachte Ubbo Heide die Akten gern zur Nachbesprechung mit und konfrontierte die erfolgreichen Ermittler mit seinen Fragen: »Jetzt, ihr Lieben, da wir ein Geständnis haben und den Fall als gelöst betrachten, lesen sich die Akten plötzlich ganz anders, findet ihr nicht? Mit dem Wissen von heute wundern wir uns beim Lesen, warum wir es nicht früher gemerkt haben. Alles scheint plötzlich so schlüssig zu sein …«

Er schlug dann meist eine Stelle auf, die er vorlas: »Jetzt, da wir den Mörder kennen«, kommentierte er, »interpretieren wir die Fakten anders. Warum hat für uns die Faktenlage vorher dieses Wissen nicht hergegeben? Ich will es euch sagen: weil wir zu flüchtig gelesen, zu oberflächlich gedacht haben.«

Statt den Sieg zu feiern, saßen sie dann oft gedämpft und ganz betroffen da.

»Wie konnten wir das übersehen?«, wollte Ubbo Heide von jedem Einzelnen wissen. »Die richtige Interpretation dieser Indizien hätte uns drei Wochen Ermittlungsarbeit und zig Überstunden erspart. Genauer lesen, Leute, und dabei nachdenken. Nachdenken! Das ist es.«

Sie sah ihn vor sich, wie er sich dabei gegen die Stirn klopfte. Er versuchte, aus den Fehlern zu lernen, und motivierte sie alle, die Akten des abgeschlossenen Falles noch einmal zu lesen.

Für Rupert war das immer völlig sinnloser, überflüssiger Scheiß gewesen, und das sagte er auch laut. Sein damaliger Chef war tolerant genug, ihn die Dinge aussprechen zu lassen, akzeptierte sie aber nicht. Rupert las nicht einmal die Akten in aktuellen Fällen. Er löste laufende Verfahren lieber durch Befragungen.

Ann Kathrin war da ganz anders. Sie hatte viel von Ubbo gelernt, und sie war stolz darauf.

Während der Autofahrt gähnte sie zweimal bedenklich. Sie klatschte sich ins Gesicht, um wach zu bleiben, und drehte das Radio laut.

Tatsächlich fand sie auf Klatts Schreibtisch einige Fälle und seine Personalakte. Auf dem Foto war er als junger Mann zu sehen. Als er den Dienst begann, gab es in vielen Polizeiinspektionen noch die guten alten Schreibmaschinen. Auf Durchschlagpapier getippte Aussagen. Tonbandkassetten und Fotoapparate mit richtigen Filmen drin, hinterher Abzüge und Negative.

Die Akte klemmte zwischen blauen Pappdeckeln und war mit einem Gummi zusammengehalten. Direkt darunter lagen Mordfälle, die mit Klatts Wunde am Hals zu tun hatten. Ein Mann, der Tatie genannt worden war und dessen wirkliche Identität nie hatte aufgedeckt werden können, hatte drei Menschen umgebracht, und bei seiner Verhaftung wäre Klatt beinahe getötet worden.

Weller hatte Klatt mit einem gezielten Schuss das Leben gerettet. Tatie war tot. Der Fall abgeschlossen.

Tatie war ein Profikiller. Daran bestand kein Zweifel.

Für Ann stand fest, dass Klatt auch auf Taties Abschussliste gestanden hatte. Das Ganze war mehr als ein Konflikt bei der Verhaftung. Klatt war in Taties Falle gelaufen. Hatten sie jetzt einen neuen Profikiller auf Klatt angesetzt? Einen, der erfolgreicher war? Warum? Wo lag der Sinn?

Sie wurde das Gefühl nicht los, in Klatts Vergangenheit

den Schlüssel für seine Ermordung zu finden. Eins war ja wohl klar: Die eifersüchtige Ehefrau war es in diesem Fall wohl kaum.

Elisabeth Schwarz hatte es übernommen, Klatts Familie zu informieren. Sie hatte es angeblich – gegen jede Regel – telefonisch gemacht. Ann Kathrin fand das unmöglich, hatte aber selbst weder Zeit noch Lust, nach Wiesbaden zu fahren.

Sie gähnte und verließ mit den Akten unterm Arm Klatts Büro.

Wir werden uns mit seiner Familie auseinandersetzen müssen, dachte sie. Vielleicht stand eine Dienstreise nach Wiesbaden an.

Sie ahnte, dass es Konflikte mit dem BKA geben würde. Aber zunächst mal war der Mord im Zuständigkeitsbereich ihrer Dienststelle geschehen. Sie kannte die Örtlichkeiten. Sie kannte Klatt. Und sie war nicht bereit, sich das hier aus der Hand nehmen zu lassen.

Gleichzeitig fragte sie sich: Was stimmt mit mir nicht? Andere wären doch froh, so einen Fall, der nach einer Menge Ärger riecht, sofort abgeben zu können. Aber mich zieht so etwas an, als sei ich süchtig nach Schwierigkeiten.

Sie sah Weller vor sich, der das mal behauptet hatte. Damals waren zwischen ihnen so richtig die Fetzen geflogen. Sie hatte sich das nicht gefallen lassen, aber hinterher eingesehen, dass er im Grunde recht hatte und sich Sorgen um sie machte.

Ist das so?, dachte sie. Brauche ich Ärger und Probleme, um mich überhaupt zu spüren? Um mich in eine Beziehung zur Welt zu setzen? Warum bin ich nicht Lehrerin geworden? Oder Heilpraktikerin? Warum kann ich nicht ein Café führen wie Jörg und Monika und Leute mit leckeren Speisen glücklich machen? Warum muss ich immer im Dreck wühlen? Mich mit menschlichen Abgründen herumschlagen? Mit dem, was schiefgeht in der Gesellschaft.

Im Grunde, dachte sie, gibt es nur zwei Arten von Berufen. Die einen, die sich damit beschäftigen, etwas Tolles aufzubauen und am Laufen zu halten, und die anderen, die dann eingreifen, wenn es schon schiefgelaufen ist.

Zu den Ersteren zählten die meisten ihrer Freunde, zum Beispiel ihr Nachbar, der Maurer Peter Grendel, der stolz darauf war, wenn er ein neues Gebäude hochgezogen hatte, das schön aussah und seine Funktion erfüllte.

Sie erinnerte sich an den Stolz in Jörg Tappers Augen, wenn er eine besonders schöne Hochzeitstorte wie ein Kunstwerk präsentierte.

Sie dachte an ihre Freundin, die Sängerin Bettina Göschl, wenn sie mit ihren Liedern die Herzen der Menschen erreichte.

Warum hab ich so etwas nicht, fragte sie sich. Warum ist mein größter Erfolg, einen Mörder zu überführen und aus dem Verkehr zu ziehen? Warum habe ich mich für die zweite Kategorie von Berufen entschieden? Ich gehöre zu den Chirurgen, die das Krebsgeschwür rausschneiden wollen und hoffen, dass es noch nicht gestreut hat.

Sie hatte Mühe, auf die Fahrbahn zu achten. Zu Hause nahm sie die Akten mit ins Bett, klemmte sich ein Kissen in den Rücken und las, bis die Buchstaben vor ihren Augen verschwammen.

Als Frank Weller das Schlafzimmer betrat, sah er seine Frau in der unbequemen Position. Er sammelte die im Bett verstreuten Akten zusammen, klemmte ein paar Seiten wieder in den blauen Ordner und stapelte alles neben ihr auf dem Nachtschränkchen auf.

Er versuchte, sie in eine bequemere Lage zu schieben. Sie sagte im Schlaf sogar irgendetwas. Er verstand es aber nicht richtig. Es hörte sich ein bisschen an, als hätte sie den Namen ihres Exmannes geflüstert.

Frank hatte keine Lust, sich mit dem Typen zu beschäftigen, und schon gar nicht, sich mit ihm in Konkurrenz zu setzen. Er löschte leise das Licht und legte sich im Wohnzimmer auf die Couch. Er vermutete, dass er heute Nacht schnarchen würde, und wollte sie nicht wecken. Gleichzeitig hatte er noch Lust, zur Entspannung in einem Roman zu lesen. Er fischte sich einen alten Hansjörg-Martin-Krimi aus dem Regal. Er mochte dieses langsame Erzählen. Das Buch war 1987 erschienen und spiegelte so sehr in der Sprache und im Menschenbild den damaligen Zeitgeist wider.

Weller fühlte sich an seine Jugend erinnert. Damals waren diese Romane für ihn das Größte gewesen. Er hatte Hansjörg Martin verschlungen, Edgar Wallace und Johannes Mario Simmel zutiefst verehrt. Manchmal fühlte er sich so zerrissen wie die Helden in seinen Romanen, nur gab es in seinem Leben leider keinen Autor, der ihn durch die Geschichte führte, in Gefahr brachte und dann wieder herausholte.

Vielleicht, dachte er, gibt es so etwas ja doch. Zumindest für Menschen, die an Gott glauben.

⚓

Die Frau, die sich in Norden als Anneliese Stierhohn ausgegeben hatte, kehrte nachts zurück. Sie bewegte sich wie eine Einbrecherin, obwohl sie ihre eigenen Schlüssel benutzte, um ins Haus zu kommen. Sie machte kein Licht. Es fiel ihr nicht auf, dass bereits jemand da gewesen war und nach dem Rechten gesehen hatte.

Sie raffte ein paar Sachen zusammen und stopfte alles in einen Rollkoffer und in einen Rucksack. Sie packte wesentlich mehr Kinderkleidung ein als Wäsche für sich selbst.

Sie wollte so rasch wie möglich wieder weg, aber sie hatte Mara versprochen, den Teddy mitzubringen, und sie brauchte ein paar Bilderbücher und Puzzles für das Kind. Sie musste Mara doch irgendwie ablenken und beschäftigen.

Der Kindergarten war für sie zu einem gefährlichen Ort geworden. Dahin konnte sie nicht zurück. Sie würde ihre Freundinnen und Spielkameraden nie wiedersehen. Nie wieder.

Es war nicht einfach, alles im Dunkeln zu finden. Ihr Herz raste. Sie hörte es pochen. Sie hatte das Gefühl, das Gebäude könne jeden Moment einstürzen.

Fast traumwandlerisch tastete sie sich durch die Zimmer. Im Kinderzimmer war es für sie am einfachsten, da leuchteten die selbstklebenden Sterne an der Decke, mit denen sie Maras Kinderzimmer in ein eigenes Universum verwandelt hatte.

Mara brauchte nachts Licht. Sie hielt es im Dunkeln nicht aus. Die fluoreszierenden Sterne machten es Mara erst möglich, allein in ihrem Zimmer zu schlafen.

Anneliese konnte die Sterne schlecht mitnehmen. Sie musste sich beeilen. Der Besuch hier war eh viel zu riskant. Zwischendurch hielt sie inne und lauschte. War das ein Geräusch? Befand sich noch jemand in der Wohnung?

Sie entschied sich, die Fahrradtaschen zu beladen, und versuchte dann, mit dem Rucksack auf dem Rücken und dem Koffer auf dem Gepäckträger unauffällig wegzukommen.

Es gab nachts so gut wie keinen Verkehr. Nur ein Pärchen in einem alten Golf kam ihr entgegen. Doch die zwei waren mehr auf sich konzentriert als auf den Straßenverkehr.

Sie fuhr gegen den Wind. Er blies ihr scharf ins Gesicht. Ihre Augen tränten, und sie musste heftig strampeln, um vorwärtszukommen. Es kam ihr vor wie ein Symbol für ihr ganzes Leben. Der Wind kam für mich oft von vorn, dachte sie, und ich musste mich meist gegen harte Widerstände durchsetzen.

Andere bekamen aus ihrer Sicht vieles geschenkt. Sie musste immer um alles kämpfen: Liebe. Anerkennung. Geld.

Zur Ruhe gekommen war sie erst hier. An einem der windigsten Flecken des Landes war in ihren Alltag endlich Frieden eingekehrt. Hier wurde echt nichts so heiß gegessen, wie es gekocht wurde. Die Menschen suchten bei Problemen nicht zuerst nach Schuldigen, sondern nach Lösungen. Das empfand sie als sehr wohltuend.

Ja, sie hatte hier manchmal gespürt, was das bedeutet: Geborgen sein. Dazuzugehören. Aber dann wieder war ihr alles wie Lug und Trug vorgekommen. Wie Tand. Schöner Schein.

Sie liebte ihre Tochter und tat alles für Mara, hatte aber dabei ständig das Gefühl, eine miese Mutter zu sein.

Wenn die Menschen ihr freundlich und aufgeschlossen gegenübertraten, bekam sie ein schlechtes Gewissen, weil sie die Menschen ja belog. Selbst ihrer Tochter gegenüber war sie unehrlich. Ihr Leben war ein Kartenhaus, bestehend aus gezinkten Blättern und falschen Assen.

Zu gern hätte sie einigen, die wirklich nett zu ihr gewesen waren, einen Abschiedsgruß hinterlassen. Ein Dankeschön.

Den Tappers zum Beispiel. Einer Erzieherin aus dem Kindergarten oder einer Arbeitskollegin. Aber das wäre viel zu gefährlich gewesen.

Jetzt hatte sie vor allen Dingen eins: Angst.

⚓

Ann Kathrin hatte nur ein paar Stunden geschlafen. Sie war immer mal wieder über den Akten eingenickt, dann wieder hochgeschreckt und hatte versucht, weiterzulesen. Ihre Augen waren müder als ihr Verstand.

Ihr Kopf dröhnte wie nach einer durchzechten Nacht. Aber auch wenn es sich wie ein Kater anfühlte, so war es eine Stressreaktion und – so vermutete sie – Überarbeitung. Wann hatte sie den letzten echten Kater gehabt, nach einem üppigen Essen und viel Alkohol? Sie erinnerte sich nicht mehr daran, vermisste es aber auch nicht. Sie wollte diesen Fall lösen. Das war wie eine Droge.

Frank erschien mit einem Frühstück in der Tür. Auf dem Tablett einen Kaffeebecher, ein Spiegelei, ein paar Krabben, Schwarzbrot, bereits mit Butter bestrichen, ein aufgeschnittenes Brötchen und frischgepresster Orangensaft. Eigentlich wollte er sie mit dem Duft und dem Anblick in die Küche locken, doch sie wollte nicht einmal, dass er das Tablett auf dem Bett abstellte. Stattdessen sagte sie: »Oh, das ist aber lieb … Sei mir nicht böse, aber eine Tasse heißes Wasser reicht mir heute Morgen.«

Er ließ das nicht gelten. »Was soll das, Ann? Willst du abnehmen? Du siehst toll aus und hast das gar nicht nötig.«

Da sie offensichtlich nicht vorhatte, aufzustehen, stellte er das Tablett auf der Seite des Bettes ab, auf der er normalerweise schlief, und sagte mit einem leicht mahnenden Tonfall: »Du brauchst die Energie, Liebste.«

Sie nickte ihm freundlich zu und griff tatsächlich nach dem Kaffeebecher. Es sah für Frank Weller aus, als täte sie es nur, um ihm einen Gefallen zu tun.

»Kommst du nicht mit zur Fallbesprechung?«, fragte er, obwohl er die Antwort längst kannte. Er konnte sie an ihrem Gesicht ablesen.

Sie klopfte auf die Akten: »Hier steht alles schon drin, Frank. Wir müssen es nur erkennen.«

»Du redest schon wie Ubbo, Ann. Komm, iss was, trink was und komm mit. Ubbo hätte dir noch Marzipan verschrieben …«

Sie antwortete mit einem Grunzlaut, der wie ein angedeutetes »Nn« klang und nein heißen sollte.

»Sie werden dich vermissen, Ann.«

»Nein, werden sie nicht.« Sie nippte am Kaffee.

Er beschloss, sie in Ruhe zu lassen. Sollte sie doch ihre Akten studieren. Er hoffte für sie, dass sie dabei noch einmal einschlafen würde.

⚓

Die Besprechung fand nicht wie sonst am runden Tisch statt. Es gab weder Sanddornkekse noch Marzipan und statt einer Teezeremonie Filterkaffee aus dem Automaten. Die Stühle waren in Reihen aufgestellt, als sollte gleich ein Vortrag gehalten oder ein Film gezeigt werden.

Die Hälfte der Anwesenden kannte Weller nicht. Er hörte hessischen Dialekt, und einige Leute aus Nordrhein-Westfalen waren garantiert auch dabei. Die Geräuschkulisse war hoch.

Die Polizeipsychologin Elke Sommer guckte etwas pikiert, weil sie in der zweiten Reihe Platz nehmen musste. Sie versuchte, die Niederlage wegzulächeln, was ihr aber nicht wirklich gelang.

Die Atmosphäre war für Wellers Empfinden zu aufgekratzt. Er bedauerte fast, nicht bei Ann Kathrin geblieben zu sein. Gleichzeitig war er neugierig darauf, wie die neue Chefin mit der Situation umgehen würde. Sie stand ganz vorn, mit dem Rücken zur Wand und dem Gesicht den Anwesenden zugewandt, aber ohne dabei jemanden anzusehen. Sie unterhielt sich mit einem Mann, der mit dem Rücken zum Saal stand. Er trug einen kobaltblauen Anzug. Seine nach hinten gekämmten weißen Haare endeten knapp über dem Hemdkragen. Weller vermutete, dass er knapp zwei Meter groß war. Als er sich umdrehte, erstarb das Geschwätz im Raum. Alle setzten sich ordentlich hin und sahen nach vorn, wie brave Schüler, wenn der Unterricht beginnt. Nur Rupert hatte den Auftritt verpasst, weil er rittlings auf seinem Stuhl in der zweiten Reihe hockte wie ein Cowboy auf dem Pferd und mit Jessi Jaminski flirtete.

Sie gab ihm mit Blicken zu verstehen, er solle sich umdrehen. Er schnallte das nicht sofort, sondern glaubte, sie himmle ihn nur an. Sie setzte sich aufrecht hin, schlug die Beine übereinander und guckte starr an ihm vorbei nach vorne.

Leicht beleidigt über die plötzliche Abfuhr, wandte er sich auch den Chefs zu.

Polizeidirektorin Elisabeth Schwarz eröffnete die Sitzung. Sie verhielt sich wie eine Moderatorin, fand Weller. Sie stellte den Kollegen Wolfgang Nowak vom BKA vor. Er war Mitte fünfzig, hatte ein markantes Gesicht und wirkte durchtrainiert. Nowak war sich durchaus bewusst, dass er eine beeindruckende Persönlichkeit darstellte. Er trat jovial auf und wartete zunächst wohlwollend, bis Elisabeth Schwarz mit seiner Vorstellung fertig war.

Sie lobte ihn als einen Kollegen, der in Fachkreisen der Verbrechensbekämpfung eine Legende sei.

Er gab sich bescheiden, als höre er das jetzt zum ersten Mal, und machte Gesten, als sei es ihm eher peinlich, gelobt zu werden, und sie solle das doch bitte stoppen.

Sie sprach stattdessen davon, stolz darauf zu sein, mit ihm zusammenarbeiten zu dürfen. Er sei der Leiter der Sonderkommission Klatt und werde all sein Wissen und seine Erfahrung zur Verfügung stellen, »damit der feige Mord an unserem geschätzten Kollegen Dirk Klatt so rasch wie möglich aufgeklärt werden kann«.

Sie gab ihrer Zufriedenheit Ausdruck, dass der hinterhältige Attentäter seine gerechte Strafe schon bald erhalten würde.

Die Leitende Oberstaatsanwältin Meta Jessen saß in ihrem neuen Hosenanzug in der ersten Reihe und klatschte als einzige Beifall. Sie guckte sich nach hinten um, weil sie glaubte, einen Fauxpas begangen zu haben, doch dann applaudierten mehrere Beamte, angeregt durch die spontane Aktion der Oberstaatsanwältin.

Rupert motzte leise, aber laut genug, dass es in seiner Nähe jeder hören konnte: »Eine Gedenkminute wäre angebrachter gewesen als Applaus ...«

Wolfgang Nowak übernahm und begann mit den Worten: »Wir werden die Sonderkommission selbstverständlich gemeinsam leiten, werte Kollegin Schwarz. Ich kann auf Ihre sachkundige Mitarbeit nicht verzichten.«

Er kam eloquent rüber, freundlich, aber klar strukturiert. Der kobaltblaue Anzug glitzerte, wenn er direkt unter der Neonröhre stand. Nowak hatte genügend Selbstbewusstsein, um nett sein zu können, und besaß genug Autorität, um nicht autoritär sein zu müssen. »Wir haben alle einen Kollegen verloren. Jeder von uns empfindet das als Anschlag auf sich selbst. Es ist unerträglich, dass der oder die Täter frei herumlaufen. Der üblichen Praxis folgend, werden wir als Bundeskriminalamt mit allen örtlichen Kräften zusammenarbeiten. Wir brauchen Sie!!!«, rief er fast ein bisschen zu pathetisch. »Hier und heute darf und wird es kein Kompetenzgerangel geben, sondern nur eine reibungslose Zusammenarbeit. Dafür stehe ich! Niemand kennt die Verhältnisse vor Ort besser als Sie, meine lieben ostfriesischen Kolleginnen und Kollegen. Angesichts der Schwere des Verbrechens und da wir einen terroristischen Hintergrund nicht ausschließen können, werden wir uns als BKA selbstverständlich mit all unseren Möglichkeiten einbringen. Wenn Sie Probleme oder Schwierigkeiten haben, betrachten Sie mich als Ihren Ansprechpartner.« Er blickte zu Elisabeth Schwarz und korrigierte sich »Uns ... bevor ich Ihnen die Spezialisten unseres Hauses vorstelle – und ich darf sagen, wir haben hier die Crème de la Crème der besten Mordermittler versammelt –, bevor wir also zur allgemeinen Vorstellungsrunde und zur Aufgabenverteilung kommen – lassen Sie mich auch noch ein paar persönliche Worte sagen. Dirk Klatt und ich – wir kannten uns seit zwei Jahrzehnten. Ich hatte das große Glück, in Wiesbaden mit ihm zusammenarbeiten zu dürfen, und ja, ich sage das voller Stolz, ich habe von ihm viel lernen können. Er war nicht nur ein profunder Kenner der modernsten Ermittlungsmethoden, sondern hatte auch das, was wir alle als den richtigen Riecher nennen … denn seien wir doch mal ehrlich, ohne diesen Riecher, von einigen auch psychologisches Einfühlungsvermögen genannt, aber wir wissen doch alle, es gehört noch mehr dazu, also eben ohne diesen Riecher läuft doch im Grunde nichts. Dirk Klatt hatte alles, was einen guten Kriminalisten ausmacht. Er war einer unserer Besten, und ja, er war mein Vorbild und mein Freund.«

Als müsse Nick Hering aus Osnabrück auf sich aufmerksam machen, räusperte er sich laut und rief: »Also an die Arbeit! Worauf warten wir noch?«

Weller fragte sich, was der überhaupt noch hier tat. Zu den Ortskräften zählte Hering jedenfalls nicht direkt.

»Können wir nicht auf eine lange Vorstellungsrunde verzichten?«, schlug Weller vor.

Frau Schwarz gefiel das nicht. Es war wie ein Affront gegen Nowak, doch der nahm Wellers Einwand sofort auf und sagte: »Da haben Sie völlig recht, werter Kollege. Wir dürfen keine Zeit verlieren. Wir bilden Teams. So können wir in drei Schichten rund um die Uhr arbeiten.«

»Ja, sollen wir jetzt neuerdings nachts Befragungen durchführen?«, maulte Rupert.

Jessi stupste ihn von hinten an. »Aber vielleicht Überwachungen …«

»Ja, danke«, konterte Rupert wenig begeistert.

»Zunächst einmal sammeln wir jetzt alles, was wir wissen«, bestimmte Nowak und öffnete die Arme wie ein Prediger, der auf das Amen der Gemeinde wartet.

Marion Wolters erhob sich und blickte sich um, als würde sie schon Leute für ihre Gruppe sammeln. Noch war ja nicht klar, wie die Teams ausgesucht werden sollten.

»Wir gehen in eine Gruppe«, schlug Rupert Jessi vor.

»Ja, geht das denn?«, gab sie zurück und guckte Nowak fragend an.

Der wiederholte: »Also? Was wissen wir?«

»In seinem Körper steckten drei Projektile. Eins ganz klar aus einem Gewehr, abgefeuert aus ziemlicher Entfernung. Zwei aus nächster Nähe mit einer Pistole. Vermutliches Kaliber neun Millimeter.«

Weller hörte nicht mehr zu. Er sah auf sein Handy. Keine Nachricht von Ann Kathrin. Spätestens nach dieser Sitzung würde er gefragt werden, wo seine Frau sich herumtrieb. Er konnte ja schlecht sagen: *Sie liegt im Bett und liest Akten.*

⚓

Rita Trettin wartete im Café ten Cate auf ihre Freundin Ann Kathrin Klaasen. Sie hatten sich seit gut einem halben Jahr nicht mehr gesehen.

Rita kam aus Leer, hatte einige Zeit in den USA verbracht und betrieb als Ärztin eine Praxis in Hamburg-Winterhude, in der neurologische, psychiatrische und psychotherapeutische Diagnostik und Therapie angeboten wurde. Sie war berufspolitisch im Beirat des Berufsverbands Deutscher Nervenärzte sehr engagiert. Und da sie seit einer Stunde wartete, beantwortete sie E-Mails. Sie hätte noch für zwei weitere Stunden genug zu tun gehabt, aber deshalb war sie nicht gekommen.

Sie hatte sich mit Ann Kathrin schon vor Wochen zum Frühstück verabredet. Alles stand auf einer Etagere vor ihr. Das Rührei war inzwischen kalt.

Sie ahnte, unter welchem Druck Ann stehen musste, denn

sie hatte die Nachrichten verfolgt. Was in ihrer alten Heimat geschah, interessierte sie sehr.

Monika Tapper hatte sich kurz zu ihr gesetzt. Sie hatte ihr von der komischen Sache mit Anneliese erzählt. Rita, die immer, wenn sie nach Norden kam, bei ten Cate vorbeiging, erinnerte sich sofort an sie. »Die nette, alleinerziehende Mutter? Och, die hatte immer so ein liebes Lächeln, dass man dachte, stille Wasser, die sind tief.«

»Wir mögen sie alle sehr«, sagte Monika. »Hoffentlich wird alles gut.«

Neue Gäste traten ins Café. Monika ging zu ihnen und begrüßte sie.

Rita beschloss, Ann Kathrin jetzt anzurufen.

Ann Kathrin war tatsächlich über den Akten eingenickt, wie Weller es sich erhofft hatte. Als der Seehund in ihrem Handy, nach seiner Mutter jammernd, losheulte, griff sie noch mit geschlossenen Augen hin. Sie hatte das Handy sofort am Ohr.

Einige Papiere waren auf den Krabben gelandet und sogen gleich Fett auf.

»Ja … Ich … Ähm …«

»Moin, Ann. Rita hier …«

Ann Kathrin erschrak: »Ach Herrjeh, das hab ich ja völlig vergessen! Bitte verzeih mir, du Gute! Ich bin sooo blöd! Oh Mensch, das tut mir leid. Bist du schon bei ten Cate?«

»Ja, seit einer Stunde.«

»Oh, ich schäme mich so! Ich … ich mach das wieder gut, Rita, ganz bestimmt … Ich komme sofort. Bestell uns schon mal ein Frühstück.«

»Lass dir Zeit, Ann. Ich warte auf dich. Alles gut. Du kennst doch den Spruch, der zur Bundesbahn genauso passt wie zu Ostfriesland. Er hängt auf Wangerooge am Westanleger: *Gott schuf die Zeit, von Eile hat er nichts gesagt.*«

Ann freute sich, dass ihre Freundin versuchte, sie zu entlasten. Sie klemmte sich das Handy mit der Schulter gegen das linke Ohr und raffte alle Aktenteile zusammen. Einige Unterlagen waren vom Bett auf den Boden gerutscht.

Ann Kathrin hätte ihren Parkplatz auf dem Polizeihof benutzen können, aber sie befürchtete, dort angesprochen und aufgehalten zu werden, deshalb hielt sie bei der alten Post, die längst geschlossen war. Inzwischen musste man Päckchen und Briefe im Supermarkt abgeben. Ann trauerte der alten Post nach.

Sie vergaß, einen Parkschein zu lösen, stattdessen lief sie mit den Akten unter dem Arm in die Osterstraße. Ein Dackel kläffte sie an. Sie benahm sich wohl irgendwie verdächtig.

Rita Trettin sah Ann Kathrin schon von weitem und ging ihr entgegen. Die zwei umarmten sich vor dem Café. Als Ann Kathrin drinnen das vorbereitete Frühstück sah, bekam sie plötzlich doch so richtig Appetit. Sie knallte die Akten auf den Tisch, als sei sie froh, sie endlich loszuwerden, und nahm sich ein Brötchen. Sie stieß das Messer hinein, als sei es lebendig und sie müsse es erst noch umbringen.

Rita sah das und sagte: »Du stehst echt unter Strom. Erzähl mal. Was treibt dich um?«

Ann Kathrin legte das Brötchen zurück. Die zwei steckten die Köpfe zusammen und flüsterten. Jedes Mal, wenn sie sich sahen, war sofort wieder die alte Vertrautheit da. Ann kannte das bei einigen Freundinnen. Man sah sich lange nicht, vergaß in der Hektik des Alltags sogar, zu telefonieren, schrieb sich höchstens mal rasch eine Nachricht per WhatsApp oder Signal, aber dann, wenn man sich wiedertraf, war es, als hätte man täglich Kontakt gehabt. Es gab Verbindungen, die rissen einfach nicht ab.

»Der Kollege Klatt wurde erschossen. Erst ein Bombenanschlag, dann …«

Sie musste nicht weiterreden. Rita sagte: »Ich weiß.«

Ann träufelte Honig auf ihr Brötchen und biss hinein. Sie schloss kurz die Augen, um es zu genießen. Sie verputzte es wortlos und trank ihren Kaffee danach. Sie brauchte die Zeit, weil sie noch schwankte, ob sie es wirklich tun sollte, aber dann schob sie die Akten zu Rita Trettin rüber. Die guckte erstaunt.

»Ich brauche den Rat einer Externen. Bei uns stimmt etwas nicht in der Firma. Ich brauche eine Person, der ich absolut vertrauen kann …«

Rita lächelte. »Ich bin auf jeden Fall nicht verstrickt.«

Ann stöhnte erleichtert. »Du hast es auf den Punkt formuliert. Ich gehe davon aus, dass die Lösung des Falles in den Akten steht, aber ich sehe den Wald vor lauter Bäumen nicht.«

»Ich mache das gern für dich, Ann. Brauchst du ein psychologisches Gutachten? Eine Diagnose?«

»Ich habe das Gefühl, die Person gar nicht richtig zu kennen. Wer ist dieser mysteriöse Kollege Klatt wirklich gewesen? Er hat sein Geheimnis mit ins Grab genommen, und vielleicht wurde er deswegen getötet.«

Rita verstand, und auf das Gespräch mit Monika anspielend, sagte sie: »Nicht jeder ist, was er zu sein scheint.«

»Da sagst du was …«

Rita zitierte Oscar Wilde: ›Das wahre Geheimnis der Welt

ist das Sichtbare, nicht das Unsichtbare‹, heißt es im *Bildnis des Dorian Gray.*«

»Du machst es also für mich?«, fragte Ann, als könne sie es nicht glauben.

»Na sicher. Aber sag mir, das ist viel Papier. Gibt's das nicht digital auf einem Stick bei euch oder so? Ich dachte, die E-Akte hätte auch eure Arbeit und die der Justiz längst ...« Rita suchte nach dem passenden Wort. »... revolutioniert.«

Ann legte eine Käsescheibe auf eine Brötchenhälfte. Sie guckte sich um, als dürfe das niemand mitkriegen. »Ja, bis 2026 soll flächendeckend die digitale Akte eingeführt werden. Im Moment begegnen sich bei uns Vergangenheit und Zukunft. Es werden noch Aktenwagen durch die Gegend gefahren und Papierberge produziert, gleichzeitig aber auch digitale Dokumente angefertigt.« Ann winkte entnervt ab. »Ich gehöre noch zu der Generation, die allem Digitalen misstraut. Da lässt sich viel zu schnell etwas ändern. Per Mausklick sind flugs ein paar Sätze oder Seiten gelöscht. Ich vertraue dem Papier. Klatt war auch so einer.«

Rita sah sich die ersten Seiten an. Monika Tapper setzte sich zu den beiden und wollte die Chance nutzen, mit Ann Kathrin über Anneliese zu reden. Aber Ann Kathrin war noch nicht so weit: »Das Problem bei digitalen Akten ist, dass die Kollegen nicht mehr genau lesen. Nicht alles als Gesamtheit sehen, sondern Suchfunktionen drücken.« Sie beklagte sich: »Und wenn dann das Wort nicht exakt zum Problem führt, bleibt Wesentliches unverstanden und ungelesen.«

Ann Kathrin hatte plötzlich das Gefühl, viel zu viel zu reden und alle mit ihrem Kram zu belästigen. Sie wollte nicht länger mit ihren beruflichen Problemen im Mittelpunkt stehen und alles dominieren.

Sie würde Rita und Monika fragen, wie es ihnen ging und womit sie im Moment beschäftigt waren.

Ann schämte sich etwas, weil sie so viel Raum eingenommen hatte.

Ich stoße Menschen vor den Kopf, weil die Arbeit mich emotional so sehr gefangen nimmt, dachte sie. Ich habe meinen ersten Ehemann verprellt, so manche Freundin, und auch für meinen Sohn war es ein Problem. Als Mutter war ich manchmal zwar körperlich anwesend, aber geistig und emotional war ich dabei, einen Fall zu lösen.

Sie brauchte ihre Freundinnen gerade jetzt so sehr und hatte doch Schwierigkeiten, ihnen nahe zu sein.

Monika wollte gerade erzählen, da heulte Ann Kathrins Seehund.

Fast dankbar nahm sie das Gespräch an, entschuldigte sich aber gestenreich. »Ich muss … beruflich …«

Sie stand auf, um vor die Tür zu gehen. Aber dann blieb sie mitten im Café stehen und fragte: »Was? Im Ernst, Marion?«

Sie kehrte, das Handy am Ohr, zu ihrem Platz zurück und setzte sich. Sie machte den Eindruck, eine erschütternde Nachricht erhalten zu haben. »Ich bin gerade da, Marion. Ich kläre das jetzt hier sofort …«

Sie drückte das Gespräch weg, sah Monika an und holte tief Luft.

»Was ist?«, fragte Monika verunsichert.

Rita hatte das Gefühl, gleich eine Krisenintervention machen zu müssen. Es lag etwas Schreckliches, Ungeheuerliches in der Luft, das spürte sie genau.

Ann Kathrin versuchte, ganz sachlich zu sein: »Meine Kollegin Marion Wolters hat mich kontaktet, weil wir eine

Anfrage von einem Kommissariat in Nordrhein-Westfalen – genauer gesagt, aus Dinslaken – bekommen haben. Ein Amtshilfeersuchen. Dort sind zwei ermordete Frauen in einer Wohnung gefunden worden. Offensichtlich Mutter und Tochter.«

Monika ahnte Schlimmes und hielt sich die linke Hand vor den Mund.

Rita fragte: »Aus Dinslaken?«

»Ja«, fuhr Ann fort, »und die Kollegen sagen, der letzte Anruf auf dem Festnetz kam von deinem Apparat, Monika. Hier aus dem Café.«

Rita sprang auf und hielt Monika. Sie wankte auf ihrem Stuhl. Sie war plötzlich weiß im Gesicht.

»Mir wird schlecht«, sagte sie leise.

Rita reichte ihr ein Glas Wasser.

»Das ist also korrekt«, folgerte Ann Kathrin.

Rita stand hinter Monika und deutete Ann Kathrin an, es sei jetzt genug und sie solle aufhören oder wenigstens langsamer vorgehen.

Monika sackte zusammen. Das Glas fiel ihr aus der Hand.

⚓

Am liebsten wäre Ann Kathrin nach Dinslaken gefahren, um sich dort ein genaues Bild zu machen. Zumindest Weller oder Rupert wollte sie dorthin schicken – aber zunächst fuhr sie zu Anneliese Stierhohns Wohnung in Norden, um zu überprüfen, was Monika und Jörg ihr erzählt hatten.

Weller war bei ihr. Er schien vorsichtig zu sein, so als hätte er Sorge, jeden Moment könne der Boden unter ihnen nachgeben und sie verschlingen. So kannte sie ihn gar nicht. Im

Flur sagte sie: »Du bewegst dich wie jemand am Rande eines Vulkans, der Angst hat, abzustürzen.«

»So ähnlich fühle ich mich auch«, erwiderte er. »Wie an einem Höllenloch. Ich spüre schon den Atem des Teufels, ich kann ihn sogar riechen. Mir wird ganz heiß in seiner Nähe, aber ich kann sein Gesicht nicht sehen.«

Frau Onnen öffnete ihnen freundlicherweise und gab einen wichtigen Hinweis: »Jemand hat ihr Fahrrad gestohlen.«

Weller ging in Annelieses Wohnung, Ann Kathrin ließ sich von Frau Onnen zeigen, wo das Fahrrad gestanden hatte.

»War es abgeschlossen?«, fragte Ann. Sie untersuchte den Boden. Meist fanden sich, wo Räder gestohlen worden waren, irgendwo aufgebrochene Schlösser oder durchtrennte Ketten. Hier fand sie nichts Verdächtiges.

»Aber natürlich hat Anneliese ihr Rad abgeschlossen. Sie hat es immer mit einem Zahlenschloss gesichert und mit einem Rahmenschloss. Wissen Sie, so eins, das die Speichen blockiert ... das hatte ich früher auch. Bis vor zwei Jahren bin ich noch jeden Tag Rad gefahren. Auch im Winter. Aber seit dem Sturz und der Hüftoperation fahre ich nicht mehr.«

»Und Sie sind sich sicher, Frau Onnen, dass das Rad gestern noch hier stand? Vielleicht ist die junge Frau ja mit dem Rad weggefahren.«

Frau Onnen schüttelte den Kopf. »Nein, ist sie nicht. Ich habe das Rad der Frau Tapper noch gezeigt. Ein Auto hat Anneliese nicht. Ich glaube nicht einmal, dass sie einen Führerschein besitzt. Die ist doch so für die Umwelt ... die fährt, wenn überhaupt, dann Zug oder Bus.«

Weller kam aus der Wohnung nach draußen zu Ann Kathrin und Frau Onnen.

»Guck mal«, sagte er und hielt den Fahrrad-Kindersitz hoch wie eine Jagdtrophäe. Die Frauen sahen ihn an. »Drinnen stehen alle Kleiderschränke offen. Da hat jemand schnell Sachen zusammengerafft. Kleiderbügel liegen auf dem Boden …«

»Das heißt«, kombinierte Ann Kathrin, »sie ist ohne ihr Kind zurückgekommen, um Sachen für sich und das Kind zu holen.«

»Oder sie hat jemanden geschickt und dem auch den Schlüssel für ihr Rad gegeben«, wandte Weller ein.

»Viel kann sie ja dann nicht mitgenommen haben«, vermutete Frau Onnen.

»Aber das bedeutet vor allen Dingen …«, folgerte Ann.

Weller ergänzte ihren Gedanken nur zu gern: »Sie ist ganz in der Nähe, und zwar mit ihrem Kind.«

Ann Kathrin wandte sich an Frau Onnen. Sie bemühte sich um Augenkontakt: »Hat Anneliese einen Freund oder eine Freundin? Hat sie mal davon gesprochen? Sie kannten sie doch gut.«

Frau Onnen winkte ab. »Wen kennt man schon gut? Wir haben meist über Mara gesprochen. Sie wissen doch, wie junge Mütter sind. Sie können den ganzen Tag über ihr Ein und Alles reden.«

Im Gegensatz zu Ann Kathrin glaubte Weller nicht, das Frau Onnen ihnen weiterhelfen konnte. Er wollte keine Zeit verlieren und die Wohnung weiter nach Hinweisen durchsuchen.

Ann blieb draußen bei Frau Onnen. »Wurde sie nicht vielleicht mal von einem netten jungen Mann abgeholt? Sie ist doch eine attraktive Frau …«

Frau Onnen zierte sich zu antworten, bot aber an, einen

Tee zu machen, und lockte mit selbstgebackenen Waffeln. Angeblich habe Mara die auch immer so gern gegessen.

Weller guckte noch mal nach draußen. Ann deutete ihm an, er solle allein in die Wohnung zurück. Sie besuchte lieber die Nachbarin. Eigentlich waren solche Einzelgängertrips in der Dienstvorschrift nicht vorgesehen, aber sie hatten in ihrer unterbesetzten Dienststelle ihren eigenen Weg gefunden, mit Vorschriften umzugehen.

Ann musste eine Waffel probieren. Sie brach sich nur ein Herzchen ab.

Neben dem Waffeleisen waren noch ein halbes Dutzend Waffeln gestapelt.

»Essen Sie die alle alleine?«, scherzte Ann.

Frau Onnen schüttelte den Kopf: »Ein paar hätte Mara genommen. Manchmal hat sie mir sogar beim Backen geholfen.«

Sie behauptete, gern auf die Kleine aufgepasst und mit ihr gespielt zu haben. Gerührt sah Ann Kathrin, dass es in der Ecke des Wohnzimmers einen Spielteppich gab, mit Bauklötzen und ein paar bunten Holztieren.

»Sie hat sich bestimmt bei Ihnen wohl gefühlt«, sagte Ann Kathrin, um Frau Onnen die Ehre zu geben.

Die alte Dame guckte traurig auf ihre Hände. »Glauben Sie, sie kommt wieder, Frau Kommissarin? Mir wird ganz schwer ums Herz, wenn ich mir vorstelle, den beiden wäre etwas passiert.«

⚓

Weller hoffte, die echte Identität von Anneliese Stierhohn herauszufinden. Irgendetwas musste es doch geben. Im Schreibtisch nur ein paar Rechnungen. Selbst wenn sie all ihre Papiere vernichtet hatte, etwas übersieht man immer, dachte Weller. Er, der leidenschaftliche Leser, ging zum Buchregal und schlug wahllos ein paar Bücher auf. Ihm war klar, dass Ann Kathrin es genauso machen würde.

Manche Menschen schreiben ihren Namen in die Bücher, um damit ihren Besitz zu dokumentieren. Besonders Menschen, die ab und zu Bücher verleihen. Nicht so die vermisste Anneliese Stierhohn. In den Büchern stand nicht einmal der falsche Name.

In einem Bastelbuch steckte als Lesezeichen eine gehäkelte Maus. Weller fand das originell. Einige Bücher über Kindererziehung und gesunde Erziehung. Ein paar Liebesromane. Alles Taschenbücher. Einige beschädigte und daher verbilligte Exemplare. Hier musste jemand aufs Geld achten.

Die ganze Wohnung war ohnehin nicht gerade mit Reichtümern gesegnet, wohl aber liebevoll eingerichtet. Weller konnte sich durchaus vorstellen, dass sich hier eine Mutter bemühte, ihrem Kind eine schöne Kindheit zu gestalten. Er fragte sich, wie es ihm als Kind hier gegangen wäre. Er wurde fast ein bisschen neidisch. Er war in einem größeren Haus aufgewachsen, mit viel mehr Platz, aber trotzdem in einer bedrückenden Enge.

Er fischte einen Hardcover-Roman heraus und wurde fündig. Vorn im Buch fand er eine Widmung: *Herzlich, für Sophie. Unna, 30. August.*

Weller sah sich die Titelseite an. *Endlich wieder Meer.* Ein Roman von Christiane Franke.

Weller freute sich. Das war ein erster Erfolg. Sie hieß also mit ziemlicher Sicherheit mit Vornamen Sophie. Die Widmung musste aus der Zeit vor ihrem Identitätswechsel stammen. Widmungen in Büchern holten sich die meisten Menschen im Umkreis ihres Wohnorts. Zu einer Lesung oder Signierstunde konnte man bequem abends nach der Arbeit gehen. Oder man machte es im Urlaub.

Unna war nun nicht gerade ein Knüller in Reiseprospekten. Vermutlich hatte sie mal dort gewohnt, oder in Dortmund oder Schwerte. Die Suche grenzte sich ein.

Es war ein gutes Gefühl. So ein Prickeln.

Vielleicht, dachte Weller, machen wir den Job ja genau deshalb. Es ist nicht nur ein Kampf um Gerechtigkeit. Es ist auch eine spannende Jagd. Man erleidet nicht nur Niederlagen. Es gibt auch Triumphe. Aha-Momente.

Er genoss den Moment noch eine Weile, blätterte dann auch in anderen. Aber nur dieses eine hatte eine persönliche Widmung.

Er selbst fuhr, um seine Lieblingsautoren zu erleben und bei einer Premiere dabei zu sein, auch gerne schon mal einhundertfünfzig Kilometer. Dann am Abend wieder zurück und am anderen Morgen in die Dienststelle. Unna würde allerdings den Radius enorm erweitern. An Wochenenden besuchte er gerne auch Krimi- und Literaturfestivals. Er wohnte dann ein, zwei Nächte vor Ort in einem Hotel. Manchmal fuhr Ann Kathrin mit, und sie machten sich ein schönes Wochenende. Auf die Krimifestivals im Harz, in Hamburg oder Lüneburg hatten sie praktisch ein Abonnement. Wenn die ostfriesischen Krimitage stattfanden, dominierten sie seinen Terminkalender. Er versuchte dann, in Leer, Aurich, Wittmund oder Norden jede Veranstaltung mitzunehmen.

Einmal war er mit Ann Kathrin zum Bamberger Literaturfest gefahren. Was waren schon sieben oder acht Stunden Fahrt für spannende Literatur, aufregende Gespräche, schöne Spaziergänge und ein gutes Essen? Auf der Rückfahrt brauchten sie immer ein bisschen länger, denn sie redeten im Auto meist über das, was sie erlebt hatten.

Am liebsten benutzten sie allerdings die Bahn. Dann sprachen sie auf der Rückfahrt wenig, sondern lasen sich durch den Bücherstapel, den sie auf den Festivals erworben hatten.

Andere fuhren zum Fußball. Sie machten eben so etwas. Manchmal als Paar, manchmal auch jeder für sich.

Nach der Pandemie war das Bedürfnis nach Livekultur bei ihnen beiden fast unstillbar. So gesehen, weitete sich der Radius, in dem Sophie alias Anneliese Stierhohn gewohnt haben könnte, gerade mächtig aus.

Aber vielleicht, hoffte Weller, war sie ja nicht so verrückt wie wir. Vielleicht lebte sie vorher einfach in Unna und war dort abends zu einer Lesung von Christiane Franke gegangen. Bei Mord am Hellweg, dem großen Krimifestival im Ruhrgebiet, war er auch schon zweimal gewesen.

Unna? Was weiß ich über Unna, fragte er sich.

Es gab dort ein Lichtkunstmuseum. Das hatte er zusammen mit Ann Kathrin besucht und ein völlig neues Verhältnis in der Wahrnehmung von Licht bekommen. Er war sich nach der Ausstellung, als er mit Ann beim Italiener Essen war, irgendwie erleuchtet vorgekommen.

Er musste grinsen bei dem Gedanken.

⚓

Frau Onnen erzählte noch viel. Vor allen Dingen redete sie gern über ihren verstorbenen Mann, von dem sie sich immer noch geliebt fühlte.

»Manchmal«, sagte sie, »ist es, als ob er neben mir auf

dem Sofa sitzen würde.« Sie klopfte auf die Stelle. Dort lag sein Lieblingskissen.

»Wir gucken dann zusammen fern«, sagte sie und lächelte dabei fröhlich.

Jetzt wusste Ann, welche Bilderbücher sich Mara am liebsten vorlesen ließ und was sie schon für eine schöne Aussprache hatte und welche Worte aus ihrem Mund besonders lustig waren. Aber über ihren möglichen Aufenthaltsort bekam Ann nichts mehr heraus.

Frau Onnen hatte der alleinerziehenden Mutter angeblich oft gesagt: *Es gibt auch gute Männer. Ich hatte auch so einen. Auf dich wartet bestimmt auch der Richtige, Anneliese. Du musst nur offen dafür sein.*

»Aber«, so vermutete Frau Onnen, »die Gute hatte eine schwere Enttäuschung hinter sich, über die sie nie sprach. Sie wollte im Grunde von Männern nichts mehr wissen.«

Weller klopfte an und kam zu ihnen. Er hatte »drüben«, wie er sagte, alles fotografiert. Ann Kathrin wollte die Gelegenheit nutzen, um zu gehen, doch Frau Onnen bot nun Weller von ihren Waffeln an, und da konnte er natürlich nicht nein sagen. Er aß gleich zwei. Eine mit Puderzucker und eine mit Vanilleeis und roter Grütze.

Er strahlte. Es ging ihm zunehmend besser.

Später auf dem Heimweg hatte Weller Mühe, nicht von den zwei Waffeln zu naschen, die er sich von Frau Onnen hatte einpacken lassen. Es duftete schon im gesamten Innenraum des Fahrzeugs.

Ann Kathrin sagte mehr zu sich selbst: »So gut möchte ich auch mal aussehen, wenn ich alt bin.«

Weller verstand genau, was sie meinte. Frau Onnen war mit ihren mehr als achtzig Jahren eine beeindruckende Persönlichkeit, von einer Anmut und Schönheit, die für junge Frauen kaum erreichbar war. Ihre Falten strahlten Lebenserfahrung und Güte aus. Trotzdem überlegte Weller, was er jetzt am besten sagen konnte. Die Themen Alter und Gewicht konnten eine explosive Mischung werden, wenn der Ehemann etwas Falsches sagte.

Normalerweise würde Ann Kathrin den Rest des Abends über den Mordfall reden und alle Möglichkeiten und Wahrscheinlichkeiten abwägen. Er empfand es erleichternd, dass sie sich erlaubte, über etwas ganz anderes nachzudenken. Doch um nichts Falsches, nichts Kränkendes zu sagen, wäre er jetzt am liebsten doch schnell zum Fall zurückgekommen.

Ann Kathrin wollte aber seine Meinung hören. Ihr Satz hing im Auto wie eine unerfüllte Forderung.

Weller versuchte es: »Ihr habt viel gemeinsam, Ann. Ihr seid beide bildschöne, sympathische Frauen. Sie ist nur gut vierzig Jahre älter als du.«

»Dreißig«, korrigierte Ann ihn lachend und stupste ihn gegen den Oberarm. »Dreißig, du Charmeur. Du weißt genau, wie alt ich bin.«

Er klatschte sich demonstrativ gegen die Stirn: »Ah – vergessen!«

»So was vergisst man nicht, du Scherzkeks.«

»Für mich bist du nie älter geworden. Wie alt warst du, als wir uns kennengelernt haben? Dreißig? Neunundzwanzig?«

Er wollte gute Laune verbreiten, auch gegen die eigene Angst. Doch plötzlich schlug die Stimmung um. Ann Kathrin wurde nachdenklich.

Er lenkte den Wagen schon auf die Einfahrt im Distelkamp. Die Garagentür hob sich automatisch.

Er kannte das von seiner Frau. Sie schaffte es immer wieder, ganz kurz privat zu werden, zu scherzen und zu lachen. Aber dann kehrten ihre Gedanken zurück zum ungelösten Fall. Es war wie eine Zwangshandlung.

»Glaubst du, dass es weitergeht, Frank?«

»Was soll weitergehen?«

»Wird es weitere Polizistenmorde geben? War das erst der Anfang?«

Er fuhr das Auto vorsichtig in die Garage, als hätte er Angst, es sei zu breit, um durch das Tor zu passen. »Du glaubst doch nicht ernsthaft«, sagte er und überprüfte, ob die Außenspiegel noch dran waren, »dass jemand wahllos Polizisten ermordet? Ein Bullen-Sniper, oder so etwas?«

»Nein«, antwortete Ann Kathrin, »ich glaube, dass jemand *gezielt* Leute aus dem Weg räumt. Ich habe Rita die Akten gegeben.«

»Rita Grendel?«

Ann Kathrin lachte laut auf: »Nein, natürlich nicht unserer Nachbarin, sondern Rita Trettin.«

Ihre Aussage beruhigte ihren Mann nicht. Im Gegenteil. Er wirkte betroffen. »Von den Grendels hätten wir die Akten schnell zurückholen können. Rita Trettin hat sie wahrscheinlich mit nach Hamburg genommen.«

Das Garagentor senkte sich hinter ihnen. Beide blieben im Auto sitzen. Keiner von ihnen schien es eilig zu haben, auszusteigen.

»Sie ist Ärztin und Psychologin. Sie hat einen Doktortitel. Ich hole mir bei einer Fachärztin für Psychiatrie ein Gutachten ein, um …«

Weller klopfte zornig aufs Lenkrad. »Ann! Wäre dies ein Verhör, würdest du sagen, man kann den Rechtfertigungsschweiß riechen. Wenn das rauskommt, wird es mächtig Ärger geben!«

»Wollen wir das jetzt im Auto diskutieren? Wir haben ein schönes Zuhause.«

Weller stöhnte: »Ann, das ist nicht offiziell mit irgendjemandem abgestimmt. Ruf deine Freundin an. Ich fahre hin und hole gerne alles ab. Meinetwegen jetzt sofort. Heute Nacht.«

»Ich brauche eine externe Meinung. Ich will wissen, wer Klatt wirklich war.«

»Du bringst uns in Teufels Küche.«

»Wir sind längst drin, Frank. Mittendrin!«

Er öffnete die Fahrertür, stieg aber noch nicht aus. »Kann man es nicht nachträglich noch offiziell machen?«, fragte er auf der Suche nach einer Lösung.

Ann stieg aus. Die beiden standen sich nun in der Garage gegenüber, zwischen ihnen das Auto. Ann legte die Hände aufs Dach: »Frank, ich will es nicht offiziell machen. Ich werde, was Rita mir dazu sagt, in meine Arbeit einfließen lassen, ohne dass jemand etwas davon weiß.«

Weller ging ums Auto herum zu ihr: »Mein Gott, Ann, was bist du nur für ein misstrauischer Mensch.«

Sie sah ihn an, und er spürte, wie unangenehm es ihr war, dass er so von ihr dachte.

Mara sah durch die Fensterscheibe den blauen Himmel. Manchmal zeigte sie auf eine Wolke, die vorüberzog, und rief: »Ball, Wauwau oder Puppe.«

»Nein, das ist kein Ball, das ist eine Wolke«, korrigierte

Sophie ernst. Es war ein Spiel. Mara freute sich jedes Mal, wenn ihre Mutter »Nein, das ist kein«, sagte. Rasch bot Mara einen anderen Begriff an, genau wissend, dass auch der falsch war. Am Schluss des Spiels, das Mara mit wachsender Begeisterung ein Dutzend Mal wiederholen konnte, ohne dass ihr langweilig wurde, rief sie das richtige Wort: »Wolke! Wolke!« Dabei riss sie die Arme hoch und strahlte.

Übertrieben begeistert klatschte Sophie in die Hände und freute sich mit ihr: »Hurra! Mara hat richtig geraten! Bravo!«

Gern klatschte Mara sich selbst Beifall und wollte das Spiel gleich noch einmal spielen, auch wenn gerade gar keine Wolke zu sehen war.

Sophie wäre am liebsten bei dem schönen Wetter mit Mara nach draußen gegangen, aber das war jetzt viel zu gefährlich.

Jule-Feemke Grube hatte Gemüse für Mara mitgebracht: Brokkoli. Möhren. Kohlrabi. Süßkartoffeln und Rote Bete. Ein Paket Windeln und ein Töpfchen, weil Sophie das in der Eile vergessen hatte.

Brokkoli und Möhren dünstete sie gerade. So schwierig die Situation auch war, sie wollte die Kleine weiterhin mit gutem Essen versorgen. Alles andere ging gegen ihre Ehre als Mutter.

Sie hatte Jule-Feemke auf dem Spielplatz kennengelernt. Jule-Feemke hatte nach einer Auseinandersetzung mit ihrem Freund, besser gesagt, ihrem Exfreund, heulend und rauchend auf der Bank gesessen. Sie saugte den Qualm tief ein und blies ihn schnell aus, als ob das helfen würde. Ihr wurde aber nur ein bisschen flau davon. Gegen Wut und Verletztheit richtete das Nikotin nur wenig aus.

Sophie wollte ihr eigentlich die Meinung geigen und sie zurechtweisen, weil sie rauchende Teenies auf dem Spielplatz unmöglich fand. Genauso wie Zigarettenkippen, Bierdosen oder die abgerissenen Ringe und Laschen von Energydrinks im Sandkasten.

Aber als Mara die weinende junge Frau sah, wollte sie sie trösten, »Ei machen«, wie sie sagte.

Das war der Beginn ihrer Freundschaft.

Jule-Feemke fand es klasse, eine erwachsene Frau, eine alleinerziehende Mutter, zur Freundin zu haben. Sie trafen sich immer wieder auf dem Spielplatz, ohne miteinander verabredet zu sein. Sie einte die Wut auf Männer. Auf zwei ganz besonders. Sie schimpften über sie und äfften sie nach. Sie überzogen sie mit Spott und schworen sich, nie wieder auf solche Hornochsen hereinzufallen.

Jule-Feemkes Eltern machten Ferien in Oberstdorf, neunhundert Kilometer weit weg. Ihre Mutter kam von dort. Ihre Großeltern führten dort eine Gaststätte. Ihr Vater war Ur-Ostfriese und konnte sich beim besten Willen nicht vorstellen, nach Süddeutschland zu ziehen. Der Kompromiss war, dass sie jedes Jahr drei Wochen Urlaub dort machten, meist außerhalb der Hauptsaison.

Diesmal war Jule-Feemke zum ersten Mal alleine in Norden geblieben. Sie hatte eigentlich vorgehabt, die sturmfreie Bude ganz anders zu nutzen, aber ohne Freund, stattdessen mit Freundin und Kleinkind, war nicht gerade Partytime angesagt. Trotzdem gefiel es Jule-Feemke gut, ein paar Tage mit den beiden zusammenzuleben. Frauen mussten zusammenhalten.

Das alles hatte auch etwas sehr Aufregendes und Geheimnisvolles. Sie versteckte eine Freundin. Sie kam sich dabei tapfer vor und irgendwie edel. Sie hatte keine Ahnung, worauf sie sich da eingelassen hatte.

Ihr Geheimnis war bereits aufgeflogen.

Ein Mann, der nichts Gutes im Schilde führte, war ihr gefolgt. Eine Jugendliche mit einem Korb voller Gemüse, die eine Magnumpackung Windeln Größe 5 und ein rosa Töpfchen mit Häschenohren durch die Innenstadt trug, fiel einfach auf.

⚓

Martha Klatt ereiferte sich: »Wie – was heißt das, die Leiche ist nicht freigegeben und die Wohnung auch nicht?«

Auf Kommissarin Marion Wolters wirkte Frau Klatt nicht gerade wie eine trauernde Witwe, sondern eher wie eine zornige Frau, der jemand eine Schramme ins noch nicht abbezahlte Auto geritzt hatte. Sie roch von weitem nach Maiglöckchen, und wenn sie näher kam, nach Moschus und Sandelholz.

Marion war versucht, anhand der Kopf- und Herznote des Parfüms die genaue Marke zu bestimmen. Sie war sich nur bei der Basisnote noch nicht sicher.

Marion hatte ein Wochenendseminar über olfaktorische Wahrnehmung besucht. Der Geruchssinn sollte dort geschärft werden. Sie hatte verstanden, dass Gerüche im Leben eine wichtige Rolle spielen. Im wahrsten Sinne des Wortes gab es Menschen, die konnte sie tatsächlich nicht riechen. Andere dagegen hatte sie gern in ihrer Nähe.

Frau Klatt war ihr unangenehm, obwohl sie eigentlich gut roch. Aber vielleicht war es ein bisschen zu aufdringlich und zu raumfüllend.

Patzig antwortete Marion Wolters: »Das soll heißen, dass die Staatsanwaltschaft die Leiche noch nicht freigegeben hat und die Wohnung auch nicht.«

Frau Klatt atmete heftig aus. »Aber ich muss doch meinen Mann beerdigen, ich brauche einen Totenschein und …«

Bevor sie fortfahren konnte, blockte Marion Wolters sie: »Wir haben doch alle ein Interesse daran, dass der Fall rasch gelöst wird, oder nicht? Wir suchen den Mörder Ihres Mannes, Frau Klatt. Das hat jetzt oberste Priorität.«

Martha Klatt breitete die Arme ratlos aus. »Ja, und warum bin ich dann hierher nach Norden gekommen?«

Marion Wolters zuckte mit den Schultern. *Keine Ahnung*, wollte sie erwidern, überlegte es sich aber und konterte mit einer Gegenfrage: »Um Ihrem Mann die letzte Ehre zu erweisen?«

Frau Klatt guckte, als sei das eine verrückte Idee. Sie verschränkte die Arme vor der Brust. »Mein Schwiegersohn hatte schon recht. Der sitzt draußen im Auto. Er hat uns hierhergefahren, weigert sich aber, mit reinzukommen. Und wissen Sie, warum?«

Die Stimmung war auf dem Tiefpunkt und wurde auch nicht besser, als Marion antwortete: »Weil er steckbrieflich gesucht wird?«

Frau Klatt schnaufte. Sie bekam kaum Luft vor Wut. Sie konnte ein-, aber nicht gut ausatmen. So eine Frechheit war ihr lange nicht geboten worden.

Marion bedauerte ihre Aussage. Sie war den Umgang mit Angehörigen von Opfern nicht gewohnt. Sie hatte es mehr mit Tätern zu tun. Lange Zeit hatte sie Innendienst gemacht, Notrufe entgegengenommen und Einsätze koordiniert. Sie wusste, dass Angehörige manchmal geradezu neben sich standen, unsinnige Dinge taten oder sagten. Sie kannte die Geschichten von verrückten Übersprungshandlungen, aber das war alles nur Theorie. Jetzt geschah es gerade wirklich, und sie musste sich eingestehen, dass sie überfordert war und mit der Frau und der Situation nicht wirklich umgehen konnte.

Es war ein sonniger Morgen, der zu Spaziergängen einlud. Gerne wäre Rita Trettin am Leinpfadkanal entlang zur Außenalster flaniert. Aber sie entschied sich, in die Praxis zu gehen und den Akten, die Ann Kathrin ihr gegeben hatte, ein wenig Zeit zu widmen, bevor die erste Patientin kam.

Mit Dirk Klatt hatte sie sich schon befasst. Im Internet fand sie einen Vortrag, den er an der Polizeiakademie Hessen in Wiesbaden gehalten hatte. Der Vortrag rundete das Bild ab, das sie sich bisher von ihm gemacht hatte: Ein Mann, korrekt im Auftreten, von fast krankhaftem Ehrgeiz getrieben. Je dunkler, ja bösartiger die menschlichen Abgründe waren, die er beschrieb, und je schlimmer die Szene, gegen die er ermittelte, umso mehr trat er als Lichtgestalt hervor. Es war fast, als bräuchte er den dunklen Hintergrund, um selbst zu leuchten.

Er redete über Schwerverbrecher wie andere über Popstars, die sie verehrten. Er jagte sie ohne Zweifel gnadenlos, aber manchmal blitzte dabei auch so etwas wie Verehrung durch.

Sie kannte das aus der Therapie eines Großwildjägers, der den Büffel, den Löwen, den Leoparden, den Elefanten und das Nashorn fürchtete. Auf eine Art auch liebte und bewunderte, aber dann eben letztendlich töten wollte. Er nannte sie die *Big Five* und wollte nicht sterben, bevor er von jeder Art ein Tier erledigt hatte. Großwildjagd hieß für ihn nicht nur, große Tiere zu schießen, sondern er hatte das Gefühl, sich majestätischen Herausforderungen zu stellen.

Bequeme Jagdfarmen lehnte er ab. Er suche die existenzielle Herausforderung, so hatte er beteuert, und obwohl er Phasen hatte, in denen er mit seinen Taten und Abenteuern prahlte, schämte er sich auch dafür. Seine Ehefrau hatte sich angeblich sogar deswegen von ihm scheiden lassen und war zur Vegetarierin geworden.

Nashörner zu schießen war legal kaum noch möglich, hatte er Rita erzählt. Er liebäugelte schon damit, sich Wilderern anzuschließen, obwohl er Wilderer eigentlich hasste.

Die Beschäftigung mit Klatt brachte Rita dazu, sich an diesen Patienten zu erinnern, der tief in sich drin ein unsicheres kleines Kind geblieben war, nach außen hin aber versuchte, den Hemingway'schen Helden zu verkörpern. Er verteidigte ängstlich seine Männlichkeit und hatte doch Angst vor ihr.

Heute war ihr Tag sehr voll. Trotzdem freute sie sich darauf, Ann Kathrin mit ein paar Erkenntnissen helfen zu können. Sie machte sich erste Notizen.

Klatt hatte etwas sehr Spießiges an sich, doch wie in vielen Spießern verbargen sich auch in ihm Abgründe.

In seinen Unterlagen fand sie das Gutachten eines Maklers. Das Grundstück war inzwischen mehr wert als das Reihenhaus, das er damals darauf gebaut hatte.

Hatte er vorgehabt, das Haus, in dem er mit seiner Frau lebte, zu verkaufen? Noch war er offiziell dort gemeldet und hatte in Norden nur eine Zweitwohnung angegeben.

Rita vermutete, dass es mit seiner Ehe nicht zum Besten stand.

⚓

Sosehr Jule-Feemke Grube die Gespräche mit ihrer Freundin Anneliese mochte, so sehr ging ihr die Situation auch auf den Keks. Immer drehte sich alles um Mara. Wirklich reden konnten sie tagsüber nur, wenn Mara endlich Mittagsschlaf machte.

Mara fehlten die Gleichaltrigen. Jule-Feemke ging es nicht anders. Sie suchte einen Vorwand, um herauszukommen. Bei dem schönen Wetter wollte sie mit den anderen draußen abhängen. Sie hatte keine Lust, ihrem aufgeblasenen Exmacker zu begegnen oder ihm dabei zuzusehen, wie er mit anderen rummachte, was er mit Vorliebe demonstrativ tat. Er verletzte gern. Seit ihrer Trennung sprach er überall nur noch von Claire, wenn er von ihr redete. Er wollte Claire als ihren Spitznamen einführen. Er hatte schon erste Erfolge damit. Auf dem Schulhof kicherten sie bereits hinter ihr her und flüsterten *Claire-Grube*, wenn sie vorbeiging.

Aber am Markt bei der Ludgerikirche traf sich die Clique der Biker. Diesen Paul Schilling fand sie toll. Er war eigentlich zu jung für sie. Aber von zwei, drei Jahre älteren Jungs hatte sie gerade die Nase voll. Verglichen mit Paul kam sie sich vor wie eine reife Frau. Er guckte manchmal so süß schüchtern. Seine Akrobatenstückchen mit dem Rad à la MacAskill gefielen ihr weniger. Diesen Blödsinn hatte er doch ihrer Meinung nach gar nicht nötig.

Nein, sie hatten sich noch nicht geküsst. So weit waren sie noch lange nicht. Dem nächsten Typen würde sie es schwerer machen als dem letzten. Ab jetzt musste man sich um sie bemühen, ja abstrampeln. Sie genoss es, Pauls Verliebtheit zu spüren. Sie lächelte mal zurück, zeigte kurz wohlwollendes Interesse, mehr aber nicht. Er sollte sich anstrengen!

Ein bisschen, das gestand sie sich ein, war ihr Verhalten

Paul gegenüber eigentlich Rache an Gereon, ihrem Ex. Der eine büßte für das, was der andere ihr angetan hatte. Paul tat ihr ein bisschen leid. Aber nicht viel.

Es tat ihr gut, einmal in einer Beziehung die Stärkere zu sein. Nicht unbedingt dominant, aber sie wollte gleich von Anfang an bestimmen, wo es langging und wann. Solche Bedingungen wurden gleich zu Beginn festgelegt, das hatte sie inzwischen gelernt.

Sie hatte vor, ihn noch eine ganze Weile zappeln zu lassen. Das fand auch Anneliese gut. Aber Jule-Feemke musste schon sichergehen, dass Paul auch interessiert blieb, damit sich nicht einfach eine andere den durchaus attraktiven Typen schnappte.

Jule-Feemke hatte von ihrer Mutter gelernt, dass es gut war, sich schick zu machen und auf das Äußere zu achten. Aber ein Zuviel konnte schnell billig wirken. Davon verstand ihre Mutter etwas. Sie hatte lange nachmittags in einer Boutique gearbeitet und war sogar mal kurz davor gewesen, selbst eine zu eröffnen.

»Kurzer Rock ist voll okay«, hatte ihre Mutter ihr beigebracht, »aber dann ein keusches Oberteil. Nicht schulterfrei und schon gar kein tiefer Ausschnitt. Entweder oben oder unten. Zeig nie beides gleichzeitig.«

Heute hatte sie sich für den knallroten, kurzen Rock entschieden. Dazu Turnschuhe. Auf keinen Fall Leder mit Absatz. Obenrum ein Schlabberpullover. Darüber einen offenen Kapuzenpulli mit kaputtem Reißverschluss.

»Na, wie sehe ich aus?«, fragte Jule-Feemke ihre neue Mitbewohnerin.

Sophie versuchte, cool zu sein: »Unten Bitch, oben Betschwester!«

»Genauso soll es sein«, freute Jule-Feemke sich. »Ich bringe uns Kuchen mit. Oder willst du lieber ein Eis?«

Maras Augen blitzten. Sie hatte *Eis* verstanden. Sophie winkte mit Blick aufs Kind ab: »Nee, lass mal.«

»Tschüs, Lieschen«, rief Jule-Feemke. Sie bückte sich auf Maras Augenhöhe und winkte ihr. »Bis gleich. Bekomme ich ein Küsschen?«

Mara wollte nicht und lief stattdessen zur Mama. Manchmal war sie ganz verschmust, wie eine kleine Katze, dann wieder scheu wie ein Reh.

⚓

Er stand im Schutz einer Hecke und sah Jule-Feemke herauskommen. Er fischte sein Orakel aus dem Portemonnaie. Es war ein altes, aber blankgewienertes Fünfmarkstück von 1958. Auf der einen Seite der Adler, auf der anderen eine große Fünf, eingerahmt von den Worten: *Bundesrepublik Deutschland – Deutsche Mark.*

Sein Heiermann trug den Prägebuchstaben *J*. Eine sogenannte *Hamburger Münze.*

Adler, ich nehm sie mir. Zahl, ich warte, bis sie weg ist, und greif mir gleich Sophie.

Er ließ die Münze fliegen. Sie drehte sich mehrfach in der Luft. Er klatschte sie auf seinen linken Oberarm.

Adler.

Also bist du dran, schönes Kind.

Sie machte es ihm leicht.

Er musste nicht hinter ihr herfahren. Sie wollte, einen lasziven Gang übend, an ihm vorbeischlendern. Er lehnte an einem dunkelblauen Audi und zwinkerte ihr zu. Aber SUVs gefielen ihr nicht. Der Wagen war ihr zu protzig und zu wenig umweltfreundlich. Der Mann zu alt und zu aufdringlich. So wie er sich gab, hielt er sich wohl für unwiderstehlich. Über so einen konnte sie nur grinsen.

Sie ahnte ja nicht, dass der Mann, der vor ihr stand, derjenige war, vor dem ihre neue Freundin sich versteckte. Sie wusste auch nicht, dass Anneliese Stierhohn, die sich gerne Lieschen nannte, in Wirklichkeit Sophie Hauser hieß.

Der Vorstadtplayboy stellte sich ihr in den Weg. Mit einer Hand stützte er sich an seinem Auto ab und blockierte grinsend den Durchgang. Er trug eine offene schwarze Motorradlederjacke, darunter ein weißes T-Shirt, eine verwaschene Jeans mit Designerlöchern und Cowboystiefel.

Für Jule-Feemke sah er aus wie jemand aus den Achtzigern. Sie kannte Filme, in denen Männer so herumliefen, und es gab Fotos aus der wilden Zeit ihres Vaters, da sah er auch so aus. Sie fand es lächerlich und wollte rechts an ihm vorbei.

Er breitete die Arme aus, als hätte er vor, sie zu fangen. Er lachte dabei. Wenn ihnen jemand zugesehen hätte, wäre das Ganze vermutlich als Spiel durchgegangen.

Sie wollte ihm nicht in die Arme laufen, blieb stehen und sagte: »Klasse Masche. Zieht bei mir aber nicht.«

Er legte den Kopf schräg, zog Grimassen wie ein trauriger Clown, der nicht glauben konnte, was er da hörte. Aber er ließ sie nicht durch. Sein Gesichtsausdruck sagte etwas anderes als seine Körperreaktion. Die Augen signalisierten, es sei nur ein Spaß, die Hände machten aber schon Ernst.

Sie wich einen Schritt zurück und ärgerte sich darüber.

»Wo gehen die zwei hübschen Beine denn hin?«, säuselte er und setzte dann hart hinzu: »Wenn nichts dazwischenkommt.«

Der letzte Halbsatz hörte sich an, als hätte ein anderer Mensch ihn gesprochen. Eine Drohung schwang mit.

Sie holte tief Luft und guckte sich um, ob jemand in der Nähe war, der ihr helfen könnte. Es war am hellen Tag, mitten in Norden, nicht weit von der Innenstadt entfernt.

Anneliese führte immer Pfefferspray mit sich. Aber Jule-Feemke glaubte, so weit sei die Situation noch nicht. Selbst wenn sie eine Waffe bei sich gehabt hätte, hätte sie vermutlich noch gezögert.

Schnippisch sagte sie: »Ich steh' nicht auf Sportwagen. Mein Vater fährt so einen ...«, sie sprach das Wort aus, als würde ihr schlecht dabei werden, »SUV. Und mein Opa übrigens auch.«

Er kam näher, als ob sie ihn dazu ermuntert hätte, sie zu küssen. »Ich bin nicht mein Auto, Süße. Aber ich habe auch eine Menge PS unter der Haube.« Er griff sich mit links in den Schritt.

Jule-Feemke wich vorsichtshalber noch weiter zurück. Sie beobachtete die Straße. Sie hatte vor, gleich einfach rüberzurennen und ihn hier stehenzulassen. Sie konnte sich nicht vorstellen, dass er ihr folgen würde. Das Ganze war für sie eine dreiste Anmache, mehr noch nicht.

»Sie verwechseln mich. Ich bin keine Altenpflegerin.«

Er blies heftig aus und tat beeindruckt. »Puh. Der saß. Klasse. Ich mag so kleine Kratzbürsten. Eine Widerspenstige zu zähmen ist viel aufregender als eine Zahme zur Wildkatze abzurichten. Ich kann aber beides.«

»Sie haben also Ihren Betreuer verloren und wissen jetzt gar nicht, was Sie machen sollen?«, spottete sie tapfer, doch er hörte bereits den ängstlichen Unterton in ihrer Stimme. Sie hatte kapiert, dass es ernst wurde.

Sie zog ihr Handy und zeigte es vor wie eine Waffe, die den Gegner beeindrucken sollte. Er griff danach, war aber nicht schnell genug.

Sofort wechselte er die Taktik und ging auf ihren Spott ein. Er sprach gespielt alt und gebrechlich: »Ja, junge Frau … bitte helfen Sie mir … Meine Betreuerin ist weg … Ich habe vergessen, wie ich heiße und wo ich wohne … Aber ich muss dringend Pipi … Können Sie mir helfen? Er ist so schwer, ich kann ihn nicht alleine rausholen und erst recht nicht halten …«

Sie rannte los. Er hinterher.

Sie schaffte es zur anderen Straßenseite. Ein Volvofahrer musste bremsen. Fast hätte er den Typen mit der Motorradjacke erwischt. Der Fahrer zeigte ihm »doof« und lenkte seinen Wagen dann wieder in die Spur zurück.

Jule-Feemke war jetzt froh, Turnschuhe zu tragen und keine Highheels. Sie galt als sportlich, aber der aufdringliche Lederjackentyp holte sie nicht nur ein, sondern lief dann neben ihr her, als sei dies ein gemeinsames Joggingtraining. Er machte dabei keineswegs den Eindruck, sich groß anzustrengen oder gar zu verausgaben. Er demoralisierte sie, indem er vermuten ließ, noch über große Kraftreserven zu verfügen.

Sie wollte schneller laufen, aber sie wurde langsamer. Ihre Beine kamen ihr plötzlich so bleiern vor. Sie hörte seinen Atem neben sich und das Knatschen seiner Lederstiefel. Er legte einen Arm um ihre Schultern wie um eine gute Freundin und zog sie zu sich. Sie strauchelte und trat ihm auf den rechten Fuß. Es schien ihm nichts auszumachen.

Halb fühlte sie sich umarmt, halb wie in einem Haltegriff, der beim Rangeln auf dem Schulhof *Schwitzkasten* genannt wurde.

Er zog ihren Kopf zu sich und lachte: »So viel zum Thema Altersheim.«

Sie versuchte, sich zu befreien. Warum, verdammt, war die Straße so menschenleer? Wieso hatte dieser Volvofahrer nicht angehalten?

Er trat ihr ein Bein weg. Sie stolperte, fiel, raffte sich aber sofort wieder auf, und obwohl niemand zu sehen war, gestaltete er es für Zeugen so, als würde er ihr helfen, ja, sie schützen und halten.

»Genug Spaß gehabt. Jetzt werd mal vernünftig, Süße. Ich verstehe ja, dass du scharf auf mich bist. Aber da bist du halt nicht die Einzige. Nur eins musst du wissen: Ich bin kein Mann für eine Nacht«, spottete er.

Sie hob die rechte Hand und holte aus, um ihm eine Ohrfeige zu verpassen. Sie hoffte, ihn damit zur Vernunft zu bringen. Aber er schlug ihr ansatzlos die rechte Faust in den Magen. Er wusste, wo er hinhauen musste. Sie klappte zusammen und erbrach sich augenblicklich.

Gleich wurde er fürsorglich, hielt mit einer Hand ihren Kopf und strich ihre Haare hinter die Ohren, damit sie nicht vom sauren Strahl ihres Mageninhalts getroffen wurden.

Er bugsierte sie über die Straße, zurück zu seinem Auto: »Wirst du jetzt vernünftig sein, oder muss ich dir erst richtig weh tun?«, fragte er und lächelte dabei, als hätte er ihr ein Kompliment gemacht. Der unterdrückte Zorn ließ seine Stimme jedoch beben. Am liebsten hätte er sie angebrüllt und richtig verdroschen, das war ihr völlig klar.

Eine Spur Erbrochenes zog sich über die Fahrbahn. Jule-Feemke war kurz davor, sich in ihr Schicksal zu fügen, aber noch einmal sah sie sich nach links und rechts um. Es musste doch irgendwo Hilfe zu erblicken sein. Die Häuser waren alle bewohnt, machten aber einen verlassenen Eindruck, als wäre dies eine Geisterstadt. Kein Mensch war in einem der Gärten zu sehen. Dabei schien die Sonne, der Himmel war blau, und die Meisen zwitscherten fröhlich.

Er stieß sie auf den Rücksitz. »Kotz mir bloß nicht das Auto voll!«

Sie kroch so weit wie möglich zur anderen Seite, versuchte, dort die Tür zu öffnen, aber das funktionierte nicht.

Er wollte zu ihr nach hinten in den Wagen. Sie trat nach ihm. Jetzt wären Highheels sicherlich besser gewesen als die Sneaker mit der weichen Sohle.

Er griff in seine Lederjacke, zog ein Fläschchen hervor und ein Tuch. Er träufelte etwas auf das Tuch und sprach jetzt wie ein Arzt, der ein Kind vor der Behandlung beruhigen möchte: »So, gleich wird alles viel besser. Du musst keine Angst haben. Alles wird gut.«

Sie wollte ihm das Fläschchen aus der Hand treten, aber da drehte er es bereits wieder zu und steckte es ein.

Er versuchte, ihr das Tuch ins Gesicht zu drücken. Sie schlug mit der flachen Hand nach ihm, traf mehrfach sein Gesicht. Er lachte, als würde es ihm Spaß machen.

Warum, fragte sie sich verzweifelt, schlage ich nicht richtig zu? Warum ramme ich ihm keinen Finger ins Auge? Warum ohrfeige ich ihn nur? Was hemmt mich?

Er lachte: »Dann wird es also doch *Der Widerspenstigen Zähmung*. Dann bist du Liz Taylor, und ich bin Richard Burton.«

»Lass mich in Ruhe, du Irrer!«, kreischte sie.

»Ach, du kennst den Film gar nicht, was? Du musst noch so viel lernen. Das ist eine Komödie von Shakespeare, verfilmt mit dem berühmtesten Ehepaar der Filmgeschichte.«

Sie rammte ihr Knie gegen seine Brust. Er versuchte ihr den stinkigen Lappen gegen die Nase zu drücken. Mit beiden Händen krampfte sie sich in seinen Unterarm.

»Shakespeare! Nie gehört, was? Was lernt ihr denn heute so in der Schule? Shakespeare ist keine Biersorte«, belehrte er sie spöttisch. »Shakespeare war einer, der über uns alle geschrieben hat. Alles, was dir jetzt passiert, heute und im Rest deines Lebens, kannst du bei ihm schon nachlesen. Nur, glaub mir, wenn du dich weiter so anstellst, wird es keine Komödie ...«

Sie spürte, dass ihr Widerstand nachließ. Sie versuchte, nicht zu atmen. Das Zeug war schon zu nah an Nase und Mund. Sie befand sich in einer benebelnden Wolke.

»Hilfe!«, schrie sie. »Bitte, hilf mir doch jemand!«

Dann verlor sie das Bewusstsein.

Margarete Groß hatte die Szene von ihrem Fenster aus beobachtet. Eigentlich schaute sie lieber den Eichhörnchen und den Tauben zu. Manchmal redete sie sogar mit ihnen.

Sie war sich nicht sicher, was genau sie gesehen hatte. Stritt dort ein Vater mit seiner Tochter? War ihr schlecht geworden, und er hatte sie in sein Auto gebracht? Oder hatte die junge Frau sich gewehrt?

Margarete wollte eigentlich ihre Tochter anrufen, aber zu der hatte sie seit einiger Zeit ein gespanntes Verhältnis. Sie glaubte nämlich, ihre Mutter könne nicht mehr alleine leben, es sei das Beste für sie, in ein Altersheim zu gehen. Das hatte Margarete aber keineswegs vor. Sie kochte noch für sich selbst, ging zum Markt einkaufen und liebte ihre Unabhängigkeit. Ihre Tochter behauptete, sie würde tüdelig, und in dieser Frage war sie sich ausnahmsweise mal mit dem Schwiegersohn einig.

Sie werden sagen, dass ich spinne und keine Probleme machen soll, dachte Margarete Groß. Sie werden das alles nur zum Anlass nehmen, um erneut eine Diskussion zu beginnen, ob ein Seniorenheim nicht besser für mich wäre.

Die Kinder hatten ja keine Ahnung, dass sie mit Herrn Junghans flirtete, dass sie sich jeden Samstag auf dem Marktplatz trafen und anschließend auch noch eine Tasse Kaffee zusammen tranken. Er war Witwer, und seine Wohnung war zu groß für ihn, so wie ihre Haushälfte längst zu groß für sie geworden war. Sie überlegten, zusammenzuziehen. Seine Kinder waren dagegen, und sie hatte sich noch gar nicht getraut, es ihren zu sagen.

Jeden Sonntag telefonierten sie miteinander, bis der *Tatort* anfing, den sie dann unabhängig voneinander, jeder auf seinem eigenen Sofa sitzend, guckten. Sie sah die Samstagskrimis im ZDF eigentlich lieber. Die *Tatorte* wurden ihr zu abgefahren, manchmal auch zu kompliziert. Das war einfach nicht mehr ihr Ding. Doch er war eingefleischter *Tatort*-Fan, und ihm zuliebe guckte sie weiter.

Sie hatte schon seinen gespeicherten Namen gedrückt, um sich mit ihm zu beraten. Doch dann entschied sie sich um. Ein plötzlicher Unabhängigkeitsgedanke, das Gefühl, es sei besser, alleine zu entscheiden. Sie wollte weder ins Altersheim noch eine Tochter fragen, einen Schwiegersohn oder sich von der Meinung eines Mannes abhängig machen. Sie wählte die 110.

Sie hatte sofort eine freundliche Frau am Telefon. Kommissarin Marion Wolters. Margarete Groß hörte die Fragen, die die Polizistin stellte, gar nicht wirklich, sondern sprudelte sofort los. Jetzt wollte auch alles aus ihr raus.

»Vielleicht irre ich mich ja, und es war alles ganz anders, aber ich habe es von meinem Fenster aus gesehen. Eine junge Frau ist zusammengebrochen. Ein Mann, vielleicht ihr Vater – er hatte so eine Motorradlederjacke an, wie mein Werner sie früher auch getragen hat –, der hat sie über die Straße geschleppt, aber das sah nicht freiwillig aus. Er hat sie in sein Auto gestopft, also, ich meine, sie ist nicht wirklich eingestiegen. Ich glaube, sie hat sich gewehrt. Nein, ich spinne das nicht alles zusammen. Man kann auf der Straße noch Erbrochenes sehen.«

Die Polizistin stellte immer wieder Zwischenfragen. Damit brachte sie Margarete Groß ganz durcheinander. Sie hatte Mühe, bei der Sache zu bleiben.

»Nein, ich habe mir das Nummernschild nicht aufgeschrieben. Das konnte ich gar nicht sehen. Ich weiß nicht, was das für ein Auto war. Die sehen doch heute alle gleich aus. Früher konnte ich das unterscheiden, einen Käfer und eine Ente, das hat doch niemand verwechselt. Auch ein Mercedes sah anders aus als ein BMW. Aber heutzutage …«

Marion Wolters hatte 126 Anrufe auszuwerten. Fast alle bezogen sich auf das Bombenattentat in Aurich. Je spannender und aufregender etwas war, umso mehr Menschen glaubten, etwas beobachtet zu haben. Drei Anrufer hatten vermehrte Drohnenflüge beobachtet.

Marion vermutete, dass die drei sich abgesprochen hatten, denn sie hatte nicht nur ein Wochenendseminar über olfaktorische Wahrnehmung besucht, sondern auch an einer Fortbildung über forensische Linguistik teilgenommen. Es ging zum Beispiel darum, ein Erpresserschreiben durch Ausdrucksweise, Zeichensetzung und Grammatik einer bestimmten Person zuzuordnen und anhand von Mustern ein Profiling einer Täterperson herzustellen.

Ihr half das Gelernte beim Entgegennehmen von Anrufen sehr. Sie musste immer wieder einschätzen, ob etwas ernst gemeint war, denn oft versuchten Spaßvögel, eine druckvolle Fahndungssituation auszunutzen, um einen blöden Witz zu machen und die Polizei auf die falsche Fährte zu locken. So etwas kostete die Kollegen Zeit und Nerven. Sie versuchte, es vorher auszusortieren. Manchmal erkannte sie Spinner, die sich nur wichtigmachen wollten.

Immer wieder versuchten auch Menschen, die gar nichts gesehen oder beobachtet hatten, eine Tat zu nutzen, um ihr politisches Weltbild zu untermauern, weil sie es ja schon immer gewusst hatten. Von einer Infiltration durch den russischen Geheimdienst über Aliens, die in Menschengestalt dabei waren, die Macht zu übernehmen, bis hin zu Islamisten, die die gesamte Polizeiinspektion in die Luft sprengen wollten, um eine Moschee dorthin zu bauen, war diesmal alles mit dabei.

Frau Groß war zwar in Marion Wolters Augen speedy, wirkte in ihrer Aufgekratztheit fast ein bisschen betrunken oder leicht verwirrt, aber das alles kam ehrlich rüber. Leider hatte es mit den aktuellen Fällen nichts zu tun. Nun kämpfte Marion mit sich. Natürlich konnte auch ein anderes Verbrechen geschehen sein. Schließlich ging es nicht nur um den Mord an Klatt oder das Verschwinden einer Frau, die es nie gegeben hatte.

Auch Marion Wolters, die immer für ein gutes Stück Torte zu haben war, kannte Anneliese Stierhohn als freundliche Servierkraft von Besuchen bei ten Cate. Sie hatte Mara sogar mal kurz auf dem Schoß gehabt.

Sie musste sich zwingen, die Meldung von Frau Groß irgendwie zu bearbeiten. Eine richtige Anzeige war es nicht, mehr die Beobachtung ungewöhnlicher Geschehnisse. Im Moment passierten in Ostfriesland einige merkwürdige Dinge.

Marion fragte sich, wen sie bei Frau Groß vorbeischicken könnte. Etwas wirklich Konkretes hatte sie ja nicht in der Hand. Sie entschied sich, selbst vorbeizufahren, nach Dienstschluss, um die Kollegen zu entlasten.

So weit bin ich inzwischen, dachte sie missmutig. Mein Privatleben ist auf null geschrumpft. Jetzt spiele ich schon nach Feierabend Polizistin, weil mir nichts Besseres mehr einfällt. Aber was soll ich machen? »Männer«, brummte sie, »sind wie Toiletten. Entweder besetzt oder beschissen. Und man kann auch nicht nur Fortbildungen besuchen und Fachliteratur lesen.«

Letzte Nacht hatte sie von einem Mann geträumt, der dicke Frauen verehrte und sie bat, auf keinen Fall abzunehmen. Er war selbst ein dünner Hering, doch er flehte sie auf Knien an, das Vollweib zu bleiben, das er liebte.

War das ein Wunschtraum oder eine Zukunftsvision?

Dalibor hatte eine unverfängliche Sprachnachricht erhalten: *Viel Spaß noch im Urlaub.*

Das bedeutete, seine Arbeit hier war längst nicht erledigt.

Er sollte in der Ferienwohnung bleiben und auf den nächsten Einsatz warten.

Vielleicht, dachte er, sollte ich doch Kolatschen für mich machen.

Er blätterte im Backbuch, das er aus Klatts Wohnung mitgenommen hatte, und suchte dort nach neuen Anregungen. Er überlegte, sich vielleicht eine Sanddorn-Joghurt-Torte zu backen. Sanddorn, las er, war so etwas wie die Orange Ostfrieslands. Der Vitaminlieferant auf den Inseln und an der Küste.

Aber Torten waren eigentlich nicht so sein Ding. Er brauchte mehr etwas, das man aus der Hand essen konnte, ohne Gabel. Kokosmakronen, Kartoffelhörnchen, Gebäckpralinen, Rosinenschnecken, Mandelhörnchen, Pflaumentaschen. Er entdeckte ein interessantes Rezept: Speckendicken mit heißem Schmalz in der Pfanne oder mit einem Waffeleisen. Das Ganze las sich spannend. Eine Mischung aus Roggen und Weizen, mit Speck und Mettwürsten. Er stellte sich das vor wie einen Hamburger auf Ostfriesisch.

Doch so spannend sich das alles las, letztlich entschied er sich dann doch wieder für die Kolatschen. Vielleicht tat er es seiner Mutter zu Ehren oder weil er Heimatgefühle beschwören wollte, denn er fühlte sich in dieser Ferienwohnung als einsamer Wolf. Er konnte keine Kontakte knüpfen, keine Freundschaften schließen.

Selbst wenn ich, dachte er, an diesem schönen Tag in der Stadt, vielleicht bei einem Eis oder einem Milchkaffee, draußen eine nette Frau kennenlerne, muss ich sie doch hinterher töten, denn nach jedem Einsatz alle Brücken hinter sich abzubrechen war sein oberstes Prinzip.

So ließen sich schwer Liebesbeziehungen führen oder auch

nur Freundschaften knüpfen. Einer wie er war zu Lüge und Einsamkeit verdammt.

Er spürte immer dieses unerfüllbare Verlangen in sich. Wenn er einen Menschen liebte – ja, so etwas gab es tatsächlich –, wusste er, dass er ihn töten musste, um selbst frei bleiben zu können, nicht erpressbar zu werden. Diese Polarität beschäftigte ihn. Ohne das Negative gab es auch nichts Positives, glaubte er. Zumindest entstand, wenn er an die Elektrizität dachte, nur durch die Existenz von Positivem und Negativem gleichzeitig eine Spannung.

Er atmete ein und wieder aus. Das war doch genauso. Einatmen, ausatmen. Ebbe und Flut. Mann und Frau. Leben und Tod. Licht und Dunkelheit. Böse und Gut. Gott und Teufel. Engel und Dämon. Gesundheit und Krankheit. Das eine war ohne das andere nicht zu haben, ja vielleicht nicht mal spürbar. Gehörten die Dinge nicht zusammen? War es nicht vielleicht eine Einheit? Konstruierten wir den Widerspruch nur im Kopf?

Ja, mit solchen Fragen beschäftigte er sich, während er in Norden durch die Osterstraße ging, um die Zutaten für seine Kolatschen zu besorgen.

Niemand, dachte er, wird darauf kommen, dass ich diesen Klatt getötet habe. Wie denn auch? Es gibt keine Verbindung zwischen mir und diesem Menschen. Deswegen kauft man sich ja einen Auftragskiller wie mich. Alle verdächtigen Personen werden Alibis haben, ja unter Umständen nicht einmal im Land gewesen sein.

Wer wird der Nächste sein, fragte er sich. Er hoffte auf einen Mann. Er erledigte jeden Auftrag, aber Frauen tötete er nicht gern. Frauen mochte er zu sehr. Immer wenn er den Auftrag erhielt, eine Frau zu töten, war er kurz davor, auszusteigen und sich zur Ruhe zu setzen. Er tat es dann doch, um sich selbst die Professionalität zu beweisen. Es durfte keinen Unterschied machen, wen er ausknipste. Die Person musste für ihn zu einer Sache werden, zu einem Objekt. Bei Klatt war das überhaupt kein Problem für ihn gewesen. Polizisten auszuknipsen oder die Polizei aufzuschrecken, fand er sogar besonders prickelnd. Naturgemäß hatte er kein besonders gutes Verhältnis zu den Ermittlungsbehörden. Aber auch das durfte keine Rolle spielen. Es sollte keinen Spaß machen. Wenn er einen Auftrag ausführte, musste er funktionieren wie eine Maschine. Präzise, emotionslos, pünktlich.

Aber er war eben auch ein Mensch und eben keine Maschine. Wenn er sich seinen eigenen Tod vorstellte, und das tat er immer wieder, wenn er träumte, in einem Schusswechsel zu sterben, dann war ihm das auf jeden Fall lieber, als an Maschinen angeschlossen zu sein, die seine Atmung und vielleicht gar seine Verdauung übernahmen.

Jedes Mal, wenn er für jemand anderen zum Sensenmann wurde, forderte er auch den eigenen Tod heraus. Er wollte nicht lebend geschnappt werden. Für den Ernstfall hatte er eine Zyankalikapsel dabei. Sie hing an einem Kettchen um seinen Hals. Es sah aus wie ein geschenkter Anhänger. Ein Kreuz. Es machte auf den ersten Blick sogar einen frommen Mann aus ihm. In Wirklichkeit führte er die Möglichkeit auf einen raschen Tod an seinem Hals spazieren. Manchmal griff er hin und befühlte das Kreuz. Es gab ihm Sicherheit. Er wollte entscheiden, wann es vorbei war. Aber er stellte es sich nicht schön vor, Glas zwischen den Zähnen zu haben und mit der Flüssigkeit Splitter herunterschlucken zu müssen. Eine Kugel erschien ihm da angenehmer.

Er würde bei einer Verhaftung zuerst ziehen. Das war klar.

Wenn ich schneller bin, werde ich freikommen. Und wenn ihr mich erwischt, dann hoffe ich, dass ihr richtig trefft, ihr Stümper.

Er wollte nicht angeschossen, mit zerfetztem Knie oder zertrümmertem Schulterblatt, auf der Straße liegen. Und wenn das passiert, so hatte er sich geschworen, werde ich die Kapsel schlucken und tot sein, bevor der Rettungswagen da ist. Ich entwische euch sowieso. Entweder tot oder lebendig.

Er genoss es, die Zutaten für seine böhmischen Kolatschen einzukaufen. Er zahlte bar, mit Geld, das er für Mordaufträge bekommen hatte. Doch das war ja das Schöne am Geld: Man sah ihm nicht an, wie es verdient worden war.

⚓

Ann Kathrin war allein, gegen den Protest ihres Mannes, nach Dinslaken gefahren. Die Stierhohns wohnten im Ortsteil Bruch in einer Doppelhaushälfte. Ann Kathrin vermutete, das Haus müsse in den fünfziger oder sechziger Jahren gebaut worden sein. Die Fassade brauchte dringend einen Anstrich, aber die Fenster waren neu. Doppelglasscheiben, PVC-Alufenster mit schützenden integrierten Rollläden. Entweder war da jemand lärmempfindlich, oder er fürchtete Einbrecher.

Ann Kathrin ging ums Haus. Es gab einen Garten mit wuchernden Staudenrabatten. Da verstand jemand etwas von Gartenarbeit. So, wie die großen Hintergrundpflanzen und die Zwergstauden im Vordergrund gestaffelt waren, blühte vom Frühjahr bis zum Herbst immer etwas. Aber in letzter Zeit hatte niemand mehr dem gut geplanten Garten genug Zeit gewidmet.

Die Haustür und der Kellereingang waren von der Polizei versiegelt und mit Absperrbändern gekennzeichnet worden. Ann Kathrin hatte den Kollegen Plottke gebeten, ihr den Tatort zu zeigen. Sie sah ihm die Erschütterung noch an. Sebastian Plottke war seit drei Jahren bei der Mordkommission. Er sagte, so eine Gewaltorgie habe er noch nie zuvor gesehen.

Er empfand es als Ehre, der legendären Kommissarin aus Ostfriesland die Tür zu öffnen. Er stand ihr gern Rede und Antwort, bekam dabei aber schwitzige Hände. Er, der sich selbst für abgebrüht hielt und in seinem Bekanntenkreis als taffer Typ galt, hatte Angst, vor ihren Augen zum Versager zu schrumpfen.

Sie wollte alles ganz genau wissen. Es reichte ihr nicht, einfach den Bericht zu lesen. Jede andere Dienststelle wäre anders damit umgegangen. Ein zeitsparendes Telefongespräch und ein Aktenaustausch waren eigentlich üblich. Die meisten hätten sogar um eine kurze Zusammenfassung gebeten. Sein Respekt vor Ann Kathrin Klaasen wuchs, weil sie tatsächlich selbst gekommen war. Er wollte vor ihr glänzen.

Dabei drehte er für Ann Kathrins Gefühl zu sehr auf. Er benahm sich ein bisschen wie ein verliebter Mann, der versucht, bei seiner Angebeteten Eindruck zu hinterlassen.

Ann Kathrin bewegte sich im Haus vorsichtig, ohne etwas zu berühren, trug aber Gummihandschuhe und Plastik-Schuhüberzieher. Überall war die Arbeit der Spurensicherung deutlich zu sehen. Die feine Pulverschicht, mit der Fingerabdrücke festgehalten werden sollten, klebte an Türrahmen, Tischen und Stühlen. Es war Rußpulver, aber auch Magnetpulver eingesetzt worden.

Ann Kathrin bückte sich und hob ein Wattestäbchen auf, das vergessen worden war. Sie gab es Plottke. Ihm war das grottenpeinlich. Er entschuldigte sich für seine Kollegen. Sie lächelte nur: »Kann vorkommen.«

»Hier«, sagte er, »haben wir die Mutter gefunden. Die Tochter im Bad. Es muss einen Kampf gegeben haben. So wie es aussieht, hat er die Tochter zunächst angegriffen, und zwar in der Küche. Sie ist – das erzählen uns die Blutspuren – von dort ins Bad geflohen und hat sich eingeschlossen. Ihr Blut klebte auch innen am Griff und am Schlüssel.«

Ann Kathrin sah sich die Badezimmertür an. Sie forderte ihren Kollegen mit Blicken auf, weiterzureden.

»Die Mutter muss den Täter dann angegriffen haben, als er versuchte, die Badezimmertür zu öffnen. Er hat die Mutter hier im Flur verletzt. Sie floh ins Wohnzimmer, wo sie dann auch verstarb. Er hat ihr insgesamt sechzehn Messerstiche zugefügt. Er hat wahllos auf sie eingestochen.«

»Die Tochter«, stellte Ann Kathrin fest, »ist dann freiwillig aus dem Bad gekommen, weil sie die Schreie ihrer Mutter gehört hat, vermute ich.«

Er gab ihr recht: »Ja, so wird es gewesen sein. Dann hat er sie hier getötet. Sie muss kreuz und quer durch die Wohnung geflohen sein. Es endete dann wieder im Bad, mit einundvierzig Messerstichen.«

»Wie ist er in die Wohnung gekommen?«, wollte Ann Kathrin wissen.

»Die Haustür war von innen abgeschlossen. Der Schlüssel steckte, die Tür zusätzlich mit einer Verriegelung verschlossen. Alles nicht angetastet. Es sieht ganz so aus, als sei er durch die Kellertür hinten gekommen.«

»Sie wurde aber auch nicht aufgebrochen«, stellte Ann Kathrin klar.

»Nein, vermutlich hat ihm jemand geöffnet«, meine Plottke.

Ann Kathrin guckte ungläubig. »Die Frauen hatten Angst. Sie haben sich hier praktisch verschanzt. Und dann öffnen sie jemandem die Kellertür?«

»Haben Sie eine andere Erklärung?«, fragte Plottke.

»Vielleicht wollte eine der Frauen hinten raus in den Garten, und dort hat er gewartet. Oder …«

Ann Kathrin redete nicht weiter, sondern sah sich die Regale im Keller an. Einweckgläser standen aufgereiht nebeneinander. Die Gläser waren beschriftet. Linsensuppe. Gulaschsuppe. Äpfel. Kirschen. Birnen. Es gab auch kleinere Marmeladengläser. Ein Birnenglas war offen.

»Oder er hatte einen Schlüssel. Ist hinten reingekommen, hat von den Birnen probiert und dann die Frauen oben überrascht.«

»Das kann sein. Sie trugen beide Schlafanzüge, und das Fernsehen lief wohl. Er hat es ausgeschaltet. An der Fernbedienung klebt verschmiertes Blut von Mutter und Tochter. Er hat Lederhandschuhe getragen, ganz eindeutig.«

»Wenn wir keine Fingerabdrücke von ihm haben, dann würde ich das Birnenglas untersuchen lassen. Ich denke, er hat es geöffnet und hier erst mal was probiert.«

»Ohne seine Handschuhe?«

»Keine Ahnung. Vielleicht hat er die Birnen auch mit dem Messer rausgefischt. Aber da ist noch eine halbe Birne. Er hat davon abgebissen. Wir könnten im Labor versuchen, sein Gebiss zu rekonstruieren. Immerhin. Außerdem ist vermutlich noch DNA dran.«

Sebastian Plottke schluckte. Die Frau war ihm und seinen Kollegen eindeutig überlegen. Er schämte sich ein bisschen. Sie machte aber kein großes Ding daraus. Stattdessen fuhr sie fort: »Die Mutter glaubte wohl, noch Einfluss auf ihn zu haben, deshalb ist sie nicht durchs Fenster nach draußen geflohen, sondern hat versucht, an der Badezimmertür, hinter der ihre Tochter sich eingeschlossen hatte, auf ihn einzuwirken.«

»Sie meinen, Frau Stierhohn wollte ihn zur Vernunft bringen?«

»Ja. Sie hätte ja sonst aus dem Wohnzimmer die Polizei rufen können, wenn sie dort vor dem Fernseher saß, während ihre Tochter im Badezimmer von dem Täter bedrängt wurde. Er war ja schließlich mit ihrer Tochter beschäftigt.«

Plottke sah das sofort ein. »Keine der Frauen wurde vergewaltigt«, sagte er. »Soweit wir bis jetzt feststellen konnten, wurde auch nichts gestohlen, obwohl alle Schränke durchwühlt waren. Er hat Sachen herumgeschmissen, Porzellan ist zerbrochen ...«

»Auf die junge Frau Anneliese war er wütender als auf die Mutter«, behauptete Ann.

Plottke wiegte zweifelnd den Kopf hin und her. »Weil er mehr als doppelt so oft auf sie eingestochen hat? Wir vermuten, die junge Frau hat sich einfach mehr gewehrt.«

Ann Kathrin schüttelte den Kopf. »Glaub' ich nicht.«

Sie begründete ihre Meinung nicht weiter. Aber so sicher, wie sie sich war, neigte auch Plottke jetzt zu ihrer Überzeugung. Er wunderte sich, wie rasch er bereit war, eine andere Sicht auf die Fakten einzunehmen.

»Eine klassische Beziehungstat«, stellte Ann Kathrin fest.

»Oder ein Junkie auf der Suche nach Stoff«, gab er zu bedenken.

»Wohnte die Mutter mit der Tochter hier zusammen?«, fragte Ann.

»Frau Stierhohn war Witwe. Ihre Tochter lebte in einer Beziehung mit einer Frau.«

»Lebte?«

»Ja, sie haben sich vor ein paar Monaten getrennt, und Frau Stierhohn ist zu ihrer Mutter zurückgezogen. Auch lesbische Beziehungen scheitern, nicht nur Hetero-Ehen wie meine.«

Ann Kathrin überhörte die persönliche Bemerkung bewusst.

»Hat ihre ehemalige Lebensgefährtin einen Verdacht? Sie wurde doch vermutlich vernommen.«

»Sie ist völlig fertig. Nimmt Medikamente und ist in Behandlung bei ...« Er suchte in seinem Notizbuch den Namen der Therapeutin.

Ann Kathrin konfrontierte ihn mit der Frage und sah ihm dabei fest in die Augen: »Können Sie sich vorstellen, warum eine andere Frau sich als Anneliese Stierhohn ausgegeben hat und jetzt verschwunden ist?«

Frank Weller wurde aus der neuen Chefin nicht schlau. Im Zusammenhang mit ihr kam es ihm manchmal so vor, als würde er einen Realitätsverlust erleiden, als sei das alles mehr eine Halluzination als Wirklichkeit. Aber er saß der Polizeidirektorin Schwarz jetzt tatsächlich gegenüber und spielte Schach mit ihr.

Sie zog den weißen Springer und startete damit einen Doppelangriff. Sie bedrohte Wellers Dame und gleichzeitig seinen Turm. Er hatte diese Möglichkeit schlicht übersehen. Er würde den Turm verlieren, aber die Dame konnte er retten. Der Aufbau seines Angriffs brach im Zentrum zusammen.

Er wollte über die beiden Fälle reden. Er fragte, ob sie sich vorstellen könne, dass zwischen der verschwundenen Servicekraft, die unter falschem Namen bei ten Cate gearbeitet hatte, und Klatts Tod ein Zusammenhang bestand.

Elisabeth Schwarz antwortete mit einem Fingerzeig auf die Schachuhr: »Ihre Zeit läuft, Herr Weller.«

Sie war merkwürdig schnippisch, ja fast aggressiv, fand Weller. Aus seinem Jackett ragte ein Taschenbuch. Er hatte oft einen Krimi in seiner linken Tasche. Sie war schon ganz ausgebeult, und wenn kein Roman drinsteckte, dachten viele, dass sonst seine Dienstwaffe darin stecken würde.

Elisabeth Schwarz konnte den Titel lesen, und er fuchste sie: *Der LKA-Präsident ermittelt.* Sie hatte das Gefühl, irgendwie sei das gegen sie gerichtet oder gegen den Kollegen Nowak. Als wolle Weller ihr damit eins auswischen.

Weller merkte, dass die Lektüre sie nervös machte. Er kannte das. Romanleser waren vielen Menschen suspekt, als würden sie Zauberformeln kennen und geheimes Wissen haben. Aus der Sicht von Nichtlesern oder Sachbuchfressern umgab Romanleser der Nimbus, Zugang zu etwas zu haben, das sich ihnen verweigerte.

Manche Menschen machte das richtig sauer. War die neue Chefin so jemand?

»Das ist ein Krimi von Jörg Steinleitner«, erklärte Weller versöhnlich.

»Ich lese keine Unterhaltungsliteratur«, meinte sie abwertend.

Weller machte einen hoffnungslosen Zug, nur damit das Spiel weiterging. Er hatte die Idee zu gewinnen längst aufgegeben. Er wollte nur nicht ganz so erbärmlich abschneiden. »In dem Wort Unterhaltung steckt auch das Wort Haltung«, behauptete er und fuhr fort: »Das ist mir wichtig. Bei Autoren genauso wie bei Polizisten oder …«

Sie zeigte auf die Schachuhr. »Wollen Sie nicht mal Ihre Zeit stoppen?«

»Oh, danke für die Erinnerung.« Weller drückte die Uhr.

»Sie nehmen das Spiel nicht ernst.«

»Das klingt aus Ihrem Mund wie ein Vorwurf«, grinste Weller. »Aber ich finde, man sollte Spiele nicht ernst nehmen. Ich denke, es geht darum, zu spielen und Spaß zu haben.«

Sie zog mit einer blitzartigen Bewegung und setzte ihn ins Schach. Ihre Hand klatschte auf den Knopf wie eine Ohrfeige für Weller. Nein, Schach hatte bei ihr mit Spaß tatsächlich nichts zu tun, das machten allein ihre Bewegungen klar.

»Nehmen Sie Ihre Arbeit auch nicht ernst?«, fragte sie kritisch.

Er sah sie entgeistert an: »Fragen Sie das im Ernst?«

Sie deutete auf seinen Kriminalroman. »Sie lesen solche Schmöker im Dienst, statt Ihre Nase in Akten zu stecken …«

Weller versuchte, seine hoffnungslose Lage auf dem Schachbrett erträglicher zu gestalten, indem er sagte: »Ich spiele eigentlich lieber Skat.«

Sie lächelte, als sei er bereits matt. »Jedenfalls haben Sie diesmal Ihr Blatt überreizt. Schach«, sagte sie, und nach einer kurzen Sprechpause fügte sie hinzu: »Schach nennt man auch das königliche Spiel. Skat dagegen kenne ich als des Teufels Gebetbuch.«

»Es ist nicht das Spiel selbst«, stellte Weller klar. »Man bezeichnete die Karten nur so.« Er guckte sie an, als hätte er einen Punkt gemacht.

»Ein sprachlicher Kleinkrämer sind Sie auch noch«, kommentierte sie abfällig.

Weller drückte seine Brust raus: »Ja. Ich lese gerne Romane, nehme Sprache ernst und ich spiele Skat. Viel mehr kann man gegen mich kaum vorbringen.«

»Außer, dass Sie ein lausiger Schachspieler sind. Sie übersehen simple Vorgänge. Sie können nicht mehr als drei Züge im Voraus berechnen. Und Sie haben die Konzentrationsfähigkeit eines Teenagers ...«

»Autsch«, stöhnte Weller und gab sich getroffen.

»Matt in spätestens drei Zügen. Wenn Sie einen Fehler machen, sogar im nächsten.«

Weller nahm das Wort *Fehler* auf und prophezeite: »Wenn wir einen Fehler machen, Frau Schwarz, wird ein weiterer Polizist sterben.«

Sie guckte ihn an: »Sagt wer?«

»Ich.«

Nick Hering, der Dezernatsleiter aus Osnabrück, öffnete, ohne anzuklopfen, die Tür, sah Weller missbilligend an und zischte mit einem merkwürdigen Befehlston: »Kollege Nowak möchte Sie sprechen, Frau Schwarz. Sofort.«

Weller kippte seinen König und stand auf. »O.k. Tun wir einfach so, als hätte ich verloren.«

Sie sah ihn verständnislos an. Er zuckte mit den Schultern. »Mein nächster Zug wäre sowieso idiotisch gewesen.«

»Dann waren das achtzehn Züge, Herr Weller. Nicht schlecht für einen unkonzentrierten Skatspieler ...«

⚓

Mara schlief endlich. Sophie machte sich Sorgen. Sie saß an Jule-Feemkes Computer, der sie versprochen hatte, über E-Mail Kontakt zu halten, weil Sophie sich nicht traute, ihr

Handy einzuschalten. Sie hatte Angst, darüber geortet zu werden.

Aber es kam keine E-Mail von Jule-Feemke.

Die wird doch jetzt nicht mit irgendwelchen Typen rummachen und mich hier oben sitzenlassen ...

Einerseits gönnte Sophie ihrer jungen Freundin durchaus ein bisschen Spaß, andererseits fand sie es gruselig, allein zu sein. Sie hatte schon lange nicht mehr solche Angst gehabt. Wenn sie mit Mara spielte, war sie in der Lage, das alles ein bisschen zu unterdrücken. Nichts ist stärker, dachte sie, als eine Mutter, die ihr Kind schützen will.

Aber schon wenn Mara schlief, war es, als würde die Angst nach ihr greifen, wie eine böse Person, die mitten im Raum stand. Ein schattiges Wesen, voller Missgunst und Gier.

Sie schaffte es auch nicht, sich mit einem von Jule-Feemkes Büchern abzulenken. Stattdessen surfte sie jetzt durchs Internet, auf der Suche nach Informationen.

Sie wusste gleich, wer die Toten in Dinslaken waren. Nirgendwo standen die Namen, doch der Doppelmord an Mutter und Tochter beschäftigte die Medien.

Es war, als würde sie seine Hand schon an ihrem Hals spüren.

Komm zurück, Jule-Feemke, dachte sie. Lass mich jetzt nicht mit meiner Angst alleine. Wir haben doch nur noch dich ...

Sie sah nach dem Pfefferspray in ihrer Jackentasche. Sie trug das Zeug immer bei sich, obwohl sie befürchtete, dass er damit vermutlich nicht zu stoppen war. In ihrer Vorstellung atmete er das ein wie eine Prise Koks und lachte dann aufgekratzt. Er hatte etwas Unzerstörbares an sich. Er gehörte zu den Menschen, die eine Steintreppe herunterfallen und sich unten nur den Staub von der Jacke klopfen.

Sophie ging zum Fenster und beobachtete die Straße. Norden kam ihr ausgestorben vor, als seien die Menschen bereits in Erwartung einer Katastrophe geflohen.

⚓

Die Ferienwohnung roch wunderbar. Die Kolatschen waren ihm gelungen. Er hatte drei Sorten gebacken. Mit Quark, mit Mohn und mit Pflaumenmus. Es roch nach Zimt, Vanille, Mandeln, Gewürznelken und Rum.

Er sah auf sein Handy. Noch keine Antwort. Es war eigentlich eine ganz günstige Situation. Er wartete hier auf den nächsten Auftrag. Er nannte das *Bereitschaft*. Dafür, dass er sich bereithielt, bekam er tausend am Tag. Er empfand es als eine Art bezahlten Urlaub.

Er wollte es sich so angenehm wie möglich machen. Weit durfte er nicht weg. Das Ziel musste jederzeit binnen weniger Stunden erreichbar sein.

Als Kind hatte er mit seiner tschechischen Mutter Ferien in der Samtgemeinde Hage verbracht. Er hatte sehr gute Erinnerungen daran. In Hilgenriedersiel in der Hagermarsch hatten sie die Naturbadestelle besucht. Dort hatte seine Mutter ihm das Wattenmeer erklärt. Damals gab es dort keine Strandkörbe, keine Parkplätze, keine Imbissbuden oder Surfer, sondern nur Salzwiesen, Feldwege und einen unverbaubaren Blick auf Norderney.

Hier hatte er einen Wattwurm ausgegraben und das Tier für eine Schlange gehalten.

Einmal war seine Mutter sogar nachts mit ihm bis zum Meer gegangen. Sie hatten sich gemeinsam den Sternenhimmel angeguckt. Weil es hier keine Häuser gab und keine

Leuchtreklame, wurden mehr Sterne am Himmel sichtbar als sonst, hatte seine Mutter behauptet.

In seiner Erinnerung waren sie beim ersten Mal an einer Wiese vorbeigegangen, die an einem Fluss lag oder einem zum Kanal ausgebauten Bach. Dort waren Tausende großer Gänse. Er hatte noch nie so viele Gänse auf einem Haufen gesehen. Es waren braun gefiederte Ringelgänse. Seine Mutter nannte die Tiere *Meeresgänse*. Sie konnte viele Gänsearten unterscheiden. Sie zeigte ihm Weißwangengänse, Kanadagänse und Nonnengänse.

Bei manchen erinnerte ihn das Geschnatter an Hundegebell. Je näher sie den Tieren kamen, umso furchterregender wurden sie in der Masse. Immer wieder stiegen kleinere Trupps auf und umflatterten in respektvoller Höhe ihn und seine Mutter.

»Pass auf«, hatte sie gerufen, »die scheißen uns auf den Kopf!« Und dabei hatte sie ihr wunderbares Lachen gelacht, das noch jetzt in seinen Ohren klang. Im Hintergrund das Geschnatter der Gänse.

Sie hatte ihm erklärt, was das Wort *Siel* bedeutete, doch in Hilgenriedersiel gab es schon kein intaktes Siel mehr. Deswegen fuhr sie mit ihm am nächsten Tag auf dem Fahrrad nach Neßmersiel. Sie erklärte ihm, wie diese Deichschleusen funktionierten und wozu sie da waren.

Es war schön, wenn sie etwas erklärte. Er fühlte sich dann so wichtig und ernst genommen. Er begriff, dass die Siele so klug angelegt worden waren, dass der hohe Wasserdruck vom Meer sie verschloss und später, bei Ebbe, der Druck von der Binnenseite sie wieder öffnete. So hatten sich die Menschen ein Ventil zur Entwässerung geschaffen.

»Menschen«, so hatte seine Mutter gesagt, »können ihr

Wissen und ihre Talente einsetzen, um die Naturgewalten zu beherrschen, Krankheiten zu besiegen, Gutes zu tun – oder auch fürs Gegenteil. Man kann einen Feuerwehrwagen bauen, um einen Brand zu löschen, oder einen Panzer …«

Er nahm sich vor, verschiedene Sielorte zu besichtigen. Am besten alle in der Umgebung. Natürlich wollte er noch mal nach Neßmersiel, Bensersiel kannte er noch gar nicht, Harlesiel auch nicht. Und Neuharlingersiel wollte er keineswegs verpassen.

Es kam ihm vor, als würde er mit seiner Mutter sprechen, während er nach Hilgenriedersiel fuhr. Ja, als würde sie im Auto neben ihm sitzen und ihn begleiten.

Er machte sich mit seiner bereits verstorbenen Mutter einen schönen Urlaub in Ostfriesland, eine Wiederholung früherer Ferien. Finanziert durch einen Mord. Aber dadurch wurde das Wetter nicht schlechter.

Er fühlte sich seiner Mutter sehr verbunden. Sie war immer noch die wichtigste Person im Leben für ihn. Er hatte das Wort *Muttersöhnchen* nie als Beleidigung empfunden, sondern als Auszeichnung. Was hatte sie ihm nicht alles beigebracht … und wie sehr prägte sie noch heute sein Leben und seine Sicht der Welt.

Mit seinem Beruf wäre sie vermutlich nicht einverstanden gewesen, aber welche Mutter wünscht sich für ihren Sohn nicht das Beste? Möchte nicht jede zweite, dass ihr Kind Arzt wird, Rechtsanwalt oder Architekt? Welche Mutter will schon, dass ihr Sohn von der Polizei gesucht wird und eine lange Haftstrafe auf ihn wartet?

Martha Klatt brauchte eine Sterbeurkunde. Der Tod ihres Mannes musste amtlich dokumentiert werden, damit sie an die Konten kam.

Das Konto in Wiesbaden, auf das jahrzehntelang sein Gehalt gelaufen war, wurde als gemeinsames Konto geführt, für das jeder einzeln unterschriftsberechtigt war. Zweitausend Euro pro Monat gingen von dort als Dauerauftrag auf ein Konto bei der Sparkasse Aurich-Norden, das Dirk Klatt kurz vor seinem Umzug nach Tidofeld dort eröffnet hatte.

Martha Klatt erfuhr bei der Sparkasse, dass ihr verstorbener Mann auch ein Aktiendepot eröffnet und ein Schließfach gemietet hatte. Zugriff auf sein Konto und sein Aktiendepot oder das Schließfach wurde ihr jedoch nicht gewährt. Dazu brauche sie zumindest die Sterbeurkunde.

Die Worte *Aktiendepot* und *Schließfach* machten sie nervös. Ihre Tochter Janine begleitete sie zum Rathaus. Sie hatten sich gedacht, es sei kein großes Ding, eine Sterbeurkunde zu erhalten. Ihr Schwiegersohn Marcel kehrte schon am Empfang genervt um, als er erfuhr, dass das Ausstellen so einer Urkunde Aufgabe des Standesamtes sei. Er tippte sich verständnislos gegen die Stirn: »Ich dachte, die sind für Hochzeiten zuständig.«

Die Dame hinter der Glasscheibe blieb freundlich: »Ja, für Geburten, Hochzeiten, Sterbefälle, Urkundenbestellung und …«

Er hörte nicht länger zu, sondern meckerte über *typisch deutschen Bürokratenmist* und verließ das Rathaus, bevor er richtig eingetreten war.

Martha Klatt kannte ihn inzwischen gut genug. Er war ein Hitzkopf. Cholerisch und rechthaberisch. Ihre Tochter hatte sich praktisch einen Mann gesucht, der ihrem Vater sehr ähnlich war. Nur jünger, schlanker und politisch ganz anders drauf. Ihr Vater war konservativ und staatstragend gewesen. Janines Mann dagegen linksradikal, und für den Staat hatte er nur Spott und Verachtung übrig. Seine Beamten nannte er *Kapitalistenknechte.* Aber sonst waren die beiden aus einem Holz geschnitzt, fand Martha. Wenn der Schwiegersohn Macht bekäme, würde er genauso herrisch damit umgehen wie ihr Dirk, davon war sie inzwischen überzeugt.

Janine ging mit ihr zum Standesamt. Es roch nach schwarzem Tee und Gebäck. Auch hier lief alles höflich, ja freundlich ab, aber weiterhelfen konnte die Standesbeamtin den beiden Frauen nicht. Sie mussten erfahren, dass normalerweise der Bestatter die Sterbeurkunden erhält und dann an die Angehörigen aushändigt.

»Eine Beerdigung gibt es noch nicht«, stöhnte Martha Klatt. »Die Leiche ist noch nicht freigegeben.«

Die Standesbeamtin nahm einen Schluck Tee und sprach die Worte ruhig und überlegt aus. Sie ahnte, dass sie damit nicht gut ankommen würde: »Wenn die Staatsanwaltschaft die Leiche noch nicht freigegeben hat, können wir Ihnen leider noch keine Sterbeurkunde geben.«

»Warum nicht?«, wollte Janine wissen.

»Weil zum Beispiel der Todeszeitpunkt noch nicht feststeht. Ich würde Ihnen ja gerne helfen, aber ich bin an die Gesetze gebunden.«

Martha machte noch einen Versuch: »Aber es kann doch niemand bezweifeln, dass mein Mann tot ist. Er wurde mit drei Schüssen umgebracht. Erlegt wie ein Stück Wild zur Jagdsaison. Es steht heute in jeder Zeitung … hier …« Sie zeigte auf dem Display ihres Handys die Online-Ausgabe der NWZ vor.

»Frau Klatt«, sagte die Standesbeamtin, »ich verstehe Ihre Betroffenheit. Aber wir müssen jetzt alle Geduld haben. Dies ist eine schwierige Situation …«

⚓

Kaum einer nannte Marcel bei seinem richtigen Namen, denn er liebte es, *Che* genannt zu werden. Er unterschrieb sogar Briefe und Postkarten an Freunde damit. Er trank am Marktpavillon einen Kaffee und starrte zornig vor sich hin. Aus Wut bestellte er sich einen Schnaps.

»Was für einen?«, fragte die Kellnerin.

»Bringen Sie mir irgendetwas, das törnt«, antwortete er.

Sie konnte mit dieser Aussage nicht viel anfangen und bat ihn, doch noch einmal in die Karte zu gucken. »Wir haben klare Schnäpse. Weinbrand oder auch ein Likörchen.«

Er öffnete den Mund und staunte, denn er sah Martha und Janine vom Rathaus zur Polizeiinspektion laufen. Sie beachteten ihn gar nicht. Martha wirkte so energiegeladen, wie er sie zu Lebzeiten ihres Ehemannes nie gesehen hatte. Sein Tod schien sie zu beflügeln.

Er winkte den beiden, doch sie hatten Wichtigeres zu tun.

Die Kellnerin stand immer noch da und wartete auf eine eindeutige Bestellung.

»Wenn ich schon in Norden bin«, sagte er, »dann bringen Sie mir doch bitte einen Doornkaat.«

»Haben wir nicht.«

»Wie bitte? Die Flasche steht als Denkmal am Eingang zur Stadt.« Der Möchtegern-Che zeigte in die Richtung. Er hatte dort heute Morgen ein Selfie von sich gemacht. Janine fand das geschmacklos.

Martha sagte, das sei typisch für ihren Mann gewesen: »Er hat sich als neuen Wirkungsort nicht etwa eine Stadt ausgesucht, die einen in Stein gehauenen Künstler, General oder Politiker zum Wahrzeichen hat, sondern eine Schnapsflasche. Es ist, als würde er uns allen damit den Stinkefinger zeigen.«

Che hatte nicht vor, den Frauen in die Polizeiinspektion zu folgen. Es war erst Mitte Mai, doch die Sonne schien, als hätten bereits die Sommerferien begonnen. Er saß gern hier draußen.

Am Nebentisch rieb sich eine junge Frau ungeniert die Beine mit Creme ein. Der Minirock erlebte eine Renaissance. Dazu der ostfriesische Wind. Er verstand schon, dass Dirk Klatt, das alte Miststück, sich hier wohl gefühlt hatte.

»Wir haben einen leckeren Marillenbrand«, versprach die Kellnerin, die langsam an einen anderen Tisch wollte. Die Gäste dort wurden schon unruhig.

»Dann nehme ich eben den«, willigte er ein, ohne die Kellnerin anzusehen. Die frisch eingecremten Beine am Nebentisch fand er interessanter.

⚓

Marion Wolters hatte überhaupt keine Lust, sich mit den aufgebrachten Frauen zu unterhalten. Sie leitete sie »zuständigkeitshalber« an den Kollegen Frank Weller weiter. Der saß allein in seinem Büro und telefonierte mit der Wilhelmshavener Autorin Christiane Franke. Er erkundigte sich nach der Widmung in dem Buch.

»Erinnern Sie sich vielleicht, Frau Franke – *Herzlich, für Sophie. Unna, 30. August* – steht im Buch. Es ist der Roman *Endlich wieder Meer.*«

»Der Roman«, sagte die Autorin, »ist ja praktisch mitten in der Pandemie erschienen. So viele öffentliche Lesungen und Signierstunden gab es da noch nicht. Im Sommer ging einiges. Vorher und nachher war es schwierig. Ich erinnere mich natürlich nicht an jede einzelne Leserin, aber in Unna war eine junge Frau, die hat mir erzählt, sie wolle selber ein Buch schreiben. Sie hätte nämlich so einiges erlebt.«

»Kommt das oft vor?«

»Häufig.«

»Hat sie gesagt, worum es in ihrem Buch gehen sollte?«, fragte Weller.

»Ja, ich glaube, es ging um Gewalterfahrungen.«

Da Martha Klatt und Janine hereinplatzten und Weller an ihren Gesichtern unschwer erkennen konnte, dass sie sich nicht leicht abwimmeln lassen würden, sagte er ins Telefon: »Ich rufe später noch einmal an, Frau Franke. Bitte schauen Sie doch mal nach, ob es Fotos von der Veranstaltung gibt und vielleicht erinnern Sie sich an etwas. Ganz wichtig ist für uns: War diese Sophie alleine da?«

Er legte auf und drehte seinen Bürostuhl demonstrativ so, dass die beiden Frauen, die er wie Eindringlinge empfand, sehen mussten, dass sie seine volle Aufmerksamkeit genossen.

Er breitete die Arme freundlich aus, obwohl er sie lieber abwehrend vor der Brust verschränkt hätte. Er unterdrückte den Impuls, die Füße auf die Schreibtischkante zu legen, was Rupert gern tat, wenn er Besuchern zeigen wollte, dass sie ungelegen kamen. Stattdessen schenkte Weller den beiden ein breites Lächeln und fragte: »Was kann ich für Sie tun?«

Angeregt berichteten sie. Janine sprach für ihre Mutter im Stehen, während die sich hinsetzte, schwer atmete und die Hände auf ihr Herz legte. Scheinbar nahm sie die anderen im

Raum gar nicht wahr, sondern war ganz mit sich beschäftigt, schielte aber kurz zu Weller rüber, um zu sehen, ob er ihren Zustand mitbekam.

Sie beeindruckte ihn nur wenig. Er kannte gespielte und angedeutete Herzinfarkte nur zu gut. Ab einem gewissen Alter versuchten Männer wie Frauen immer wieder, Kripoleute damit unter Druck zu setzen. Welcher Kommissar schrieb schon gern in die Akten: *Beim Verhör durch Herzinfarkt verschieden.*

Nein, die Leute sollten bitteschön woanders sterben. Zu Hause oder im Krankenhaus. Aber nicht in der Polizeiinspektion.

Menschen mit echten Herzproblemen verhielten sich ganz anders. Den meisten war es peinlich. Sie wollten durchhalten, versuchten bis zum letzten Moment zu überspielen, wie schlecht es ihnen ging. Ihr Körper verkrampfte sich schon, und sie waren immer noch dabei, zu reden und zu argumentieren, bis sie sich nicht mehr gerade halten konnten.

Als die gespielte Herzattacke nicht die gewünschte Wirkung auf Weller hatte, unterbrach Frau Klatt ihre Tochter immer wieder und machte Einwürfe und zynische Zwischenbemerkungen wie: »Vielleicht lebt mein Mann ja auch noch?! Kann ja sein, dass er gleich reinkommt und dann hoffentlich allen mal richtig die Meinung geigt.«

Nachdem beide genug Dampf abgelassen hatten, schlug Weller vor: »Wenn Kollege Klatt hier in Norden bei der Sparkasse ein Schließfach hat, dann ist das für uns ermittlungsrelevant. Darin könnten sich wichtige Hinweise befinden. Ich werde bei der Staatsanwaltschaft die Öffnung beantragen.«

Das Konto interessierte Weller nicht, aber in so einem Schließfach konnten Unterlagen sein, Sticks mit Daten oder andere Informationen. Bei Schließfächern wurde er immer hellhörig.

Weller wählte die Nummer der Leitenden Oberstaatsanwältin Meta Jessen.

Mutter und Tochter sahen sich an. Es wurde ernst.

Da es um ein Kapitalverbrechen ging und der Aufklärung höchste Priorität eingeräumt wurde, schlug Meta Jessen vor, selbst mitzukommen, um bei der Öffnung dabei zu sein.

Weller legte zufrieden auf. Er lächelte. »Das ist Ostfriesland«, sagt er. »Kurze Wege.«

Er genoss es, zu Fuß hinzugehen. Martha und Janine wollten ihn begleiten. Plötzlich war Marthas Herzschwäche verschwunden. Weller lief ihr sogar zu langsam. Sie kritisierte ihn, er solle sich beeilen.

In der Osterstraße blieb er sogar vor ten Cate stehen, begrüßte Jörg Tapper und nahm ein paar Pralinen als Geistesnahrung mit. Janine bemerkte leise, die habe er ja wohl auch nötig.

Martha drängte zur Eile, doch Weller tippte auf seine Uhr. Er war den beiden zwar keine Rechenschaft schuldig, doch irgendwie benahmen sie sich, als sei Klatts Autorität auf sie übergegangen. Weller ärgerte sich darüber.

Weller zeigte noch einmal auf seine Uhr: »Ohne die Staatsanwältin läuft in der Sparkasse nichts. Sie hat gesagt, in einer halben Stunde im Neuen Weg. Es ist also noch Zeit für ein Tässchen Kaffee oder Tee. Eigentlich habe ich jetzt sowieso Pause.«

Jörg bot einen Tisch draußen an, aber Weller wollte lieber allein mit Jörg reden und hatte Angst, dass die beiden Frauen sich zu ihnen setzen würden. Jörg verstand ihn wortlos und nahm ihn mit nach hinten in sein Büro.

Sie ließen Mutter und Tochter auf der Straße vor dem Café stehen. Die setzten sich nicht, und die freien Plätze blieben nicht lange für sie frei. Viele Touristen fanden, es sei genau der richtige Tag für Erdbeertorte mit Sahne.

»Wir haben eine heiße Spur«, sagte Weller zu Jörg. »Hat eure Anneliese mal Unna erwähnt?«

Jörg konnte sich daran nicht erinnern: »Sie kam aus dem Ruhrgebiet, klar. Das hat man auch gehört ... Aber Unna? Von Dinslaken war mehrfach die Rede und von ihrem Elternhaus und dass sie endlich mit ihrem Kind ausgezogen ist.«

Jörgs Sohn Christian war dabei, eine neue Torte zu kreieren. Er holte den fachkundigen Rat seines Vaters ein. Frank Weller ließ sich nicht zweimal bitten und probierte ebenfalls. Er war begeistert.

Jetzt sollten beide die genauen Zutaten bestimmen. »Dafür brauche ich noch ein Stück«, grinste Weller schelmisch. Für ein paar Minuten vergaß er all den Druck und Stress. Das Leben konnte auch Genuss sein. Wie schön!

Er schaffte es gerade noch, sich rechtzeitig loszureißen. Sie trafen gleichzeitig mit Meta Jessen bei der Sparkasse ein. In dem Tresorraum voller Schließfächer wurden alle ruhig. Eine fast andächtige Stille entstand.

Zwei Sparkassenmitarbeiterinnen öffneten den Tresor. Weller holte eine Metallbox heraus. Dazu zog er sich Gummihandschuhe an.

Die Box war voller Geldscheine und Goldmünzen. Er kam sich vor, als hätten sie eine Schatztruhe gefunden. Einen vergrabenen Piratenschatz.

In einem Lederpäckchen eine Handvoll Diamanten.

Jetzt war er froh, Martha und Janine dabeizuhaben, denn

er sah ihnen deutlich an, dass sie davon keine Ahnung gehabt hatten. Sie wirkten erstaunt, ja schockiert, und das war im Gegensatz zu der Herzattacke nicht gespielt.

Die beiden konnten sich nicht erklären, wie ihr Mann und Vater an so viel Geld gekommen war und warum er es in einem Schließfach aufbewahrte, statt es auf einem Konto einzuzahlen. Es waren hundertzweiundfünfzigtausend Euro in bar. Den Wert der Goldmünzen schätzten die beiden Angestellten auf rund vierzigtausend Euro. Über die Diamanten konnten sie nichts sagen, dazu brauchte man ein Fachgutachten.

»Auch wenn das hier komisch aussieht, das muss kein Diebesgut sein«, stellte Meta Jessen fest. »Wir leben in einem freien Land. Man darf Bargeld aufbewahren, Goldmünzen und auch Diamanten.«

»Natürlich liegt immer gleich ein Verdacht nahe«, erläuterte Weller, doch Meta Jessen schüttelte den Kopf. »Solche Bargeldsummen müssten natürlich eigentlich deklariert werden, aber viele Menschen heben inzwischen ihr Geld lieber in Schließfächern auf, als es auf ein Konto zu legen und dafür Minuszinsen zu zahlen.«

»Bei der Summe«, sagte Janine, »wäre er ja gleich gut einen Tausender pro Jahr los. Die Minuszinsen knabbern ganz schön an den Erträgen, und Papa war geizig.«

Martha hätte das Geld am liebsten eingezahlt und auch etwas davon gleich mitgenommen, doch Meta Jessen klärte sie auf, dass dies vollkommen undenkbar sei. Weller wusste gar nicht, was jetzt damit geschehen sollte. Mussten sie das Geld beschlagnahmen und in die Asservatenkammer bringen? Musste alles auf Fingerabdrücke und DNA-Spuren untersucht werden? Hatte das alles etwas mit dem Mord zu tun, oder war Klatt einfach nur ein Bargeldfetischist gewesen?

Weller fragte sich, was es mit den Diamanten auf sich hatte. Sie hatten mal einen Drogendealer gefasst, der Diamanten geschluckt hatte, um bei seiner Verhaftung die letzten Wertgegenstände in Sicherheit zu bringen. Zu Klatt passte das irgendwie nicht. Weller wollte Ann Kathrin gern davon berichten, aber dazu wollte er allein im Raum sein. Gespräche mit seiner Ehefrau, selbst über dienstliche Angelegenheiten, hatten manchmal, so fand er, etwas Intimes an sich. Dabei musste ja nicht jeder zuhören.

Es mussten einige Unterschriften geleistet werden. Er tat das fast mechanisch.

Frau Jessen war die Leiterin dieses Verfahrens. Sollte sie doch die Verantwortung für alles übernehmen.

Weller fragte eine der beiden Bankangestellten. Er wandte sich an die Ältere, weil er bei ihr mehr Kompetenz vermutete, denn er setzte immer noch Alter mit Erfahrung gleich: »Ich frage mich, wie jemand überhaupt an so viel Bargeld kommt. Ich meine, hebt man das bei Ihnen ab?«

Sie lächelte ihn an. »Ganz sicher nicht. Das ist sehr ungewöhnlich. Es gibt durchaus Einzahlungen in solchen Größenordnungen, von Supermärkten zum Beispiel. Aber es kommt niemand und hebt hundertfünfzigtausend in bar ab. Das geht auch gar nicht so einfach. Das müsste vorangemeldet werden. So viel Geld haben wir ja normalerweise gar nicht hier.«

Weller sprach den Verdacht aus Rücksicht auf Frau Klatt und ihre Tochter nicht aus. Meta Jessen war da weniger behutsam: »So große Bargeldbeträge deuten normalerweise auf kriminelle Machenschaften hin. Meist Drogengeschäfte.«

Martha Klatt empfand das als Attacke auf ihren Mann und

ging sofort hoch. Sie konnte ihn zwar nicht leiden und wollte sich seit Jahren scheiden lassen, aber das wollte sie trotzdem nicht auf der Familienehre sitzen lassen: »Mein Mann stand auf der richtigen Seite des Gesetzes! Er hat Drogendealer ins Gefängnis gebracht! Für das hier muss es eine andere Erklärung geben.«

»Außerdem«, mischte Janine sich besserwisserisch ein, »macht man heutzutage illegale Geschäfte nicht per Bitcoin? Bargeld, das hat doch so was Altbackenes. Typisch für Papas Generation.«

Sie verdrehte die Augen, als sei das der endgültige Beweis dafür, wie verblödet ihr Vater gewesen sei, und spottete: »Und dann auch noch Gold und Edelsteine!«

Der IT-Spezialist Kevin Janssen machte seinem Spitznamen Lisbeth Salander alle Ehre. Er las mühelos die beiden Handys aus. Eins hatten sie bei Klatt in der Wohnung gefunden, das andere hatte die Taxifahrerin ihnen übergeben, die Klatts Leiche entdeckt hatte.

Es war nicht so, wie er zunächst vermutet hatte. Wenn jemand zwei Handys benutzte, dann war das eine meist das offizielle, mit Dienstnummern und wichtigen Adressen, über das andere wurden private, ja intime Dinge abgewickelt.

Klatt schien auf solche Feinheiten keine Rücksicht genommen zu haben. Die Handys waren zwar nicht synchronisiert, wiesen aber fast identische Kontakte aus.

Für einen BKA-Profi, der im Bereich des organisierten Verbrechens recherchierte, war Klatt erstaunlich unbekümmert mit Daten umgegangen. Familiäres auf dem Diensthandy war für ihn kein Problem gewesen. Er hatte sich Pornos angesehen. Nichts Illegales, für ein paar besondere Seiten hatte er sogar Geld bezahlt und Abos abgeschlossen. Alles nichts Aufregendes.

Es gab nur einen Kontakt, der Kevin irritierte. Es hatte mehrere Telefongespräche und wechselnde Sprachnachrichten mit einem *Big Aslan* gegeben. Er wurde auch *Der Löwe* genannt.

Kevin kannte ihn aus anderen Ermittlungen. Er war der Sohn von Big Cem, dem türkisch-albanischen Clanchef. Durch eine Eheschließung war eine mächtige Familie entstanden. Zwei zuvor verfeindete Clans vereinigten sich. Eine in der Unterwelt gefürchtete Macht entstand. Im Rhein-Main- und im Ruhrgebiet hatten sie in fast allen krummen Sachen die Finger drin. Rivalisierende Banden, so ging das Gerücht, ließ Big Cem gerne hochgehen.

Ihm wurden beste Kontakte zur Polizei nachgesagt. Manchmal gaben Gangsterbosse aber auch nur damit an, um anderen Clans Angst zu machen und kleine Beamte einzuschüchtern.

»Ich arbeite für deinen Boss, du Opfer«, war ein beliebter Spruch von Cems Leuten, wenn sie in eine Polizeikontrolle gerieten und nicht ganz legale Wagen fuhren, Waffen trugen oder Rauschgift bei ihnen gefunden wurde.

Big Aslan führte die offiziellen Geschäfte. Er legalisierte das mit Drogen, Waffenhandel, Erpressung und illegaler Prostitution verdiente Geld. Er nannte sich jetzt Vermögensberater. Er hatte den Hauptschulabschluss nachgemacht, und seine Beteiligungsfirma war im Handelsregister eingetragen. Er zahlte Steuern, beschäftigte Rechtsanwälte, Notare und Buchprüfer.

Big Aslan, der im Gegensatz zu seinem dürren, fast ausgemergelt wirkenden Vater, seinem Namen *Big* mit seinen 140 Kilo alle Ehre machte, trug schulterlange Haare. Sein Vater war ein Glatzkopf.

Aslans Beteiligungsfirma besaß Hotels, Mietshäuser, Restaurants, außerdem Jagd- und Angelgeschäfte und ein Reiseunternehmen. Mit einer zweiten Firma versuchte Aslan, in die Logistikbranche einzusteigen. Er kaufte Busunternehmen, Lagerhallen und Taxiflotten.

Vielleicht war es ganz normal, dass ein BKA-Beamter mit solchen Leuten sprach, aber die Uhrzeiten kamen Kevin komisch vor. Normalerweise sollte doch die Kripo dort anrufen. Nicht umgekehrt. Nur selten meldeten sich Gangster bei der Kripo, und dann schon mal gar nicht nachts. Es gab aber drei Anrufe von Aslan bei Klatt. Jeweils nach Mitternacht, zwischen ein und zwei Uhr morgens.

In einer SMS von Aslan an Klatt stand: *Bitte um Rückruf.*

Das las sich harmlos, aber warum bat einer, der schwarzes Geld in weißes verwandelte, aus illegalen Aktivitäten legale Geschäfte machte, nachts einen BKA-Mann um Rückruf?

Kevin Lisbeth Salander entschied sich, über diesen Vorgang einen Vermerk in die Akten zu machen, und da die digitale Informationsflut bei großen Fällen oft nicht mehr zuließ, dass alles gelesen wurde, rief er Ann Kathrin Klaasen an, um sie darüber zu informieren. Er erwischte sie auf der Autobahn. Sie war kurz vor Ems Vechte auf der A 31, dem sogenannten *Ostfriesenspieß*.

Es lief laut *Radio 21*.

Metallica: Nothing else matters.

Kevin vernahm noch die letzten Töne, bevor Ann Kathrin die Musik leiser drehte.

Sie hörte sich an, was er zu sagen hatte. Sie war sich gar nicht sicher, ob es überhaupt legal war, Handys ohne richterliche Genehmigung auszulesen. Aber die Information, die Kevin ihr gab, war in ihren Augen Gold wert. Ein Puzzlestück in einem noch unfertigen Bild.

Sie bat Kevin, die Information zunächst noch zurückzuhalten, und versprach, ihm nachträglich eine Genehmigung zu besorgen.

Erleichtert sagte Kevin: »Ich habe noch etwas für Sie, Frau Klaasen. Es ist doch immer ein Riesending mit Datenschutz und Bankgeheimnissen und so – also, er hat sein Konto bei der Sparkasse und sein Aktiendepot online verwaltet. Ich bin drin. Er führt ein DEKA-Bankdepot. Darin sind nur Fonds. Er setzte auf DEKA-DividendenStrategie Europa, DEKA-Industrie 4.0 und siehe da, der gute Mann denkt nicht nur an Gewinn, sondern auch an unsere Umwelt. Einen Nachhaltigkeitsfonds und ein DEKA-Umweltinvestment hat er sich gekauft. Für Biotechnologie interessierte er sich auch.«

»Wie viel macht das insgesamt?«, fragte Ann Kathrin.

»Stand heute 221 471 Euro und 32 Cent. Er hat seit Depoteröffnung vor elf Monaten immerhin einen Gewinn von 18,2 Prozent gemacht. Wir hätten uns besser bei ihm Anlagetipps holen sollen, da war er kompetenter als in Ermittlungsfragen, glaube ich …«

Ann Kathrin unterbrach Kevin: »Er steht am Ende eines erfolgreichen Berufslebens. Warum soll er kein Aktiendepot haben?«

»Ja, ich werte das ja auch überhaupt nicht. Ich sage einfach nur, was ist«, antwortete Kevin. »Ich möchte, wenn ich mal pensioniert werde, auch ein paar Piepen auf der hohen Kante haben.«

»Wer nicht«, gab Ann Kathrin zu, »wer nicht.«

⚓

Die Kommissarinnen Marion Wolters, Jessi Jaminski und Sylvia Hoppe saßen im Besprechungsraum ihrer neuen Chefin Elisabeth Schwarz gegenüber. Sie erstatteten Bericht. Ann Kathrin fehlte noch, trotzdem wirkte die Besprechung auf Weller, als er hereinkam, ein bisschen wie ein Frauenabend, zu dem er als Mann nicht eingeladen war. Er fühlte sich als Fremdkörper, obwohl er ausgesprochen freundlich behandelt wurde. Es kam ihm vor wie diese betonte ostfriesische Freundlichkeit, mit der man eigentlich Distanz schaffen wollte.

Er wäre am liebsten gleich wieder gegangen, doch er hatte ja etwas Wichtiges zu berichten.

Marion Wolters erzählte gerade von ihrem Besuch bei Frau Groß, die nicht wusste, ob sie eine Entführung gesehen hatte oder nicht. Sie schätzte das Mädchen mit dem Minirock auf fünfzehn, höchstens zwanzig Jahre.

»Ich habe an die vermisste Serviererin von ten Cate gedacht, aber die wurde ja wohl nicht entführt, sondern ist einfach verschwunden.«

»Abgehauen ohne ersichtlichen Grund«, fügte Sylvia Hoppe hinzu und erinnerte dann daran, dass auch von ihrem Kind bisher jede Spur fehlte. So wie sie ihre Fingernägel anguckte, hatte sie noch etwas zu sagen und es war ihr ein bisschen peinlich. Die Sprechpause dehnte sich. Das einzige Geräusch im Raum kam von dem Strahl, mit dem Weller seinen Kaffeebecher vollgoss.

Endlich erlöste Sylvia alle mit dem Geständnis: »Ich bin auch mal bei Nacht und Nebel abgehauen. Es war in Köln. Ich war bei einem Typen in Ehrenfeld eingezogen – also, vorübergehend, auf der Venloer Straße.«

Niemand interessierte, wo ihr Verflossener, dessen Namen man nicht einmal kannte, damals gewohnt hatte. Aber an Sylvias umständliche Art hatten sie sich inzwischen hier gewöhnt. Man ließ ihr Zeit. Lediglich Elisabeth Schwarz guckte unruhig. Bei ihr gewannen alle langsam den Eindruck, sie leite die Inspektion vor allen Dingen gegen die Zeit. Nichts ging ihr schnell genug. Es war, als müsse sie die Zeit, die sie beim Schachspielen verlor, in Dienstbesprechungen wieder reinholen.

»Jedenfalls bin ich morgens Brötchen holen gegangen und einfach nicht zurückgekommen«, erklärte Sylvia Hoppe und sah sich nun um Verständnis heischend um.

»Der Klassiker«, stöhnte Marion Wolters.

Erleichtert, es gesagt zu haben, kicherte Sylvia: »Der hat sogar eine Vermisstenmeldung gemacht, aber ich bin nie mehr zu dem schwanzgesteuerten Blödmann zurück. Der hat heute noch Sachen von mir. Einen Pullover, den mir meine Mutter – Gott hab sie selig – zu Weihnachten geschenkt hatte und …«

Alle waren erfreut, dass sie unterbrochen wurde. Bettina Göschls *Piraten Ahoi!* ertönte aus Wellers Handy. Bei *Hisst die Flaggen, setzt die Segel* rief Weller in den Raum: »Rupert!« Dann erst nahm er das Gespräch an. Sein Handy war wie immer auf Laut gestellt.

Gutgelaunt sagte Weller: »Schön, dass du dich zuschaltest, Alter. Also, ich war gerade dabei, als das Schließfach von unserem Kollegen Klatt geöffnet wurde. Und was meinst du, was wir da gefunden haben?«

Weller machte es spannend und sah die Kolleginnen an.

Rupert riet: »Nippelklemmen? Und ein, zwei beleuchtete Einhorndildos?«

Jessi riss den Mund auf und hielt sich die Hand davor.

Sylvia Hoppe fand das typisch für Rupert. Marion Wolters hatte eh nichts anderes von ihm erwartet, doch Frau Schwarz glaubte, sich verhört zu haben: »Hat Nummer neun gesagt: Nippelklemmen und ...« Sie sprach nicht weiter.

Weller versuchte, die Situation zu überspielen: »Wir verstehen dich nicht richtig, Rupert. Ich bin hier mit den Kolleginnen in einer Dienstbesprechung ...«, er betonte das Wort *Kolleginnen*, »und wollte gerade erzählen, was wir in Klatts Schließfach gefunden haben.«

Rupert kapierte den Hinweis und versuchte, einen auf lässig zu machen: »Herrgott, was ist denn schon dabei? Er war hier ein einsamer Mann. Ich meine, er war ja nicht gerade ein Frauenheld, oder? Und da hat er sich mit ein bisschen Sexspielzeug ab und zu einen schönen Abend gemacht. Wer kann es ihm verdenken? Er war ja schon volljährig.«

Rupert lachte über seinen eigenen Witz.

Weller räusperte sich.

Frau Schwarz zeterte: »Wir reden über einen toten Kollegen!«

»In dem Schließfach waren gut hundertfünfzigtausend Euro plus Goldmünzen und Diamanten«, gab Weller stolz bekannt. Damit hatte niemand gerechnet.

»Leck mich am Arsch!«, fluchte Rupert. »Verdienen die beim BKA neuerdings so gut?«

»Ganz sicher nicht«, kommentierte die überraschte Polizeidirektorin.

Jessi nahm Klatt in Schutz: »Vielleicht hat er gespart ...«

»Oder geerbt«, sagte Marion Wolters.

Weller schüttelte den Kopf. »Solche Bargeldsummen erbt man nicht. Und die Ehefrau weiß normalerweise auch davon, wenn der Ehemann erbt, oder?«

»Hatte unser Saubermann Dreck am Stecken? Wollten sie ihn in Wiesbaden loswerden und haben ihn deshalb zu uns nach Ostfriesland geschickt?«, orakelte Rupert. Er stellte die Frage so, als wisse ohnehin jeder die Antwort bereits und es traue sich nur niemand, sie auszusprechen.

Frau Schwarz gab ein bisschen halbherzig, wie Weller fand, eine Ehrenerklärung für Klatt ab: »Er ist ganz sicher nicht nach Ostfriesland gekommen, weil man ihn in Wiesbaden loswerden wollte …«

»Sondern?«, hakte Sylvia Hoppe nach.

Sie hörten Rupert durch Wellers Handy metallen kichern: »Nein, der kam als Entwicklungshelfer zu uns armen ostfriesischen Heidenkindern, um die Frohe Botschaft zu bringen …«

Weller rief ihn zur Ordnung: »Rupert!«

»Ist ja gut«, verteidigte der sich.

Frau Schwarz ereiferte sich: »Sie können doch nicht einen anerkannten Kollegen verdächtigen, krumme Geschäfte gemacht zu haben! Das ist eine Täter-Opfer-Umkehrung!«

Rupert trieb es auf die Spitze: »Genau. Und bloß, weil einer hundertfünfzigtausend Euro versteckt und ein paar Diamanten, muss er ja nicht gleich etwas zu verbergen haben … außer vielleicht vor dem Finanzamt!«

Marion Wolters schnippte mit den Fingern: »Stimmt. Das wird doch bestimmt kein versteuertes Geld sein – oder?«

Elisabeth Schwarz wimmelte den Verdacht ab: »Wir ermitteln in einem Mordfall. Wir sind nicht die Erbsenzähler von der Steuerfahndung.«

Weller pfiff leise, mit spitzen Lippen. Hatte die neue Chefin sich gerade unfreiwillig geoutet? Hatte sie Probleme mit dem Finanzamt, oder warum sprach sie so abfällig über dessen Fahndungsabteilung? Dort arbeiteten aus Wellers Sicht Leute, die richtig Geld in die Staatskasse spülten. Ihm wäre es allerdings lieber gewesen, sie würden sich um die großen Konzerne kümmern, die sich durch internationale Verzweigungen um Steuerzahlungen drückten, statt um die örtlichen Gastronomiebetriebe.

Das war aber mehr eine politische Kritik als eine, die er den einzelnen Leuten anlasten wollte. Im Grunde fanden hier aus Wellers Sicht seit Jahrzehnten Verbrechen statt, bei denen die Staaten, die ausgeplündert wurden, auch noch mithalfen. Zur Beruhigung der Bevölkerung wurde dann ab und zu mal ein Friseurgeschäft hoppgenommen oder eine Imbissbude.

Weller wünschte sich zumindest in Europa eine politische Kraft, die durchsetzungsfähig genug war, um dafür zu sorgen, dass Konzerne, die ihr Geld hier verdienten, es auch hier versteuerten.

Das alles sagte er nicht, denn er war kein Politiker, sondern Hauptkommissar. Er versuchte, zum eigentlichen Thema zurückzukommen. Er sah Marion Wolters an und fragte: »Gibt es denn eine Vermisstenanzeige?«

Sie schüttelte ihre Locken, dabei fiel eine bunte Haarspange heraus und krachte auf den Tisch. Sie nahm sie auf und steckte sie in ihr Haar zurück, während sie ausführte: »Nein. Uns liegt keine Vermisstenanzeige vor, und bei einer jungen Frau zwischen fünfzehn und zwanzig kann man durchaus davon ausgehen, dass die Eltern sich Sorgen machen würden, und falls sie schon zu Hause ausgezogen ist, dann sind Kids in dem Alter doch immer gut vernetzt. Freundinnen ... Clique ... und so ... in dem Alter verschwindet man nicht einfach, ohne dass es jemand merkt.«

»Dann wird die gute Frau Groß sich wohl geirrt haben. Wir sollten jetzt nicht gleich aus Ostfriesland einen Ort machen, an dem ständig Frauen verschwinden. So mysteriös diese Sache mit der unbekannten Servierkraft aus dem Café auch ist, in dem ihr euch alle so gerne rumtreibt ...«, sagte Frau Schwarz.

Weller kam es so vor, als sei ihr das alles lästig. Sie sah ihn an und meinte müde: »Den Fall werden wir doch wohl ohne BKA-Unterstützung lösen, oder?«

Er empfand ihre Worte als Angriff und Unverschämtheit der ganzen Abteilung gegenüber, aber er parierte die Attacke nicht, obwohl er in Marion Wolters' und Jessis Augen sah, dass sie es von ihm erwarteten.

⚓

Mara spürte die Angst ihrer Mutter genau. Sie versuchte sie zu trösten, so wie sie von ihr getröstet wurde. Sie streichelte das Gesicht ihrer Mutter und gab ihr ein feuchtes Küsschen auf die rechte Wange.

Mara fragte: »Liest du mir Paffi vor?«

Die Bilderbücher, die von dem kleinen Glücksdrachen erzählten, der bei Familie Engel im Rosenweg wohnte und so gerne Rosen aß, was manchmal zu Konflikten führte, hatte sie im Café ten Cate von der Autorin signieren lassen. Mara liebte den kleinen Drachen und identifizierte sich mit ihm. Vielleicht, weil sie spürten, dass sie und ihre Mutter ähnlich herausgelöst aus allen Zusammenhängen in einer anderen Welt lebten. In Ostfriesland, wo sie gut aufgenommen worden waren, so wie Paffi bei der Familie Engel. Aber jetzt mussten sie wieder woandershin, und Mara begriff nicht, warum.

Sophie hatte nur einen Paffi-Band mitgenommen. Die anderen Bilderbücher befanden sich noch in der Wohnung. Sophie wäre am liebsten noch einmal hingefahren, um die restlichen Bilderbücher zu holen, aber das war viel zu riskant. Sie ärgerte sich über sich selbst. Sie musste das Kind die ganze Zeit in der Wohnung beschäftigen. Da waren Bilderbücher, Puzzles und Knetgummi unverzichtbar. Sie hatte einfach zu wenig mitgenommen.

Jule-Feemke hatte ihre alten Bilderbücher verschenkt oder auf dem Flohmarkt verkauft, und mit ihren Mangas konnte Mara nichts anfangen. Selbst Sophie blieben diese japanischen Comicfiguren fremd.

Sie fragte sich, ob sie Jule-Feemke in die Norder Stadtbibliothek schicken könnte. Wem sollte es verdächtig vorkommen, wenn eine sechzehnjährige Schülerin sich Bilderbücher auslieh?

Gut, in Norden kannte jeder jeden. Dass Jule-Feemke keine Geschwister hatte, war vermutlich bekannt. Aber vielleicht konnte sie ein Schulreferat vortäuschen. Brauchte sie überhaupt eine schlüssige Erklärung, um einen Stapel Bilderbücher auszuleihen?

Warum meldete sie sich nicht?

Sophie wurde nervös. Ich darf mich ihr gegenüber nicht benehmen, als sei ich ihre Mutter. Sie lässt mich hier wohnen. Sie versteckt uns. Ich muss ihr ihre Freiheiten lassen. Sie ist mir keinerlei Rechenschaft schuldig.

Sophie erkannte an Maras Gesicht, dass sie die Windel vollgedrückt hatte. Dabei war Mara doch so stolz darauf, dass sie sonst ins Töpfchen machte. Jedes Mal, wenn es nicht funktionierte, war es eine Niederlage für Mara, obwohl Sophie sich bemühte, ihr kein schlechtes Gewissen zu machen.

Sophie fühlte sich ihrer Tochter gegenüber schuldig. Sie befürchtete, dass ihre Angst sich auf das Kind übertragen könnte. Der Gedanke, sie würde als Mutter versagen, machte sie fast verrückt. Sie träumte nachts, wenn sie überhaupt mal schlief, von einer wütenden, traurigen Mara, die wie eine Erwachsene sprach und ihr Vorwürfe machte.

Sie liebte das Kind so sehr, dass es fast weh tat. Wenigstens als Mutter wollte sie alles richtig machen.

⚓

Er hieß Gero Kaiser, mochte den Namen aber nicht und war froh, von den meisten King genannt zu werden. Zunächst hatte ihm der Name Kaiser sehr gut gefallen, aber dann wurde *Herr Kaiser* eine Werbefigur der Hamburg-Mannheimer- Versicherung.

Hallo, Herr Kaiser! Ich brauche keine Versicherung … wurde ihm so oft gesagt, dass er begann, seinen Namen zu hassen. Im Knast hatte er einen zusammengeschlagen, der besonders witzig sein wollte und ihn nicht mit *Herr Kaiser von der Hamburg-Mannheimer* anredete, sondern mit *Herr Geiermann.* So hieß der Schauspieler, der Herrn Kaiser jahrzehntelang dargestellt hatte. Außerdem war er auch in billigen Sexfilmproduktionen wie *Schulmädchen- und Hausfrauen-Report* aufgetreten. Als Geiermann verarmt in München verstorben war, wurde bekannt, dass das Gesicht der Hamburg-Mannheimer nicht mal 700 Euro Rente bezogen hatte.

Mehrfach war Gero das unter die Nase gerieben worden, so als würde ein solches Schicksal auch auf ihn warten. Eine Verflossene hatte ihm sogar den Zeitungsartikel über Geiermann vergrößert an den Rasierspiegel geheftet und dorthin, wo das Gesicht von Geiermann war, sein Passfoto geklebt.

Da hörte sich King doch schon viel besser an. Außerdem gab es die Hamburg-Mannheimer schon gar nicht mehr. Die hieß jetzt ERGO-Versicherung.

Firmen konnten ihr Namen so einfach ändern. Am liebsten hätte er das auch getan und sich Gero King genannt. Gero war doch gar nicht schlecht.

Das Haus in der Bürgermeister-Balssen-Straße passte überhaupt nicht zu ihm. Es war gemütlich eingerichtet. So fühlten sich Ehepaare über fünfzig bestimmt wohl. Offener Kamin. Dicke Sessel. Orientalisch anmutende Teppiche mit gekämmten Fransen auf dem Parkettboden. Läufer vor den Ehebetten. Eine Frisierkommode im Schlafzimmer. Gartenzwerge als Hüter des Hauses. An den Wänden Ölbilder von Leuchttürmen und Schiffen in Seenot. Im Flur ein Druck von Ole West mit alten Windmühlen.

Das Haus gehörte den Eltern seiner Freundin Yvonne. Sie hatte es nach deren Tod geerbt und nichts daran verändert. Durch Vermietungen an Touristen hatte sie ihr Studium in Bochum und Hamburg finanziert. Jetzt waren keine Touristen da.

Sie lag in Norden im Krankenhaus in der Ubbo-Emmius-Klinik, und er hatte sozusagen »sturmfreie Bude«.

Er brachte Jule-Feemke dorthin. Der Wagen stand in der Garage. Von außen war für vorbeifahrende Radfahrer oder Spaziergänger nichts Merkwürdiges zu erkennen.

Von der Garage gab es innen einen direkten Zugang zum

Haus. Ideal, wenn man von den Nachbarn unbeobachtet etwas aus dem Auto holen wollte. Zum Beispiel eine ohnmächtige junge Frau.

Er trug sie zunächst ins Wohnzimmer. Er fühlte sich gut dabei. Sie war leicht. Er schätzte sie auf knapp fünfzig Kilo. Beim Bankdrücken mit der Langhantel begann er die Trainingseinheiten mit zehnmal vierzig Kilo, dann zehnmal sechzig Kilo. Erst mit den so aufgewärmten Muskeln ging er zu achtzig Kilo über, drückte sie fünfmal und schließlich noch zweimal hundert Kilo. Er konnte also Gewichte gut einschätzen.

Zunächst wollte er sie ins Schlafzimmer tragen und dort ans Bett fesseln. Aber die Ehebetten waren dafür nicht geeignet. Keine Stangen, Gitter oder Pfosten. Einfach nur Matratzen in einem Schleiflack-Holzgestell.

Alles voll die Achtziger, dachte er. Der Schaukelstuhl aus Eukalyptusholz im Wohnzimmer glich einem Thron für reiche Familienoberhäupter.

Er fesselte ihre Arme mit Teppichklebeband an die Lehne und ihre Füße an die Kufen. Er wippte sie ein bisschen hin und her. Sie würde ihm alles verraten. Sehr rasch. Da war er ganz sicher.

Jetzt hatte er Zeit, seine Rache ganz langsam zu genießen. Er leckte über ihre Lippen und klebte ihr dann den feuchten Mund zu. Er wollte noch seine Yvonne im Krankenhaus besuchen. Die Kleine hier würde in der Zeit bestimmt wach werden.

Er stellte sich vor, welche Angst sie dann bekommen müsste. So gefesselt und geknebelt in einem leeren Haus. Bei jeder Bewegung würde der Schaukelstuhl wackeln.

Ihre Phantasie würde sie auf große Schmerzen vorbereiten. Sie wäre schon bald Butter in seinen Händen. Welch ein Spaß!

»Wenn ich vom Krankenhaus zurückkomme, wirst du bereits lammfromm sein. Angst macht nämlich gefügig. Glaub mir …«, sagte er zu der bewusstlosen Jule-Feemke und streichelte ihr zärtlich über die Haare.

⚓

Gero »King« kaufte Blumen für den Besuch in der Ubbo-Emmius-Klinik, und weil er befürchtete, dort vielleicht keine passende Vase vorzufinden, erwarb er gleich noch eine hellblaue bauchige Blumenvase dazu.

Er flirtete mit der Floristin. Sie roch wachsig, rauchig, ein bisschen nach Bergamotte. Ein billiges Parfüm. Ein gescheiterter Versuch, Chanel N°5 nachzuahmen. Das sagte er ihr nicht, stattdessen raunte er: »Sie sind zweifellos die schönste Blume hier im Laden, und Ihr betörender Duft überragt den der Rosen und Frühlingssträuße bei weitem.«

Sie guckte sich verschämt um. Eine gewisse Röte schoss ihr ins Gesicht. Die Bewegung ihrer Lippen deutete an, dass sie gerne etwas sagen wollte, aber noch um den richtigen Satz rang. Sie widmete sich dem Strauß, den er gemeinsam mit ihr zusammengestellt hatte, und schnitt die Stiele auf eine passende Länge.

Seine Blicke waren wie Berührungen auf nackter Haut.

»Ich habe einen Freund«, sagte sie.

Er grinste. »Der Glückliche!«

Die Blumen und die Vase kosteten zusammen 47 Euro und 25 Cent. Er legte einen gefalteten Fünfziger neben die Registrierkasse und lächelte: »Stimmt so.«

Sie sah ihn an. Er zwinkerte ihr zu. Sie schien plötzlich gar nicht mehr ganz genau zu wissen, ob ihr Freund wirklich noch der Richtige für sie war.

Er kannte das. Er ging davon aus, dass ihr, noch bevor er wieder in seinem Auto saß, mindestens drei Gründe einfallen würden, warum es richtig wäre, ihren Freund zu verlassen oder wenigstens einem anderen einmal eine Chance zu geben.

Wann hatte er sie zum letzten Mal so angesehen? Und wann ihr das Gefühl gegeben, wirklich gewollt zu sein? Wann ihr so tolle Komplimente gemacht? Und der dritte Grund war er selbst, mit seinem muskulösen Körperbau und seinem lässigen Auftreten.

Er hätte die Kleine gerne klargemacht, aber im Moment gab es leider zu viel zu tun. Trotzdem war es immer gut, noch ein paar weitere Eisen im Feuer zu haben, falls er mal einen neuen Unterschlupf brauchte. Frauen versteckten ihn gerne, und er kroch gerne bei ihnen unter. Für eine Weile war das besser als jedes Hotel. Hotels waren ihm oft einfach zu anonym.

Er parkte vor der Ubbo-Emmius-Klinik. Sein Auto war mit Abstand der beste Schlitten weit und breit, fand er. Kein Vergleich zu den ungepflegten Schrottkisten hier. War das ein Arme-Leute-Krankenhaus? Wo standen die Autos der Ärzte? Kamen die – ganz ostfriesisch – bei Wind und Wetter mit dem Fahrrad?

Am Eingang das rauchende Empfangskomitee. Männer und Frauen in Bademänteln und Jogginganzügen. Er grüßte freundlich.

Der Pförtner kannte ihn schon. Er kam täglich, seit Yvonne hier lag, und immer brachte er ihr etwas mit. Blumen. Pralinen. Illustrierte. Er gab hier den wohlwollenden Freund, der sich lieb kümmerte. Niemand sollte auf die Idee kommen, er hätte ihr die Verletzungen zugefügt. Sie war halt unglücklich mit dem Rad gestürzt. Das konnte jedem mal passieren.

Er selbst hatte sie in die Notaufnahme gebracht. Ob die Rippen durch den Sturz auf den Fahrradlenker gebrochen waren oder ob es seine Faust gewesen war, ließ sich kaum feststellen.

Er hatte den Fahrradhelm zweimal gegen die roten Backsteine der Häuserwand geschmettert. Das stabile Ding hatte es erstaunlich gut überstanden, aber den Schlag mit dem Hammer dann doch nicht. Den Helm hatte er wie einen Beweis mit in die Notaufnahme genommen und gebeten, ihr Kopf solle geröntgt werden, weil sie so unglücklich gefallen sei. Er hatte es pantomimisch nachgemacht, wie sie angeblich über den Lenker geflogen war.

Er grüßte die flotte Krankenschwester, die jedes Mal, wenn er sie auf dem Flur sah, ein Lied summte. Meist Tom Waits, was eigentlich gar nicht zu ihr passte, wie er fand. Er hätte sie gern vernascht. Ach, es gab noch so viele Eroberungen zu machen! Das Gefängnis hatte ihm verdammt viel Lebenszeit geraubt. Er wollte jetzt nichts mehr auslassen.

Als er das Zimmer betrat, guckte Yvonne ihn an, als müsse sie sich bei ihm entschuldigen. Sie hing nicht mehr am Tropf.

Er stellte die Blumen auf der Fensterbank ab und ordnete den Strauß in der Vase so, dass die Sonnenblume den Kopf zu ihr neigte, als würde sie sie anstrahlen.

Yvonne war gerührt, und als er sich über sie beugte, um sie zu küssen, spitzte sie ihm ihre Lippen bereitwillig entgegen.

Sie war selbst jetzt – verschwitzt und verquollen in diesen Bettlaken – eine attraktive Frau. Mit ihren dreißig Jahren zu jung, um wirklich umwerfend zu sein. Ja, so war es für ihn.

Mädchen wie diese Jule-Feemke nahm er nicht ernst. Die waren für ihn höchstens ein Spielzeug. Eins, das ihn schnell langweilte. Junge Frauen zwischen zwanzig und dreißig fand er schon spannender. Aber echte Schönheiten gab es da nur selten. Diese Frauen waren hübsch. Sexy. Schön anzusehen. Lustig manchmal. Aber in seinen Augen noch unreif.

Die zwischen dreißig und vierzig wurden langsam richtig spannend. Er mochte es, wenn sie erfahren waren und schon ein paar Enttäuschungen hinter sich hatten. Wirklich toll wurden sie für ihn meist erst ab fünfzig. Er liebte die reifen Früchte, aber er fürchtete sie auch. Ihre Erfahrungen machten sie gefährlich. Sie hatten nicht mehr viel zu verlieren. Sie liebten intensiv und voller Hingabe, konnten aber auch verflucht gehässig sein.

Er bewunderte ihr distinguiertes Verhalten, ohne das wahrhaftige Schönheit doch gar nicht denkbar war.

Frauen wie Yvonne waren leichter in den Griff zu kriegen. Bei älteren Frauen hatte er Angst, sich zu verlieben. Und wer liebte, war immer unterlegen. Ja, wer liebte, war im Grunde verloren. Diese bittere Erfahrung hatte er gemacht.

Er würde sich nicht mehr verknallen. Er nicht. Er war doch nicht blöd!

Wenn er in Frauen Sexmaschinen sah, dann ging es ihm gut. Aber dann machten sie ihn manchmal richtig wütend, und er musste sie bestrafen. Er redete sich ein, selbst die besten von ihnen hätten das nötig, ja würden es von ihm erwarten. Yvonne zum Beispiel.

King zog sich einen Stuhl an ihr Bett und setzte sich. So war er auf Augenhöhe mit ihr.

»Ich liebe dich wirklich«, sagte er mit samtener Stimme. »Aber du darfst mich nicht so reizen, mein Liebling.«

Gleich guckte sie wieder schuldbewusst.

»Du weißt doch«, fuhr er fort, »wo meine Wutknöpfe sind. Du darfst sie nicht drücken. Ich war beim Antiaggressionstraining einer der besten. Ich habe mich wirklich im Griff. Aber auch meine Therapeutin hat gesagt, dazu gehören immer zwei. Man kann jeden Menschen so reizen, dass er ausflippt.«

»Ich wollte das nicht«, entschuldigte sie sich.

»Ich weiß«, sagte er. »Ich verzeihe dir ja.«

Sie hielten Händchen und sahen sich verliebt an. Yvonnes Augen wurden feucht. »Kommst du klar alleine?«, fragte sie.

Er klatschte sich auf den Bauch und lachte: »Sicher. Ich bestelle mir ab und zu eine Pizza.«

»Ich habe bereits mit dem Oberarzt gesprochen. Morgen früh habe ich noch eine Untersuchung, und dann kann ich hoffentlich entlassen werden. Ab dann koche ich wieder für uns. Natürlich deine Lieblingsspeisen.«

Er stand auf. Plötzlich wurde er schroff. Sein Gesicht veränderte sich. Er drehte ihr den Rücken zu, machte ein paar Schritte bis zur Tür, drehte dann wieder um, trat an ihr Bett und sagte: »Nein, ich will das nicht.«

Sie versuchte, zu ergründen, was los war. »Was willst du nicht, Liebster?«

»Du bist noch nicht gesund. Du musst noch hierbleiben. Ich will nicht, dass du dich für mich aufopferst und nach Hause kommst, um zu kochen. Die sollen dich hier erst gesundpflegen.«

»Aber mir geht es doch schon wieder gut. Ich …«

»Nein«, rief er schroff und machte eine schneidende Bewegung durch die Luft. »Außerdem brauche ich noch etwas Zeit für mich. Ich muss das alles erst verdauen.«

Sie schluckte. »Du willst allein sein?«

»Ja. Ich habe mich im Gefängnis sehr daran gewöhnt. Es fällt mir schwer, die ganze Zeit unter Leuten zu sein.«

»Aber wir sind doch ganz alleine ... wir haben das Haus doch völlig für uns.«

Er stampfte mit dem Fuß auf: »Ich sagte: Ich brauche noch ein bisschen Zeit für mich! Geht das so schwer rein in deinen Kopf?«

Sie schlug vor: »Wenn ich dich störe, kann ich ja nach oben in mein altes Zimmer. Da habe ich praktisch meine Kindheit verbracht ...«

Er stöhnte genervt: »Kannst du das gar nicht verstehen? Ich habe lange im Knast gesessen, in einer kleinen Zelle. Ich brauche das jetzt mal, so ein Haus ganz für mich alleine, wo ich nicht den Atem eines fremden Menschen höre, nicht Füße, die die Treppe raufgehen.«

Sie versuchte, ihm zu gefallen: »Natürlich verstehe ich das. Du hast lange genug gelitten.«

Er unterbrach sie: »Nachts hörte ich das Schnarchen aus den anderen Zellen. Irgendwo randalierte immer einer. Dann die Schritte der Wärter auf dem Flur. Ich glaube, die ziehen Extraschuhe an, damit sie jeder überall hört. Du hattest es gut. Du bist in diesem wunderbaren Elternhaus aufgewachsen, konntest die ganze Nacht das Fenster aufhaben, die Sterne sehen und den Vögeln zuhören. Der Kühlschrank war für dich jederzeit offen, und deine Mama hat jeden Sonntag einen Gugelhupf gebacken. Ich hatte all das nicht.«

Sie beschwichtigte: »Ich verstehe das natürlich. Klar genießt du es, jetzt das Haus mal ganz für dich alleine zu haben. Ich kann ja fragen, ob ich noch ein, zwei Tage länger im Krankenhaus bleiben kann. Sie wollten mich ja nur auf mein Drängen hin entlassen, weil ich dachte, du brauchst mich …«

»Das ist lieb von dir«, säuselte er, »aber alles, was ich jetzt brauche, ist dein Verständnis …«

»Natürlich«, sagte sie, »du brauchst deine Freiheit und willst gleichzeitig Geborgenheit. Ich hoffe, ich kann dir beides geben.«

⚓

Ann Kathrin Klaasen hatte nach ihrer Dinslaken-Reise keine Zeit, sich auszuruhen. Sie wurde zum Gespräch gebeten. Das hörte sich für sie nicht gut an.

Elisabeth Schwarz, Wolfgang Nowak und Nick Hering saßen mit ernsten Gesichtern nebeneinander, als sollte gleich eine Gerichtsverhandlung eröffnet werden. Sie tranken Kaffee aus Plastikbechern, was auf den Inseln und auf dem Festland als verpönt galt.

Ann Kathrin ging zum Hängeschrank hinter ihnen und nahm sich eine Tasse mit der Aufschrift *Langeoog. Keine Haie. Keine Autos.*

Sie betrachtete die große Thermoskanne mit dem 5-Liter-Behälter, neben der die Plastikbecher unter dem Hängeschrank auf der Anrichte gestapelt waren. Auch die Kanne war neu. Glänzender Edelstahl mit integriertem Zapfhahn.

Ann ließ die Langeoog-Tasse mit Filterkaffee volllaufen. Sie nahm sich Zeit.

Die anderen waren unter Druck, und die ostfriesische Gelassenheit nervte sie nur. Sie waren alle drei keine Ostfriesen. Auch keine Zugereisten. Sie hassten es eigentlich, hier zu sein, das strahlten sie aus und so bewegten sie sich. Dieser

Umstand wurde Ann Kathrin erst an der Thermoskanne so richtig klar. Einer von ihnen hatte sie mitgebracht. Sie vermutete, Nowak.

Das unterscheidet die drei von allen anderen Menschen hier, dachte Ann Kathrin. Die Ur-Ostfriesen, die Zugereisten und die Touristen haben alle eins gemeinsam: Sie wollen gerne hier sein. Für die einen ist Ostfriesland Heimat. Für die anderen ein Sehnsuchtsort, an dem sie sich gerne aufhalten. Aber Schwarz, Nowak und Hering sind nur hier, weil sie müssen. Sie verfolgen einen Plan, oder sie haben eine Aufgabe. Sie wollen hier ihr Ding durchziehen und dann rasch wieder verschwinden, deshalb kümmert es sie auch nicht, ob die Gegend mit Plastikbechern zugemüllt wird oder nicht. Ihre bescheuerte Riesen-Thermoskanne werden sie irgendwann wieder einpacken, um sie woanders aufzubauen.

Ann Kathrin spürte Aggressionen gegen alle drei in sich hochkochen. Sie setzte sich nicht auf den für sie vorgesehenen Stuhl. Sie wollte nicht in die Prüfungs- oder gar Angeklagtensituation einsteigen. Stattdessen hielt sie ihre Langeoog-Tasse mit beiden Händen und blieb stehen. Sie hatte jetzt die Fenster hinter sich, so dass die anderen gegen das Licht schauen mussten. Um sie anzusehen, mussten sie ihre Position verändern. Sie verrenkten die Hälse oder rückten mit den Stühlen.

Elisabeth Schwarz fragte: »Demonstrieren Sie uns hier gerade augenfällig Ihre Verhörmethoden, Frau Klaasen?«

»Ich verhöre hier niemanden«, konterte Ann Kathrin. »Dies ist ein Raum für Dienstbesprechungen.«

»Wer das Setting im Raum bestimmt, ist klar im Vorteil. Das bringen Sie doch Ihren Schülern bei …«, behauptete Nowak.

»Ich bin keine Lehrerin. Ich habe keine Schüler«, gab Ann Kathrin zurück.

Die Stimmung war eisig.

Nowak korrigierte sich: »Das stammt aus einem Ihrer Vorträge über Verhörtechniken …«

Ann Kathrin lächelte und übernahm fast unbemerkt die Gesprächsführung: »Es ging um die Weiterentwicklung der Reid-Methode. Phase eins der verhaltensprovozierenden Fragen, um die Person besser einschätzen zu können, hätten wir ja jetzt hinter uns. Oder brauchen Sie noch mehr?«

Sie sah in die Runde, nippte an ihrer Kaffeetasse und verzog den Mund, weil dieser Kaffee nicht gerade das Highlight des Tages werden würde. Sie wertete das kollektive Schweigen als Zustimmung, obwohl es mehr ein Erstaunen war. Sie fuhr fort: »Lassen Sie uns also mit Phase zwei weitermachen. Die direkte Konfrontation mit der Tat.« Sie zeigte auf die drei: »Also – was haben Sie mir vorzuwerfen?«

Mit Blicken verständigten Schwarz und Nowak sich, wer sprechen sollte. Hering hielt sich raus.

»Sie waren in Dinslaken.«, eine Feststellung Nowaks, als Frage verkleidet.

»Ja, war ich. Das alles ist sehr mysteriös. Wenn wir den Mörder der beiden Frauen finden, wird uns die Spur auch zu der Frau führen, die sich hier als Anneliese Stierhohn ausgegeben hat. Oder im Umkehrschluss – wenn wir diese Frau finden, wird sie uns zum Mörder führen. Ich befürchte, Mutter und Kind sind sehr gefährdet. Aber darum geht es Ihnen doch jetzt gar nicht, stimmt's?«

Frau Schwarz, die sich für das Verschwinden von Mutter und Kind aus ihrem neuen Zuständigkeitsbereich verantwortlich fühlte, widersprach: »Ich sehe das anders. Die

Servierkraft hat sich als Anneliese Stierhohn ausgegeben – warum auch immer –, das ist der echten aufgefallen und deshalb musste sie sterben. Ihre Mutter kam dazu und wurde ebenfalls ermordet. Es handelt sich möglicherweise um eine Verdeckungstat.«

»Ich habe selten so einen Blödsinn gehört«, protestierte Ann Kathrin.

Jetzt mischte Hering sich ein: »Tötungsdelikte sind meist Verdeckungstaten. Jemand will eigentlich einbrechen, wird überrascht und …«

Ann Kathrin verzog den Mund: »Das ist hier nicht so. Ich war am Tatort. Da hat jemand seinen unglaublichen Hass ausgetobt. Das ist untypisch für Verdeckungstaten.«

Hering beharrte auf seiner Position: »Wenn jemand Angst hat, dass die ganze falsche Identität auffliegt, dann kann die Person schon einmal …«

Ann Kathrin wischte seinen Einwand mit einer Handbewegung weg. Es wurmte ihn, dass sie ihn nicht ernst nahm.

»Worum geht es bei diesem Tribunal hier wirklich?«, wollte Ann Kathrin wissen.

»Tribunal?«, empörte sich Frau Schwarz. »Ich muss doch sehr bitten!«

Nowak sprach es aus: »Aus Klatts Büro sind Akten verschwunden. Und wir vermissen seine Handys.«

Ann Kathrin atmete auf. Es war endlich ausgesprochen. »Die Handys hat unser Kollege Kevin Janssen. Das ist bei uns so üblich. Er ist unser IT-Spezialist. Tatrelevante Handys oder Computer landen zunächst bei ihm.«

Nowak lächelte. Er kam arrogant rüber, das wollte er eigentlich nicht. »Den Kollegen Janssen in Ehren, aber dafür haben wir beim BKA hochqualifizierte Fachleute …«

Ann Kathrin wartete erst gar nicht ab, bis die Frage nach den Akten erneut auf den Tisch kam. Mit Bekennermut sagte sie: »Und die Akten, die auf Klatts Schreibtisch lagen, habe ich einer externen Gutachterin gegeben.«

Frau Schwarz blies heftig Luft aus.

Nowak machte aus seinem Unmut keinen Hehl: »Eine externe Gutachterin?!«

»Hatten Sie dazu einen Auftrag?«, fragte Frau Schwarz.

»Ich wusste nicht, dass ich neuerdings weisungsgebunden ermittle«, verteidigte Ann Kathrin sich.

Nowak richtete seinen Zeigefinger wie einen Pistolenlauf auf Ann Kathrin: »Ohne richterlichen Beschluss dürfen die Daten auf Klatts Handy nicht ausgelesen werden. Haben Sie das?«, fragte er zornig. Er hatte Mühe, sich unter Kontrolle zu halten.

Ann Kathrin hatte ihn ganz anders kennengelernt und war froh, dass er sich jetzt von dieser Seite zeigte.

»Nein, habe ich nicht und die Handys wurden auch nicht ausgelesen, sondern lediglich dahin gebracht, wo wir Handys und Computer eben immer hinbringen, wie ich bereits erwähnt habe. Das ist hier ein ganz normaler Ablauf«, konterte sie.

»Und Sie halten es nicht für nötig, uns darüber zu informieren?«, keifte Nowak.

»Das ist geschehen, bevor Sie überhaupt hier aufgekreuzt sind. Wie gesagt, es ist ein ganz normaler Vorgang!«

Die drei wirkten, als hätte Ann Kathrin mit ihren Worten die Luft aus ihren aufgeblasenen Gestalten gelassen. Jetzt drehte sie auf und ging auf und ab. Drei Schritte, eine Kehrtwendung, drei Schritte.

Dann blieb sie abrupt stehen und sah Nowak an. »Dann

waren das also alles nur schöne Worte – das Geschwätz von Ermittlungen auf Augenhöhe? Und: Wir brauchen die Ortskräfte! Von wegen: Es wird kein Kompetenzgerangele geben und vorbei dieses salbungsvolle Geschwätz von der reibungslosen Zusammenarbeit. Das war doch alles nur Bullshit!«

Ann Kathrin atmete heftig durch, und da sie schon einmal dabei war, die Wahrheit auszusprechen, drehte sie jetzt auch richtig auf und brachte alles zu Ende: »Ich habe Klatt nie getraut, und Ihnen traue ich auch nicht! Deshalb habe ich eine externe Kraft um Hilfe gebeten.«

Eigentlich brauchte sie jetzt ein großes Glas Wasser. Stattdessen trank sie die Kaffeetasse leer. Ihr Herz klopfte heftig.

Nowak erhob sich und dehnte sich, als hätte er Rückenschmerzen. Sein kobaltblauer Anzug schien an Glanz verloren zu haben. Sein Jackett machte einen zerknitterten Eindruck. Er fuhr mit den Fingern durch seine langen weißen Haare.

Hering erhob sich ebenfalls. Er versuchte, eine Übereinstimmung mit Nowak herbeizuführen: »Wir sollten uns das nicht länger anhören«, schlug er vor.

Nowak nickte, doch Hering bekam plötzlich das Gefühl, zu lange nur stumm dagesessen zu haben. Er hatte Angst, zur Randfigur zu werden. Er wollte noch für einen kräftigen Abgang sorgen. Also geigte er Ann Kathrin demonstrativ die Meinung: »Frau Klaasen, Sie haben wahrlich keinen guten Ruf in unseren Kreisen! Ja, ich weiß«, er hob abwehrend beide Hände und sprach weiter, als würde ihm ein großes Publikum zuhören, »nach außen hin verkaufen Sie sich gut. Ihr Gesicht kennt man aus Zeitungen. Sie treten in Talkshows auf. Ich meine – wer von uns sitzt schon in Talkshows mit Schauspielern, Politikern und Schriftstellern herum? Wir sind Polizisten.« Er sah sich nach Anerkennung heischend um und wiederholte: »Polizisten! Bei Ihnen ist das doch alles nur Show, Frau Klaasen. *Die Serienkillerjägerin!* Dass ich nicht lache! Das Gesicht der niedersächsischen Polizei! Ja, vermutlich der Polizei schlechthin! In Wirklichkeit sind Sie egoistisch. Paranoid. Nicht im Geringsten teamfähig. Um es mit einem Wort zu sagen: Völlig unprofessionell.«

Ann Kathrin stellte die Langeoog-Tasse ab und sagte so ruhig wie möglich: »Danke für das sehr motivierende Gespräch. Bleiben Sie gerne noch. Ich werde gehen. Ich höre mein Bett rufen. Es hat Sehnsucht nach mir, ich bin seit zig Stunden im Dienst. Ich brauche eine Mütze voll Schlaf.«

»Die brauchen wir alle«, sagte Nowak und ärgerte sich, weil er ihr jetzt zum ersten Mal zugestimmt hatte.

Ann Kathrin verließ den Raum aufrecht. Erhobenen Hauptes, wie man so schön sagt. Dass ihre Knie zitterten und sie kurzatmig geworden war, versuchte sie zu überspielen.

Hinter sich hörte sie die Worte ihrer neuen Chefin: »Was für eine hochnäsige Ziege. Und ausgerechnet sie ist die Nummer vierundzwanzig. Die beste Schachspielerin der ganzen Inspektion.«

Ann Kathrin drehte sich um. Sie stand vor der geschlossenen Tür. Sie nahm die Türklinke in die Hand und überlegte einen kurzen Moment. Dann riss sie die Tür auf und zeigte auf die Polizeidirektorin: »Sie spielen Schach, Frau Schwarz, weil Sie glauben, so die Kontrolle behalten zu können. Sie lieben Regeln und klare Strukturen. Hierarchien geben Ihnen Sicherheit, zumindest solange Sie weit oben sind. Ihre Machtphantasien paaren sich nur leider mit Kontrollwahn. Sie hassen es, die Kontrolle zu verlieren, und soll ich Ihnen mal etwas sagen?«

Zu Anns Erstaunen nickte Elisabeth Schwarz. Sie war blass im Gesicht. Ihre Lippen waren schmal und blutleer.

Ann Kathrin fuhr fort: »Sie hatten die Kontrolle schon verloren, als Sie den Job hier übernommen haben. Das ist schrecklich für Sie, ich weiß. Aber über Hierarchien lachen die hier nur. Anerkennung muss man sich in Ostfriesland durch harte Arbeit erwerben. Durch Kollegialität und Ehrlichkeit. Durch Pöstchenschieberei bekommt man hier nur Pöstchen. Um ernst genommen zu werden, muss man sich hier voll einbringen.«

Ann Kathrin gab ihr keine Gelegenheit, darauf etwas zu erwidern, und Frau Schwarz sah auch nicht so aus, als ob sie in dem Moment dazu schon in der Lage gewesen wäre.

Ann Kathrin schloss die Tür. Jetzt hatte sie das Gefühl, fester aufzutreten. Sie wusste nicht, ob es unklug gewesen war, die Dinge ausgesprochen zu haben oder nicht. Es kam ihr aber so vor, als sei es nötig gewesen. Wie ein reinigendes Gewitter, das die schwüle Luft klärt.

⚓

Dalibor hatte sein Handy auf Lautlos gestellt. Jetzt vibrierte es, weil eine SMS ankam. Er fand das Versenden von SMS so herrlich altmodisch, da doch alle anderen Systeme wie WhatsApp oder Signal verwendeten. Die Botschaft war klar und unverfänglich: *Viele Grüße von Kevin Janssen.*

Ein Foto von diesem Kevin war auch dabei.

Dalibor googelte ihn und sah sich das Profil seines nächsten Opfers auf Instagram an. Entweder war das alles nur Tarnung, oder Kevin Janssen musste ein recht langweiliger Computerfreak sein. Der typische Nerd. Registriert auf verschiedenen Spiele-Plattformen, fotografierte wohl regelmäßig Blumen und ließ sie dann farblich auf dem Bildschirm zerlaufen, als würden sie schmelzen. Die Ergebnisse stellte er als Kunstwerke bei Instagram aus und fand auch jedes Mal ein paar Dutzend Leute, denen das Bild gefiel. Er war ein langer, schlaksiger Kommissar, fuhr gern Fahrrad und war seit kurzem Mitglied in einem Online-Schachclub, wo er an Trainingsrunden teilnahm.

Dalibor dachte nicht darüber nach, ob der Typ harmlos war oder nicht. Es war ihm völlig gleichgültig, warum der Mann sterben sollte. Er war in diesen Fragen ganz Söldner. Er wurde für den Job sehr gut bezahlt.

Gleich kam ein zweiter Auftrag herein: *Und viele liebe Grüße auch von Ann Kathrin Klaasen.*

Sieh mal einer an, dachte Dalibor. Die berühmte Kommissarin. Es war ihm ein besonderes Vergnügen, sie zu töten. Sie hatte so viele seiner Art erledigt. Hitmen und Serienkiller. Profis und Amateure. Es wurde Zeit, dass sie aus dem Verkehr gezogen wurde. Sie hatte einfach schon viel zu viel Schaden angerichtet. Wenn ihm jemals jemand gefährlich werden konnte, dann sie, dachte er.

Es war gut, ihr zuvorzukommen. Er befand sich in ihrem Jagdrevier. Doch er hatte vor, die Regeln zu ändern. Jetzt war sie das Wild, und er würde sie jagen und erlegen.

Eigentlich hatte er sich auf eine längere Wartezeit eingerichtet. Längst waren noch nicht alle Sielorte besichtigt, und er hatte vor, sich eine ganz besondere Köstlichkeit zuzubereiten. Er wollte Nutrias jagen.

Wenn er irgendwo für ein paar Tage blieb, kaufte er sich gerne die Lokalzeitungen. Die Nordwestzeitung hatte er sich täglich in der Buchhandlung Lesezeichen geholt, zusammen mit dem Ostfriesischen Kurier und ein paar Illustrierten. Er las gern Geschichten und Nachrichten auf Papier. Vielleicht hatte er auch das von seiner tschechischen Mutter, die es sehr genossen hatte, bei einer Tasse Kaffee in einer Illustrierten zu blättern. Sie hatte ihm auch oft aus der Tageszeitung vorgelesen. Es war ihre Art, ihn kulturell und politisch zu bilden.

In der Nordwestzeitung hatte er einen großen Artikel über die Deichschädlinge gelesen, die nun zum Sonntagsbraten geworden waren. Er hatte noch nie Nutriafleisch gegessen. Seine Neugier war geweckt.

Nutrias galten als gefährliche Schädlinge. Ihre unkontrollierte Ausbreitung nervte nicht nur die örtlichen Landwirte, sondern sie waren gefährlich, weil sie Deiche und Uferböschungen unterhöhlten. In der NZW stand: *Man muss sich einmal vorstellen, Nutrias würden ungehindert den Ems-Jade-Kanal unterhöhlen, dann könnten ganz schnell Wolthusen und Herrentor Land unter melden.*

Da war er doch gern behilflich.

Eigentlich wurden Nutrias durch das Aufstellen von Fallen bejagt. Das fand er uninteressant. Er stellte sich vor, in der Abenddämmerung am Deich zu sitzen und mit seinem Präzisionsgewehr ein paar große Nager zu erledigen. Angeblich wurden diese Tiere mit ihren herausragenden Schneidezähnen sogar Jagdhunden gefährlich. Die Nilgänse waren auch zum Abschuss freigegeben, weil sie sich in Niedersachsen ungehindert ausbreiteten, und in Emden sollte es schon wieder Waschbären geben. Auch von Marderhunden war in der Zeitung die Rede.

Er hatte so ein Tier noch nie gesehen und plante auch nicht, einen Marderhund zu essen. Allein der Name hörte sich ungenießbar an. Aber Nutrias zu jagen schien ihm eine spannende Herausforderung zu sein.

Nun gut, dachte er, dann werde ich mich zunächst auf Kevin Janssen und Ann Kathrin Klaasen konzentrieren. Danach kommen die Nutrias dran.

Hektik war auch nicht angesagt. Ein sofortiger Abschuss oder der Wunsch, die Tötung an einem bestimmten Termin durchzuführen, hätte bedeutet: *Schöne Geburtstagsgrüße* oder *Vergiss nicht den Geburtstag am Soundsovielten.*

Er wollte sich Zeit lassen. Tausend am Tag bekam er sowieso. Ostfriesland gefiel ihm, und er war schließlich kein Fließbandarbeiter, der im Akkord versuchte, sein Geld zu verdienen.

Im Kurier las er, dass in Ostfriesland ein Kriminalroman verfilmt werden sollte. Die Filmproduktion mit dem bedeutsamen Namen *Schiwago* suchte noch Statisten.

Er fragte sich, ob er sich als Serienkiller bewerben sollte oder vielleicht besser als Polizist. Brauchte nicht jeder Kriminalfilm ein paar Polizisten als Statisten?

Er stellte sich das witzig vor. Aber natürlich würde er es nicht tun. Leute wie er ließen sich nicht gern fotografieren und vermieden, in Filmen aufzutauchen.

Da jage ich schon lieber zum Zeitvertreib Nutrias, dachte er. Angeblich sollten sie wie Kaninchen schmecken, und von seiner Mutter hatte er noch ein wunderbares Kaninchenrezept.

Kaninchen mit Schnecken, Serranoschinken und viel Paprika und Knoblauch. Er hatte mit seiner Mutter erst die Schnecken im Garten gesammelt. Die Häuschen zerkrachte er gern mit einem kleinen Hammer. Seine Mutter zog die Schnecken mit einer Gabel heraus. Das seien, so hatte sie ihm beigebracht, sehr gute Eiweißlieferanten.

Wenn sie keine Schnecken hatten, gab es Kaninchen mit Muscheln. Aber mit Schnecken war es seiner Meinung nach am besten.

Vielleicht, dachte er, kann ich zu Ehren meiner Mutter ein Nutriarezept erfinden, mit Miesmuscheln aus dem Watt.

Ach, Jagd- und Gaumenfreuden warteten auf ihn.

Seine Mutter hatte eine ihrer Freundinnen immer um ihren warmen Nutriamantel beneidet. Sie liebte Pelze. Er hatte ihr von seinem ersten Abschuss einen fast schwarzen Zobel gekauft. Ein Import aus der Taiga. Damals sündhaft teuer.

Leider hatte sie ihn nicht mehr oft getragen. Sie war schon krank und spürte den Tod kommen. Manchmal hatte sie ihn gebeten, ihr den Mantel aufs Bett zu legen. Sie streichelte dann das Fell.

Wenn sie unter ihrem Zobel lag, durfte er auch das Fenster öffnen und endlich frische Luft in den Raum lassen. Sie hatte zeitlebens Angst gehabt, zu frieren und sich zu erkälten. Durchzug fand sie schrecklich.

Heute konnte man mit solchen Mänteln nicht mehr angeben. Er wusste nicht einmal, ob es noch legal war, sie zu tragen, herzustellen oder zu verkaufen. Aber Gesetze waren ohnehin nicht so sein Ding. Er lebte nach seiner eigenen Fasson.

Hier in Ostfriesland dachte er gern an die Seehundstiefel, die seine Mutter ihm damals gekauft hatte. Sie waren silbergrau, und er bekam darin keine feuchten Füße.

Er stellte sich vor, damit heute in die Seehundstation Norddeich zu gehen. Ob er mit den Stiefeln aus Seehundfell dort Ärger bekommen würde? Oder hatten die früher selbst Seehundfelle verkauft?

Würden ein paar verweichlichte Touristenkinder, die kamen, um die süßen kleinen Heuler bei der Fütterung zu beobachten, weinen, wenn sie sahen, was er trug? Würden sie es überhaupt erkennen?

Bestimmt gab es auch ein paar Jungs, die sich, wenn auch klammheimlich, selbst solche Stiefel wünschten. Sie konnten doch nicht alle degenerierte, zivilisationsgeschädigte Vegetarier geworden sein. Es musste unter ihnen doch auch noch ein paar mit dem Herzen eines Jägers geben. Wenigstens ein paar, die waren wie er.

Im Ostfriesland Magazin fand er ein langes Interview, das der Journalist Holger Bloem mit Ann Kathrin Klaasen geführt hatte. Je mehr er las, umso größer wurde seine Lust, sie auszuknipsen. Die war doch endlich mal eine richtige Gegnerin!

Wenn er sie auf seiner Abschussliste hätte, würde das sein Ansehen und seinen Preis noch einmal steigern. Sie war mehr wert als das Kopfgeld, das er für sie bekam.

Doch zuerst war mal dieser Kevin dran.

⚓

Rupert war mit einem konfiszierten getunten BMW gekommen, den sie bei der Verhaftung eines Drogendealers beschlagnahmt hatten. Der Wagen sollte wegen Steuerschulden zu Staatseigentum werden, aber da gab es noch eine Menge bürokratischer Hürden, und solange das Fahrzeug auf dem Polizeiparkplatz herumstand, fand Rupert, es sei doch für alle besser, wenn die Kiste genutzt würde, zumindest für ein paar kleine private Spritztouren.

Um ein bisschen zu entspannen, ging er gern in Norden in die Alte Backstube an der Westerstraße. Die Kneipe wurde auch Kölsche Botschaft genannt, weil Goldie, der Wirt, nicht nur Kölsch zapfte, sondern auch – wenn er gut drauf war – BAP-Songs sang.

Rupert spielte dort Billard oder warf ein paar Pfeile. Die Alte Backstube war ganz nah bei der Inspektion und doch weltweit davon entfernt. Hier galten andere Regeln. Wer hierhin kam, wollte Spaß haben. Die wohlwollende Atmosphäre gefiel Rupert. Er brauchte das manchmal, um die Bissigkeiten und Sticheleien, die ihn im Druck des beruflichen Alltags so nervten, besser wegstecken zu können.

Er sah Kevin beim Dartwerfen zu und staunte über die Treffsicherheit des Computerspezialisten. Er forderte Rupert zu einem Spielchen heraus. Rupert nahm lächelnd an und orderte noch zwei Kölsch.

Kevin legte einen Arm um Rupert und machte mit ihm ein Selfie vor der Dartscheibe, das er sofort auf Instagram postete. Er wollte damit einerseits zeigen, dass er keineswegs der einsam verschrobene Computernerd war, sondern auch gesellig sein konnte. Andererseits wollte er seiner eifersüchtigen neuen Freundin demonstrieren, dass er nicht mit Jessi unterwegs war, sondern mit einem Kumpel Dart spielte.

Rupert versprach sich noch viel von diesem Abend, zumal eine Gruppe gutgelaunter Frauen hereintrudelte, um die Scheidung einer Edelgard zu feiern. Sie ließen Edelgard immer wieder hochleben und sangen: »Vergiss doch diesen Michael!!!« Das selbst komponierte Lied bestand nur aus einer einzigen Zeile, die immer wieder mehrstimmig variiert wurde.

Edelgard lehnte sich weit über den Billardtisch, um alle Kugeln einzusammeln. Das gefiel Rupert, doch was er hinter ihr kommen sah, verhagelte ihm die Stimmung.

Wolfgang Nowak in seinem zerknitterten kobaltblauen Anzug und Nick Hering mischten sich unter die Gäste. Neben dem agilen Nowak wirkte Hering plump. Für den großen Nowak mit seinen langen silberweißen Haaren interessierten sich sofort einige Frauen von der Scheidungsparty. Sie machten Edelgard auf ihn aufmerksam, aber die hatte wohl von Männern immer noch die Nase voll.

Kevin konzentrierte sich ganz auf seinen nächsten Wurf. Rupert flüsterte ihm zu: »Wenn du keine Nah-Idiot-Erfahrung machen willst, sollten wir von hier verschwinden.«

Kevin zuckte zusammen und fuhr herum. Seit dem Attentat auf Klatt war er schreckhafter als sonst. Er verstand *Nahtoderfahrung* und rechnete mit einem erneuten Angriff auf einen Polizeibeamten. Seit dem Bombenanschlag ging Kevin nicht mehr ohne Dienstwaffe aus dem Haus. Er trug sie auch jetzt und griff hin.

Rupert stoppte ihn mitten in der Bewegung: »Du musst Schweinswal und Nowak nicht abknallen. Es reicht, wenn wir einfach gehen«, grinste er.

»Wieso Nahtoderfahrung?«, fragte Kevin.

Rupert zwinkerte einer drallen Blondine zu, die auf die beiden Dartspieler aufmerksam geworden war. Sie sah aus, wie gerade vierzig geworden, war aber Anfang fünfzig. Ihr weißes Kleid mit den großen roten Erdbeeren gefiel Rupert. Er glaubte, es sei eine Aufforderung.

Rupert sprach mit Kevin, ohne ihn anzusehen: »Nahtoderfahrungen … so was haben nur Frauen. Ich meine Nah-Idiot-Erfahrungen. Kennst du das nicht? So ein Vollidiot betritt den Raum, und noch ehe er den Mund aufmacht, denkst du: Ich muss hier weg, bevor der Arsch mir einen an die Kante labert.«

So weit kannte Kevin Rupert schon. Manchmal verfiel er in einen Ruhrgebietsslang, das wusste Kevin. Dann sprach

Rupert wie seine Mutter, die aus Dortmund kam und deren Lebensweisheiten er gern zitierte.

Aber es war schon zu spät, um wegzukommen. Nowak lud alle großzügig zu einer Partie Billard ein.

»Die Männer gegen die Frauen?«, fragte Edelgard siegesgewiss und ein bisschen angriffslustig.

Nowak schlug gemischte Mannschaften vor. Eine Frau, die sich als Edelgards jüngere Schwester vorstellte, was wohl ein Witz sein sollte, denn sie sah zehn Jahre älter aus, stichelte: »Heißt das dann nicht Frauschaft?«

»Oder Gemischtschaft«, scherzte Rupert.

Die Frau im Erdbeerkleid stellte sich zu ihm und sagte: »Ich bin Helga. Du darfst mich aber die Blaue nennen. Das tun alle.«

»Du trägst doch gar kein Blau«, stellte Rupert erstaunt fest und zeigte auf ihr Kleid.

»Um das zu erfahren, musst du schon drunter nachsehen«, kokettierte sie.

Rupert atmete heftig aus. Er war beeindruckt. Dass sie nicht adlig war, hatte er sich schon gedacht. »Du gehst aber ganz schön ran!«

Sie konterte: »Ich nehm das mal als Kompliment.«

Es gefiel Rupert, dass sie, im Gegensatz zu ihren Freundinnen, so gar nicht auf Nowak abfuhr. Sie bemerkte das und flüsterte Rupert ins Ohr: »Ich habe gelernt, eitle Gockel von richtigen Kerlen zu unterscheiden.«

Sein Mund wurde ganz trocken. Er brauchte jetzt dringend ein frisches Bier.

Dalibor hatte eigentlich vorgehabt, sich mit Kevin Janssen noch Zeit zu lassen. Zwar reizte ihn die Kommissarin Ann Kathrin Klaasen sehr, aber nun grinste Janssen auf seinem Instagram-Account so provozierend in die Kamera, dass Dalibor ihm am liebsten ins Gesicht geschossen hätte.

Mit Rupi in der Alten Backstube. Es kann nur einen Dart-Champion geben.

Dalibor fuhr hin, um sich den Spaß aus der Nähe anzusehen. Gab es etwas Schöneres, als dem zukünftigen Opfer dabei zuzusehen, wie es sich amüsierte?

Genieß die Stunden, Kevin. Viele hast du nicht mehr, dachte er.

Er parkte vor dem Amtsgericht und ging die paar Meter bis zur Backstube zu Fuß.

In Düsseldorf hatte er mal einen ausgeknipst, neben dem er im Schauspielhaus Friedrich Dürrenmatts *Die Physiker* gesehen hatte. Es war ihm dadurch schwergefallen. Sie hatten an denselben Stellen nicht gerade gelacht, aber doch geschmunzelt, und einmal hatte sein Zielobjekt ihm einen Blick zugeworfen, der besagte: *Ja, genau so ist es.*

Am liebsten wäre Dalibor gegangen, doch er hatte befürchtet, damit in der Vorstellung zu viel Aufsehen zu erregen.

Warum, fragte er sich, wird es mir fast unmöglich, jemanden zu töten, der dasselbe Theaterstück mag wie ich, der sich an denselben Dialogen erfreut und dieselben Schauspieler mag? Würde es mir auch etwas ausmachen, wenn er ebenfalls gerne Kolatschen äße oder Spaghetti? Was würde es für einen Unterschied machen, gefiele ihm derselbe Wein wie mir, würde ähnlich politisch denken oder hätte eine vergleichbare Herkunft? Nichts!

Aber bei Literatur und Kunst hörte der Spaß auf. Er wollte niemanden töten, der Dürrenmatts Theaterstück liebte, seinen Humor und seine Weltsicht.

Er hatte es trotzdem getan. Widerwillig. Aber er wollte nie wieder in so eine Situation geraten.

Bei Kevin Janssen sah er da keine Gefahr. Einen Polizisten zu töten, der Dart spielte und Kölsch trank, war nicht schwerer als einen koksenden Wirtschaftsboss im Maßanzug auszuknipsen, der seinen Konkurrenten im Weg war.

Er zögerte, die Kneipe zu betreten. Vom Parkplatz gegenüber betrachtete er die beleuchteten Fenster. Zwei Pärchen standen vor der Tür. Kölschgläser und Zigaretten in den Händen diskutierten sie den Mord an *dem BKA-Typen*.

Ein junger Mann mit langem Bart, der sogar zu einem Zopf geflochten war, behauptete, das sei die Rache einer russischen Gang gewesen, gegen die Klatt ermittelt habe. Er gab zwar damit an, Klatt gekannt zu haben, nannte ihn aber *Platt* statt Klatt.

Dalibor hörte ihm amüsiert zu.

In den Bäumen zwitscherten fröhliche Rotkehlchen und Amseln. Die Vogelstimmen waren wie Hintergrundmusik.

Dalibor rang mit sich. Er kannte dieses schmerzende Gefühl nur zu gut. So gern hätte er dazugehört. Gern wäre er eingetaucht in die fröhliche Kneipenatmosphäre, hätte sich an Gesprächen oder Spielen beteiligt, aber irgendwie ging das nicht. Er war einfach keiner von ihnen.

Klar logen sie auch, gaben alle vor, etwas zu sein, was sie nicht waren, genau wie er. Wer spielte nicht mal den tollen Hecht? Sie prahlten, wussten alles besser, hatten politisch mehr Ahnung als Regierung und Opposition zusammen, waren bei jeder Fußballweltmeisterschaft schlauer als der Bundestrainer und am Ende des Tages klüger als die Wettervorhersage vom Morgen.

Aber wenn sich ihre Lügen entlarvten, dann wurden aus Hauptabteilungsleitern simple Angestellte, aus Profis Amateure und aus unwiderstehlichen Frauenhelden verklemmte Ehebrecher. In seinem Fall war das schlimmer. Unentschuldbar. Sein wahres Gesicht zeigte einen um Emotionslosigkeit bemühten Profikiller. Niemand hatte dafür Verständnis.

Für die anderen war es ein Spiel. Unterhaltung. Sie versuchten, etwas toller dazustehen, als sie in Wirklichkeit waren. Eine Theke war dafür ein idealer Ort. Aber er hatte immer Angst, aufzufliegen. Das machte ihn einsam. Menschenscheu.

Er traute sich kaum, den Gedanken zuzulassen, aber in Räumen mit vielen Menschen, wenn es laut und eng wurde, befürchtete er, kurzatmig zu werden. Er vermied es vor sich selbst, das Ganze als Panikattacke zu bezeichnen. Er wollte es nicht auch noch aufblasen, sondern reduzierte es lieber auf ein Unwohlsein. Er redete sich ein, er bräuchte eben frische Luft, könne irgendein Rasierwasser nicht vertragen oder den Zigarettenqualm. Aber er wusste doch genau, es war nicht der Sauerstoffmangel. Es lag an den Menschen selbst. Er mochte sie nicht. Ihre Ausdünstungen. Ihre Stimmen. Ihre Berührungen. Das alles war ihm eigentlich zuwider, und gleichzeitig wollte er gern dazugehören.

Trotzdem versuchte er es. Vielleicht klappte es heute. Es war wie das Meer, es kam in Wellen. Manchmal ging es besser, manchmal brauchte er die Einsamkeit.

Er ging zwischen den Pärchen durch zur Tür. Noch bevor er sie berühren konnte, wurde sie aufgestoßen. Der Lärm drang nach draußen. Lachen und Gitarrenklänge. Sang da Niedecken oder der Wirt? *Verdamp lang her.*

Rupert schob seine neue Eroberung nach draußen. Er rempelte Dalibor versehentlich an und entschuldigte sich lachend: »Nix für ungut, Kumpel.«

Dalibors Rücken versteifte sich, als Rupert ihn anstieß. Seine Rückenmuskulatur konnte zum Brett werden. Manchmal reichte ein kurzer Moment aus, und er hatte wochenlang Probleme mit Verspannungen. Er war wirklich gut durchtrainiert. Er verhob sich nicht. Aber eine unerwartete Berührung konnte zu Rückenschmerzen führen, als würde seine Wirbelsäule brennen.

Er sah dem frisch verliebten Pärchen nach. Sie strahlten eine Energie aus, als seien sie auf der Suche nach dem erstbesten Bett für gymnastische Übungen zu zweit. Sie konnten die Finger nicht voneinander lassen. Sie stiegen in ein Auto, und für einen Moment sah es für Dalibor ganz danach aus, als könnten die beiden es dort sofort an Ort und Stelle treiben. Doch da ging wohl nur die Phantasie mit ihm durch. Die zwei knutschten, während Rupert den Motor des BMWs anließ.

Neben Dalibor erschien jetzt Kevin im Türrahmen. Er ignorierte Dalibor, reckte den Kopf nach draußen und sah sich nach Rupert und Helga um.

Dalibor konnte Kevins Deodorant riechen. Er mochte es nicht. Er fand, Männer sollten sich nicht parfümieren. Gebäck sollte gut riechen. Ein saftiger Braten musste duften. Ein Blumenstrauß und eine schöne Frau auch. Männer nicht.

Kevins Adamsapfel hüpfte. »Hast du«, fragte er Dalibor, »hier ein Pärchen rauslaufen sehen? Sie mit einem weißen Kleid voller angebissener Erdbeeren, er so ein Kleiner mit schütterem Haar?«

»Nein«, log Dalibor, der es nicht mochte, einfach so geduzt zu werden. Aber es gab Kneipen in Köln, im Ruhrgebiet und offensichtlich auch in Ostfriesland, da war es üblich, wie bei jedem Rockkonzert, alle Anwesenden zu duzen. Die Ostfriesen, so schien es ihm, siezten ohnehin nur Leute, die sie nicht leiden konnten.

Er schätzte das *Sie* als eine klare Grenze. Für ihn war es ein Abstandshalter. Mit einem *Sie* kam man ihm wenigstens verbal nicht gleich zu nahe.

Als Rupert mit seiner Helga vom Parkplatz fuhr, winkte Kevin ihm hinterher: »Hey, Alter!« Doch die beiden interessierten sich nicht für ihn.

»Ist der Schönling dein Chef?«, fragte Helga.

Rupert lachte: »Wen meinst du?«

»Den Großen mit den weißen Haaren.«

»Schönling«, spottete Rupert. »Ich finde, die Leiche im letzten Tatort sah lebendiger aus als der alte Sack. Das ist ein Volltrottel, der macht ganz auf sportlich und umweltbewusst und vegan, fährt dann aber mit seinem dicken Schlitten zum Fitness-Center, um da aufs Fahrrad zu steigen.«

»Also ist er doch dein Chef«, folgerte sie.

Die Logik von Frauen, dachte Rupert, werde ich nie verstehen.

Kevin Janssen reckte beim Winken die Arme so hoch, dass die Schweißausdünstungen seiner Achselhöhlen sich direkt vor Dalibors Nase befanden. Der feuchte Fleck im Hemd unter seinem Arm flatterte nur Zentimeter vor Dalibors Gesicht, wie die Fahne eines feindlichen Heeres.

Dalibor beschloss spontan, es heute schon zu tun. Am besten jetzt gleich. Dieser Typ musste sowieso sterben. Warum noch warten? Seine ganze aufdringliche, laute Erscheinung war eine einzige Zumutung, fand Dalibor, ja, eine Beleidigung.

Er musterte den schlaksigen jungen Mann.

Es wird mir ein Vergnügen sein, dachte Dalibor.

Kevin entschloss sich, ohne Rupert nicht wieder in die Alte Backstube zu gehen. Das Wort *Nah-Idiot-Erfahrung* klang in ihm nach. Ich hab jetzt echt keinen Bock auf Hering und Nowak, gestand er sich ein. Für ihn waren das zwei Angeber, mehr nicht. Nur schwer erträgliche Typen.

Er ging zu seinem Fahrrad.

Das macht es mir ja noch einfacher, dachte Dalibor. Ein Radfahrer … leicht angetrunken und ohne Helm … leichte Beute.

⚓

Gero King stand breitbeinig vor Jule-Feemke und schnippte sein glänzendes Fünfmarkstück hoch. Die Münze überschlug sich mehrfach in der Luft. Er hatte es oft geübt, ihr einen solchen Kick mit dem Daumen zu geben, dass der Heiermann es beim Flug auf sechs oder sieben Umdrehungen brachte. Mal war der Adler oben, mal die große Fünf.

Jule-Feemke wusste genau, dass damit irgendetwas entschieden werden sollte, das sie betraf, aber sie hatte keine Ahnung, was es genau war. Die Unsicherheit nährte ihre Angst.

Ging es darum, ob er sie losbinden sollte, ihr etwas Flüssigkeit zu trinken gab, oder wollte er das Schicksal sofort über Leben oder Tod entscheiden lassen?

Sie traute ihm alles zu.

Er schien gut drauf zu sein, gut gelaunt, als würde er sich

von dem Abend noch viel Spaß versprechen. Seine Cowboystiefel waren blankgewienert. Die Deckenbeleuchtung spiegelte sich darin. Der Gedanke kam ihr absurd vor, aber sie fragte sich ernsthaft, ob er die Stiefel selbst putzte.

Das war er also – Gero Kaiser, der sich selbst gern *King* nannte. Der Mann, vor dem ihre Freundin auf der Flucht war. Jule-Feemke hatte ihn sich ganz anders vorgestellt. Irgendwie feiner. Charismatischer. Der Mann hier hätte gut einen Vorstadtzuhälter abgeben können. Es war im Grunde eine Schande, dass Frauen auf so einen schmierigen Blender hereinfielen, dachte sie.

Er fing die Münze auf und klatschte sie auf seinen linken Unterarm. »Zahl«, freute er sich, »na bitte!«

Er war so durchschaubar. Sie wusste, dass er sich wünschte, sie würde nun ängstlich fragen, was das für sie zu bedeuten hätte. Sie tat ihm den Gefallen nicht.

Sie hatte Durst, und das Kratzen in ihrem Hals ließ sich nicht wegräuspern. Ihre Haut unter dem Klebeband juckte. Sie bekam schon allergische Hautreaktionen, wenn ihre Wäsche mit dem falschen Mittel gewaschen worden war. Sie durfte nur eine bestimmte Sonnenschutzcreme benutzen, die sündhaft teuer war. Ihre Hautärztin hatte sie ihr verschrieben. Zweimal schon hatte sie so schlimmes Nesselfieber bekommen, dass sie wochenlang dem Unterricht fernbleiben musste.

Doch all das schien ihr jetzt das kleinere Übel zu sein, nicht mehr als eine Vorbereitung auf die echten Probleme des Lebens.

»Deine Freundin …«, er machte eine lange Pause und betrachtete seine Fingernägel, »Anneliese … oder wie die Schlampe sich jetzt nennt … schuldet mir noch eine Stange

Geld. Sie hat mein Kind ... falls es wirklich von mir ist ... Sie hat mein Geld ... und du versteckst sie!! Was soll ich von dir halten? Bist du ihre Komplizin, oder nutzt sie dich und deine Gutmütigkeit nur aus, so wie sie es mit mir gemacht hat? Ich bin voll auf sie reingefallen. Sie versteht es, zu täuschen ...« Mit einem Ruck riss er ihr das Klebeband vom Mund.

»Liese hat kein Geld«, sagte Jule-Feemke tapfer. In ihr keimte noch die Hoffnung, alles sei vielleicht eine Verwechslung, ein Irrtum.

Er lachte gemein. Es war das höhnische Lachen von jemandem, der weiß, dass er am längeren Hebel sitzt. »Sag ich doch. Sie ist echt gut im Vortäuschen. Sie arbeitet ein paar Stunden in dem Café, macht einen ganz auf lieb und bescheiden und sitzt dabei auf einem Sack Geld. Die hat echt Kasse gemacht. Mit 82 000 Euro ist sie durchgebrannt.« Er klopfte sich gegen die Brust. »Das ist *mein* Geld!«

»Und warum gehen Sie dann nicht zur Polizei, sondern ziehen diese komische Nummer hier ab?« Sie deutete mit Blicken auf ihre Fesseln.

Er klatschte sich in die Hände und führte ein kleines Tänzchen auf, als sei Publikum zugegen, das er begeistern wollte. Er verbeugte sich sogar vor den imaginären Bewunderern und nahm die erhofften Ovationen entgegen.

»Oh, für die süße kleine Gymnasiastin ist die Polizei immer der Freund und Helfer gewesen! Ja! Für sie war die große Lüge Wirklichkeit.« Er wandte sich ihr zu und brüllte sie an: »Für mich aber nicht, du blöde, verwöhnte Kuh!«

Jule-Feemke drückte ihre Füße auf den Boden und fragte mit fester Stimme: »Was wollen Sie von mir?«

»Ich bin dein Freund«, sagte er schmeichelnd. »Ich will dich davor bewahren, dass sie dich genauso reinlegt und benutzt wie mich. Du hältst sie für einen guten Menschen, hm? Warum? Weil sie eine Frau ist? Weil sie ein kleines Kind hat? Islamistische Terroristen benutzen auch kleine Kinder als Schutzschild, damit man sie für harmlos hält, bevor sie alles um sich herum in Schutt und Asche legen. Wenn sie ein guter Mensch wäre, hätte sie dich nie in diese Situation gebracht.« Er streichelte über Jule-Feemkes Kopf. »Überleg doch mal …«

Am liebsten hätte Jule-Feemke ihn in die Finger gebissen, aber sie beherrschte sich. Solange er mit mir redet, passiert mir nichts, dachte sie. Noch habe ich Einfluss auf ihn.

»Du denkst, sie ist deine Freundin, was?« Er lachte bitter. »Du denkst, sie würde alles tun, um dich aus dieser Situation zu befreien? Oh nein, meine Liebe. Sie wird dich opfern. Sie ist ein egoistisches Miststück. Ruf sie an und sag ihr, dass ich dich sofort freilasse, wenn sie mir mein Geld bringt.«

»Sie hat kein Telefon, weil sie befürchtet, geortet zu werden. Sie hat Angst vor Ihnen«, behauptete Jule-Feemke und warf ihm dabei vorwurfsvoll wütende Blicke zu.

»Das glaubst du alles, ja? In Wirklichkeit, wenn du in dich hineinspürst, dann ahnst du doch schon, dass sie dich hängenlassen wird. Das Geld ist ihr wichtiger als du. Ein paar Hunderter würde sie vielleicht für dich rausrücken, aber mehr auch nicht. Glaub mir, einen Tausender wärst du ihr schon nicht mehr wert. Die ist berechnend. Freundinnen wie dich kriegt sie an jeder Ecke. Aber es liegt nicht an jeder Ecke eine Tasche voller Geld auf der Straße.«

Jule-Feemke kaute ihre Unterlippe blutig. Sie hatte nur wenig Bewegungsmöglichkeiten. Sie nutzte sie, um sich selbst weh zu tun. Sie brauchte dieses einschneidende Gefühl in die Haut. Es half gegen das Jucken, und der Schmerz hinderte sie daran, verrückt zu werden. Ja, genau so fühlte es sich an.

Er setzte sich im Schneidersitz vor sie hin, so als würde aus dieser Entführung jetzt eine gemütliche Party. Ein Plauderstündchen. Seine Stimme veränderte sich. Sie wurde sanft und erinnerte sie an einen freundlichen Lehrer, den sie in der Grundschule gehabt hatte und der den Kindern das Gefühl gab, etwas Besonderes zu sein. Ein Geschenk für diese Welt.

Er sah sie von unten an, mit einem Hundeblick, als wolle er von seinem Frauchen gelobt werden. »Bald schon wirst du mich verstehen. Es tut weh, so benutzt und reingelegt zu werden. Man fühlt sich dann so wertlos, man sucht Trost und will sich wieder aufbauen. Etwas in einem zerbricht.« Er machte eine Faust und öffnete sie langsam, als würde es den Fingern schwerfallen. »Du bist eine wunderschöne junge Frau. Du hast etwas anderes verdient als diese missgünstige Freundin, die dich nur für ihre Pläne ausnutzt – sie spielt doch nur mit deinem Wunsch, geliebt zu werden, mit deiner Sehnsucht, für einen Menschen eine Bedeutung zu haben.«

»Sie hat mir einfach nur leidgetan, und ich wollte ihr helfen«, beteuerte Jule-Feemke.

»Siehst du, genau das wollte ich auch. Aber wirst du ihr auch leidtun? Wird sie auch versuchen, dir zu helfen?«

Die junge Frau war sich plötzlich nicht mehr ganz so sicher und bedauerte, nicht mit den Eltern zusammen in Urlaub nach Oberstdorf gefahren zu sein.

»Geht es wirklich nur um Geld?«, fragte Jule-Feemke mit kratziger Stimme.

»Du hast Durst«, stellte er fest, stand auf, holte ihr ein Glas Wasser und hielt es an ihre Lippen. Dabei legte er eine Hand in ihren Nacken, als müsse er ihren Kopf halten.

Sie fühlte sich wie damals nach der Blinddarmoperation, als sie im Krankenhaus lag und ihr Vater ihr zum ersten Mal etwas zu trinken gegeben hatte. Auch er hatte ihren Kopf gehalten und leicht aus dem Kissen angehoben.

Tränen der Rührung schossen in ihre Augen.

»Geht es wirklich nur um Geld?«, wiederholte sie ihre Frage.

»Ja«, antwortete er und trank den Rest Wasser aus dem Glas. »Willst du noch mehr?«, fragte er. Es war wie eine Verbrüderung, dass sie aus einem gemeinsamen Glas tranken. Sie wusste noch nicht, ob sie es widerlich fand oder ob es ihr Hoffnung gab, das alles hier unbeschadet überstehen zu können.

Sie nickte. »Ja, bitte mehr.«

Er ging in die Küche und füllte das Glas erneut. Als er zurückkam, hatte er die Zeit wohl auch genutzt, um über seine Antwort nachzudenken. »Geht es nicht immer um Geld?«, fragte er. »Bei jedem Krieg, bei jeder Hochzeit, bei jedem Einkauf …«

Bevor er die Aufzählung fortführen konnte, unterbrach sie ihn: »Man kann doch nicht das ganze Leben darauf reduzieren …«

»Du bist ein guter Mensch«, sagte er, »deswegen willst du das nicht glauben. Tief in dir drin weißt du natürlich, dass es stimmt. Es tut dir weh, und wir versuchen alle, so eine Lüge zu leben, als könne es um noch etwas anderes gehen. Das macht uns doch alle so traurig, dass wir wissen, es stimmt nicht. Und trotzdem versuchen wir, mit dieser Unwahrheit zu leben, weil sonst alles sinnlos und traurig wird.«

So redet doch kein Verbrecher, dachte sie. So spricht jemand, der vom Leben gebeutelt wurde. Ein Enttäuschter, ein

Geschlagener, einer, der mit offenen Verletzungen herumläuft und Angst vor der nächsten hat.

»Machen Sie mich los«, schlug sie vor. »Wir gehen gemeinsam hin und reden mit ihr. Wenn sie wirklich Ihr Geld hat, dann ...«

Er trank von dem Wasser, das er gerade geholt hatte, und vergaß, ihr etwas davon zu geben. »Ich kann mich nicht einfach so frei überall bewegen.«

»Ist die Polizei hinter Ihnen her?«

Er winkte ab, als sei die Polizei kein Problem. »In der Tasche waren nicht nur 82 000 Euro, sondern auch noch ein Kilo Koks. Die Jungs, denen das gehört, sind nicht gerade für ihren Humor bekannt. Sie sind hinter mir her, und wenn ich nicht bald das Geld habe oder den Stoff, dann werde ich eine Antwort auf die Frage bekommen, ob es einen Gott gibt oder nicht.« Als hätte sie nicht begriffen, was er damit meinte, fügte er hinzu: »Die legen mich dann um, verstehst du?«

Plötzlich hatte er ein Messer in der Hand. Die Klinge schien aus seiner Faust zu klicken, als würde sich ein Finger in einen Dolch verwandeln.

Hatte er die ganze Zeit ein Stilett in der Tasche gehabt? Ihr Herz schlug schneller. War das das Ende?

Er näherte sich ihr mit der Klinge. Sie hielt den Atem an und presste die Lippen aufeinander.

Er schnitt das Klebeband über ihrer Haut in Stücke. Sie sah ihn irritiert an.

»Du bist frei«, sagte er und riss das Gaffaband von ihrer Haut.

Sie rieb sich die Handgelenke.

»Wenn du dich mit warmem Wasser wäschst, geht es dir besser. Und du brauchst eine Fettcreme. Du hast eine empfindliche Haut. Die Haut ist unsere größte Abgrenzung zur Welt. Sensible Menschen kennen solche Reaktionen. Man reibt sich wund an der Welt.«

»Und ich kann einfach so gehen?«

»Ich fürchte, ich habe mich in dich verliebt.«

»In mich?«

Er lächelte sie an. Sie hielt den Blickkontakt und hatte das Gefühl, er würde in sie hineinschauen.

»Ich spiele immer den starken Typen, den Macho und Luftikus, um zu überdecken, dass ich in Wirklichkeit unsicher bin. In einer Liebesgeschichte werde ich leicht zum unterlegenen Opfer. Darum will ich das eigentlich nicht mehr. Wenn ich mich auf was eingelassen habe, dann endete es immer in einer Katastrophe … für mich.«

Sie streichelte ihm übers Gesicht. Ihre Finger zitterten auf seiner Haut.

»Du hast Angst«, sagte sie, »stimmt's?«

Er presste die Lippen aufeinander und senkte den Blick.

»Ich weiß«, erklärte sie. »Es fällt mir dann auch schwer, so etwas zuzugeben. Für Frauen ist das einfacher. Aber ich mag Männer, die zu ihren Gefühlen stehen.«

Kevin Janssen, der stolz darauf war, von vielen Lisbeth Salander genannt zu werden, radelte von der Alten Backstube nicht direkt nach Hause. Der klare Sternenhimmel motivierte ihn noch zu einem Besuch am Meer.

Er fuhr in Richtung Deich. Seine von den endlosen Stunden am Computerbildschirm ermüdeten Augen brauchten ab und zu den Blick in die Weite. Auch wenn ihm beim Radfahren schon jetzt der Nordwestwind Tränen in die Augen trieb, so freute er sich doch unbändig darauf, einfach im Gras zu sitzen und in Richtung Juist oder Norderney zu schauen. Er hoffte, die Spiegelung der Sterne im Watt zu sehen. Diese Verdopplung des Himmels auf dem Meeresboden löste jedes Mal Glücksgefühle in ihm aus. Bei dieser klaren Luft würde er die Lichter auf den Inseln sehen können, so hoffte er.

Die frische Luft machte ihn schon beim Radeln besoffen. Direkt am Deich würde es noch heftiger werden. Dort hatte die pollenarme Nordseeluft eine schleimlösende Wirkung, die ihn zunächst husten und später dann tiefer atmen ließ.

Es war nicht nur die feuchte Salzluft. Er hatte das Gefühl, dort das Leben selbst in seiner ursprünglichsten Form zu riechen. Das Leben und den Tod. Das Werden und den Verfall. Hier entstand aus Altem Neues. Es war ein Ort der Hoffnung für ihn.

Aber er sollte seine Lieblingsstelle am Deich heute nicht mehr erreichen. Auf dem Nordbrooksweg überholte ihn ein Auto. Er beachtete den Wagen kaum. Das Fahrzeug parkte dort, wo der Nordbrooksweg auf die Tunnelstraße stieß und auf der anderen Seite eine Treppe den Deich hoch führte.

Ein Mann stieg aus und setzte sich auf den Kofferraum. Zwei Möwen beobachteten ihn neugierig. Doch in seiner Hand hielt er kein Gebäck, sondern eine 9-mm-Beretta mit fünfzehn Schuss im Stangenmagazin. Er schraubte einen langen Schalldämpfer auf, während der Radfahrer näher kam.

Auf dem Deich blökte ein schwarzes Schaf, das von der Herde getrennt, aber von Spatzen umringt worden war.

Kevins Blick war auf den Deich gerichtet, als er an Dalibor vorbeifuhr.

Dalibor sprach ihn an: »Moin, Kevin.«

Kevin Janssen grüßte gewohnheitsmäßig zurück. Er wunderte sich, dass der Mann, der ihm nicht bekannt vorkam, ihn beim Namen nannte.

Als Kevin die Beretta sah, war es schon zu spät, um Deckung zu suchen. Er griff noch zu seiner Dienstwaffe, aber ein 9-mm-Geschoss traf ihn mit solcher Wucht in die Brust, dass er vom Rad stürzte, bevor er seine Heckler & Koch berührte.

Das Fahrrad trudelte in eine Hecke. Kevin sah über sich den Himmel. Die Sterne begannen, über ihm zu tanzen. Er wusste, dass er sterben würde.

Dalibor trat zu ihm. Kevin sah den Mann perspektivisch verzerrt.

Dalibor richtete die Waffe auf Kevins Kopf. Kevin schloss die Augen. Der Schuss löste sich mit einem Plopp und durchschlug Kevins Stirn.

Dalibor blickte sich um. Das einsame schwarze Schaf auf dem Deich blökte wieder. Die Spatzen schimpften.

Dalibor schraubte den Schalldämpfer ab und ging zu seinem Auto zurück. Er fühlte sich gut. Er hatte seinen Auftrag erfüllt. Als Nächstes würde er sich diese Kommissarin holen.

Er verschickte noch an Ort und Stelle eine Nachricht vom gelungenen Vollzug des Auftrags: *Es geht doch nichts über ein Krabbenbrötchen am Deich.*

Es ging um das Wort *Krabbenbrötchen.* Der Rest war Füllstoff. Aber er wollte darin auch noch den Hinweis unterbringen, wo es geschehen war: am Deich.

Er fand seine Wortwahl fast lyrisch. Er sagte es laut gegen die Windschutzscheibe noch einmal, als müsse er sich vergewissern, es tatsächlich getan zu haben.

Er fuhr über die Tunnelstraße Richtung Hafen. Im Rückspiegel sah er, dass sich hungrige Möwen der Leiche näherten.

⚓

Sophie freute sich und atmete erleichtert auf, als Jule-Feemke sich endlich per Skype meldete. Sophie nahm sich vor, nicht sauer oder vorwurfsvoll zu klingen, obwohl sie ziemlich sauer war. Es war jetzt kurz nach zweiundzwanzig Uhr, und Jule-Feemke meldete sich zum ersten Mal.

Zunächst war für ein, zwei Sekunden nur ihr Gesicht zu sehen. Ihre Lippen bewegten sich, aber Sophie hörte nicht, was sie sagte. Das Bild war unscharf, und weiße Punkte wurden zu einem Schneesturm.

Die Kamera wackelte.

»Jule? Jule? Was ist? Bist du o.k.?«, fragte Sophie.

Jule-Feemke sah anders aus als sonst. Älter. Irritiert. Als hätte sie einen schlimmen Kater oder eine Grippe.

»Hast du Koks in unserer Wohnung versteckt? Ich will mit Drogen nichts zu tun haben!«

Sophie bekam kaum Luft. »Ich habe keine Drogen in deiner Wohnung versteckt! Wie kommst du denn dadrauf?«

Die Erkenntnis traf Sophie wie ein Giftpfeil. Ihr Herz raste, und sie hatte das Gefühl, kleine Fische würden durch ihre Adern schwimmen. Ein paar waren heiß. Andere kalt. Sie spürte ihre Finger nicht mehr, aber ihre Füße kribbelten.

»Hat er dir das erzählt?«, kreischte Sophie. Sie vergaß für den Bruchteil einer Sekunde, dass sie Rücksicht auf ihr schlafendes Kind nehmen musste. Es tat ihr sofort leid. Sie hielt sich mit beiden Händen erschrocken den Mund zu.

Das Bild wackelte. Eine Decke mit einem Kronleuchter war kurz zu sehen, dann Gero Kaisers Gesicht ganz nah, aber völlig verzerrt. Seine Nase war länger als sonst und dicker. Beim Sprechen schien er ein Raubtiergebiss zu haben. Sein Kopf war fast so groß, als würde er leibhaftig im Raum stehen.

Sophie kannte seine Taktik, Menschen in Panik zu versetzen. Es gelang ihm selbst über Skype. Er rückte einfach ganz nah an die Kamera. So bekam sein Auftritt etwas irre Gefährliches, ja, Monsterhaftes.

»Ich habe deiner kleinen Freundin die Wahrheit über dich erzählt, Frau Hauser. Oder soll ich dich lieber Stierhohn nennen?«

»Was willst du?«, fauchte Sophie.

»Das weißt du genau.«

»Ich habe dein Scheißgeld nicht und erst recht keine Drogen!«

»Genau«, spottete er, »und du heißt Anneliese Stierhohn und lügst nie, hahaha. Eigentlich bist du nämlich eine Nonne, die aus dem Kloster geflohen ist, weil ein Mönch ihr einen Braten in die Röhre geschoben hat. Oder war es ein Kardinal – ach, verzeih, vermutlich war es Gott persönlich, der die Dame geschwängert hat.«

Er zerrte Jule-Feemkes Gesicht vor die Kamera und drückte mit seinen Fingern an ihr herum, als sei ihre Haut Knetmasse und er wolle ein neues Gesicht formen. Eine Fratze.

»Wenn du so ein guter Mensch bist, so ein engelhaftes Wesen, dann willst du doch bestimmt nicht, dass deine kleine Freundin hier für deine Fehler büßen muss.«

Sie flehte: »Bitte tu ihr nichts, sie ist doch noch ein Kind!«

»Sind wir nicht alle Kinder Gottes?«, lachte er.

Sie beschwor ihn: »Bitte, King! Bitte!«

Er genoss das Gefühl, die Handlungsführung zu haben. Ab jetzt würde alles nach seinem Willen geschehen. Alles!

»Ich werde sie an deiner Stelle leiden lassen. Das weißt du genau. Und es gefällt dir bestimmt, oder? So wie auch die echte Anneliese Stierhohn an deiner Stelle gestorben ist und ihre Mutter gleich mit.«

»Nicht, King! Bitte!«

Wenn sie ihn *King* nannte, fühlte er sich gleich besser. Respektiert.

»Du weißt, wozu ich in der Lage bin, Süße. Ich bin ein netter Kerl, aber wenn man mich zornig macht, dann ...«

»Bitte, lass sie einfach gehen, King.«

Er blies schwer aus, atmete dann scharf die Luft ein und sagte: »Das mache ich. Du bringst mir alles, was ich haben möchte«, er räusperte sich, »und deine Freundin ist frei.«

»Ich habe das Geld nicht mehr.« Ihre Stimme hörte sich geständnishaft an. Nun versuchte sie, sich zu erklären: »Ich musste doch leben, und Mara auch ...«

»Wie viel ist noch da?«

»Die Hälfte. Knapp die Hälfte.«

»Okay, dann bring mir, was du noch hast, Schlampe. Und den Stoff.«

»Den ...«, sie kämpfte mit ihrer Stimme, »den hab ich nicht mehr.«

Er rüttelte Jule-Feemke. Sie sollte genau zuhören. Jetzt wurde klar, was Sophie für eine war. Er glaubte, in Jule-Feemkes Ansehen zu steigen, indem Sophie mehr von sich zeigte.

»Du hast den Stoff vertickt und die Hälfte vom Geld verpulvert?«, ereiferte er sich. »Ich fasse es nicht!«, rief er ungläubig.

»Ich habe keinen Stoff verkauft. Ich habe das Dreckszeug durch die Toilette gespült.«

»Das glaubt dir kein Mensch. Du bist eine verdammte Lügnerin.« Er wandte sich an Jule-Feemke: »Kein Mensch jagt achtzig- oder hunderttausend Euro durch den Lokus. Der Straßenverkaufswert ist vermutlich noch höher, wenn man es clever anstellt. Das war reines Zeug. Es gibt Leute, die zahlen hundertfünfzig pro Gramm. Die Kohle hat sie sich eingesteckt, und von mir wollen die Jungs das Geld zurück. Mit denen ist nicht gut Kirschen essen.« Er zeigte auf den Bildschirm: »Sie bringt jeden in so schreckliche Situationen wie dich, Jule. Sie denkt nämlich nur an sich selbst. Sophie ist das größte Egoschwein auf Erden. Sie opfert dich. Du bist ihr völlig egal. Du wirst es sehen. Die verkauft ihre Großmutter, ihre Mutter und dich für 'n Eis mit Sahne.«

»Das stimmt nicht! Du lügst!«, schrie Sophie und vergaß ihre schlafende Tochter völlig.

»Komm zum Deich. Auf der Höhe von Meta. Da gehst du auf und ab. Ich komme dich holen. Du gibst mir das Geld, und ich lass deine kleine Freundin frei.«

»Ist dir eigentlich völlig schnuppe, was aus Mara und mir wird?«

Er lachte: »Das sagt die Richtige! Glaubst du, nur weil du ein Kind hast, darfst du dir jetzt alles erlauben? Gibt es überhaupt keine Regeln mehr? Gehört dir jetzt einfach alles?«

Er griff wieder in Jule-Feemkes Gesicht und walkte es durch, dass Jule gequält stöhnte. Er zog ihr die Augenlider tief nach unten, presste ihre Lippen zusammen.

So, dachte Jule-Feemke, empfindet er Menschen: als formbar.

Er kann sie unter Schmerzen zu etwas anderem machen.

»Das schöne Gesicht deiner Freundin wird nicht mehr lange so ansehnlich bleiben. Ich wollte Schönheitschirurg werden, weißt du? Aber es war ja nicht genug Geld da, und dann der Numerus clausus … Aber ich denke, Übung macht den Meister. Mit ihr fange ich an zu üben.«

Er steckte ihr in jedes Nasenloch einen Finger und fragte: »Findest du nicht auch, dass ihre Nase viel zu dick ist und ihre Lippen zu wulstig?«

»Bitte, lass sie in Ruhe, King!«

»In einer Stunde am Deich. Und bring das Geld mit. Oder Schmerztabletten für deine Freundin.«

Er schaltete den Computer ab und streichelte zärtlich über Jule-Feemkes Wangen. »Keine Angst«, säuselte er, »ich tu dir nichts. Ich mach das nur, um dir zu zeigen, was sie für ein Mensch ist. Was glaubst du? Wird sie kommen, um dir zu helfen?«

Jule-Feemke nickte heftig.

»Ja«, grinste er verständnisvoll, »du bist ein guter Mensch. Du schließt von dir auf andere. Du würdest das tun. Sie nicht. Sie wird irgendwelche Tricks versuchen. So wie sie erzählt, sie hätte den Schnee durchs Klo gespült. Sie ist so ein falsches Luder! Es hat ihr auch nichts ausgemacht, dass Anneliese Stierhohn und ihre Mutter für sie ins Gras beißen mussten. Weißt du, Anneliese war eigentlich eine ganz nette Frau. Ich meine, die richtige Anneliese. Die Tote. Sie war vielleicht ein bisschen anhänglich, aber sonst ganz in Ordnung. Eine Weile dachte ich sogar, sie hätte das Geld und den Stoff.« Er hob die Arme hoch, als wolle er sich ergeben und tönte: »Aber ich habe ihr Unrecht getan. Die war zu so etwas gar nicht in der Lage. Die tat immer so taff, war aber im Grunde eine ganz Liebe, Weiche. So wie Sophie sein wollte, aber nie war. Es hat ihr gar nichts ausgemacht, die Sache so hinzustellen, dass ich Anneliese verdächtigen musste. Und in der Zeit hat sie die Eifersüchtige gespielt und ihren Abgang geplant. Das ist ein ganz falsches Luder, sag ich dir. Lass uns wetten: Wird sie die Koffer packen und die Zeit, die ihr bleibt, nutzen, um aus Norden zu verschwinden, oder wird sie zum Deich kommen, um dich rauszuhauen?«

»Sie wird zum Deich kommen«, sagte Jule-Feemke mit einem Zittern in der Stimme.

»Lass uns wetten«, wiederholte er forsch. »Was setzt du? Deine Jungfräulichkeit?« Er schlug sich vor Lachen über den eigenen Scherz auf die Schenkel. »Okay, war ein Witz. Die kannst du nicht mehr setzen. Was könnte es dann sein?«

Sie schwieg.

»Okay. Was hältst du davon? Wenn du gewinnst, lasse ich dich frei, und wir trennen uns als Freunde. Wenn du verlierst, nehme ich dich mit, als mein Spielzeug ...«

Sie hatte noch nie jemanden das Wort *Spielzeug* so aussprechen hören, als wisse er jetzt schon genau, dass es beim Spielen kaputtgehen würde.

⚓

Rupert konnte Helga schlecht mit zu sich nach Hause nehmen. Seine Frau, die Reikimeisterin und Yogalehrerin Beate, gab dort gerade einen Kurs, der eigentlich auf Norderney hätte stattfinden sollen, aber dort hatte es in der Unterkunft eine Doppelbelegung gegeben, und so waren sie nach Norden umgeswitcht. Wenn so ein ganzer Yogakurs in seinem Haus ein und aus ging, trieb Rupert sich lieber woanders herum.

Helga hatte Besuch von ihrer zwanzigjährigen Tochter und ihrem Enkelkind. Sie liebte beide sehr, wollte ihnen aber nicht zumuten, dass sie mit einem Lover nach Hause kam.

So landeten sie schließlich auf dem Parkplatz hinter der legendären Disco Meta, direkt am Deich.

Helga hätte noch wenige Stunden vorher laut über die Vorstellung gelacht, dass sie in ihrem Alter noch mal Sex im Auto haben würde, doch jetzt machte es sie richtig heiß, denn hier, hinter Meta, zwischen den Mülltonnen, hatte sie ihre Jungfräulichkeit verloren. Der pickelige Klassensprecher des Ulrichsgymnasiums, der so coole Sprüche draufhatte wie: »Der Kapitalismus hat nicht gesiegt, er ist bloß übrig geblieben«, hatte so lange ungelenk an ihr herumgekrabbelt, bis sie selbst die Initiative ergriff. Es jetzt nach all den Jahren wieder auf Metas Parkplatz zu treiben war für sie wie eine Rückkehr in ihre Jugend. Heute wusste sie genau, wie es ging, und übernahm vorsichtshalber gleich die Führung.

Auch Rupert hatte auf diesem Parkplatz schon einige sexuelle Abenteuer erlebt. Der Boden hatte eine geradezu erotische Ausstrahlung.

Es gab Orte, die waren gut für die Lunge, weil man in der frischen Luft ordentlich Sauerstoff bekam. Und es gab Orte, die waren gut, um zu lernen. Universitäten zum Beispiel. Und es gab auch Orte, die waren wie geschaffen für den ersten Sex oder auch für die heimliche Liebe. Hier wurde aus besoffenem Herumgefummel so manch richtig lustvoller Seitensprung.

Rupert genoss es, als sie auf ihn stieg. Er fühlte sich unwiderstehlich.

Es hätte so schön werden können, wäre da nicht dieses

Problem mit seinem Iliosakralgelenk gewesen. Sein Arschhaken klinkte sich aus, und ein Schmerz brachte seine Wirbelsäule zum Glühen und jagte durch bis in sein Gehirn.

Helga hielt sein lautes Stöhnen für reine Lust. Sie wollte eigentlich seine Lippen zuhalten, dabei schob sie ihm zwei Finger in den offenen Mund. Ihre lackierten Nägel verletzten seine Zunge. Rupert biss auf ihre Finger, statt daran zu lutschen.

Der Schmerz trieb sie auf eine ganz neue Ebene der Lust.

Sie war kurz davor, zu kommen, als Rupert rief: »Hör auf, hör auf! Mein Rücken! Ich brech durch!«

⚓

Wenige hundert Meter Luftlinie von Meta entfernt, fuhr der Maurermeister Peter Grendel mit seinem gelben Bulli nach Hause. Er hatte sich nach einem langen Arbeitstag noch kurz den Kopf frei pusten lassen. Als er in den Nordbrooksweg einbog, tauchten im Licht der Scheinwerfer aufgeregte Möwen auf. Er hatte mit dem Lichtkegel einen ganzen Schwarm aufgescheucht.

Dann sah er ein umgestürztes Fahrrad und einen verrenkten Menschen am Boden liegen.

Peter bremste und stieg aus. Er glaubte, ein Betrunkener sei vielleicht mit dem Fahrrad verunglückt. Das wäre nicht der erste Radfahrer, der von einem Möwenschwarm umgeworfen worden war. Doch dann bemerkte Peter das Blut. In dem Licht sah es nicht rot, sondern schwarz aus.

Der Maurermeister rief zunächst einen Krankenwagen, doch als er sich neben dem Mann auf den Boden kniete, um ihm zu helfen, erkannte er rasch, dass vor ihm ein Toter lag.

Die Möwen hatten schon sein rechtes Ohr zerfetzt und ein Auge ausgepickt.

An Peters Händen klebte Blut. Er wischte es an seiner Maurerhose ab und überlegte: Soll ich 110 anrufen oder direkt Ann Kathrin?

Er stand auf und ging zu seinem Bulli zurück. Er nahm einen Schluck Wasser und lehnte sich gegen den Wagen. Noch während er Ann Kathrins Nummer wählte, landeten zwei Möwen neben der Leiche. Sie betrachteten den Toten als Buffet.

Peter ließ sein Handy fallen und lief, mit den Armen wedelnd, auf die Tiere zu: »Haut ab! Verschwindet! Geht Pommes klauen! Ich glaub's ja nicht!«

Ann Kathrin war immer noch voller Wut. Es hatte sich viel angestaut. Sie, die sich über viele Jahre daran gewöhnt hatte, in Ubbo Heide einen Chef zu haben, der schützend die Hand über sie und seine anderen Mitarbeiter hielt, kam mit den neuen Führungskräften einfach nicht mehr klar.

Am liebsten wäre sie nach Wangerooge gefahren, um sich bei Ubbo auszuheulen und Rat zu holen. Aber um diese Zeit legten keine Fähren mehr ab, und der Flugverkehr war längst eingestellt. Die kürzeste Fluglinie der Welt – von Harle nach Wangerooge, bei Gegenwind fünf Minuten Flugzeit, bei Rückenwind vier – ließ bei Nebel oder Dunkelheit keine Maschinen aufsteigen. Sie flogen ohne Radar, auf Sicht.

Wenn sie ihren Mann Frank ansah, wusste sie, dass er bei einem Leseabend entspannen wollte. Er hatte drei neue Bücher neben dem Ohrensessel aufgestapelt. Die Leselampe brannte schon, und eine geöffnete Rotweinflasche wartete neben dem bauchigen Weinglas, das den Bücherstapel zu bewachen schien wie ein Leibgardist den Monarchen.

Er hatte diesen in sich gekehrten Blick, mit dem er sich auf einen Leseabend freute. Er war in der Lage, mit einem Roman in der Hand den Alltagsstress um sich herum für eine Weile zu vergessen. Er konnte in Büchern versinken. Sie waren seine Freunde, wie er gern zugab: »Wenn ich sie brauche, sind sie da. Und wenn ich sie zuklappe, halten sie auch mal die Fresse. Von welchem guten Freund kann man das schon behaupten?«

Er streichelte ein Buch von Heike Gerdes mit solcher Zärtlichkeit, als würde er Ann Kathrin berühren. Er mag Bücher so gern, dass man fast eifersüchtig werden könnte, dachte Ann und fand den Gedanken gleichzeitig lächerlich.

Das Buch hieß *Friesisches Käsekartell.* Weller grinste. »Ich mag so schräge Krimis. Hier schlägt die Käsa Nostra zu.«

Ann Kathrin wollte Weller auf keinen Fall stören. Er brauchte seine Lesezeit. Nur so wurde er zu dem ausgeglichenen, ruhigen Ehemann, den sie so gerne hatte.

Wenn man ihn lange von seinen Büchern trennte und ihn nur noch die berufliche Wirklichkeit umgab, kam er schräg drauf. Das wollte sie nicht.

Sie überlegte, sich ihren Bilderbüchern zu widmen oder zu ihrer Freundin Bettina Göschl rüberzugehen, um mit ihr einen Frauenabend zu verbringen. Sie fragte sich, ob sie für Gespräche schon zu müde war, als ihr Handy zu heulen begann. Sie sah, dass ihr Nachbar Peter Grendel dran war, und hoffte eigentlich, jetzt von ihm eingeladen zu werden. Manchmal luden Peter und Rita spontan zu einem Grillabend oder einer ruhigen Runde am Feuer ein. Genau so etwas brauchte sie jetzt. Dort könnte sie sogar ein Glas Wein trinken, denn für den Heimweg brauchte sie weder Auto noch Taxi. Es waren ja nur ein paar Meter vom Distelkamp 1 zum Distelkamp 13.

Peters Stimme fehlte die Fröhlichkeit, mit der er sonst den Widrigkeiten der Welt ins Gesicht lachte. Er, der besonnene Ostfriese, der immer gelassen blieb und auch bei der größten Aufregung alle mit seinem Spruch beruhigte: »Hauptsache, der Deich hält«, klang kurzatmig, und Ann Kathrin spürte, wie sehr er unter Druck stand.

»Du musst kommen, Ann. Hier picken Möwen an einer Leiche herum, und ich fürchte, es ist einer von euch.«

»Du hast einen toten Polizisten gefunden?«

»Ja. Nordbrooksweg, Ecke Tunnelstraße.«

»Wurde er umgebracht?«

»Falls ihm keine Möwe ins Gehirn gehackt hat, wurde ihm in den Kopf geschossen.«

Weller hatte Ann Kathrins Worte mitbekommen. Selbst wenn er nichts gehört hätte, so erkannte er bereits an ihrer Körperhaltung, dass aus dem schönen Leseabend nichts werden würde. Er legte den Roman von Heike Gerdes auf die Lehne seines Ohrensessels und betrachtete die Rotweinflasche wie einen guten Freund, von dem er sich leider verabschieden musste, obwohl sie sich doch gerade erst getroffen hatten.

»Bist du allein?«, fragte Ann.

»Ja, ich wollte nach Hause.«

»Ist jemand in der Nähe?«

»Nur ich, der Tote und die Möwen.«

»Peter, bleib, wo du bist. Wir kommen sofort.«

Es tat ihr leid, was sie gesagt hatte, denn möglicherweise

befand sich ein sehr gefährlicher Mann genau in Peter Grendels Nähe.

»Bist du mit dem Auto da, Peter?«

»Ja, mit meinem Bulli.«

»Geh in den Wagen. Bring dich in Sicherheit.«

»Das geht nicht, Ann.«

»Warum nicht?«

»Euer Kollege schmeckt den Möwen.«

»Kennst du ihn?«

»Ja, ihr habt ihm oft einen Frauennamen gegeben. Elisabeth, glaube ich.«

Ann Kathrin wurde schwindlig. »Nein. Lisbeth. Lisbeth Salander. Bitte sag mir, dass es nicht Lisbeth Salander ist!«

Weller versuchte, Ann Kathrin zu beruhigen. »Er ist aufgeregt. Ein Kopfschuss. Dann die Möwen. Und er kannte Kevin kaum. Die haben sich vielleicht ein-, zweimal gesehen …«

»Der hat mir«, erinnerte Peter Grendel sich, »mal bei einem Computerproblem geholfen.«

»Er ist es«, stöhnte Ann Kathrin.

⚓

Gero Kaiser glaubte, Jule-Feemke nicht fesseln zu müssen. Er vertraute auf seine Erfahrungen mit Frauen. Wenn er den verletzlichen *bad boy* gab, dann versuchten sie immer, ihn zu retten. Er erhöhte sie, indem er ihnen das Gefühl gab, sie seien ihm moralisch überlegen und könnten ihm helfen, ein besserer Mensch zu werden. Er zeigte ihnen offen seine Traumatisierungen, und es machte ihm nichts aus, ein paar dazuzuerfinden. Je schlimmer, desto besser.

Eine Boutiquebesitzerin aus Düsseldorf, die für ihn einen

größeren Kredit aufgenommen hatte, um ihn vor Schuldeneintreibern zu retten, hatte später gesagt: »Du hast die Florence Nightingale in mir geweckt.«

Er wusste gar nicht, wer Florence Nightingale gewesen war, hielt sie zunächst für eine Folksängerin, doch dann googelte er den Namen und musste grinsen. Ja, vermutlich hatte er auch in Jule-Feemke schon die Florence Nightingale geweckt und in Yvonne sowieso.

Ich darf sie nicht vergessen, dachte er. Ich muss mich um sie kümmern, sonst steht sie plötzlich in der Tür. Das wäre ja unangenehm … Sie sollte ruhig noch ein bisschen im Krankenhaus bleiben.

Jule-Feemke saß zwar angeschnallt, aber ohne jede Fessel, neben ihm auf dem Beifahrersitz. Sie war angezogen, als wolle sie Freunde treffen und einen schönen Abend verleben.

Er lenkte den Wagen auf den Parkplatz neben Meta. Von dort hätten sie den Deich sehr gut beobachten können.

»Guck mal«, lachte er, als im Scheinwerferlicht Ruperts Auto auftauchte, »die beiden da treiben es draußen im Stehen.«

Jule-Feemke kicherte unwillkürlich und kam sich blöd dabei vor.

Bei genauerem Hinsehen erkannten die zwei, dass sich dort ein Mann mit heruntergelassener Hose und hochgeschobenem Hemd aufs Autodach stützte, während eine Frau ihm den Rücken massierte.

Jetzt fuhr der Mann zornig herum und brüllte: »Äi, mach das Licht aus, du Arsch!«

Er zog sich die Hose hoch und stampfte auf Kings dunkelblauen SUV zu.

Helga verschwand in Ruperts Wagen und schloss die Tür.

Sie machte sich ganz klein, um möglichst nicht gesehen zu werden, wollte selbst aber nichts verpassen.

Das Ganze war zu lächerlich, um peinlich zu sein. Sie dachte: Hauptsache, meine Tochter kriegt nicht mit, was ihre Mutter so treibt. Die hält mich vermutlich für eine frustrierte, geschiedene Hausfrau. Wenn die wüsste, was hier in Ostfriesland los ist …

Rupert hatte Mühe, gerade zu stehen, schloss seine Gürtelschnalle und pflaumte gegen das Scheinwerferlicht: »Mach die Funzel aus, verdammt! Hier kommen Leute zum Knutschen hin, nicht zum Glotzen!«

Rupert sah die junge Frau im Auto, und für ihn war klar, was die beiden hier wollten.

»Der Platz ist groß genug«, sagte er und schlug vor: »Fahrt in eine andere Ecke. Da habt ihr eure Ruhe.«

Für einen Moment hatte Rupert seine Rückenschmerzen vergessen. Es war wie ein Adrenalinschub, als würde er einem Verbrecher in einer Duellsituation gegenüberstehen.

»Wir gehen sowieso«, sagte Rupert, machte eine Handbewegung, als sei ihm der Rest egal, drehte sich um und ging zu seinem konfiszierten BMW.

Weder Rupert noch Helga hatten ein Interesse daran, mit irgendjemandem ins Gespräch zu kommen, und auch Gero Kaiser zog es vor, anderen Menschen aus dem Weg zu gehen. Er wendete und stellte den SUV ein paar Meter weiter auf einem Behindertenparkplatz ab.

Eigentlich war es hier viel zu hell und die Nacht auch nicht wirklich dunkel genug, um ein Verbrechen zu begehen. Dieser typisch nachtblaue Himmel in Ostfriesland wirkte bei Ebbe am Watt so, als sei das Meer plötzlich oben und nicht mehr unten.

Er liebte den Sternenhimmel, seit er im Knast gewesen war. Aus seinem Fenster dort hatte er nur einen winzigen Ausschnitt des Himmels sehen können. Vier Sterne, manchmal, fünf, bei klarem Wetter.

In Dinslaken, Dortmund, Unna oder Düsseldorf konnte man die Sterne wegen der Lichtverschmutzung oftmals kaum erkennen.

Überhaupt hatte er noch nirgendwo einen solch überwältigenden Sternenhimmel gesehen wie in Ostfriesland. Es kam ihm vor, als funkelten hier mehr Sterne am Himmel als anderswo. Er wusste, dass es nicht so war, aber die Vorstellung gefiel ihm.

Er stellte sich vor, statt auf Tontauben könne man hier sitzen und auf Sterne schießen. Er fand die Idee witzig, wie sie am Himmel zerspritzten und als Sternschnuppen auf den Boden fielen.

Er behielt seine Gedanken für sich. Er wusste, dass Frauen so etwas nicht mochten. Stattdessen sagte er: »Schau nur, ist das nicht wundervoll?«

Er sah auf die Uhr.

»Wenn sie pünktlich wäre, müsste sie jetzt kommen. Hier kann man ja weit gucken. Ich sehe sie nicht.«

»Sie wird sich erst um Mara kümmern müssen und dann …«

»Ach, hör auf. Das Kind schläft. Wenn sie sich beeilt, ist sie zurück, bevor es irgendwas gemerkt hat.«

»Warum fahren wir nicht zu ihr und holen das Geld? Wir könnten doch bei uns was trinken, in Ruhe miteinander reden und …«

Er lachte und pustete ihr eine Locke aus dem Gesicht. »Das ist eine Bringschuld. Sie hat es mir geklaut, sie muss es mir auch zurückbringen. Oder glaubst du, ich fahre der Dame hinterher und bettle …«

»Ich dachte, du hättest Angst, sie würde die Polizei rufen.«

Sie erheiterte ihn echt.

»Aber mit der Polizei könnte sie auch hier auftauchen. Nein. Meine Liebe, was soll sie denen denn erzählen? *Hallo, ich heiße eigentlich ganz anders, habe hier unter falschem Namen gelebt und gearbeitet, weil ich meinem Geliebten achthunderttausend Euro und ein Kilo Koks geklaut habe*? Und das ist ja nicht alles. Sie hat ja auch noch einen Haufen Schulden hinterlassen. Sie hat sich den Führerschein meiner neuen Freundin geklaut und deren Kreditkarte. Zweimal hat sie sogar Geld abgehoben, dann hat die Gute erst die Karte sperren lassen.«

»Woher wusste sie denn die Geheimzahl?«

Jetzt brachte sie ihn tatsächlich ein bisschen in Erklärungsnot. In Wirklichkeit hatte er mit Anneliese Stierhohns Karte zweimal Geld gezogen und dann behauptet, vermutlich sei es Sophie gewesen, denn die befand sich da ja schon auf der Flucht vor ihm. Und er hatte dringend ein bisschen Geld gebraucht, um sich freier bewegen zu können. Da kam es ihm ganz gelegen, dass Sophie in ihrer Wut, weil sie sich betrogen fühlte, Klamotten von Anneliese zerschnitten hatte und mit ihren Papieren und ihrem Auto abgehauen war.

Den Wagen hatten sie auf dem Parkplatz der Raststätte Ems-Vechte an der A31 gefunden. Er war unbeschädigt, leer gefahren und der Schlüssel lag im Handschuhfach. Typisch Sophie. So war sie, die Frau Hauser. Wenn sie richtig Scheiß gebaut hatte, versuchte sie am Ende, noch mit einer kleinen netten Geste alles wiedergutzumachen oder es weniger böse erscheinen zu lassen, dachte er.

Ein Mann mit einem Hund, groß wie ein Kalb, kam auf sie zu. Er fuchtelte mit einer Taschenlampe herum, als würde er Suchscheinwerfer ausprobieren, dabei war der Weg mühelos zu erkennen.

»Jetzt«, sagte King, »sollten wir das tun, was Pärchen normalerweise so tun.«

»Was?«, fragte Jule-Feemke, als hätte sie keine Ahnung, und hielt sich eine Hand vor die Brust.

»An einem solchen Platz und dann im Auto sind sie, um zu knutschen. Bei schwierigen Beziehungsgesprächen gehen sie lieber spazieren, stimmt's? Oder sie brüllen sich in ihren eigenen vier Wänden an.«

Er nahm ihren Kopf in beide Hände und zog ihr Gesicht zu sich. Dann spürte sie seine Lippen auf ihren.

Nein, er tat nicht nur so. Er versuchte, ihr die Zunge in den Mund zu schieben. Sie presste ihre Lippen fest aufeinander, um das zu verhindern.

»Na, so richtig weißt du aber noch nicht, wie das geht«, grinste er und versuchte es weiter. Da war der Mann mit dem großen Hund schon längst aus ihrem Sichtfeld verschwunden.

⚓

Rupert und Helga überlegten, ob es vielleicht doch noch sinnvoll sei, sich für die Nacht in einem Hotelzimmer einzumieten oder wenigstens für ein paar Stunden. Rupert tat so, als fände er den Gedanken verlockend, in Wirklichkeit hatte er aber überhaupt keine Lust, in irgendwelchen Hotelbetten zu schlafen.

Wenn das Iliosakralgelenk sich so heftig meldete und zum

brüllenden Poltergeist wurde, dann war ihm sein eigenes Boxspringbett am liebsten, und seine Ehefrau Beate mit ihren heilenden Händen und schmerzstillenden Salben konnte zweifellos besser massieren als Helga, die zwar andere Vorzüge hatte, aber die wogen in Ruperts Augen im Moment die Vorteile, die Beate zu bieten hatte, nicht auf.

Zu Hause in seinem Schrank stand auch noch ein zwölf Jahre alter Scotch, und der wirkte mindestens so gut wie eine Ibuprofen 800, zumindest, wenn er zwei Finger breit davon ins Glas goss und dann austrank. Er hatte große Whiskygläser.

Doch noch bevor er es schaffte, sich von Helga zu verabschieden, röhrte es *Born to be wild*. Er stöhnte. »Entschuldige, ich muss da rangehen. Das ist mein nerviger Kollege Weller. Der kommt nie ohne mich klar.«

Sie äußerte Verständnis: »Ja, wenn man in so gehobener Stellung arbeitet wie du, muss man auch nachts für seine Angestellten da sein.«

Rupert lächelte. »Genau.«

»Rupert, die Kacke dampft«, sagte Weller knapp. »Nordbrooksweg, Ecke Tunnelstraße. Wie lange brauchst du?«

»Zwei Minuten.«

»Zwei Minuten? Wo bist du?«

»Manchmal kann ich zaubern.«

»Beeil dich. Sie haben Lisbeth erwischt.«

Rupert streckte sich auf dem Sitz. Der Schmerz ließ gleich nach. »Sag mal, du Gute, kann ich dich hier rauslassen? Du findest doch bestimmt zu Fuß nach Hause. Oder ruf dir ein Taxi hierhin.«

»Deine Ehefrau?«, fragte sie und verzog süffisant das Gesicht.

»Nee. Ich fürchte, sie haben einen Kollegen von uns erschossen. Ein paar hundert Meter Luftlinie von hier.«

Helga kapierte sofort, dass es ernst war. »Oh, mein Gott«, hauchte sie, die schon lange an keinen Gott mehr glaubte und nicht mal mehr an Weihnachten in die Kirche ging. Sie ordnete ihr Kleid und stieg aus.

Plötzlich konnte es Rupert gar nicht mehr schnell genug gehen. »Ich bin«, erklärte er, »im Einsatz.«

⚓

Jule-Feemke und Gero gingen wie ein Liebespärchen Hand in Hand auf der Deichkrone spazieren. Sie sahen Rupert in seinem BMW vom Meta-Parkplatz sausen. Er fuhr mit quietschenden Reifen davon.

»Oh«, grinste King, »ist wohl nicht so gut gelaufen mit den beiden. Guck mal da. Sie geht alleine zur Disco zurück.«

Jule-Feemke klang fast ein bisschen eifersüchtig, als sie fragte: »Willst du sie nach Hause bringen?«

»Nee, wir haben echt andere Sorgen. Aber sag mir, wie lange willst du noch warten?«

Jule-Feemke atmete tief durch und sagte: »Lass uns doch noch ein bisschen spazieren gehen. Gib ihr noch ein wenig Zeit.«

»Du bist echt so naiv … du glaubst, sie wird kommen, was? Ich habe ihr doch gegenüber so getan, als würde ich dich jetzt so richtig in die Mangel nehmen. Wenn du befürchten müsstest, dass einer Freundin etwas Schlimmes passiert, wärst du dann auch unpünktlich?« Er beantwortete seine Frage selbst: »Nee, meine Liebe. Du wärst sofort gestartet und mindestens eine Viertelstunde vorher hier gewesen, um alles zu klären. Denn im Gegensatz zu Frau Hauser bist du ein guter Mensch. Und ich muss dir leider sagen: Die guten Menschen ziehen meist den Kürzeren. Das ist zumindest meine Erfahrung.«

Er deutete auf die dem Meer zugewandte Seite des Deiches und schlug vor: »Komm, wir legen uns hier ins Gras und schauen noch ein bisschen in den Sternenhimmel. Lass uns ein bisschen träumen, von einer schönen, besseren Welt, in der keiner den anderen hängenlässt. Okay?«

Sie war einverstanden. »Wenn sie hier vorbeikommt, werden wir sie ja sehen.«

»Ja, verpassen können wir uns hier nicht«, lachte er.

Sie lagen nebeneinander. Er legte gentlemanlike seine Lederjacke für sie aufs Gras und platzierte sich selbst daneben. Sie zögerte einen Moment, ob sie sein Angebot wirklich annehmen sollte, aber dann wusste sie, dass es ernst gemeint war. Nett. Liebevoll. Er hat halt verschiedene Seiten, dachte sie.

»Kennst du dich aus mit den Sternen?«, fragte er. »Kannst du sie mir erklären?«

»Ich glaube, das da«, sagte sie, »ist der Große Wagen, und das da der Kleine. Aber so genau weiß ich das nicht.« Sie zeichnete mit den Fingern im Himmel herum und verband Sterne durch gerade Linien.

»Als ich klein war«, sagte er, »wollte ich mal Astronaut werden.«

Sie erinnerte ihn nicht daran, dass er vorhin noch ihrer Freundin gegenüber behauptet hatte, er hätte Schönheitschirurg werden wollen. Aber inzwischen hatte sie auch verstanden, dass er damit keinem echten Wunsch Ausdruck verliehen hatte, sondern dass das Ganze nicht mehr gewesen war als eine sehr bildhafte Drohung, weil er mit ihr üben wollte.

Stattdessen lagen sie jetzt nebeneinander im Gras, sahen sich die Sterne an und sprachen übers Universum.

»Glaubst du«, fragte er, »dass es da oben Leben gibt? Oder denkst du, wir sind alleine im Weltall?«

Sie spürte, dass die Frage ernst gemeint war, und sie wollte keine flapsige Antwort geben, sondern fragte es sich jetzt selbst, wenn auch nicht zum ersten Mal im Leben. Doch sie hatte noch nie eine wirkliche Antwort darauf gefunden.

»Meinst du«, fragte sie zurück, »dass von dort irgendwann Monster kommen, die die Erde beherrschen wollen und für die wir nur Futter sind?«

Er schwieg eine Weile. Sie hörte seinen Atem. Von irgendwo sehr weit weg, vielleicht von einem Schiff, war ein Shanty-Chor zu hören.

Ohne sie anzublicken, sagte er: »Ich hatte mal einen Freund, der glaubte, dass sie längst hier sind und dass Aliens die Regierung übernommen haben.«

»Echt?«

»Ja. Aber ich glaube das nicht. Ich denke«, er zeigte auf verschiedene Sterne, »wenn da oben irgendeine Intelligenz ist, clever genug, die Entfernung zu uns zu überwinden, dann müssen sie vernunftgesteuert sein. Vielleicht werden sie nicht kommen, um uns fertigzumachen und zu fressen, sondern um uns zu besseren Menschen zu machen. Um uns in eine friedliche Zukunft zu führen.«

»Aliens als Retter der Menschheit?«

Er wusste, dass Frauen auf solche Theorien ansprangen. Viele hofften immer noch, dass die Welt gerettet werden könnte. Durch Engel, einen Guru oder eben Außerirdische. Mit Gesülze darüber hatte er schon so manche davon überzeugt, dass er eigentlich ein guter Kerl war.

Anneliese war auch darauf reingefallen, bis Sophie Hauser sie darauf hingewiesen hatte, dass das nur eine Masche von ihm sei. Ihm persönlich war es völlig schnuppe, ob es Außerirdische gab oder nicht, solange sie ihn in Ruhe ließen und keinen Spießbraten aus ihm machen wollten.

Jule-Feemke war mit dieser Geschichte gar nicht so leicht zu ködern. Sie versuchte es stattdessen mit einem Scherz: »Wenn sie intelligent sind, werden sie die Erde vermutlich meiden und lieber andere Planeten besuchen.«

»Nee, nee, nee«, widersprach er. »Angeblich ist unser Planet doch, von außen betrachtet, wunderschön blau. Geradezu ein glänzender Diamant im Weltall. So was zieht Leute magisch an.«

»Ja, Leute bestimmt. Aber du hast doch von intelligentem Leben gesprochen«, lästerte sie.

Manchmal half es auch, wenn man Frauen ein bisschen Angst machte. Wenn sie sich gruselten, wurden sie anlehnungsbedürftiger. Das wusste er aus Erfahrung.

»Kann auch sein, dass sie so klein sind, dass wir sie gar nicht erkennen können.«

»Du meinst, wie Viren oder Bakterien?«

Ein Käfer krabbelte im Gras über seine rechte Hand. Er hob die Hand hoch, zeigte ihr den Käfer und ließ ihn von einem Finger auf den nächsten krabbeln. Der Käfer hatte Hörner, die aussahen wie Greifzangen. Sie hatte so ein Tier mal im Biologieunterricht aufgespießt in einem Glaskasten gesehen, aber nie lebend.

»Ja, so groß wie dieses schöne Krabbeltier hier werden sie bestimmt nicht sein. Du hast wohl recht, wie Viren oder Bakterien. Dann haben wir sie vielleicht in uns, atmen sie ein … und dann wird sich ja zeigen, ob sie gut sind oder böse. Vielleicht werden sie unsere Gehirne zerfressen und uns zu blöden Zombies machen. Oder sie bringen uns um wie irgendeine Scheißkrankheit. Vielleicht«, sagte er und setzte den Käfer auf ihrem Oberkörper ab. Er bewegte sich auf ihren Hals zu. »Vielleicht krabbeln sie dann auch in unser Gehirn und bringen uns Geistesblitze, empathische Regungen, gute Gefühle – vielleicht werden sie wie eine Droge wirken.«

»Wie Koks?«, fragte sie und holte ihn damit in die Realität zurück, was sie eigentlich gar nicht vorgehabt hatte. Sie befürchtete, der Käfer könnte gleich ihre nackte Haut berühren. Sie wollte ihn am liebsten abschütteln, gleichzeitig fühlte sie sich dabei nicht gut, so, als sei sie abweisend zur freundlichen Tierwelt. Er, der Kriminelle, hatte sich dem Käfer gegenüber als netter, guter Mensch gezeigt. Sollte sie ihn jetzt vertreiben?

»Manchmal, denke ich«, gestand er, »ich habe die Außerirdischen schon in mir, und sie steuern mich und meine Gedanken. Geht nur mir das so? Ich verstehe manchmal nicht, warum ich bestimmte Dinge tue und andere unterlasse. Manchmal bin ich richtig wütend auf mich.«

»Das kenne ich auch«, sagte sie.

⚓

Ann Kathrin, Weller und Rupert kamen fast gleichzeitig bei Peter Grendel an. Der uralte Twingo wirkte neben dem getunten BMW ein bisschen ärmlich. Sie parkten links und rechts neben Peter Grendels Bulli.

Er hatte sich nicht ins Auto zurückgezogen, sondern stand breitbeinig bei der Leiche, als sei er bereit, mit seinen großen Maurerhänden jederzeit eine Möwe zu zerquetschen oder einen Killer in die Schranken zu weisen. Ann Kathrin kannte ihn gut und wusste, wie froh er war, dass es nicht nötig war.

»Danke, Peter«, sagte sie. »Wir übernehmen.«

Als sie Kevin Janssen da liegen sah, drehte sie sich spontan um und hielt sich eine Hand vor die Augen. Peter legte einen Arm schützend um sie. »Ja«, sagte er, »das ist wahrlich kein schöner Anblick.«

Es hörte sich an, als sei er bei der Mordkommission und nicht sie. Das Ganze hatte etwas von einer sehr privaten Situation, als sei ein Freund gestorben oder ein Nachbar.

»Er«, sagte Ann gegen Peters Brust, »war einer von den Guten. Verdammt, der hatte doch noch ein ganzes Leben vor sich!«

»Macht da einer«, fragte Peter Grendel mit tiefer Stimme, »Jagd auf Polizisten?«

Rupert zitierte die Spurensicherung herbei. Jetzt kam der Unfallwagen, den Peter Grendel zuerst gerufen hatte. Rupert begrüßte die junge Frau, die aus dem Wagen stieg, mit den Worten: »Für euch gibt's hier leider nichts mehr zu tun. Aber wir brauchen einen Arzt, der den Tod feststellt.«

Weller versuchte, seine Gefühle zurückzudrängen und sachlich zu bleiben. »Ein Schuss in die Brust, der hat ihn vermutlich vom Fahrrad geworfen, und dann ist der Täter herangegangen und hat die Hinrichtung vollendet.«

Weller trat ein paar Schritte zur Seite und brüllte dann gegen den Himmel: »Verfluchte Scheiße! Was soll denn das?!« Er stampfte mit dem Fuß auf und schimpfte: »Das ist nicht fair! Das ist einfach nicht fair!«

Rupert fragte Ann Kathrin: »Schimpft der jetzt mit Gott, oder was?«

Weller fuhr herum, als hätte Rupert mit ihm gesprochen, und brüllte ihn an: »Ich hadere mit ihm!«

Peter Grendel entließ Ann Kathrin aus seinen Armen und flüsterte ihr zu: »Geh zu ihm. Er packt das nicht so gut.«

Weller lief ein paar Meter auf die Wiese hinaus, so als würde er den Weg ins Freie suchen. Ann Kathrin folgte ihm. Plötzlich waren sie umflattert von Schmetterlingen. Es waren Tagpfauenaugen und Zitronenfalter, wie sie auch in ihrem Garten häufig vorkamen. Aber nun auf dieser Wiese ein ganzer Schwarm, vielleicht dreißig oder vierzig Schmetterlinge, das war schon seltsam. Es ließ sie beide verstummen.

Ann Kathrin öffnete die Arme, als seien die Schmetterlinge eine Person, die sie umarmen wollte, und tatsächlich flogen viele in den imaginären geöffneten Raum zwischen ihren Händen.

Dieses Bild, dachte Frank Weller, werde ich nie vergessen. Vielleicht sind die Schmetterlinge deshalb da, damit ich nicht immer den toten Kevin vor mir sehe, sondern dies hier – Ann, die mit Schmetterlingen zu interagieren scheint. Es ist, als hätten die Tiere ihr etwas zu sagen.

Dann plötzlich, so schnell wie sie gekommen waren, waren sie auch wieder weg. Kein einziger mehr sichtbar.

Ein ähnliches Erlebnis, allerdings weniger schön, hatte Weller mal gemeinsam mit seinen Töchtern gehabt. Da kamen allerdings nicht ein paar Dutzend Schmetterlinge, sondern Tausende Flugameisen.

Endlich fand Ann Kathrin wieder Worte. Sie sagte: »Schmetterlinge sind das Symbol der Wiedergeburt. Die Raupe denkt, dass sie stirbt, aber sie wird ein wunderbarer Schmetterling.«

So nett Ann Kathrins Worte gemeint waren, so abwehrend reagierte Weller: »Lisbeth war keine Raupe!«

Ann Kathrin berührte ihn. »Das stimmt, Frank. Und wir müssen jetzt seinen Mörder jagen.«

Weller schüttelte den Kopf. »Nein. Er jagt uns.«

Sie schluckte, denn sie wusste nur zu gut, dass ihr Mann recht hatte.

Normalerweise überließen sie einen Tatort schnell der Spurensicherung und begannen mit den Ermittlungen. Aber jetzt konnten sie sich nicht wirklich lösen. Selbst Peter Grendel fuhr nicht nach Hause, sondern blieb bei seinen Freunden.

Sie sprachen nicht. Sie standen nur beieinander. Selbst Rupert hielt den Mund.

⚓

Als Dr. Rita Trettin ihre Praxis in Winterhude betreten wollte, war die Polizei schon da. Eine Mitarbeiterin hatte die aufgebrochene Tür sofort gemeldet.

Für Kommissar Krüssmann vom Einbruchsdezernat war das hier ein ganz typischer Morgen. Die Einbrüche der Nacht in Kioske, Gaststätten, Arztpraxen, Lebensmittelläden und Friseurgeschäfte wurden gemeldet. Bei Apotheken, Getränkemärkten oder anderen Anziehungspunkten für süchtige Kriminelle gingen meist schon in der Nacht die Alarmanlagen los. Bei den von ihm als *weichere Ziele* bezeichneten Orten bemerkte man den Einbruch meist erst morgens früh.

Leider hinterließen viele Einbrecher eine Verwüstung, die in kaum einem Verhältnis zu den gestohlenen Gegenständen stand. Das alles zu reparieren, in Gang zu setzen oder wiederzubeschaffen war oft viel kostspieliger als alles andere.

Bei Rita war nicht zum ersten Mal eingebrochen worden. Erst vor knapp einem halben Jahr hatten Drogensüchtige versucht, Rezeptblöcke zu stehlen. Die waren in der Szene wertvoller als Gold oder Diamanten. Sie hatten das Labor restlos verwustet. Wattetupfer hatten herumgelegen, sie hatten Spritzen und Kanülen mitgenommen. Bilder waren von den Wänden gerissen worden. Ein Tresor wurde komplett mitgenommen, ein weiterer aus der Wand gerissen. Die Hochglanzfronten sämtlicher Einbauschränke im Rezeptionsbereich waren mit Edding beschmiert worden.

Bei ihrem letzten Besuch in Ostfriesland hatte Rita in der bezaubernden Leeraner Altstadt eine schöne Wohnung gefunden. Sie wollte dort wieder ein Standbein haben und mehr Zeit verbringen. Der erneute Einbruch ließ sie sogar darüber nachdenken, ob sie nicht irgendwann auch wieder in Ostfriesland eine Praxis aufmachen sollte.

Holger Bloem hatte in einer Artikelserie im OMa über den Ärztemangel auf dem Land berichtet und dabei versucht, Ärzten die Küste schmackhaft zu machen. Nun, bei ihr rannte er damit offene Türen ein.

Sie atmete durch. Die Entscheidung würde nicht so bald fallen, aber sie erlaubte sich, über alles nachzudenken.

Für Kommissar Krüssmann war das Routine, fast schon ein bisschen langweilig. Formulare mussten ausgefüllt werden, damit der Versicherung Schäden gemeldet werden konnten, doch Rita Trettin folgte einer Eingebung. Später hätte sie nicht sagen können, woher sie kam. Es war plötzlich da: *Guck nach, was aus den Akten geworden ist, die Ann Kathrin dir gegeben hat.*

Sie hätte sich fast darüber gefreut, sie verstreut am Boden vorzufinden. Das Zusammensammeln machte ihr wenig aus. Doch die Papiere befanden sich nicht mehr auf ihrem Schreibtisch.

»Wurden Medikamente gestohlen oder Verschreibungsblöcke?«, fragte Kommissar Krüssmann.

»Nein«, erwiderte Rita, »das wohl nicht. Sie haben den Tresor auch nicht aufbekommen. Aber es fehlen wichtige Unterlagen.«

Der Kommissar guckte irritiert. »Sie meinen, hier ist ein eifersüchtiger Ehemann eingestiegen, um zu gucken, was seine Frau Ihnen in der Therapie erzählt hat?«

Rita schüttelte den Kopf. »Nein, ganz sicher nicht. Aber ich hatte hier Akten liegen, und die sind weg.«

»Sie glauben, dass jemand gezielt ...« Er strich sich mit der rechten Hand übers Kinn. Seine typische Geste, wenn er alle wissen lassen wollte, dass er nachdachte. Dann begann er den nächsten Satz mit »Hmmm ... man könnte, wenn man wüsste, was in so therapeutischen Sitzungen besprochen wird, doch Menschen erpressen, oder nicht? Also, ich stelle mir gerade vor, hier ist eine Lehrerin oder ein Lehrer. Dann brechen Schüler ein, um sich darüber zu amüsieren, was die Lehrkraft privat für Probleme hat, beziehungsweise sogar um sie zu erpressen. So bekommt man vielleicht doch noch sein Abitur ...«

Rita wunderte sich über die Phantasie dieses Mannes. Vielleicht wurde man so, wenn man sich tagtäglich mit Verbrechen beschäftigen musste.

Eine Mitarbeiterin, die fünfzehn Jahre jünger war als er, hatte die ganze Zeit schweigend mit Pinsel und Spurensicherungspulver gearbeitet, um Fingerabdrücke der Einbrecher zu finden. Krüssmann amüsierte das nur. Er ahnte, dass man hier Fingerabdrücke von vielen Menschen finden würde. Von Mitarbeiterinnen, Patienten, aber ganz sicher nicht von Einbrechern. Nur völlig verrückte Junkies auf Turkey hinterließen Fingerabdrücke. Die hätten allerdings einen Glasschrank mit Medikamenten nicht unberücksichtigt gelassen, sondern garantiert ausgeräumt.

»Vielleicht«, sagte er, »waren es ja keine Drogensüchtigen, sondern einfach ein paar Gauner, die nach Schmuck und Bargeld gesucht haben. Gestern waren wir in einem türkischen Obstladen, da hatten sie zwei Flaschen Raki geklaut, aber dann haben sie sich offensichtlich mit Mangos oder Tomaten beworfen. Eine Riesensauerei, sage ich Ihnen. Da haben Sie noch Glück gehabt.«

Rita hatte plötzlich das Gefühl, es wäre gar nicht so klug, Kommissar Krüssmann einzuweihen und ihm zu erzählen, um welche Akten genau es sich handelte. Sie wollte zunächst mit Ann Kathrin sprechen, sie hätte keinen Grund dafür nennen können. Es war nur ein Bauchgefühl, doch sie verließ sich darauf. Sie sprach kurz mit zwei Mitarbeiterinnen und ging dann runter auf die Straße, um ungestört bei einem Spaziergang mit Ann Kathrin sprechen zu können.

Die Situation in der Polizeiinspektion Aurich war eine vollkommen andere als nach der Ermordung. Von Miteinander war keine Rede mehr, sondern es gab Fraktionsbildungen und ein offenes Gegeneinander.

Spätestens jetzt war allen klargeworden, dass jeder von ihnen eine Zielscheibe abgeben konnte. Es hatte ausgerechnet einen Kollegen getroffen, der, zurückgezogen in seinem Keller, nie großes Aufhebens um sich gemacht hatte, aber viele Ermittlungen durch seine solide Hintergrundarbeit erst möglich gemacht hatte. Er war ein beliebter Kollege gewesen, vielleicht gerade, weil er so zurückhaltend war und nie danach gestrebt hatte, die Anerkennung nach der Lösung eines Falles einzuheimsen. Er war immer ein bisschen linkisch und unbeholfen gewesen, und wenn der Satz: *Er konnte keiner Fliege etwas zuleide tun,* auf jemanden zutraf, dann auf ihn.

Jeder der Kollegen im operativen Außendienst musste damit rechnen, verletzt zu werden, in eine Schießerei zu geraten, ja, in eine tödliche Auseinandersetzung. Doch Kevin Janssen war Computerspezialist. Ein blasser Nerd, einer, der nie an einer Verhaftung beteiligt gewesen war, einer, der nie im Leben einem Kriminellen wirklich in die Augen hatte schauen müssen. Dass es ihn getroffen hatte, erschütterte alle besonders.

Rupert ereiferte sich: »Genauso gut hätten sie eine der Frauen vom Putzgeschwader abknallen können!«

Nicht bei allen kam dieser Satz gut an. Aber Rupert war für viele ein Idiot, und kaum jemand reagierte auf seine Blödheiten.

Polizeidirektorin Elisabeth Schwarz war auch schwarz gekleidet, und das war kein Zufall. Sie sah ernst und entschlossen, aber überfordert aus. Es kam ihr so vor, als würde jeder Tag in dieser Dienststelle sie um ein, zwei Jahre altern lassen. Sie bekam hier einfach keinen Fuß auf die Erde. Wenn Nowak und Hering die Dienststelle Aurich-Wittmund verlassen würden, um wieder ihren eigentlichen Jobs in Wiesbaden oder Osnabrück nachzugehen, rechnete sie mit einer Palastrevolution. Einer Art Meuterei. Die ostfriesischen Kolleginnen und Kolleginnen scharten sich um Frank Weller und Ann Kathrin Klaasen. Diese Bande hielt gnadenlos zusammen. Der Mord an Kevin änderte daran nichts, sondern schweißte sie alle noch mehr aneinander.

Weller stand zu Ann Kathrin ständig so, als fühle er sich nicht als Hauptkommissar, sondern als ihr Bodyguard. Elisabeth Schwarz glaubte fest daran, dass Weller sich zwischen Ann Kathrin und eine abgefeuerte Kugel werfen würde, um sie notfalls mit seinem Körper abzufangen. Er täte das nicht aus Pflichtbewusstsein, sondern aus Liebe. Darum beneidete Elisabeth Schwarz Ann Kathrin Klaasen. Sie kannte niemanden, der das für sie tun würde. Sie wusste auch gar nicht, ob sie das überhaupt wollte. Trotzdem war sie neidisch darauf, so sehr geliebt zu werden.

Da Ann Kathrin am Flipchart stand und die Diskussionsführung übernommen hatte, saß Nowak ein wenig beleidigt ihr direkt gegenüber, wie auf der Oppositionsbank, am anderen Ende des Tisches. Weller stand ständig so, dass er den Blick auf Ann Kathrin verhinderte. Ihr war das lästig. Sie schob ihn immer wieder zur Seite.

Nick Hering ging das unglaublich auf die Nerven. Er zischte: »Was soll das, Weller? Haben Sie Angst, dass wir den Alabasterkörper Ihrer Frau bewundern, oder fürchten Sie, dass einer von uns ein Attentat auf sie vorhat?«

Weller beugte sich zu Hering vor. Er hatte plötzlich etwas von King Kong an sich, der mit seiner Riesenpranke nach einem Menschen greift. »Haben Sie irgendein Problem mit mir?«, wollte Weller wissen.

»Ja, Sie stehen mir im Weg.«

»Das ist mein Hobby«, zischte Weller.

»Dann gehen Sie dem in Ihrer Freizeit nach«, konterte Hering. »Ich seh nichts, wenn Sie sich da vorne breitmachen.«

Rupert sprang Weller bei: »Das macht der im Kino auch immer. Wenn der vor einem sitzt, sieht man nichts. Er ist halt so'n Bär.«

Ann Kathrin fuhr unbeirrt fort. Mit einem schwarzen Filzstift hatte sie dick zwei Namen auf das Papier geschrieben: Dirk Klatt und Kevin Janssen. Jeder Name war umkringelt. Beide Kreise trafen sich. Die Schnittmenge beider Kreise hatte sie schwarz ausschraffiert.

»Diese Kollegen wurden nicht zufällig ausgesucht«, behauptete sie. »Wenn wir uns die Vorgehensweise anschauen und was die beiden wussten, was sie bearbeitet haben, müsste es sogar möglich sein, das nächste Opfer vorausbestimmen zu können.«

Nowak pfiff anerkennend. »Sie wollen dem Täter eine Falle stellen?«

Elisabeth Schwarz protestierte mit schmalen Lippen: »Ich werde auf keinen Fall irgendwelche riskanten Aktionen genehmigen. Jetzt ist solide Ermittlungsarbeit gefragt, kein Abenteurertum.«

Ann Kathrin zeigte auf den Klatt-Kringel: »Er musste sterben, weil er etwas wusste oder kurz davor war, etwas herauszubekommen.« Dann zeigte sie auf den Kevin-Kringel und die schwarz schraffierte Überschneidungsstelle mit Klatt: »Und er musste sterben, weil er Klatts Handys ausgelesen hat.«

»Das ist ja eine steile These«, protestierte Hering. »Sie versuchen doch nur davon abzulenken, dass es eine ungesetzliche Aktion war, die Sie genehmigt haben.«

»Wie mitfühlend er ist«, spottete Rupert und zeigte auf Hering. Der blickte Rupert irritiert an, und Rupert schimpfte: »Ja, gib ihm doch gleich die Schuld an seinem Tod! War es etwa gerecht, ihn umzulegen, weil er gegen die Dienstvorschriften verstoßen hat?«

Während Nowak und Hering konsequent siezten, um

deutliche Distanziertheit zu demonstrieren, hielt Rupert es nicht durch. Mal duzte er sie, mal siezte er sie, wobei es Weller wunderte, dass Rupert, wenn er jemanden am liebsten angepflaumt hätte, ins Du verfiel.

»Das ist ja ungeheuerlich«, wehrte Hering sich und sah Nowak um Zustimmung heischend an.

»Ich war kurz vorher mit ihm Dart spielen. Es hätte genauso gut mich treffen können«, sagte Rupert und erschrak über seine eigenen Worte. Dann zeigte er auf Nowak und Hering: »Ihr wart doch auch da!«

»Das könnte bedeuten«, sagte Weller, »dass der Mörder euch in die Alte Backstube hat gehen sehen. Vielleicht ist er sogar selber drin gewesen.«

Fast beleidigt wandte Nowak ein: »Und dann sucht er sich ausgerechnet so einen Computerfuzzi aus? Mit Klatt hat er einen hochkarätigen BKA-Beamten erledigt. Aber dieser Janssen …«

»Ja«, stichelte Rupert, »wenn vorher abgestimmt worden wäre, wäre bestimmt ein anderer dran gewesen. Was glauben Sie?«

»Der Mörder geht nicht nach Dienstgraden vor, sondern tötet gezielt Leute, die zu viel wissen. Das alles spitzt sich zu auf Ermittlungen gegen Big Aslan, genannt Der Löwe. Der Sohn von Big Cem.«

Nowak hob beide Hände hoch und ließ sie auf den Tisch fallen, dass es nur so krachte. »Ach, jetzt kommen Sie mir doch nicht mit diesem türkisch-albanischen Clan-Scheiß!«

»Ich weiß, dass der ermordete Kollege Klatt daran gearbeitet hat.«

»Das sind Hirngespinste, Frau Klaasen, nichts weiter. Selbstverständlich wurde sofort überprüft, ob unser geschätzter Kollege an brisantem Material war oder ob gefährliche Leute, die er hinter Gitter gebracht hat, vor kurzem entlassen worden sind. Nichts davon ist auffindbar. Wenn Sie den Suchbegriff *Aslan* oder *Löwe* eingeben, erhalten Sie keinerlei Ergebnisse.«

»Ja«, bestätigte Ann Kathrin, »das kann wohl sein. Ich denke, Klatt hat befürchtet, dass die Dateien vernichtet werden könnten. So etwas lässt sich ja relativ leicht löschen«, spottete sie. »Deshalb hat er vermutlich auch alles ausdrucken lassen.«

»Für so clever hätte ich den Sauhund gar nicht gehalten«, raunte Rupert.

Ann Kathrins Seehund im Handy heulte. Es galt als abgemacht, die Handys während der Dienstbesprechungen lautlos zu stellen, doch Ann Kathrin hielt sich nur sehr selten an diese Absprache. Sie zog ihr Handy aus der Tasche und wollte das Gespräch wegdrücken, da sah sie, dass Rita Trettin am Apparat war.

Ein Blick zu Weller reichte, und er übernahm. Ann Kathrin war mit zwei Schritten bei der Tür.

»Telefoniert die jetzt mit ihrem Therapeuten, oder was?«, zischte Nowak.

Elisabeth Schwarz sah ihn bittend an. Mit flehendem Blick bat sie ihn darum, die Lage nicht noch weiter eskalieren zu lassen.

Im Flur erfuhr Ann Kathrin von ihrer Freundin das Unfassbare. Gleichzeitig fühlte sie sich dadurch bestätigt. Sie riss die Tür auf und platzte sofort damit heraus: »Wer wusste davon, dass ich Klatts Akten an Rita Trettin weitergegeben habe?«

Weller atmete schwer aus. Er ahnte Schlimmes.

Ann Kathrin zeigte auf Nowak und Hering: »Haben Sie es sonst noch wem erzählt?«

»Sagen Sie mir jetzt bitte nicht, die Akten wurden gestohlen oder sind verlorengegangen!«, sagte Nowak. »Oder hat es etwa einen Brand gegeben? Ich hoffe nicht, dass Ihre Freundin alles bei ihrem Lieblingsitaliener hat liegenlassen, wo sie gestern Abend noch Pizza essen war.«

»In ihrer Praxis wurde eingebrochen. Man hat gezielt die Papiere gestohlen, die ich ihr zur Begutachtung übergeben hatte.« Ann Kathrin fixierte Elisabeth Schwarz und sagte hart zu ihr: »Wir haben einen Verräter in unseren Reihen. Bitte veranlassen Sie das Notwendige.«

Elisabeth Schwarz versuchte, Contenance zu bewahren. Sie rieb sich mit den Zeigefingern die Schläfen und suchte nach einer haltbaren Position. Sie wusste jetzt, warum ihr Vorgänger Martin Büscher unbedingt pensioniert werden wollte. Das hier war ja nicht zum Aushalten.

»Du musst jetzt ein Machtwort sprechen, Elli«, forderte Nowak von ihr und kämmte mit den Fingern durch seine Silberfrisur.

Elisabeth Schwarz blickte unentschlossen zwischen Nowak und Ann Kathrin hin und her.

Weller verließ seine Position und brachte sich zwischen Ann Kathrin und Nowak in Stellung, als müsse er Nowak daran hindern, sich auf Ann Kathrin zu stürzen. Dabei sah es für Elisabeth Schwarz genau andersherum aus. Wenn sich hier jemand fürchten musste, dann Nowak. Ann Kathrin hatte in ihrer Wut eine vernichtende Ausstrahlung.

Noch bevor sie ihren Angriff starten konnte, versuchte Nowak, sie abzublocken. Er zeigte auf sie und lästerte: »Das darf doch alles gar nicht wahr sein! Die vergeigt hier alles, gibt Akten an eine private Freundin weiter, erschwert so die Ermittlungsarbeiten, und jetzt sitzen wir hier auf der Anklagebank?« Er stieß Hering an, als müsse er sich vergewissern, ob der noch mit ihm in einem Boot saß.

»Vielleicht«, konterte Ann Kathrin, »arbeiten Sie ja direkt mit dem Täter zusammen. Vielleicht füttern Sie ihn auch nur unbewusst mit Informationen. Möglicherweise kennen Sie ihn nicht einmal. Aber er kennt Sie. Mir muss das völlig egal sein. Ich weigere mich, weiterhin mit Ihnen zusammenzuarbeiten.«

»Das wird ja immer schöner«, beschwerte Hering sich.

»Mit Ihnen auch nicht«, betonte Ann Kathrin.

»Ich bin der Leiter der Soko Klatt«, stellte Nowak klar.

»Sie sind ein aufgeblasener Fatzke«, kommentierte Rupert grinsend.

»Am liebsten würde ich Sie beide verhaften lassen«, zischte Ann Kathrin. »Auf keinen Fall mehr wird einer von uns mit Ihnen zusammenarbeiten. Ich möchte die beiden gerne verhören«, forderte Ann Kathrin von Elisabeth Schwarz.

»Um Himmels willen, Frau Klaasen, jetzt überziehen Sie aber wirklich!«

»Verlangen Sie von denen die Dienstausweise und die Waffen. Nehmen Sie sie vorübergehend fest. Wir sollten augenblicklich die Leitende Oberstaatsanwältin informieren und ...«

»Das kann ich gar nicht, Frau Klaasen. Mir sind die Hände gebunden. Was sind Sie denn für eine Traumtänzerin?«

Nowak stand auf. »Das müssen wir uns nicht länger gefallen lassen.«

Auch Hering erhob sich.

Ann Kathrin wandte sich noch einmal an die Polizeidirektorin: »Wir sollten die nicht so einfach gehen lassen. Vermutlich wissen sie, wer der Mörder ist. Zumindest haben sie Kontakt zu ihm.«

»Das ist ja ungeheuerlich!«, schimpfte Nowak.

Weller baute sich vor der Tür auf und war nicht bereit, die beiden so einfach gehen zu lassen. Er forderte Rupert mit einem Blick auf, ihn zu unterstützen.

Rupert wusste, dass er damit seine berufliche Karriere aufs Spiel setzte, ja unter Umständen beendete. Aber etwas anderes war ihm gerade wichtiger. Vielleicht so etwas wie Ehre oder Loyalität gegenüber Weller und Ann Kathrin. Er nahm seinen Stuhl mit und setzte sich einfach vor die Tür. Jetzt war es unmöglich, rauszukommen, ohne ihn zur Seite zu schieben.

Neben ihm stand Weller und machte sich so breit wie möglich.

»Das ist jetzt nicht Ihr Ernst«, sagte Nowak.

»Lassen Sie die beiden gehen. Das ist Freiheitsberaubung!«, forderte Elisabeth Schwarz.

»Ist nicht jede Verhaftung Freiheitsberaubung?«, fragte Rupert.

»Aber wir haben immer einen Grund dafür. Wir machen das nicht willkürlich«, erläuterte Weller.

»Lassen Sie die beiden gehen«, forderte Elisabeth Schwarz noch einmal nachdrücklich. »Treiben Sie es nicht zu weit. Ich kann nicht zulassen, dass in meiner Dienststelle …«

»Ihre Dienststelle«, kommentierte Weller mit einem Tonfall, als würde er bezweifeln, dass es jemals ihre Dienststelle gewesen sei.

Weller und Rupert wichen keinen Millimeter. Ihnen war klar, dass weder Nowak noch Hering die körperliche Auseinandersetzung suchen würden. Das hier war viel mehr ein mentaler Machtkampf.

»Lasst sie gehen, Jungs«, sagte Ann Kathrin.

Rupert stand nicht auf. Weller schob mit dem Fuß Ruperts Stuhl zur Seite und gab die Tür frei.

Nowak und Hering verließen den Raum.

Ann Kathrin rief hinter ihnen her: »Ich bin noch nicht fertig mit Ihnen!«

Nowak und Hering drehten sich nicht um. Im Flur beschleunigten sie ihre Schritte, als hätten sie Angst, Ann Kathrin könne sich die Sache noch mal anders überlegen.

Polizeidirektorin Schwarz sagte erleichtert: »Danke, dass Sie deeskaliert haben, Nummer vierundzwanzig.«

Ann Kathrin zeigte mit dem Finger auf sie: »Benennen Sie mich nie wieder nach Ihren verdammten Schachzügen! Mein Name ist Ann Kathrin Klaasen!«

Für Rupert war das alles ein ziemlicher Sieg, und er freute sich kindisch darüber, dass es ihnen gelungen war, Nowak und Hering in die Flucht zu schlagen. Aber Weller kamen jetzt Bedenken. Er sah seine Frau an: »Verdammt«, sagte er, »ich hab's zu spät geblickt.«

»Was?«, fragte Rupert.

Weller antwortete ihm nicht, sondern suchte die Auseinandersetzung mit Ann Kathrin. »Du willst dich selber zum Lockvogel machen.«

»Wenn das ihr Versuch war, dann ist es ihr gelungen«, stöhnte Rupert.

»Sag mal, Ann«, fragte Weller, »weißt du, was du da machst? Die haben zwei Kollegen getötet, und du ziehst die Aufmerksamkeit auf dich? Die empfinden dich jetzt als Bedrohung! Die werden versuchen …«

Rupert mischte sich ein: »Glaubt ihr echt, die beiden Pfeifen werden versuchen, Ann Kathrin umzulegen? Wir sollten hinterher und sie uns greifen!«

»Die machen das nicht selber, Rupert. Dafür sind die Herren sich zu fein.«

»Ich muss aufs schärfste protestieren. Sowohl der BKA-Mann Wolfgang Nowak als auch Dezernatsleiter Nick Hering sind anerkannte, respektierte Kollegen. Möglicherweise haben sie sich nicht ganz korrekt verhalten, vielleicht gar etwas verplappert oder sie sind ausspioniert worden, aber wir können keineswegs daraus folgern, dass ...«

»Ann, ich mache mir echt Sorgen um dich«, klagte Weller. »Das war eine total bescheuerte Aktion. Wenn du wirklich recht hast, dann ...«

»... ist da bald der nächste Kringel auf dem Papier«, ergänzte Rupert.

»Nun malen Sie doch nicht den Teufel an die Wand«, forderte Frau Schwarz.

»Der Teufel oder zumindest seine Helfershelfer waren bis gerade eben noch Ihre Verbündeten, Frau Schwarz.«

Die Polizeidirektorin spürte, dass Ann Kathrin damit überdeutlich eine Verdächtigung gegen sie ausgesprochen hatte. »Wollen Sie damit sagen, dass ...«

Ann Kathrin sprach es hart aus: »Ich will damit sagen, dass ich Ihnen genauso wenig traue wie den beiden da. Das wäre unprofessionell von mir.«

Direkt nach dem Gespräch mit King hatte Sophie Hauser ihre schlafende Tochter aus dem Bett gehoben und mit ihr das Haus verlassen. Eine Weile irrte sie in Norden herum und wusste nicht, wohin. Mara wurde immer schwerer auf ihrem Arm.

Einerseits hatte Sophie Angst, gesehen zu werden, andererseits brauchte sie für ihre Tochter einen Schlafplatz für die Nacht.

In ihrer Verzweiflung wollte sie sich zunächst an eine Arbeitskollegin wenden. Sie war sehr beliebt, konnte allerdings nicht damit rechnen, dass dies immer noch so war. Immerhin hatte sie alle belogen und betrogen.

Sie schämte sich.

In ihrer Not wollte sie zu ihrer Nachbarin, Frau Onnen, die schon oft auf Mara aufgepasst hatte. Das war eigentlich alles viel zu nah an ihrer Wohnung, aber irgendwo musste sie ja heute Nacht hin. Frau Onnen würde sie garantiert für eine Nacht aufnehmen.

In ihre eigene Wohnung wollte sie auf gar keinen Fall zurückkehren. Sie kam ihr vor wie eine Falle.

Sie mied die Innenstadt, ging Schleichwege, was eigentlich gar nicht nötig war, denn auf dem Neuen Weg oder der Osterstraße war um diese Zeit niemand mehr. Die Jugendlichen trafen sich am Markt oder auf dem Combi-Parkplatz. Die Innenstadt wirkte trotz der beleuchteten Schaufenster wie ausgestorben.

Im letzten Moment entschied sie sich anders, ging an der Volkshochschule vorbei, von hinten zum Café ten Cate. Ihre alte Arbeitsstelle, die sie als Schutzraum empfunden hatte, zog sie wie magisch an. Nicht einmal die Nähe zur Polizeiinspektion hatte sie hier gestört. Hier war sie ein anerkanntes Mitglied der Gesellschaft gewesen, hier hatte ihre Tochter sich wohl gefühlt.

Der Neuanfang in Ostfriesland hatte fast reibungslos funktioniert. Bilderbuchhaft. Bis zu diesem Tag, als King auftauchte.

Unangekündigt stand sie jetzt in der Nacht, mit ihrem Kind auf dem Arm, bei Tappers vor der Tür. Monika öffnete ihr. Sie hatte bereits einen Schlafanzug an.

Auf dem Weg hierher hatte Sophie sich so viel ausgedacht. Mit einem Schwall von wohlformulierten Worten wollte sie sich erklären und um Verzeihung bitten. Doch dann wurde gar nicht gesprochen. Monika umarmte sie einfach. Die schlafende Mara hatten sie zwischen sich.

Sophie konnte ihre Tränen jetzt nicht mehr zurückhalten. Der Stress brach aus ihr heraus. Sie schluchzte.

Jörg erschien im Flur. »Kommt rein«, sagte er, zog sie in die Wohnung und schloss hinter ihnen die Tür. Immer noch hielten die beiden Frauen sich umarmt. Mara gähnte und öffnete verschlafen die Augen. Jörg nahm ihnen das Kind ab. Auch seine Frau war den Tränen nah.

»Hauptsache, du lebst und bist wieder da, Anneliese«, sagte er. Ihm war bewusst, dass sie nicht Anneliese hieß, doch in diesem Moment spürte er, dass sie für ihn Anneliese bleiben würde. Er fand, der Name passte auch zu ihr.

Monika und Sophie brachten das Kind nach nebenan in ein ehemaliges Kinderzimmer, das jetzt leer stand. Jörg brühte für alle einen Beruhigungstee auf und schlachtete einen Marzipanseehund. In Krisensituationen war Marzipan sehr hilfreich und tröstend, fand er. Er legte noch ein paar Baumkuchenspitzen dazu.

Die beiden Frauen saßen sich gegenüber und hielten sich an den Händen. »Du hast ganz kalte Finger«, sagte Monika. »Brauchst du erst mal was Warmes zu essen?«

Sophie nahm von dem Marzipan und fühlte sich gleich ein bisschen mehr wie zu Hause.

Zu Hause? Gab es so etwas für sie überhaupt noch? War das nicht nur eine Illusion?

»Jedenfalls bist du hier erst mal in Sicherheit«, versprach Jörg.

Es wurde eine lange Nacht, an deren Ende Jörg sich fragte, ob es sich überhaupt noch lohnte, schlafen zu gehen. Um vier begann bereits die Arbeit in der Konditorei.

Er rief einen Gesellen an und bat ihn, seine Schicht zu übernehmen.

Jetzt frühstückten sie gemeinsam. Nicht im Café, sondern in der Privatwohnung.

Christian Tapper, der Juniorchef, entlastete seine Eltern. Nicht ohne Stolz betonte Jörg, dass »Christian den Laden locker ohne uns schmeißt«. Trotzdem hatte Sophie ein schlechtes Gewissen.

Inzwischen hatte sie sich schon wieder daran gewöhnt, Anneliese genannt zu werden. Der Doppelmord in Dinslaken lag belastend über allem. Bei allem Mitgefühl sprach Monika trotzdem die Wahrheit aus. Sie wusste, dass Sophie die jetzt nicht gern hörte: »Es gibt keinen anderen Weg. Du musst zur Polizei gehen.«

»Wir begleiten dich gern«, versprach Jörg, der das Erschrecken und die Abwehr in Sophies Gesicht sah. Sie hatte ihnen die ganze Geschichte aus ihrer Sicht erzählt. Wie sie Gero Kaiser in Dortmund kennengelernt hatte und auf den Blender hereingefallen war, wie sie es heute bezeichnete. Sie hatte ihn für die große Liebe ihres Lebens gehalten und war auch sofort schwanger geworden. Dann kriegte sie raus, dass er mit Drogen handelte, selber ständig mit einer verschnupften Nase herumlief und immer wieder Frauengeschichten hatte.

»Erst habe ich das nicht gewusst. Aber dann fiel mir auf, dass er manchmal ganz schlecht gelaunt war, verschwitzt und fahrig. Er ging dann zur Toilette und kam praktisch als anderer Mensch wieder. Witzig, charmant und bestens drauf. Da habe ich natürlich kapiert, dass etwas nicht stimmte.«

Doch Jörg und Monika spürten genau, dass noch etwas fehlte an der Geschichte. Sie wollten nicht zu sehr in sie dringen, vielleicht war das alles auch sehr privat. Sie hatte Angst vor der Polizei, vor der Drogenmafia und vor ihrem Exmann.

»Wie stellst du dir denn dein weiteres Leben vor?«, fragte Jörg. »Du kannst dich nicht ewig hier oben bei uns verstecken. Die Kleine braucht soziale Kontakte, muss in den Kindergarten gehen, irgendwann in die Schule.«

»Ja, die Sache muss geklärt werden«, stimmte Monika ihm zu. »Nichts wird so heiß gegessen, wie es gekocht wird. Lass es uns versuchen. Du kennst doch Ann Kathrin Klaasen und Frank Weller. Du hast sie oft bedient und mit ihnen gescherzt. Die haben bestimmt Verständnis, und sie können dich auch schützen. Aber nur, wenn sie Bescheid wissen.«

»Ich weiß doch auch nicht, was ich machen soll«, weinte Sophie, und es platzte aus ihr heraus: »Außerdem hat er meine Freundin Jule-Feemke als Geisel. Wenn ich nicht zu ihm zurückkomme, wird er ihr etwas antun.«

»Jule-Feemke Grube?«, frage Monika.

Sophie nickte.

Monika wirkte erschüttert: »Wir kennen die ganze Familie.« Sie ging auf den Balkon und schnappte frische Luft. Als sie ins Wohnzimmer zurückkam, sagte sie zu ihrem Mann: »Früher hat Dr. Bernhard Sommerfeldt solche Fälle gelöst.«

Sophie kannte die Geschichten um den Serienkiller, der in Norden eine Praxis als Hausarzt hatte und prügelnden Ehemännern oder saufenden Frauenschändern gern zu einem Gespräch mit ihrem Schöpfer verholfen hatte.

Jörg entschied jetzt: »Ich rufe Wolfgang an.«

Sophie sprang auf. »Nicht! Wer ist das?«

»Ein Freund von uns. Ein Anwalt. Ein verdammt guter Anwalt. Und wenn du irgendwas jetzt brauchst, meine Liebe, dann einen Anwalt an deiner Seite.«

Monika stimmte zu. »Ja, ruf ihn an. Das ist das beste.«

»Sommerfeldt?«, fragte Sophie verwirrt. Sie kannte die Gerüchte, dass das Café ten Cate Sommerfeldts Lieblingscafé gewesen war. Sie kannte sogar den Platz, wo er gern gesessen hatte. Viele Gäste, die kamen, fragten danach. Einige wollten sogar genau das Gleiche essen, was der Doktor so gern gegessen hatte. Es war geradezu ein Kult um Sommerfeldt entstanden. Besonders Frauen liebten ihn, und mit der Zeit hatte sie begriffen, warum. Welche Frau sehnte sich nicht nach einem Mann, der gnadenlos zu ihr hielt und dabei auf Regeln und Gesetze pfiff.

»Nein«, lächelte Monika, »der ist zwar in Freiheit, aber wir haben zu ihm leider keinen Kontakt mehr. Ich meinte, dass Jörg jetzt Wolfgang Weßling anrufen soll. Der klärt das im Einklang mit den Gesetzen.«

»Vermutlich ist das komplizierter und braucht mehr Geduld«, sagte Jörg. »Am Ende können wir aber alle damit leben, und keiner von uns muss sich vor der Polizei verstecken oder seinen Namen ändern.«

Sophie willigte ein: »Okay. Was bleibt mir schon anderes übrig?«

Maras kleine Kinderfüße waren zu hören, wie sie auf dem

Boden patschten. Sie sah verschlafen aus, mit zerwühlten Haaren. Erstaunt sah sie sich um. Sie hatte keine Ahnung, wie sie hierhergekommen war. Die große Wohnung gefiel ihr. Sie kletterte auf einen Sessel.

Jörg wählte die Nummer seines Anwalts. »Ich stelle auf Laut«, sagte er, und schon als Wolfgang Weßling sich meldete, bekam Sophie das Gefühl, es könne vielleicht alles doch noch gut werden.

Mit einem Blick auf Mara stellte Jörg sein Handy wieder leise und ging ins Nebenzimmer.

⚓

Rupert saß vor seinem Computer. Er hatte seine Dienstwaffe zwischen Tastatur und Maus gelegt, als müsse er dem Computer beweisen, dass dies hier ernsthafte Polizeiarbeit war.

Ann Kathrin ging mit ihrem Verhörgang – drei Schritte, eine Kehrtwendung, drei Schritte – im Büro auf und ab, was sowohl Rupert als auch Weller nervös machte, denn hier fand gerade kein Verhör statt.

Bei jedem dritten Schritt blieb sie stehen und blickte abwechselnd auf Rupert, dann wieder auf Weller.

»Nichts!«, rief Weller empört. »Wirklich nichts! Unsere Systeme geben nichts her!«

»Ja, glaubst du mir jetzt?«, pflaumte Rupert ihn an. »Denkst du, ich kann kein Computer? Glaubst du etwa, hier sitzt Bulle und tippt mit Zwei-Finger-Suchsystem?«

Ann Kathrin blieb stehen und fixierte Weller.

»Entweder verweigern die uns den Zugriff auf die Dateien, oder sie haben alles gelöscht«, sagte er. »Weder Big Aslan, der Löwe, noch Big Cem tauchen irgendwo auf.«

Weller hatte versucht, es sachlich zu formulieren. Rupert fuhr geradezu aus der Haut: »Gegen die hat es Hunderte Strafverfahren gegeben! Betrug. Erpressung. Urkundenfälschung. Menschenraub. Von Drogendeals will ich gar nicht erst anfangen. Und jetzt gibt es die Typen praktisch nicht mehr! Sie sind unbescholtene Bürger geworden. Das darf doch nicht wahr sein!«

»Oder«, wiederholte Weller seine Vermutung, »man verweigert uns den Zugriff. Klatt hat mit Big Aslan mehrfach telefoniert. Und mit dem Oldenburger Richter Wolfgang Fröhling, den wir ermordet in Norden an der Doornkaat-Flasche gefunden haben ...«

»Nackt und mit abgeschnittenem Schwanz«, fügte Rupert hinzu. »Der hatte ein Verfahren gegen den ganzen Clan begonnen.«

»Nein, nicht gegen den ganzen Clan, sondern gegen Big Aslan, den Sohnemann«, konkretisierte Weller. »Aber der Fall ist abgeschlossen. Wir haben seinen Mörder gefasst und ...«

Rupert kapierte: »Und der hat bei seiner Verhaftung versucht, Klatt den Hals durchzuschneiden.«

»Steigern wir uns da nicht in was rein?«, fragte Weller. »Dieser Tatie war vielleicht ein durchgeknallter Auftragskiller, aber er hat vorher noch nach der gleichen Methode einen Oberstudienrat aus Wybelsum umgebracht und den Auricher Neonazi Jakob Bauer. Was haben die mit einem albanischen Clan zu tun? Außerdem machen die doch sowieso längst nur noch legale Geschäfte. Was wir hier besprechen, ist doch Schnee von gestern. Das sind die angesehenen Geschäftsleute von heute, die Stützen der Gesellschaft.«

»Das sind heute viele, die früher mal Gangster waren«,

warf Ann Kathrin ein. »Manchmal kommt es mir so vor, als sei das der eigentliche Weg. Die Aufsteigerkarrieren von heute beginnen im kriminellen Milieu und enden in den Vorstandsetagen größerer Konzerne.« Ann Kathrin zeigte auf Rupert: »Du nimmst dir den Lehrer vor.«

»Nee«, protestierte Rupert, »bitte nicht. Seit ich die Penne verlassen habe, will ich damit nichts mehr zu tun haben.«

Sie rief ihn sofort zur Räson. »Rupert!«

Er nickte. »Ist ja gut.«

Vielleicht, weil er so schnell einlenkte, wurde Ann Kathrin weich: »Okay, dann guck du dir die Akten von dem Neonazi an. Gibt es irgendeine Verbindung zu dem Clan?«

Rupert erinnerte sich: »Mein Gott, weißt du noch, wie wir den in Birgits Tiergarten aus dem Müllsack geholt haben? Ich dachte erst, so eine Frauen-WG hätte den …«

Ann Kathrin unterbrach ihn: »Ich knöpf mir den Lehrer aus Wybelsum vor. Vielleicht finden wir drei ja noch etwas in den Akten, das uns weiterbringt.«

»Das könnte auch komisch aussehen, Ann«, gab Weller zu bedenken. »Statt an dem akuten Fall zu arbeiten, wühlen wir in alten Akten herum. Der Mörder ist eindeutig identifiziert, und wir haben Tatie …«

Weller drückte sich um das Wort, aber Rupert sprach es aus: »Ausgeknipst. Der kann uns jedenfalls nichts mehr sagen.«

»Das war ein Fehler«, gestand Weller. »Ich hätte ihn jetzt gerne im Knast besucht und ausgequetscht. Da werden die meisten Jungs ja schnell gesprächig. Man kann sie schon mit 'ner Tafel Schokolade und 'n paar Zigaretten bestechen, wenn sie lange genug gesessen haben.«

Rupert holte weit aus und prahlte: »Ich hab mal alles, was

ich brauchte, natürlich inoffiziell, für ein Handy bekommen, das ich in den Knast geschmuggelt habe. Wisst ihr noch? Wir konnten damals die ganze Einbrecherbande hoppnehmen. Handys«, erklärte Rupert, als wüssten die beiden es nicht, »sind nämlich im Knast verboten, und die gucken alle gerne Pornos auf ihren Handys. Deswegen ist Klatts Handy echt heiße Ware.«

»Die Morde haben alle mit einer alten Ermittlung zu tun. Die räumen jeden aus dem Weg, der zu viel wissen könnte. Tatie war nichts weiter als ein Auftragskiller. Der Auftraggeber versucht, im Hintergrund, seine Spuren zu verwischen, damit wir ihn nicht finden.«

»Und genau das ist sein Fehler«, versprach Weller. »Wir kriegen den Sauhund, der Lisbeth auf dem Gewissen hat. Verdammt, ich hab den Jungen gemocht.«

Ann Kathrin wollte ihm gerade zustimmen, als es an der Tür klopfte.

So unfreundlich wie möglich, weil er vermutete, dass Schwarz, Nowak oder Hering vor der Tür standen, rief Rupert: »Ja!«

Wolfgang Weßling öffnete die Tür, und sofort veränderte sich die abweisende Stimmung. Sie kannten den Anwalt aus Nordhorn als fairen, äußerst kompetenten Vertreter seines Berufsstandes. Mit seinen silbernen Haaren erinnerte er an Nowak, allerdings waren die Haare des Rechtsanwalts korrekt geschnitten. Er wühlte auch nicht ständig mit den Fingern drin herum oder warf sie aus der Stirn. Seine ganze Gestalt wirkte weniger schlaksig, und er musste auch nicht durch bohemienhaftes Gehabe übertünchen, dass er ein gehaltsabhängiger Beamter war. Sein ruhiges Auftreten flößte Respekt ein, und ihm fehlte jede autoritäre Attitüde. Hier stand einer, der es gar nicht nötig hatte, laut zu werden.

Hinter ihm, fast versteckt, stand eine junge Frau. Sie lugte über seine Schulter. Ann Kathrin erkannte sie. »Anneliese!«

Wolfgang Weßling trat ein Stück zur Seite, damit alle seine Begleiterin sehen konnten. »Das ist Sophie Hauser, die unter dem Namen Anneliese Stierhohn im Café ten Cate gearbeitet hat und Ihnen allen bekannt ist.«

»Kann man wohl sagen«, rief Rupert. »Ich hab mal ihren Ex verprügelt. Also, beinahe ... es war nämlich nicht ihr Ex.«

Ann Kathrin stoppte ihn sofort. »Wir kennen die Geschichte, Rupert. Wir interessieren uns für ihre.«

Wolfgang Weßling lächelte. »Frau Hauser ist aus freiwilligen Stücken gekommen. Sie möchte eine Aussage machen und ein paar Missverständnisse aufklären. Außerdem bittet sie um Polizeischutz. Wir haben Grund zu der Annahme, dass sie in Gefahr ist.«

Weller versuchte, Rupert auf seine Pistole hinzuweisen, die neben dem Computer lag. Rupert kapierte nicht sofort und guckte Weller nur fragend an. Sein Blick sagte: *Was hab ich denn jetzt schon wieder falsch gemacht?*

Weller machte eine Kopfbewegung in Richtung Heckler & Koch. Schulterzuckend nahm Rupert die Waffe an sich und steckte sie in sein Holster.

Weller bot zwei Stühle an. Rupert legte ein Aufnahmegerät auf den Tisch. Wolfgang Weßling genehmigte das mit einem einzigen Blick.

»Frau Hauser hat mich gebeten, für sie zu sprechen. Sie steht verständlicherweise noch unter Schock. Ihre Tochter befindet sich im Moment bei Monika Tapper. Ich glaube, es geht dem Kind gut. Monika hat ihre Freundin Bettina Göschl angerufen, die singen gerade zusammen Kinderlieder. Als wir gegangen sind, war die Stimmung dort äußerst locker und fröhlich. – Frau Hauser war mit Herrn Gero Kaiser liiert, der wegen Drogendelikten mehrere Jahre seines Lebens im Gefängnis verbracht hat. Aus Angst vor ihm ist sie geflohen und hat hier versucht, sich unter falschem Namen eine neue Existenz aufzubauen. Nun hat Herr Kaiser sie gefunden. Er hat ein junges Mädchen, bei dem Frau Hauser Unterschlupf gefunden hatte ...«, Wolfgang sah Sophie an, um zu überprüfen, ob es ihr noch gutging.

Ann Kathrin reichte ihr ein Glas Wasser.

Sophie sprach den Namen jetzt selbst aus: »Jule-Feemke Grube. Ihre Eltern sind im Urlaub. Sie hat Mara und mich bei sich wohnen lassen ...«

Wolfgang Weßling übernahm sofort wieder: »Die junge Frau befindet sich in der Gewalt von Herrn Kaiser. Er hat gedroht, ihr etwas anzutun, wenn Frau Hauser ihm nicht achtzigtausend Euro und ein Kilo Kokain aushändigt.«

Rupert pfiff und tönte: »Schade, dass mir das Bürschchen damals nicht vor die Faust gelaufen ist.« Er klatschte die rechte Faust in die linke Handfläche.

»Ich habe das Kokain damals durch die Toilette gespült. Ich wollte ihn von den Drogen wegbringen.«

»Ein Anruf bei der Polizei oder bei der Drogenberatung wäre klüger gewesen«, sagte Weller. »Lassen Sie mich raten: Jetzt sind die hinter Ihnen her.«

Sophie nickte.

»Ich habe das doch richtig verstanden?«, fragte Ann Kathrin. Sie sprach mit Wolfgang Weßling und bewusst nicht mit Sophie Hauser. »Er hat Jule-Feemke Grube in seiner Gewalt und droht damit, ihr etwas anzutun, wenn Frau Hauser nicht liefert, was er will?«

Wolfgang Weßling nickte. »Richtig. Und ...«

Rupert ließ Weßling gar nicht aussprechen. »Und sie hat den Stoff nicht mehr.«

Der Anwalt erklärte: »Es muss absolute Priorität haben, Frau Hauser zu schützen und Frau Grube aus dieser schrecklichen Situation zu befreien.«

Ann Kathrin sah Sophie Hauser in die Augen. »Sie müssen keine Angst haben. Es wird Ihnen nichts passieren. Dafür stehe ich persönlich gerade. Aber helfen Sie uns, Jule-Feemke zu finden.«

Sophie Hauser war sofort einverstanden: »Natürlich. Ich habe Angst um sie. Ich will doch nicht, dass sie meinetwegen leidet. Sie hat doch im Grunde mit der ganzen Sache überhaupt nichts zu tun.«

Ann Kathrin zog einen Stuhl heran und setzte sich Sophie gegenüber. Ihre Knie berührten sich fast. »Für mich«, sagte Ann Kathrin, »sind Sie immer noch die freundliche Anneliese von ten Cate. Jetzt erzählen Sie mir bitte alles. Selbst die kleinsten Details sind wichtig. Wie können wir Herrn Kaiser finden? Wie tritt er mit Ihnen in Kontakt?«

Wolfgang Weßling mischte sich noch einmal ein: »Ich darf doch sicher davon ausgehen, dass meine Mandantin hier als Zeugin befragt wird, die hilfreich sein kann, und keinesfalls als Beschuldigte wegen irgendeines Eigentumsdelikts, Urkundenfälschung oder auch wegen Beihilfe?«

Ann Kathrin deutete ihm mit den Augen an, dass sie nicht daran dachte, Sophie Hauser als Beschuldigte anzusehen.

Rupert lachte: »Eigentumsdelikte! Sind wir hier die Jungs vom Betrugsdezernat? Sie kann meinetwegen so viel Koks durch den Lokus spülen, wie sie will. Ich wüsste auch gar nicht, dass das strafbar ist, oder, Weller? Vielleicht fällt das ja schon unter Umweltverschmutzung, was meinst du?«

Ann Kathrin fragte: »Wissen Sie, welches Auto er fährt?«

»Nein, ich habe ihn nur in der Osterstraße vor dem Café herumlungern sehen. Da bin ich durchgedreht.«

»Wir haben doch eine gute Beschreibung seiner Person«, sagte Ann Kathrin optimistisch und, sie wandte sich an Weller: »Sprich mit Marion Wolters, sie hat diese Frau Groß befragt, die eine Entführung gemeldet hat.«

»Und der wir zunächst alle nicht geglaubt haben«, kommentierte Rupert. »Vielleicht hat sie den Wagen erkannt.«

Weller drehte den Bildschirm seines Computers um: »Und das hier ist unser Bravo-Boy des Monats. Sein Strafregister ist lang. Was mir besonders Sorge macht, ist: Schwere Körperverletzung, versuchter Totschlag, und – tja, ist das nicht süß – drei Anzeigen wegen Vergewaltigung wurden während des Prozesses zurückgezogen.«

Weller reckte sich. »Aber im Gegensatz zu den Jungs, über die wir gerade gesprochen haben, steht über den hier alles in den Akten. Und wir können auch jederzeit darauf zugreifen.«

Rupert maulte: »Er taucht in keiner Fahndungsdatei auf. Nach dem wird nicht gesucht?!«

»Nein«, antwortete Weller, »er wurde ganz normal entlassen. Er hat nur die Hälfte seiner Zeit abgesessen. Nix Zweidrittelstrafe. Er hat nämlich«, spottete Weller, »eine besonders positive Persönlichkeitsentwicklung gehabt. Einen festen Wohnsitz bei seiner neuen Freundin, während der Haft hat er sich kooperativ gezeigt, ein Arbeitsvertrag liegt vor, und er bewegt sich in einem ...«, Weller las es ab, »gefestigten, straffreien sozialen Umfeld.«

Rupert spottete: »Wie schön für ihn.« Dann versuchte er zu übersetzen, was Weller vorgelesen hatte: »Mit anderen Worten, er wohnt bei seiner Freundin und ist halbtags in ihrem Betrieb angestellt oder in dem ihrer Eltern. Und das geht genau so lange gut, bis er dem armen Mädchen was auf die Fresse haut.«

Ann Kathrin sah Wolfgang Weßling an, dass ihm diese Reden überhaupt nicht in den Kram passten.

»Steht da auch, wo seine Freundin wohnt, wie sie heißt und wo die Arbeitsstelle ist?«, fragte Ann Kathrin.

Rupert lachte laut. »Ach, Prinzessin, das geht doch nicht! Das verstößt bestimmt gegen den Datenschutz. Der gute Mann hat doch auch Rechte. So genau ist das hier alles nicht.«

»Können Sie uns da vielleicht weiterhelfen? Kennen Sie seine neue Freundin?«, fragte Ann Kathrin Sophie Hauser.

Sie schüttelte den Kopf.

Weller hob die Hände in die Höhe. »Herrje, das ist doch reine Spekulation von Rupert. Wir wissen nicht, warum er vorzeitig aus der Haft entlassen wurde.«

Rupert winkte ab: »Ach, das ist doch immer das Gleiche. Du hast es gerade vorgelesen! Wenn wir sie finden, macht sie mit einem blauen Auge die Tür auf. Wollen wir wetten?«

Ann Kathrin bedankte sich bei Wolfgang Weßling für die gute Zusammenarbeit.

Weller stand auf, ging zur Tür und wollte Marion Wolters aufsuchen, da sagte Rupert: »Ich kümmere mich dann darum, dass sie ins Zeugenschutzprogramm kommt, und verbürge mich persönlich für ihre Sicherheit.«

Ann Kathrin überlegte es sich noch einmal und sagte:

»Nein, Weller übernimmt das. Du sprichst mit der Frau, die Marion Wolters interviewt hat.«

Rupert hörte gar nicht richtig hin, er reagierte auf den Namen Marion Wolters sofort allergisch. »Och, nicht der Bratarsch«, stöhnte er. Er hätte sich viel lieber mit Sophie Hauser beschäftigt, und genau deswegen entschied Ann Kathrin anders.

⚓

Jule-Feemke hatte das Gefühl, neben sich zu stehen und sich selbst zu beobachten, als würde das Ganze nicht wirklich ihr geschehen, sondern sei ein Kinofilm über eine junge Frau, die nicht weiß, ob sie den Mann neben sich liebt oder hasst. Ob sie ihn mit dem Küchenmesser niederstechen oder ihn küssen soll.

Gero hatte ihr zwei Zwiebeln gegeben und sie gebeten, sie ganz klein zu würfeln. Er schlug fünf Eier auf und würzte sie mit schwarzem Pfeffer und Meersalz, bevor er mit dem Schneebesen durch die Schale fuhr. Es hörte sich rhythmisch an, als würde er Musik machen.

Er tänzelte im Stehen vor der Arbeitsplatte herum. Alles hatte etwas von Leichtigkeit. Plötzlich hielt er inne und sah sie an. Sie saß am Küchentisch, vor sich ein hölzernes Schneidebrett, darauf die Zwiebeln. In ihrer Hand ein Messer, so gut geschliffen, dass man sich schon beim Hingucken schnitt.

Ihr Zeigefinger blutete. Obwohl die Wunde direkt in der Fingerkuppe war, tat es nicht weh. Der Vorteil einer scharfen Klinge.

Im Fenster sah sie ihr verheultes Gesicht.

Er fragte: »Weinst du, weil die Zwiebeln so scharf sind? Soll ich das machen?« Da erst erkannte er, dass sie sich geschnitten hatte. Er nahm ihr das Messer aus der Hand und führte dann ihren verletzten Finger an seinen Mund. Er lutschte daran.

Sie wusste nicht, ob sie das eklig fand, fürsorglich oder sogar erotisch. Ein bisschen was hatte er von einem Vampir. Er saugte heftiger, als nötig gewesen wäre.

»Es gibt doch hier bestimmt auch Pflaster. Im Badezimmer habe ich einen alten Verbandskasten gesehen. Den hatten die früher bestimmt im Auto.«

Er schloss die Augen und lutschte weiter an ihrem Finger. Es war wie ein Spiel. Immer wieder nahm er andere Rollen ein. Den zärtlichen Liebhaber. Den nachdenklichen Philosophen. Den Traumtänzer. Dann wieder wurde er zum Bad Guy, der zu allem entschlossen war und nur eine Partei kannte: seine eigene. Einer, der nur sich selbst liebte und für den Menschen nur Schachfiguren waren, dazu da, geopfert zu werden, damit er sein Spiel gewinnen konnte.

Er klebte ihr ein kleines Pflaster über die Fingerkuppe und trocknete ihre Tränen mit dem Küchenhandtuch ab.

»Das ist nur wegen der Zwiebeln«, sagte sie.

»Es war mein Fehler«, gab er zu. »Natürlich ist das Männerarbeit. Setz dich einfach hin und lass dich bedienen.«

Sie hatten im Krabbenkutter im Muschelweg Krabben gekauft. Er legte ihr die Tüte hin und bat sie: »Hilf du ihnen aus dem Mantel. Ich mache den Rest. Das wird ein super Frühstück.«

Sie war zwar in Ostfriesland groß geworden, aber noch nie auf die Idee gekommen, Krabben zu pulen, obwohl sie selbst gerne Krabbenbrötchen aß. Das hatte sie wohl von ihrem Vater. Aber sie kannte das. Leute, die von woanders herkamen, wollten gerne das volle Erlebnis und selbst Krabben pulen.

Er verband gleich eine ganze Philosophie damit und erzählte, dass er es unmöglich fand, wenn Krabben von Ostfriesland nach Marokko zum Pulen gebracht wurden. Nein, das mache er lieber selber. Man würde ja auch schließlich keine Äpfel zum Schälen nach China fliegen.

Sie begann zu pulen. Er schnitt die Zwiebeln und dazu noch drei Knoblauchzehen in ganz dünne Scheiben.

Sie kam nicht schnell vorwärts und stellte fest, dass ihre Finger zitterten und sie so feinmotorische Sachen nur schwer hinbekam.

Er wies sie zurecht: »Pass auf, dass du die süßen kleinen Tierchen nicht völlig zerfetzt, bevor wir sie essen.« Er griff mit der Hand in die Tüte und roch daran. »Köstlich! Die sind noch ganz frisch. Man atmet das Meer ein. Ich könnte ständig Fisch und Meeresfrüchte essen. Morgen holen wir uns mal was bei de Beer. Oder kochst du für uns?«

Sie folgerte aus seinen Worten, dass er noch lange nicht vorhatte, diese Aktion hier abzublasen. Er benahm sich in diesem Haus mit ihr, als seien sie ein Liebespärchen, das gemeinsam in Urlaub gefahren ist und nun die Ferienwohnung in Besitz nimmt.

Er setzte sich ihr gegenüber und half beim Krabbenpulen mit. Er stellte sich geschickter an und war viel schneller als sie. Dadurch geriet sie ein bisschen unter Druck. Allerdings aß er jede zweite Krabbe gleich auf, so dass sein Häufchen auch nicht viel größer war als ihres.

»Eigentlich«, sagte sie und packte aus, was sie im Biologieunterricht gelernt hatte, »sind das gar keine echten Krabben, sondern Zehnfußkrebse.«

»Krebse«, lachte er, »das sind doch keine Krebse! Ich esse gern Taschenkrebse, das sind solche Dinger!« Er zeigte auf einen Teller, der an der Wand hing, und guckte sie kritisch an: »Man sollte nicht alles glauben, was man in der Schule lernt.«

Jule-Feemke merkte, dass er auf Lehrer und Schule nicht gut zu sprechen war: »Meine Mutter sagt Granat dazu.«

Damit war er einverstanden.

Sie schwiegen eine Weile, und als er begann, die Rühreier in der heißen Pfanne zuzubereiten, wagte sie es, ihn zu fragen: »Wie soll es denn jetzt weitergehen?«

Er drehte ihr den Rücken zu und beschäftigte sich mit den Eiern, als hätte er sie gar nicht gehört.

Er hatte im Kühlschrank Ketchup entdeckt und machte den neben den Eiern heiß. Er streute Chilipulver, Curry und Paprika darauf. »Essen«, lachte er, »muss im Mund brennen.«

»Was hast du als Nächstes vor?«, fragte sie. »Was wird jetzt aus ...« Sie sagte nicht *aus mir*, sondern fügte nach einer Pause hinzu: »Aus deiner Ex?«

Er drehte sich langsam zu ihr um, dabei hielt er die Pfanne mit den Rühreiern in der Hand. Das heiße Fett warf am Rand Blasen.

Für einen Moment befürchtete sie, er könne ihr die Pfanne auf den Kopf schlagen. Sie konnte die Emotionen in seinem versteinerten Gesicht nicht lesen. Seine Körperhaltung signalisierte große Anspannung. Er gab sich aber Mühe, lässig zu sein.

»Kennst du das«, fragte er, »dass der Koch den Pfannkuchen hochwirft oder die Spiegeleier, um sie von der anderen Seite zu braten? Ich hab das immer bewundert.«

Er setzte zu einem Schwung an.

»Nicht!«, rief sie. Sie hatte Angst vor der Sauerei, doch er schaffte es, den Inhalt der Pfanne einmal in die Luft fliegen zu lassen, und kaum etwas landete daneben.

Er freute sich und lachte: »Ich habe das lange geübt! Weißt du, wie die Köche das machen?«

Sie schüttelte den Kopf. »Nein. Wie soll man denn so was üben?«

»Mit Reis«, sagte er, stellte die Pfanne wieder auf den Herd zurück, zog eine zweite Pfanne hervor und gab sie ihr. Er streute aus einer Tüte Reis hinein und forderte sie auf, es auszuprobieren.

Sie saß starr da. Er machte es ihr vor. Die Reiskörner flogen in die Luft, und er fing sie wieder auf. »Es muss eine gleitende Bewegung sein, siehst du?«

Die Reiskörner, die in die Pfanne zurück regneten, hörten sich fast an wie ein Jazzbesen auf einer Snare. Sie hatte mal eine Weile versucht, Schlagzeug zu spielen, aber das viele Üben war ihr dann lästig geworden, und den Schlagzeuglehrer fand sie spießig. Insgeheim war er der Meinung, Frauen sollten andere Instrumente spielen, das hatte sie in ihrer Pubertät genau gespürt.

Sie versuchte es. Die Hälfte der Reiskörner flog durch die Gegend. Er hatte seinen Spaß daran, lachte laut darüber, schüttete neue Reiskörner nach. Er kam gar nicht auf die Idee, das, was herunterfiel, aufzufegen.

War das alles hier ein Spaß für ihn, fragte sie sich. Wie konnte der, mitten in den schwierigsten Situationen, während ganz existenzielle Fragen offen waren, einfach so Spaß haben, als ob nichts wäre. Hielt er den Rest des Lebens einfach an, um sich zu amüsieren?

War er so tough? Gesund? Oder verhielt er sich wie jemand, der völlig verrückt war?

Vielleicht, dachte sie, macht er mir gleich einen Heiratsantrag und schlägt mir vor, mit ihm durchzubrennen. Vielleicht bringt er mich auch einfach um und seine Ex dazu.

So fröhlich und häuslich, wie er sich jetzt auch gab, schien es ihr unmöglich, dass er auf sein Geld verzichten würde. Außerdem musste er doch schreckliche Angst haben, wenn irgendwelche Drogendealer hinter ihm her waren.

Sie hörte sich selbst sprechen und wunderte sich, dass sie es so klar formulieren konnte: »Wirst du sie umbringen?«

Er aß Rührei aus der Pfanne, riss ein dunkles Brötchen in Herzchenform auseinander und reichte ihr eine Hälfte: »Ich mag diese Brötchen von Lorenz Bäcker.«

Er aß auf eine Weise, die ihre Eltern nie akzeptiert hätten. Es war gierig, lustvoll, mit den Fingern direkt aus der Pfanne, die in der Mitte auf dem Tisch stand. Er baggerte mit dem Brötchen hindurch, benutzte es wie einen großen Löffel, auf den er Ei und Krabben lud. Dann riss er seinen Mund weit auf, und beim Kauen schmatzte er.

Sie tat es ihm gleich.

»So schmeckt es doch viel besser, oder willst du hier auf feine Dame machen und mit Messer und Gabel ...« Er sprach mit vollem Mund, und es klang, als sei der Gedanke, mit Messer und Gabel zu essen, höchst lächerlich.

Er goss aus einem halben Meter Höhe den heißgemachten Ketchup in Schlangenlinien über die Rühreier. Dann ließ er die Krabben darüberregnen.

Seine Gier steckte sie an. Ein halbes Brötchen hätte ihr völlig gereicht, aber er hatte vier gekauft, und sie aß einfach weiter, obwohl sie schon satt war. Eigentlich war es ihr viel zu scharf. Wenn sie zu viel Ketchup auf den Eiern hatte, tat es fast weh im Mund.

Sie tranken Weißwein aus Wassergläsern. Der Wein war ihr zu sauer, kühlte jetzt aber gut. Wollte er sie betrunken machen?

Als sie aufgab und sagte: »Ich kann nicht mehr«, begann er, richtig reinzuhauen. Er mampfte, als hätte er tagelang nichts zu essen bekommen.

Sie sah ihm zu. Sie spürte den Alkohol bereits, und um nicht zu betrunken zu werden, holte sie sich ein zweites Glas und hielt es unter den Wasserhahn. Sie trank stehend mit großen Schlucken. Es gluckerte und löschte das Feuer im Hals.

Sie drehte sich zu ihm um. Er wischte mit dem Brötchen den Rest der Pfanne aus.

»Köstlich«, sagt er, »köstlich! Dafür lohnt es sich, zu leben.«

Er war so sehr auf die Pfanne konzentriert, als dürfe es nicht sein, dass noch irgendwelche Krümel übrig blieben. So wie er die Pfanne mit dem Brötchen ausputzte, hätte man sie glatt wieder an die Wand hängen können.

Dann lehnte er sich im Stuhl zurück, wippte auf den Stuhlbeinen, trank sein Glas aus und sprach mit oberlehrerhafter Stimme: »Was denkst du, warum sie nicht gekommen ist?«

Jule-Feemke stand ganz still und sah ihn nur an. Er fuhr fort: »Weil sie Angst vor mir hat? Am Deich? Gegenüber von Meta? Mach dich nicht lächerlich, Mädchen. Die ganze Wahrheit ist: Du interessiert sie einen Scheißdreck. Und das wollte ich dir beweisen.«

Er breitete die Arme aus, als suche er Applaus für eine besonders tolle Leistung. Wieder war es, als würde er zu einem imaginären Publikum sprechen: »Und ich habe es dir bewiesen! Stimmt's?«

Sie trat zur Seite, als hätte sie Angst, sich zwischen ihm und seinem Publikum zu befinden. Ob er Leute sieht und Stimmen hört?, fragte sie sich. War er nicht zurechnungsfähig, oder lebte er einfach nur in seiner ganz eigenen Welt? Hatten Drogen sein Gehirn zerstört?

Sie wiederholte ihre Frage: »Wirst du sie umbringen? Ist es das, was du mir sagen willst?«

»Gönnst du es ihr?«, fragte er zurück.

»Ich gönne niemandem den Tod«, sagte sie. »Ich bin Pazifistin.«

Er drehte seinen Stuhl so, dass er ihr seine volle Aufmerksamkeit widmen konnte.

»Was glaubst du, was sie gerade denkt? Stellt sie sich vor, dass wir in diesem schönen Haus zusammensitzen, gerade gekocht haben und friedlich miteinander speisen?«

Jule-Feemke zuckte mit den Schultern. Sie stützte sich auf der Arbeitsplatte ab. Eine Hand war nah am Herd, die andere am Messerblock. Es schien ihn überhaupt nicht zu stören.

»Sie glaubt, dass ich dir das Gesicht entstelle und die Titten bügle, und es ist ihr egal. Aber du sorgst dich um sie. Was stimmt mit dir nicht, Mädchen?«

»So etwas würdest du nicht tun«, behauptete Jule-Feemke hoffnungsvoll.

»Klar, du weißt, dass ich dir nichts antue. Aber sie weiß es doch nicht. Denkst du, ich wäre dazu nicht in der Lage?«

Er drückte seine Brust heraus und wollte mit einer furchterregenden Tat angeben. Fast hätte er gesagt: *Ich habe die*

Frauen in Dinslaken mit dem Baseballschläger erledigt. Doch im letzten Moment hielt er inne. Er ahnte, dass er damit in ihrem Ansehen nicht gerade steigen würde.

»Warum tust du mir nichts an?«, fragte sie.

»Weil ich dich toll finde. Und weil man so etwas Schönes nicht zerstört.«

»Liebst du mich?«, fragte sie so leise, als würde sie sich nicht trauen, diese Worte überhaupt auszusprechen.

»Ich könnte mir vorstellen, mit dir zu leben«, gestand er. »In deiner Nähe geht es mir gut. Es ist, als würde ich dann ganz werden. Ich laufe die ganze Zeit herum, als würde mir etwas fehlen. Und in deiner Nähe wird das anders. Ich wäre gerne immer mit dir zusammen.«

»Aber wie stellst du dir das vor? Wir brauchen Geld zum Leben. Du hast keinen Job, ich keine Ausbildung. Hinter dir ist die Drogenmafia her, und wer weiß, wer sonst noch ...«

Er verzog seine Lippen zu einem breiten Grinsen. »So lange plane ich nicht im Voraus, meine Süße.«

Sie staunte.

»Die jungen Leute werden geboren und wollen ihr Leben planen. Vom Abitur übers Studium bis zur Rente. Aber Leben ist das, was passiert, während du dabei bist, andere Pläne zu machen. Hat John Lennon gesagt. Weißt du überhaupt, wer das war?«

»Einer von den Beatles«, antwortete sie mit einer Ernsthaftigkeit, als sei ihr in der Schule eine Prüfungsfrage gestellt worden.

»Das war nicht einer von den Beatles. Das war der Beste!«

Da er schon mal dabei war, sie zu testen, fuhr er gleich fort: »Welche Beatles-Songs kennst du?«

»Give peace a chance«, sagte sie, und er nickte. »Siehst du, das war der große John Lennon. Aber mit der Plastic-Ono-Band.«

»Ich meinte ja auch Imagine.«

Er begann gleich zu singen: »*You may say I'm a dreamer, but I'm not the only one*. Na los, sing mit«, forderte er sie auf.

»Ich glaube nicht, was ich hier tue«, dachte sie und stimmte ein: *»I hope someday you'll join us, and the world will be as one.«*

Er breitete seine Arme aus und umschlang Jule-Feemke, so dass sie ihm kaum entkommen konnte. Eine Hand legte er auf ihre Schulter, mit der anderen nahm er ihren Arm und schwang sie durch die Küche, als sei dies Lied ein Walzer. Dabei sang er: *»Imagine there's no heaven …«*

Sie wehrte sich nicht dagegen, sondern versuchte, die Tanzschritte mitzumachen.

»Imagine all the people« … Als müsse er ihr den Text übersetzen und sie hätte in der Schule kein Englisch gehabt, flüsterte er: »Stell dir all die Leute vor … *Living for today* leben nur im Hier und Jetzt …«

Er ließ sie los, drehte sich ein paarmal im Kreis und lachte: »Verstehst du, was er uns damit sagen will?«

Sie versuchte es erst gar nicht, und er beantwortete seine Frage selber: »Scheiß auf alles! Sorge dich nicht, lebe!«

Sie holte ihn in die Realität zurück. Während sie es machte, war sie sich völlig unsicher, ob das wirklich klug war oder richtig verblödet. »Aber du planst doch auch. Du hast Sophie gesucht, und dann hast du mich entführt, um sie zu kriegen …«

Für einen Moment sah er aus, als würde er sich auf sie stürzen und sie ohrfeigen. Sie hob schon die Arme ängstlich hoch wie ein Boxer, der weiß, dass er seine Deckung braucht. Doch er griff sie nicht an, sondern sagte: »Ja, so ist das Leben, Süße. Ein Hauen und Stechen. Ein Kampf um die Pfründe.«

»Und was schlägst du vor?«, fragte sie. »Was sollen wir jetzt machen?«

Er guckte sie an wie eine Schülerin, die es immer noch nicht kapiert hatte. »Geh raus aus deinem Kopf«, sagte er und machte mit der Hand eine Bewegung, als würde er an einem Rad drehen. »Lass einfach los. Leb im Hier und Jetzt. Hör auf zu planen. Das hier«, er zeigte auf die Wände des Zimmers, »konntest du doch auch nicht planen, oder? Hilft es dir jetzt, dass du deine Hausaufgaben gemacht hast?«

Sie bestand darauf: »Aber irgendwas müssen wir doch tun.«

Er lehnte sich an den Türrahmen und schubberte sich dort den Rücken. »Zunächst mal könnte ich ja meine Belohnung bekommen. Wir hatten gewettet, erinnerst du dich? Ob sie kommt oder nicht. Und?« Er sah sie mit großen Augen an: »Ist sie gekommen?«

»Nein«, antwortete sie, »das wissen wir ja wohl beide.«

»Okay. Dass du deine Jungfräulichkeit nicht mehr setzen konntest, war mir ja klar. Aber jetzt lass uns wenigstens zusammen ein bisschen Spaß haben.«

Sie stand ganz ruhig und sagte nichts. Ihr war ein bisschen schwindlig. Sie versuchte, ihre Atmung unter Kontrolle zu bekommen.

Er lachte auffordernd: »Na los. Zeig mir, was du draufhast! Vor mir musst du nicht die Betschwester spielen. Ich weiß, dass du ein raffiniertes Luder bist. Und ich mag raffinierte Luder.«

King zog ein Päckchen aus der Tasche. Jule-Feemke wusste gleich, dass in dem Silberpapier Drogen waren. Er ließ zwei kleine weiße Häufchen auf die Tischplatte rieseln und formte mit einer Scheckkarte daraus Linien. Es hatte etwas von einem Ritual. Er sah total konzentriert aus und machte einen so beglückten Eindruck, als würde die Droge bereits wirken, bevor er sie eingenommen hatte.

Er strahlte sie an: »Hast du«, fragte er, »schon mal auf Koks gefickt?«

Sie antwortete nicht, kämpfte innerlich mit einem Widerstand, mit Ängsten und spürte doch gleichzeitig, dass es gleich passieren würde.

Er rollte einen grünen Hunderteuroschein zu einem Röhrchen, mit dem er die erste Linie schnupfte. Er zog den Stoff so laut und tief ein, es klang zum Schämen unanständig, fand sie.

Er hielt ihr den Schein hin. »Na los! Versuch es. Es macht frei …«

Ann Kathrin versuchte, in ihrem Büro allein zu sein. Sie schickte alle anderen raus. Das gefiel Weller nicht. Er blieb lieber bei ihr. Sophie Hauser war hier in der Inspektion ja zunächst in Sicherheit.

Er blickte auf sein Handy. Die Information, auf die er wartete, war noch nicht da.

Ann Kathrin war in Gedanken und brütete etwas aus. Sie nahm sich nicht mal die Zeit, zum Deich zu gehen, wo sie sich sonst gern den Kopf vom Nordwestwind freipusten ließ. Stattdessen kapselte sie sich ab. Es schien fast, als würde sie in einer Schutzhülle sitzen, etwas Unsichtbares umgab sie wie ein Ei.

Sie tippte auf ihrem Computer herum. Er war sich aber

nicht sicher, ob sie das nur tat, um eine Tätigkeit vorzutäuschen. Ihr Blick war zwar auf den Bildschirm gerichtet, ging aber irgendwie durch ihn hindurch in die Weite.

»Ann, was ist mit dir?«, fragte Weller. »Du brütest doch was aus.«

Sie sah ihn nicht an, aber ihr Blick fokussierte sich jetzt genauer auf den Bildschirm, und sie tippte weiter.

Er traute sich nicht, sich hinter sie zu stellen. Vielleicht würde sie das als unverschämte Einmischung empfinden und sich beobachtet, ja ausspioniert fühlen. Sie konnte in solchen Fällen manchmal sehr komisch sein. Teamarbeit war nicht wirklich ihr Ding.

»Ann?«, fragte er noch einmal.

Sie sah ihn nicht an, sondern sie vergewisserte sich mit dem Blick nur, ob sie allein im Raum waren. Dann sagte sie: »Vielleicht hat Klatt die Einträge ja selbst in den Dateien gelöscht.«

»Wie kommst du denn darauf? Der hat sich doch sogar noch einen Ausdruck gemacht, den du dann an Rita Trettin …«

»Ja, ja. Den Ausdruck hat er sich vielleicht nur für sich als Lebensversicherung gemacht.«

»Du meinst, dass er …«

»Wir wissen doch, dass er erstaunlich viel Geld und viele Aktien besitzt. Seine Familie wusste nichts davon. Natürlich macht ihn das nicht gleich verdächtig, aber er hat mit Big Aslan telefoniert, und unser toter Richter, Wolfgang Fröhling, hatte ein Verfahren gegen exakt die gleiche Person laufen. Wer sagt uns, dass der Richter nicht deswegen sterben musste? Klatt haben sie Geld zugesteckt, und in einem schwachen Moment hat er ihre Forderungen erfüllt und alles zu diesem Fall in unseren Dateien gelöscht. Klatt hätte die Möglichkeit dazu gehabt.«

»Nowak auch«, warf Weller ein und fühlte sich komisch dabei, Klatt zu verteidigen, fand es aber gerade richtig.

Ann Kathrin fuhr fort: »Da Klatt wusste, wie gefährlich die Leute wirklich sind, mit denen er sich eingelassen hatte, druckte er vorsichtshalber einmal alles für sich aus. Wie findest du die Geschichte? Als sie davon erfahren haben, sind sie bei Rita eingebrochen, und es gibt nicht viele Leute, die wussten, dass ich die Akten Rita gegeben hatte.«

»Du musst sie jetzt nicht aufzählen«, sagte Weller und nickte sauer.

Ann Kathrin sprach ihre Vermutung nicht wirklich aus, doch die Andeutungen reichten. Im Grunde dachte Weller ähnlich. Wenn die Akten gezielt gestohlen worden waren, musste die Information aus diesem Hause kommen. Es sei denn, einer der Täter hätte Kontakt zu Rita Trettin gehabt oder Ann Kathrin bei der Übergabe beschattet.

»Genauso wie Richter Fröhling gestorben ist, starb auch der Lehrer aus Emden-Wybelsum«, gab Ann Kathrin zu bedenken.

»Ich weiß«, sagte Weller. »Wir haben seiner Frau damals die Todesbotschaft überbracht. Aber wie soll uns das jetzt weiterhelfen?«

Ann Kathrin sprach wie zu sich selbst oder als würde sie mit dem Computer reden: »Wenn ich eine Verbindung zwischen dem Lehrer und Big Aslan finde, dann ...«

Sie klatschte vor Freude in die Hände: »Bingo!«, rief sie.

»Wie, Bingo?«

»Manchmal muss man einfach nur Namenslisten vergleichen.«

Jetzt trat Weller hinter sie. Auf ihrem Bildschirm sah er viele Fotos von jungen Menschen.

»Schau mal, das ist die Klasse von Heiko Janßen.« Sie vergrößerte ein Foto. »Und weißt du, wer das hier ist?«

Weller las den Namen unter dem Foto. *Ava Jakobs*. Er sagte ihm nichts.

Ann Kathrin wusste offensichtlich mehr, doch sie googelte es für Weller. Zeitungsartikel erschienen. Hamburger Abendblatt, Neue Osnabrücker Zeitung, Weser-Kurier, Nordwestzeitung, WAZ und Bild-Zeitung. Fotos einer Traumhochzeit mit diversen Fernsehstars und Politikern.

Ava Jakobs heiratet an ihrem 18. Geburtstag!

»Dann hat sie ihr Abi wohl nicht mehr gemacht«, vermutete Weller.

Ann Kathrin gab ihm recht. »Nein. Stattdessen eine Weltreise.«

»Und du meinst, ihr Lehrer musste sterben, weil er dagegen war? Was haben denn ihre Eltern dazu gesagt? Sind die jetzt alle tot?«

Ann Kathrin reckte sich. »Jedenfalls haben wir jetzt den Zusammenhang. Ich brauche einen Tee und etwas Süßes.«

»Zu ten Cate? Oder besuchen wir erst die hübsche Braut?«, wollte Weller wissen.

Ann Kathrin stand auf und strich ihrem Mann durch die Haare. Sie sahen wirr aus, als hätte er noch nicht geschlafen oder sei zumindest ungekämmt aus dem Haus gegangen.

»Daraus wird nichts, Frank. Sie ist bei einem schweren Verkehrsunfall ums Leben gekommen, und was meinst du, wo der war?«

»Nee, nee?«, sagte Frank ungläubig.

»Doch. In Emden-Wybelsum. Keine hundert Meter vom Haus ihres Lehrers entfernt.«

Weller trat einen Schritt zurück und sah seine Frau an. Sie bemerkte seinen musternden Blick und begann, ihre Kleidung glattzustreichen.

»Wie machst du das?«, fragte er. »Riechst du das? Witterst du das? Was hast du, das uns allen fehlt? Du gehst zielstrebig auf etwas zu und findest es dann auch.«

Ann Kathrin machte Atemübungen. Auf Weller wirkte das gar nicht unpassend, sondern so, als müsse man mit solchen Informationen genau so umgehen, um nicht innerlich völlig aus dem Tritt zu geraten.

Erst nachdem sie ihre Übungen beendet hatte, widersprach sie ihm: »Nein, Frank, ich bin nur offen und gucke genau hin. Und das meiste steht schon in den Akten, wie Ubbo Heide immer sagte.«

»Aber wir haben keine Akten, Ann.«

»Ja, stimmt. Doch egal, wie viel Bestechungsgelder sie zahlen, das gesamte Internet können sie nicht löschen.« Sie drückte ihre Fingerspitzen zusammen. Auch das war eine Konzentrationsübung. Sie fuhr fort: »Musst du nicht los, Frank? Wir dürfen keine Zeit verlieren, Sophie Hauser in Sicherheit zu bringen.«

»Am liebsten würde ich dich in Sicherheit bringen, Ann. Ich hab ein Scheißgefühl dabei, dass du hier einfach so rumläufst. Du bist das nächste Ziel.«

»Sagt wer?«

»Ich.«

»Bauchgefühl?«

»Du tust alles, damit sie dich als Nächstes holen. Du bist die bekannteste Persönlichkeit unserer Dienststelle. Du lässt dir den Fall nicht wegnehmen.« Er hielt inne und sah sie zweifelnd an: »Du willst es, hm? Du willst tatsächlich hier den Lockvogel spielen?«

Er sah auf sein Handy. »Ich kriege jeden Moment Bescheid, wohin ich sie bringen kann. Wir ziehen mit ihr das volle Programm durch. Neuer Name, neue Papiere. Aber da ist ja auch noch die Tochter und … Ann, ich würde lieber auf dich aufpassen als auf …«

»Mach deinen Job.«

»Ann, wir wissen noch nichts über diesen Mörder. Außer, dass er Polizisten umbringt.«

Sie lächelte.

Ihm gefiel das nicht. »Raus mit der Sprache.«

»Er handelt im Auftrag. Aber er verhält sich nicht wie ein Hitman. Profikiller überlassen nichts dem Zufall. Er suchte den Zufall.«

Wellers Magen knurrte. Ihm war schlecht vor Sorge um Ann Kathrin. Er stieß sauer auf. »Wie meinst du das?«

»Er hat Klatt am offenen Fenster erschossen. Nicht durchs Fenster, sondern am offenen Fenster. Und den guten Kevin Janssen hat er am Deich vom Fahrrad geschossen.«

»Ja, das wissen wir doch alles, Ann. Und was folgerst du daraus?«

»Er konnte nicht wissen, dass Kevin durch den Nordbrooksweg fahren würde, hat ihn aber dort erwischt. Niemand konnte wissen, dass Klatt zu Hause sein Fenster öffnen würde …« Sie sah Weller an, als sei damit alles klar.

Der hätte sich am liebsten die Haare gerauft, ballte aber nur die Fäuste. »Ja und? Was bedeutet das jetzt?«

»Dass er sich lange vorher in der Nähe seines Opfers aufhält und auf eine gute Gelegenheit wartet.«

»Na, wie beruhigend«, entfuhr es Weller. Er versuchte zu argumentieren: »Ann, wir können nicht an zwei Fällen gleichzeitig arbeiten. Entweder, wir kümmern uns um diesen Kaiser oder …«

Weller boxte in die Luft. Ann Kathrin lächelte. Manchmal kämpfte er, wenn er nicht weiterwusste, gegen imaginäre Gegner. Es verschaffte ihm seelische Erleichterung.

»Was schlägst du vor, Frank? Sollen wir uns stattdessen krankmelden oder in Ferien fahren? Wir müssen uns den Aufgaben stellen, die uns präsentiert werden. Oder sollen wir jetzt Werbespots schalten, in denen die Kriminellen aufgefordert werden, ihre Taten bitte nacheinander zu begehen, damit wir alles in Ruhe abarbeiten können, und auf keinen Fall mehr übers Wochenende oder in den Sommerferien, weil dann zu viele Touristen hier sind.«

Weller erhielt auf seinem Handy die Nachricht einer sicheren Wohnung. »Juist. Das nenne ich mal ein Angebot«, sagte er. »Fährst du mit, Ann?«

»Eine Insel?«, fragte Ann Kathrin.

»Wahrscheinlich geht es hier nur darum, sie aus der Krisensituation herauszuholen. Für ein paar Wochen kann Juist sicher sein.«

»Ich will die komplette Liste aller Flugpassagiere nach Juist hin und zurück. Außerdem Kameraüberwachung der Fähren. Immerhin wissen wir, wie Kaiser aussieht. Auf jeder Fähre soll ein Team von uns dabei sein, um notfalls zuzugreifen.«

»Ann, so viele Leute haben wir nicht.«

»Dann soll unsere neue Chefin mal dafür sorgen, dass wir hier Verstärkung kriegen«, zischte Ann und wirkte dabei, als würde sie ohnehin davon ausgehen, dass die Chefin dabei scheitern müsste.

Für Weller war Sophie Hauser praktisch schon in Sicherheit. Es gab für ihn jetzt Wichtigeres. »Zurück zu unserem Kollegenmörder. Ich seh's dir an, Ann: Du weißt doch noch mehr. Komm, raus mit der Sprache. Weih mich ein, oder traust du mir etwa auch nicht?«

»Denk nach«, forderte sie ihn auf. »Was bedeutet es, wenn er sich vorher in der Nähe der Opfer aufgehalten hat?«

Die Erkenntnis traf Weller wie ein Blitz, und er ärgerte sich, dass Ann ihn so sehr dahin schieben musste, bis er es endlich kapiert hatte. Sie wollte es nicht einfach sagen, sie wollte, dass er selbst draufkam. Ja, so war sie.

»Das heißt, wir haben ihn vermutlich schon gesehen. Vielleicht war er bei der Amtseinführung unserer neuen Chefin dabei oder in der Alten Backstube, als Rupert dort mit Lisbeth Dart gespielt hat. Möglicherweise ist es ein so vertrautes Gesicht, dass wir ihn gar nicht mehr in unserer Nähe als störend bemerken. Es könnte auch sein, er gehört zu uns«, folgerte Weller.

»Oder«, sagte Ann Kathrin, »er hat ein Allerweltsgesicht und versteht es, sich dadurch unscheinbar zu machen. Vielleicht geht er als Tourist spazieren. Merkst du dir die Gesichter von Touristen?«

»Spazieren? Glaubst du nicht, dass er in einem Auto rumfährt?«

»Vielleicht bewegt er sich sogar mit einem Fahrrad fort. Wir haben keine Ahnung, Frank.«

»Er hat mit einem Gewehr geschossen.«

»Ja, aber das kann man zerlegt in einem Rucksack mitnehmen oder auch bereits zusammengebaut in einer Golftasche.«

»Du gehst davon aus«, stellte Weller fest, »dass Rupert ihn in der Alten Backstube gesehen hat?«

»Falls er nicht nur davor gewartet hat, ja. Ich denke, er ist Kevin von da aus gefolgt. Er benimmt sich wie ein Jäger. Er sucht sein Wild, stobert es auf und wartet dann auf eine gute Gelegenheit zum Schuss. Und genau das wird ihm zum Verhängnis werden.«

Weller schüttelte seine Frau: »Du willst mir jetzt nicht ernsthaft erzählen, dass du ihm eine gute Gelegenheit bieten willst, damit wir ihn dann auf frischer Tat ...«

»Nein, Frank. Ich studiere nur sein Verhalten. Oder war das jetzt ein Vorschlag von dir?«

Er ließ Ann Kathrin los und ging zur Tür. »Mensch, du machst es einem wirklich nicht leicht.«

⚓

Dalibor wunderte sich. Plötzlich machte sein Auftraggeber Druck. Die Nachricht war eindeutig: *Beeil dich, das Essen wird kalt.*

Das bedeutete klar und unmissverständlich, dass er Ann Kathrin Klaasen am besten noch heute erledigen sollte. Es musste eine dramatische Wendung im Fall gegeben haben. Es war mehr Druck entstanden. Eine günstige Situation, um den Preis nach oben zu treiben. Das war nicht sehr beliebt, aber üblich, wenn sich die Bedingungen änderten.

Je mehr er über Ann Kathrin Klaasen gesammelt und erfahren hatte, umso mehr freute er sich darauf, sie zu erledigen. Nein, er würde sie nicht so einfach vom Fahrrad schießen. Für sie brauchte er etwas Spektakuläres. Wenn die berühmteste Serienkiller-Fängerin des Landes selbst Opfer eines gezielten Verbrechens wurde, dann würde das zu einem großen Pressewirbel führen. Alle, die sie jemals gejagt hatte, würden nun erneut zu Gejagten werden, sofern sie nicht im Knast saßen oder tot waren.

Knast ... Vielleicht war das das Stichwort. Er stellte sich die Kommissarin hinter Gittern vor, in einem kleinen Käfig, wie sie langsam verhungerte und verdurstete.

Ja, das wäre ein symbolischer Akt. Sie, die so viele ins Gefängnis gebracht hatte, endete selbst dort. Nur nicht gerade im liberalen Strafvollzug mit drei Mahlzeiten am Tag und der Möglichkeit, einen Beruf zu erlernen.

Ihm gefiel das. Doch es würde dauern.

Wenn ich sie mir hole, dachte er, dann wird es für keinen Polizisten mehr ein anderes Problem geben als das, sie zu finden. Die einen, weil sie sie lieben, und die anderen, weil sie dadurch berühmt werden wollen. Sie ist ein zähes Luder. Vielleicht wird sie eine Woche brauchen, bis sie verreckt.

Mit so etwas hatte er keine Erfahrung. Bisher hatte er die Dinge ohne jeden Schnickschnack mit einer Kugel erledigt. Aber für diese Ann Kathrin wollte er sich gern etwas Spezielles ausdenken.

Der Käfig erschien ihm genau richtig. Allerdings gab es zwei Probleme: Er brauchte einen stillen Ort, ein sicheres Versteck, und er musste mit seinem Auftraggeber reden. Reichte es, wenn er sie sofort aus dem Verkehr zog, oder musste sie auch sofort sterben?

⚓

Elisa Ricklefs war Krankenpflegerin an der Ubbo-Emmius-Klinik und dort vor wenigen Wochen zur Stationsleiterin aufgestiegen. Viel wichtiger für sie war allerdings, dass sie als Frontsängerin mit ihrer Band auf drei großen Festivals eingeladen worden war.

Sie hatte versucht, einige Tom-Waits-Lieder in ostfriesisches Platt zu übersetzen und dann zu singen. Ihr Vorbild war Gerd Köster, der Tom Waits auf Kölsch gesungen hatte. Aber am Ende war sie zu den Ursprungstexten in Englisch zurückgekehrt.

Die Lieder, die Tom Waits mit seiner testosterongeschwängerten, rauchigen Whiskystimme gesungen hatte, nun von einer Frau zu hören, fanden einige Menschen zumindest interessant. Sie stieß bei den einen auf herbe Ablehnung, als sei das Ganze Gotteslästerung, bei anderen wiederum aber zunehmend auf Begeisterung.

Sie hatte eine Liebesgeschichte hinter sich, die nach dem Höhenflug mit Gewalttätigkeiten endete. Sie ahnte, was mit Yvonne Diercks los war. Sie nahm sich ein Herz und betrat das Krankenzimmer.

Die Blumen konnten nicht darüber hinwegtäuschen, dass mit der Frau etwas nicht stimmte.

»Und Sie wollen uns noch nicht verlassen? Gefällt es Ihnen so gut bei uns?«, scherzte Elisa.

Yvonne bemühte sich zu lächeln. Es geriet etwas schief, denn sie befürchtete, rausgeworfen zu werden. »Nein, es geht mir wirklich noch nicht gut, und ich wäre froh, wenn ich noch eine Nacht bleiben könnte.«

»Früher«, bemerkte Elisa, »hat man die Patienten so lange wie möglich in den Betten gehalten. Da haben wir noch pro Nacht Geld bekommen. Aber inzwischen haben sich die Dinge gewandelt. Krankenhäuser werden ganz neu«, sie malte Anführungszeichen in die Luft, »gerechnet. Jetzt ist das Motto eher: Schnell rein, schnell raus.«

»Es geht mir aber wirklich noch nicht gut.«

»Ihre Hausärztin ist Frau Dr. Scholle?«

»Ja.«

»Die kann das gut übernehmen.«

»Ich kann also nicht länger bleiben?«

Elisa trat ans Bett, legte eine Hand auf Yvonnes Unterarm und sah ihr in die Augen. Sie beugte sich ein bisschen tiefer zu ihr runter. »Sie haben Angst, Yvonne. Wollen Sie reden?

Yvonne schüttelte den Kopf. »Wie kommen Sie denn darauf?«

»Ich kenne das. Ich war auch mal in so einer Situation«, sagte Elisa.

»In was für einer Situation?«

»Einer gewalttätigen. Sie wollen hierbleiben, weil Sie hier sicher sind, stimmt's?«

Yvonne antwortete nicht, sondern wandte den Blick bewusst ab und sah aus dem Fenster.

Elisa vermutete, dass Yvonne mit den Tränen kämpfte. Sie blieb am Bett stehen. So leicht ließ sie sich nicht abwimmeln. Yvonnes Not war für sie fast greifbar.

»Ist es der coole Typ, der ständig mit Blumen in den Flossen hier auftaucht?«

Yvonne antwortete nicht.

»Ich glaube, auf den wäre ich auch reingefallen. Es sind immer die Blender ... ist ja klar. Wenn man von vornherein wüsste, was einen erwartet, würde man ja nicht drauf einsteigen ...«

Abrupt wandte Yvonne den Kopf um. Ihr Gesicht hatte jetzt etwas Trotzig-Freches. Sie versuchte, jemand zu sein, der sie nicht war, ein Gefühl zu heucheln, das sie nicht hatte. Sie funkelte Elisa an.

»Wollen Sie mich rausschmeißen? Bin ich nur noch ein Kostenfaktor?«

Elisa ging gar nicht darauf ein. Es wurmte sie zu sehen, wie sehr Yvonne versuchte, ihren Peiniger zu schützen. Sie kannte auch das von sich selbst. Ihr Vater hatte es damals beendet. Kurz vor seiner Pensionierung hatte er ihrem Heiko »was aufs Maul gehauen«, wie er es in seiner üblichen Art lakonisch ausdrückte.

Yvonne war Waise. Da gab es keinen Vater mehr, der für seine Tochter eine blutige Nase riskierte. Aber es gab auch andere, vielleicht bessere Wege. Elisa versuchte, einen aufzuzeigen: »Falls Sie vom Fahrrad gefallen sind, vergessen Sie das ruhig. Falls nicht, wir haben Adressen von Organisationen, die Frauen und Kindern in so einer Situation helfen. Es gibt Frauenhäuser, psychologische Beratung und …«

»Ich brauche das alles nicht!«, giftete Yvonne. »Bloß, weil Sie mal Probleme mit Ihrem Ex hatten, projizieren Sie das jetzt auf alle anderen Frauen. Geht es Ihnen dadurch besser?«

Elisa trat einen Schritt vom Bett zurück. Damit hatte sie nicht gerechnet. Obwohl, wenn sie einen Moment darüber nachdachte, musste sie sich eingestehen, dass sie damals ihre Mutter angebrüllt hatte, als die den ersten Verdacht geäußert hatte, dass Heiko wohl seine Aggressionen nicht unter Kontrolle hätte.

»Ich habe hier ein paar Adressen mit Telefonnummern. Und wenn Sie den Leuten nicht trauen, weil Ihnen das zu anonym ist, ich glaube, da kann Ihre Ärztin auch weiterhelfen.«

Yvonne richtete sich im Bett auf und keifte: »Heißt das, ich muss das Krankenhaus jetzt verlassen?«

Elisa ging zur Tür. Dort drehte sie sich um, lehnte sich gegen die Tür, um zu zeigen, dass sie bereit war, durchaus länger zu bleiben, und sagte: »Nein, das heißt es keineswegs. Aber ich wollte Ihnen auf jeden Fall ein paar Adressen geben und ein Hilfsangebot machen, von Frau zu Frau.«

»Ja, danke«, zischte Yvonne, und es klang wie: *Lass mich in Ruhe, du blöde Kuh!*

Als Elisa die Tür hinter sich schloss, konnte Yvonne ihre Tränen nicht mehr zurückhalten. Sie drückte ihr Gesicht ins Kissen, damit niemand sie hörte. Sie biss in den Bezug.

Sie wollte Geros Wunsch nach Ruhe respektieren. Vielleicht brauchte er die Zeit alleine im Haus wirklich. Sie überlegte, ob sie für ein, zwei Tage ins Hotel gehen sollte, um ihm ihr Elternhaus zu überlassen. Einerseits kam ihr der Gedanke logisch vor, andererseits erschien es ihr völlig blödsinnig. Aber hier im Krankenhaus darum zu betteln, noch bleiben zu dürfen, war einfach unwürdig.

Gero meinte es bestimmt gut, aber die Welt war nicht so, wie er sie sich vorstellte.

Sie nahm ihr Handy, um ihn anzurufen, doch dann befürchtete sie, seine Ruhe zu stören. Er hatte ihr mehrfach gesagt, sie solle ihn nicht aus seinen Gedanken reißen. Er würde sie kontakten, wenn er sie sprechen wolle.

Er hatte einen Anruf von ihr, von dem er sich gestört gefühlt hatte, sogar mit dem Schlüssel eines Justizvollzugsbeamten verglichen, der die Zellentür öffnet. »Immer haben andere entschieden, wann sie bei mir reinkommen. Nie konnte ich in den letzten Jahren entscheiden. Das will ich nicht mehr«, hatte er beteuert. »Wenn ich Kontakt will, melde ich mich. Ich lasse mir nichts mehr aufdrängen.«

Auf keinen Fall wollte sie aufdringlich erscheinen. Wenn sie nur besser verstehen würde, ihn zu nehmen, dachte sie, würde alles gut werden.

Ihre Eltern hatten noch vor ihrem Tod nach einem Einbruchsversuch am Haus Videokameras anbringen lassen. Die Kameras reagierten auf Bewegungen und nahmen die Eingangstür, zwei Fenster und das Garagentor auf. Yvonne konnte auf dem Bildschirm ihres Handys, wenn sie die App anklickte, sehen, wer rein- und rausging. Es stand sogar bei jeder Kamera, wie viele Aufnahmen in den letzten vierundzwanzig Stunden gemacht worden waren, also, wie viele Bewegungen es gegeben hatte.

Die Kamera, die auf die Haustür gerichtet war, hatte 1700 verschiedene Ereignisse registriert. Das lag allerdings nicht daran, dass Gero eine große Party gegeben hätte, sondern eine Spinne hatte vor der Videokamera ihr Netz gespannt, und jedes Mal, wenn der Wind am Spinnennetz zerrte, machte die Kamera neue Aufnahmen.

Die Tür dahinter war ohnehin nicht richtig zu sehen, weil Blätter die Hälfte des Kamerabildes verdeckten. Es reichte eben nicht, eine Überwachungskamera anzubringen, sie musste auch gepflegt und sauber gehalten werden. Die Kamera, die die Garage aufnahm, war völlig intakt und lieferte klare Bilder.

Yvonne hatte ein blödes Gefühl dabei, ihm nachzuspionieren. Nein, das wollte sie auf keinen Fall. Es war doch mehr die Sehnsucht, die sie trieb. Sie wollte gerne schauen, wie es ihm ging. In der Wohnung waren keine Kameras angebracht.

Aber was sie dann sah, gefiel ihr überhaupt nicht. Die Aufnahmen mussten in der Nacht gemacht worden sein. Darunter standen sogar das Datum und die genaue Uhrzeit. Eine junge Frau stieg bei ihm ein, und sie fuhren gemeinsam weg.

Knapp zwei Stunden später kamen sie zurück. Die junge Frau verschwand mit ihm im Haus.

Einerseits schämte Yvonne sich, weil sie ihn beobachtete, andererseits war sie fürchterlich eifersüchtig, und gleichzeitig entschuldigte sie ihn. Vielleicht war das seine Schwester. Hatte er den Kontakt zu ihr wiederhergestellt, der ihm im Gefängnis verlorengegangen war?

Es war alles so verflucht kompliziert. Doch sie würde auf keinen Fall länger im Krankenhaus bleiben. Sie hatte nicht vor, zu warten, bis sie rausgeschmissen wurde.

Sie begann, ihre Sachen zu packen. Dann hielt sie inne. Er würde sie bestimmt wieder besuchen kommen. Dann wäre sie nicht da. Er konnte so schrecklich jähzornig werden.

Sie musste ihm vorher mitteilen, was sie tat. Sie konnte ihn nicht einfach vor vollendete Tatsachen stellen. Sollte sie zuerst nach Hause fahren, mit ihm reden und ihn dann, wenn er es brauchte, alleine lassen? Sollte er doch ruhig das schöne Haus und den Garten ein paar Tage ganz für sich genießen.

Sie dachte erneut darüber nach, ins Hotel gehen. Es waren zwar schon viele Touristen hier, aber es gab immer noch eine Möglichkeit, in einer Ferienwohnung unterzukommen, weil Gäste kurzfristig abgesagt hatten. So etwas passierte immer. Leute wurden krank, Ehepaare verzankten sich …

Sie kannte hier ja einige Ferienwohnungsbesitzer und Hoteliers. Aber genau bei denen wollte sie sich nicht melden. Sie wollte sich so wenig wie möglich erklären müssen. Am liebsten hätte sie sich anonym irgendwo eingemietet. Aber trotzdem wollte sie ganz nah dranbleiben. In seiner Nähe, aber ohne ihn zu stören.

Sie sah aus dem Fenster. Am blauen Himmel war eine V-förmige Flugformation von Vögeln zu sehen.

Alles könnte so schön sein, dachte sie. Warum ist es immer so kompliziert?

Sie versuchte, den Gedanken zu verdrängen, dass die junge Frau höchstwahrscheinlich nicht seine Schwester war. Betrog er sie mit einer anderen und forderte sie deshalb auf, im Krankenhaus zu bleiben? Wälzte er sich mit einer Jüngeren in ihrem Elternhaus peinlicherweise sogar in ihrem Bett?

Wut keimte in ihr auf, und doch entschuldigte sie ihn gleichzeitig wieder. War es nicht verständlich, dass er vieles nachholen wollte? Immerhin hatte er ein paar seiner besten Jahre im Gefängnis verbracht. Unschuldig, weil eine gehässige verschmähte Frau ihn mit Falschaussagen beschuldigt hatte. So zumindest hatte er es ihr erklärt.

Manchmal zweifelte sie an seiner Geschichte. Doch dann wieder wollte sie sie so gern glauben.

⚓

Marion Wolters hatte so viele Pläne gehabt, an ihrer Fitness zu arbeiten. Sogar einen Vertrag mit dem EasyFitness-Sportcenter hatte sie unterschrieben, war aber dann nur dreimal zum Training erschienen.

Schließlich hatte sie sich auf Anraten einer Freundin eine Apple-Watch gekauft. Eine intelligente Uhr, die mehr anzeigte als die Zeit, unter anderem auch den Sauerstoffgehalt des Blutes, ihre Herzfrequenz, wie viel sie gelaufen oder wie viele Kalorien sie beim Sport verbrannt hatte. Immerhin, die neue Uhr trug sie am Handgelenk, und es war ihr auch gelungen, sie selbst zu konfigurieren. Doch davon nahm sie leider noch nicht ab. Die Uhr war jetzt wie ein Mahnmal und bereitete ihr ein schlechtes Gewissen.

Marion nahm sofort eine Abwehrhaltung ein, als Rupert hereinkam.

»Wieso«, fragte Rupert, »steht in deinen Akten nicht, welche Farbe der Wagen von dem angeblichen Entführer hatte, den die Oma bei dir gemeldet hat? Wir brauchen Kennzeichen, Fahrzeugmodell, Farbe, na halt das ganze Programm.«

»Du liest Akten?«, fragte Marion Wolters spitz zurück.

»Nein«, gestand Rupert offen, »aber sonst hätte Ann Kathrin mich nicht losgeschickt, um dich zu fragen.«

Marion strich sich die Haare aus dem Gesicht. »Wieso schickt sie dich und fragt mich nicht selbst?«

Rupert klemmte seine Daumen hinter den Hosengürtel und stellte sich in eine Positur, von der er glaubte, dass Frauen sie unwiderstehlich fanden. Er wollte Marion keineswegs anmachen, sie war überhaupt nicht sein Typ, aber er wollte ihr zeigen, was für ein begehrter Mann er war. Sie sollte ruhig wissen: Sie würde ihn nie kriegen.

»Ich glaube«, sagte er betont nachdenklich, »unsere Prinzessin findet, du solltest mehr kontrolliert werden. Ja, sie setzt mich zunehmend als eine Art Controller ein, weil sie weiß, dass ich einen unbestechlichen Blick habe.«

Marion sah auf ihre Fingernägel, als hätte sie die gerade erst lackiert, und pustete demonstrativ darüber. Sie zuckte mit den Schultern: »Die gute Dame wusste weder, ob es eine Entführung war oder ob nur ein Papa Krach mit seiner Tochter hatte. Noch konnte sie das Auto beschreiben. Vom Kennzeichen mal ganz zu schweigen. Die Farbe des Wagens war abwechselnd Blau oder Schwarz. Sie nannte es Reiche-Leute-Auto, protziger Schlitten, Angeberkutsche und Schlüpferstürmer. Kannst du was damit anfangen?«

Rupert wollte auf keinen Fall, dass dieser Punkt an Marion

Wolters ging, deshalb tat er so, als sei das eine sehr hilfreiche Information. »Nun, das ist doch schon mal was. Warum schreibst du das nicht in deine Akten? Immerhin wissen wir jetzt, dass es kein Twingo ist, wie unsere Lieblingskommissarin ihn immer noch fährt, kein Smart und kein klappriger Golf. Die Kiste ist weder rosa noch pink, und er saß auch nicht in einem gelben Postauto.«

Marion Wolters öffnete eine Tupperdose, in der mehrere Kuchenstückchen lagen. Sie griff hinein und aß mit herausgestelltem Genuss. »Möchtest du auch?«, fragte sie.

»Selbstgemacht?«

Sie nickte mit vollem Mund. »Ohne Zucker und ohne Weizenmehl.«

»Kuchen? Ohne Zucker und ohne Weizenmehl?«, wiederholte Rupert ungläubig. Er nahm aber trotzdem ein Stück, biss hinein und nutzte die Gelegenheit, ihr eins zu verpassen: »Genau so schmeckt es auch. Ein bisschen wie parfümiertes Klopapier.«

Er war schon in der Tür, da rief sie hinter ihm her: »Wirklich? Ich hatte keine Ahnung! Ich esse nie parfümiertes Klopapier!«

Er musste sich nicht umdrehen. Er wusste, dass sie ihm hinter seinem Rücken den Stinkefinger zeigte.

Er tat es ebenfalls.

⚓

Wolfgang Weßling hatte die kleine Mara bei den Tappers abgeholt und zu ihrer Mutter in die Polizeiinspektion gebracht.

Mutter und Kind zu trennen und Mara in den Schutz des Jugendamtes beziehungsweise einer Pflegefamilie zu übergeben kam für Weller nicht in Frage. Er blockte solche Vorschläge mit einem kurzen: »Nein, das machen wir anders.«

Elisabeth Schwarz versuchte noch einmal, ihm aus polizeilicher Perspektive nahezulegen, warum das Kind bei der Mutter gefährdeter sei, doch Weller schüttelte den Kopf. Er konnte stoisch sein, wenn er etwas durchsetzen wollte. Das hatte sie inzwischen auch schon begriffen.

»Ich habe zwei Töchter«, sagte er, als sei das Argument genug. »Das ist alles schon emotional belastend genug für Mutter und Tochter. Sie sollen zusammenbleiben.«

»Er sucht eine Frau mit Kind«, gab Frau Schwarz zu bedenken.

Weller lächelte müde. »Er wird ja seine Tochter sowieso kennen. Und seine Exfrau auch ... Ich werde bei ihnen sein, und wenn er den Fehler macht, sie aufzusuchen, dann ...« Weller deutete mit seiner Faust an, was er vorhatte.

»Sie werden nicht bei ihr bleiben ...« Fast hätte sie Weller mit seiner Nummer angeredet, mit der sie ihn im Kopf abgespeichert hatte. Sein Matt in achtzehn Zügen.

Er erkannte es, und in einer anderen Situation hätte es ihn vermutlich wütend gemacht, doch jetzt spielte es für ihn keine Rolle mehr. Er erinnerte sich an Ann Kathrins Spruch: *First things first.* Wie recht sie da hatte!

Er sah seine neue Chefin also nur an. In seinem Blick lag eine gewisse Aufmüpfigkeit und ein Misstrauen gegen jede Obrigkeit, wie es vielen Ostfriesen zu eigen war. Hier kam man mit Dienstanweisungen und Befehlen nicht weiter. Hier musste man schon argumentieren, so weit war sie inzwischen auch schon.

Deshalb fuhr sie fort: »Sie werden hier gebraucht, Herr Weller.« Sie überlegte einen Augenblick, dann sagte sie nicht

Ich brauche Sie hier, sondern warf ein wirksameres Argument in den Raum, »Ann Kathrin braucht Sie hier.«

»Mutter und Kind sind völlig verunsichert«, betonte Weller, und es kam ihm vor, als hätte er das schon mehrfach erwähnt. »Da kann jetzt nicht noch alle paar Stunden ein neuer Aufpasser kommen.«

Polizeidirektorin Elisabeth Schwarz räusperte sich und drückte ihren Rücken durch. Sie sah Weller gerade in die Augen und erläuterte ihm die Situation: »Für so etwas gibt es speziell ausgebildete Begleiterinnen beim BKA. Ich habe bereits zwei mir persönlich bekannte Kolleginnen angefordert. Sie sind unterwegs. Entweder wir bringen sie noch heute Abend mit dem Schnellboot rüber zur Insel, oder sie kommen morgen früh mit dem ersten Flieger.«

»Ann Kathrin hat mir nichts davon gesagt«, konterte Weller.

»Es war auch nicht ihre Idee, sondern meine. Idee ist eigentlich ein bisschen zu viel gesagt. Das ist das normale Vorgehen. Es sind ausgebildete Spezialistinnen. Im Nahkampf. In der Beobachtung. Erfahrene Frauen, die ...«

»Im Gegensatz zu mir Provinztrottel, oder was?«, fragte Weller.

»Herrgott, warum sind hier alle immer so empfindlich?«

Weller schluckte und überlegte, ob er wirklich unhöflich war. Kam er bei anderen Menschen so rüber? Oder tat er hier gerade einfach nur das Richtige?

»Ich kenne die Frauen nicht«, sagte er.

»Und wen Sie nicht kennen, dem trauen Sie nicht, stimmt's? Deswegen traut auch mir hier niemand und Herrn Nowak und Herrn Hering erst recht nicht. Manchmal kommt es mir vor, als sei das hier das kleine gallische Dorf, das sich gegen den Rest der Welt verteidigt. Aber so läuft das nicht, Herr Weller. Ostfriesland ist Bestandteil dieser Welt. Und Sie und ich auch. Und nun bringen Sie sie rüber. Beziehen Sie mit ihr das Quartier. Und dann überlassen Sie es anderen Leuten. Es kommen übrigens nicht nur zwei Frauen, sondern es kommen zwei Teams. Sie sehen, wir nehmen das ernst.«

Weller war schon bei der Tür, um endlich seine Aufgabe zu erfüllen, doch er hielt noch einmal inne.

Da er nichts sagte, fuhr sie ihn an: »Ja, was ist denn noch?«

»Ich hätte gerne Fotos von den Frauen. Namen. Referenzen.«

Sie war empört: »Das ist doch hier kein Casting oder ein Vorstellungsgespräch! Die bewerben sich nicht bei uns. Ich bin froh, dass ich die gekriegt habe. Ich habe Beziehungen spielen lassen, um ...«

Weller knackte mit den Fingern. »Ja. Glaube ich gerne. Trotzdem will ich wissen, mit wem ich es zu tun habe.«

Sie stöhnte genervt. »Herr Weller, Sie sind hier nicht gewählter Sheriff, und das ist auch nicht Ihr privater Feldzug. Ich kann ja verstehen, dass Sie den Helden spielen wollen, aber geben Sie jetzt nicht den Sommerfeldt, verdammt nochmal!«

Wenn der seine Finger im Spiel hätte, wäre die Sache längst erledigt, dachte Weller, sagte es aber nicht, sondern schluckte die Worte runter. Vielleicht hatte er den Serienkiller Dr. Bernhard Sommerfeldt noch nie so gut verstanden wie in diesem Moment.

Er erinnerte sich an Sommerfeldts Auftritt vor Gericht. Er hatte überhaupt nichts bereut, sondern all seine Morde gestanden und erklärt: »Ich bin wie ein Radiergummi in der Hand eines Künstlers. Ich befreie die Welt von Fehlern.«

Als würde er mit Sommerfeldt sprechen, sagte er zum Abschied: »Wir halten uns an die Gesetze.«

»Das will ich doch auch hoffen!«, rief die Polizeidirektorin hinter ihm her. In ihrer Stimme lag Hoffnung, aber auch Zweifel an Wellers Worten.

Sie hatte es sich schon anders überlegt und wollte hinter ihm her, um ein Exempel zu statuieren. Vielleicht musste sie durch einen harten Schnitt klarmachen, dass sie hier wirklich die neue Chefin war und auch vorhatte, Entscheidungen zu fällen.

Sie lief ihm nach, doch als sie den Raum betrat, in dem Mutter und Kind warteten, wusste sie instinktiv, dass es die richtige Entscheidung war, Weller mit den beiden fliegen zu lassen.

Dieser Raum, unter psychologischer Beratung extra dafür geschaffen, um mit Kindern besser reden zu können, sah ein bisschen aus wie ein Wohnzimmer in einer ganz normalen Wohnung, in der Kinder lebten, die immer mehr Besitz von dem Zimmer genommen und deutliche Spuren hinterlassen hatten. Ein Verkehrs-Spielteppich lag am Fenster, darauf Autos. In einer anderen Ecke Bauklötze auf einem blauen Teppich. Viel Holzspielzeug, ein paar Puppen, aber auch ein Sofa und zwei Sessel. Ein ovaler Tisch, so niedrig, dass Kinder gut drübergucken konnten. Plastikgeschirr. An den Wänden einige bunte Poster. Es gab sogar eine Leseecke, darin lagen zwei Handpuppen.

Weller konnte das Zimmer erst vor wenigen Minuten betreten haben, denn bis vor kurzem hatte sie ja noch mit ihm verhandelt. Aber er und Mara waren schon auf dem besten Weg, Freundschaft zu schließen. Während die Mutter, von Zukunftsängsten gebeutelt, zerknirscht im Sessel saß und an einer Teetasse nippte, kniete Weller vor einem großen Teddy und redete mit ihm, als sei er eine reale Person.

Mara stand keinen halben Meter von den beiden entfernt, hörte zu und klatschte vor Freude in die Hände.

»Lass uns tauschen«, schlug Weller vor, »du kriegst meine Ohren und ich deine.« Der Teddy schüttelte den Kopf, und Weller fragte: »Warum denn nicht?«

Mara lachte.

Weller streichelte dem Teddy über den Bauch und sagte: »Ich hätte auch gerne so einen schönen, kuscheligen Bauch. Können wir dann wenigstens die Bäuche tauschen?«

Das machte Mara Spaß.

»Ach«, sagte Weller zum Teddy, »du willst etwas für die Ohren haben? Na gut, ich kann dir ein Kunststück beibringen. Was hältst du davon? Guck mal, was ich mit meinen Ohren machen kann.«

Weller zog sich links am Ohr und rechts schoss eine Zunge aus dem Mund. »Kannst du das auch?«, fragte Weller den Teddy und zwinkerte Mara zu. Die kicherte: »Bestimmt nicht.«

»Willst du mal ziehen?«, fragte Weller die begeisterte Mara.

Sie zog an Wellers Ohr, und wieder kam seine Zunge aus dem Mund.

Die Kleine machte es ihm nach. »Guck mal, ich kann das auch.«

»Dann bringen wir beide es dem Teddy bei, was meinst du?«

Elisabeth Schwarz blieb im Türrahmen stehen. Fast hatte sie Angst, die Situation zu stören. Fasziniert betrachtete sie Weller und fragte sich, ob er das nur machte, um das Kind zu beschäftigen und Vertrauen aufzubauen, oder ob es ihm vielleicht wirklich Spaß machte, denn genauso wirkte es auf sie.

Sie ging leise zu Sophie und fragte: »Frau Hauser, ist es o.k. für Sie, wenn er Sie nach Juist begleitet?«

Sophie nickte stumm, machte dabei aber einen durchaus zufriedenen Eindruck.

Weller wurde jetzt zum Pferd, und Mara setzte den Teddy auf ihn drauf. Sie hielt den Teddy fest und versuchte gleichzeitig, auf Wellers Rücken zu krabbeln.

Elisabeth Schwarz verstand, dass Weller etwas Teddyhaftes hatte und ein bisschen selbst noch ein Kind war oder zumindest das schlafende Kind in sich wecken konnte. Sie zog sich leise zurück. Als sie die Tür schloss, hörte sie Wellers Wiehern und Maras Lachen.

Eine knappe Stunde später saßen Hauptkommissar Frank Weller, Sophie Hauser und ihre Tochter Mara im Flugzeug nach Juist.

Weller hatte einen kleinen Essensvorrat dabei, zumindest für die ersten zwei, drei Tage waren sie auf der Insel gut versorgt.

Sophie wirkte auf Weller, als hätte sie Flugangst, Mara dagegen genoss die Aussicht, guckte mit Weller aus dem Fenster und scherzte mit ihm.

Der Pilot sprach Sophie an, ob sie zum ersten Mal nach Juist flöge. Sie bejahte, klang dabei aber merkwürdig abwesend und so, als hätte sie keine Lust, sich mit dem Piloten zu unterhalten. Sie drehte sich zu Weller und Mara um und sah den beiden zu.

Weller wettete gerade mit Mara, ob sie die Fluggänse überholen würden oder ob die Gänse schneller seien als das Flugzeug. Sie feuerten den Piloten an, er solle schneller fliegen und die Gänse überholen. Er war kinderlieb genug, mitzumachen, tat so, als müsse er sich riesig anstrengen und alles aus der Maschine herausholen, um die schnellen Gänse zu überholen.

»Wir schaffen das«, rief er, »wir schaffen das!«

Und als sie tatsächlich an den Gänsen vorbeiflogen, klatschten Weller und Mara ihm Beifall.

Nach der Landung der Maschine, als sie ausstiegen, stieß Sophie sich den Kopf an einem Flügel an.

»Das ist mir auch schon ein paarmal passiert«, sagte Weller, »deswegen mache ich manchmal so einen verblödeten Eindruck.«

Auch das gefiel Mara. Sie tröstete ihn aber gleich: »Du bist nicht blöd«, und nahm seine Hand.

Wie sehr das Kind sich doch einen Vater wünscht, dachte Sophie. Sie hatte das Gefühl, abweisend zu Weller gewesen zu sein. Sie reagierte kaum auf ihre Umwelt, befand sich innerlich wie in Schockstarre. Sie fühlte sich in einem unsichtbaren Käfig gefangen.

Sie schaffte es aber, Weller aus ihrem Käfig heraus eine Frage zu stellen: »Sie können gut mit Kindern, was?«

Weller lachte. »Ja, ich war ein Mädchenpapa, und ich war es gerne.«

»Das sieht man«, bestätigte Sophie.

⚓

Marion Wolters und Ann Kathrin Klaasen begegneten sich auf dem Flur. Gestisch war gleich klar, dass Ann Kathrin eigentlich vorhatte, zu Marion zu kommen, um mit ihr zu reden. Trotzdem stellte sich Marion so hin, als wolle sie Ann

Kathrin bewusst den Weg versperren und fragte: »Sag mal, wieso schickst du Rupert zu mir, wenn du etwas über Frau Gruß wissen willst? Wolltest du ihn etwa nur loswerden?«

Ann Kathrin lachte: »Nein, ich habe ihn nicht zu dir geschickt. Ich hatte den Namen der Zeugin vergessen, und ich wollte, dass er dorthin geht, um sie noch mal zu befragen. Als du da warst, wussten wir ja nicht, ob sie eine verwirrte alte Dame ist oder wirklich etwas gesehen hat. Jetzt hat ihre Beobachtung ja eine ganz andere Bedeutung. Deshalb sollte Rupert zu ihr.«

Marion Wolters wirkte erleichtert über diese Erklärung, aber trotzdem reichte es ihr nicht: »Und warum gibst du mir diesen Auftrag nicht? Ich kenne sie doch immerhin schon.«

Ann Kathrin tippte Marion Wolters mit dem Zeigefinger auf die Brust: »Aber dich brauche ich hier für was ganz anderes.«

Ann Kathrin stellte sich anders hin und reckte einmal den Kopf, ob auch niemand im Flur mithören konnte. »Ich will Big Aslan besuchen, und ich wüsste vorher gern alles über ihn. Auch das, was nicht in den Zeitungen steht. Frag ruhig Kollegen, die mal gegen ihn ermittelt haben. Vielleicht kommen wir an alte Gerichtsakten …«

Erfreut sagte Marion Wolters: »Keine Sorge, Süße. Ich werde dich so richtig gegen ihn munitionieren, wenn du vorhast, ihn in die Mangel zu nehmen …«

»Vielleicht kannst du auch herausbekommen, wo er sich im Moment aufhält, Marion. Ich würde ihn lieber da, wo er ist, überraschen, statt ihn vorzuladen.«

»Kluge Frau!« Marion Wolters hielt inne. »Habe ich einen Wunsch frei?«, fragte sie.

Ann Kathrin zuckte mit den Schultern. »Raus damit.«

»Darf ich dich begleiten?«

»Hast du eine Rechnung mit ihm offen?«

»Ich steh auf *bad boys*, das weißt du doch ... Nee, im Ernst«, fuhr Marion fort, »so einen Macho wollte ich mir schon immer mal zur Brust nehmen. Ich darf ja immer nur organisieren und recherchieren, und ich würde gerne mal ...«

»Ich überlege es mir«, antwortete Ann Kathrin.

⚓

Sophie Hauser registrierte, dass Weller und der Pilot sich bei der Verabschiedung umarmten. Das war ihr gleich zu Beginn in Ostfriesland aufgefallen: Irgendwie kannten sich alle, hatten eine Beziehung zueinander, waren befreundet oder verfeindet. Anonymität gab es nicht. Und gerade auf dieser Insel sollte sie anonym irgendwo ein neues Leben anfangen? Ihr war klar, dass es von hier aus weitergehen würde. An einen anderen Ort. In eine Großstadt vermutlich. Ganz sicher würde man nicht ihr und Mara helfen, auf Juist ein neues Leben zu beginnen.

Vom Flugplatz aus ging es mit der Pferdekutsche weiter. Mara war begeistert.

»Ja«, lachte Weller, »hier fährt keine S-Bahn. Hier hat mal einer versucht, eine Tankstelle aufzumachen, aber der ist jämmerlich gescheitert. Der Laden war ziemlich schnell pleite. Weißt du, warum, Mara?«

Die Hälfte der Worte, die er gebraucht hatte, verstand sie vermutlich gar nicht, doch sie nickte fröhlich, weil es ihr einfach Spaß machte, dass ein Erwachsener so liebevoll mit ihr sprach. Einer, der angstfrei wirkte und in der Lage war, Stabilität zu geben.

»Weil hier keine Autos fahren dürfen, Mara. Da hat man es mit einer Tankstelle einfach schwer.«

Weller lachte über seinen eigenen Witz, und Mara lachte, weil er lachte.

Wenn ich noch mal die Wahl hätte, dachte Sophie, würde ich mich für dich entscheiden, Frank Weller, und ganz bestimmt nicht für Gero Kaiser.

Ihr Haus war nicht weit von der Reitschule entfernt, in die Dünen geduckt. Vom Garten aus konnte man das Meer sehen. Alles war verwildert. Sanddorn, Hibiskus, Forsythien, Flieder, Rosen.

Das Haus gehörte einem ehemaligen Kollegen, der es manchmal vermietete, aber längst nicht an jeden, und sich nicht mehr wirklich darum kümmerte, sondern seine kranke Frau in Nürnberg pflegte.

»Ich werde hier schlafen«, sagte Weller und zeigte auf ein großes Sofa. Von da aus hatte er die Eingangstür im Blick und die Fensterfront.

Während Mutter und Tochter sich im Haus einrichteten und in der Küche suchten, was alles vorhanden war, kontrollierte Weller die Sicherheit der Hintertür. Sie war mit einer Kette und zwei schweren Eisenverriegelungen gesichert. Hier kam niemand rein, ohne gehört zu werden.

Mara fand das ostfriesische Geschirr toll und bekam gleich Hunger auf Nudeln. Nudeln gehörten natürlich zu Wellers Vorrat. Stolz packte er aus. Er hatte auch fertige Tomatensoße dabei und war Sophie dankbar, dass sie keine spitze Bemerkung darüber machte, warum er keine frische Soße machen würde. In einer anderen Situation hätte Weller niemals Tomatensoße aus der Dose genommen, aber dies hier waren nicht die Gourmettage. Es ging jetzt um Sicherheit.

»Morgen«, sagte er, »wenn die Wachablösung kommt, kann ich ja für euch noch im Supermarkt einkaufen gehen. Dann bringe ich frische Tomaten mit, Obst und so …«

»Es ist alles gut«, sagte Sophie. »Sie sind sehr nett zu uns, Herr Weller. Sie geben sich so viel Mühe …«

Es kam ihr jetzt komisch vor, den Mann, mit dem sie die Nacht hier verbringen würde, zu siezen. Sie schlug vor: »Sollen wir nicht du zueinander sagen? Ich meine, wenn wir hier schon in einem Haus zusammen wohnen …«

Eigentlich verstieß es gegen die Regeln. Es galt, einen gewissen Abstand zu wahren und die Person zwar zu bewachen und ein Vertrauensverhältnis aufzubauen, aber auf keinen Fall sollten tiefere Bindungen entstehen, denn die waren später nicht lebbar. Im richtig harten Zeugenschutzprogramm mussten die Geschützten wirklich neu anfangen und alle Kontakte, die aus ihrem früheren Leben noch existierten, abbrechen. Selbstverständlich auch die zu Polizeibeamten, die ihnen beim Neuanfang geholfen hatten.

Nun ging es hier nicht gerade um eine Zeugin, die von einer Verbrecherorganisation bedroht wurde. Eigentlich hätte Sophie auch in ein Frauenhaus gekonnt, wäre da nicht der Doppelmord in Dinslaken gewesen. Diese Nummer war für jedes Frauenhaus zu heiß.

Das Menschliche war Weller wichtiger als die Dienstregeln. Ausdrücklich stand ja übers Duzen oder Siezen nirgendwo etwas geschrieben. Wie meist im Leben war auch das nur eine Auslegungsfrage. War das schon ein zu enger Kontakt oder noch der Aufbau eines Vertrauensverhältnisses?

Er fand, dass die schwer erschütterte und verunsicherte Frau jetzt einen Duzfreund gut gebrauchen konnte, und willigte ein. »Ich heiße Frank«, sagte er.

Sofort beschäftigte er sich wieder mit Mara: »Hilfst du mir beim Spaghettikochen?«

Mara war sofort dabei. Er schob ihr einen Stuhl heran, so dass sie darauf stehend einen guten Blick auf die Arbeitsplatte und den Herd hatte. Weller zeigte ihr die Spaghetti. »Was meinst du, wie viele brauchen wir?«

Er legte drei verschiedene Haufen. Sie entschied sich für den größten.

»Aha – also großer Hunger«, folgerte Weller.

Mara nickte.

»Weißt du, woran wir merken, dass die Spaghetti gut sind? Hast du sie gerne ganz weich oder mehr so al dente? Weißt du, was al dente bedeutet?« Sie schüttelte den Kopf.

»Na, nicht so matschig, mehr noch so ein bisschen fest.«

Sophie fand im Wohnzimmerschrank Tabak und Zigarettenpapier. Zunächst roch sie daran, dann begann sie, sich eine zu drehen. »Eigentlich«, sagte sie zu sich selbst, »rauchst du ja nicht mehr, Sophie.«

Aber dies war nicht die Zeit für Prinzipienreiterei und um asketische Grundsätze durchzuhalten. Sie leckte am Zigarettenpapier und formte sich einen Glimmstängel, der fast so aussah, als sei er in der Fabrik gerollt worden.

Sie wollte vor die Tür gehen, um im Garten zu rauchen, doch Weller rief: »Bitte nicht!«

Sie öffnete die Tür einen Spalt. Wind pfiff herein. Sie zündete die Zigarette im windgeschützten Flur an.

»Nicht rauchen oder nicht rausgehen?«

»Beides könnte sehr ungesund sein«, grinste Weller.

Sophie drückte die Zigarette aus. Sie mochte seine Art, mit Problemen umzugehen. »Hast du Angst, dass er hier draußen auf uns wartet?«

»Nein, ich will nicht, dass du gesehen wirst. Und da draußen«, er deutete zum Küchenfenster, »kommt jetzt eine Gruppe Reiterinnen.«

»Wo? Wo?‹, rief Mara. Weller stellte sie auf die Arbeitsplatte, und so hatte sie einen freien Blick auf die Reiterinnen. Es waren drei Frauen, die witzigerweise alle lange Pferdeschwänze hatten.

»Normalerweise brauche ich dazu eine Ladung Zwiebeln und Knoblauch, viel Olivenöl und ...« Er war ganz froh, weil Mara einwandte, dass sie keine Zwiebeln mochte und auch keinen Knoblauch.

Als das Wasser sprudelte und er die Spaghetti hineinließ, bat er Mara, ab jetzt genau zu lauschen. »Wenn man nur gut aufpasst«, sagte er, »kann man hören, wie die Spaghetti rufen: *Hol mich raus! Hol mich raus! Ich bin fertig!*«

Falls die Sache nicht funktionieren sollte, warf er vorsichtshalber noch einen Blick auf die Uhr.

Er wollte ins Wohnzimmer zu Sophie, überlegte es sich dann aber anders und bat Sophie, in die Küche zu kommen. Er konnte die Kleine ja schlecht alleine in der Küche bei dem kochenden Topf lassen. Mara passte konzentriert auf die Nudeln auf.

Weller zeigte Sophie ein Handy. »Dein altes Handy kannst du natürlich nicht benutzen.«

»Ja«, sagte sie, »so schlau bin ich auch.«

»Dies hier wirst du aber immer bei dir tragen. Bitte nicht, um irgendjemanden anzurufen, den du kennst. Je weniger du es benutzt, umso besser. Es ist dazu da, dass du mich jederzeit erreichen kannst, falls wir uns verlieren sollten. Ich speichere meine Nummer ein, unter *Frank*. Notruf funktioniert natürlich auch, aber bitte ruf damit keine Freundin an oder so.«

»Warum«, fragte sie, »sind Männer so?«

»Wie?«, fragte Weller zurück.

»Na, einerseits so wie du. So liebevoll und sorgend. Und dann wieder …«

Frank versuchte, sie zu beruhigen: »Du meinst, ob ich auch so eine dunkle Seite habe? Nee du, ich glaube, das sind einfach unterschiedliche Typen von Männern. Es gibt sie wirklich, die guten und die bösen Jungs.«

»Das«, betonte Sophie, »ist bei Frauen bestimmt nicht anders.« Mit einem Seitenblick auf die Kleine sagte sie leise: »Du wirst nicht lange bei uns bleiben, oder?«

»Zwei Spezialistinnen vom BKA werden kommen und …«

Mara hatte den Dialog mitgekriegt. Sie rief: »Das will ich aber nicht. Du sollst bei uns bleiben!« Sie schlang die Arme um Franks Hals und würgte ihn in ihrer Zuneigung.

»Sein Bart«, sagte sie zu ihrer Mutter, »ist gar nicht stachelig, Mama. Fühl mal, der ist schön. So wuschelig!«

Weller war das Ganze ein bisschen unangenehm. Gleichzeitig war er gerührt. Er versuchte, die Kleine abzuschütteln, was ihm nicht gelang.

»Ich höre die Spaghetti rufen: *Hol mich raus! Hol mich raus! Ich bin fertig!*«

Mara lauschte: »Ich hör nichts!«

»Doch«, behauptete Weller. »Ich bin ganz sicher.«

Er hielt sie so auf dem Arm, dass sie in den Topf gucken konnte. Das Wasser blubberte.

»Hörst du, dieses Blubb Blubb, Blubb, Blubb. Das sind die Nudeln.«

»Du bist lustig!«, rief Mara und zog übermütig an seinem Bart.

Als sie gemeinsam am Tisch saßen und aßen, wirkten sie

ein bisschen wie eine kleine Familie. Sophie putzte sich mit der Serviette eine Träne ab und tat dann so, als hätte sie nur rote Soße von ihren Lippen tupfen wollen.

Mara war von den Spaghetti begeistert: »Die schmecken echt toll. Du sollst immer für uns kochen!«

»Ja«, log Sophie, »sie schmecken wirklich.«

Weller grinste. »Das war echt nicht mal Easy Cooking, Leute. Das war nicht mal Kochen. Das war eigentlich nur warm machen.«

»Dann kannst du ja immer für uns warm machen«, rief Mara.

⚓

Marion Wolters kam nicht nur mit brisanten Informationen zu Ann Kathrin, sondern auch mit zwei kugelsicheren Westen. In eine zwängte sie sich rein, die andere warf sie auf Ann Kathrins Schreibtisch.

Ann Kathrin fasste die Weste nicht einmal an: »Er hat den Opfern in die Stirn geschossen.«

»Trotzdem«, entgegnete Marion Wolters. Sie hatte Schwierigkeiten mit der Weste und maulte: »Früher haben Frauen ein Korsett getragen, das ging doch auch.«

»Hast du heute noch was vor?«, fragte Ann Kathrin.

Marion stellte sich hin, als sei dies eine Modenschau für apart getragene kugelsichere Westen.

»Stilsicher«, scherzte Ann Kathrin.

»Du müsstest mich erst mal im Korsett sehen.«

»Echt? Trägst du so was?«

Marion winkte ab und zog sich einen Stuhl ran. »Ich denke, wir beide fahren heute noch nach Hannover.«

»Warum?«

»Ich habe einiges über Big Aslan herausgefunden. Er ist ein sehr wohlhabender Geschäftsmann, der sein Geld gern in Immobilien anlegt. Er hat neue Büroräume in Hannover angemietet, in der Bahnhofsstraße. Ich glaube, von da aus will er seine Reisebüros betreiben. Der baut praktisch so etwas wie einen Konzern auf.«

»Wird da schwarzes Geld zu weißem?«, fragte Ann Kathrin.

»Boxt der Papst?«, fragte Marion zurück. »Er wird mit Sicherheit in Hannover sein, denn heute wird der Laden dort eröffnet. Es gibt eine Feier. Es ist eine Menge Volk eingeladen.«

»Und du meinst, wir sollten ihn dort befragen?«

»Big Aslan hat in Barsinghausen eine 14-Zimmer-Villa.« Als sei das erklärungsbedürftig, fügte Marion hinzu: »Barsinghausen ist kein Stadtteil von Hannover, auch wenn das viele denken, sondern eine selbständige Gemeinde.«

Ann Kathrin stand auf. »Also gut. Meinetwegen. Fahren wir direkt hin. Keine Vorankündigung. Wir melden uns nicht an. Wir klingeln und sind da.«

»Nicht ohne deine Weste, Ann.«

Ann Kathrin nahm die kugelsichere Weste und warf sie über die Schulter, wie sie im Sommer Kleidungsstücke mitnahm, die ihr zu warm waren.

»Wir sagen niemandem, wo wir hinfahren.«

»Aber bitte, Ann, nicht in deinem Twingo. Lass uns einen Dienstwagen nehmen.«

»Nein, ich will nicht mit einem Polizeifahrzeug aufkreuzen. Am besten noch mit Blaulicht und Sirene, damit die gleich ihre Drogen durch die Toilette spülen, wenn sie uns hören.«

»Wir haben«, frohlockte Marion, »noch einen konfiszierten Mercedes da. Sonderausstattung, mit allem Pipapo. So'n Schlitten bin ich noch nie gefahren. Den Kollegen ist bei einem Autounfall aufgefallen, dass Koks aus der Tür rieselte. Er hat zwar noch ein paar kleine Kratzer, steht aber fahrbereit in der Garage.«

»Okay«, grinste Ann, »nehmen wir den. Wenn schon Titanic, dann erster Klasse.«

⚓

Dalibor beobachtete die beiden Frauen. Sie waren ein ungleiches Paar. Eine mit ausladenden Hüften, kurvig, wie Rubens Frauen gerne gemalt hatte, seine Zielperson schmal, eher drahtig. Sie schienen sich gut zu verstehen.

Sie fuhren einen Wagen aus der Garage und montierten Nummernschilder daran. Es war ein leicht ramponierter, weißer Mercedes. Wenn er sich nicht täuschte, war das ein S 580. Ein Benziner, Höchstgeschwindigkeit 250. 375 PS. Unter 100 000 selbst in der billigsten Ausführung nicht zu haben.

Die beiden scherzten, gingen um den Wagen herum. Irgendwie hatten sie Spaß an der Situation. Keine von ihnen konnte sich so eine Kiste bei ihrem Gehalt leisten. Dalibor ahnte, woher der Wagen kam. Mit Sicherheit war er irgendwo beschlagnahmt worden und ganz sicher nicht bei einem kleinen Vorstadtzuhälter. Das edle Fahrzeug musste dringend in die Werkstatt und auch in eine Waschanlage.

Von weitem sah es aus, als würden die beiden Frauen mit einem Spiel aushandeln, wer fährt. Er kannte es als Schnick-Schnack-Schnuck oder Stein-Schere-Papier. Die Dralle gewann.

Selbst jetzt hätte er sie noch mit einem präzisen Schuss umbringen können, aber was interessierte ihn der Stress seines Auftraggebers? Mit ein bisschen Pech zog die andere die Waffe, es könnte zu einem Schusswechsel kommen oder er müsste beide erledigen – das alles würde stümperhaft aussehen.

Er beschloss, ihnen zunächst ein Stückchen zu folgen.

Sie nahmen die B 72 in Richtung Emden. Er ging davon aus, dass sie dort auf die Autobahn wollten. Er wettete mit sich selber. So etwas liebte er. Ja, das war das Spiel! Er nahm die Nebenstrecke, damit sie nicht so rasch darauf kommen konnten, dass er sie verfolgte. Auf der Autobahn würde er dann noch ein Stückchen in ihre Richtung mitfahren.

Er gab Gas, um schneller in Emden zu sein als sie. Er hatte Glück. Auf der Hauptstrecke gab es einen Stau, aber beim Weg über Wirdum und Loppersum hatte er freie Bahn. Er achtete darauf, von dem Blitzer am Ortseingang Emden nicht erwischt zu werden. Das waren hinterher vor Gericht immer die dümmsten Beweismittel. Wenn die Jagd begann, musste man die Strecke kennen.

Er wartete in Emden bei der Jet-Tankstelle.

Er tankte vorsichtshalber noch einmal voll, und das Glück war ihm hold. Er erlebte es als einen innerlichen Triumph. Ann Kathrin Klaasen und ihre lebenslustige Freundin nutzten ebenfalls die Gelegenheit, um hier noch einmal zu tanken. Sie wusste natürlich, dass auf dem Ostfriesenspieß Tankstellen knapp waren.

Marion Wolters kaufte sich noch zwei Schokoriegel. Immer, wenn es aufregend wurde, bekam sie Hunger auf was Süßes. Außerdem zwei Energydrinks, falls sie länger wachbleiben mussten. Ann Kathrin nahm eine Flasche Wasser.

Ihr macht es mir einfach, dachte er und ging an ihrem Mercedes vorbei, als hätte er nur vor, die Toilette aufzusuchen. Er ließ sein Portemonnaie fallen, bückte sich danach und brachte seinen magnetischen Ortungschip unter der Beifahrertür an. Ab jetzt konnte er ihnen folgen, ohne Sichtkontakt halten zu müssen. Sie würden ihn nicht bemerken.

Er profitierte sehr von dieser neuen Technik. Allerdings trauerte er ein bisschen auch den alten Zeiten hinterher, als die Jagd immer etwas mit Kontakt zu tun hatte. Dieses Suchen und Finden fand er erregend. Als die Waffen noch nicht so weit reichten, kamen sich die Menschen näher, dachte er. Aber so war es natürlich viel bequemer.

Auf seinem Bildschirm bewegten sie sich jetzt als kleines rotes Dreieck. Die Pfeilspitze zeigte immer die Richtung an, in die sie fuhren. Er hatte sich nicht geirrt. Sie nahmen die Autobahn Richtung Oldenburg.

Such dir einen schönen Ort zum Sterben aus, dachte er, während er ihnen gemütlich folgte, immer vier, fünf Kilometer Abstand haltend. Er hing seinen Gedanken nach. Er mochte lange Autofahrten. Je schneller er fuhr, umso schneller konnte er denken, und wenn die Landschaft nur so an ihm vorbeiflog, fühlte er sich frei, als würden sich Zeit und Raum auflösen, Denkverbote fallen und Erinnerungen an längst Vergessenes möglich werden. Es öffneten sich in ihm Türen zu Räumen, die er lange nicht mehr betreten hatte.

Er erinnerte sich an die Fetischparty, bei der er Big Aslan zum ersten Mal begegnet war. Er hatte seine Freundin an einem Hundehalsband hereingeführt. Sie kroch die ganze Zeit auf allen vieren. Sie konnte zu einem Möbelstück werden, auf dem er seine Füße ablegte und sein Sektglas abstellte. Sie verstand es, so bewegungslos zu sein und so ruhig zu atmen, dass das Glas nicht von ihrem Rücken fiel.

Aslan hatte einen Stahlkäfig mit blankgewienerten, silberglänzenden Stäben, nicht größer als eine Hundehütte. Dahinein brachte er sie, wenn er genug von ihr hatte.

Ihr schien es zu gefallen. Das Ganze hatte den Anschein, auf Freiwilligkeit zu basieren, und vielleicht war es sogar so.

Menschen hatten merkwürdige Arten, ihre Sexualität zu leben. Dalibor war es völlig gleichgültig. Genau so einen Käfig brauchte er für Ann Kathrin Klaasen. So sollte man sie später finden. Am besten in Lack- und Lederklamotten. Das war der richtige Tod für die Frau, die so viele seiner Art geschnappt hatte. Wie konnte sie nur glauben, ungeschoren davonzukommen? Welch toller Auftrag, sie aus dem Weg zu räumen!

Er würde Betäubungsmunition benutzen, wie er sie einsetzte, wenn Leute entführt werden sollten. Und dann brauchte er nur noch einen geeigneten Ort. Ein alter Bunker wäre ihm am liebsten gewesen, aber ein einsames Gebäude mit Keller tat es auch.

Er fuhr auf einen Rastplatz, um im Internet ein geeignetes Objekt zu suchen.

Eine Familie picknickte nicht weit von ihm. Sie aßen hartgekochte Eier, Möhren und Apfelschiffchen, dazu Käsestullen. Die Eltern tranken Kaffee aus einer Thermoskanne. Den beiden Kindern schien es rundum gutzugehen.

So etwas, dachte Dalibor, werde ich nie haben. Ich werde immer einsam sein. Ein Hitman. Ganz auf mich allein gestellt.

Er war nicht bereit, sich auf eine Liebesgeschichte einzulassen. Da zahlte er lieber für Sex. Das schien ihm sicherer, ungefährlicher und am Ende sogar preiswerter. Wenn er an die Scheidungen von einigen Leuten dachte, die er ganz gut gekannt hatte ... einmal hatte er einen Ehemann ausgeknipst, weil die Frau das ganze Erbe für sich haben wollte, einmal eine Ehefrau, weil das billiger für den Ehemann war, als die Scheidung zu bezahlen.

Ihn selbst hatte das misstrauisch gemacht. Menschen, die sich mal geliebt hatten, planten danach, sich gegenseitig auszunehmen oder umzubringen.

⚓

Yvonne Diercks hielt es nicht länger aus. Sie wollte Gewissheit haben. Doch bevor sie zu ihrem Elternhaus nach Norddeich fuhr, nahm sie sich ein Zimmer in Norden. Sie hatte Glück. Eigentlich waren die Hotels ausgebucht, doch im Smutje hatte vor einer halben Stunde ein Pärchen abgesagt, weil der Mann krank geworden war. Nun war das Zimmer für sieben Tage frei.

Yvonne sprang sofort in die Lücke, glücklich, ein Dach überm Kopf zu haben. Sie wusste, dass im Smutje gut gekocht wurde. Ihre Eltern waren gern dorthin gegangen, und zweimal hatten sie dort den Geburtstag ihres Vaters gefeiert.

Vielleicht, dachte sie, kann ich den King ja dorthin einladen, und bei einem guten Essen besprechen wir dann alles Weitere.

Ja, sie konnte sich ein Leben mit ihm vorstellen. Immer noch. Obwohl sie diese schlimme Seite an ihm kennengelernt hatte.

Sie hatte sich viel Mühe gegeben, mit Schminke die übelsten Spuren seines Ausrasters zu verdecken, aber der »Fahrradunfall« hatte heftige Spuren hinterlassen, die sich nicht so einfach wegschminken ließen. Sie sah immer noch schlimm aus, fand sie. Als Kathi Weber ihre Personalien aufnahm und ihr das Zimmer zeigte, sah sie deren besorgten Blick.

Sie erklärte sich sofort: Ich bin vom Fahrrad gefallen. Ich weiß, das sieht aus, als ob ... «

»Ja«, bestätigte Kathi, »als ob Sie jemand verhauen hätte.«

Yvonne versuchte zu lachen: »So war es aber nicht. Mein Freund ist ein ganz Lieber. Jetzt ist es ihm peinlich, sich irgendwo mit mir sehen zu lassen, weil alle denken, er sei das gewesen.«

»Ja«, sagte Kathi, »das kann ich wohl verstehen. Sie wohnen in Norddeich und wollen jetzt bei uns ein Zimmer?«

Kathi ahnte, dass dahinter ein Beziehungsdrama stand.

»Ja«, sagte Yvonne, »bei mir sind die Handwerker. Dreck und Staub, das kann ich jetzt wirklich nicht brauchen. Ich habe sowieso eine Hausstauballergie ... «

»Wir haben Zimmer für Allergiker mit extra Bettwäsche und so«, bot Kathi an, und Yvonne stimmte zu.

Einerseits respektierte Kathi natürlich die Privatsphäre ihrer Gäste, andererseits fragte sie sich, ob sie Ann Kathrin Klaasen informierten müsste. Die Frau wirkte klar in Zeit und Raum orientiert, durchaus selbstbewusst und intelligent.

Sie muss wissen, was sie tut, dachte Kathi.

Sie fragte sich, wann sie privat das letzte Mal Kontakt zu Ann Kathrin gehabt hatte. Früher waren Weller und Ann Kathrin fast jede Woche zu ihnen gekommen, weil Weller so gerne Deichlamm aß. War er Vegetarier geworden? Oder gar Veganer? Sie überlegte, Weller darüber zu informieren, dass es im Smutje inzwischen auch veganes Essen gab. Vielleicht wusste er das ja noch gar nicht und würde die Gerichte gerne mal probieren.

Ruperts Ehefrau Beate versuchte, all ihre Freunde davon zu überzeugen, vegan zu leben. Bei ihrem Mann stieß sie damit auf Granit, aber im Freundeskreis breiteten sich ihre Ideen immer weiter aus, denn sie trumpfte überall mit veganem Kuchen, veganen Plätzchen und manchmal erstaunlich köstlichen Speisen auf, die sie nur zu gerne verschenkte. Laut Rupert war das alles ganz klasse, es fehlten nur ein paar Eier oder Fleisch.

Kathi nahm sich vor, Yvonne Diercks im Auge zu behalten. Wenn die Frau Hilfe brauchte, sollte sie sie bekommen.

⚓

Ann Kathrin Klaasen und Marion Wolters gestanden sich ein, dass die 14-Zimmer-Villa schon von weitem sehr imposant aussah. Sie war großräumig mit einem fast drei Meter hohen Zaun gesichert. Es sah alles gar nicht so abweisend aus. Wilder Wein und Kletterrosen rankten daran hoch, doch Ann und Marion waren sich einig, dass der Zaun jederzeit zur Gefahrenabwehr unter Strom gesetzt werden konnte.

Das Grundstück war nicht wirklich einsehbar. In dem alten Baumbestand entdeckte Ann Kathrin mehrere Kameras, die die Straße und das Eingangstor beobachteten.

Am Eingangstor gab es ein Wachhäuschen. Da heraus trat ein Security-Mann, dessen Muskeln sich unter seiner Anzugjacke abbildeten. Er gab sich keine Mühe, zu verbergen, dass er bewaffnet war. Seine hoch ausrasierte Frisur endete mit Dreimillimeterstoppeln. Hier wollte jemand brutal aussehen.

Marion Wolters, die am Steuer saß, spottete Ann Kathrin gegenüber: »Na, hier macht aber einer auf dicke Hose. Der will wichtig sein und lässt sich bewachen wie ein Staatspräsident.«

Der Security-Mann kam vors Tor und trat an die Fahrerseite. Ein zweiter tauchte hinter dem Tor auf, bereit, es zu öffnen oder zu verteidigen.

Marion Wolters ließ die Scheibe runter. Die letzten warmen Sonnenstrahlen fielen auf ihren Arm. »Wir wollen zu Herrn Aslan«, sagte sie. »Aber der sind Sie vermutlich nicht, oder?«

»Sind Sie angemeldet?«, fragte der Mann mit der Militärfrisur.

Ann Kathrin zeigte vom Beifahrersitz ihren Polizeiausweis: »Wir kommen grundsätzlich unangemeldet.«

Er zeigte sich wenig beeindruckt. »Ja, da haben Sie Pech. Darf ich mal Ihre Papiere sehen?«, fragte er Marion.

Ann Kathrin stieg aus und sagte übers Autodach hinweg: »Normalerweise stellen wir solche Fragen. Und ich würde jetzt auch gerne mal Ihre sehen. Wer sind Sie eigentlich? Machen Sie das hauptberuflich? Auf Steuerkarte?«

Marion konnte es sich nicht verkneifen und fragte: »Kann man Sie mieten? Ich meine, wenn ich mal so einen männlichen Beschützer brauche oder eine Begleitung zur Party … Sie haben einen knackigen Arsch!«

Er war es nicht gewohnt, dass man so mit ihm redete, und zeigte sich deutlich irritiert.

»Wenn Sie nicht bereit sind, zu kooperieren«, sagte Ann Kathrin sachlich, »werden hier ganz schnell Spezialkräfte auftauchen, das gesamte Gelände durchsuchen, von allen die Personalien feststellen, und wir nehmen Herrn Aslan mit auf die Wache. Sie können es sich und uns allerdings auch leichter machen.«

»Schon gut, schon gut«, sagte er, nahm Abstand, nickte dem anderen hinterm Tor zu, der sofort die Einfahrt öffnete, aber aussah, als würde er sich dabei überhaupt nicht wohl fühlen.

Es war ein Triumph für die zwei, vorzufahren. Es war kein Sieg der Kriminalpolizei über das organisierte Verbrechen, sondern ein Sieg von weiblichem Durchsetzungsvermögen über männliche Arroganz, so empfand es zumindest Marion Wolters.

Der weiße Mercedes rollte über den Kiesweg. Sie fuhren direkt vor dem Haupteingang vor. Auch hier kam ihnen sofort jemand entgegen. Er trug ebenfalls einen Anzug, der die Muskeln kaum bändigen konnte.

Ann Kathrin und Marion stiegen aus, und Marion fragte laut Ann Kathrin: »Meinst du, die hatten keinen Anzug in seiner Größe, oder trägt der die bewusst zwei Nummern zu eng, damit man sieht, wie viel der trainiert?«

Irritiert sah der Mann die beiden Frauen an. Ann Kathrin grinste: »Guck mal, Marion, der wird ja richtig rot. Er ist nicht gewöhnt, dass Frauen so über ihn reden.«

»Wir kommen aus Ostfriesland«, sagte Marion entschuldigend.

»Was wollen Sie?«, fragte er angriffslustig. »Wo wollen Sie hin?«

Ann Kathrin lachte ihn aus: »Was glauben Sie wohl?«

»Dass wir die Stripperinnen sind, die Big Aslan bestellt hat?«, fügte Marion grinsend hinzu. Sie war ganz auf Krawall gebürstet. Dieser Einsatz mit Ann Kathrin machte ihr ungeheuren Spaß. Es kam ihr vor wie der Beginn einer großen Rache an allen, die sie mal verletzt hatten.

»Herr Aslan befindet sich nicht im Haus. Ich kann Ihnen auch nicht sagen, wo er ist. Sie müssen in seinem Sekretariat um einen Termin bitten, sonst …«

»Klar«, sagte Ann Kathrin, »er ist nicht im Haus. Darum laufen hier auch so viele Security-Leute herum. Die beschützen vermutlich seine Briefmarkensammlung oder seine Rosen.«

»Security? Wie kommst du denn darauf?«, fragte Marion Wolters. »Meinst du echt, das ist ein Typ von der Security? Ich glaube eher, den haben sie in London von der Butler-Schule geholt.«

»Sie befinden sich hier auf einem Privatgrundstück. Sie sind hier praktisch eingedrungen. Sie haben keinerlei Rechte, hier zu sein. Ich kann sofort unsere Anwälte rufen und Sie …«

»Hör mal zu, Bubi«, konterte Ann Kathrin, »noch machen wir hier alle einen auf lustig und spaßig. Aber glaub mir, wir können auch anders. Entweder wir sehen jetzt sofort dem Mann, den Sie Big Aslan nennen, direkt in die Augen oder wir schauen uns auch mal deine Papiere an.«

Irgendjemand vom Tor hatte Big Aslan offensichtlich informiert. Eine junge Frau in schwarzem Dienstbotenkostüm, mit weißer Rüschenschürze, superkurzem Minirock und schwarzen Strümpfen, öffnete. Sie trug Highheels. Ihre blonden Haare waren streng nach hinten gebunden.

»Manchmal«, sagte Ann Kathrin zu Marion, »präsentiert sich mir die Wirklichkeit als ein Klischee aus billigen Comics. Es wirkt so unecht, was meinst du?«

Marion nickte.

Die junge Dame sagte mit einer ausgebildeten Sprechstimme: »Herr Aslan ist bereit, Sie zu empfangen. Er bittet Sie allerdings, sich kurzzufassen. Heute ist die große Eröffnung in Hannover.«

Als Ann Kathrin und Marion an der Hausangestellten vorbei in den Flur traten, stand dort eine zweite, ebenso gekleidete Frau. Die beiden unterschieden sich lediglich dadurch, dass sie lange schwarze Haare hatte, aber genauso gebunden wie ihre Kollegin. Offensichtlich achtete Big Aslan darauf, dass sich seine Angestellten in Schwarz und Weiß kleideten.

Die Schwarzhaarige ging voran, die Blonde hinter den beiden her eine große, geschwungene Holztreppe hinauf über einen roten Teppich, der die Geräusche der Schuhe dämpfte. Dadurch kam das Knarren der Dielen umso mehr zur Geltung.

Das alles sollte Seriosität ausstrahlen, kam Ann Kathrin und Marion Wolters aber lächerlich vor. Wobei beide nicht genau wussten, ob es daran lag, dass sie sich so gut verstanden und es ihnen Spaß machte, als Frauenpärchen gegen eine Männergruppe anzutreten, oder ob es vielleicht wirklich in seiner Übertriebenheit lächerlich war.

Eine Tür, die sehr alt aussah und mit Intarsien und Schnitzereien etwas Schlossartiges suggerierte, war in Wirklichkeit eine Stahltür, die notfalls auch Handgranaten standgehalten hätte. Das Holz war nur aufgeklebte Verzierung, damit nicht auffiel, dass dies ein Schutzraum war.

Die Schwarzhaarige öffnete die Tür. Ann Kathrin und Marion betraten einen Raum, dessen Wände holzvertäfelt waren. In der Mitte ein riesiger Schreibtisch, dahinter eine Art Thron, in dem sich Big Aslan flegelte. Er trug einen blauen Trainingsanzug mit weißen Streifen, ein Handtuch hatte er um seinen Hals gewickelt. An der gegenüberliegenden Wand lief auf einem großen Fernsehbildschirm ein Fußballspiel. Big Aslan knipste es mit der Fernbedienung weg.

Auf seinem Schreibtisch wartete ein Sixpack Dosenbier

darauf, geknackt zu werden. Es war eine Sorte, die Ann Kathrin nicht kannte. Eine offene Dose hielt er in der Hand.

Er nahm die Füße vom Schreibtisch und setzte sich anders hin, als er die beiden Frauen sah, aber die Zeit reichte noch für Ann Kathrin, um zu erkennen: Er trug edle Turnschuhe, war aber darin barfuß oder hatte Sneakersocken an.

Er gab sich gelassen: »Was verschafft mir die Ehre, Ladys?«

Ann Kathrin stellte sich und Marion vor.

Er breitete seine Arme aus und sagte jovial: »Mein Anwalt sagt immer zu mir: *Never speak with policemen,* aber was soll's. Er ist halt ein misstrauischer Mensch. Ich dagegen habe überhaupt nichts gegen Sie ...« Er bot ihnen keinen Platz an. »Mordkommission?«, fragte er. »Wer musste dran glauben?«

Ann Kathrin ging zum Generalangriff über: »Sie haben es bestimmt aus der Presse erfahren. Jemand tötet Polizeibeamte.«

»Und das gefällt uns nicht, wie Sie sich vermutlich vorstellen können«, ergänzte Marion Wolters zornig.

»Klar«, sagte er und nahm einen Schluck aus der Dose.

Die schwarzhaarige Hausangestellte baute sich direkt neben Aslans Stuhl auf. Sie stand gerade und ruhig. Sie wartete auf Anweisungen.

Die Blonde hielt die Stellung an der Tür, neben ihr einer der Bodyguards. Ann Kathrin hätte nicht mal sagen können, welcher von ihnen es war oder ein neuer, den sie noch gar nicht kannten. Irgendwie sahen sie gleich aus, fand sie: ganz getrimmt auf Personal.

Big Aslan zog zwei Bierdosen heraus und warf sie Ann Kathrin und Marion zu. Die beiden schnappten reflexartig, was ihm wohl gefiel. Er machte eine Handbewegung, dass die beiden Bediensteten an der Tür verschwinden sollten, was sie augenblicklich taten. Die Haushälterin neben ihm blieb stehen.

Er wollte damit klar zeigen, dass er die beiden Frauen nicht fürchtete und lediglich eine Angestellte bei sich haben wollte, falls jemand Lust auf einen Tee hatte oder etwas anderes.

»Probieren Sie mal«, lud er sie ein. »Ich habe ein Im- und Exportgeschäft. Das ist eine neue Biersorte, die ich hier einführen will. Erwarten Sie jetzt kein großes Geschmackserlebnis. Obwohl – mit Ihrer Plörre von der Küste kann das schon ganz gut mithalten. Wir wollen was für die Masse, wissen Sie? Alles wird ja immer teurer, Bier auch. Ich will etwas anbieten, das sich alle leisten können. Aber trotzdem muss ich natürlich versuchen, eine gewisse Qualität zu halten, Sie verstehen? Na, nun probieren Sie schon!«

Marion Wolters war fast dabei, die Dose zu öffnen, doch Ann Kathrin sagte: »Erstens trinken wir nicht im Dienst, und zweitens sind wir mit dem Auto hier.«

»Ach, kommen Sie«, lachte Aslan, als könne das nur ein Scherz gewesen sein. »Wer soll Ihnen denn was tun? Sie sind doch Polizistinnen.«

»Haben Sie«, fragte Ann Kathrin, »Dirk Klatt vom BKA Geld gegeben?«

Er staunte sie an: »Ich? Einem Mann vom BKA?«

Ann Kathrin ging ihn direkt an: »Stellen Sie sich nicht blöder an, als Sie sind. Man hat versucht, sämtliche Unterlagen, die wir über Sie gesammelt haben, zu löschen. Das muss jemand gemacht haben, der alle Zugangscodes besessen hat. Dirk Klatt war so einer.«

»Und wie viel soll ich ihm dafür gegeben haben?«

Marion Wolters sagte: »Vierhundert-, vielleicht fünfhunderttausend. Ich weiß nicht. Wie viel ist so etwas wert?«

Ann Kathrin sah sie sauer an. Das war Täterwissen. So etwas sollte normalerweise nicht verraten werden. Marion musste noch viel lernen.

Er pfiff anerkennend. »Eine halbe Million soll ich einem Bullen – oh, verzeihen Sie –, einem Polizeibeamten gegeben haben, damit er etwas löscht?«

»Ja. Aber es ist schiefgegangen. Wir wissen alles über Sie, Herr Aslan. Nichts ist gelöscht.«

So wie er grinste, glaubte er ihnen nicht.

»Ihre junge Ehefrau, Ava Jakobs, ist in Wybelsum überfahren worden.«

Sein Gesicht spiegelte sofort seine Trauer wider. Das hat er aber lange geübt, dachte Marion Wolters, sagte es aber nicht.

»Müssen Sie jetzt diese Wunde aufreißen?«, fragte Aslan.

»Wir haben Grund zu der Annahme, dass es kein Unfall war.«

Aslan sprang auf, reckte zornig sein Kinn vor, stützte sich mit den Fäusten auf den Schreibtisch und schrie: »Ich auch, verdammt, ich auch! Was glauben Sie, warum ich so viele Security-Leute hier rumlaufen habe? Ich habe versucht, sie zu beschützen, ja, verdammt, das habe ich versucht! Aber sie fühlte sich nicht beschützt, sondern sie fühlte sich eingeengt!«

Er donnerte die Faust auf den Schreibtisch. Die Bierdosen hüpften.

Marion Wolters flüsterte Ann Kathrin zu: »Was für ein gorillahaftes Gehabe!«

Big Aslan hatte es gehört, ignorierte aber ihren Satz und ließ sich nicht bremsen: »Eingeengt!«, brüllte er, »Das muss man sich mal vorstellen! Diese blöde ...« Er versuchte, sich zu mäßigen. »Ich wollte nur das Beste für sie!«

»Warum«, fragte Ann Kathrin, »glauben Sie, dass man ihr und Ihnen nach dem Leben trachtet?«

»Weil ich ein erfolgreicher Geschäftsmann bin, mit offensichtlich nichtdeutschen Wurzeln. Man hat es mir nicht leichtgemacht, das können Sie mir glauben!«

Marion Wolters fuhr ihm in die Parade: »Aber Papis Geld hat Ihnen schon eine Menge ermöglicht.«

Die Hausangestellte blieb erstaunlich ruhig, doch er flippte aus. Genau das wollten Ann Kathrin und Marion erreichen. Jemand, der die Fassung verlor, gab Sachen unbedacht von sich, die ihn möglicherweise belasteten.

»Wissen Sie«, fauchte er, »wie viele Detekteien ich beschäftige, um herauszufinden, wer meine geliebte Ehefrau umgebracht hat? Ihr«, er zeigte auf die beiden, »seid doch völlig unfähig! Ihr verdächtigt doch höchstens mich. So einfach ist eure Welt. Wenn die Ehefrau getötet wird, dann war es bestimmt der Ehemann.«

»Reine Statistik«, sagte Marion Wolters. »So ist es meistens.«

»Ja, verflucht, aber nicht in diesem Fall! Und wenn ich ihn vor euch kriege, dann ...« Er zerdrückte die Bierdose in seiner Faust. Ein Rest Bier schwappte heraus auf den Schreibtisch. Zornig pfefferte er die Dose gegen das Buchregal, wo eine alte Brockhaus-Lexikonreihe stand. In Leder gebunden mit Goldprägung.

»Sie spielen uns hier die große Liebe vor, aber sie hat ihrem ehemaligen Lehrer, Heiko Janßen, etwas anderes erzählt. Musste er deshalb sterben?«

Big Aslan schnaufte. »Das Gespräch ist beendet. Ich werde

mit Ihnen nur noch reden, wenn meine Anwälte dabei sind. Ich bin einfach zu gutmütig«, sagte er zu sich selbst, »einfach zu gutmütig.«

Die Hausangestellte nickte, als sei das auch ihre Meinung.

Plötzlich änderte sich die Situation wieder. Er setzte sich, vergrub sein Gesicht kurz in seinen Händen, dann schaute er die beiden Frauen an. Seine Stimme war weich, ja weinerlich: »Herrje, bitte verstehen Sie das doch. Ich bin hier aufgewachsen. Habe an dieses Land und diese Gesellschaft geglaubt und zahle Steuern. Und nicht wenig. Ich will nicht behaupten, dass Sie meine Angestellten sind, aber man könnte es auch so sehen. Eigentlich müsste dieser Staat mir ständig Blumen schicken und freundliche Dankesschreiben, weil ich so viel dazu beitrage, diese Gemeinschaft zu finanzieren. Ich stecke mein Geld nicht in irgendwelche Abschreibungsgeschäfte. Ich mache richtige Geschäfte, von denen wir alle profitieren. Wir alle, verstehen Sie? Sie auch! Wenn ich attackiert werde, dann ist das für Sie ein Kampf rivalisierender Gangsterbanden. Machen Sie sich doch nichts vor. Das ist dann die Russenmafia gegen die Türken, die Albaner oder die Tschetschenen. Ja, und in vielen Fällen ist das vielleicht auch so. Aber ich bin anders. Ich bin ausgestiegen aus der ganzen Familie. Sie können mich doch nicht für meinen Vater in Sippenhaft nehmen! Ich liebe meinen Vater, ich verehre ihn. Aber ich weiß, dass er oft mit Ihren Gesetzen in Konflikt gekommen ist. Aber bitte, lasten Sie mir nicht noch an, ich hätte meine Frau ermordet. Ich habe sie geliebt!«

»Zurück zu unserer Ursprungsfrage«, sagte Ann Kathrin. »Haben Sie Klatt Geld gegeben?«

Vielleicht ahnte er, dass sie Beweise hatten, und überlegte sich gerade eine neue Verteidigungsstrategie. Vielleicht war es aber auch einfach die Wahrheit. Ann Kathrin hätte es nicht sagen können, und Marion Wolters war genauso verblüfft, als er sagte: »Ja, das habe ich. Sogar die von Ihnen genannte Summe stimmt.«

»Warum?«, fragte Ann Kathrin.

»Damit er mir hilft, den Mörder meiner Frau zu finden. Ich habe ihm gesagt, er soll ehemalige Freunde engagieren. In dieser Gesellschaft zählt man ja plötzlich zum alten Eisen und wird ausrangiert. Erfahrung und Wissen sind doch hier nichts wert. Aber ich wollte genau solche Leute, verstehen Sie? Männer, die die Szene kennen und alle Tricks. Ich habe ihm gesagt, Geld spielt keine Rolle. Engagiere die besten. Bring mir den Mörder meiner Frau, bevor sie mich noch dafür ins Gefängnis stecken. Ich will Beweise. Am besten welche, die mir echte Kriminalbeamte bringen. Meinetwegen auch ehemalige. Ich wollte erfahrene Leute um mich herum versammeln.«

»Sie haben ihm Bargeld gegeben?«, hakte Ann Kathrin nach.

Er stöhnte: »Ja. Wenn Sie mir nicht mehr vorzuwerfen haben … er hat auf Bargeld bestanden. Ich nehme an, es war ehrenrührig für ihn, von mir einen Scheck zu nehmen. Er wollte es lieber bar. War mir auch egal. Ich habe es von meinen Konten abgehoben. Es ist versteuertes Geld. Damit kann ich machen, was ich will. Ich darf es auch einem Kriminalbeamten geben, damit er besser ermittelt.« Er hob beschwichtigend die Arme: »Oder sagen wir, damit er mehr Möglichkeiten hat, besser zu ermitteln …« Er hob die Arme, als müsse er die Worte aus der Luft greifen. »Euer Kollege sagte, damit könne er ein paar Leute schmieren oder zum Reden motivieren.«

Ann Kathrin und Marion Wolters standen ein bisschen dumm herum. Sie hatten immer noch die Bierdosen in der Hand.

Er lud sie ein, am Abend bei der Eröffnung in der Bahnhofsstraße dabei zu sein. Die beiden lehnten dankend ab.

Er reckte sich, ging zum Fenster, sah nach draußen und fragte: »Darf ich Sie denn wenigstens noch auf einen Tee einladen?« Er gab seiner Haushälterin schon einen Wink, doch Ann Kathrin sagte: »Nein danke, ich glaube, das war's für heute.«

Aslan zeigte auf den Mercedes, der unten vor seinem Haus stand.

»Warum grinsen Sie so?«, fragte Marion.

»Ich kenne den Wagen. Ein Freund von mir hat den mal gefahren – oder irre ich mich da?« Er sah die beiden Frauen grinsend an und fuhr fort: »Ich selber bevorzuge ja BMWs. Gute deutsche Wertarbeit. Mein Freund – oder sagen wir besser, mein Bekannter – hatte damit einen Unfall. Der Wagen war an der Seite ganz aufgeschrammt. Etwa so wie Ihrer. Er sagte mir, den habe dann die Polizei beschlagnahmt, weil darin Drogen gefunden worden seien. Die hatte man ihm vermutlich untergeschoben. Er ist ein seriöser Geschäftsmann. Also, ich würde jederzeit die Hand für ihn ins Feuer legen.«

»Das glaube ich«, sagte Ann Kathrin.

Als die beiden die Villa verließen, mischten sich triumphale Gefühle mit denen, eine vollständige Niederlage erlitten zu haben. Sie waren einen wirklichen Schritt weiter. Sie wussten jetzt, woher Klatts Geld stammte, hatten aber auch beide Zweifel daran, dass Big Aslan den Auftrag gegeben hatte, ihn zu töten. Das ergab keinen Sinn, es sei denn, Klatt wäre bei seinen Ermittlungen zu einem Ergebnis gekommen, das Aslan missfallen hatte. Oder hatte es diese Ermittlungen gar nicht gegeben? Hatte Klatt das Geld nur bekommen, um die Akten beim BKA zu beseitigen?

Die eine Annahme war so ungeheuerlich wie die andere.

Big Aslan sah den beiden hinterher. Der Mercedes rollte aufs Tor zu. Am liebsten hätte er seinen Bodyguards am Tor befohlen, ein Sieb aus dem Auto und den beiden Frauen zu machen. Aber das wäre viel zu schmutzig gewesen und hätte ihn und seine Geschäfte enorm belastet.

Er klatschte dem Dienstmädchen auf den Arsch und schickte sie raus. Sie reagierte darauf mit einem Lächeln und gesenktem Blick. Genau so, wie man es ihr beigebracht hatte.

Sie genoss den Schutz der Organisation, aber sie musste auch nach ihren Regeln leben. Sie hatte einen Sklavinnenvertrag unterschrieben. Die Rolle des devoten Hausmädchens war die harmloseste Form der Unterwerfung. Intelligenz- und bildungsmäßig war sie Aslan bei weitem überlegen. Aber das zeigte sie natürlich nicht. Ein bisschen dumm zu spielen gehörte dazu.

Er setzte sich an seinen Schreibtisch und zog die Schublade auf. Darin befanden sich ein Dutzend Handys. Einige davon originalverpackt in Plastik. Daneben ein Stapel Prepaidkarten. Wenn er brisante Anrufe machte, dann benutzte er ein Handy nur ein einziges Mal und zerstörte es danach sofort. Die wichtigsten Telefonnummern hatte er im Kopf. Er war der Meinung, dass die Menschen sich zu dummen, durchschaubaren Sklaven machten, indem sie E-Mails abspeicherten oder Handynummern in einem Telefonbuch hinterlegten.

Er löschte jede E-Mail sofort wieder, merkte sich E-Mail-Adressen und Telefonnummern. Für ihn war es ein Gedächtnistraining, ein Zeichen seiner überlegenen Intelligenz.

Er tippte die Nummer von Dalibor ein.

⚓

Dalibor war den beiden Frauen nicht bis nach Barsinghausen gefolgt. Schon auf der Autobahn kurz vor Hannover war ihm ganz mulmig geworden. Hatte Aslan deshalb so viel Druck gemacht? Waren sie ihm mit ihren Ermittlungen zu nah gekommen?

Wenn sich noch eine Gelegenheit ergeben hätte, zum Beispiel auf einem Rastplatz, hätte er versucht, seine Arbeit dort zu erledigen. Doch als der Pfeil auf seinem Display ihm zeigte, dass sie nach Barsinghausen einbogen und sich Aslans Villa näherten, ahnte er, dass es Ärger geben würde. Konnte es sein, dass diese beiden Frauen es wagen würden, Aslan zu verhaften? Oder würden Aslans Security-Leute gleich den Job erledigen, für den er eigentlich bezahlt wurde?

Er wollte die Situation in einem kleinen Café abwarten, doch plötzlich erschien ihm der Gedanke, Kaffee zu trinken, ungeheuerlich. Er konnte sich auch nicht vorstellen, ihn bei sich zu behalten. Stattdessen ging er ein bisschen spazieren und wälzte die Geschichte im Kopf hin und her, als sein Handy sich meldete. Die anrufende Nummer war unterdrückt. Er ging trotzdem ran. Wer kannte überhaupt seine Handynummer? Er nutzte das Telefon nur für schnelle, unverfängliche SMS-Nachrichten. Es war sozusagen sein Diensthandy.

Zaghaft meldete Dalibor sich mit: »Ja?«

Aslans Stimme bebte vor Wut: »Wer sich auf dich verlässt, ist verlassen, was?«

»Ich …«

»Halt den Mund! Wenn du unfähig bist, dann such dir einen anderen Job. Ich muss tatsächlich erleben, dass diese beiden Bitches hier bei mir auftauchen und mir die Hölle heißmachen? Was soll das? Das grenzt an Sabotage!«

»Ich …«

»Halt den Mund! Bring das in Ordnung. Noch heute! Ich will sie nicht wiedersehen. Alle beide nicht. Ist das klar? Sie haben Hausverbot bei mir.«

»Alle beide?«, vergewisserte Dalibor sich.

»Die Party ist vorbei. Jetzt muss einer hinter den Gästen saubermachen, bevor die Hütte anfängt zu stinken.«

»Okay. Du kannst dich auf mich ver…«

»Das will ich für dich hoffen. Dein Handy ist scheiße. Es knattert und knatscht. Schmeiß es weg und kauf dir ein neues. Hast du kapiert?«

»Natürlich.«

Big Aslan beendete das Gespräch und ging in sein Schlafzimmer. In diesem vollständig verspiegelten Raum stand ein rundes Aquarium. Es war ein beleuchteter, ein Meter fünfzig hoher Turm auf einer Anrichte. Darin schwammen aber keine Fische, sondern darin lagen Handys. Er warf das gerade benutzte hinein und sah, wie es Blasen werfend darin versank.

Er nannte dieses Kunstwerk *Meine Freiheitsstatue*, denn jedes versenkte Handy war aus seiner Sicht eine Vorsichtsmaßnahme, die ihm auch weiterhin die Freiheit garantierte.

Unter den Handys lag ein Ausströmerstein, aus dem Sauerstoff nach oben perlte, als müsste das Aquarium besser belüftet werden und als würden sich die Handys bei einer stärkeren Wasserströmung erst richtig wohl fühlen.

»Willst du jetzt echt durchstechen bis nach Hause?«, fragte Marion Wolters.

Ann Kathrin steuerte den Mercedes, als hätte sie keine Beifahrerin. Sie war völlig in sich versunken und kaute ganz gegen ihre sonstigen Gewohnheiten auf der Unterlippe herum. Ihre Haltung hinterm Steuer hatte etwas Verbissenes an sich, fand Marion.

»Wir könnten uns«, schlug Marion vor, »irgendwo ein Zimmer in einem schönen Hotel nehmen. Vielleicht mit Sauna und schönem Wellnessbereich. Wir lassen uns noch massieren, schwitzen zusammen 'ne Runde und dann klingt der Abend an der Hotelbar mit einem schönen Drink aus. Wie findest du das?«

Ann Kathrin antwortete nicht. Sie, die eigentlich für eine Geschwindigkeitsbegrenzung war, fuhr mit hundertzweiundsechzig Stundenkilometern auf der linken Spur.

»Du könntest auch über zweihundert fahren, wenn du möchtest. Der Wagen gibt einiges her. Umweltpolitisch ist das ziemlich fragwürdig, aber …«, stichelte Marion, doch auch damit bekam sie keinen Zugang zu Ann Kathrin.

Eine Weile schwieg Marion, dann kramte sie aus ihrer Tasche den letzten Schokoriegel, den sie an der Tankstelle gekauft hatte, und biss hinein. Sie schmatzte laut und sagte: »Wenn man diesen Industriemüll isst, weiß man erst wieder, wie toll die Deichgraftrüffel von ten Cate sind. Warum hab ich Idiotin keine mitgenommen?«

Ann Kathrin reagierte immer noch nicht.

»Mensch, Ann«, gab Marion zu bedenken, »dein Frank schläft sowieso auf Juist. Also ...«, sie versuchte es mit einem Scherz, »wird aus einer heißen Liebesnacht heute sowieso nichts mehr. Wir können doch noch ein bisschen fahren und morgen früh, nach dem Frühstück, brechen wir so auf, dass wir pünktlich in der Dienststelle sind. Herrje, wir machen alle nur noch Überstunden. Von Work-Life-Balance hast du ja sowieso noch nie etwas gehört. Ich kenne wirklich ein paar klasse Wellnesshotels auf der Strecke. Wann hast du dich zum letzten Mal so richtig schön massieren lassen?«

Ann Kathrin sah zu ihr rüber und antwortete endlich: »Vor ein paar Tagen, von Frank. Er macht das mit Herz. Fußmassage, Kopfmassage, Rücken ...«

»Ja, danke«, zischte Marion. »Das Glück hab ich leider nicht. Ich gehe immer zu Sonja, wo früher das *Cage* war.«

»Ich habe das Gefühl«, sagte Ann Kathrin, »dass etwas Schlimmes geschehen wird. Und ich würde es mir nicht verzeihen, wenn wir beide in einem Wellnesshotel wären, während ...«

»Ist ja schon gut. Gib Gas. Retten wir die Welt ...«

Ann Kathrin sagte: »Mach mir bitte eine Verbindung zu Wolfgang Weßling. Ich muss ihn sprechen.«

»Als Anwalt?«, fragte Marion Wolters zurück.

Ann Kathrin reagierte unwirsch: »Nein, ich will ihm den Sopran im Polizistinnenchor anbieten.«

Marion Wolters hakte nicht weiter nach, sondern suchte Wolfgangs Telefonnummer heraus und stellte die Verbindung her. Das Gespräch lief über die Lautsprecheranlage, so dass Ann Kathrin beide Hände am Lenkrad halten konnte.

»Moin, Wolfgang. Ann hier.«

Er klang besorgt: »Ist etwas mit Mara und Sophie Hauser?«

»Nein. Ich habe aber eine Frage an dich.«

»Nur heraus damit.«

»Ich hoffe, ich störe dich nicht gerade.«

»Keineswegs. Wenn ich nicht sprechen wollte, wäre ich nicht rangegangen.«

»Wolfgang, gibt es eine Möglichkeit, herauszufinden, ob eine Frau versucht hat, die Scheidung einzuleiten? Es geht um Ava Jakobs. Ich kann sie leider nicht mehr fragen. Sie ist überfahren worden, und für mich sieht das alles sehr nach Mord aus. Wenn ich beweisen könnte, dass sie vorher bei einem Scheidungsanwalt war …«

»Bei mir leider nicht«, sagte Wolfgang sachlich, »aber wenn ich dich richtig verstehe, fragst du, ob es so etwas wie ein zentrales Register gibt, bei dem alle eingetragen werden, die sich um eine Scheidung bemühen, sie dann aber doch nicht durchziehen, weil sich die Paare wieder einigen.«

»Ja. Gibt es das?«

»Nein, so etwas gibt es nicht.«

Für Marion Wolters war die Antwort keineswegs verblüffend. Sie tippte sich gegen die Stirn und staunte über Ann Kathrins Naivität. »Dieses Land«, grinste sie, »hat nicht mal eine zentrale Impfdatei.« Sie hob die Finger und wackelte damit, als seien es kleine Zwerge, die in verschiedene Richtungen fliehen wollten. »Datenschutz, Datenschutz«, spottete sie. Sie hatte in ihren Ermittlungen Datenschutz hauptsächlich als Hemmschwelle erlebt.

Ann Kathrin gab nicht auf. »Aber du hast doch Kollegen. Kannst du dich nicht mal umhören? Es ist unwahrscheinlich, dass sie sich einen Rechtsbeistand in München gesucht hat oder in Freiburg. Ich meine, die Kleine ist in Aurich zur Schule gegangen, bevor sie …«

»Ich kenne die Geschichte«, sagte Wolfgang. »Es ging ja groß durch die Zeitungen.«

»Kannst du mir da helfen? Das ist jetzt kein Auftrag oder so, sondern mehr eine Bitte.«

»Ja, ich habe dich schon richtig verstanden.«

Marion Wolters zeigte auf das Hinweisschild zu einer Raststätte. »Fahr da ran. Ich muss zur Toilette. Lange halte ich es nicht mehr aus.«

Ann Kathrin betätigte den Blinker und drosselte das Tempo. Sie bog ein und parkte den Mercedes zwischen zwei Lkws.

Der rote Pfeil auf Dalibors Display stoppte. Die beiden Frauen machten also halt. Er war keine zwölf Kilometer von ihnen entfernt.

Er gab Gas.

Ich krieg euch, dachte er. Ich krieg euch.

Er war richtig wütend auf Ann Kathrin Klaasen und ihre dicke Freundin. Er wusste, dass es nicht gut war. Man musste den Job kalt erledigen. Das war seine Theorie. Der Jäger durfte das Wild nicht hassen, sondern musste die Jagd genießen. Doch er fand, dass diese beiden ihm genug Schwierigkeiten gemacht hatten. Er wollte sie dafür wirklich leiden lassen.

Er überholte mit Tempo 186 alle Fahrzeuge auf der rechten Spur, aber dann bremsten ihn zwei Lkws aus, die sich vor ihm ein Stechen lieferten. Der eine fuhr 89 Stundenkilometer, der andere 91. Es war ein Kopf-an-Kopf-Rennen, und er saß dahinter fest, benutzte zwar die Lichthupe, doch das nutzte ihm nichts. Er hatte das Gefühl, wichtige Sekunden zu verlieren. Seine Wut wuchs.

Als der Lkw vor ihm endlich die linke Spur freigab und er an ihm vorbeirauschte, hätte er am liebsten den Fahrer durch die Scheibe erschossen. Er tat es nicht, aber er grinste in sich hinein. Ein schwerer Unfall mit zwei Lkw auf der Autobahn würde sicherlich viele Polizeikräfte binden und ihm Zeit geben, sich Ann Kathrin und ihrer Kollegin zu widmen.

⚓

Ann Kathrin stand vor dem Mercedes und telefonierte mit Weller, während Marion die Toilette aufsuchte. Ann Kathrin wollte eigentlich eine Fallinformation mit ihrem Mann austauschen und ihm von dem Gespräch mit Aslan erzählen, doch Weller war gar nicht so drauf. Er bat seine Frau stattdessen, gut auf sich aufzupassen, und fragte tatsächlich: »Willst du alleine im Haus übernachten? Vielleicht hat Marion ja Lust, bei dir zu bleiben. Oder geh doch rüber zu den Grendels.« Seine Stimme klang sorgenvoll.

»Ich brauche niemanden, der auf mich aufpasst«, stellte Ann Kathrin klar. Sie kam sich bevormundet vor, und gleichzeitig war sie gerührt davon, dass er sich Sorgen um sie machte. Dieser Mann liebte sie wirklich, aber manchmal war das gar nicht so einfach für sie. Dann fühlte sie sich von seinem Bedürfnis, sie zu beschützen, ausgebremst. Es gab aber auch Tage, an denen genoss sie es und lehnte sich entspannt dabei zurück.

Er ist ein Mann der alten Schule, dachte sie. Das Beschützen liegt in seinen Genen. Er hält das gar nicht anders aus.

Marion Wolters kam von der Toilette. Sie hatte noch nasse Finger und schüttelte ihre Hände. Tropfen flogen durch die Luft. Sie machte ein Gesicht, als sei sie angewidert. Offensichtlich entsprach die Toilette nicht ganz ihren hygienischen Vorstellungen.

»Tschüs, Frank. Ich muss.«

»Ich umarme dich, Ann.«

»Ich dich auch.«

⚓

Yvonne Diercks näherte sich ihrem Elternhaus, als sei dies ein verbotener Akt. Sie wollte von Nachbarn nicht erkannt werden, gleichzeitig hielt sie es nicht aus, noch länger zu warten. Eigentlich hatte sie vorgehabt, erst mit Einbruch der Dunkelheit zum Haus zu radeln, doch sie zitterte innerlich vor Nervosität. Sie wollte Klarheit. Sie schämte sich, weil sie eifersüchtig war, gleichzeitig brannte die Eifersucht in ihren Gedärmen, als hätte sie Batterieflüssigkeit getrunken.

Sie hatte sich ein Fahrrad geliehen, denn sie wollte in kein Taxi steigen, um nach Norddeich zu kommen. Mit einem festgebundenen Kopftuch schützte sie vor allen Dingen die besonders lädierte Gesichtshälfte gegen Blicke.

Ihr war schlecht. Die Übelkeit wuchs, je näher sie ihrem Elternhaus kam. Eine Angst, die ihr bis dahin unbekannt war, ergriff sie.

Sie fuhr Schleichwege, an den Alpakas vorbei, zwischen den Feldern. Sie mied jede gut befahrene Straße, nutzte Feldwege und bewegte sich an den Bahngleisen entlang. Teilweise musste sie ihr Rad schieben.

Sie ließ es unverschlossen bei einer Hecke stehen und

pirschte sich von hinten heran wie eine Einbrecherin. Sie lugte durchs Fenster ins Wohnzimmer, und was sie sah, tat weh.

Die beiden sahen sich einen Film an. Sie lagen zusammen auf dem Sofa auf dem Schaffell, das ihre Eltern ihr zum Geburtstag geschenkt hatten, damit sie sich in etwas hineinkuscheln konnte. Damit hatten sie sie über den Verlust ihres ersten Freundes hinwegtrösten wollen. Ein Schaffell zur Überwindung des ersten großen Liebesschmerzes. Und jetzt lagen darauf der King und ein fremdes junges Mädchen.

Yvonne biss sich in den Handrücken.

Was jetzt?

Sie dachte an Elisa Ricklefs. Sollte sie die Polizei rufen? Sollte sie ihn anzeigen?

Aber verdammt, schimpfte sie mit sich selbst, du liebst ihn doch! Zeig es ihm!

Vielleicht war das mit der bürgerlichen Zweierbeziehung ja auch passé. Vielleicht mussten diese engen Fesseln aufgebrochen werden. Ihre Freundin führte eine offene Ehe. Sie hatte Außenbeziehungen und ihr Mann auch. Aber die beiden liebten sich.

Yvonne kam sich plötzlich spießig vor. Gleichzeitig fand sie, dass sie ein Recht darauf hatte, spießig zu sein. Sie wollte einen Mann ganz für sich alleine und ihn nicht mit einer anderen Frau teilen. Dann wieder fühlte sie sich als Versagerin. Der anderen schien es ja zu gelingen, seine friedliche, ruhige Seite zu wecken. Sie hatte ihn am Ende nur noch wütend gemacht.

Suchte er bei dem jungen Mädchen etwas, das er bei ihr nicht finden konnte? Es sah so aus, als würde die Kleine schlafen und er guckte alleine fern. Eine postkoitale Situation, dachte Yvonne. Vermutlich war die Kleine zugedröhnt. Gero ging großzügig mit seinem Stoff um. Er machte Menschen gern abhängig.

Der Film schien ihn zu langweilen. Er reckte sich und befreite sich aus Jule-Feemkes Umarmung, stand auf und ging in die Küche zum Kühlschrank.

Der Nordwestwind ließ Yvonnes Kopftuch flattern. Er nahm die Bewegung am Fenster aus den Augenwinkeln wahr, fuhr herum, und Yvonne versuchte zwar noch, den Kopf einzuziehen, doch Gero hatte sie bereits gesehen. Er lief zur Tür.

Sie zögerte eine Sekunde. Da war etwas in ihr, das riet ihr, wegzulaufen, zurück ins Krankenhaus oder ins Smutje oder zur Polizei. Jeder Ort war jetzt besser als dieser hier. Doch es gab auch eine andere Stimme, die beschwor sie, zu bleiben, wenn sie ihn nicht verlieren wollte.

Diese widerstreitenden Kräfte lähmten sie. Schon war er bei ihr und lächelte: »Hattest du Sehnsucht? Oder spionierst du mir nach?«

Sie nahm das erste Angebot an: »Ich hatte Sehnsucht«, sagte sie und wunderte sich, wie fest ihre Stimme klang.

»Wie süß«, sagte er, »und dann hast du das Krankenhaus verlassen, obwohl du doch wirklich noch behandlungsbedürftig bist ... «

»Ich bin schon ganz okay«, log sie. »War ja alles halb so wild.«

Warum sage ich so was, fragte sie sich. Warum tue ich alles, um ihn zu entlasten? Warum bin ich nicht einfach nur sauer auf ihn, brülle ihn an und schmeiße ihn und seine Teenie-Schlampe raus?

»Na, komm rein«, sagte er und lud sie ein, als sei dies sein Elternhaus und nicht ihres.

Die Wäsche der Kleinen lag in der Wohnung herum. Yvonne fragte: »Hast du ihr etwas gegeben?«

Sie spürte, dass sie begann, sich um die junge Frau zu sorgen, die auf sie noch einen recht kindlichen Eindruck machte.

»Ja, sie hat eine Prise genommen, und ein bisschen hat das doch auch für dich eine Rolle gespielt, als du aus dem Krankenhaus raus bist, oder? Kannst du mit der gebrochenen Nase überhaupt schon richtig schnupfen?«

Bin ich zurückgekommen, fragte sie sich, weil ich abhängig von seinen Substanzen bin? Was haben wir uns alles zusammen eingeworfen …

Bei der Corona-Impfung hatte sie lange gezögert, weil sie nicht wusste, ob der Impfstoff gefährlich war oder nicht. Aber Trips, die er *Yellow Sunshine* nannte oder *Blue Dreams*, die nahm sie. Zunächst ihm zuliebe und dann – ja, warum dann? Körperlich war sie garantiert von nichts abhängig, aber vielleicht psychisch. Zugedröhnt wurde vieles leichter. Mit einer Prise Koks in der Nase fand sie sich sogar schön, ja unwiderstehlich. Und er wurde zum Sexgott.

Jetzt sah er für sie eher aus wie ein Ehemann, der seine Frau mit einer Minderjährigen betrog. Er bereitete eine Linie für sie vor und legte zwei Tabletten daneben.

»Du hast die freie Wahl.«

Sie zeigte auf Jule-Feemke und fragte: »Führen wir jetzt eine polyamore Beziehung?«

»Ja sicher«, lachte er, »oder dachtest du, ich hab keinen Bock mehr auf dich? Mein Kumpel im Knast sagte, zwei zu fünfzehn sind besser als eine zu dreißig, aber ich sag dir, beides ist schön. Die Erfahrung und das Frische. Schau dir ihre Reinheit an! Für sie ist noch alles neu. Sie kennt noch keine Wiederholung. Nichts ist öde. Alles Abenteuer.«

Jule-Feemke öffnete die verklebten Augen und sprach mit trockener Stimme: »Wer ist das?«

»Das ist meine Freundin Yvonne. Sie wird eine Weile bei uns wohnen«, grinste er.

Yvonne fand, dass sein Satz eine unverschämte Falschdarstellung war, wehrte sich aber nicht dagegen, sondern nahm die Tablette, die er *Yellow Sunshine* nannte. Sie wusste, dass damit alles leicht werden würde. Es war beim letzten Mal so gewesen, als ob sie fliegen könnte. Die Schwerkraft existierte für sie nicht mehr, und Probleme gab es auch erst wieder am Morgen, als die Wirkung nachließ und sie schweißgebadet aufwachte.

Sie spülte die Tablette mit Wasser runter.

Jule-Feemke sagte: »Boah, ich habe auch so'n Durst. Mir brennt der Hals. Und ich hab Hunger auf was Süßes.«

King lachte: »Das dachte ich mir, Mädels. Und der King hat vorgesorgt.«

In der Küche neben dem Teeservice stand eine Schale, voll mit dicken weißen Kluntjes. Er nahm zwei heraus und schob erst Jule-Feemke einen Zuckerstein in den Mund, dann Yvonne.

»Ich bin doch kein Pferd«, dachte Yvonne und zerkrachte den Zucker trotzig mit ihren Zähnen.

Er nahm die Fernbedienung und wollte das Fernsehen ausschalten. Die Geschichte mit den beiden Frauen hier war für ihn viel spannender als jeder Film. Aber er switchte zum NDR, und dort war ein Foto von ihm zu sehen. Es war gut fünf Jahre alt und vor seiner Verhaftung gemacht worden.

»... als dringend tatverdächtig im Dinslakener Doppelmord. Gero Kaiser wurde zuletzt in Ostfriesland im Raum Norden, Norddeich, Aurich, Wittmund gesehen. Die Bevölkerung wird davor gewarnt, Tramper mitzunehmen. Der Gesuchte gilt als gefährlich und gewalttätig.«

Vielleicht war das der letzte Anstoß, den Yvonne gebraucht hatte. Sie wollte zur Tür rennen, doch Gero griff ihr von hinten in die Haare und hielt sie zurück.

»Na, na, na! Du wirst doch wohl jetzt nicht nervös werden, oder? Schon vergessen? Wir sind wie Bonnie und Clyde.«

Als Dalibor den Parkplatz erreichte, sah er gerade noch, wie Ann Kathrin Klaasen und Marion Wolters im weißen Mercedes vom Parkplatz rauschten.

Wütend schlug er auf sein Lenkrad.

»Scheiße, Scheiße, so eine Scheiße!«, fluchte er. Er konnte jetzt nicht einfach hinterher. Sie sollten ihn nicht sehen. Er hatte eine wirklich günstige Chance verpasst. Aber er konnte sich ausrechnen, wohin sie wollten: nach Hause.

Als die Krankenpflegerin Elisa Ricklefs das leere Bett sah, wusste sie, das Yvonne Diercks schwach geworden war. Sie selbst war ja damals auch mehrfach zu dem Drecksack zurückgekehrt. Sie konnte sich vorstellen, wie Yvonne sich fühlte. Sie hätte sie zu gern vor dem Fehler bewahrt, doch Yvonne Diercks war eine erwachsene Frau.

Erst als sie in einer Teepause die Nachrichten auf ihrem Handy checkte, sah sie, dass der Mann gesucht wurde, der Yvonne mehrfach im Krankenhaus besucht hatte.

Sie rief in Norden bei der Polizei an, um ihnen die Information zu geben. Sie kam sich einerseits als Verräterin vor, so als täte sie etwas völlig Unmoralisches, andererseits fühlte sie sich verpflichtet dazu. In ihrer Schulzeit hatte es als unmöglich gegolten, jemanden anzuschwärzen. Doch jetzt war es genau der richtige Schritt, sagte sie sich.

Die Meldung im Fernsehen flutete das ohnehin überforderte und unterbesetzte Kommissariat mit Nachrichten. Hunderte Leute hatten Gero Kaiser angeblich gesehen oder wussten, wo er sich gerade aufhielt.

Marion Wolters, die eigentlich solche Informationen entgegennahm und für die Kollegen vorsortierte, befand sich mit Ann Kathrin schon zwischen Emden und Wirdum. Sie hatten die Autobahn bereits verlassen, brauchten aber noch knapp eine halbe Stunde.

Die Nachricht erreichte Marion Wolters auf dem Beifahrersitz. Sie stöhnte: »Ich fürchte, Ann, aus dem ruhigen Abend wird nichts. Die Öffentlichkeitsfahndung war nicht wirklich mit uns abgestimmt. Das müssen die Kollegen in Dinslaken veranlasst haben. Wir haben da jedenfalls keine Karten drin, aber bei uns rufen sie jetzt alle an.«

»Verflucht«, zischte Ann Kathrin, »als wollten sie uns davon abhalten, dass wir uns diesen Aslan vornehmen.«

»Ann, jetzt siehst du aber wirklich Gespenster. Du glaubst doch nicht ernsthaft, dass es sich hier um eine Inszenierung handelt, um unsere Kräfte lahmzulegen?«

»Nein. Ich denke, die beiden Fälle haben gar nichts miteinander zu tun. Sie geschehen einfach zeitgleich. Aber wir können es uns nicht aussuchen. Es wäre natürlich schön, wenn die bösen Buben erst einen Antrag stellen mussten, wann sie an der Reihe sind und ihre Straftat begehen dürfen. Leider ist das nicht so. Es ist wie Ebbe und Flut. Es kommen lange Ruhezeiten, da ist Ostfriesland der friedlichste Fleck der Erde. Und dann wieder …«, sie machte eine abwehrende Handbewegung.

Rupert meldete sich. Marion schaltete ihn laut.

»Hallo, ihr Hübschen, tut mir leid, wenn ich euch beim Fingernägellackieren stören muss, aber wir haben hier 276 Hinweise aus der Bevölkerung«, er sprach das Wort spöttisch aus, als seien das ohnehin nur Wichtigtuer für ihn, »die genau wissen, wo Gero Kaiser sich aufhält. Ihr wisst ja, dass ich einiges draufhabe, und unsere Kollegin Jessi unterstützt mich auch wirklich nach allen Kräften, aber selbst wenn ich mich klonen könnte, müsste ich jetzt passen. Bis wir das bei unserem Personalstand abgearbeitet haben, wird der Weihnachtsmarkt eröffnet. Vielleicht können wir ihn da an der Würstchenbude verhaften oder vor Theo's Glühwien-Hus.«

Ann Kathrin bat Rupert, sich zu mäßigen, und wies ihn darauf hin, dass dies nicht die Situation für seine Witzchen sei. »Geh zu unserer neuen Chefin und verlang Unterstützung von ihr. Vielleicht kann sie noch Kollegen aus Oldenburg anfordern, Osnabrück oder …«

»Hab ich längst gemacht, Süße.«

»Nenn mich nicht Süße! Ich bin auch nicht dein Schätzchen oder deine Prinzessin!«

»Ja, soll ich Domina zu dir sagen, oder was? Wär dir das lieber?«

»Der ist so ein Arsch«, zischte Marion Wolters. »Ich komme gleich in die Dienststelle und helfe euch noch«, sagte sie und machte Ann Kathrin gegenüber eine Geste, als würde sie Rupert am liebsten den Hals umdrehen. Dann betonte sie: »Aber du, Ann Kathrin, fährst nach Hause und legst dich hin. Du brauchst eine Pause. Du siehst echt schlecht aus, Ann. Völlig fertig.«

»Das habe ich nicht gesagt!«, rief Rupert. »Nur um das mal festzuhalten: Ich war das nicht!«

Marion Wolters drückte Rupert weg. »Ich kann ihn einfach nicht ab!«

Ann Kathrin lächelte verschmitzt. »Er hat auch seine guten Seiten.«

»Ach ja?«, zweifelte Marion.

»Aber du hast recht, Marion. Ich bin fertig für heute. Ich muss mich ein paar Stunden hinhauen. Der Tag morgen wird bestimmt kein Spaziergang.«

»Hauptsache, morgen leben noch alle von uns, und der Killer hat sich nicht über Nacht das nächste Opfer geholt. Das gönne ich nicht mal Rupert. Nee, echt, nicht mal dem«, sagte Marion und war erschrocken über ihre eigenen Worte.

⚓

Gero hatte Yvonne eine Beruhigungsspritze gegeben. Er nannte sie den *Leckt-mich-alle-am-Arsch*-Schuss. Zusammen mit dem *Yellow-Sunshine*-Trip, den sie eingeworfen hatte, brachte das die Chemie in ihrem Körper so sehr durcheinander, dass sie in Embryonalhaltung auf dem Boden lag. Sie wirkte auf eine komische Weise verkrampft und entspannt zugleich. Manchmal zuckte ihr ganzer Körper, dann wieder nur ihre Lippen. Einmal riss sie kurz die Augen auf, reckte den Kopf hoch und sackte wieder in sich zusammen. Sie stieß fiepsende Laute aus, wie Mäuse sie machen oder Meerschweinchen.

Jule-Feemke fühlte sich mächtig, göttergleich, als könnte sie alles mit ihren Gedanken bestimmen. Und gleichzeitig war da diese Ohnmacht, und sie traute sich nicht mal, die Frage auszusprechen. Diese Droge gab ihr ein Körpergefühl, das sie gar nicht kannte.

Nein, es war nicht schön.

Sie hätte nicht einmal sagen können, ob sie auf einem Horrortrip war oder nicht. Es war, als würden die Dinge zu ihr sprechen, als könnte sie viel intensiver riechen und hören. Wenn sie in das Schaffell auf dem Sofa griff, konnte sie sehen und spüren, wie das Schaf geschoren worden war. Sie konnte fühlen wie das Schaf.

Sie wurde zu diesem Schaf.

Die Zeit schien sich aufzulösen, spielte irgendwie gar keine Rolle mehr. Minuten wurden zu Tagen, Stunden zu Sekunden.

Der King telefonierte, aber sie verstand nicht, mit wem. Seine Worte waren nur fernes Geblubbere, wie Wellenrauschen. Viel intensiver war das Gefühl, das von diesem Schaffell in ihre Finger und in ihren Körper strömte.

Dann hörte sie sich selber sagen: »Hast du die beiden Frauen in Dinslaken getötet?«

»Natürlich nicht. Was denkst du denn? Das waren die Jungs, die hinter mir her sind beziehungsweise hinter dem Stoff, den deine Freundin uns vorenthält. Hilf mir, das Luder zu kriegen, bevor es uns genauso ergeht.«

Im Verlauf dieses Gesprächs kam es Jule-Feemke so vor, als würde sie wieder geerdet, als käme sie erst jetzt in der Wirklichkeit an, würde vom geschorenen Schaf zur entführten Schülerin. Gleichzeitig wusste sie nicht, ob sie entführt worden war oder freiwillig bei ihm blieb.

»Sie ist in meiner Wohnung. Wo soll sie denn sonst hin? Sie weiß echt nicht, wohin. Sie hat Angst vor dir.«

Er lachte. »Nein, nicht vor mir. Sie hat Angst vor den Leuten, denen wir den Stoff schulden.«

»Sie hat gesagt, du seist gewalttätig gegen sie gewesen.«

»Man kann jeden zum Ausrasten bringen, Süße. Sie hat mich bis zur Weißglut gereizt.«

»Wie die da?«, fragte Jule-Feemke und zeigte auf Yvonne.

»Die ist mit dem Fahrrad umgefallen, zugekokst bis unter die Halskrause. Ich hab ihr noch gesagt, fahr nicht, aber nein, Madame wusste es natürlich besser. Ich habe sie nach Hause gebracht, weil sie so viel Stoff im Körper hatte. Das wäre im Krankenhaus sofort aufgefallen. Sie hat sich hier ausgeruht, und am anderen Tag habe ich sie zum Krankenhaus gebracht und ...«

In dem Moment wurde ihm etwas klar. »Verdammt! Da hat mich garantiert einer erkannt. Wenn die eins und eins zusammenzählen ... Der Pförtner ... Hm. Oder zumindest diese singende Krankenschwester, die hat mich immer so angeglotzt. Wahrscheinlich hat sie es mal wieder nötig.«

»Du meinst, sie werden uns hier finden?«

Er nickte.

»Die Polizei oder die Dealer, die hinter dir her sind?«

Er beantwortete die Fragen nicht, sondern begann, hektische Aktivitäten zu entfalten. »Wir müssen hier weg!«

»Sollen wir sie hierlassen?«, fragte Jule-Feemke und zeigte auf Yvonne, auf deren Stirn kalt-nasser Schweiß glänzte. Sie hustete.

Er verharmloste die Situation mit dem Satz: »Die ist im

Träumeland. Typisch Yvonne. Sie amüsiert sich und macht es sich leicht, und andere müssen die Arbeit für sie erledigen.«

Er wandte sich an Jule-Feemke: »Hilf mir zu packen. Räum die Speisekammer aus. Wir nehmen Sachen mit. Wer weiß, wie lange wir irgendwo unterschlüpfen müssen. Außerdem ein paar Klamotten. Das Zeug von ihrem Vater hängt noch in den Schränken. Der alte Scheiß ist jetzt wieder modern. Ist zwar Oversize, aber wenn ich seine Anzüge trage, wertet die das auf! Beeil dich!«

Er fand auch eine Schirmmütze, wie Helmut Schmidt sie getragen hatte, einen sogenannten Elbsegler, auch Prinz-Heinrich-Mütze genannt, in Marineblau. Die Lotsenmütze war ihm zwar auch zu groß, aber wenn er sie tief in die Stirn zog, verdeckte sie einiges von seinem Gesicht.

⚓

Rupert hielt es im Büro nicht aus. Ein Anruf nach dem anderen. Adressen notieren. Sich das Gerede anhören. Freundlich bleiben. Nein, das war wirklich nicht sein Ding.

Kurz entschlossen nahm er sich ein paar Adressen und beschloss, sie abzuklappern. Hauptsache, raus hier, dachte er sich. Marion Wolters erklärte er das anders. Sie war direkt ins Büro gefahren und nicht erst nach Hause. Inzwischen war es draußen dunkel geworden.

»Ich fahre noch bei ein paar Leuten vorbei und fühle ein paar angeblichen Zeugen auf den Zahn, bevor ich mich hinhaue. Mein Tag war lang, Bratarsch. Ich mach ja nicht nur Wellness, so wie du.«

Sie antwortete gar nicht darauf, sondern widmete sich ihrer Arbeit und war froh, ihn los zu sein.

Er wusste nicht, warum, aber er entschied sich zunächst, die Aussage dieser Elisa Ricklefs zu überprüfen. Es war für ihn ein bisschen wirr, denn sie suchten ja in Gero Kaiser den Mann, der hinter Sophie Hauser her war, und jetzt ging es plötzlich um eine Yvonne Diercks, die Kaiser angeblich im Krankenhaus besucht hatte. Er hatte die Worte der Krankenschwester im Ohr: »Ich habe ihm von Anfang an nicht getraut, und sie war das typische Opfer. Sie schützt ihn und fühlt sich selbst noch schuldig, weil er sie verdroschen hat.«

Dieses Muster kannte auch Rupert. Er hatte bei vielen Aussagen von Frauen und manchmal auch von Kindern diesen Eindruck gehabt. Vielleicht waren es diese Worte, die ihn dazu brachten, zuerst in die Bürgermeister-Balssen-Straße zu Yvonne Diercks zu fahren, die sich inzwischen nicht mehr im Krankenhaus befand. Sie hatte sich, wie die Krankenschwester Elisa Ricklefs sagte, wohl selbst entlassen, obwohl sie vor kurzem noch darum gebeten hatte, länger bleiben zu dürfen.

Das alles hörte sich für Rupert so widersprüchlich an, dass es wahr sein konnte. Aussagen, die zu herausgestellt, schlüssig und klar waren, erwiesen sich dagegen oft als falsch.

Er parkte direkt vor dem Haus, ging darauf zu und klingelte. Drinnen brannte Licht. Er hörte Stimmen, die mit dem Klingeln erstarben.

»Das ist 'n Bulle«, raunte Gero Kaiser. Er packte die am Boden liegende Yvonne und zerrte sie ins Bad.

Er drohte Jule-Feemke mit dem Zeigefinger und flüsterte: »Mach jetzt keinen Fehler. Sag ihm, Yvonne geht's nicht gut, sie liegt in der Badewanne. Du bist ihre Freundin und passt auf sie auf. Sie hat dich angerufen, weil sie nicht allein sein will. Mich kennst du gar nicht. Ist das klar?«

Jule-Feemke nickte. Er küsste sie flüchtig auf den Mund und streichelte ihr übers Gesicht. »Braves Mädchen. Wenn du mich verpfeifst, schneide ich ihr drinnen den Hals durch. Glaub mir, ich geh' nicht noch mal in den Knast.«

»Ich verpfeife dich nicht«, versprach Jule-Feemke.

Er schloss die Badezimmertür hinter sich zu, drehte den Wasserhahn über der Wanne auf und zog Yvonne aus. Sie war so bedröhnt, dass sie sich weder wehren noch dabei mithelfen konnte, wozu er sie aufforderte: »Stell dich nicht so an, oder willst du, dass ich die Klamotten zerreiße?«

Er griff mit beiden Händen zu, wollte schon reißen, doch dann überlegte er es sich anders. Er konnte nicht wissen, wie sich die Situation entwickelte. Vielleicht würde der Kommissar ins Badezimmer gucken. Er brauchte ein paar unverdächtige Kleidungsstücke. Keine Fetzen!

Er ärgerte sich. Er musste das Wasser weiter einlaufen lassen, um den Polizisten zu täuschen. Dadurch konnte er aber nicht hören, was Jule-Feemke und der Kommissar miteinander sprachen. Er war aufgeregt. Sein Herz klopfte heftig.

Er hob Yvonne in die Wanne. Da er nur den Kaltwasserhahn aufgedreht hatte, wurde sie schockartig wach. Sie starrte ihn an, bemerkte ihre Nacktheit und schlug in der Wanne ein paarmal um sich.

Er drehte das heiße Wasser auf.

Sie sagte etwas Unverständliches. Dann fiel ihr Kopf wieder kraftlos in den Nacken.

Er drapierte sie in der Badewanne so, dass der Kommissar, wenn er die Tür öffnen würde, zwar eine nackte Frau sah, aber nur ihren Hinterkopf, ihre Schultern, vielleicht noch ihre Beine, je nachdem, wie groß er war. Aber auf keinen Fall sollte er ihr Gesicht sehen.

Gero Kaiser baute sich neben der Badezimmertür auf und lauschte. So viel verstand er – der Kommissar wollte sich im Haus umsehen.

»Das ist ja nett von Ihnen, dass Sie sich um Ihre Freundin kümmern, Frau Grube. Ich würde mich aber trotzdem gern in der Wohnung umgucken.«

»Ich habe Ihnen doch gesagt, dass außer uns niemand hier ist. Wir haben keinen Männerbesuch.«

Rupert lachte: »Ich bin ja nicht von der Sittenpolizei. Es interessiert mich nicht, ob Sie Männerbesuch haben. Ich will wissen, ob Gero Kaiser hier ist. Der hat Ihre Freundin im Krankenhaus besucht, so wurde es uns wenigstens zugetragen. Und wissen Sie, der sieht vielleicht aus wie ein smarter Junge, aber das ist er nicht. Er steht unter dem dringenden Tatverdacht, in Dinslaken zwei Frauen umgebracht zu haben. Ich würde Ihnen und Ihrer Freundin das gern ersparen.«

»Sie ist in der Badewanne. Es geht ihr nicht so gut. Sie will nicht gestört werden, deshalb bin ich ja hier, um Besucher abzuwimmeln.«

»Sie beschützen sie sozusagen?«

»Ja.«

So junge Frauen machten Rupert immer unsicher. Er wusste nicht, ob er sie duzen oder siezen sollte, ob sie noch Mädchen waren oder schon Frauen. Früher hätte man Fräulein zu ihr gesagt, aber das ging natürlich heute nicht mehr. Frau fand er auch übertrieben. Sie war so eine Mischung aus Kind und Frau. Ein schwieriges Alter, fand er.

Sie war ein bisschen zu aufreizend angezogen, was er ihr nicht vorwerfen wollte, doch er fragte sich, wen sie damit beeindrucken wollte, wenn sie hier in der Wohnung mit ihrer Freundin alleine war. Er glaubte, genug Lebenserfahrung zu haben, um die sexuelle Ausrichtung von Menschen alleine anhand ihrer Bewegungen und ihrer Sprache erkennen zu können. Wie eine Lesbe kam ihm diese junge Frau nicht vor.

Ihre Augen gefielen ihm nicht. Er wusste, wie Leute aussahen, die sich eine Linie Koks gezogen hatten. Dieses leicht Überdrehte, als würden sie unter Strom stehen. Das hatte sie auch.

»Vielleicht«, sagte Rupert, »sollte ich einfach hier warten, bis Ihre Freundin aus dem Badezimmer kommt. Sie wird ja nicht ewig in der Wanne liegen.«

Er klopfte gegen die Tür. »Frau Diercks? Mein Name ist Rupert, ich bin von der Kriminalpolizei. Ich würde gerne kurz mit Ihnen reden. Ziehen Sie sich bitte einen Bademantel über und …«

Die junge Frau Grube sah jetzt für Rupert aus wie ein kleines Mädchen. Sie biss sich in den Handrücken, als wolle sie etwas sagen und traue sich nicht.

Rupert handelte instinktiv. Er wusste, dass ihm das eine Dienstaufsichtsbeschwerde einbringen konnte, vielleicht sogar ein Disziplinarverfahren, aber er hatte auch schon eine Ausrede parat. Im Zweifel würde er behaupten, er sei gestolpert, gegen die Tür gefallen und dabei im Badezimmer gelandet.

Er warf sich gegen die Tür. Wie alle Badezimmertüren hatte sie zwar ein Schloss, aber das hielt nicht dem geringsten Druck stand. Die Tür flog auf. Rupert taumelte in den gekachelten Raum und kam sich gleich furchtbar dämlich vor, denn er sah die nackte Frau in der Badewanne liegen. Von Gero Kaiser keine Spur.

»Entschuldigen Sie bitte«, sagte Rupert, »ich bin gestolpert. Ich ersetze Ihnen den Schaden natür…«

Weiter kam er nicht, da traf ihn von hinten etwas gegen den Kopf. Es war hart und machte *Kloing*. Er fiel um und schaffte es nicht mal mehr, sein Gesicht zu schützen, weil er noch im Fallen ohnmächtig wurde.

⚓

Ann Kathrin Klaasen war glücklich, wieder im Distelkamp zu sein. Marion Wolters hatte recht: Sie war völlig erschöpft und konnte nicht mehr. Ihre Gelenke schmerzten, und ihr Hals tat weh. Sie machte sich Wasser heiß. Sie hatte ayurvedischen Kräutertee mit Ingwer und Zitrone. Es war biologischer Yogi-Tee, und ihre Freundin Bettina Göschl hatte ihr eine Bünting-Tee-Bio-Fenchel-Anis-Kümmel-Mischung geschenkt.

Sie schwankte zwischen beiden Teesorten hin und her, roch abwechselnd an der einen, dann an der anderen offenen Packung, während das Teewasser heiß wurde.

Ihre Füße schmerzten, und die Beine waren schwer. Sie wünschte sich Weller jetzt herbei. Wie oft hatte der Gute sie mit einer Fußmassage nach einem harten Dienst verwöhnt. Er behauptete, dabei selbst zu entspannen, es sei so etwas wie Meditation für ihn. Vielleicht war es auch nur eine freundliche Lüge, mit der er ihr erleichtern wollte, es von ihm anzunehmen.

Sie entschied sich jetzt für den Fenchel-Anis-Kümmeltee. Während sie ihn in ihrer ostfriesischen Teekanne zubereitete, was für echte Ostfriesen ein Sakrileg war, denn daraus durfte man nur Ostfriesentee genießen, fragte sie sich, ob ihr Ehemann Frank jetzt gerade Sophie Hauser die Füße massierte. Er war so ein Frauenbeschützer.

Sie redete sich ein, das sei für ihn kein Vorspiel, sondern nur eine nette Geste, um die verängstigte Frau zu beruhigen, obwohl es bei ihnen beiden manchmal später in einer Liebesnacht geendet hatte.

Was habe ich nur für Gedanken, fragte sie sich und brühte sich nun in einem großen Kaffeepott auch noch den ayurvedischen Kräutertee auf. Jetzt roch es gut in der Küche, so als wären zwei Menschen hier, die verschiedenen Tee tranken.

Sie war hundemüde, aber gleichzeitig noch sehr aufgedreht. Sie konnte jetzt nicht einfach ins Bett gehen, um zu schlafen. Sie setzte sich auf die Terrasse, schlürfte abwechselnd den Bünting-Tee aus einer kleinen ostfriesischen Teetasse mit einer Rose darauf und dann wieder den Yogi-Tee aus dem Kaffeebecher.

Es war ruhig. Hier im Distelkamp gab es um diese Zeit keinen Autolärm, und der Zug fuhr nur einmal die Stunde vorbei. In der Hecke wohnte eine Igelfamilie. Ann Kathrin konnte sie hören. Manchmal nieste ein Igel. Die Igel waren recht zutraulich. Sie kamen jedes Jahr wieder. Nachts konnte sie manchmal die kleinen tapsigen Schritte auf den Steinfliesen der Terrasse hören.

Ann Kathrin überlegte, ob sie sich die Sauna einschalten sollte, um runterzukommen. Aber eigentlich war sie selbst dafür schon zu müde …

Ihre Instinkte waren nicht mehr so wach wie sonst. Sie bemerkte nicht, dass sie beobachtet wurde.

Hinter der Hecke stand Dalibor. Er bewegte sich nicht. Er atmete nur.

Die Stille hier irritierte ihn. Einen Schrei würde man weithin hören, und so, wie er die Ostfriesen kannte, ließ ein Schrei in der Nachbarschaft sie nicht kalt. Wenn er Ann Kathrin Klaasen überwältigen wollte, um sie in den Käfig zu sperren, musste das im Haus geschehen. Er traute ihr zu, dass sie sich heftig wehren würde. Es sei denn, er könnte sie mit einer Betäubungskugel erwischen. Er trug das Gewehr bei sich, aber das Durchladen würde ein verräterisches metallenes Klacken auslösen, das die Kommissarin garantiert sofort in höchste Alarmbereitschaft versetzen würde.

Es würde Big Aslan reichen, wenn ich dich jetzt einfach töte. Völlig egal, wie. Am besten lautlos. Vielleicht mit einer Stahlschlinge oder einem Messer. Aber du hast mir zu viele Schwierigkeiten gemacht. Mir und meinesgleichen. Du sollst leiden, du verdammtes Aas.

Die Überwachungskameras am Haus hielten ihn ab. Er konnte sich zwar die schwarze Sturmhaube überziehen, die nur Mund und Augen freiließ und ansonsten das Gesicht komplett verdeckte, damit hatte er Menschen schon schreckliche Angst eingejagt, aber er musste davon ausgehen, dass die Bilder der Kameras nicht nur gespeichert, sondern direkt in die Polizeiinspektion übertragen wurden. Er musste also durch die Kameras mit Zeugen rechnen. Sie brauchten vom Kommissariat am Markt bis hierher höchstens drei Minuten, falls nicht ohnehin ein Wagen im Viertel Streife fuhr.

Nein, das war viel zu riskant. Er musste sie aus dem Haus locken und dann einkassieren …

Marion Wolters gähnte schon zum dritten Mal. Nein, alles hatte seine Grenzen. Das hier auch. Der Spruch *Dienst ist Dienst und Schnaps ist Schnaps* kam ihr in den Sinn. Sie hatte nie ganz kapiert, was damit gemeint war, denn Schnaps trinken gehörte nicht zu ihren Lieblingsbeschäftigungen – obwohl, einen guten Eierlikör hatte sie noch nie abgelehnt.

Sie wollte jetzt nicht nach Hause fahren. Sie beschloss, ihre Freundin Ann Kathrin zu besuchen. Vielleicht sollten sie sich ja doch noch einen gemeinsamen Abend machen. Immerhin waren sie beide einsam heute Nacht.

Um etwas für die schlanke Linie zu tun, fuhr Marion Wolters mit dem Rad vom Kommissariat in den Distelkamp. Sie hatte Rückenwind und brauchte nicht so lange wie der Flieger von Norddeich nach Juist. Doch schon nach zwei, drei Minuten bekam sie Seitenstechen. Sie musste deutlich mehr Sport treiben. So ging es einfach nicht weiter.

Sie klingelte bei Ann Kathrin, doch auch nach dem dritten Mal tat sich nichts.

Ann war auf der Terrasse eingeschlafen. Marion ging durch den Garten, vorbei an dem hohen Seegras. Das Rosentor schien unter der Last der üppig blühenden Rosen fast zu brechen. Es waren Hunderte. Am liebsten hätte Marion es fotografiert. Sie fühlte sich wie eine Prinzessin, als sie das Tor durchschritt.

Erst als Marion eine Decke für Ann Kathrin holte, wurde ihre Kollegin wach und lächelte: »Bist du schon lange hier?«

»Schlaf ruhig weiter, Ann. Du hast es echt nötig. Aber vielleicht legst du dich ins Bett. Ich mach mir noch die Sauna an, wenn du nichts dagegen hast, und schaue noch einen Film in der Mediathek. Ich muss erst mal runterkommen.«

»Fühl dich wie zu Hause«, sagte Ann Kathrin und begab

sich in ihr Schlafzimmer. Sie war froh, nicht allein zu sein. Am besten schlief sie, wenn Weller im Haus war. Das Gefühl, er würde lesend im Wohnzimmer sitzen, vermisste sie. Manchmal, wenn sie an ihn dachte, spürte sie seine Hände an ihren Füßen. Seine Fuß- oder Kopfmassagen gehörten zu ihrer Ehe wie ein Liebesritual.

⚓

Dalibor wusste jetzt genau, was er tun würde. Er konnte die zwei mühelos hier herauslocken. Er hatte Zeit. Er würde die alte Kaserne in Aurich für sie vorbereiten. Das ehemalige Divisionsgebäude des Kommandostabes der 4. Luftwaffendivision in der Blücher-Kaserne war der größte überdachte Klinkerbau in Ostfriesland. Das Offizierskasino war eine Weile von einer Filmfirma als Produktionsbüro und Studio genutzt worden. Später hatte man dort Flüchtlinge aus der Ukraine untergebracht. Jetzt stand alles leer und verfiel.

Große labyrinthische Gebäude – hier würde niemand Schreie hören. Das Ganze war ideal für seine Pläne. Hier wollte er zwei Käfige aufbauen und darin die beiden Frauen gefangen halten, gar nicht weit entfernt von der Polizeiinspektion Aurich.

Diesmal würde er doch Fotos machen. Nicht für seinen Auftraggeber, dem reichte das Wort *Krabbenbrötchen*. Aber ihre Freunde in der Polizeiinspektion sollten sehen, was den erfolgreichen Ermittlerinnen blühte.

Die Justiz drohte mit harten Strafen, um Gangster abzuschrecken. Nun würden sie das Spiel umdrehen. Clans und gutorganisierte Banden waren kurz davor, die eigentliche Macht im Land zu übernehmen. Jetzt galt es, die Polizei- und

Justizkräfte einzuschüchtern. Am besten mit drakonischen Strafen gegen ihre exponiertesten Vertreter.

Erst jetzt, da er begann, diese Theorie zu entwickeln, fühlte er sich wieder als Teil von etwas. Zugehörig der dunklen Seite, die aus seiner Perspektive kurz davor war, zu siegen. Die Stärksten würden das Land regieren, und er wollte dazugehören.

Er holte zwei Käfige, Stachelhalsbänder, Peitschen und was er sonst noch brauchte. Es war harte Arbeit, den Raum in der Kaserne gut vorzubereiten. Die Schlepperei, das Hin- und Herfahren. Zwischendurch war er mehrfach kurz davor, einfach alles stehen- und liegenzulassen und den Auftrag doch mit zwei gezielten Schüssen zu erledigen. Doch dann packte ihn wieder der verrückte Ehrgeiz, es besonders gut machen zu wollen, Eindruck zu hinterlassen. Egal, was er tat – er wollte zu den Besten gehören.

Weller schlief, wie Ann Kathrin es nannte, mit einem offenen Auge. Er konnte so etwas: sich hinlegen und ausruhen, ja sogar einnicken, aber gleichzeitig war es, als würde er um sich herum alles wahrnehmen. Nicht einmal ihr Kater Willi war dann in der Lage, von einer Ecke des Raums in die andere zu gehen, ohne dass Weller es bemerkte. Er behauptete, er habe Schlafsensoren, die er einschalten könnte. Das sei praktisch seine körpereigene Alarmanlage.

Darum beneidete Ann Kathrin ihn manchmal. Die Alarmanlage konnte allerdings auch zum Fluch werden, wenn Weller ständig hochschreckte, obwohl nicht die geringste Gefahr drohte. Sie war sich gar nicht sicher, ob er wirklich die

Alarmanlage ein- und ausschalten konnte oder ob er einfach ständig unter Strom stand …

Er registrierte, dass Sophie aus dem Schlafzimmer kam. Er hörte sogar Maras Schlafatem.

Sophie zog eine Decke hinter sich her und setzte sich zu Weller aufs Sofa. Er tat, als ob er schlafen würde und nichts bemerkt hätte. Er konnte ihre Nähe riechen und ihre Wärme spüren. Sie war nicht schwer, doch das Sitzpolster knarrte, als sie ihre Füße mit unter seine Wolldecke schob,

Sie berührte ihn. Er gähnte gespielt, als würde er erst jetzt wach werden.

»Mara schläft«, sagte sie, und der Satz klang aus ihrem Mund gesprochen merkwürdig doppeldeutig. Sie kuschelte sich an ihn und raunte: »Lass uns leise dabei sein.«

Weller versuchte, sich aufrecht hinzusetzen. Sie machte es ihm nicht leicht, drückte ihn wieder aufs Sofakissen zurück. Ihr Mund war jetzt nah an seinem. Sie flüsterte: »Es ist lange her bei mir, aber ich glaube, ich weiß noch, wie es geht.«

Frank räusperte sich: »Wir sollten das jetzt nicht tun …«

»Bin ich so unattraktiv geworden?«, fragte sie mit beleidigtem Unterton und setzte sich ans andere Ende des Sofas.

»Nein, du bist eine wunderbare Frau. Aber …«

»Was aber?«

»Ich bin ein verheirateter Mann.«

»Ich glaube«, spottete sie, »fast alle, die mir in den letzten fünfzehn Jahren nachgestiegen sind, waren verheiratete Männer.«

»Ich bin Ihnen nicht nachgestiegen.«

Sie registrierte mit Missfallen, dass er ins *Sie* wechselte.

Er fuhr in seinem Satz fort: »Sondern ich bin lediglich hier, um auf Sie und Ihre Tochter aufzupassen.«

»Warum«, fragte sie, »gerate ich immer an so Scheißkerle? Warum kriege ich nicht mal einen wie dich, Frank?«

Sie blieb konsequent beim *Du* und hoffte, dass das Blatt sich noch mal drehen würde.

»Sie finden mich gar nicht so attraktiv«, sagte Weller.

»Ach nein?«

Er beharrte darauf: »Nein. Ich denke, Sie sind einfach gewöhnt, für Schutz bezahlen zu müssen, und Sie wollen mich jetzt bezahlen. Aber …«

Sie giftete ihn an: »Hör bloß auf, hier rumzupsychologisieren! Das ist keine Therapiestunde! Nach Gero hatte ich erst mal die Schnauze von Männern voll. Ich wollte keinen Schwanz mehr sehen, und seinen schon mal gar nicht. Hier in Norden habe ich mich bewusst auf nichts eingelassen, um nicht alles zu verkomplizieren und ganz für Mara da sein zu können. Aber verdammt, ich habe auch noch andere Gefühle als die einer Mutter für ihr Kind.«

»Das verstehe ich«, sagte Weller. »Aber wir sollten jetzt vernünftig sein. Am besten legen Sie sich wieder zu Ihrer Tochter ins Bett, und ich passe auf die Tür hier auf. Morgen werden dann zwei Frauen kommen und die Ablösung übernehmen.«

Sie sprang vom Sofa hoch und zischte: »Und dann kannst du ja zu deiner tollen Frau zurück und musst dich nicht mehr mit mir herumschlagen!«

Er hätte nicht sagen können, ob es Zufall oder Absicht war und sie ihm zeigen wollte, was er verpasste. Jedenfalls sah er viel von ihrer bezaubernden Rückenansicht. Ihr Hemd hatte sich hochgeschoben. Der Slip war ihr an einer Seite in die Poritze gerutscht. Sie ging mit dem Finger unter das Gummi und zog ihn heraus. Das Ganze hatte etwas Unschuldiges und dabei Laszives.

So konnte Weller nicht schlafen. Er ging in die Küche, klatschte sich eine Handvoll kaltes Wasser ins Gesicht und trank dann gebückt aus dem laufenden Wasserhahn.

Er grübelte: Bin ich ein guter Polizist und ein treuer Ehemann oder einfach nur ein Idiot?

Wenn Rupert diesen Job übernommen hätte, wäre jedenfalls alles ganz anders gelaufen, das war ja wohl klar. Weller fragte sich jetzt, ob Rupert nicht vielleicht sogar besser für Sophie gewesen wäre als er. Hatte er ihr angeknackstes Selbstbewusstsein noch mehr zerstört? Brauchte sie vielleicht so eine Liebesnacht, um sich wieder gut, begehrt, liebenswert zu fühlen?

Er dachte an seinen strengen Vater, der gewohnt gewesen war, in Regeln zu denken, und für den immer alles klar, so oder so war. Der keine Grau- oder Zwischentöne kannte, sondern nur Schwarz oder Weiß.

Dann dachte er an seine Mutter, die weicher gewesen war, sich ihrem autoritären Mann untergeordnet hatte und manchmal leise sagte: »Wie man es macht, macht man es verkehrt.«

Ja, genau so war es. Er war einerseits stolz auf sich, und andererseits fühlte er sich als Versager.

Rupert durfte er diese Geschichte überhaupt nicht erzählen, der würde über ihn nur den Kopf schütteln oder ihn auslachen. Und der Gedanke, ob Ann Kathrin stolz auf ihn wäre oder ihm gar nicht glauben würde, bereitete ihm Kopfschmerzen.

Besser, ich behalte das alles für mich, dachte er.

⚓

Als Rupert wach wurde, fror er erbärmlich. Er lag nackt, gefesselt und geknebelt in der Badewanne, in der vor ihm Yvonne Diercks gelegen hatte.

Das Wasser ging ihm bis zum Kinn. Seine Hände spürte er überhaupt nicht mehr, Sie waren hinter seinem Rücken zusammengebunden. Er lag darauf. Er hatte Angst, weiter runterzurutschen und in dem kalten Wasser zu ertrinken.

Seine Kleidung lag zerschnitten auf dem Badezimmerboden.

Er versuchte, sich selbst zu befreien. So wollte er nicht gefunden werden. Das war ihm selbst seinen männlichen Kollegen gegenüber peinlich. Aber die Vorstellung, Ann Kathrin Klaasen, Marion Wolters oder Jessi Jaminski würden ihn so sehen, würgte ihn. Sein Kopf schmerzte, aber das war sein geringstes Problem.

Rupert grummelte: Wenn ich dich in die Finger kriege, bist du die letzte Zeit King gewesen … so mancher, der als Adler begann, endete als Suppenhuhn, und genau so wird es dir ergehen. Das ist jetzt was ganz Persönliches zwischen dir und mir!

Einen Gegner auszuknocken war eins. Ihn zu demütigen etwas ganz anderes. Das hier empfand Rupert als die ultimative Demütigung.

Er sah an sich runter. Seine Männlichkeit hatte sich in dem kalten Wasser fast zur Unsichtbarkeit zusammengezogen.

Auch das noch, dachte Rupert.

Immer wieder schrammte er mit seinem Gesicht am Wasserhahn vorbei, bis er seinen Mund vom Knebel befreit hatte. Schreien und um Hilfe rufen konnte er jetzt, aber wollte er das wirklich?

Seine gelenkige Frau Beate wäre vermutlich in der Lage

gewesen, mit ihren Zähnen die Fußfesseln zu erreichen, um sie durchzubeißen. Doch für ihn – mit seinen Rückenproblemen – waren sie unerreichbar.

Er versuchte, sich aufrecht hinzusetzen. Es blieb ihm nur eins übrig: Er konnte seinen Oberkörper langsam über den Rand der Badewanne schieben und sich dann aus der Wanne auf den Boden fallen lassen. Noch nie hatte er Fliesen so sehr gehasst wie jetzt.

Warum, dachte er, legen die da nicht einen schönen, kuscheligen Flokati hin? Oder hatten sie absichtlich alles, was seinen Fall dämpfen konnte, weggepackt?

»Scheiß auf die blauen Flecken«, sagte er laut zu sich, »der Schmerz vergeht. Die Schande wird ewig bleiben.«

Sein nasser Körper krachte auf den Boden. Besonders weh tat es im Rücken, an der rechten Schulter und am rechten Knie.

Er stellte sich vor, das Gesicht von diesem Gero Kaiser mit seinen Fäusten zu bearbeiten. Das half über den ersten brennenden Schmerz hinweg.

Er versuchte, die eingeschlafenen Füße zu bewegen. Die Zehen spürte er überhaupt nicht. Er betrachtete seine zerschnittene Kleidung, und ihm wurde siedend heiß klar, dass seine Dienstwaffe den Besitzer gewechselt hatte. Dies galt in Polizeikreisen als Super-GAU, zog endlosen Papierkram und viele Rechtfertigungsübungen nach sich.

Er sah sich schon wieder bei der Psychologin Elke Sommer sitzen, die versuchte, ihm einzureden, zwischen seiner Pistole und seinem Penis würde ein Zusammenhang bestehen und exzessive Gewalt sei auf unterdrückte Sexualität zurückzuführen. Von ihr stammte der glorreiche Satz: »Niemand, der ein ausgeglichenes, fröhliches Sexualleben führt, kommt auf die Idee, anderleuts Häuser anzuzünden oder auf Menschen zu schießen.«

Daran hatte Rupert manchmal gedacht, wenn er mit Beate Kamasutra-Stellungen ausprobierte. Für ihn war das mehr Gymnastik als Sex, aber der yogabegeisterten Beate machten solche Verrenkungen Spaß.

Er kam sich vor wie bei einem Hasenspiel, das sie früher im Kindergarten eingeübt hatten. Er hoppelte mit zusammengebundenen Füßen in die Küche. Er fiel nur zweimal hin, aber es gelang ihm, rückwärts die Besteckschublade zu öffnen, und er ergatterte ein Obstmesser, scharf genug, um sich von den Fesseln zu befreien. Er schnitt sich einmal in den Finger und zweimal ins Handgelenk, dann hatte er es geschafft.

Nackt und nass stand er in der Küche und lutschte Blut von seinem Zeigefinger.

Aus seiner Kleidung hatten sie unbrauchbare Schnipsel gemacht. Rupert suchte etwas zum Anziehen. Immerhin fand er einen Bademantel. Er war rot mit weißen Herzchen drauf und ihm ein bisschen zu eng, aber besser als nichts.

Zum Glück gab es im Schlafzimmerschrank auch Männerklamotten. Er konnte sich nicht vorstellen, dass die Familie hier so unordentlich war. Alles lag durcheinander, vom Bügel gefallen, auf dem Schrankboden. Rupert vermutete, dass Kaiser sich hier ebenfalls mit neuen Klamotten eingedeckt hatte.

Herr Diercks musste ein Hüne von Mann gewesen sein. Rupert stellte ihn sich vor wie den Zwillingsbruder von Tamme Hanken, dem XXL-Ostfriesen. In Hemd und Hose hätte Rupert zweimal reingepasst. Glücklicherweise gab es einen Gürtel, aber den konnte er nicht so eng schnallen, wie es für ihn nötig gewesen wäre. Da gab es gar keine Löcher mehr im Gürtel.

Rupert suchte seine Schuhe. Die werden sie doch hoffentlich nicht auch …

In der Tat hatte wohl jemand versucht, auch seine Schuhe in Stücke zu schneiden, war aber daran gescheitert und hatte nach einigen Versuchen aufgegeben. Die Schuhe sahen aus, als sei eine Mähmaschine darübergefahren. Es waren gute schwarze Lederschuhe, noch kein halbes Jahr alt. Beate hatte ihm die Budapester geschenkt, weil ihr Vater solche Schuhe gern getragen hatte, allerdings nur sonntags. Sie waren sündhaft teuer gewesen, und Rupert bezweifelte, dass sein Arbeitgeber sie ihm ersetzen würde.

Ein bisschen Schwund gab es eben immer.

Von Herrn Diercks gab es sehr gute, sogar blankgewienerte braune Lederschuhe, allerdings wirkten sie auf Rupert wie Sonderanfertigungen, Schuhgröße 48. Er selbst hatte 42.

In den neuen Klamotten und den Schuhen wirkte er wie ein Clown, der sich auf den Auftritt im Zirkus vorbereitet. Die Leute sollten gleich über ihn lachen, wenn sie ihn sahen, und alle Kinder sollten von vornherein wissen: Jetzt wird es spaßig.

An den ersten Clown, den Rupert in seiner Kindheit gesehen hatte, konnte er sich gut erinnern. Er war in die Manege gestolpert und gleich hingefallen. Alle Kinder – er auch – hatten kreischend gelacht und sich auf einen schönen Nachmittag gefreut.

Rupert sah sich im Spiegel an. Fehlt nur noch eine rote Pappnase, dachte er. Aber immer noch besser, als nackt in der Badewanne gefunden zu werden.

Doch dann wurde ihm heiß und kalt. Was, wenn dieser

Drecksack Fotos von ihm gemacht hatte und die bei Instagram oder Facebook hochlud?

Ich kann meinen Dienst quittieren, dachte Rupert. Ich kann mich nirgendwo mehr sehen lassen. Kein Gangster wird mich mehr ernst nehmen. Wenn ich an irgendeine Tür klopfe, um eine Festnahme durchzuführen, wird man mich fragen, ob man mir vielleicht ein Bad einlassen soll und ob ich wirklich so ein Stummelschwänzchen habe wie auf dem Foto.

Endlich hätte Marion Wolters für ihre Behauptung ein Beweisfoto …

Sein Dienstwagen stand vor der Tür. Eine Ente hatte es sich auf dem Dach bequem gemacht. Sie gab Laute von sich, als hätte sie vor, ihn auszulachen. Auch andere Enten aus der Umgebung stimmten mit ein.

Rupert richtete seinen Zeigefinger wie eine Waffe auf die Ente und zischte: »Wir sehen uns wieder. Im China-Restaurant. Dann bist du schön knusprig, duftest nach Knoblauch, und ich ess dich. Mit Reis und Gemüse!«

Eine zweite Ente, die sich ihm schnatternd näherte, brüllte er an: »Na gut, Reis und Gemüse kann ich auch weglassen, dann ess ich dich auch noch! Du gibst eine gute Pekingente ab!«

⚓

Jule-Feemke fragte sich, warum sie es getan hatte. Sie konnte es nicht einmal vor sich selbst rechtfertigen. Ihr fehlten Argumente, um ihre Handlung zu verteidigen. Hatte sie sich in King verliebt?

Verwirrten die Drogen ihr Gehirn?

Hatte sie es nur aus Angst getan, um ihn nicht wütend zu machen?

Paul Schilling hatte ihr oft von dem Haus seiner Oma in Greetsiel erzählt, und zweimal war sie dorthin eingeladen worden. Die Oma wollte nicht ausziehen, war aber inzwischen dement geworden und wurde in einem Seniorenheim betreut, während in der Familie ein heftiger Streit um das Haus in Greetsiel entbrannt war.

Die Oma war nie eine reiche Frau gewesen und hatte sich auch niemals so verhalten, doch das alte, schwer renovierungsbedürftige Haus, in dem sie aufgewachsen war, hatte laut einigen Maklern inzwischen einen Millionenwert. Die einen in der Familie wollten es verkaufen, die anderen behalten, renovieren lassen und zu Ferienwohnungen umbauen. Die Familie war darüber im Grunde zerfallen.

Paul hatte Jule-Feemke manchmal sein Leid geklagt. Vorher war alles einfacher gewesen. Aussicht auf Reichtum und Erbschaften zerstörten so manche Familie, wie sie aus ihrem Bekanntenkreis wusste.

Das Haus stand selbst in der Hauptsaison leer, denn die einen wollten es auf keinen Fall fest vermieten, sondern nur an Urlaubsgäste, die anderen wollten keine Feriengäste, sondern nur feste Mieter. Die wären aber hinterher nur schwer wieder rauszuklagen – jedenfalls stand das Haus leer.

Jule-Feemke wusste sogar, wo der Schlüssel versteckt war, denn Paul vermietete ohne das Wissen der erwachsenen Erben das Haus immer wieder an Freunde und Klassenkameraden, die ungestört sein wollten. Bei Liebespärchen war es sehr begehrt. Manchmal kassierte Paul dafür Geld, dann wieder erkaufte er sich damit Wohlwollen, ja Freundschaften. Mit einem, der eine Liebeslaube anzubieten hatte, wollte jeder gern ein gutes Verhältnis haben. Er wurde auf alle Partys eingeladen.

Gero hatte sie sehr dafür gelobt. »So denkt eine richtig gute Gangsterbraut«, hatte er gesagt und sie auf die Nasenspitze geküsst. Er hatte ein neues Nummernschild angebracht und den Wagen auf dem ganz normalen Touristenparkplatz geparkt. Da, zwischen all den anderen Autos, sei es am ungefährlichsten, hatte er ihr versichert.

Hinten im Kofferraum lagen noch mehr Nummernschilder. Er hatte sogar welche aus den Niederlanden und der Schweiz.

Als sie irritiert guckte, lachte er: »Andere haben früher Briefmarken gesammelt, ich sammele nun mal Straßenschilder und Nummernschilder.«

Yvonne war völlig zugedröhnt. Gemeinsam brachten sie sie ins Bett. Gero blieb auf der Bettkante sitzen und spielte mit Yvonnes linker Brust. Es sah aus, als wolle er überprüfen, ob sie echt war oder ein Implantat enthielt.

»Hast du«, fragte er Jule-Feemke, die ein bisschen verschämt dabeistand, »schon mal einen Dreier gemacht?«

»Nein«, sagte sie und genierte sich gleich ein bisschen, so als müsse das jeder schon mal gemacht haben und sie hätte jetzt nur bewiesen, was für ein unerfahrenes, spießiges Ding sie doch war.

Er grinste. »Auf Koks kann das klasse sein.« Er sah Jule-Feemke an: »Du bist doch nicht etwa eifersüchtig, oder?«

Sie zeigte auf Yvonne: »Auf die da? Ich doch nicht!«

»Und mit einer Frau hast du es auch noch nie gemacht, stimmt's?«, fragte er.

Sie schluckte. »Sieht man mir das an?«

Er stichelte: »Dazu musst du nicht lesbisch sein. Es reicht, wenn du dich einfach gehen lässt.« Er zitierte es wie eine Erfahrung, die er mal woanders gemacht hatte: »Let your body go ... darauf kommt es an. Let your body go. Schalte den Verstand aus.«

»Ich glaube, ich möchte das nicht«, sagte sie. »Das kommt alles sehr schnell und sehr plötzlich. Bis vor kurzem war ich noch ...«

»Sophies Freundin, ich weiß«, grinste er doppeldeutig.

Sie reagierte nicht darauf, aber ihr war sein Grinsen peinlich.

Er liebt es, Menschen in Situationen zu bringen, die ihnen unangenehm sind, dachte sie. Er spricht Dinge aus, die sie sich nicht zu denken wagen. Es hat etwas von Befreiung an sich und gleichzeitig von Zwangsmaßnahmen. In seiner Nähe fühlte sie sich, als sei sie eine andere. Und das führte sie nicht nur auf den Einfluss der Drogen zurück.

Ihr vorheriges Leben kam ihr irgendwie falsch vor, verklemmt.

Musste der Typ erst kommen, um ihr zu zeigen, wo es langgeht?

Oder war sie inzwischen so verwirrt, dass sie das Falsche für richtig hielt und umgekehrt?

Da war eine Stimme in ihr, die sagte: Der hat dich entführt! Der hat einen Polizisten niedergeschlagen. Der hat möglicherweise sogar zwei Menschen umgebracht. Was willst du hier?

Vielleicht erriet er ihre Gedanken oder spürte ihre Zweifel. Es klang wie ein Angebot, das er ihr machen würde, als er sagte: »Ich mache noch einen kleinen Abendspaziergang. Ich brauche das, seit ich aus dem Knast bin. Ich schau mir die Zwillingsmühlen an und genieße noch ein bisschen die

Abendluft. Lüfte du hier mal ordentlich und mach es uns gemütlich.«

Sie deutete auf das Bett, in dem Yvonne lag: »Werden wir hier schlafen?«

Er nickte. »Ja. Zu dritt. Und ich in der Mitte.«

Nachdem er das Haus verlassen hatte, stand Jule-Feemke eine Weile unschlüssig herum. Sie rieb sich die Oberarme, atmete tief ein und aus und versuchte, einen klaren Gedanken zu fassen.

Warum, fragte sie sich, laufe ich nicht einfach weg? Es wäre ganz leicht. Ich könnte sogar telefonieren und um Hilfe rufen. Warum mache ich es nicht?

Gero Kaiser ging keineswegs spazieren, denn er traute niemandem. Er stand nicht weit vom Haus entfernt an einen Baum gelehnt und beobachtete das Haus. Er genoss die Macht, die er inzwischen über sie hatte. Sie versuchte nicht zu fliehen.

Drogen verliehen ihm Macht, das hatte er sehr früh begriffen. Er erinnerte sich noch sehr gut an den ersten kleinen Dealer, bei dem er selbst eingekauft hatte. Ein hässlicher kleiner Dreckskerl, ungelenk, mit einem Gesicht wie eine Krähe und einer Stimme, die seinen Zuhörern in den Ohren weh tat. Er war ein dummer, großspuriger Angeber, zwei Klassen über Gero, hatte ständig die tollsten Frauen und machte einen auf unwiderstehlichen Playboy, der keiner treu blieb – warum denn auch?

Er nahm, was er kriegen konnte, und sprach sogar laut darüber. Er wurde zu jeder Party eingeladen, denn er hatte die guten Drogen. Von ihm hatte Gero viel gelernt. Mehr als von seinen Lehrern.

Als er zurückkam, hatte Jule-Feemke sich ein wenig frischgemacht und einen Tee gekocht. Sie fand, dass sie schrecklich aussah. Sie musste sich mal wieder die Haare waschen, doch ihm schien sie so zu gefallen.

⚓

Dalibor hatte Pläne, wie er Ann Kathrin und Marion aus dem Haus locken wollte, direkt in die Nähe der Kaserne. Er wollte der berühmten Kommissarin einen wichtigen Hinweis versprechen. In der Tat wusste er einiges über Wolfgang Nowak vom BKA. Warum sollte er das nicht ausnutzen? Sie wäre bestimmt karrieregeil genug, um seine Information mit niemandem zu teilen.

Sie käme nicht allein. So dumm war sie nicht. Aber mit dieser Marion Wolters würde er schon fertig werden. Die Dicke und die Dünne in seiner Gewalt …

Er stellte sich das spaßig vor. Vielleicht würde er sogar Big Aslan dazu bekommen, der Party beizuwohnen? Vielleicht konnte er so wieder Punkte gutmachen?

Vielleicht würden sie doch noch Freunde werden?

Ein gemeinsam begangener Mord schweißte immerhin mehr zusammen als eine bürgerliche Ehe oder ein Freundschaftsversprechen. Das war Blutsbrüderschaft im eigentlichen Sinne.

Er hatte vor, sie anzurufen und ganz ehrlich zu sein: »Hallo, Frau Klaasen. Ich habe den Auftrag, Sie zu töten. Aber das werde ich nicht tun. Stattdessen gebe ich Ihnen alles, was Sie wissen müssen, um diesen Nowak vom BKA und all die anderen faulen Eier in Ihrer Polizeiinspektion in den Knast zu bringen. Bitte kommen Sie alleine. Ich kann niemandem trauen. Sonst bin ich tot, bevor ich auspacken kann.«

Er würde dann zustimmen, dass sie eine Freundin mitbringen dürfe oder ihren Ehemann. Aber sonst eben niemanden.

Sie würde das verstehen. Doch dann kam alles ganz anders.

Er parkte keine hundert Meter von ihrem Haus entfernt und hatte freien Blick aufs Gebäude. Es war kurz nach sechs, als sich die Garagentür öffnete und Ann Kathrin mit ihrem Fahrrad herauskam. Sie trug einen Helm und bunte Joggingkleidung.

Er ließ sofort den Wagen an, um ihr zu folgen. In dem Moment kam ohne Fahrradhelm, strubbelig und auch ohne Sportkleidung Marion Wolters aus der Tür und rief: »Warte! Warte! Ich komme doch mit! Ich will ja mehr Sport machen. Kleinen Augenblick noch!«

Marion brauchte eine Weile, bis sie ihr Fahrrad so weit hatte. Ann Kathrin wartete geduldig und machte dabei Atemübungen. Marion wollte ohne Helm fahren, Ann Kathrin war damit überhaupt nicht einverstanden. Marion gab nach. Sie bekam Wellers Helm.

Die beiden fuhren zum Deich, stellten hinterm Regina Maris ihre Räder ab und joggten zunächst auf der Deichkrone, dann unten an der Wasserkante entlang, in Richtung Greetsiel.

Mit Sicherheit werden sie hinterher zum Regina Maris zurückkommen, um ihre Räder zu holen. Vielleicht wollen sie dort frühstücken, dachte er. Ich werde sie dann höflich bitten, bei mir einzusteigen.

Er parkte direkt neben ihren Rädern.

Dalibor musste gar nicht lange warten.

Schon nach wenigen Minuten warf Marion Wolters sich

erschöpft auf die Deichwiese und schlug Ann Kathrin japsend vor: »Hol mich auf dem Rückweg wieder hier ab. Ich kann nicht mehr. Mein Gott, du führst mir wirklich sinnfällig vor Augen, wie unsportlich ich geworden bin.«

Wenigstens hatte meine Apple-Watch mal die Möglichkeit, was aufzuzeichnen, dachte sie sich.

Ann Kathrin zeigte Verständnis und behauptete, im Grunde auch keine Lust mehr zu haben. Mit ein bisschen frischer Luft in der Lunge könnten sie jetzt ruhig wieder nach Hause fahren. »Wir können ja mit dem Rad noch eine Runde drehen.«

»Echt?«, fragte Marion. »Ich will dir aber jetzt nicht deinen sportlichen Morgen kaputtmachen.«

»Alles gut«, sagte Ann Kathrin.

Im Regina Maris war es zum Frühstücken noch zu früh, deswegen bot Ann Kathrin an, zu Hause ein paar Eier in die Pfanne zu hauen. »Oder wir machen heute Spätstück bei Jörg und nehmen zu Hause nur einen Kaffee.«

Marion war einverstanden. »Kalorien sparen«, sagte sie.

Ann Kathrin legte sich noch kurz neben Marion ins Gras. Sie sahen in den Himmel und beobachteten den Vogelflug. Da waren wieder ganze Kolonien zu den Inseln unterwegs.

»Was machen wir jetzt mit unseren Informationen zu Aslan? Willst du damit in die nächste Dienstbesprechung?«

Ann Kathrin verzog den Mund. Sie war noch unentschieden.

»Wir können das nicht wirklich zurückhalten, Ann«, ermahnte Marion ihre Kollegin.

»Wir haben Informationen«, rechtfertigte Ann sich, »für die vermutlich Klatt gestorben ist und möglicherweise auch Kevin Janssen.«

»Sag es doch offen: Du traust weder der Schwarz noch Nowak oder Hering.«

Sie joggten nicht zu ihren Fahrrädern zurück, sondern schlenderten nebeneinanderher wie zwei Touristinnen, die sich auf einen schönen Tag freuen. Dabei hatten beide das Gefühl, dass das Schwierigste noch vor ihnen lag.

Zuerst war Marion zu faul, einen Helm aufzusetzen, dann, ihn abzunehmen. Ann Kathrin hatte ihren Helm am Finger baumeln.

Neben ihren Rädern hatte jemand beide Fahrzeugtüren geöffnet. Es wirkte, als wolle da jemand sein Auto saubermachen. Plötzlich drehte der Mann sich zu den beiden um. Er stand im Schutz der Türen, und da erkannten sie, dass er einen Gewehrlauf auf sie richtete.

»Darf ich die Damen bitten, zu mir einzusteigen?«, fragte er betont höflich.

Wäre da nicht das Gewehr gewesen, hätte man ihn für einen Gentleman halten können, der sich anbot, zwei abgekämpfte Joggerinnen nach Hause zu fahren.

Er hatte gelernt, die Person, von der die größte Gefahr ausging, als Erstes auszuschalten. Das war zweifellos Ann Kathrin Klaasen. Er schoss ihr in den Oberschenkel. Sie griff hin und fiel nach vorne.

Marion wollte noch ausweichen. Sie bückte sich, doch er erwischte sie am rechten Oberarm. Marion fiel lang hin.

Ann Kathrin rappelte sich auf und wankte auf ihn zu. Sie hatte einen entschlossenen Blick, als plane sie einen Angriff auf ihn. Sie sackte dann aber, bevor sie ihn berühren konnte, wieder zusammen. Von weitem sah es aus, als wäre sie vor ihm auf die Knie gegangen.

Ann Kathrins Helm polterte auf den Asphalt.

Marion Wolters lag auf dem Boden und japste nach Luft.

Dalibor zog zunächst Ann Kathrin ins Auto, dann Marion, was gar nicht so einfach war. Die Räder ließ er einfach stehen.

Dalibor befreite Marion Wolters von Wellers Helm. Ihre Muskulatur war bereits völlig erschlafft.

Falls uns jemand sieht, dachte er, wird jeder glauben, dass ich zwei schlafende Frauen in den frühen Morgenstunden herumkutschiere.

Diese Betäubungsmunition war für Entführungen großartig. Eigentlich war sie nicht für Menschen gemacht, sondern um Leoparden oder Löwen zu stoppen, aber sie wirkte bei den ostfriesischen Polizistinnen genauso gut. Sie würden lange schlafen, da war er sich sicher.

Er brachte sie zur Kaserne nach Aurich.

Rupert wollte nicht so in die Polizeiinspektion. Er fuhr nach Hause, hatte aber gar nicht mehr daran gedacht, dass Beate einen Reiki-Kurs gab. Ihre Schülerinnen saßen mit ihr meditierend im Garten.

Er fragte sich, ob das Wort *Schülerinnen* richtig war, denn einige von ihnen waren weit über fünfzig.

Er hatte Reiki-Kurse im Haus oft erlebt. Es waren meist Frauen, immer angenehme, ruhige Menschen. Mit zwei von Beates Schülerinnen hatte er eine kurze, aber heftige Affäre gehabt. Seitdem wusste er, dass seine Frau wirklich viel gelenkiger war als ihre Kursteilnehmerinnen, dafür aber längst nicht so anspruchsvoll wie diese. Hatte ihn nicht jede Affäre letztendlich näher zu Beate gebracht, weil er sie immer mehr schätzen lernte?

Er hoffte, an der Meditationsgruppe vorbeihuschen zu können, doch er wurde erkannt und mit Gelächter begrüßt. Reiki betrieb man hier zwar ernsthaft, aber als durchaus fröhliche Disziplin.

»Na, Rupi«, rief die, die ihn schon nach der ersten Nacht abserviert hatte, »hast du eine Wette verloren oder so abgenommen?«

Er nahm das Angebot sofort an, winkte allen freundlich zu und antwortete: »Wette verloren.«

»Sieht man«, kicherte Beate.

Irgendeine helle Frauenstimme lästerte noch hinter ihm her: »Die Schuhe stehen ihm gut, die sollte er immer tragen.«

»Ja«, erklärte Beate, »mein Rupi lebt halt gern auf großem Fuß.«

Im Badezimmer sah er sich seine Verletzungen an. Die Wunde am Kopf war schon durch eine Blutkruste vernarbt. Er wollte nicht ins Krankenhaus, um sich nähen zu lassen. Krankenhäuser gaben ihm immer das Gefühl, alt und gebrechlich zu sein. Da setzte er lieber einen Hut auf, um die Wunde zu verdecken.

Seine Schulter und seine Knie sahen schlimm aus. Das würden üble Blutergüsse werden. Aber im Prinzip hatte er alles noch gut überstanden.

Er versorgte die Wunden am Finger und am Handgelenk mit kleinen Pflastern. Er war froh, dass Beate seine Verletzungen nicht gesehen hatte, sonst müsste er jetzt eine Heilbehandlung über sich ergehen lassen. Das war ganz klar. Vermutlich würde der halbe Kurs dabei mitwirken. Eigentlich mochte er es, wenn so viele Frauen ihre Hände auf ihn legten, aber jetzt war dafür nicht der richtige Zeitpunkt.

Er zog sich um und fragte sich, wie er als Nächstes vorgehen sollte. Niemand sollte jemals von der Schande erfahren.

Ich finde ihn, dachte Rupert, und knöpfe ihn mir alleine vor. Falls er oder die Frauen Bilder auf ihren Handys haben, lösche ich das Zeug. Vielleicht ist es ja noch nicht im Internet.

Er durchforstete schnell verschiedene Hashtags bei Instagram, *#Rupert undercover, #Kommissar Rupert, #Polizei, #Kriminalpolizei, #Rupi*, fand aber noch nichts. Vielleicht war es noch nicht zu spät. Immerhin waren die auf der Flucht und hatten möglicherweise für solche Spielereien noch keine Zeit gefunden.

Er wusste nicht, warum, aber er ging davon aus, dass Kaiser noch nicht weit sein konnte. Vielleicht wartete er auf eine Gelegenheit, Sophie Hauser zu schnappen. Vielleicht blieb er deshalb in der Nähe. Er konnte ja nicht wissen, dass sie in eine Art Zeugenschutzprogramm eingegliedert werden sollte. Vielleicht klapperte er die Frauenhäuser der Umgebung ab, deren Adressen zwar anonymisiert sein sollten, es aber leider nicht waren.

Stimmt was mit meinem Kopf nicht, fragte sich Rupert, oder wieso habe ich keine Erinnerung daran, was für ein Auto der Typ fährt und welches Nummernschild er hat? Stand der Wagen in der Garage? Warum habe ich nicht quer davor geparkt, dann hätte der gar nicht abhauen können. Fange ich an, Fehler zu machen?

Solche Fragen hatte er sich früher nie gestellt. Er suchte immer nur die besten Ausreden und Argumentationen, um sich zu verteidigen. Fehler nachweisen mussten ihm schon die anderen.

Doch dieses Wachwerden in der Badewanne hatte ihn sehr

nachdenklich gestimmt. Ann Kathrin Klaasen versuchte immer wieder, sich in die Opfer hineinzuversetzen, um mehr über die Täter zu erfahren. Er fand diese Methode völlig blödsinnig, viel sinnvoller erschien es ihm, zu begreifen, was in den Tätern vor sich ging. Was würde ich machen, wenn ich diese zwei Frauen an den Hacken hätte und eine dritte suchen würde?

Die ehrliche Antwort war: Ich würde Reißaus nehmen, mir ein Fläschchen Bier kaufen und mich damit an den Deich setzen, um bei einem Blick aufs Meer den ganzen Mist in Ruhe zu vergessen.

Aber das täte Gero Kaiser garantiert nicht. Wo war diese Yvonne Diercks geblieben? Rupert vermutete, sie in der Badewanne gesehen zu haben. Welche Frau sonst hätte dadrin liegen sollen?

Das junge Mädchen, das ihn an der Tür abwimmeln wollte, war also Kaisers Komplizin oder vielleicht gar seine Tochter? Rupert fiel auf, dass sie nicht viel über Kaiser wussten. Hatte der überhaupt Kinder? Er zog sie garantiert nicht groß, aber zahlte er irgendwo Alimente? Gab es ein Zentralregister für Alimente zahlende Väter oder auch Alimente verweigernde Väter?

Rupert versuchte, Ann Kathrin und Marion zu erreichen. Vielleicht hatte sich Yvonne Diercks bei denen ja mittlerweile gemeldet. Denkbar, dass Kaiser sie einfach hatte laufen lassen. Oder war inzwischen ihre Leiche gefunden worden?

Weder Ann Kathrin noch Marion meldeten sich.

Ann Kathrin hörte sich zwar immer genervt an, wenn er sie anrief, doch sie ging auch regelmäßig an ihr Diensthandy, wenn der Seehund darin losheulte. Warum heute nicht?

Marion Wolters war weder in der Einsatzzentrale zu erreichen noch über ihr Handy. Der traute er zu, dass sie aus reiner Frackigkeit nicht ranging, wenn er anrief. Sie konnte ihn einfach nicht leiden.

Rupert erklärte sich das so: Sie kam halt mit echten Männern nicht klar, während sie auf so Weicheier wie Weller abfuhr.

Rupert erreichte die junge Kommissarin Jessi Jaminski, die mit Sylvia Hoppe zusammen im Auftrag von Wolfgang Nowak Kevin Janssens Freundeskreis checkte. Sie riefen jeden an und fragten, ob Kevin etwas darüber erzählt habe, dass er sich bedroht fühlte oder ob jemand Drohungen gegen ihn ausgestoßen hatte.

Als Rupert anrief, erzählte Jessi aufgeregt, was sie gerade tat. Sie fand, Nowak habe ihr eine sehr wichtige Aufgabe anvertraut. Doch Rupert maulte: »Das ist völliger Blödsinn. Der wurde von einem Hitman umgelegt. Einem Berufskiller. So Leute drohen vorher nicht. Unser Kollege wurde ermordet, weil er zu viel wusste, genauso wie Klatt. Was ihr da macht, ist völlig sinnlos. Seinen Freundeskreis kannst du total vergessen.«

»Ja, danke für die Motivation«, sagte Jessi mit gespielter Freundlichkeit.

Wo sich Yvonne Diercks inzwischen befand, wusste sie auch nicht.

Jedenfalls war keine Leiche entdeckt worden, das wäre ja vermutlich niemandem im Kommissariat entgangen, folgerte Rupert. Er wünschte den beiden bei ihrer Arbeit noch viel Erfolg, klang dabei aber wenig glaubwürdig.

Jessi merkte, dass mit ihm etwas nicht stimmte. Er hörte sich an, als sei ihm etwas Schreckliches widerfahren. Sie mochte ihn trotz all seiner Macken, und manchmal bewunderte sie ihn sogar. Deshalb fragte sie besorgt: »Geht's dir gut, Rupi?«

»Mir ging es nie besser«, log er. »Ich würde mir nur gerne diesen Gero Kaiser schnappen und ihm was aufs Maul hauen.«

»Das ist nicht unsere Aufgabe«, belehrte Jessi ihn. »Wir sollten ihn lieber dem Haftrichter vorführen. Er wird von den Kollegen in Dinslaken verdächtigt, den Doppelmord begangen zu haben.«

»Nicht nur von denen«, erklärte Rupert. »Es ist auch in seinem Interesse, dass wir ihn bald finden.«

»Wieso?«, fragte Jessi.

Rupert spottete: »Auf Typen wie den ist unser Dr. Sommerfeldt immer besonders scharf gewesen ...«

»Ach, du immer mit deinem Sommerfeldt! Die alten Kamellen ... das ist doch längst nur noch Legende. Der hat sich vor Jahren ins Ausland abgesetzt und führt irgendwo ein geruhsames Leben.«

»Einer wie der setzt sich nicht zur Ruhe«, behauptete Rupert. Damit war das Thema für ihn erledigt. Er beendete das Gespräch mit den besten Wünschen für eine erfolgreiche Arbeit und wog ab, ob er gegen die Schmerzen im Rücken, den Knien und der Schulter Ibuprofen nehmen sollte oder besser einen zwölf Jahre alten schottischen Whisky.

Frühstück konnte man das nicht wirklich nennen, aber was spielten Tageszeiten überhaupt noch für eine Rolle? Es fiel Jule-Feemke schon schwer zu bestimmen, in welchem Monat sie sich befanden.

Auf dem Tisch standen Kaffee und Tee. Sie tranken beides aus großen Pötten, dazu Leitungswasser. Der schlanke Gero aß Zucker löffelweise, wie andere morgens ihr Müsli. Zwischen dem Geschirr zog er auf dem Tisch Linien aus Koks, die sie durch Geldscheine schnupften. Manchmal rieb er sich auch etwas Pulver aufs Zahnfleisch und forderte die beiden Frauen auf, es ihm gleichzutun.

Er hatte versucht, am Sparkassenautomaten mit Yvonnes Karte Geld zu ziehen. Es kam aber nichts mehr. Das Konto war wohl überzogen. Sie wurde aufgefordert, sich bei ihrem Bankberater zu melden.

Gero versuchte, sie auf das Gespräch vorzubereiten, vor dem sie mindestens so viel Angst hatte wie er.

»Das Scheißhaus«, sagte er, »ist ein Schweinegeld wert. Da müsste man ganz locker eine Hypothek für bekommen. Hundert-, vielleicht zweihunderttausend.«

Yvonnes Gesicht war verschwitzt und verquollen. »Die werden mich fragen, wofür ich das Geld brauche«, sagte sie und wirkte, als hätte der Satz sie unglaublich viel Kraft gekostet. Erschöpft sackte sie auf ihrem Stuhl zusammen.

Jule-Feemke fühlte so etwas wie Mitleid und reichte ihr die Tasse, als sei sie nicht in der Lage, sie selbst vom Tisch zu heben.

Gero wurde wütend. »So ein Quatsch! Wer hat dir denn das erzählt? Es geht die einen Scheiß an, was du mit dem Geld machst! Das ist dein Haus. Wenn du es möchtest, darfst du die ganze Kohle auch anzünden oder verschenken.«

Noch einmal bäumte Yvonne sich gegen seine Forderungen auf: »Das sind seriöse Leute. Die geben mir nicht hundert- oder zweihunderttausend in bar.«

Gero hatte gar nicht erwähnt, dass es um Bargeld ging,

doch es war allen klar, dass hier nur Scheine zählten. Kein verfolgbares, kein durchnummeriertes Bargeld.

Jule-Feemke wusste nicht, ob sie Gero mit ihrem Einwand helfen wollte oder Yvonne. Sie hörte sich selbst sagen: »Sie wird doch gesucht. Der Bulle ist zu ihr gekommen.«

»Ja«, gab Gero zu, »weil ich Idiot so nett war, sie im Krankenhaus zu besuchen. Jede freundliche Geste, jeder Gefallen, den man jemandem tut, rächt sich später. Merk dir das fürs Leben, Jule. Die Menschheit ist nicht gut. Die Leute da draußen sind böse. Und sie nutzen jede Schwäche aus. Hätte ich mich im Krankenhaus nicht sehen lassen und stattdessen die Füße hochgelegt oder besser noch, sie erst gar nicht ins Krankenhaus gebracht, sondern ihre lächerlichen Verletzungen hier selbst versorgt, wäre gar nichts passiert.« Er schlug mit der Faust auf den Tisch: »Man ist einfach zu gut!«

Yvonne schickte einen dankbar-verhuschten Blick zu Jule-Feemke. Entstand hier gerade so etwas wie Frauensolidarität? Einerseits waren sie hier gemeinsam in Geiselhaft, andererseits Konkurrentinnen, aber es gab da auch ein kleines, zartes Pflänzchen zwischen ihnen, das, genährt von Vernunft, zu wachsen begann.

Er griff in Yvonnes Gesicht und knetete es. Ein alter Schmerz flammte auf.

Sie kniff die Augen fest zusammen, versuchte aber nicht, sich seinen Händen zu entziehen. Sein Daumen glitt über ihre Lippen. Er schob ihn ihr in den Mund, als sei sie ein Baby und sein Daumen ein Beruhigungsschnuller.

Das Ganze hatte aber nichts Liebevolles an sich, sondern jeder spürte die latente Aggression. Es war, als wolle er ihnen zeigen, wie sehr zwei Kräfte in ihm miteinander um die Vorherrschaft kämpften.

Der Casanova in ihm, der stolz darauf war, zwei Freundinnen zu haben, und sie am liebsten auf dem Küchentisch geliebt hätte, rang mit dem wütenden, verletzten Gangster in ihm, der sich betrogen fühlte und bereit war, sich das, was er für sein Recht hielt, mit Gewalt zu nehmen.

Mit dem Finger im Mund versuchte Yvonne zu sprechen, ohne ihm auf den Daumen zu beißen. Ihr Gesicht hatte dadurch etwas Babyhaftes. Eine Träne rollte über ihre Wange, hin zu den Lippen. »Ich kann doch nichts dafür«, beteuerte sie. »Ich habe dir doch schon alles gegeben, was ich auf dem Sparbuch hatte.«

Er drehte seinen Kopf abrupt und sah Jule-Feemke an. Er ließ Yvonne los. Sie sank auf dem Stuhl zusammen und weinte stumm vor sich hin. Sie kam sich als Versagerin vor, weil sie nicht in der Lage war, ihm Geld zu beschaffen, und gleichzeitig war sie irrwitzig wütend auf sich selbst und fragte sich: Warum lasse ich das alles mit mir machen?

Er zog Jule-Feemke zu sich ran. Auch diese Geste war wieder eine Mischung aus liebevoller, ja erotischer Zuwendung und Gewaltandrohung.

»Und du?«, fragte er und sah ihr dabei fest in die Augen. »Was kannst du für unsere Gemeinschaft tun? Du bist doch auch so ein Reiche-Leute-Töchterchen. Papi kauft dir bestimmt, was du haben willst.«

Bei dem Wort *Reiche-Leute-Töchterchen* machte er eine Geste, als würde dieses Haus in Greetsiel ihr gehören. Diese Geste nahm sie auf und stellte klar: »Dieses Haus gehört mir nicht, sondern der Familie eines Mitschülers. Paul Schilling.«

»Ist mir doch egal. Dann pump eben deine reichen Freunde an. Glaubst du, der Schnee, den du hier schnupfst, ist so vom

Himmel gefallen? Frau Holle bringt den nicht. Dafür muss harte Währung auf den Tisch.«

»Ich habe«, sagte Jule-Feemke ehrlich und fühlte sich dabei minderwertig, »ein Taschengeldkonto. Das kann man aber nicht überziehen. Da sind vielleicht noch hundert Euro drauf. Die könnte ich für uns abheben.«

Er schlug ihr ansatzlos ins Gesicht. »Du verlogenes Luder! Willst du mir erzählen, deine Eltern lassen dich ohne Geld zurück und fahren in Urlaub? Sollst du betteln gehen? Dein Papa hat sein Töchterchen richtig gestopft, stimmt's?«

»Ja«, gestand sie, »sie haben mir den Kühlschrank voll gemacht. Ich brauche doch nicht viel. Wir haben so eine alte Kaffeedose, darin ist die Haushaltskasse. Hundertfünfzig, höchstens zweihundert, mehr ist da nie drin. Aber das Geld ist für Sophie und Mara draufgegangen. Wir mussten doch Windeln kaufen und …«

Das Stichwort war gefallen. Er lächelte und rieb sich mit erhobenen Armen die geröteten Augen. Seine Ellbogen waren dabei auf der Höhe seiner Ohren. Vielleicht war das der Moment, in dem Yvonne zum ersten Mal darüber nachdachte, ein Messer aus dem Küchenblock zu ziehen und es ihm in den Rücken zu rammen.

»Wenn dieser Polizist in der Badewanne ertrinkt«, sagte sie, und ihre Stimme klang fester als vorher, »dann sind wir Mittäterinnen, Jule.«

Zornig wandte Gero sich ihr zu und zeigte mit dem Zeigefinger auf sie, als würde er eine Schusswaffe auf die Stelle zwischen ihren Augen richten: »Du hältst dich da raus!«

Er packte Jule-Feemke, riss sie vom Stuhl hoch und drückte sie gegen den Kühlschrank. »Du wirst jetzt Kontakt zu deiner Freundin Sophie aufnehmen.«

»Wie denn?«, fragte Jule-Feemke.

»Lüg mich nicht an, Miststück! Ihr habt eure Mittel und Wege.«

»Sie benutzt kein Handy, sie ...«

»Erzähl doch nicht so 'n Mist! Sie wird sich ständig informieren, was los ist, und auch selber versuchen, Kontakt zu dir zu bekommen. Los, bau mir eine Brücke zu ihr! So unauffällig wie möglich, meinetwegen über Twitter, Facebook, TikTok, Instagram oder welchen Scheiß ihr sonst benutzt.«

Er stieß sie auf den Stuhl zurück. »Entschuldige«, sagte er und fuhr ihr über die Haare. »Aber wenn ich so hingehalten und belogen werde, dann flippe ich manchmal aus. Ich bin eigentlich gar nicht so. Mach mir einen Kontakt zu Sophie, und ich lasse euch beide frei.«

»Heißt das«, fragte Jule-Feemke, »wir sind deine Gefangenen? Ich dachte, wir sind beide freiwillig hier.«

»Ja«, spottete Yvonne, »weil es so einen Spaß mit dir macht.«

Wieder zeigte er auf sie und nahm eine drohende Haltung ein. »Überreiz dein Blatt nicht ...« Er holte Luft und sagte es noch einmal lauter, als hätte sie Probleme mit den Ohren: »Überreiz es nicht, Mädchen. Du weißt, was passieren kann, wenn ich ausflippe.«

Polizeidirektorin Elisabeth Schwarz hatte schon fast damit gerechnet: Die Personenschützerinnen und Quartiermacherinnen schickten eine kurze, unbegründete Absage, doch wenn man wie sie zwischen den Zeilen lesen konnte, dann wurde der Fall als nicht wichtig genug eingeschätzt. Das wunderte sie. Immerhin war der Mann, von dem die Bedrohung ausging, verdächtig, einen Doppelmord begangen zu haben, und hatte bereits mehrere Haftstrafen hinter sich.

Sie musste Weller die Situation erklären. Er war in ihrem Kopf als Nummer 18 abgespeichert. Das bedeutete, er plante beim Schach mehrere Züge im Voraus, versetzte sich in den Gegner hinein und war nicht so leicht zu bluffen. Er würde das nicht so einfach schlucken.

Wenn ich ihn zurückbeordere, weil ich ihn hier brauche, wird er sich weigern, die Frau und das Kind allein zu lassen, dachte sie. Und wenn ich ihm sage, er soll bei ihnen bleiben, wird er mir vorwerfen, dass ich ihn aus den Ermittlungen in Sachen Dirk Klatt und Kevin Janssen heraushalten will.

Egal, was ich jetzt tue, sie werden mir einen Strick daraus drehen. Dabei ist meine Stellung als neue Erste Kommissarin bereits angekratzt genug.

Sie brauchte dringend einen Erfolg. Oder zumindest ein paar Leute, die loyal zu ihr standen. Es war schwer genug, das Vertrauen der Ostfriesen zu gewinnen.

⚓

Weller hatte ein paar frische Sachen eingekauft. Obst und Gemüse. Mara hatte besonderen Spaß an der Wassermelone. Weller zerteilte sie nicht einfach, sondern schnitzte für Mara ein Clownsgesicht in die Schale. Auch einen Obstteller gestaltete er für sie, mit einer Banane als Mund, Erdbeeren als Augen und einer lustigen Frisur aus Melonenstückchen.

Mara aß begeistert.

»Was willst du denn als Nächstes essen?«, fragte er.

»Einen Dinosaurier.«

»Kein Problem«, behauptete Weller und versuchte, aus Obststückchen einen Dinosaurier zu basteln. Es wurde mehr ein Drache.

Sophie saß am Laptop und surfte durchs Internet. Weller sah das kritisch: »Ruf keine verräterischen Seiten auf. Und bitte keinen Kontakt. Zu niemandem!«

Sie reagierte unwirsch. »Ja, ich hab's kapiert. Ich bin ja nicht blöd. Aber ich werde doch wohl noch mal was nachgucken dürfen. Vielleicht haben sie ihn ja längst erwischt.«

Weller schüttelte den Kopf. »Nee. Das wüssten wir.«

Sein Handy spielte *Piraten Ahoi!*. Mara gefiel das Lied. Sie wollte nicht, dass er an sein Handy ging, sondern hoffte, dann würde der gesamte Song laufen.

»Vielleicht«, sagte Weller, »erfahren wir es jetzt. Wäre doch schön, wenn sie ihn endlich einkassiert hätten. Über kurz oder lang landen solche Typen immer im Knast. Deshalb gibt es Leute wie mich.«

Er führte sein Handy ans Ohr, doch Mara rief: »Nein, lass mich weiter hören!«

Weller nutzte die Chance, um Sophie auf unverfängliche Seiten zu locken. »Spiel doch für Mara mal *Piraten Ahoi!*. Guck mal, gibt's bestimmt bei YouTube oder sonst wo. Bettina Göschl, *Piraten Ahoi!*. Das ist unsere Nachbarin aus Norden.«

Sophie suchte den Song tatsächlich für ihre Tochter. Mara lief zu ihrer Mutter.

Weller nahm das Gespräch an. Er sah am Display, dass seine Chefin nach ihm verlangte,und meldete sich aufgeräumt mit »Moin«.

Er ließ sie erst gar nicht zu Wort kommen: »Sagen Sie mir einfach, dass sich der verdammte Kerl in einem unserer gut geführten, sauberen, aber etwas spartanisch eingerichteten Hotelzimmer befindet.«

»Das Leben ist kein Wunschkonzert, Herr Weller. Der Mörder von Dirk Klatt und Kevin Janssen befindet sich weiterhin auf freiem Fuß, und von Gero Kaiser haben wir keine Spur. Es gibt Hunderte Hinweise aus der Bevölkerung, aber …«

Weller unterbrach sie: »Aber deshalb rufen Sie mich doch nicht an?«

»Nein. Die Verstärkung kommt nicht.«

»Verstärkung? Für die Fahndungsgruppe in Norden?«

»Nein. Ich meine, Ihre Ablösung lässt uns hängen.«

Weller boxte in die Luft, als sei plötzlich vor ihm ein Gegner aufgetaucht. »Wusste ich's doch! Da läuft was schief.«

Mara saß jetzt vor dem Computer, sah Bettina Göschl zu und hörte die Piratenmusik, während ihre Mutter aufgeregt neben Weller stand. Sie entnahm seinen Worten, dass etwas ganz und gar nicht gut für sie lief.

»Ist er auf Juist?«

Weller wollte eine Hand beruhigend auf ihren Arm legen, doch das hätte sie falsch verstehen können, deshalb zog er im letzten Moment die Hand zurück. Sie bemerkte es, deutete seine Reaktion richtig und nahm einen halben Meter Abstand.

»Das heißt«, sagte Weller ins Handy, »im Grunde haben wir nur ein paar Leuten verraten, wo wir uns aufhalten. Unsere Situation ist also nicht sicherer, sondern unsicherer geworden.«

Frau Schwarz verteidigte sich sofort und nahm die BKA-Mitarbeiter in Schutz: »Herr Weller, ich bitte Sie! Sie verdächtigen doch jetzt nicht etwa …«

»Ich behaupte nichts, und ich verdächtige auch niemanden. Mir ist lediglich eine kleine Familie zum Schutz anvertraut worden, und ich fühle mich für sie verantwortlich.«

Die Kleine machte am Computer Bettina Göschls Bewegungen nach. Weller kannte das von zahlreichen Live-Auftritten, wenn Bettina mit Hunderten Kindern ihre Songs einübte. Mara schielte zu ihm hin, und er hob auch einmal die Piratenfaust und tat so, als würde er die Fahne hissen und die Segel setzen.

Weller wandte sich ab und wollte mit dem Telefon ins Nebenzimmer gehen, aber Sophie blieb nah bei ihm. Sie hatte eine Distanzlosigkeit, die Weller ein bisschen erschreckte. Er kannte das aber von bedrohten Menschen. Er spielte die Rolle des Personenschützers nicht zum ersten Mal. Dann musste sie es eben mithören.

Wellers Stimme veränderte sich. Er klang gereizt und genervt, ganz anders, als er im Umgang mit Mara war: »Mutter und Kind sind vollkommen verunsichert. Das wäre jeder in dieser Situation. Die brauchen jetzt kein *Hüh und Hott*, kein *mal gucken, wie wir morgen drauf sind* und kein *Der Dienstplan ändert sich ja ständig, man muss flexibel bleiben.* Hier geht es jetzt um Stabilität und Sicherheit für Sophie und Mara Hauser.«

»Wem sagen Sie das?«, fragte Frau Schwarz scharf zurück.

»Ihnen«, konterte Weller.

»Ich könnte Sie durch Jessi Jaminski ablösen lassen«, schlug Elisabeth Schwarz vor und bereute gleich, es nicht einfach angeordnet zu haben, denn so gab sie Weller viel zu viel Spielraum.

Er kritisierte ihren Vorschlag: »Jessi ist eine tolle junge

Kollegin, und im Box-Club Norden hat sie eine Menge gelernt. Ich würde dem Drecksack gönnen, dass er ihr in die Fäuste läuft. Aber Jessi hat viel zu wenig Erfahrung.«

Elisabeth Schwarz stöhnte: »Ja, wie hätten Sie es denn gerne? Soll ich James Bond schicke, Bruce Willis oder …« Ihr fielen so schnell keine weiteren Actionhelden ein, doch auch diesen spitz und witzig gemeinten Vorschlag ließ Weller nicht so stehen.

»Bruce Willis leidet unter Aphasie, und wir brauchen hier keinen Frauenverführer und Selbstdarsteller wie James Bond. Wir brauchen jemand, der ordentlich seinen Job tut.«

»Mit anderen Worten: Sie wollen bleiben?«

»Bis das hier vernünftig geregelt ist, auf jeden Fall.«

»Was ist mit Jule-Feemke?«, schrie Sophie. »Hat er sie etwa immer noch? Mein Gott, ihr müsst etwas tun. Ich weiß, was der mit so jungen Mädchen macht. Die sind am Ende Wachs in seinen Händen. Wenn der denen Drogen gibt, dann hat das nichts mit der fröhlichen Kifferei zu tun, an der ihr früher alle Spaß hattet. Der hat Zeug, das macht dich nach dem zweiten, dritten Mal psychisch abhängig. Ich weiß, wovon ich rede!«

Weller vergaß das Handy in seiner Faust und sah Sophie an: »Die Fahndung läuft auf Hochtouren. Wir werden ihn kriegen. Solche Leute gehören einfach in den Knast. Und genau da werden wir ihn auch wieder hinbringen.«

Mara war über den Ausbruch ihrer Mutter erschrocken, lief zu ihr und klammerte sich fest an sie, als hätte sie Angst, sie zu verlieren.

Weller führte das Handy wieder an sein Ohr und sagte: »Wenn Sie mich das nächste Mal anrufen, dann bitte erst wieder, wenn Sie den Typen gefasst haben. Solange bin ich hier auf Tauchstation. Und wenn mir der Boden hier zu heiß wird, dann verschwinden wir auch wieder.«

Mara verstand nicht genau, was passierte, doch sie weinte: »Mama, ich hab Angst.«

Sophie strich ihr über die Haare und versuchte dabei, ihr die Ohren zuzuhalten, doch dafür war es längst viel zu spät.

Weller drückte das Gespräch weg.

⚓

Elisabeth Schwarz war unzufrieden mit sich. Nach außen hin spielte sie gerne die Taffe, die alles im Griff hatte, aber innerlich hatte sie ständig Angst davor, die Kontrolle zu verlieren und später als Versagerin dazustehen. Für sie war jede neue Aufgabe immer noch wie die Abiturprüfung, und sie wollte so gerne toll dastehen und eine gute Note mit nach Hause bringen.

Jemand musste mit Jule-Feemke Grubes Eltern sprechen. Mit dieser schwierigen Aufgabe fühlte sie sich in Moment überfordert. Die Eltern würden bestimmt ihren Urlaub sofort abbrechen und ab dann allen tierisch auf die Nerven gehen. Das Ganze würde als Entführung gewertet werden, und es gab keine Lösegeldforderung.

Sie konnte sich gut in die Eltern hineinversetzen. Wenn es um das Wohl ihrer Kinder ging, hatten Eltern immer das Gefühl, sie müssten den Hund zur Jagd tragen, und viele von ihnen wussten dann alles besser als die Polizei. Die Psychologen erklärten das damit, dass die Eltern sich schuldig fühlten.

Sie hatte mal ein Seminar darüber mitgemacht und fürchtete jetzt, in genau so eine Situation zu geraten.

Sie hatte innerhalb des Apparats schon Probleme genug. In klaren Strukturen konnte sie Menschen führen, aber im zwischenmenschlichen Bereich fehlte ihr einiges, das hatten ihr nicht nur ihre Ehepartner vorgeworfen, sondern auch die letzte Jugendfreundin, die sie verloren hatte.

Zu gern hätte sie diese Aufgabe Ann Kathrin Klaasen überlassen. Doch sie bekam weder zu ihr Kontakt noch zu Marion Wolters. Sie ging davon aus, dass die beiden wieder vollständig ihr eigenes Ding machten. Sie hasste solche Alleingänge.

Ann Kathrin Klaasen galt als wenig teamfähig, das hatte man ihr schon vorher gesagt. Sie war nicht wirklich integrierbar in eine Ermittlungsgruppe. Dafür hatte sie bewundernswerte soziale Kompetenzen und brachte auch die härtesten Jungs zum Sprechen.

Jetzt war keine Verhörspezialistin gefragt, sondern jemand, der mit den Eltern gut umgehen konnte.

Nick Hering betrat den Raum. Er hatte in jeder Hand einen Kaffeebecher und wollte ein paar Fragen mit Elisabeth Schwarz besprechen. Er erlebte ihren ersten Ausraster. Sie fegte einen Papierstapel vom Schreibtisch und knallte den Bildschirm des Laptops auf die Tastatur, als wolle sie das Ding nicht herunterfahren, sondern zerstören.

»Wieso«, brüllte sie, »macht hier eigentlich jeder, was er will? Warum ist niemand an seinem Posten? Warum muss ich hinter allen hertelefonieren, und wieso tut hier niemand, was ich sage?«

Hering blieb mit beiden Kaffeebechern stehen und zuckte mit den Schultern. Die Frage war nicht wirklich an ihn gerichtet worden, doch es war niemand anders im Raum, der sie hätte beantworten können.

»Die sturen Ostfriesen«, sagte er, »reagieren nun mal nicht auf Bitten. Die brauchen klare Dienstanweisungen.«

Hering stellte einen Kaffeebecher auf ihrem Schreibtisch ab und verzog sich mit dem anderen wieder: »Ich glaube, ich komme später noch mal«, sagte er. »Jetzt ist es wohl nicht so günstig.«

Sie rang sich ein »Danke« ab. Es klang fast wie eine Entschuldigung.

Sie brauchte jetzt einen Blitzableiter, da kam ihr Rupert gerade recht. Die Tür zu seinem Büro stand offen. Er hatte die Füße auf dem Schreibtisch und einen Borsalino auf. Er blätterte in irgendeiner Liste. Für Frau Schwarz hätten darauf genauso gut die Ergebnisse der Boßelmeisterschaften stehen können wie ermittlungsrelevante Daten.

Sie fuhr ihn an: »Sie sind kein Sheriff im Wilden Westen, sondern Kommissar in Ostfriesland!«

»Hauptkommissar«, korrigierte Rupert, änderte seine Haltung aber keineswegs.

»Wenn wir diesen Gero Kaiser fassen wollen, sollten wir mit den Eltern von Jule-Feemke Grube reden und uns die Kontakte ihrer Tochter nennen lassen.«

»Klar«, spottete Rupert. »Wir haben ja sonst nichts zu tun.« Er wedelte mit der Liste. »Ich habe hier 316 Hinweise aus der Bevölkerung. Soll ich jetzt auch noch all ihre Klassenkameraden und Freundinnen besuchen?«

Elisabeth Schwarz stampfte mit dem Fuß auf und schimpfte: »Sie tun nichts, Nummer neun! Das grenzt an Arbeitsverweigerung!«

Rupert reckte den Kopf, räusperte sich und nahm die Füße vom Schreibtisch. Er korrigierte den Sitz seines Huts: »Ach, ich tue nichts?« Er warf die Liste auf den Schreibtisch. »Ich habe instinktsicher – man braucht in unserem Job nämlich Instinkte – aus all diesen Hinweisen den richtigen herausgepickt und bin zum Haus von Yvonne Diercks gefahren.« Er nahm den Borsalino ab. »Dort habe ich mir diese Beule eingefangen, und zwar in einer direkten Auseinandersetzung mit Gero Kaiser. Zwei Frauen sind bei ihm, diese Yvonne Diercks, und die andere war Jule-Feemke Grube. Beide machten einen zugedröhnten Eindruck, und wenn Sie mich fragen, hat er sie nicht entführt, sondern die sind freiwillig bei ihm. Wollen Sie den Eltern auch sagen, dass ihre Tochter eine Koksnase ist? Würde mich nicht wundern, wenn er sie über kurz oder lang anschaffen schickt. So endet das doch immer, oder?«

»W … w … warum weiß ich davon nichts?«, fragte Elisabeth Schwarz.

Rupert setzte sich den Hut wieder auf und kontrollierte in der Spiegelung des Fensters den Sitz. »Ich wollte Sie nicht mit so einem Kleinscheiß belästigen. Ich dachte, ich melde mich erst wieder, wenn der Junge die silberne Acht um die Handgelenke trägt. Steht ihm bestimmt gut.«

»Existiert ein Protokoll?«

Rupert verzog den Mund, als sei er eigentlich zu fein, um so schmutzige Worte auszusprechen. »Protokoll? Soll ich jetzt Berichte schreiben oder einen gefährlichen Gangster fassen? Die Mädchen stehen auf so *bad boys*. Wir sollten uns beeilen, wissen Sie? Bevor er drogensüchtige Huren aus ihnen gemacht hat, würde ich ihn lieber zum Haftrichter bringen oder zumindest ins Krankenhaus.«

»Wieso Krankenhaus?«

Er hob den Hut noch einmal an und deutete auf seine Verletzung: »Weil ich ihm noch etwas schulde.«

Sie nickte wissend. »Sie wollen doch hier nicht etwa Ihren persönlichen Rachefeldzug beginnen?«

Rupert hob abwehrend beide Arme: »Ich doch nicht, Frau Schwarz, ich doch nicht!«

⚓

Weller versuchte, seine Frau zu erreichen. Da stimmte etwas nicht. Der Kontakt zwischen ihnen beiden riss nie wirklich ab. Selbst wenn sie unter größtem Druck stand, schickte sie ihm zumindest ein WhatsApp-Herzchen, ein Daumenhoch oder ein vierblättriges Kleeblatt. Außerdem – auch wenn er das nicht laut sagte – gab es zwischen ihnen so etwas wie eine emotionale Standleitung. Manchmal spürte er, wenn sie an ihn dachte und umgekehrt.

Vielleicht war das alles nur Einbildung, aber es half ihm, im Leben besser klarzukommen. Er fand ja auch eine Placebowirkung von Medikamenten viel besser als Symptombekämpfung durch knallharte Chemie.

Er spürte Ann irgendwie nicht, und er bekam keinen Kontakt zu ihr. Er dachte nicht daran, dass sie vielleicht in Gefahr schwebte, sondern er befürchtete, sie sei eifersüchtig auf Sophie Hauser. Wahrscheinlich hatte sie längst mitgekriegt, dass Sophie auf ihn abfuhr.

Eigentlich hatte er vorgehabt, morgen mit seiner Tochter Sabrina zu Herman van Veen zu gehen, aber das Konzert in Emden konnte er jetzt auch vergessen. Er hatte die Karten seit Monaten, und Sabrina freute sich darauf. Anders als ihre Schwester Jule mochte sie Hermann van Veen. Jule war van Veen zu traurig, sie konnte ihn nur hören, wenn sie Liebeskummer hatte. Aber im Moment war das Gegenteil der Fall.

Er konnte seiner Tochter schlecht sagen, was wirklich los war. Er versuchte es so neutral wie möglich zu formulieren. Er schrieb ihr: *Es tut mir schrecklich leid, ich muss für morgen Abend absagen. Der Dienst lässt es nicht zu, wir holen das nach. In Liebe, Papa,* weil er sich nicht traute, sie anzurufen. Am Telefon würde sie nachhaken und genauere Erklärungen verlangen, aber die wollte er ihr im Moment auf keinen Fall geben. Später vielleicht. Jetzt war selbst das eine Gefährdung.

Seine Tochter reagierte sofort: *Du bist ein Arsch, Papa.*

»Ja«, sagte er, als könne sie ihn hören, »da hast du vermutlich recht.«

Sekunden später tat es ihr leid, so barsch reagiert zu haben, und sie schrieb ihm: *Musst du mal wieder die Welt retten?*

Er antwortete: *Nicht die ganze Welt, Sabrina, aber eine kleine Familie.*

Sie schrieb: *Viel Erfolg! Pass nur auf, dass du dabei nicht deine eigene zerstörst.*

Du hast ja recht, antwortete er. *Das ist mir ja schon mal geglückt.*

Sabrina schickte ihm einen Kussmund. Das tat sie immer, wenn sie sich aus einem kurzen Chat verabschieden wollte.

Weller schrieb an Ann Kathrin: *Bitte melde dich, Katze. Ich mach mir Sorgen.*

Manchmal nannte er sie *Katze,* weil er sie daran erinnern wollte, dass sie auch faul sein konnte und schnurren, aber sie war eben auch eine gute Jägerin, die sich manchmal gern von ihm ihr Fell kraulen ließ.

⚓

Ann Kathrin Klaasen hatte viele Sorgen. Eifersucht gehörte im Moment nicht dazu.

Sie lag am Boden und betastete die kalten Gitterstäbe. Ihre Augen waren zugeschwollen. Ein milchiger Schleier verklebte ihre Pupillen.

Sie versuchte abzuschätzen, ob es im Raum völlig dunkel war oder ob es an ihren Augen lag, dass sie nichts sehen konnte. Da war ein Innendruck in ihrem Kopf, als wolle ihr Gehirn austreten.

Sie öffnete den trockenen Mund und rieb sich die Nase, aber der Druck ließ nicht nach.

Geräusche nahm sie sehr deutlich wahr. Ihre eigenen Bewegungen hörten sich an, als wäre ihre Haut aus Schmirgelpapier. Ann hörte ihren Atem, aber auch den einer zweiten Person. War es der Mann, der sie hier eingesperrt hatte, oder Marion Wolters?

Ganz still lag sie da und lauschte, dabei krampfte sich ihre rechte Hand um einen Gitterstab, der dicker war als ihr Daumen. Sie glaubte, weibliche Atemzüge von männlichen unterscheiden zu können.

Ann Kathrin zog ihre Beine an den Körper, sie trug keine Fesseln.

Sie betastete sich. Ihre Schuhe waren nicht mehr da, aber sonst war sie vollständig angezogen.

Die weiblichen Atemzüge kamen ganz aus der Nähe. Ann Kathrin flüsterte: »Marion?«

Sie erkannte ihre eigene Stimme kaum. Es hörte sich für sie selbst an, als würde sie mit trockenem Mund durch eine Wolldecke sprechen.

Es kam keine Antwort.

Sie versuchte, im Mund Spucke zu sammeln, um den

Stimmbändern Feuchtigkeit zu geben. Das Schlucken tat weh.

Das Gift, das er in ihren Körper hineingeschossen hatte, trocknete sie irgendwie aus. Ann Kathrin bildete sich ein, ihr eigenes Dehydrieren zu riechen.

Sie streckte den rechten Arm durch die Gitterstäbe und tastete im Dunkeln nach Marion. Ihr war, als könne sie Marions Atem an ihren Fingern spüren, doch sie erreichte die Kollegin, die jetzt zur Leidensgefährtin geworden war, nicht.

Ann drückte ihre Schulter fest gegen die Stäbe, um noch ein paar Zentimeter zu gewinnen.

Ann Kathrin ging davon aus, dass es sich bei dem Mann, der auf dem Parkplatz beim Regina Maris auf sie und Marion geschossen hatte, um den Mörder von Kevin und Klatt handelte.

Aber warum, fragte sie sich, geht er jetzt so ganz anders vor? Er hätte uns mühelos erledigen können, statt mit Betäubungspfeilen zu schießen. Außerdem war es riskant, uns auf dem Parkplatz vom Regina Maris aufzulauern. Es hätten Jogger da sein können. Frühes Hotelpersonal.

Ann Kathrin folgerte daraus, dass ihre Gegner unter Druck standen.

Mein Tod ist ihr Ziel. Aber vorher wollen sie noch etwas von mir … was? Und warum Marion? Ist sie Beifang? Kevin und Klatt wurden jeweils alleine erledigt. Was hat sich geändert?

Die Gedanken kreisten in ihrem Kopf und wiederholten sich ständig. Es kam ihr vor, als würde sie in dichtem Nebel auf einem Kinderkarussell fahren. Das Karussell drehte sich sehr schnell. Sie fürchtete, runterzufallen, doch sie kam nicht vorwärts, sondern immer wieder nur an der gleichen Stelle vorbei. Gehirnnebel breitete sich aus. Ein gruseliges Gefühl.

Hier roch es nach feuchtem Staub, Schimmel, Moder. Sie sehnte sich nach ihrer Küche. Sie sog durch die Nase tief Luft ein, so als könne sie Weller bei einer Teezeremonie zuschauen. Sie hatte den Geruch schon in der Nase und hörte Kandis in der Tasse zersplittern. Sie wusste, dass es nichts weiter war als die Sehnsucht nach Geborgenheit.

Zu gern hätte sie jetzt in der Praxis ihrer Hausärztin Anika Scholle gesessen. Anika würde rasch feststellen, womit ihr Körper vergiftet worden war. In Ann Kathrins Vorstellung hätte Anika auch gleich ein Gegenmittel parat.

Wenn die Imaginationskraft groß genug ist, dann kann Phantasie machtvoller sein als die Realität oder zumindest mit ihr konkurrieren, hatte ihre Nachbarin Bettina Göschl behauptet. Und so war es zum Glück in diesem Fall. Sie fühlte sich schon besser.

Sie sah Bettinas Gesicht jetzt vor sich. Bettina stand mit ihrer Gitarre auf der Bühne und verwandelte eine muffige, überfüllte Aula nur mit der Kraft ihrer Musik und Phantasie in ein Piratenschiff. Die Kinder verstanden sie sofort, die Erwachsenen brauchten ein bisschen länger – aber bald befand sich auch Ann Kathrin auf dem Piratenschiff.

Es roch nicht mehr nach Bohnerwachs und Staub in den Vorhängen aus den Sechzigern, sondern nach Meerwasser. Und in der stickigen Aula wehte plötzlich ein kühlender Nordwestwind.

Bettina rief den Kindern zu: »Das schaffen wir nur mit der Kraft unserer Phanta…«, und sie ergänzten im Chor ihr Wort: »…sie!«

Ann Kathrin, die immer darum kämpfte, Fakten anzuerkennen, ihre Bedeutung in der Tiefe auszuloten, um dann ihr Handeln daran zu orientieren, tat jetzt das Gegenteil, um innerlich nicht zusammenzubrechen.

Sie spürte die Macht ihrer Phantasie tatsächlich, aber sie war nicht groß genug, um die Ketten zu sprengen.

Noch einmal rief Ann Kathrin nach Marion, jetzt laut, mit fester Stimme. Dann versuchte sie, aufzustehen. Doch sie hatte den Raum falsch eingeschätzt. Sie befand sich keineswegs in einem Gefängnis mit langen Gitterstäben, sondern in einem Käfig, der knapp einen Meter hoch war. Sie hatte nicht einmal genug Platz, um aufrecht zu sitzen. Hart stieß sie mit ihrem Rücken an.

Erschrocken dachte sie an den Serienkiller, den sie vor einigen Jahre gejagt hatte. Man nannte ihn den *Maurer*, weil er Frauen einmauerte und sie dann jämmerlich verhungern und verdursten ließ. Sollte das hier so eine Aktion werden? Sollte sie in einem Käfig enden, wie ein wildes Tier, das man gefangen hatte, um es in einen Zoo zu transportieren?

Sie stellte sich protestierende Tierschützer vor, weil der Käfig zu klein und das alles nicht artgerecht war.

Sie brüllte: »Hilfe! Hilfe!«, und schließlich, in ihrer Verzweiflung, rief sie nach ihrem Mann: »Frank! Frank!!!« Er musste doch spüren, dass sie in Not war. Doch ihr Mann war nicht da, um sie herauszuhauen. Er passte gerade auf eine andere Frau und deren kleines Mädchen auf.

Ann Kathrins Schreie weckten Marion, die sofort versuchte, aufzustehen, und sich heftig den Kopf stieß. Sie hatte noch nicht realisiert, dass sie sich in einem Käfig befand. Sie krachte hart auf den stahlkalten Boden.

»Ich bin hier, Ann«, rief sie, »hier.« Sie streckte ihre Hand durch den Käfig, doch sie erreichte nicht mal die Gitterstäbe des anderen.

»Was«, fragte Marion, »haben die vor?«

Marions Frage gab Ann Kathrin Stärke und Selbstbewusstsein zurück. Sie hatte hier den ranghöchsten Dienstgrad. Sie spürte Verantwortung, nicht nur für sich, sondern vor allen Dingen für ihre Kollegin. Sie durfte jetzt nicht durchdrehen und herumschreien. Sie musste versuchen, die Situation in den Griff zu kriegen, ja zu beherrschen.

Sie hatte keine Ahnung, wie sie das machen sollte, doch der Anspruch an sich selbst war da. Sie sagte klar heraus zu Marion, was sie dachte: »Die wollen uns gar kochen. Sie brauchen etwas von uns. Vielleicht eine Information. Ich weiß es nicht. Aber sie hätten uns längst umbringen können. Darum geht es also nicht.«

»Jetzt noch nicht«, ergänzte Marion Wolters mit einer Stimme, in der keine Hoffnung mehr lag, sondern nur Trauer und Angst.

»Sie werden versuchen«, sagte Ann, »uns gegeneinander auszuspielen, um das zu bekommen, was sie wollen.« Ann Kathrin wollte gerade ausmalen, was passieren könnte: »Sie werden uns erniedrigen und …«

Marion Wolters fuhr dazwischen: »Danke, Ann, ich kann mir lebhaft vorstellen, was die vorhaben. Sag mir lieber, wie wir hier rauskommen.«

Dieser Ton von Marion gefiel Ann Kathrin schon wesentlich besser. Sie mussten beide aufmüpfig bleiben. Mutig. Resilient.

Sie sagte sich all das auf, spürte es aber nicht.

Es durchzuckte Ann Kathrin, als sei sie an ein nasses Stromkabel geraten.

»Deine Fitness-Uhr«, rief sie, »hast du deine Uhr noch um? Oder hat er dir die abgenommen?«

»Warum? Willst du jetzt hier in diesem Scheißkäfig mit dem Sporttraining anfangen?«

Noch während Marion das sagte, wurde ihr das ganze Ausmaß von Ann Kathrins Frage klar. Diese Uhr konnte jetzt die Rettung sein.

»Damit kann man dich doch bestimmt orten! Kannst du nicht Nachrichten abschicken, eine SMS oder was? Ist das Teil mit dem Internet verbunden oder nicht?«

Marion Wolters griff an ihr Handgelenk. Doch die Uhr befand sich nicht mehr daran.

Marion brach innerlich zusammen, als sei das letzte Rettungsschiff soeben am Horizont untergegangen. »Ich kann mit der Uhr sogar telefonieren. Dann fühlt man sich wie James Bond. Aber das wusste der Drecksack natürlich auch.«

Ann Kathrin versuchte, Marion Mut zu machen und sich damit selbst aufzubauen: »Er hat mein Handy und deine Uhr. Wenn er die Sachen nicht wegschmeißt, sondern bei sich trägt, wird man ihn darüber orten können.«

Marion schüttelte den Kopf. »Ann«, sagte sie und klang wie eine Lehrerin, die ihrer Schülerin ein paar Regeln beibringen musste, »das ist kein kleiner Strauchdieb, der jetzt versucht, wertvolle Sachen zu verticken. Das ist ein Profikiller. Der hat unsere Geräte in die Nordsee geworfen.«

Ann Kathrin schämte sich. Sie wollte vor ihrer Kollegin nicht naiv dastehen. »Du hast recht«, sagte sie.

Marion Wolters hatte Sorge, Ann Kathrin mit ihrer klaren Aussage verletzt zu haben, und relativierte: »Ich weiß, du hast das gesagt, damit ich ein bisschen Hoffnung schöpfe. Du bist ein guter Mensch, Ann. Aber das wird uns nicht helfen.«

»Wir sind zu zweit«, sagte Ann, »und er ist alleine.«

»Er hat eine ganze Organisation im Rücken«, konterte Marion Wolters. »Auftraggeber. Leute mit Geld und Einfluss.«

»Wir haben auch eine Organisation im Hintergrund«, gab Ann Kathrin zu bedenken, »und unsere ist garantiert größer.«

»Und bürokratisch verfettet«, spottete Marion. Sie spürte, dass ihre Negativität ihr gerade sogar guttat. Sie fühlte einen gesunden Trotz in sich wachsen. Sie setzte noch eins drauf: »Und seine Leute sind zu allem entschlossen. Skrupellos. Die blättern nicht erst im Gesetzbuch oder in den Dienstvorschriften, ob das auch erlaubt ist. Seine Leute wissen, wo er ist und was er tut. Unsere Leute haben keine Ahnung, wo wir gefangen gehalten werden.«

Marion hatte mit jedem Satz recht. Ann Kathrin fehlte ein gutes Argument, warum es ihnen doch noch gelingen könnte, zu überleben. Ein bisschen resigniert sagte sie: »Dafür stehen wir aber auf der richtigen Seite.«

Marion hustete: »Von Stehen kann zumindest in meinem Fall keine Rede sein. Ich fühle mich wie ein Elefant im Hundekäfig.«

⚓

Der tiefblaue Himmel war fast wolkenlos, und der endlose Sandstrand glitzerte, als würde er aus zerriebenen Diamanten und Perlmuttstaub bestehen. Nein, bei dem Wetter, so entschied Weller, konnte man das Kind nicht in der Wohnung festhalten.

»Ich kenne einsame Stellen. Von hier aus können wir sie

gut erreichen. Die frische Luft wird der Kleinen guttun«, schlug Weller vor. »Nirgendwo kann man besser entspannen als in den Dünen oder an der Wasserkante.«

»Bist du verrückt?«, fragte Sophie. »Willst du wirklich das Haus verlassen?«

Weller breitete die Arme aus und versuchte, unbesorgt zu klingen: »Wir sind ein junges Paar mit einer kleinen Tochter. Wir machen Urlaub auf Juist und gehen an den Strand.«

»Und wenn er uns sieht?«

»Er ist nicht hier. Er weiß nicht, dass wir hier sind. Niemand weiß das.« Weller schränkte ein: »So gut wie niemand – also, nur ein paar Kollegen.«

»Ich bleibe hier«, sagte Sophie, »geh du mit Mara alleine.«

Doch Weller widersprach sofort: »Der Sinn meiner Anwesenheit hier ist, in deiner und in ihrer Nähe zu sein.«

Sophie verzog den Mund. In Weller keimte der Verdacht auf, dass sie die Zeit vielleicht nutzen wollte, um am Computer Sachen zu machen, die ihm missfallen könnten. Sie durften nicht unvorsichtig werden.

Er zeigte zur Tür. »Da draußen am Strand ist es viel sicherer für uns als das Surfen im Internet. Da sehen uns höchstens zwei, drei Reiterinnen oder FKK-Anhänger. Im Internet lassen sich deine Spuren besser verfolgen als im Sand an der Wasserkante.«

»Bitte, Mama, bitte«, flehte Mara, und Sophie gab nach. Sie hatte nur noch eine Bedingung: »Du musst dich aber gut eincremen.«

»Das müssen wir alle«, bestätigte Weller. »Man darf die Sonne am Meer nicht unterschätzen.«

»Haben wir denn Sonnencreme?«, fragte Sophie.

Weller grinste: »Ich habe doch nicht nur Obst und Gemüse

eingekauft.« Er zeigte eine große Tube mit Sonnenschutzfaktor 50 vor.

Sie nahmen ein bisschen Obst mit und ein paar Handtücher. Weller trug unauffällig seine Heckler & Koch. Man wusste ja nie. In der Badehose würde er jedenfalls nicht rumlaufen, aber ein bisschen barfuß mit hochgekrempelter Jeans durchs Wasser zu waten, erlaubte er sich schon.

Mara entdeckte zwei kleine Wolken und interpretierte ihre Formen als Clownsgesicht und Dino. »Guck mal, Frank, der Himmel malt mit Wolken Figuren, wie du mit Bananen und Melonen.«

»Mein Dino sah aber besser aus, findest du nicht?«

»Dafür kann der fliegen«, lachte Mara.

»Er schmeckt aber nicht so gut wie meiner.«

Sophie registrierte, dass Weller sich viel mehr mit dem Kind unterhielt als mit ihr. Einerseits freute sie sich darüber, andererseits fürchtete sie, Mara könne sich rasch an Weller gewöhnen und später würde sie wieder einen heftigen Verlust erleiden. Er würde halt nicht ihr Vater werden und nicht einmal Mamas fester Freund. Bald schon mussten sie sich von ihm trennen und alleine klarkommen. Das machte Sophie traurig und ein bisschen wütend. Auf sich selbst, die Situation und den Rest der Welt.

Sie fragte sich, was aus Jule-Feemke geworden war. Sie fühlte sich ihr gegenüber schuldig. Sie wollte sie nur zu gern kontakten. Sie wusste, dass Weller dagegen war, trotzdem suchte sie nach einer Möglichkeit. Sie musste einfach wissen, wie es ihr ging. Vielleicht hatte King sie ja längst freigelassen. Vielleicht aber auch verführt, misshandelt oder mit Drogen vollgepumpt. Ihm war alles zuzutrauen.

Sie hatte schon zweimal Jule-Feemkes Instagram-Account

besucht. Spätestens heute Abend würde sie es noch einmal machen. Vermutlich, dachte sie, wenn Weller Mara eine Gutenachtgeschichte vorliest oder erzählt. Dann werde ich seinen Laptop nutzen.

⚓

Gero Kaiser konnte von einer Sekunde zur nächsten seinen Blick verändern, von einschmeichelnd, liebevoll, charmant zu teuflisch. Dabei hörte er nicht einmal auf zu lächeln. Es war nur eine kleine, winzige Veränderung, um die Augen und um die Lippen herum. Darin lag diese Botschaft:

Ich kann auch anders.

Mein Lächeln ist gespielt.

Meine Freundlichkeit ist nicht mehr als ein Köder, den ich auswerfe, um den Fisch zu fangen, den ich gleich töten, ausnehmen und in die Pfanne hauen werde.

Dieses Teuflische hatte er jetzt an sich, als er säuselte: »Soso, es gelingt dir nicht, Kontakt zu deiner Freundin aufzunehmen. Ja, das verstehe ich, das ist auch bestimmt ganz schwer. Es gibt ja nur so wenig Möglichkeiten. Facebook. Instagram. WhatsApp. Messenger. E-Mails. Twitter. Signal. Hab ich noch was vergessen? Oder sollten wir Brieftauben einsetzen?«

»Sie hat Angst vor dir«, sagte Jule-Feemke tapfer. »Sie stellt sich tot und reagiert auf gar nichts.«

Yvonne saß fast apathisch am Küchentisch. Sie kaute an ihren Fingernägeln herum, schien das aber selbst gar nicht zu bemerken.

»Dann werden wir«, lächelte er süffisant, »mal dafür sorgen, dass dein Instagram-Account mehr Beachtung bekommt. Wie viele Follower hast du bis jetzt?« Er winkte ab, er wollte die Antwort gar nicht wissen. »Es werden sehr schnell ein paar tausend sein, und Sophie ist bestimmt dabei. Deine liebe Freundin wird die Botschaft genau richtig verstehen. Die anderen werden auch glauben, dass sie es verstehen, nur vollkommen anders.«

Jule-Feemke wusste nicht, was er vorhatte. Sie wich ihm aus.

Er folgte ihr langsam, bis er sie am Fernseher in die Enge getrieben hatte. Er berührte sie zärtlich, streichelte ihre Wangen, schob eine Locke aus ihrer Stirn, pustete ihr ins Gesicht, als seien da Flusen, dann knöpfte er so selbstverständlich, als hätte sie ihn darum gebeten, ihr Oberteil auf. Als sie versuchte, seine Hand zu stoppen, wurde er energischer. Es bereitete ihm Freude, Kleidung zu zerreißen. Er mochte das Geräusch. Darin klang so etwas Endgültiges mit, und wer jemand anderem die Kleidung zerfetzte, stellte damit auch eine Rangordnung klar: *Ich darf das. Ich kann mir das erlauben.*

Er machte das nicht zum ersten Mal. Es kam ihr vor, als hätte er es lange geübt.

Sie stand mit entblößtem Oberkörper da und versuchte, ihre Brustwarzen mit den Handflächen abzudecken. Er trat einen Schritt zurück, wie ein bildender Künstler, der sein Werk betrachten möchte, bevor er weiter daran arbeitet.

Er streckte die Zeigefinger aus und legte sie links und rechts auf ihre Arme. So konnte er, ohne Druck auszuüben, ihre Hände zur Seite schieben. Es war wie eine stumme Regieanweisung, der sie Folge leistete.

Er schrieb mit einem dicken schwarzen Filzstift in großen Buchstaben auf ihren Oberkörper: *Ruf mich an!*

Darunter malte er eine Handynummer.

»Bleib schön ruhig stehen, damit ich nicht abrutsche«, forderte er. »So, und jetzt dreh dich um.«

Er kritzelte etwas auf ihren Rücken. Sie war viel zu nervös, um die Buchstaben erfühlen zu können, aber sie spürte die Ausrufezeichen. Diesen geraden Strich, scharf von oben nach unten gezogen, und dann den Punkt, daruntergesetzt wie ein Stich in die Haut, wenn jemand das Messer noch einmal umdreht, um die Wunde zu vergrößern.

Mit zwei Fingern zog er ihre Haut glatt, um besser darauf schreiben zu können.

Er las es ihr laut vor: »*Sofort!!!* – So, und jetzt, meine Süße, stell dich schön hin, halt die Arme hoch und lächle. Ich mache Fotos von dir für Instagram. Wir wollen doch, dass du gut aussiehst. Einmal von vorne und einmal von hinten.«

Während er die Bilder schoss, lachte er sein verrücktes Lachen. Dann fragte er: »Sag mal, Insta ist doch so ein spießiges Portal, hm? Nehmen die nicht Nippelfotos sofort raus? Das geht nur auf TikTok, oder? Komm, du kennst dich doch da aus … Erkläre es einem alten Mann.«

Jule-Feemke presste ihre Lippen fest aufeinander und schwieg.

Er drehte sich um und wandte sich an Yvonne: »Meinst du, sie sollte sich für Insta die Finger auf die Nippel legen oder sollen wir ihr ein Pflaster draufkleben? Doch, das sieht noch besser aus – oder? Komm, wir versuchen mal beides, dann können wir ja aussuchen.«

Er schickte Yvonne ins Badezimmer, Pflaster suchen. Dort fand sie im Verbandskasten auch eine Schere. Jedes Küchenmesser wäre geeigneter gewesen als diese Schere, die eigentlich nur dazu da war, Pflaster und Verbandszeug zuzuschneiden, doch sie griff ihn damit an. Sie versuchte, ihm die Schere in den Rücken zu rammen.

Sie machte es zu ungestüm und vielleicht auch zu unentschlossen. Sie verletzte ihn, aber nicht schwer genug, um ihn von seinen Plänen abzubringen.

Er drehte sich zu ihr um, blickte sie empört an und sagte: »Nichts kannst du richtig. Gar nichts. Nicht mal das.«

Er nahm ihr die Schere ab und warf sie achtlos in die Ecke. Zunächst beendete er die Fotosession mit Jule-Feemke. Das war ihm wichtiger als alles andere.

Yvonne zitterte wie bei einem Nervenzusammenbruch. Sie wusste, dass er sich ihr danach widmen würde.

Jetzt knipste er Fotos, als sei nichts geschehen. Die Wunde im Rücken beachtete er nicht einmal. Es war, als hätte ihr Angriff ihn mit Energie aufgeladen.

»Bitte lass das«, bat Jule ihn. »Ich muss doch danach irgendwie weiterleben. Alle werden mich so sehen …«

»Ja«, grinste er, »das ist doch der Sinn der Übung. Du musst dich deines Körpers nicht schämen. Er ist schön. Du wirst viele Fans bekommen. Ich prophezeie es dir, da meldet sich nicht nur deine verkommene Freundin, da werden sich auch viele Männer melden.«

Er wollte die Fotos auf ihren Seiten hochladen, aber dazu fehlten ihm ein paar Zugangsdaten. Jule-Feemke verweigerte sie ihm.

»Dann werde ich dir jetzt mal zeigen«, sagte er kalt, ja sachlich, »was ich mit bösen Mädchen mache.«

Er ging auf Yvonne zu, die sofort zu kreischen begann.

Er zog ein Teppichmesser und ließ langsam die Klinge herausfahren. Er schnitt ihr in den Oberarm. »Früher«, sagte er, »nannte man das Aderlass. Dem wird heilende Wirkung zugeschrieben. Schön ruhig bleiben.« Er zerrte sie ins Bad.

Jule-Feemke stand starr. Sie kämpfte mit einer Ohnmacht. Sie versuchte, ihre Atmung zu kontrollieren, was ihr nicht gelang.

Ich werde hyperventilieren, dachte sie. Auch das noch.

Statt Yvonne zu Hilfe zu eilen, was sie von sich selbst erwartet hätte, zog sie sich rasch wieder an. Was auch immer jetzt geschah, sie wollte dabei bekleidet sein.

Sie nahm all ihren Mut zusammen, holte aus dem Messerblock in der Küche ein Brotmesser und stürmte damit ins Bad.

Im Badezimmer, über die Wanne gebeugt, durchtrennte Gero Kaiser Yvonnes Halsschlagader. »Das«, sagte er, »geschieht ungezogenen Mädchen.«

Die zappelnde Yvonne hielt er an den Haaren fest. Das Blut spritzte gegen die Kacheln und die weiße Wanne.

Das Messer entglitt Jule-Feemkes Händen. Sie übergab sich.

Jetzt wusste sie, dass er die beiden Frauen in Dinslaken getötet hatte, und konnte sich lebhaft vorstellen, was er mit ihr und Sophie vorhatte.

Absurderweise schien es ihr weniger schlimm zu sein, durch seine Hand zu sterben, als später zu alldem stehen zu müssen, was sie getan hatte. Sie fragte sich tatsächlich, wie sie Paul Schilling die Sauerei im Badezimmer erklären sollte und warum sie sein Vertrauen so sehr missbraucht hatte. Sie selbst fühlte sich, als sei sie durch die Ereignisse der letzten Stunden um Jahre gealtert. Erwachsen geworden.

Mit den Kunststücken, die Paul von seinem Idol Danny MacAskill gelernt hatte, hatte er bei Marie-Luise aus der Parallelklasse, die von allen Mary-Lou genannt wurde, mächtig Eindruck geschunden. Mary-Lou liebte Literatur und Kunst. Sie träumte davon, eine große Autorin zu werden. Sie wollte den grundlegenden Roman ihrer Generation schreiben. Das erste Kapitel hatte sie schon fünfmal weggeworfen und neu versucht. Sie wurde immer besser, aber sie war mit sich selbst nicht zufrieden. Sie hatte für Paul zwei Liebesgedichte geschrieben, traute sich aber nicht, sie ihm zu zeigen. Sie fürchtete, ausgelacht zu werden.

Er hätte bestimmt nicht gelacht, denn er hatte ganz andere Probleme. Er hoffte, seine Viagra-Pillen schon bald mit ihr ausprobieren zu können. Er wollte sie nach Greetsiel einladen, ein Eis essen gehen, ein bisschen Tretboot fahren, und dann hatte er ja noch den Schlüssel zur sturmfreien Bude.

Angeblich hatte sie ja in den letzten Sommerferien im Urlaub in der Bretagne ohne ihre Eltern ein Verhältnis mit ihrem Französischlehrer gehabt. Um ihre Noten aufzupolieren, hatten ihre Eltern ihr den Sprachurlaub und den Kurs bezahlt, und tatsächlich hatte sie sich um zwei Noten verbessert.

Er hielt ihre wilden sexuellen Abenteuer, die sie vorgab, dort mit einem *unheimlich süßen Franzosen* erlebt zu haben, der leider zu alt für sie war und verheiratet, für wenig glaubhaft. Es gab einige Jungs, die darauf wetteten, dass sie noch Jungfrau war und den Französischlehrer nur vorschob, um nicht unter Druck zu geraten, die Letzte ohne sexuelle Erfahrungen zu sein. Obwohl, die Letzte wäre sie ohnehin nicht, denn es gab schon ein paar, die es aus religiöser Überzeugung oder weil sie auf den Richtigen warteten, noch nie getan hatten. Die waren stolz darauf und gehörten einer anderen Clique an.

Eigentlich war es ihm auch schnuppe. Er wollte Mary-

Lou, und er wollte sie bald. Eine Radtour nach Greetsiel mit ihr, das wäre ein guter Einstieg …

In seiner Vorstellung konnte es ruhig in Strömen regnen. Dann würden sie danach heiß duschen oder ein Bad nehmen. Und selbst wenn die Sonne erbarmungslos vom Himmel knallte, würden sie danach unter der Dusche landen und ihre durchschwitzten Klamotten zum Trocknen aufhängen.

Er fragte sich, ob er die Pille schon vorher nehmen sollte oder erst, wenn sie gemeinsam in der Wohnung waren. Auf keinen Fall sollte sie es mitkriegen.

Aber wenn ich sie zu früh nehme, dachte er, was, wenn ich beim Fahrradfahren einen Ständer kriege? Er stellte sich das nicht witzig vor, wenn man das Blut in den Waden brauchte und noch zwanzig Kilometer vor sich hatte. Vielleicht gar gegen den Wind …

Sie würde »ja« sagen. Sie musste einfach »ja« sagen.

⚓

Weller baute mit Mara eine Sandburg. Die heranrollenden Wellen würden sie zerstören. Die ersten Ausläufer leckten bereits am Burggraben.

Mara arbeitete konzentriert, um gemeinsam mit Weller die Burg gegen das angreifende Wasser zu verteidigen. Weller baggerte feuchten Sand hoch, um den Turm zu verstärken, der oben von einer zerrupften Möwenfeder geschmückt wurde. Mara feuerte ihn zu Höchstleistungen an: »Schneller, schneller!«, und klopfte den nassen Sand fest.

»Halt du die Wellen auf, ich verstärke die Mauern!«, rief Weller.

Mara lachte. »Das geht doch gar nicht.«

Sie kämpften tapfer, doch nach einer Weile war ihre Burg nur noch ein Häufchen Sandbrocken, verziert mit weißer Gischt.

Jetzt verzog Mara traurig den Mund: »Wir haben verloren«, sagte sie.

Weller tröstete sie: »Nein, Mara, Sandburgen sind dazu da, aufgebaut, zu Klump gehauen und wieder neu aufgebaut zu werden. Man hat immer die Möglichkeit, von vorne anzufangen. Komm, lass uns dahinten hingehen. Bis dahin kommen die Wellen nicht.« Er zeigte an den Rand der Dünen. »Und dort errichten wir eine neue Burg. Was hältst du davon?«

»Ein Schloss«, forderte Mara, »lass uns lieber ein Schloss bauen! Ein Schloss ist für Prinzessinnen.«

»Klar«, sagte Weller und lief mit Mara zu einer Stelle, wo ihr geplantes Bauwerk vor den Wellen sicher war.

»Du musst was trinken«, sagte er und hielt Mara die Wasserflasche hin. Sie tranken gemeinsam aus einer Flasche.

Sophie beobachtete ihre Tochter und Frank. In ihrer Tasche brannte das Handy, das Weller ihr gegeben hatte. Sie schaffte es nicht mehr, länger zu warten. Sie hatte ihm zwar versprochen, es nur für Notfälle einzusetzen, aber herrje, sie wollte doch nur mal auf Instagram, Facebook und TikTok gucken, was sonst noch so los war auf der Welt. Manchmal brachten sie diese Medien auf andere Gedanken. Sie fühlte sich darüber mit der Welt verbunden, hatte Freunde, die sie im realen Leben nie kennengelernt hatte.

Sie benutzte für sich einen Phantasienamen. Sie nannte sich *Feentochter 23*. Niemand ahnte, wer sich dahinter verbarg, hoffte sie. Statt eines Gesichts war ihr Symbol ein gemalter Engel. Nicht einmal Jule-Feemke kannte ihr Pseudonym.

Sie selbst postete nichts. Sie sah sich nur an, was andere machten. Sie hielt sich für clever.

Vor allen Dingen wollte sie jetzt aber wissen, was mit Jule-Feemke los war. Das schlechte Gewissen ihr gegenüber fraß sich durch Sophies Gedärme, als hätte sie eine lebendige Ratte in sich, die versuchte, sich den Weg nach draußen freizuknabbern. Als *Feentochter 23* folgte sie Jule-Feemke und ein paar Klassenkameradinnen, die sie schon ewig nicht mehr gesehen hatte.

Sie setzte sich so hin, dass Weller bei einem flüchtigen Blick zu ihr nichts bemerken konnte. Außerdem war er viel zu sehr mit Mara beschäftigt. Statt Bodyguard oder Mordermittler hätte er auch Kindergärtner werden können, dachte sie.

Sie wusste, dass man heutzutage nicht mehr Kindergärtner oder Kindergärtnerin sagte, sondern Erzieher. Das Wort gefiel ihr aber überhaupt nicht. Wie kann man so ein wunderschönes Wort wie Kindergärtner gegen Erzieher eintauschen, fragte sie sich. Soll dann auch der Kindergarten zum Erziehungsinstitut oder zur Erziehungsanstalt werden?

Als Erstes sah sie Bilder von Schauspielerinnen, denen sie folgte, weil sie sie im Café ten Cate kennengelernt hatte. Picco von Groote und Marie Schöneburg. Sie drehten gerade in Norden. Kai Maertens, Barnaby Metschurat und Christian Erdmann hatten ein gemeinsames Foto vor der Polizei gepostet. Der Autor, dessen Roman verfilmt wurde, hatte daruntergeschrieben: *Sie kriegen jeden. Zieht euch warm an!*

Ja, dachte Sophie, in Filmen funktioniert das. Im Leben gewinnen leider viel zu oft die Bösen.

Zu gern wäre sie jetzt in Norden gewesen und hätte im Café die Filmcrew bedient. Sie waren ganz anders, als man sich solche Menschen vorstellte. Überhaupt nicht eingebildet, sondern eher bescheiden, ruhig und meist ziemlich fröhlich, selbst wenn sie bei schlechtem Wetter draußen vor dem Café oder auf dem Marktplatz eine Szene zigmal spielen mussten, bis sie endlich im Kasten war. Sie hatte manchmal dabei zugesehen und einmal sogar eine kleine Statistenrolle gehabt. Später, als der Film im Fernsehen lief, war sie froh, dass sie als Statistin gar nicht zu sehen war. Andere aus ihrer Gruppe regten sich darüber auf. Sie hatten sechs, sieben Stunden lang herumgestanden und immer wieder das getan, was der Regisseur von ihnen verlangt hatte, aber am Ende waren sie gar nicht im Film zu sehen gewesen. Für sie war das gut. Sie hatte Angst, von Leuten im Film erkannt zu werden, die ihren Aufenthaltsort niemals erfahren sollten. Ja, nicht mal so etwas konnte sie genießen wie andere.

Mara und Weller winkten ihr: »Guck mal, Mama, wir bauen ein Schloss!«, rief Mara.

Sophie versteckte das Handy hinter ihren Knien. Weller sollte keinen Verdacht schöpfen. Sekunden später sah sie zwei Bilder von Jule-Feemke.

Ruf mich an!

Sofort!!

Mein Gott, es war ja alles noch schlimmer, als sie befürchtet hatte. Er führte sie auch noch öffentlich vor. Es war eine seiner beliebten Methoden, Frauen zuzusülzen, wie schön sie seien, um die dann nackt oder in Dessous für Fotos posieren zu lassen. Die meisten hatten sich geschmeichelt gefühlt und es getan. Sie selbst auch.

Später dann wurden diese Fotos zu Trumpfkarten in einem Spiel, das viel mit Erpressung und Erniedrigung zu tun hatte.

Es gab schon zehn Kommentare unter den Bildern.

Aber gerne, Mädchen!

Meine Frau versteht mich nicht. Ich hoffe, du hast mehr Verständnis.

Scharfe Titten!

Frischfleisch …

Wenn du so lieb fragst …

Ja, meine Domina.

Eine minderjährige Domina? Das ist ja mal was Neues!

Jule-Feemke, bist du das?

Das ist nicht witzig!

Lösch das, Jule-Feemke! Bist du besoffen?

Sophie konnte nicht anders. Sie tippte die Nummer ein und rief an.

Ihr war schwindlig. Mit jeder Zahl, die sie eintippte, fühlten sich ihre Finger an, als seien sie aus Watte. Das Handy schien zu weichem Gummi zu werden. Das Meer kam plötzlich näher, als sei das Rauschen der Wellen in ihrem Kopf, aber nicht als schönes, beruhigendes Geräusch, sondern unangenehm laut, fordernd, gefährlich.

Jule-Feemke meldete sich nicht. Stattdessen hörte Sophie Kings Stimme.

Sie stand auf und ging ein paar Meter weiter in Richtung Meer, um zwischen sich, Weller und ihre Tochter eine größere Distanz zu bringen. Sie fürchtete, Weller könnte ausflippen, wenn er mitkriegte, dass sie mit dem Mann telefonierte, vor dem er sie beschützen wollte.

Sie hatte noch nichts gesagt, doch King wusste intuitiv, wer dran war.

»Na endlich«, lachte er. »Ich dachte schon, hier rufen nur notgeile Freier an. Hast du es dir überlegt? Kriege ich die Kohle und den Stoff von dir, oder soll deine Freundin deine Schulden bei mir abarbeiten?«

Alles um sie herum begann zu trudeln. Es war, als würde seine Stimme sie ausknocken wie ein Faustschlag gegen die Schläfe oder den Hals.

Sie japste nach Luft.

Weller sah, dass sie torkelte und stürzte. Er rannte los.

Das Handy fiel in den Sand.

Er ahnte, was geschehen war.

Mara schrie: »Mama, Mama!«, und stürmte ebenfalls in ihre Richtung.

Sophie lag kreidebleich am Boden und keuchte: »Er ist am Apparat. Es tut mir leid, es tut mir leid!«

Weller hob das Handy aus dem Sand und hielt es an sein Ohr. »Mein Name ist Frank Weller. Mit wem spreche ich?«

»Ach, bist du ihr neuer Beschützer?«

»Ja, das bin ich, und ich werde zu deinem Albtraum, wenn du sie nicht in Ruhe lässt, du Drecksack!«

Gero Kaiser lachte: »Ach, hat sie dich schon so eingewickelt? Sie kann Männer total verrückt machen. Sieh dich vor, Alter, die bringt dich um Haus und Hof. Die macht das ganz auf die naive, unschuldige Art. Ich hab einige abgezockte Luder erlebt. Die ist besonders gerissen, die macht auf armes, hilfloses Opfer. Sie wird dir alles nehmen, was du hast, und dann wandert sie weiter.«

Weller ging auf diese *Wir-reden-jetzt-mal-von-Mann-zu-Mann-ein-offenes-Wort*-Nummer sofort ein. Er kannte das aus zahlreichen Verhören mit kriminellen Gewalttätern, die versucht hatten, eine Art Komplizenschaft mit ihm herzustellen, so als sei man sich doch im Grunde darüber einig, dass manche Leute nur die Sprache der Gewalt verstünden.

»Das ist was zwischen uns beiden«, behauptete Weller.

»Lass sie da raus, King. Wir treffen uns und klären das von Mann zu Mann.«

»Endlich mal ein vernünftiger Vorschlag. Du kannst sie freikaufen.«

Weller kannte den Begriff *freikaufen*. Ein alter Zuhältertrick, ein gebräuchliches Wort unter Menschenhändlern. Die Frauen sollten Freier verliebt in sich machen, die spielten dann den Helden, kauften sie frei, wurden aber in Wirklichkeit nur um ihr Geld abgezockt, während die Frauen schon auf der Suche nach dem nächsten Retter waren.

Trotzdem ging Weller darauf ein. Die Chance, ein Treffen mit Gero Kaiser ausmachen zu können, wollte er nicht verpassen.

Mara klammerte sich an ihre Mutter. Die drückte sich im Sand hoch, versuchte, sich aufzurichten. Es gelang ihr aber noch nicht.

In Richtung Weller rief sie: »Es tut mir leid, es tut mir so leid! Ich hatte doch nur Angst um …« Sie schwieg jetzt und drückte Maras Kopf an ihre Brust. So versuchte sie, Mara die Ohren zuzuhalten. Sie musste ja nicht mitkriegen, was Weller und King miteinander verhandelten.

»Okay«, sagte Weller, »wie viel willst du für sie? Und wer garantiert mir, dass du uns danach in Ruhe lässt?«

»Sie schuldet mir zweiundachtzigtausend in bar und dazu den Stoff, den sie mir geklaut hat. Sagen wir, hunderttausend und noch mal zwanzig für die Scherereien, die ich wegen der Torte hatte.«

»Hundertzwanzig ist sie mir wert«, sagte Weller.

»Na klar, das hat sie schnell für dich wieder reingeholt. Oder willst du sie ganz für dich alleine? Bist du einer von denen? Dann musst du sehen, wie du an die Kohle kommst.

Ein Alleinbesitzeranspruch ist immer besonders teuer. Das kapierst du doch, oder?«

Weller fragte kalt: »Wann und wo?«

»Wie lange brauchst du, das Geld zu beschaffen?«

Weller reckte sich und schnaufte. Einerseits wollte er die Sache so schnell wie möglich beenden, andererseits fürchtete er, ein zu rascher Termin könnte Verdacht in Kaiser wecken.

»Binnen vierundzwanzig Stunden kann ich zwar eine Menge flüssig machen. Aber ich weiß nicht, ob die Bank im Moment überhaupt solche Bargeldbestände hat – und ich nehme an, wir reden über Bargeld, oder?«

»Nur Bares ist Wahres.«

»Ich habe sechzigtausend in meinem Bankschließfach. Die könnte ich sofort holen und den Rest dann nach Übergabe.«

Gero Kaiser pfiff ins Handy. Es tat weh in Wellers Ohren.

Eine Möwengruppe näherte sich Sophie mit gierig gelben Augen. Die Tiere verhielten sich, als würden sie damit rechnen, Sophie könne ihre Beute werden. Aas am Strand. Doch ganz so weit war es noch nicht.

Sie warf eine Handvoll Sand in Richtung der Tiere, die ihr plötzlich bedrohlich erschienen. Sie war noch nicht in der Lage, sich auf den Beinen zu halten, aber sie konnte schon wieder aufrecht sitzen. Ihre Mutterinstinkte und das Gefühl, Mara beschützen zu müssen, gaben ihr Kraft.

Von Westen her galoppierten zwei Reiterinnen auf sie zu.

»Alles oder nichts«, sagte King. »Keine halben Sachen. Und versuch nicht, mich zu verarschen. Frag deine neue Schlampe. Sie kann dir erzählen, was ich mit Leuten gemacht habe, die mich reinlegen wollten.«

»Wie kann ich dich erreichen, wenn ich das Geld zusammenhabe? Möglicherweise geht das sehr schnell. Ich habe Freunde. Ich kann mir was leihen …«

»Solche Freunde hätte ich auch gerne«, lachte Gero. »Poste unter dem Hashtag *#cafétencate* ein Bild mit Geldscheinen, die auf einem Tisch liegen oder im Sand, ist mir völlig egal. Ich werde das Zeichen schon verstehen. Und dann melde ich mich bei dir. Tschüs, Klapsmann. Werde glücklich mit ihr.«

Weller bückte sich zu Sophie und half ihr hoch. »Hast du dir weh getan?«

»Mir ist nur schwindlig geworden.«

Weil Mara dabei war, unterdrückte er seine Wut. Das Kind sollte nicht mitkriegen, wie sehr die Mutter alle in Gefahr gebracht hatte. Gleichzeitig hoffte Weller, die Sache bald schon beenden zu können.

Er ging mit den beiden zum Haus zurück. Hinter ihnen ließen die Reiterinnen ihre Pferde über die neu gebaute Sandburg springen. Aber das interessierte Mara schon gar nicht mehr. Sie war innerlich erschüttert und ganz bei ihrer Mutter, als hätte sie Angst, ihre Mama könnte sterben.

Was tun Erwachsene Kindern an, dachte Weller.

Sophie beteuerte immer wieder, wie leid ihr alles tue. Weller antwortete ihr gar nicht, sondern sprach mit Mara. »Sollen wir heute wieder Spaghetti kochen oder willst du mit mir mal eine Gemüsepfanne machen?«

»Gehen damit auch Gesichter?«, fragte sie.

»Na klar«, behauptete Weller und versuchte, das Kind auf andere Gedanken zu bringen. Aber viel Zeit hatte er dafür nicht. Er blieb ein bisschen zurück. Sophie und Mara gingen in Richtung Haus vor. Er rief Rupert an.

»Alter, ich brauche Geld.«

»Brauchen wir das nicht alle?«

»Ist in der Asservatenkammer nicht noch beschlagnahmtes Falschgeld?«

»Mensch, Junge, hast du Spielschulden oder was?«

»Hör jetzt auf mit dem Scheiß. Ich hab Kontakt zu King. Mach mir einen Koffer oder einen Rucksack. Muss nach mindestens hundertzwanzigtausend aussehen.«

Rupert konnte seine Schadenfreude kaum unterdrücken: »Und während der die Scheine zählt, kassieren wir ihn ein.«

»Das ist mein Plan«, sagte Weller und fragte nach einer kurzen Pause vorsichtig: »Können wir beide das alleine durchziehen?«

»Hier ist gerade ein Kollege aus Dinslaken aufgetaucht. Sebastian Plottke. Einer von den Ann-Kathrin-Klaasen-Verehrern. Die hat richtige Fans unter Kollegen – also, außerhalb unseres Kommissariats«, fügte Rupert kopfschüttelnd hinzu. »Sollen wir den mit einbeziehen?«

»Wenn der uns nicht im Weg steht oder dazwischenfunkt«, mahnte Weller.

Rupert glaubte, das genau zu verstehen: »Heißt das, der Junge wird Widerstand gegen die Staatsgewalt leisten und sich dabei die Nase brechen oder irgendwie ganz unglücklich hinfallen?«

»Ja«, antwortete Weller, »ich glaube kaum, dass der sich einfach so ergibt und wir ihm dann ein Eis kaufen.«

Rupert schlug mit seiner rechten Faust in die linke Handfläche und fragte: »Darf ich dabei sein?«

»Es wäre mir ein Vergnügen.«

»Moment noch, Alter, leg nicht auf. Dieser Plottke will unbedingt Ann Kathrin sprechen. Aber wir kriegen keinen Kontakt zu ihr. Weißt du, wo sie ist?«

»Nein«, sagte Weller ehrlich, und was sich gerade noch

wie ein aufkeimender Triumph angefühlt hatte, wurde jetzt zu einer sorgenvollen Gemengelage.

»Versuch, herauszufinden, wo sich folgende Handynummer aufhält.« Weller las die Nummer vor, die Sophie angerufen hatte.

Rupert schrieb mit und fragte: »Du weißt schon, dass wir den Wintereinbruch erleben, bevor ich alle Genehmigungen habe und das über legale Wege herauskriege.«

»Mach, was geht. Ich verlass mich auf dich.«

»Das kannst du auch«, knurrte Rupert. Er rieb sich die Hände. Er hatte noch ein Hühnchen mit diesem King zu rupfen.

Seine Mutter hatte diesen Ausdruck manchmal gebraucht. Er hatte als Kind nie verstanden, was sie wirklich damit meinte, aber wenn sie das sagte, gab es danach immer Ärger.

»Halt«, rief Rupert, »leg noch nicht auf! Mir fällt noch was ein!«

»Was denn?«

»Er trägt viel zu große Klamotten.«

»Woher weißt du das?«, fragte Weller.

Einerseits hatte es Rupert Spaß gemacht, mit so einer Information zu glänzen, andererseits hatte er keine Lust, damit herauszurücken, wie er darauf gekommen war. Er tat jetzt, als sei es eine reine Überlegung: »Er hat sich hier – davon gehen wir aus – bei einer neuen Freundin verkrochen. Yvonne Diercks. Ich wette, er hat sich bei ihr auch mit neuer Kleidung eingedeckt. Oder glaubst du etwa, der ist in Norden in eine Boutique gegangen? Yvonne Diercks' Papa ist ein Hüne, Schuhgröße 48. Der trägt Jacken, darin kannst du zelten gehen.«

Gero Kaiser sah zufrieden aus. Ja, er fühlte sich großartig, und das lag nicht nur am Kokain, sondern er glaubte, langsam auf die Gewinnerstraße abzubiegen.

Er zog die Karte aus dem Handy und steckte sie in sein Portemonnaie. »Nur für alle Fälle, falls der ein doppeltes Spiel spielt.«

Er kämmte mit seinen Fingern durch Jule-Feemkes Haare und streichelte ihr Gesicht und ihren Hals. »Deine Freundin ist ihrem neuen Stecher hundertzwanzigtausend wert. Was meinst du, wie viel ich für dich kriegen könnte? Wäre auch jemand bereit, für dich so viel hinzublättern? Die Freunde in deinem Alter haben bestimmt noch nicht genug auf der Tasche. Aber deine Eltern, denen ist ihr Töchterchen doch bestimmt einiges wert, oder? Mir hat ein Papa mal fünftausend geboten, wenn ich seine Tochter in Ruhe lasse und nie wieder Kontakt zu ihr aufnehme. Weißt du, was ich gesagt habe?« Er lachte. »Ich habe gesagt, zehn, ich Idiot.« Er klatschte sich mit der Hand gegen die Stirn. »Ich war jung, noch keine achtzehn Jahre alt. Ich hätte viel mehr von ihm kriegen können.«

Er beugte sich vor, um sie zu küssen, doch kurz vor ihrem Mund hielt er inne und verzog das Gesicht: »Bäh, du riechst säuerlich nach Kotze. Putz dir mal die Zähne, Mensch, und gurgle mit Mundwasser. So zahlt keiner was für dich. Du lässt dich gehen.«

Sie sah ihn aus tiefliegenden Augen fragend an.

»Komm, brezel dich ein bisschen auf. Mach dich frisch und schick. Dann gibt es eine Prise.«

Er zerteilte bereits weißes Pulver auf der Tischplatte und baute daraus mit einer Scheckkarte zwei Linien.

Jule-Feemke schüttelte den Kopf. »Ich geh nicht mehr in das Badezimmer. Das kann kein Gott von mir verlangen.«

»Ach, spiel jetzt hier nicht das Sensibelchen. Wenn dich der Dreck im Bad stört, dann schaff halt Ordnung und mach sauber. Das sieht sowieso aus wie Sau hier. Glaubst du, ich engagiere uns eine Putzfrau?«

Empört rief sie: »Ich mach da nicht sauber! Da liegt eine Leiche im Badezimmer!«

»Ja, wenn's dich stört, dann können wir sie heute Abend draußen im Garten vergraben. So etwas macht man besser nach Einbruch der Dunkelheit. Willst du so lange mit ungeputzten Zähnen und Mundgeruch rumlaufen? Guck dich mal an. Du siehst scheiße aus! Verschwitzt und ungeschminkt, wie eine Heroinhure am Hauptbahnhof.« Er schlug mit der Faust auf den Tisch. Die Kokslinien zerfielen. »Mensch, reiß dich zusammen! Mach hier nicht auf Tochter aus gutem Hause.« Er zerrte sie vor einen Spiegel und drückte ihr Gesicht dagegen: »Willst du so aussehen, wenn du mit deinen Eltern telefonierst?«

»Wir können nicht auf Hilfe hoffen. Wir müssen uns selbst befreien«, sagte Ann Kathrin.

Marion gab ihr recht: »Gute Idee, Ann. Jetzt sag mir noch, wie.«

Sie hörten Schritte. Es war ein einzelner Mann.

Eine Tür öffnete sich. Ein Lichtkegel fiel in den großen Raum. Gerümpel lag herum und Bauschutt.

Wie ein Gutsbesitzer, der sein Jagdrevier begutachtet, trat Dalibor ein. Mit ihm wehte der Duft nach frischem Gebäck in den Raum.

Nicht weit von den Käfigen entfernt stand ein Anglerstuhl,

daneben ein halbvoller Kasten Bier und eine Thermoskanne. Er lehnte sein Gewehr an den Bierkasten, setzte sich in den Stuhl und schlug die Beine übereinander. Er öffnete eine Tüte und zog eine Kolatsche heraus. Er roch erst daran, stöhnte genüsslich, dann biss er hinein und aß schmatzend. Krümel fielen von seinem Kinn.

»Eigentlich«, sagte er, »wollte ich euch hier ja verhungern lassen. Aber der Big Boss hätte es gerne anders. Ihr müsst ihm ja wirklich tierisch auf den Sack gegangen sein. Er besteht darauf, dass ich euch sofort erledige. Genauer gesagt, dich, Ann Kathrin. Was mit der da wird«, er zeigte auf Marion, »ist ihm ziemlich egal. Ich kann dich haben, hat er gesagt. Aber ich muss dich natürlich auch beseitigen, weil du ja eine Zeugin bist. Ich habe uns Kolatschen gebacken. Kennt ihr das? Ein Rezept meiner tschechischen Mutter. Köstlich! Normalerweise hätte ich mich hierhin gesetzt, das gegessen und dabei vielleicht noch einen guten Kaffee genossen. Ich dachte, zu verhungern macht euch vielleicht mehr Spaß, wenn es ab und zu schön riecht und ich euch etwas voressen kann. Aber so, wie sich die Dinge geändert haben, gebe ich euch gerne etwas ab. Es ist ja eure Henkersmahlzeit. Ich habe noch«, er zählte nach, »fünf Kolatschen. Ihr seid ja beide solche Naschmäuler, die bei ten Cate die Regale leer fressen. Ist dein Mann nicht sogar Tortentester?«, lachte er. »Wer möchte eine Kolatsche probieren?«

Marion verbarg ihre Angst hinter einem coolen Spruch: »Ich nicht. Ich wollte sowieso abnehmen. Da ist der Käfig hier eigentlich ganz klasse.« Sie tat, als fände sie es lustig: »Die ultimative Diät-Hilfe!«

»Schön, dass ihr es mit Humor nehmt«, sagte er, hob den Becher von der Thermoskanne und goss ihn halb voll. Der

Kaffeeduft weckte die Lebensgeister in Ann Kathrin. Sie wäre bereit gewesen, für eine Tasse Kaffee zu töten. Und genau das sagte sie auch.

»Du wärst bereit, für eine Tasse Kaffee zu töten? Das gefällt mir, Kommissarin. Im Grunde bist du wie die, die du gejagt hast. Würdest du deine fette Freundin töten, um eine Tasse Kaffee zu bekommen?«

»Natürlich«, sagte Ann Kathrin mit festem Ton. »Es ist der reine Überlebenswille.«

Er lachte. »Ich würde sogar noch eine Kolatsche drauflegen. Probier ruhig. Dir entgeht was. Leg sie um, und du hast einen Wunsch frei.«

Er ging zu Ann Kathrins Käfig, bückte sich und schob den Schlüssel ins Schloss.

»Weißt du«, philosophierte er vor sich hin, »ich werde euch sowieso nicht im Käfig erschießen. Das gibt nur eine unheimliche Sauerei. Aslan war sauer, weil ich die Dinger aus seinem Club in Oldenburg geholt habe. Der kann so ein Kleinigkeitenkrämer sein … Ich soll sie wieder zurückbringen. Die Jungs verbeißen sich zu sehr in Details. Ich dagegen bin es gewohnt, groß zu denken. Den interessiert das einen Scheiß. Er will einfach nur, dass du eine Kugel zwischen die Augen bekommst. Du kannst im Stehen sterben, wenn du willst. Wir machen eine richtige Hinrichtung daraus. Aber erst legst du deine Kollegin hier um, und dafür gibt's 'nen Kaffee und eine Kolatsche.«

Er weidet sich daran, mit uns zu spielen.

Er ist ein einsamer Mann, der sonst kaum Möglichkeiten hat, seine sozialen Kontakte zu leben, dachte Ann Kathrin.

Sie kroch aus dem Käfig heraus. Sie fragte sich, ob er wirklich dumm genug wäre, ihr eine Waffe zu geben, damit sie Marion Wolters töten könnte.

Sie hatte Mühe, sich wieder aufzurichten, nachdem sie den Käfig verlassen hatte. Ihr war schwindlig, und ihr Rücken und die Rippen schmerzten.

Er hielt sein Gewehr lässig in der Hand wie einen Spazierstock oder einen Regenschirm, den er nicht brauchte, weil kein dunkles Wölkchen am Himmel zu sehen war. All das tat er, um sie zu verspotten.

Ann Kathrin kannte solche Typen. Sie genossen die Macht über Menschen. Nur darum ging es. Er würde diese Situation so lange wie eben möglich auskosten und jede Sekunde als wertvolle Erinnerung abspeichern.

»Stell dich da an die Wand«, forderte er. »Und du hast wirklich geglaubt, ich würde dir jetzt ein Gewehr geben oder ein Messer, damit du sie kaltmachen kannst?«

Er trat gegen Marions Käfig. »Habt ihr es sonst immer nur mit Idioten zu tun? Ich bin ein Profikiller, nicht irgend so ein gestörter Psychopath, der seine Mutter hasst und deswegen Frauen umbringt. Ich erledige einen Job, und ich bin einer der Besten. Gut, Klatt und dieser Computerfuzzi waren nicht gerade meine Meisterwerke. Aber dies hier sollte eigentlich ein Glanzstück werden. Mit euch beiden im Käfig, das hatte ich mir schön vorgestellt. Aber Aslan hat es eilig. Geduld ist nicht gerade seine hervorstechendste Eigenschaft.«

Ann Kathrin stellte sich in die Torwarthaltung, beide Hände auf den Knien abgestützt, um besser durchatmen zu können. Ihre Lunge gab ein paar pfeifende Geräusche von sich.

Er richtete das Gewehr auf sie. »Stell dich grade hin. Willst du nicht aufrecht sterben? Schau mir in die Augen! Viele Erschießungskommandos verbinden den Leuten die Augen, bevor sie hingerichtet werden. Ich finde so was nicht gut. Meine Mutter sagte immer, man soll den Menschen beim Reden in die Augen schauen. Ich finde, fürs Sterben gilt das auch.«

»Vorsicht, Weller! Er hat eine Waffe!!!«, schrie Marion Wolters.

Dalibor fuhr herum. Er hatte die Tür im Rücken. Welch ein Fehler! Er hätte sich selbst ohrfeigen können.

Marion griff durch die Gitterstäbe, packte seinen rechten Fuß und zog daran. Ein Schuss krachte durch die Halle. Ann Kathrin trat Dalibor mit einem Highkick ins Gesicht und packte mit beiden Händen den Gewehrlauf. Ein zweiter Schuss löste sich. Irgendwo klirrte Glas.

»Nicht schlecht, Frau Kommissarin, nicht schlecht«, lachte Dalibor. »Ihr habt mich echt einen Moment geblufft. Man sollte Frauen nie unterschätzen.«

Marions Hände krampften sich immer noch um seinen rechten Fuß und in seine Wade. Er kam nicht vom Fleck. Er versuchte, seine Handfeuerwaffe aus dem Halfter zu ziehen, da traf ihn der Gewehrkolben. Er verlor einen Eckzahn. Er spuckte den Zahn aus.

Marion Wolters ließ ihn los. Ann Kathrin richtete das Gewehr auf ihn: »Jetzt keine Fisimatenten mehr. Öffnen Sie Marions Käfig.«

Er tat, was Ann Kathrin forderte. Er machte es ganz langsam, immer noch in der Hoffnung, einen Ausweg aus dieser Situation zu finden. Wie oft hatten andere ihm eine Partnerschaft vorgeschlagen, doch er war ein Einzelgänger. Er wollte nicht mit anderen zusammenarbeiten. Jetzt wäre ein Komplize nicht schlecht gewesen.

Marion kroch aus dem Käfig, und in einem Wutanfall ohrfeigte sie Dalibor. Er hob die Hände, um sein Gesicht zu schützen, da packte sie ihn und drückte ihn mit dem Gesicht in das tschechische Gebäck.

»Lass gut sein, Marion«, sagte Ann Kathrin. »Wir können dem jetzt schlecht Handschellen anlegen. Wir haben ja nichts mehr. Er hat uns alles abgenommen. Aber«, Ann Kathrin musste über ihren eigenen Gedanken lächeln, »ich finde, diese Käfige müssen ja auch nicht ungenutzt herumstehen. Los, rein mit dir!« Ann Kathrin deutete mit dem Gewehrlauf auf die Käfigtür.

»Das werdet ihr bereuen, Mädels«, drohte Dalibor. »Ihr wisst nicht, mit wem ihr euch anlegt. Ich kann euch helfen. Ich kann behaupten, ich hätte euch getötet,, und dann verschwindet ihr einfach, taucht mit anderem Namen irgendwo unter. Der verlangt keine Fotos von mir. Ich schicke ihm nur ein Codewort. Das alles hier kann für uns alle immer noch gut ausgehen. Wenn ihr mich umbringt oder einsperrt«, er lachte, als sei das eine völlig absurde Idee, »seid ihr sowieso tot. Er wird einen anderen schicken, wenn ich versagt habe, und ich versage nicht gern. Ich nehme ein bisschen Blut von euch, ein paar Klamotten. Mehr Beweise brauche ich nicht – wenn überhaupt. Ihr habt doch selbst Programme, mit denen ihr Leute in Sicherheit bringt. Nutzt die für euch aus. Und wenn ihr mich laufen lasst, kann ich euch ein paar große Gangsterbosse ans Messer liefern. Ihr wollt mich doch jetzt nicht wirklich umlegen, oder?«

»Nein«, sagte Ann Kathrin, »wir sind Polizistinnen. Wir töten nicht. Wir verhaften und führen die Verhafteten dann dem Richter vor.«

Marion giftete: »Aber wir könnten mal eine Ausnahme machen, oder?«

Dalibor wischte sich Pflaumen, Quark und Krümel aus

dem Gesicht und lutschte seine Finger ab. Ein bisschen wirkte er jetzt wie ein kleiner Junge. Doch Ann Kathrin wollte sich nicht täuschen lassen. »Rein ins Gefängnis«, forderte sie.

»Ja«, sagte Marion, »gewöhn dich schon mal dran. Obwohl, in unserer Justizvollzugsanstalt ist es wesentlich gemütlicher. Unsere Gefängnisse sind gemäß den Menschenrechten ausgerichtet. Man kann aufrecht stehen, und es gibt sogar eine Matratze, auf der man liegen kann. Nicht ganz so bequem, wie auf den Boxspringbetten zu Hause, aber immerhin ...«

Marion Wolters tastete ihn ab. Sie fand noch einen Dolch, den er unter seinem linken Knie in einer Scheide befestigt hatte.

»Nimm auch den Gürtel«, verlangte Ann Kathrin.

Marion öffnete ihm die Hose. Sie fiel herunter. Er stand in gestreiften Boxershorts da.

Marion sagte: »Guck mal, der hat Beine wie Pommespicker.«

»Ihr wollt mich doch jetzt nicht so ...«, jammerte er.

»Doch«, nickte Ann Kathrin. »Rein da.«

Nachdem Dalibor in den Käfig gekrochen war, ließ Marion den Schlüssel einmal um ihren Zeigefinger kreisen und sagte: »Bitte, lass mich das machen, Ann.«

Ann Kathrin nickte.

Marion Wolters bückte sich und schloss ab. Sie hatte selten etwas so sehr genossen. Na gut, das Stück Eierlikörtorte letzte Woche hatte ihr vermutlich fast genauso viel Freude bereitet.

Ann Kathrin und Marion traten aus der Tür ins Freie. Er rief hinter ihnen her: »Ihr macht einen Fehler! Einen Fehler!«

»Ja«, rief Marion, »das kann schon sein! Aber wir haben wenigstens Spaß dabei!«

⚓

Weller hielt es nicht aus, einfach herumzusitzen und zu warten. Mit Mara zu spielen verschaffte ihm zwar Ablenkung. Er bekam aber das Gefühl, als Personenschützer eigentlich völlig ungeeignet zu sein. Statt die Gegend im Auge zu behalten und sich ständig in Kampfbereitschaft zu halten, spielte er mit Eimerchen im Sand und sprach in Kindersprache.

Er stellte sich vor, Gero Kaiser gemeinsam mit Rupert zu stellen.

Frank Weller, der so gerne den Beschützer spielte, musste sich eingestehen, dass er doch mehr ein Jäger war. Den Gefährder auszuschalten, bevor er zuschlagen konnte – dieser Gedanke gefiel ihm.

Er wollte das hier so schnell wie möglich hinter sich bringen. Er machte sich Sorgen um Ann Kathrin. Gehörte er als Ehemann nicht eigentlich an ihre Seite?

In seiner Phantasie war sie die nächste gefährdete Polizistin.

Erst Dirk Klatt. Ein BKA-Mann, der zu viel wusste und bestechlich war.

Dann Kevin Janssen, für den es im Internet keine Grenzen gab und der am Computer zaubern konnte.

Das ergab zwar keinen Sinn, wohl aber eine Linie. Beide galten in ihren Fächern als sehr begabt. Der Strippenzieher und der Hacker. Vielleicht waren sie die Besten.

Und gehörte Ann Kathrin, die Verhörspezialistin, die mehr

Serienkiller gefasst hatte als irgendjemand anders in diesem Land, nicht auch in diese Reihe?

Wollen sie uns enthaupten, dachte er. Geht es darum?

Je schneller er Gero Kaiser einkassieren würde, umso eher konnte er Ann Kathrin beistehen.

Deshalb würde er schon mal das Foto anfertigen, das er bei Instagram unter dem Hashtag #*cafétencate* posten sollte, um zu zeigen, dass er das Geld zusammen hatte.

Das ist die neue Zeit, dachte Weller. Früher verlangten Erpresser eine Chiffre-Anzeige in einer Tageszeitung. Heute ein Foto bei Instagram.

Weller, der im Gegensatz zu seiner Frau ständig knapp bei Kasse war und von sich selbst sagte, dass er mit Geld nicht umgehen könne, zahlte am liebsten mit der Karte, hatte aber selten eine Ahnung, wie viel Geld sich auf seinem Konto befand und ob es überhaupt gedeckt war. Er hoffte einfach jedes Mal, dass die Abbuchung klargehen würde. Besuche oder Gespräche bei der Bank lagen ihm immer schwer im Magen. Eine Verhaftung durchzuführen schien ihm da viel leichter.

Er hatte einhunderteinunddreißig Euro und zweiundvierzig Cent in seinem Portemonnaie. Auf dem Wohnzimmertisch versuchte er, daraus einen Stapel zu bauen. Mara hielt das Ganze für ein Spiel und half mit, die Scheine wie ein Zelt aufzustellen und das Hartgeld zu einem wackeligen Türmchen zu stapeln. Doch egal, wie viel Mühe die beiden sich gaben, das Ganze sah nicht nach einhundertzwanzigtausend Euro aus, sondern mehr nach einem geplünderten Sparschwein.

Weller fragte sich, ob Gero Kaiser ein solches Foto überhaupt akzeptieren würde.

Sophie Hauser saß auf dem Sofa, die Beine an den Körper gezogen, die Arme um die Beine geschlungen, als müsse sie ihr Herz schützen oder wolle sich hinter sich selbst verstecken. Sie hatte sich die Unterlippe blutig gekaut und wirkte auf Weller wie ein Mensch, der sich nach einer durchzechten Nacht mit schwerem Kater fragt: Was ist gestern geschehen? Hatte ich einen Filmriss? Was habe ich gemacht? Habe ich mich blamiert? Schaden angerichtet? Ist mein Leben zerstört? Kriege ich das jemals wieder hin?

Er hatte Mühe, sie nicht in den Arm zu nehmen und zu trösten. Er hatte Angst, sie könnte das falsch verstehen. Sie sehnte sich nach einer Beziehung, aber er hatte kein Interesse daran, eine Affäre zu beginnen, und etwas Ernsthaftes schon mal gar nicht, denn er hatte in seiner Ann Kathrin die Frau seines Lebens gefunden.

Ja, bei allen Schwierigkeiten und Problemen und obwohl sie manchmal wirklich zickig sein konnte, wusste er, dass sie füreinander geschaffen waren.

Trotzdem zerriss es ihn fast, wenn er Sophie auf dem Sofa so zusammengekauert sitzen sah.

Wie mochte das für Mara sein? Sie schien ihre Mutter gar nicht zu beachten, sondern – vielleicht sogar bewusst – auszublenden. Hatten Kinder so gesunde Mechanismen in sich, die ihnen halfen, mit solchen unhaltbaren Situationen fertigzuwerden?

Mara konzentrierte sich ganz auf Weller. Ein bisschen tat es ihm auch leid für Sophie. Er wollte sich zu ihr ja nicht in Konkurrenz setzen, sondern nur einen Ausgleich schaffen …

Ach, verdammt, warum musste immer alles so kompliziert sein?

Er machte ein paar Fotos und sah sie sich an. Mara fand

die Bilder toll, aber Mara war auch kein sadistischer Schwerkrimineller.

Weller ging in die Küche, warf die Kaffeemaschine an und rief Rupert an. Der meldete sich sofort: »Was kann ich für dich tun, Loverboy?«

»Hast du das Geld?«, fragte Weller ungeduldig.

»Klar«, lachte Rupert, »ich bin eben zur Bank gefahren und habe es mit meiner Kontokarte gezogen.« Es klatschte, als hätte er sich mit der flachen Hand gegen die Stirn geschlagen: »Ach so, wie konnte ich das nur vergessen – ich sollte ja Falschgeld besorgen. Haben die so was überhaupt bei der Sparkasse? Und wenn ja, ist das dann billiger?«

»Ich hab keine Zeit für Scherze!«

»Ich hatte nicht mal Zeit fürs Frühstück.«

»Ich brauche ein Foto von einem Geldstapel.«

»Ich nehme mal an, damit willst du deine neue Freundin beeindrucken?«

»Nein, ich will sie damit freikaufen. Hör jetzt auf mit dem Scheiß. Ich brauche das Foto schnell. Hast du schon die Kohle aus der Asservatenkammer?«

»Das ist alles nicht so einfach, wie du dir das vorstellst, Alter. Aber ich werde jetzt einfach da reingehen, die Mädels bezirzen und den Laden ausräumen … wenn ich dabei geschnappt werde, tu mir einen Gefallen: Hau mich raus, bevor ich das Pensionsalter erreicht habe.«

»Bitte, lass mich nicht hängen«, flehte Weller.

»Keine Sorge. Ich werde jetzt da hingehen und sagen, dass ich etwas in die Kammer bringen will. Und dann …«

»Nimm etwas Glaubhaftes«, mahnte Weller. »Eine Patronenkugel in einer Plastiktüte oder …«

Rupert fühlte sich gemaßregelt und bevormundet. Das

mochte er nicht. Er konterte: »Gute Idee. Ich dachte eigentlich an einen Kaffeebecher von dir oder an Ann Kathrins Dildo.«

Weller ließ seinem Kollegen die Frechheit durchgehen. Er musste jetzt Prioritäten setzen.

⚓

Die Asservatenkammer war zwar nicht gesichert wie Fort Knox, aber man kam da auch nicht so leicht rein wie in die Stadtbibliothek oder die Kreisvolkshochschule. Es mussten einige Schriftstücke ausgefüllt werden, und einen Code brauchte Rupert auch, doch zum Glück waren die Hüterinnen des Tores ihm wohlgesinnt. Er hatte mit keiner von ihnen jemals eine Affäre gehabt und konnte sie so mühelos gut beflirten, ohne gleich eine heftige Abfuhr zu kassieren.

Er trug eine Plastiktüte mit zwei Patronenhülsen herein, als hätte er die gestohlenen Kronjuwelen sichergestellt.

Drinnen begann dann das große Suchen. Die Dinge waren hier nicht so gut sortiert wie im Supermarkt. Statt Warengruppen gab es Regale und Fächer für bestimmte Fälle oder sie wurden Personen zugeordnet.

Viele Kleidungsstücke in Plastiktüten. An einigen klebte Blut, an anderen Sperma.

Tatwaffen, vom Hammer über eine Armbrust bis zum stumpfen Messer.

Er suchte einen Koffer voller Falschgeld und fand ihn unter einer Staubschicht neben einer Sonnenbrille mit zersplitterten Gläsern und einer Perücke, die aussah, als hätte Atze Schröder sie bei einem Auftritt getragen.

Rupert öffnete den Koffer. Er musste sich eingestehen,

dass eine solche Menge Geld ihn tatsächlich beeindruckte. Dass es sich dabei um Falschgeld handelte, konnte man so ohne weiteres nicht erkennen. Er wusste es, aber er sah es nicht.

Rupert wollte nur rasch ein Foto machen und dann verschwinden, doch als er sich die Aufnahme ansah, befürchtete er, dass es so nicht gehen würde. Jeder Idiot konnte erkennen, dass dieses Foto in einer Asservatenkammer gemacht worden war. Selbst wenn er den Bildausschnitt verkleinerte, irgendwie sahen der Koffer und der Hintergrund nicht so aus, dass es glaubhaft gewesen wäre.

Rupert zog den Koffer aus dem Regal und baute ihn auf einem Tisch auf. Den Bürostuhl räumte er zur Seite und den angesifften Kaffeebecher mit dem Aufdruck *Polizei Niedersachsen* ebenfalls.

Er nahm das Geld aus dem Koffer und stapelte es auf. Ja, das sah doch gleich ganz anders aus!

Er gruppierte die Geldbündel immer wieder um, baute einen Turm, dann eine Pyramide. Er hatte Spaß dabei und vergaß die Zeit. Als würde das Kind in ihm wieder spielen, statt mit Legosteinen waren es jetzt Geldbündel.

Plötzlich kam ihm alles, was vorher schwer schien, leicht vor. Eigentlich war Geld ja doch nur bedrucktes Papier. Und heute, grinste er, ging selbst das verloren. Geld existierte im Grunde nur noch digital, als Behauptung auf Konten, die sich mit einem Mausklick verändern ließen.

Vielleicht war es richtig, um diesem Chaos Ausdruck zu verleihen, keine Pyramide und keine Türme zu fotografieren, sondern einfach einen Haufen, als sei das Geld hingeworfen worden, um gleich angezündet oder ausgegeben zu werden.

Er schickte eine Auswahl von Fotos an Frank Weller.

Er hatte nicht bemerkt, dass die Kollegin Sylvia Hoppe hereingekommen war und ihm amüsiert zusah. Sie kannte Rupert gut und wusste, dass er ein Filou war. Ein Großmaul und Möchtegern-Frauenheld. Aber korrupt war er ganz sicher nicht, und einen Griff in die Kasse machte er bestimmt auch nicht.

Sie räusperte sich und sagte: »Na, darf ich noch mitspielen?«

Rupert fuhr herum.

Er fing sich rasch wieder. »Das hat«, behauptete er, »so etwas Befreiendes, findest du nicht? Da liegt ein Jahresgehalt, vielleicht sogar mehr. Man kann echtes von falschem nicht unterscheiden. Was lädt dieses bedruckte Papier mit so viel Energie auf, dass Menschen sich dafür erniedrigen, töten oder sogar arbeiten gehen?«

»Keine Ahnung«, sagte sie, »ich mach den Job hier nicht für Geld.«

»Sondern?«, fragte Rupert.

»Wegen der netten Kollegen.«

Rupert wusste nicht, ob das Spott war oder vielleicht sogar die Wahrheit. Er packte die Scheine zusammen, räumte alles in den Koffer zurück und wollte ihn ins Regal stellen, da ermahnte ihn Sylvia Hoppe ihn: »Wenn du beim nächsten Mal herkommst, um ein bisschen zu spielen, dann zieh aber Handschuhe an. Immerhin können da noch Fingerabdrücke drauf sein oder …«

»Autsch«, sagte Rupert, »das tat aber weh.«

»Warum?«, fragte sie. »Weil dir einer die Regeln erklären musste?«

»Nein«, konterte Rupert, »weil du tatsächlich glaubst,

das alles sei längst noch nicht geschehen. Das Zeug ist doch längst bearbeitet.«

Sie stemmte die Fäuste in die Hüften und baute sich groß vor ihm auf: »Was meinst du denn, warum das *Zeug* hier lagert? Es wird irgendwann vielleicht vor Gericht benutzt werden, als Beweismaterial, wenn ein Verfahren neu aufgerollt wird oder wenn wir die Typen geschnappt haben. Manchmal gibt es auch plötzlich neue Verfahren. Als endlich richtige DNA-Analysen gemacht wurden, konnten einige Leute aus den Gefängnissen geholt werden, die zu Unrecht verurteilt worden waren, und mit den neuen Untersuchungsmethoden konnte ihre Unschuld bewiesen werden. So etwas geht nur, wenn alle Beweisstücke in der Asservatenkammer aufgehoben und dort nicht mehr berührt werden.«

Rupert stöhnte. »Du hast recht, aber weißt du, es ist alles nur ein bisschen, aber doch entscheidend, anders. Ich versuche mit dem, was ich hier tue, einen Mörder zu überführen.«

»Einen Mörder? In der Asservatenkammer? Indem du Türmchen aus Falschgeldscheinen baust?«

»Ja«, grinste Rupert, »genau so ist es. Auch wenn du das mit deinem Spatzenhirn sicherlich nicht verstehst. Ich wäre dir trotzdem dankbar, wenn das hier unter uns bleiben könnte.«

Sie verschränkte die Arme vor der Brust. »Alle, die ich kenne, finden dich doof. Und weißt du was, Rupert?«

»Was?«

»Sie haben recht.«

Er ging an ihr vorbei. Sie wich ihm aus, als hätte sie Sorge, er könne sie berühren, was er aber gar nicht vorhatte. Stattdessen sah er ihr in die Augen und sagte: »Aber wenn wir den Sauhund überführt haben, wirst du stolz sein, den Mund gehalten zu haben. Das ist die größte Hilfe, die du uns gerade geben kannst.«

Er wusste, dass sie schweigen würde, und sie wusste, dass er es wusste. Sie ärgerte sich darüber, aber so war sie eben. Petzen war schon in der Schule nicht ihr Ding gewesen.

⚓

Die Fotos gefielen Weller. Das musste auf jemanden, der dringend Geld brauchte, großen Eindruck machen.

Die Scheine waren unmöglich zu zählen, aber es war klar, dass es sich um viel Geld handelte. Fünfziger, Hunderter und Zwanziger.

Die angegilbte weiße Raufasertapete im Hintergrund war neutral genug. Niemand konnte wissen, wo die Fotos gemacht worden waren.

Am liebsten hätte Weller es gleich gepostet, doch Ruperts Sprachnachricht: »Die Bilder hab ich, aber die Kohle noch nicht. Bin gestört worden«, bremste Weller aus.

Sophie wurde inzwischen von einem Heulkrampf geschüttelt. Sie schluchzte und schrie. Weller versuchte, sie zu beruhigen, doch wenn er sie berührte, schlug sie um sich. Mara saß schreckensstarr auf dem Boden und starrte ihre Mutter an.

Weller war kurz davor, Dr. Birkenfeld zu rufen, fragte sich aber, ob nicht vielleicht eine Psychologin wie Elke Sommer oder Ann Kathrins Freundin Rita Trettin hier besser gewesen wären als ein Allgemeinmediziner.

Gleichzeitig wollte er jedes Aufsehen vermeiden. Sie hatten jetzt einen Plan, wie sie Gero Kaiser schnappen konnten. Dieser Plan sollte nicht durch irgendwelche Zufälligkeiten oder undichte Stellen durchkreuzt werden.

Wir müssen entscheiden, wann die Begegnung stattfindet, nicht er, dachte Weller.

Noch einmal versuchte er, seine Frau zu erreichen. Erneut erhielt er von ihrem Handy keine Rückmeldung.

Wieso, fragte Weller sich, ist sie nicht erreichbar? Er versuchte, den Gedanken zu verdrängen, dass Ann Kathrin vielleicht schon irgendwo tot in einer Wiese oder in einem Keller lag.

Wir werden dich einkassieren, Gero Kaiser, und dann holen wir uns den Mörder von Kevin und Klatt, bevor der weitermachen kann, sagte Weller, als könne er mit dem Täter sprechen. Dann schnappte er sich Mara und trug das Kind nach draußen in die Sonne und den Wind. Er hoffte, das Meer würde sie ablenken, während ihre Mutter drinnen vermutlich eine Panikattacke durchmachte.

Mara versteifte sich. Weller versuchte sie abzulenken, fragte, ob sie ein Eis wolle. Er wäre sogar bereit gewesen, ihr eine Barbie-Puppe zu kaufen. Seine vermutlich naive Herangehensweise scheiterte jedoch.

Auch zwei zankende Möwen und ein durchs Dünengras hoppelnder Hase konnten Mara nicht auf andere Gedanken bringen. Sie fragte mit einer Stimme, die für so ein kleines Kind sehr erwachsen klang: »Ist Mama krank?«

Weller versuchte das Problem einzudeichen: »Es geht ihr nicht so gut. Aber es wird ihr bald schon viel besser gehen.«

»Ist das meinetwegen?«, wollte Mara wissen und sah Weller mit nassen Augen an.

Scheiße, dachte Weller, Erwachsene machen Mist, und Kinder fühlen sich deswegen schlecht.

»Du bist das Glück ihres Lebens«, sagte er. »Sie liebt dich wirklich. Du bist ihr kleiner Sonnenschein.«

Mara schüttelte den Kopf. »Nein, das ist alles meinetwegen. Sonst wäre Mama längst weg.«

Dalibor spielte mit dem Kreuz an seinem Hals. Das Zyankali darin gab ihm immer noch das Gefühl, Herr der Situation zu sein. Selbst jetzt, hier, in diesem Käfig. Er konnte sich verabschieden, wann immer er wollte.

Er fragte sich, ob es so weit war. Oder gab es noch eine Möglichkeit, zu entwischen?

Ann Kathrin und Marion suchten den Raum ab, aber sie fanden weder ihre Schuhe noch ihre Handys oder Marions Apple-Watch.

Marion drückte an Dalibors Handy herum. Es gelang ihr aber nicht, den PIN-Code zu knacken. Sie versuchte es, indem sie ein Z auf der Tastatur nachzog, dann ein H und ein großes A. Viele Leute, die sie kannte, merkten sich ihren PIN-Code genau so: indem sie einen großen Buchstaben auf die Tastatur malten und die Eckpunkte drückten. Doch in diesem Fall klappte es nicht.

Vielleicht, dachte sie, ist er noch so geschockt davon, dass wir beide ihn überwältigt haben, dass er uns die Nummer einfach gibt.

Sie trat gegen den Käfig: »Hey, Arschloch, wie ist dein PIN-Code?«

»Willst du Hilfe rufen?«, fragte er provokativ zurück. »Habt ihr zwei Angst, mit einem im Käfig eingesperrten Mann nicht fertigzuwerden?«

»Nein«, lachte Marion, »ich will uns eine Pizza kommen lassen und eine Flasche Wein, damit wir deinen Anblick bei einem Festschmaus noch ein bisschen genießen können. Die Boxershorts stehen dir gut.«

»Lass es«, sagte Ann Kathrin, »wir gehen einfach von hier aus in die Stadt.«

Marion zeigte auf Dalibor: »Und der da? Sollen wir den im Käfig hinter uns herziehen? Reicht es nicht, dass wir barfuß sind?«

»Den lassen wir einfach so lange hier.«

»Ohne Aufsicht?«, empörte Marion sich. »Wer sagt uns, dass nicht gleich seine Freunde kommen, um ihn hier rauszuholen?«

»Meinst du, der hat Freunde?«

»Nee, aber vielleicht Komplizen.«

Ann Kathrin sah sich sein Gewehr an und fragte: »Haben Sie damit Klatt erschossen?«

Dalibor antwortete nicht.

Marion Wolters registrierte, dass Ann Kathrin ihn siezte. Wie viele ihrer Kollegen duzte Marion überführte Straftäter, als seien sie alte Freunde. Ann Kathrin hatte dieses Verhalten immer kritisiert. Für sie war die Distanz wichtig.

Dalibor versuchte, mit lautem Kichern die Aufmerksamkeit auf sich zu ziehen. Als könne er vor Lachen kaum sprechen, gluckste er: »Ja, ruft ruhig eure Kollegen! Vielleicht werdet ihr doch noch heute hier sterben …«

»Wie meint der das?«, fragte Marion Wolters.

Ann Kathrin winkte ab, als solle sie besser gar nicht darauf hören, was der Typ von sich gab. Dalibor warf aus ihrer Sicht nur Nebelkerzen ab, um sie zu verunsichern.

»Was glaubt ihr beiden Hübschen denn, wer mir den Auftrag gegeben hat? Das kommt aus euren eigenen Reihen! Bei euch hat gerade das große Reinemachen begonnen. Habt ihr noch gar nicht gemerkt, was? Ihr zwei seid nicht die Letzten, die Liste ist noch länger. Aber wenn die«, er sprach ihren Namen spöttisch aus, »berühmte Ann Kathrin Klaasen erst mal erledigt ist, haben wir die Speerspitze abgearbeitet. Tut mir leid für Sie, junge Frau«, grinste er in Richtung Marion und sah dabei aus, als wolle er in die Gitterstäbe beißen oder daran lecken, »aber Sie sind nur Beifang. Im Grunde interessiert sich kein Mensch für Sie.«

»War das jetzt ein Kompliment?«, fragte Marion.

Ann Kathrin, die so etwas aus Hunderten Verhörsituationen kannte, zog Marion Wolters zur Seite: »Hör nicht auf sein Geschwätz. Sie versuchen immer, in einen einzudringen. Wenn du nicht aufpasst, nisten sie sich in deinem Kopf ein und verunsichern dich. Sie versuchen, dir Angebote zu machen, sich als dein Freund zu verkaufen oder tischen dir irgendwelche abstrusen Verschwörungstheorien auf. Es geht immer nur darum, dass wir die Wirklichkeit nicht erkennen. Sie wollen uns verrückt machen. Das ist ihr Ziel. Immer. Wenn sie uns dazu bringen, Ermittlungsfehler zu machen, kehren das ihre Anwälte später gegen uns, und die Typen kommen frei.«

Marion Wolters spürte, dass Ann Kathrin aus Erfahrung sprach. Trotzdem war sie froh, als Ann Kathrin hinzufügte: »Die Hälfte aller Serienkiller, die ich einkassiert habe, hat versucht, mir einzureden, ich sei doch genau wie sie. Wenn es ihnen gelingt, eine Verbindung zu dir aufzubauen oder dich irgendwie zu verstricken, bist du verloren. Denk da immer dran!«

Marion nickte. Sie hegte Männern gegenüber sowieso ein gesundes Misstrauen.

Während Ann Kathrin das sagte, machte sie sich mit dem Gewehr vertraut.

Marion zögerte.

Ann Kathrin versuchte sie zu beruhigen: »Er sitzt im Käfig, Marion. Er kann mir nichts tun. Und hier«, sie tippte sich gegen die Stirn, »mental, bin ich gewappnet. Ich kenne mehr von seiner Sorte als er.«

Marion umarmte Ann Kathrin, bevor sie die Halle verließ. Als sie sich in der Tür noch einmal umdrehte, trat sie in eine Glasscherbe. Der Schmerz schoss hoch bis in ihre Nasenspitze, doch sie wollte ihm diesen Triumph nicht gönnen. Sie tat, als sei nichts geschehen, und erst nachdem sie die Tür hinter sich geschlossen hatte, zog sie sich den Splitter aus dem blutenden dicken Zeh.

Jetzt verstand sie, warum er ihnen die Schuhe abgenommen hatte. Vor jedem Ausgang hatte er Glasflaschen zersplittern lassen.

Er wusste, wie man Leute gefangen hielt. Wenn sie versucht hätten, zu fliehen, wären sie über ihre Blutspuren leicht zu finden gewesen.

Sie sah auf den Boden. Viele kleine und große Scherben warteten auf ihre Füße.

Sie bückte sich, um mit den Händen den Weg freizumachen.

Wie muss einer gestrickt sein, wenn er solche Fallen baut, fragte sie sich.

⚓

Ich kann nicht mit einer kleinen Plastiktüte in die Asservatenkammer rein und mit einem Koffer wieder rausgehen, dachte Rupert. Direkt über der Tür war eine Überwachungskamera angebracht. Es musste doch auch einen anderen, einen offiziellen Weg geben. Dann würde aber nichts daran vorbeiführen, die neue Chefin zu informieren. Elisabeth Schwarz könnte das alles sofort ermöglichen. Oder schätzte er sie falsch ein?

Rupert ging zu ihr. Sie saß alleine in ihrem Büro, aber nicht hinterm Schreibtisch, sondern vor dem Schachbrett. Sie wirkte auf Rupert wie weggetreten, als sei ein Teil von ihr gar nicht im Raum.

Seine Frau Beate hatte ihm mal erzählt, eine Seele könne einen Körper verlassen, zum Beispiel in höchster Not oder bei Überforderung. Er hatte das für Blödsinn gehalten, aber in solchen Fragen gab er seiner Frau gerne recht, weil er wusste, dass ihr das guttat, und er wollte sich keine langen Vorträge über seine mangelnde Spiritualität anhören. Wenn Beate im Garten meditierte und im Schneidersitz auf ihrem Kissen hockte, dann war sie zwar nicht ansprechbar, aber doch vollständig da, während Frau Schwarz irgendwie weg war, nur körperlich anwesend.

Rupert räusperte sich. Für ihn war das fast so gut wie ein unverfängliches »Moin«.

Beate drehte, wenn er sie beim Meditieren störte, manchmal ganz langsam ihren Kopf zu ihm und sagte: »Jetzt nicht.« Wenn sie ganz versunken war, antwortete sie überhaupt nicht.

Frau Schwarz zuckte zusammen und setzte sich anders hin. »Ja?«, fragte sie mit leicht aggressivem Unterton, als würde sie sich angegriffen fühlen.

Rupert entschuldigte sich: »Ich wollte Sie nicht stören.«

»Haben Sie aber, Nummer neun«, blaffte sie zurück.

»Habe ich Sie beim Meditieren unterbrochen?«, fragte er.

Sie reagierte auf die Frage mit einem zornigen Blick und

dem Vorwurf: »Nein, beim Nachdenken! Sollten Sie auch mal probieren!«

Meistens sagte Rupert einfach, was er dachte, aber manchmal erfuhr er auch erst, was er dachte, wenn er sich reden hörte. Jetzt zum Beispiel: »Aber Sie sehen so traurig aus, als hätten Sie Angst, Ihre Seele könnte den Körper verlassen.«

Scheiße, dachte Rupert, ich sollte Sprüche von Beate nicht in der Polizeiinspektion loslassen. Das passt hier einfach nicht hin.

Frau Schwarz stand auf und baute sich vor ihm auf: »Ist das der ostfriesische Ausdruck dafür, dass jemand aus der Haut fährt? Ja, das könnte passieren.«

Sie drehte sich um, ging zum Fenster, öffnete es, holte tief Luft und sagte dann, als würde sie zu den Menschen draußen auf der Straße sprechen: »Nun sagen Sie schon, was Sie auf dem Herzen haben, und verschwinden Sie, verdammt! Sehen Sie nicht, dass ich beschäftigt bin?«

»Ich brauche hundertzwanzigtausend Euro«, gestand Rupert.

Sie drehte sich zu ihm um, musterte ihn und sagte erst mal gar nichts.

Er stammelte verunsichert: »Also, es muss natürlich kein echtes Geld sein und auch nicht unbedingt hundertzwanzigtausend. Sechzig, achtzig oder hundert tun es auch. Ich brauche halt nur so 'n hübsches Sümmchen. Wir können auch echtes und Falschgeld mischen oder …«

»Aber sonst geht es Ihnen gut, oder, Nummer neun?«

Rupert griff sich in den Schritt, als hätte sie eine Frage nach seiner Potenz gestellt. »Ja«, antwortete er, »sonst alles fit.«

Ich hätte auf Weller hören sollen. Es wäre besser gewesen,

wir hätten die Sache alleine durchgezogen. Mit Vorgesetzten hat man echt nur Ärger, dachte Rupert. Aber plötzlich war ihm nicht mehr so ganz klar, ob er das nur gedacht oder auch gesagt hatte. Diese Frau machte ihn ganz nervös.

Jetzt nahm sie eine Haltung ein, wie er sie von seiner Mutter kannte, wenn sie ihn, als er noch in der Pubertät war, mit peinlichen Fragen gelöchert hatte, wie es mit den Mädchen lief oder mit Drogen und Alkoholkonsum. Die Verhörspezialistin Ann Kathrin Klaasen war gegen seine Mutter eine blutige Anfängerin, fand er. Seine Mutter kitzelte immer alles aus ihm heraus.

Jetzt ging es ihm genauso.

Beate behauptete, Frauen würden es ihm viel zu leicht machen und er könne alles von ihnen bekommen. In Wirklichkeit war es genau andersherum, dachte er.

Elisabeth Schwarz kroch mit ihrer Frage fast in ihn hinein. Dabei machte sie Bewegungen wie eine Katze, die versucht, einer Maus nachzustellen. »Ihr Freund Frank Weller hat also Kontakt zu Gero Kaiser, dem mutmaßlichen Mörder von Anneliese Stierhohn und ihrer Tochter, der nun seine Ex bedroht?«

Ihre Stimme wurde auf eine sachliche Weise säuselnd, so als müsse sie die Fakten für ihn wiederholen, weil es für sie möglich war, dass er sie vergessen hatte: »Wir sprechen von dem Gero Kaiser, nach dem im ganzen Land gefahndet wird …«

Rupert nickte. Er fand es selber nicht gut, aber er tat es. Er schluckte. Sein Hals kam ihm trocken und kratzig vor. Am liebsten hätte er jetzt ein Bier getrunken oder zumindest ein Glas Wasser. Bei freier Auswahl hätte er sich einen Whisky gewünscht. Scotch. Mindestens zwanzig Jahre alt.

»Ja«, gestand Rupert, »Weller hat Kontakt zu ihm. King hält ihn wohl für Sophie Hausers neuen Lover. Weller kann Sophie freikaufen.«

Rupert glaubte zwar nicht, es der Polizeidirektorin erklären zu müssen, doch es gefiel ihm, auf Allgemeines auszuweichen: »Das ist eine ganz übliche Methode. Zuhälter geben ihre Frauen oft nur gegen eine Ablöse frei.«

Frau Schwarz strich sich die Haare aus dem Gesicht und machte mit den Lippen Bewegungen, als müsse sie die Worte erst stumm einüben. Dann sagte sie: »Zuhälter ist ein nettes Wort für Menschenhändler. Wollten Sie das sagen, Nummer neun?«

»Sie sagen immer Nummer neun zu mir, weil ich Sie beim Schach habe gewinnen lassen, stimmt's?«

Sie lachte schallend. »Sie haben mich *gewinnen lassen*?«

»Ja, ich lasse meine Frau auch immer beim Malefiz gewinnen, beim Mensch-ärgere-dich-nicht oder beim …«

Sie fuhr ihn an: »Schach ist kein Malefiz oder Mensch-ärgere-dich-nicht! Und Sie haben mich auch nicht gewinnen lassen, sondern Sie waren unkonzentriert, weil Sie die ganze Zeit auf meine Brüste gestarrt haben. So wie jetzt ihr Kollege Weller vermutlich an nichts weiter denken kann, wenn er Sophie Hauser anschaut.«

»Nein«, behauptete Rupert, »so einer ist Weller nicht. Der macht das mit dem Freikaufen nur, um den King an den Eiern zu kriegen.«

»Ihre Ausdrucksweise gefällt mir nicht.«

»Entschuldigen Sie den Begriff *an den Eiern kriegen*. Ich meine, Weller will King verhaften.«

»Es ist mir völlig egal, wie Sie es ausdrücken, wenn Sie ihn einbuchten. Sie sollen nicht *King* sagen. Auch das ist eine

Verharmlosung, ja geradezu eine Glorifizierung. Der Kerl heißt Gero Kaiser.«

Rupert merkte, dass er die ganze Zeit die Luft angehalten hatte. Er musste wieder an seine Ehefrau Beate denken, die ihm immer beibringen wollte, besonders in stressigen Situationen immer gleichmäßig ein- und auszuatmen. Das hörte sich, wenn sie es aussprach, immer leichter an, als es war.

Frau Schwarz ballte dreimal hintereinander die Fäuste und streckte dann jedes Mal die Finger wieder weit auseinander, so als würde sie zählen oder als sei das eine neue Methode, um Energie einzusaugen. Vielleicht kannte sie es auch vom Antiaggressionstraining. Jedenfalls rechnete Rupert mit einem Angriff, als sie betont freundlich fragte: »Und warum lassen Sie Ihre Frau immer gewinnen?«

Rupert hörte sich sagen: »Weil eine glückliche Frau ein Engel im Bett ist.«

Er kannte den Spruch von seiner Mutter, die gern, wenn sie ein zweites Schnäpschen getrunken hatte, sagte: »Eine angesäuselte Frau ist ein Engel im Bett«, um dann immer in Richtung ihres Ehemanns gleich einschränkend hinzuzufügen: »Aber mach dir nicht zu viel Hoffnungen, dafür fehlen mir noch ein paar Kurze.«

Elisabeth Schwarz reagierte hart: »Ach, Sie haben mich gewinnen lassen, um mich ins Bett zu kriegen?« Sie lachte höhnisch.

Ich rede mich mal wieder um Kopf und Kragen, dachte Rupert. So ein Mist. Ich muss dieses Gespräch irgendwie drehen. Im Grunde habe ich überhaupt nichts verbockt, das war alles Weller, der Idiot …

»Wäre das so schlimm? Ich bin ein Mann, und Sie sind eine Frau.«

»Und Sie versuchen es bei jeder, stimmt's?«, riet sie und lag damit ziemlich richtig.

Rupert verzog den Mund, versuchte den Eindruck zu erwecken, als müsse er nachdenken, und relativierte dann: »Nee, nicht wirklich bei jeder ... Nur bei denen, die mir gefallen.«

»Ich sage Ihnen jetzt ein paar Dinge.« Sie zähle es an den Fingern auf: »Erstens: Sie haben beim Schach verloren, weil Sie zwar die Regeln kennen, aber das Spiel nicht beherrschen. Sie sind unkonzentriert und draufgängerisch. Und genau das ist Ihr Problem. Sie lassen sich ablenken und deswegen kann eine kluge Gegnerin mit Ihnen machen, was sie will.

Zweitens: Ich bin Ihre Chefin, und wenn Sie versuchen, mich anzugraben, werde ich Sie in eine andere Abteilung strafversetzen lassen. Ist Ihnen das klar?«

Rupert nickte. »Wenn das Ihr Problem ist. Keine Sorge ...«

Er hoffte, das jetzt wirklich nur gedacht und nicht auch noch gesagt zu haben. Es war alles schon schlimm genug. Er musste einfach lernen, manchmal den Mund zu halten, oder, wie Beate sagte: *Erst nachdenken, dann reden. Lass dir Zeit. Das gilt als ostfriesisch.*

»Drittens: Sie werden Ihrem Freund Weller keineswegs dabei behilflich sein, Falschgeld zu beschaffen oder es gar mit echtem zu mischen. Das kann ja nachher kein Mensch mehr auseinanderhalten. Sie bringen uns da in Teufels Küche.

Viertens: Sie werden ab jetzt tun, was ich Ihnen sage, und nicht das, was Frank Weller oder Ann Kathrin Klaasen Ihnen einreden. Ist das klar?«

Rupert wollte so gerne ruhig und besonnen handeln und reden, aber das war heute einfach nicht sein Ding. Er flippte aus und pflaumte sie an: »Ihr lasst uns murksen und tragt Bedenken vor euch her. Aber wenn Weller den Typen gegen all eure Scheißregeln einkassieren«, er klatschte sich in den Nacken, »mit drohendem Disziplinarverfahren im Nacken … wenn wir es trotz allem schaffen, dann halten wieder andere ihre Gesichter hin, um die Lorbeeren zu ernten. Im Regelfall die, die uns vorher bei der Arbeit behindert haben.«

»Meinen Sie mit *andere* mich?«

Rupert zeigte zur Decke. »Na ja, Leute halt über uns.«

»Klar meinen Sie mich. Aber ich habe so etwas noch nie gemacht. Ich bin ganz neu. Haben Sie das schon vergessen?«

»Die Obrigkeit«, sagte Rupert, »ist nie neu. Das bleibt immer alles dasselbe. Es wechseln nur Gesichter, Frisuren, Parteizugehörigkeiten.«

Elisabeth Schwarz gab sich verständnisvoll: »Mein Gott, was müssen Sie für schlechte Erfahrungen mit Vorgesetzten gesammelt haben.«

»Nee«, gab Rupert zurück, »wir hatten einen wunderbaren Chef. Ubbo Heide. Aber immer, wenn Typen kamen, die noch eine Etage darüber waren, wurde es eng.«

»Ihr Ubbo ist längst pensioniert …«

»Ja. Und wir trauern ihm immer noch alle hinterher.«

»Sie sollten ihm den Ruhestand gönnen«, schlug Elisabeth Schwarz vor. »Und mir könnten Sie ruhig eine Chance geben.«

Rupert wollte gehen, doch sie hielt ihn zurück: »Wenn Sie mich glücklich machen wollen, dann brauchen Sie mich nicht gewinnen lassen. Nicht bei einem Schachspiel und auch sonst niemals. Halten Sie sich einfach an die Regeln. Machen Sie Ihre Arbeit so gut, wie Sie nur können. Und folgen Sie meinen Anweisungen. Haben Sie das verstanden?«

»Und was heißt das jetzt konkret?«, fragte Rupert.

Sie zeigte ihm ihre Finger. »Ich habe es Ihnen gerade aufgezählt.«

»Sie glauben doch nicht im Ernst, dass ich Weller jetzt anrufe und ihm sage, ich hab dich und deinen Plan verpfiffen, an Geld komme ich auch nicht … Wissen Sie, wie das Ganze dann ausgeht?«

»Na, wie?«, hakte sie provozierend nach.

»Wir kriegen den Typen nicht. Der verschwindet einfach wieder. Noch weiß er nicht, dass Weller Polizist ist. Also darf Weller sich auch nicht so verhalten. Kapiert?«

Sie schluckte. Hatte der gerade wirklich *kapiert* zu ihr gesagt?

»Was haben Sie also vor?«, fragte sie.

»Geben Sie uns vierundzwanzig Stunden. Dann präsentieren wir Ihnen den King … äh, ich meine, Gero Kaiser oder wie der Arsch sich sonst nennt.«

Sie hätte selbst nicht sagen können, warum, doch etwas in ihr war bereit, sich darauf einzulassen. Vielleicht konnte sie sich so das Vertrauen der ostfriesischen Kollegen erwerben. Wenn sie scheitern würden, müssten sie auf ihren Kurs einschwenken, und wenn sie erfolgreich waren, dann wurde sie dadurch vielleicht eine von ihnen, weil sie ihnen freie Hand gelassen hatte. Es gab Dienststellen, die waren leichter zu führen als diese. Aber sie traute es sich nach wie vor zu.

»Deal«, sagte sie. »Vierundzwanzig Stunden. Und dann habe ich Ihren Bericht auf dem Tisch, und Sie bringen mir Gero Kaiser.« Sie hob mahnend den Zeigefinger. »Lebend!«

»Klar«, sagte Rupert erleichtert. »Wir brechen ihm höchstens die Nase und kugeln ihm den Arm aus.«

Sie sah ihn entsetzt an.

Rupert hob die Hände: »Das war ein Scherz. Ein Scherz!«

»Mit ihrer Art von Witzen zurechtzukommen – daran muss ich mich wirklich erst gewöhnen.«

»Danke«, sagte Rupert. »Sie sind schwer in Ordnung.«

Er war schon an der Tür, blieb aber noch einmal stehen, um sich zu vergewissern. »Wenn ich jetzt das Falschgeld aus der Asservatenkammer hole, dann werden Sie mir nicht die Innere auf den Hals hetzen?«

Sie wand sich. »Ich kann Ihnen das nicht erlauben. Aber ich weiß von nichts und werde Ihnen vierundzwanzig Stunden lang keine Fragen stellen.«

Rupert machte ihr einen Vorschlag. Es kam ihm vor wie ein genialer Geistesblitz: »Falls irgendjemand mich erwischt, zum Beispiel, weil ich gefilmt werde, wenn ich mit dem Koffer aus der Asservatenkammer komme, dann werden wir sagen, dass Sie mich gebeten haben, das Geld zu zählen, weil wir den Verdacht hatten, dass sich jemand ein paar Scheine eingesteckt hat.«

Sie antwortete nicht. Sie lächelte nur. Sein Vorschlag gefiel ihr.

»Um es ganz klarzumachen«, fügte er hinzu, »wenn wir scheitern, habe ich das verbockt. Wenn wir gewinnen, ist das Ihr erster richtiger Fall in Ostfriesland, mit dem Sie hier Ihre Premierenvorstellung geben.«

Sie forderte ihn auf: »Also gehen Sie schon!«

Rupert grinste und zitierte den alten Chef Ubbo Heide: »Dann lassen wir jetzt die Würfel rollen.«

⚓

Als Mary-Lou zu Pauls Einladung nach Greetsiel »ja« sagte, tat sie es mit einem Augenzwinkern. Zwischen ihnen beiden war damit klar, dass es mehr werden würde als ein Ausflug mit dem Fahrrad. Vielleicht würden sie nicht gleich miteinander schlafen, aber zumindest in der sturmfreien Bude rumknutschen und fummeln.

Vorsichtshalber besorgte Paul Präservative.

Er, der sich fast wie ein Radprofi fühlte, hatte jetzt fast Mühe, mit ihr mitzukommen. Die junge Frau, die den großen Roman ihrer Generation schreiben wollte, war viel sportlicher, als sie aussah.

Leider konnten sie die Nacht in Greetsiel nicht miteinander verbringen. Ihre Eltern hatten von ihr verlangt, sie solle um 22 Uhr zu Hause sein, und sie hatte nicht vor, ihre Eltern zu enttäuschen.

Sie knutschten schon auf der Hinfahrt bei der ersten Rast auf der dem Meer zugewandten Seite des Deiches und wälzten sich dabei im Gras herum. Sie ließen sich gemeinsam herunterrollen, während sie aneinanderklebten. Dabei kamen ihre Körper sich nahe, und sie berührten sich scheinbar unabsichtlich an Körperstellen, die sonst zwischen ihnen eher als tabu galten.

Er bat sie, ihm aus ihrem Roman vorzulesen. Doch sie behauptete, ihn gar nicht bei sich zu haben.

»Natürlich hast du ihn dabei. Ich hab es gesehen, als du dein Getränk aus dem Rucksack geholt hast. Es ist in dieser chinesischen Kladde. Die hast du doch immer bei dir.«

Sie zierte sich: »Ich weiß nicht, ob ich das will.«

Gänse schnatterten in ihrer Nähe, als würden sie ihm recht geben.

»Ja, stimmt, aber das ist mir zu intim«, wehrte sie ab.

In ihm schmolz die Hoffnung, sie könne mit ihm schlafen, schneller als Erdbeereis in der Sonne. Sie sah das, gab ihm einen langen Zungenkuss und flüsterte dann in sein Ohr: »Das ist noch viel intimer als Sex. Das ist mein tiefstes Inneres, weißt du. Damit werde ich so verletzlich, so angreifbar.«

Er war gern bereit, auf das Vorlesen zu verzichten, wenn sie dafür mit ihm in die Kiste hüpfte. War vielleicht doch etwas dran an den Geschichten, die man sich über sie erzählte? Dass sie mal etwas mit dem Französischlehrer gehabt hatte …

Er merkte, dass er gar kein Viagra brauchte. Es funktionierte alles auch so sehr gut.

Sie sah die Beule in seiner Hose, fühlte sich geehrt und schlug vor: »Lass uns hinfahren. Hauptsache, ich bin um zehn wirklich wieder zu Hause.«

Er freute sich: »Das verspreche ich dir.«

»Aber ohne Gummi mache ich's nicht«, stellte sie klar.

Er lachte: »Ich bin vorbereitet«, und deutete auf seine Tasche.

Sie stiegen auf ihre Räder. Sie fuhren jetzt gegen den Wind. Doch er konnte sich nicht daran erinnern, jemals so eifrig in die Pedale getreten zu haben. Es kam ihm vor, als hätte er plötzlich überragende Kräfte, und die blauen Pillen konnten ihm gestohlen bleiben.

⚓

Rupert holte einen blauen Müllsack und ging damit selbstbewusst zum zweiten Mal in die Asservatenkammer. Er wollte den Koffer nicht mitnehmen, das war ihm nun doch zu auffällig.

Er baggerte Geldscheine in den Müllsack. Er zählte sie nicht. Er nahm auch nicht alle, sondern ließ einen Zwanziger, einen Fünfziger und einen Hunderter zurück. Falls später mal jemand behaupten würde, er hätte echtes Geld mitgenommen, lagen noch Probescheine vom Falschgeld im Koffer.

Vielleicht lag es an der forschen Art, wie er auftrat, jedenfalls quatschte ihn jetzt niemand an. Er musste sich nicht rechtfertigen. Alles lief problemlos.

Als er mit dem Müllsack die Asservatenkammer verließ, blickte er hoch zur Videokamera und winkte. Das würde später sogar dokumentieren, dass er keineswegs durch ein Video überführt wurde, sondern genau wusste, dass er gefilmt wurde und auch nichts dagegen hatte.

Vielleicht, dachte er, kriegen wir die neue Chefin doch noch hin. Vielleicht war sie gar nicht so verkehrt, wenn man verstand, sie zu nehmen. Ihr hatte nur noch niemand die Grenzen aufgezeigt, und wie Beate neulich zu ihm gesagt hatte: *Die meisten Menschen warten nur darauf, dass man ihnen einen Platz anbietet. Einen Raum, in dem sie willkommen sind und den sie einnehmen dürfen.*

Meine Beate, dachte er, ist ein kluges Kind.

Seine Oma aus dem Ruhrgebiet hatte ihm einst gesagt: *Dumme Männer müssen sich schlaue Frauen suchen, Rupi.*

An diesen Rat hatte er sich gehalten.

Er schickte eine Nachricht an Weller: *Ich hab die Kohle.*

Weller tippte die Antwort augenblicklich: *Wie viel?*

Was dann von Rupert kam, verblüffte ihn: *Keine Ahnung. Brauchst du einen Erbsenzähler oder einen Komplizen?*

Okay, dachte Weller, jedenfalls wird es reichen, um ihn zu bluffen. Ein paar Sekunden genügen mir schon.

Weller lud das Foto auf Instagram hoch. Es sah zwischen den Bildern von Torten und glücklichen Caféhausbesuchern schon ein bisschen merkwürdig aus.

Sofort kam die erste Reaktion, allerdings nicht von Gero Kaiser: Geil! *Ist das eine neue Torte, die Jörg gemacht hat? Probiere ich beim nächsten Besuch garantiert.*

Das Bild war nach wenigen Minuten schon vierzigmal mit *Gefällt mir* angeklickt worden. Nun schrieb ein Spaßvogel darunter: *Hoffentlich ist die Torte nicht so teuer, wie sie aussieht.*

Mara war im Sessel eingeschlafen. Sophie hatte sich beruhigt, war aber in einer düsteren Stimmung. Sie glaubte nicht mehr an einen guten Ausgang der Geschichte, sondern sagte es frei heraus, mit einer Stimme, als würde ihr beim Sprechen der Hals zugedrückt werden: »Er nutzt das alles nur, um uns zu finden. Und dann wird er uns töten, so wie er Anneliese Stierhohn und ihre Tochter getötet hat. Er ist böse, weißt du, Frank ... das Böse gibt es wirklich.«

»Sei nicht so negativ«, sagte Weller. »Du bist es deiner Tochter schuldig, daran zu glauben, dass alles gut wird.«

»Das Leben ist kein Märchen, Frank. Ich habe einen Neuanfang mit ihr versucht. In Norden. Sogar mit einem neuen Namen. Weißt du, wie sich das anfühlt, Frank? Keine alten Freunde, keine Verwandten, gar nichts? Man fängt bei null an. Und alles nur, weil ich Angst vor ihm hatte. Ich schaff' das alles nicht noch einmal. Selbst wenn ihr ihn kriegt, die sperren ihn vielleicht für ein paar Monate ein, aber dann ist er wieder frei, und alles geht von vorne los. Ich will nicht mehr ...«

»Wenn wir ihn diesmal kriegen, muss er sich für einen Doppelmord verantworten. Dann wird er nie wieder frei herumlaufen.«

Sophie sah ihn sehr ernst an. Sie hatte nicht den geringsten Zweifel an dem, was sie jetzt sagte: »Er glaubt, ich gehöre ihm. Verstehst du das nicht?«

Weller scherzte: »Es war mal ein Irrer in Mainz, der glaubte, alles sei seins.«

»Das ist kein Scherz, Frank. Das ist todernst. Der nimmt sich, was er haben möchte. Menschen oder Gegenstände, das macht für den keinen Unterschied. Wenn der mit einer Frau einmal im Bett war, dann gehört sie praktisch ihm.« Sie tippte sich gegen die Stirn: »So tickt der, verstehst du? Der hält dich für meinen neuen Lover. Ich kann dir sagen, was der plant. Der will so viel Geld von dir wie nur möglich, und dann legt er dich um. Du hast aus seiner Sicht versucht, ihm was wegzunehmen ... das lässt er sich nicht gefallen. Und was ihm nicht mehr gehört oder ihn langweilt, das macht er kaputt. Vielleicht war er mal anders, aber die Drogen haben seinen Verstand kaputt gemacht und sein Herz ruiniert. Der kennt nur sich und seine Interessen. Und da kennt er keine Grenzen.«

Sie war sehr laut geworden, und Frank hatte Sorge, Mara könnte aufwachen. Das Kind brauchte den Schlaf. Und sie brauchten dringend Zeit, um Erwachsenendinge zu besprechen.

Er deutete ihr gestisch an, sie solle leiser sein. Damit vergrößerte er nur ihre Gewissensbisse Mara gegenüber.

Weller relativierte: »Es gibt viele solcher Typen. Und wir werden ihnen Grenzen setzen und ganz klar zeigen: bis hierher und nicht weiter.«

Weller blickte auf das Display. Auf Instagram gab es eine neue Nachricht: *Kann man die neue Torte auch im Onlineshop bestellen?*

⚓

Zunächst hatte sich alles in Jule-Feemke dagegen aufgelehnt, die Wohnung aufzuräumen. Doch dann tat es ihr gut, Gegenstände anzufassen und zu reinigen. Es war, als würde sie aus einer fernen Galaxie auf die Erde zurückkommen.

So viel war beschmutzt worden. In ihr und um sie herum. Indem sie Sachen reinigte, befreite sie sich symbolisch vom Dreck, den sie aus einem Paralleluniversum in ihre schöne, friedliche Welt mitgenommen hatte.

Vielleicht könnte ja doch noch alles gut werden, wenn das große Reinemachen nur endlich beginnen würde.

Gero hatte die Füße hochgelegt und sah ihr beim Putzen zu. Es beruhigte auch ihn. »Vielleicht«, sagte er, »könnten wir einen Nacktputz-Service aufmachen. So nach Junggesellenabschieden, wenn die Bude verwüstet ist und alle noch Bock drauf haben, etwas Schönes zu erleben. Dann könntest du doch aufräumen, saubermachen und den Jungs noch ein bisschen Spaß bereiten.«

Sie nahm den Staubsauger aus dem Schrank.

Gero lachte: »Nein, nein! Um Himmels willen! Wenn alle einen Kater haben und Kopfschmerzen, kannst du doch nicht so einen Krach machen. Nein, außerdem sieht das nicht gut aus. Du brauchst viel grazilere Bewegungen. Du musst es mit dem Besen machen und daran tanzen wie ein Model an der Stange. Das kann man üben. Glaub mir, damit ist ’ne Menge Kohle zu verdienen.«

Ins Badezimmer traute sie sich nicht. Komischerweise hatte sie mehr Angst vor Yvonnes Leiche als vor ihm. Zum Glück gab es oben eine Gästetoilette. Sie hätte sich lieber in die Hose gemacht, als ins Badezimmer zu gehen. Sie hoffte, drum herumzukommen, mit ihm bei Dunkelheit die Leiche herauszutragen und im Garten zu vergraben. Sie fürchtete, die Tote nicht anfassen zu können. In Yvonne sah sie schon Sophie und irgendwie auch sich selbst.

Sie konzentrierte sich wieder ganz aufs Putzen. Eigentlich, so fand sie, war das eine wunderbare, vollkommen unterschätzte Tätigkeit. Es war wie Meditation und gleichzeitig ein Beitrag zur Verbesserung der Welt.

Was er auf seinem Handy sah, machte ihm Spaß.

»Na bitte! Der neue Stecher deiner Freundin hat die Kohle zusammen. Schau es dir nur an!«

Er hielt ihr das Display hin. Sie sah auf dem Bild die aufgetürmten Geldstapel und fragte sich, was als Nächstes geschehen würde.

Er wählte die Nummer, von der aus Sophie angerufen hatte.

⚓

Der Klingelton des Handys weckte Mara.

Weller und Sophie griffen instinktiv beide danach. Sie war schneller, doch Weller hielt nur seine offene Handfläche hin, und sie gab es ihm. Im Grunde war sie froh darüber, dass er es regelte.

»Frag ihn, was mit Jule ist«, bat sie ihn.

Weller ging ran.

»Mensch, du warst ja schnell! Kannst es wohl kaum noch abwarten, dein Drei-Loch-Spielzeug für dich alleine zu haben, was? Okay, ich sag dir jetzt, wie es läuft. Hör gut zu. Ich wiederhole mich nicht gerne. Wenn du versuchst, mich reinzulegen, ist die Sache erledigt. Endgültig. Für alle Beteiligten. Ich hoffe, du verstehst mich.«

»Klar«, sagte Weller. »Ich habe auch ein Interesse daran, dass alles glattläuft.«

»Also. Falls du die Polizei informierst und die vorhaben, mich dabei einzukassieren, wird es für alle übel ausgehen. Da habt ihr euch den Falschen ausgesucht. Ich bin ein Profi, verstehst du?«

»Klar«, sagte Weller. »Ist immer schön, mit Profis zusammenzuarbeiten.«

Er erschrak über seine eigenen Worte. Er durfte diesen Mann auf keinen Fall provozieren.

»Wir lassen das die Frauen regeln. Deine Sophie wird der schönen kleinen Jule-Feemke die Tasche mit der Kohle übergeben. Und das war's auch schon.«

Die Sache gefiel Weller überhaupt nicht. Er hatte sich das ganz anders vorgestellt. Im ersten Moment war er auch entsetzt darüber, wie sicher Gero Kaiser sich war, Jule-Feemkes vollständige Loyalität zu haben.

»Das gefällt mir nicht«, wandte Weller ein. »Das ist etwas zwischen uns beiden. Wir Männer sollten das regeln.«

King lachte. »Du bist echt einer der alten Schule, was? Aber es interessiert mich einen Scheiß, was du willst und was nicht. Es läuft so, wie ich es sage, oder überhaupt nicht.«

Weller schluckte und sah Sophie an, die sich mit ihrer Tochter in den Sessel verkrochen hatte. Sie hielt Mara im Arm, aber es war nicht klar, ob das Kind die Mutter schützte oder die Mutter das Kind.

Sophie versuchte, Mara die Ohren zuzuhalten. Es gelang ihr aber nicht.

Weller ging mit dem Handy in die Küche. »Es ist mein Geld«, sagte er. »Ich werde mit dem Koffer kommen.«

»Ja, es ist vielleicht dein Geld, aber es ist meine Frau, verstehst du?«

Weller ging davon aus, dass Gero Kaiser trotz Jule-Feemkes

Loyalität sich nicht absolut sicher sein konnte. Er würde sich also in der Nähe aufhalten, um sie zu kontrollieren. Ganz gewiss würde er das tun. Und das wäre die Möglichkeit, ihn zu schnappen. Oder hatte er Komplizen und inszenierte alles so, um auch Sophie wieder in seine Gewalt zu bekommen?

Weller hatte es mit einem unberechenbaren Schwerkriminellen zu tun. Jeder Schritt konnte jetzt falsch sein. Trotzdem fragte Weller, um Zeit zu gewinnen: »Wann und wo?«

Gero Kaiser gab den gutinformierten Insider: »Morgen früh um elf. In Norden ist Piratenfest. Da ist 'ne Menge los in der Stadt. Ich denke, im Café ten Cate werden sich alle freuen, wenn sie Sophie wiedersehen, meinst du nicht? Oder werden die sauer auf sie sein, weil sie da unter falschem Namen für eine Menge Ärger gesorgt und vermutlich in die Kasse gegriffen hat, diese diebische Elster?« Sein Ton änderte sich. Jetzt gab er wieder klare Anweisungen: »Stopf das Geld in einen Rucksack. Sophie soll ihn auf dem Rücken haben. Sie wird dieses Handy mitführen, über das wir gerade telefonieren. Sie übergibt Jule den Rucksack, und das war's. Dann kann sie sich gleich ihren Service-Dress anziehen und mit der Bedienung der Gäste beginnen. Es wird bestimmt voll beim Piratenfest.«

»Genau so können wir es machen«, sagte Weller, »nur statt Sophie werde ich kommen.«

Höhnisches Gelächter hallte Weller entgegen. »Ach, mach dich doch nicht größer, als du bist. Du kannst danach den Rest deines Lebens ihren Scheißbeschützer spielen. Und lass dir eins gesagt sein von mir – nimm ruhig mal einen Rat entgegen, so von Mann zu Mann: Nichts ist dümmer als ein über die Ohren verknallter Kerl. Du hast doch mit der ganzen Sache im Grunde überhaupt nichts zu tun. Also halt dich da raus.«

Fast wäre es aus Weller herausgeplatzt: *Und ob ich was damit zu tun habe! Ich bin Polizist!* Doch er schluckte es runter und grummelte stattdessen: »Es ist immerhin mein Geld.«

»Es ist Schwarzgeld, stimmt's? Niemand hat so viel Kohle zu Hause herumliegen. Also, ich meine, legal … ach ja, es wäre schön, weiter mit dir zu plaudern, aber jetzt nicht. Vielleicht ein anderes Mal.«

⚓

Jule-Feemke hatte jedes Wort mitgehört. Sie fragte sich, was King in ihr sah. Wer war sie für ihn? Glaubte er wirklich, sie vollständig in der Hand zu haben? Vertraute er ihr so sehr, dass er sie mit dem ganzen Geld in die Freiheit entließ und glaubte, dass sie zu ihm zurückkommen würde? Gab es noch einen zweiten Plan? Eine *Hidden*-Agenda? War sie komplett zu seiner Komplizin geworden? Glaubte er, dass sie abhängig von seinem Stoff war? Dachte er, dass sie ihn liebte?

Sie fürchtete sich vor dem, was geschehen würde. Ja, sie fürchtete sich vor sich selbst. Würde sie wirklich so handeln? Alles tun, um ihm zu gefallen? Sich dabei schuldig machen und dann mit ihm fliehen?

Etwas in ihr lehnte sich dagegen auf. Gesunde Anteile protestierten: *Das bist du nicht, Jule! Und so willst du auch nicht sein.*

Sie stürmte zur Tür. Sie hätte nicht sagen können, ob sie mehr vor ihm oder vor sich selbst weglief oder vor dem morgigen Tag. Dort, wo sie war, wollte sie auf keinen Fall länger sein. Vielleicht war es auch die Angst, bald das Badezimmer putzen zu müssen.

Er rief hinter ihr her: »Hey, Süße, was soll das? Wir sind auf der Gewinnerstraße!«

Ohne sich umzudrehen, rannte sie in Richtung Hafen. Dort fand ein Kutterkorso statt. Touristen, die sich an einer mehrstündigen Fahrt beteiligt hatten, wollten jetzt zum Krabbenpul-Wettbewerb.

Jule-Feemke befand sich plötzlich zwischen gutgelaunten Menschen. Sie hätte schreien können. Sie hätte um Hilfe bitten können. Doch das alles tat sie nicht. Hier waren ihr einfach zu viele Leute. Sie rannte über die Brücke in Richtung der Zwillingsmühlen. Auch hier, vor den Fischrestaurants und Cafés, reger Betrieb.

Warum, fragte sie sich, bitte ich niemanden um Hilfe?

Er setzte sich die Prinz-Heinrich-Mütze auf und folgte ihr in den zu großen Klamotten und den zu großen Schuhen mit ruhiger Gelassenheit. Er war sich seiner Sache sehr sicher. Er glaubte zu wissen, wie junge Mädchen ticken. Er fand sich und seine Drogen unwiderstehlich. Er redete auf eine Art mit ihr, wie noch nie jemand mit ihr gesprochen hatte. Das verunsicherte sie in der Tiefe ihrer Seele. Die meisten brauchten ein paar Monate, bis sie gegen ihn rebellierten. Bei vielen war der Protest gegen ihn erst während der Therapie gekommen, wenn sie in der Drogenklinik unter dem Einfluss ihrer Seelenklempner einen Schuldigen für ihre gescheiterten Existenzen suchten.

Bei der roten Zwillingsmühle fand er sie japsend auf einer Bank. Sie hatte Seitenstechen, sah geschwitzt aus, wie eine Joggerin, die im Urlaub versucht, sportlich das nachzuholen, was sie im Alltag versäumt hat.

Es gefiel ihm hier in der Krummhörn. Ihn störten nur die Touristen. Er mochte diese Holländerwindmühlen. Unten in der Mühle gab es einen kleinen Laden, in dem regionale Produkte verkauft wurden.

Er setzte sich ganz selbstverständlich zu Jule-Feemke auf die Bank und legte einen Arm um sie. »Wolltest du einkaufen, Süße?«, fragte er. »Es duftet hier überall so schön. Wir könnten in einem der Fischrestaurants essen gehen. Oder ist es dir zu voll? Wollen wir lieber ein Candlelight-Dinner für Liebespärchen veranstalten?«

Er pustete ihr ins Gesicht und trocknete mit seinem Ärmel ihre nasse Stirn.

Eine Familie betrat den Laden. Der Vater ging mit seinen zwei Töchtern schon vor. Sie wollten unbedingt wissen, ob in der Mühle noch Korn gemahlen wurde. Die Mutter blieb einen Moment zu lange draußen stehen und fixierte Gero Kaiser. Das Gesicht kam ihr bekannt vor, aber sie wusste nicht genau, woher.

Gero zwinkerte ihr zu und tat, als würde er ihre Blicke als Anmachversuch verstehen. Brüsk wandte die Frau sich ab und folgte ihrem Mann und den Kindern.

»Ich glaube, das mit dem Fischrestaurant wird heute noch nichts. Zu viele Leute starren mich an. Ich sehe wohl irgendeinem Popstar ähnlich oder einem Nachrichtensprecher.«

»Du wirst gesucht«, sagte sie, als wüsste er das nicht.

»Also, lass uns verschwinden.«

Arm in Arm, verschlungen wie ein frisch verliebtes Pärchen, schlenderten sie zurück. Sie kauften sich sogar noch ein großes dänisches Eis, obwohl sie dafür lange anstehen mussten. Er fühlte sich unter dem Elbsegler, mit der Freundin im Arm, relativ sicher.

Dalibor war noch nicht bereit, die Todeskapsel zu zerbeißen. Er rechnete sich noch Chancen aus. Besonders jetzt, da er mit Ann Kathrin Klaasen allein war. Nach allem, was er über sie wusste, war sie eine hochintelligente Frau.

Er machte einen Versuch, sie über ihren Verstand zu erreichen: »Frau Klaasen, wenn wir zusammenarbeiten, können Sie das Ganze hier noch überleben. Sie sind eine lebende Legende. Es wäre doch schade, wenn Sie bald schon eine tote wären. Genießen Sie Ihren Ruhm. Ich kann ihn noch vermehren. Ich bin bereit, Ihnen alle Fragen zu beantworten, wenn Sie mich freilassen. Sie können irgendwo unterschlüpfen – in eine anonymisierte Wohnung – und von einem sicheren Versteck aus die Leute jagen, die Ihre Kollegen zum Abschuss freigegeben haben. Ich könnte Ihnen sogar sagen, wer der Nächste ist.«

Sie antwortete nicht, sondern ging in ihrem Verhörgang vor dem Käfig auf und ab. Drei Schritte, ein Blick auf den Käfig, eine Kehrtwendung, drei Schritte.

»Nun bleiben Sie doch mal stehen. Setzen Sie sich! Sie machen mich ganz nervös. Wir könnten Freunde sein, Frau Klaasen. Und ich verspreche Ihnen, ich beantworte alle Fragen.«

Sie seufzte: »Eine Frage habe ich allerdings.«

Er rechnete damit, dass sie nach dem nächsten Opfer fragen oder versuchen würde, Informationen über seine Auftraggeber herauszubekommen. Doch sie wusste, dass jede Antwort eh nur ein Bluff wäre. Ein Versuch, sie einzuwickeln. Sie vertraute gefangenen Mördern nicht, versuchte aber, sie zu verstehen und sie mit sich selbst zu konfrontieren. Sie erzählten ohnehin nur, was sie erzählen wollten.

»Wie gehen Sie eigentlich mit der Schuld um?«, fragte Ann Kathrin. »Haben Sie keine Gewissensbisse?«

Er überlegte einen Moment: »Ich habe mich niemals entschieden, einen Menschen zu töten«, antwortete er dann.

»Wollen Sie mich verspotten?«

»Nein. Sie verstehen mich nicht. Das haben immer andere für mich entschieden.«

Er robbte in seinem Käfig herum und suchte eine bessere Position, um zwischen den Stäben ihr Gesicht sehen zu können. Er hoffte, ihre Gefühlsregungen deuten zu können. Entwickelte sich dieses Gespräch gerade gut für ihn?

»Wissen Sie, wer Truman war?«, fragte er.

Ann Kathrin mochte es nicht, wenn ihr Fragen gestellt wurden. Diese Umkehrung der Situation führte selten weiter. Sie antwortete mit einer Gegenfrage: »Sie meinen den US-Präsidenten?«

»Ja, klar, an den erinnern Sie sich, stimmt's?«

»Natürlich.«

»Wissen Sie auch, dass er vorher als Herrenausstatter gescheitert ist? Er hatte Schulden bis zur Halskrause und wäre fast im Knast gelandet.«

Ann Kathrin wusste nicht, ob an der Geschichte etwas dran war. »Was wollen Sie mir damit sagen?«, hakte sie nach.

»Was meinen Sie, Frau Klaasen, als Truman die Atombomben über Hiroshima und Nagasaki abwerfen ließ, hatte er da Gewissensbisse?«

Ann Kathrin sagte nichts, setzte einfach nur ihren Gang fort.

»Bitte kommen Sie mir jetzt nicht mit: *Es war doch Krieg und Hitler musste besiegt werden*. Sie wissen genauso gut wie ich, Frau Klaasen, dass das Deutsche Reich längst kapituliert hatte. Der Führer war tot. Truman wollte die Wunderwaffe testen und den Russen zeigen, was die US-Armee draufhat.«

»Wollen Sie sich mit Truman vergleichen?«

Viele Serienmörder oder Berufskiller hatten in Ann Kathrins Augen einen Hang zum Größenwahn und verglichen sich mit historischen Gestalten. Die Geschichte war ja voll von Massenmördern, die viel Anerkennung bekommen hatten. Insofern war ihr Gefangener wie viele andere auch.

»In den Geschichtsbüchern«, erklärte Dalibor, »werden ihm edle Motive unterstellt. Ich glaube aber, dass es ganz anders war. Oder meinen Sie, er hätte genauso entschlossen den Befehl gegeben, wenn er nicht vorher der Vorsitzende im Ausschuss für Rüstungsproduktion gewesen wäre? Kaum an der Macht, setzte der Herrenausstatter und Pleitier dann die Bombe ein.«

»Und daraus folgern Sie, dass Sie ein Recht haben, Menschen zu töten?«

»Ach, recht haben, das ist ein großes Wort. Sie glauben doch auch, dass Sie das Recht haben, mich in diesen Käfig zu sperren, und ich kann mir ein paar Rechtsanwälte vorstellen, die ganz andere Auffassungen von einer ordnungsgemäßen Verhaftung haben. Seien Sie nicht dumm, Frau Klaasen. Ich bin eigentlich Ihre letzte Chance.«

⚓

Froh, endlich bei ihrem Liebesnest angekommen zu sein, stellten Paul und Mary-Lou die Fahrräder vor dem Haus ab und hängten die Helme an die Lenker.

Paul wunderte sich kurz, weil die Haustür nicht abgeschlossen war. Mary-Lou gegenüber ließ er den Lässigen heraushängen: »Wer schließt schon in Ostfriesland ab?«, grinste er. »Hier spielen zwar viele Krimis, aber die eigentlichen Verbrecher ziehen doch die Anonymität der Großstadt vor.«

Er fragte sich, ob er bei seinem letzten Besuch selbst vergessen hatte, abzuschließen, oder wer hatte die Liebeslaube als Letztes benutzt? Innerhalb der Familie wäre ein Riesendrama daraus gemacht worden. Da hatte niemand für solche Nachlässigkeiten Verständnis. Viel zu viele Leute hofften doch, durch dieses Haus reich zu werden.

Mary-Lou fühlte sich gleich wohl in der Wohnung. Es war die Abwesenheit von Erwachsenen, die ihr guttat und Freiheit verhieß.

Ihm fiel auf, dass ein Kaffeebecher auf dem Tisch stand. Wenn er ihn angefasst hätte, wäre ihm vielleicht klargeworden, dass noch vor kurzem daraus Kaffee getrunken worden war, denn der Becher war noch warm.

Es roch nach frischen Putzmitteln, als hätte jemand die Diele gescheuert.

Doch Paul roch lieber an Mary-Lous Haaren und Haut und interessierte sich nicht für herumstehende Kaffeetassen. Es gab spannendere Dinge, die er anfassen wollte.

Sie knutschten und fummelten im Stehen, weil beide sich noch nicht entscheiden konnten, ob sie das Sofa nehmen sollten, einen Sessel oder vielleicht war es gar im Schlafzimmer bequemer?

Sie fand Schlafzimmer fast zu spießig und hätte es am liebsten mit ihm auf dem Teppich gemacht oder zumindest auf dem Sofa.

Ihm war völlig egal, wo, Hauptsache, jetzt. Er wollte nicht länger warten. Er war so erregt, dass er Angst hatte, es könnte schon vorbei sein, bevor es begonnen hatte.

Er hatte sich schon ziemlich weit vorgearbeitet und sie

obenrum fast entkleidet, da entzog sie sich ihm. »Ich bin so verschwitzt, das ist mir gerade unangenehm.«

»Du riechst gut. Ich finde es toll so, ich mag deinen Schweißgeruch …«

»Lass mich erst duschen. Und ich muss auch erst zur Toilette. Wo ist das Bad?«

Er zeigte hin. Er war ein bisschen enttäuscht, und gleichzeitig fand er es im Grunde gut, dass sie es jetzt nicht überstürzten. Vielleicht musste er erst noch einmal zur Ruhe kommen, um dann alles gelassen anzugehen. Dieses Abenteuer musste doch nicht in den nächsten paar Minuten zu Ende sein. Er wollte es so lange wie möglich genießen.

»Ich komme mit«, rief er.

»Klar«, sagte sie, »aber lass mich erst zur Toilette.«

Kleidungsstücke von ihr lagen auf dem Boden. Er überlegte, ob er ein Foto davon machen sollte. Es sah so schön nach wilder Liebesgeschichte aus.

Mary-Lou öffnete die Badezimmertür. Sie wollte kreischen, doch sie bekam keinen Ton heraus. Ihr Gehirn weigerte sich zu glauben, was die Augen sahen.

Sie hielt sich im Türrahmen fest. Ihre Knie wurden weich. Sie sackte zusammen.

»Was ist los?«, fragte Paul und trat näher …

⚓

Gero sah die Fahrräder vor dem Haus und sagte zu Jule-Feemke: »Sieh nur, wir haben Besuch.«

Jule-Feemke erkannte Pauls Helm. »Das ist Paul. Ich vermute mal mit Mary-Lou. Auf die haben es im Grunde alle Jungs abgesehen.«

Gero drückte sie näher an sich und streichelte ihr Gesicht. Er stupste ihr mit dem Finger auf die Nase. »Wir könnten ja reingehen und ihnen ein bisschen was beibringen. Partnertausch oder so.«

Sie wusste nicht, ob er das ernst meinte oder sie nur schockieren wollte. Er sagte gern Dinge, die andere unter Stress setzten.

»Im Badezimmer …«, hauchte Jule-Feemke.

»Ach, unsere Yvonne«, grinste er. »Ich hätte sie fast vergessen. Meinst du, die haben sie schon gefunden?«

Natürlich hatte er sie nicht vergessen. Niemand vergaß so etwas. Genau solche Dinge sagte er, um andere herauszufordern, um ihnen zu zeigen, was für ein Typ er war und dass man bei ihm mit allem rechnen musste. Ein Menschenleben hatte für ihn keine Bedeutung.

»Hier wird es in wenigen Minuten vor Polizisten nur so wimmeln«, prophezeite sie.

Er gab ihr recht: »Ja. Dann sollten wir besser nicht mehr in Greetsiel sein. Lass uns zum Auto gehen. Ganz ruhig, als ob nichts wäre. Dies ist ein schöner Sommertag, und wir zwei genießen einen freien Tag in Ostfriesland, wie die meisten hier.«

»Deine Nerven möchte ich haben«, sagte sie. »Meine Freundinnen haben Prüfungsängste, Schiss vor der nächsten Klassenarbeit und …«

»Ach herrje«, grinste er. »Es kommt darauf an, das Leben zu genießen, Süße. Jede Sekunde, als ob es die letzte wäre. War das dänische Eis nicht köstlich?«

Sie nickte: »Ja. Ganz köstlich.«

Sie gingen gemeinsam in Richtung Parkplatz. Ihr kam es plötzlich so vor, als würden sie ständig von Leuten angestarrt. Ihnen fielen zwei Frauen durch ihre Fröhlichkeit auf. Sie trugen beide rote T-Shirts, auf denen stand: *Lesen statt Putzen.*

Sie hörte schon Polizeisirenen, obwohl noch gar keine da waren. Es war, als würde ihr Leben gleich eine entscheidende Wendung nehmen, als könne er verhaftet oder erschossen werden.

Was bedeutete das für sie? Würde sie mit den gemachten Erfahrungen zu Hause sitzen und Liebesbriefe ins Gefängnis schreiben oder in einer Therapiegruppe aufarbeiten, was geschehen war?

Das Gefühlschaos in ihr ließ sich nicht mehr ordnen.

»Hast du keine Angst, erschossen zu werden?«, fragte sie.

Er sang: *»I wanna live fast, love hard, die young, and leave a beautiful memory.«*

»Willst du mir jetzt englische Schlager vorsingen?«, fragte sie.

»Ich tue alles, was dich beruhigt. Du flatterst wie ein Negligé im Westwind bei einer Junggesellenparty.«

Als sie auf dem Parkplatz ankamen, sahen sie zwei Polizeifahrzeuge auf der Hauptstraße.

»Die fahren rein, wir fahren raus«, grinste er.

Als sie im Auto saßen, konnte sie nicht anders. Sie musste im Rückspiegel ihr Aussehen kontrollieren. Sie erkannte sich fast nicht. Die Frau, die sie dort sah, hatte nur wenig mit der zu tun, die sie erst vor kurzem gewesen war, als ihre Eltern noch zu Hause waren und sie davon träumte, ein Einserabitur zu machen.

»Wir brauchen irgendwo in der Nähe eine Ferienwohnung.«

»Eine Ferienwohnung?«, fragte sie entgeistert.

»Ja, wir müssen irgendwo bleiben bis zur Geldübergabe. Ruf ein paar Vermieter an. Vielleicht ist ja irgendwo was frei. Sag, du kommst mit deinem dementen Vater, dann gehen sie uns alle aus dem Weg und quatschen uns nicht voll.«

»Du willst echt diese Geldübergabe durchziehen? Jetzt, nachdem sie Yvonne gefunden haben?!«

Ihre Empörung machte ihm Spaß. Er spürte sich erst wirklich, wenn er sah, wie anders er als andere war. Sie gaben immer alle gleich auf, akzeptierten willkürlich gesetzte Grenzen für ihr Tun, wurden zu angepassten kleinen Schleimern, nur aus Angst vor den Konsequenzen. Damit wollte er nichts zu tun haben.

»Get rich oder die trying«, sagte er. Es klang aus seinem Mund wie eine Offenbarung, die alles veränderte.

Aber Jule-Feemke schüttelte sich. Immer, wenn er englisch sprach, hatte sie das Gefühl, dass er nur zitierte. Überhaupt bestand er aus vielen Zitaten. »Werd reich oder stirb beim Versuch dabei – so ein Blödsinn!«, kreischte sie. »Wie kann man nur so gierig sein?«

»Es gefällt mir, wenn du so wütend wirst. Ich mag zornige Frauen. Dann spüre ich die Leidenschaft dahinter.«

Sie gab auf. Sie vergrub ihr Gesicht in den Händen. Im Moment war er für sie unerreichbar, fand sie.

Er ließ den Wagen an und lenkte ihn vom Parkplatz. Ein Audifahrer war froh, dass für ihn ein Stellplatz frei wurde. Er wartete bereits ungeduldig.

»Ich liebe die Gier«, philosophierte Gero Kaiser, während er den Wagen in Richtung Norden lenkte. »Die Gier treibt uns an, die nackte Lebensgier. Sie tun alle so, als seien sie nicht gierig, aber das stimmt nicht. Guck dir die Leute hier an: Sie sind gierig nach ein bisschen Sonnenschein, nach ein bisschen Freizeit, nach einem schönen Blick aufs Meer. Sie wollen mal mit dem Kutter fahren und sich wie ein Seemann fühlen. Das ist die Gier nach Freiheit. Es gibt auch die Gier nach Verbundenheit mit der Natur, oder was meinst du, warum die Büromenschen hier Krabben pulen?«

Er reihte sich in den Verkehr ein und achtete darauf, keine Regeln zu übertreten. »Was glaubst du, warum die Polizeiwagen so schnell hier waren?«, fragte er.

»Na, weil Paul und seine Freundin einen Mord gemeldet haben.«

Er klatschte aufs Lenkrad. »Nein! Weil sie gierig sind! Nach Anerkennung. Weil sie die Ersten sein wollen. Weil sie einen Fall lösen möchten. Weil sie nicht nur im Fernsehen zusehen wollen, wie die tollen Kriminalkommissare einen Mörder einbuchten, sondern weil sie es gerne selbst tun würden. Ich«, er klopfte sich gegen die Brust, »ich befriedige ihre Gier. Ich mache sie erst zu den Jägern, die sie so gerne sein wollen. Was wären sie ohne mich?«

Jule-Feemke glotzte ihn mit weit aufgerissenen Augen an. »Glaubst du das wirklich, was du da erzählst? Denkst du am Ende noch, die sind dir dankbar?«

»Nein, das sind sie wahrscheinlich nicht, dafür sind sie viel zu verblendet. Aber sie sollten mir dankbar sein.«

»Weil du Leute umbringst?«

»Weil ich aus ihnen wichtige Personen mache. Was glaubst du denn, wie die sich fühlen, wenn sie hinter einem wie mir her sind? Oder glaubst du, die wollen nur Fahrraddiebe fangen und Leute verfolgen, die ihr Eis nicht bezahlt haben? Ich gebe ihrem Leben erst einen Sinn. Ich erhebe sie zu etwas Höherem. Wir spielen das alte Spiel.«

»Was für ein altes Spiel?«

»Das zwischen Gut und Böse. Zwischen Gott und Teufel. Gott wäre ohne den Teufel ein Nichts. Niemand würde ihn brauchen. Verstehst du das, Jule-Feemke, mit deinem kleinen Abiturientinnengehirn? Ich bin die Rechtfertigung für deren dreizehn Monatsgehälter. Am Ende können sie mit dem Gefühl in Pension gehen, die Guten zu sein.«

Ein drittes Polizeiauto kam ihnen mit Blaulicht entgegen.

»Da«, sagte Jule-Feemke, »neue Fans von dir.«

Als der Wagen an ihnen vorbeirauschte, hob Gero die Hand zum Gruß, als sei er die englische Königin auf Staatsbesuch. Er freute sich und ermunterte sie: »Dann zeigt mal, was ihr draufhabt, Jungs!«

⚓

Marion Wolters kehrte nicht allein zurück zur alten Kaserne. Sie trug jetzt blauweiße Badelatschen. Ann Kathrin fragte nicht, wo sie die so schnell hergezaubert hatte. Andere Dinge kamen ihr seltsamer vor.

Bei Marion befand sich Wolfgang Nowak in seinem kobaltblauen Anzug. Seine sonst streng nach hinten gekämmten weißen Haare baumelten jetzt in Strähnen herunter. Mit fahrigen Bewegungen versuchte er sie immer wieder hinter seine Ohren zu verbannen.

Er hatte Heinz Jelinek und Jan Block im Schlepptau, die beiden Polizisten aus Osnabrück. Ann Kathrin kannte die zwei nur flüchtig, doch sie fand, dass die beiden sich seit Nowaks und Herings Auftreten in Aurich benahmen, als hätten sie irgendeine ranghohe Funktion. Dann wieder liefen sie herum wie Bodyguards von Nowak, unterwürfig wie

Laufburschen, die darauf hofften, nach der Probezeit in ein festes Anstellungsverhältnis übernommen zu werden. Den ostfriesischen Kolleginnen und Kollegen gegenüber führten sie sich auf wie Controller, die bald ein Urteil über die Arbeit der Dienststelle abzugeben hatten.

Ann Kathrin sah Marion fragend an. Sie musste es nicht aussprechen. Marion konnte es ihr im Gesicht ablesen. *Wo sind unsere Leute,* stand da groß geschrieben.

Marion sagte: »Die haben darauf bestanden, mitzukommen.«

Jelinek paffte an einer E-Zigarette. Er roch wie ein Kaugummiautomat, nach künstlichen Aromastoffen. Mango, Vanille, Himbeere und ein Hauch von Lakritz.

Für Marion Wolters war er nach ihrem Seminar über olfaktorische Wahrnehmung geradezu eine Fundgrube. Er rauchte aus ihrer Sicht, weil er gern wieder ein Kind sein wollte, sich aber nicht traute, mit einer Tüte Bonbons und einem Dauerlutscher herumzulaufen. Jedes Mal, wenn er Qualm einsog, bekamen seine Gesichtszüge etwas sehr Kindliches.

Block versuchte, den Coolen, Ruhigen zu spielen, war aber in Wirklichkeit übernervös und hatte schon zweimal nach Betreten des Kasernengeländes den Sitz seiner Waffe überprüft. Entweder hatte der Mann Angst oder er konnte es gar nicht abwarten, zum Schuss zu kommen. Beides gefiel Marion nicht.

Nowak begrüßte Ann Kathrin mit einem kurzen Kopfnicken. Block und Jelinek nahmen rechts und links neben ihm Aufstellung.

Er näherte sich den beiden Käfigen nicht, sondern hielt ein paar Meter Abstand. Er ging in die Hocke, um hineinzusehen, und achtete dabei peinlich genau darauf, dass sein Anzugstoff nicht mit dem Boden in Berührung kam. Er zog die Hose über den Knien vorher ein Stückchen höher.

Block und Jelinek sahen sich an, nickten sich zu und bückten sich dann ebenfalls. Die Froschhaltung der drei hatte etwas Lächerliches, der Situation vollkommen Unangemessenes an sich, fand Ann Kathrin.

»Das ist eine sehr unübliche Verhaftungsmethode«, sagte Nowak.

Um weiteren Fragen vorzubeugen, sagte Marion Wolters: »Ja, wir haben diesmal etwas ungewöhnliche Handschellen benutzt, um den Bösewicht festzuhalten.«

»Ich dachte schon, das sei die übliche ostfriesische Methode«, grinste Jelinek.

»Das ist eine lange Geschichte«, wehrte Ann Kathrin ab. Sie hatte keine Lust, sich jetzt auf irgendwelche Gespräche einzulassen. Sie forderte: »Ich hätte jetzt gerne eine warme Decke, ein Kännchen Tee, Schuhe und ein Handy. Und bevor wir dann Smalltalk halten, würde ich ihn gerne erst verhören.«

Nowak ließ sich nicht darauf ein. Er kam aus der Hocke wieder hoch.

Block sah aus, als sei ihm vom Bücken schwindlig geworden, und griff schon wieder nach seiner Waffe.

»Zunächst mal hätte ich da noch ein paar Fragen«, sagte Nowak.

Ann Kathrin wehrte sofort ab: »Erstens, nicht im Beisein des Gefangenen und zweitens hätte ich jetzt wirklich gerne ein Handy. Mein Mann macht sich bestimmt Sorgen. Ich will ihn informieren, dass es mir gutgeht.«

Nowak zögerte, ihr sein Handy zu geben. Sie hielt ihm die offene Hand fordernd hin.

»Wovor haben Sie Angst?«, fragte Ann Kathrin. »Dass ich

barfuß mit dem Handy durchbrenne oder mir angucke, welche Sexseiten Sie in den letzten Wochen angerufen haben?« Sie wurde ungehalten: »Herrgott, ich will meinen Mann informieren!«

Dalibor hatte nicht vor, sich der Verhörspezialistin zu stellen. Nein, so wollte er nicht enden. Außerdem war er überzeugt davon, dass es genügend Leute gab, die kein Interesse daran hatten, dass er aussagte. Sie würden ihn ohnehin ausknipsen. Vielleicht nachts in seiner Zelle. Es gab Spezialisten, die ließen so etwas wie Selbstmord aussehen.

Er strich mit den Fingern über die Kette an seinem Hals und holte den Kreuzanhänger heraus. Er schob sich die Zyankalikapsel zwischen die Lippen und schloss die Augen.

Ihr werdet mich nicht kriegen, dachte er. Ich werde euch auf immer entwischen. Ich gehe dahin, wo meine Mutter ist.

Wenigstens einen Menschen gab es dort oben im Himmel, der auf ihn wartete und sich über einen Besuch freute: seine Mutter.

Allerdings war er sich nicht sicher, ob er nach dem Tod am gleichen Ort landen würde wie sie. Wenn es einen Himmel und eine Hölle gab, dann fuhr er vermutlich in die Hölle, während seine Mutter im Himmel vergeblich auf ihn wartete. Er hätte so gerne noch einmal mit ihr etwas gebacken …

Er sog durch die Nase Luft ein. Es begann schon, nach Kolatschen zu riechen.

Er wollte nicht mit dem bitteren Geschmack tödlicher Chemie auf den Lippen sterben. Nein, als er mit den Zähnen die Kapsel zerkrachte, stellte er sich vor, in frische Kolatschen zu beißen. Er sah das Gesicht seiner Mutter vor sich. Er hörte ihr Lachen.

Dann ging es sehr schnell. Seine Beine zuckten. Sein ganzer

Körper begann zu zittern. Seine Füße stießen gegen die Gitterstäbe und sein Kopf ebenfalls.

Ann Kathrin rief: »Er versucht, uns zu entkommen! Er hat irgendeinen Mist geschluckt!«

Ann Kathrin und Marion stürmten zum Käfig. Marion hatte den Schlüssel schon in der Hand, doch Nowak stieß sie zur Seite. »Nicht! Das ist eine Finte! Dalibor trickst nur!«

Marion hielt inne, kniete aber jetzt vor dem Käfig. Schaum lief aus dem Mund des Gefangenen.

Ann Kathrin, die immer noch kein Handy besaß, griff an Jelineks Gürtel und zog sein Handy heraus. Er sah sie verwirrt an.

Sie nahm keinerlei Rücksicht auf ihn. Zum Glück funktionierte der Notruf auch ohne Gesichtserkennung oder PIN-Eingabe.

»Schnell, wir brauchen einen Rettungswagen zur alten Kaserne in Aurich. Die alte Unteroffizierskantine. Jemand hat Gift geschluckt.«

Noch vor dem Rettungswagen waren weitere Einsatzkräfte da.

Marion Wolters warnte Ann Kathrin: »Du kannst nicht einfach so barfuß raus. Draußen liegen überall Scherben. Der hatte echt vor, uns hier festzuhalten.«

Sie griff sich in die Hüften, prüfte eine Speckrolle und scherzte: »Zum Abnehmen hat die Zeit dann aber doch nicht gereicht. Und jetzt brauche ich was Süßes.«

Der ostfriesische Kollege Paul Schrader bot Ann Kathrin an, sie rauszutragen. Ann lehnte ab. Er ging zum Auto und holte für sie Stiefel, die ihr zwar viel zu groß waren, aber es ihr trotzdem ermöglichten, ohne Verletzungen zum Einsatzwagen zu gelangen.

Der Notarzt konnte nur noch Dalibors Tod feststellen. Darauf warteten Ann Kathrin und Marion aber nicht mehr. Sie fuhren zur Inspektion.

Noch immer hatte Ann Kathrin nicht mit Weller telefoniert. Die Ereignisse überschlugen sich manchmal so sehr, dass sie sogar vergaß, verheiratet zu sein.

Sie suchte eine Gelegenheit, mit Marion alleine zu sein. Im Büro brühte Marion einen Beruhigungstee auf, während Ann Kathrin erst einmal im Stehen ein großes Glas Wasser leerte. Sie stöhnte wie ein Seemann, der nach langer Reise sein erstes Bier im Hafen getrunken hat. Dann fragte sie: »Hat Nowak wirklich gesagt: *Dalibor trickst nur?* Hast du das auch gehört?«

Erst jetzt wurde Marion Wolters die Bedeutung dieses Satzes klar. Sie relativierte vorsichtig: »Ich weiß nicht … in der Hektik … vielleicht hat er auch gesagt: *Der trickst nur.*«

»Du meinst, ich habe mich verhört?«

Marion träufelte Honig in den Tee und schleckte dann genüsslich den Löffel ab. In einer Frischhaltebox in ihrem Schreibtisch hatte sie noch ein paar Schokomuffins. Sie biss dreimal hinein, ohne runterzuschlucken, kaute mit geschlossenen Augen, hustete, nahm einen Schluck Tee, um die Masse im Mund besser durchmatschen zu können, und hielt sich beim Sprechen eine Hand vor den Mund: »Du meinst, die kannten sich?«

Ann Kathrin wärmte sich die Hände an ihrem Tee, trank aber noch nicht davon, sondern roch nur daran. »Er hat mit mir geredet, als du weg warst. Er hat mich vor unseren Kollegen gewarnt. Ich habe das natürlich für einen Bluff gehalten. Er hat mir praktisch Komplizenschaft angeboten und irgendeinen Mist über Truman erzählt.«

»Den Präsidenten, der die Atombombe hat werfen lassen?«

»Ja, genau über den.«

Marion verzog den Mund: »Jeder hat so seine eigenen Vorbilder.«

»Er hat mit mir gesprochen und sich eben nicht umgebracht. Alles, was er gesagt hat, war der Versuch, mich einzuwickeln, um freizukommen. Und dann sieht er Nowak und schluckt irgendwas, das wir beide ihm leider nicht vorher abgenommen haben?«

Marion entschuldigte sich sofort: »Mensch, ich hab den nach Waffen durchsucht, aber doch nicht nach Bonbons, Pralinen oder irgendwelchen Pillen.«

»Niemand macht dir einen Vorwurf«, stellte Ann Kathrin klar.

Marion schob sich den Rest des Muffins in den Mund. »Mann«, stöhnte sie, »hab ich einen Hunger! Stress löst in mir immer Fressattacken aus.«

Ann Kathrin griff zum Telefon, um Weller zu informieren.

Marion trat an ihren Schreibtisch und legte eine Hand über den Hörer. »Was ich dir jetzt sage, sage ich dir nicht als Kollegin, sondern als Freundin, Ann. Bitte sei vorsichtig. Wenn du Nowak beschuldigst, geht hier eine Bombe hoch. Und vielleicht hast du dich ja nur verhört und er hat *D e r* gesagt.«

Rupert platzte in den Raum und legte sofort los: »Falls ihr es noch nicht wisst, Kolleginnen«, er sprach das Wort *Kolleginnen* so aus, als würde er nicht so recht glauben, dass sie schon fest im Polizeidienst arbeiteten, »wir haben in Greetsiel eine Frauenleiche gefunden. Unser King hat ihr …«, Rupert machte eine Geste, als würde er sich selbst den Hals durchschneiden.

Ann Kathrin griff sich ans Herz. Marion Wolters hustete Krümel aus.

»Aber seine Stunden«, prophezeite Rupert und sah auf die Uhr, »sind gezählt. Ticktack, ticktack, ticktack.«

In dem Moment kam die Nachricht an. Rupert gab sie sofort weiter: »Bei der Toten handelt es sich um Yvonne Diercks. Dachte ich mir schon. Der Typ verdrischt seine Frauen und legt die Exfrauen gerne um.« Er zeigte auf Marion Wolters und dann auf Ann Kathrin: »Ich sehe es euch an, Mädels. Behaltet es lieber für euch.«

»Was denn?«, wollte Marion wissen.

»Manchmal sehnt ihr euch nach Dr. Sommerfeldt zurück. Als der noch Hausarzt in Norddeich war, haben wir solche Dumpfbacken tot aus der Nordsee gefischt, während ihre Frauen bei ten Cate Kaffeeklatsch gehalten haben ...«

⚓

Wolfgang Weßling machte sich Sorgen um Ann Kathrin Klaasen. Er hatte schon dreimal versucht, sie zu erreichen, doch sie ging nicht an ihr Handy.

Sie hatte ihn um etwas gebeten, und jetzt, da er ihr die Information geben konnte, rief sie ihn nicht zurück? Das war ungewöhnlich für Ann Kathrin.

Er rief Weller an. Frank ließ ihn erst gar nicht zu Wort kommen, sondern wollte ihn gleich einspannen: »Hast du geahnt, dass ich dich brauche?«

»Brauchen wir nicht alle einmal einen guten Anwalt?«, fragte Wolfgang Weßling zurück.

»Ich brauche mehr einen verlässlichen Partner. Einen treuen Freund.«

»Worum geht's?«

»Ich habe ein Treffen mit Kaiser in Aussicht und muss dafür sorgen, dass Sophie in der Zeit nicht zum Freiwild wird.«

»Du brauchst einen Bodyguard?«, konkretisierte Wolfgang Weßling.

»Ich nicht. Sophie. Ich hole noch Jörg Tapper dazu und Peter Grendel. Zwischen euch drei Musketieren sollte sie sicher sein.«

»Eigentlich gibt es für so etwas die Polizei«, fügte Wolfgang kritisch an.

Weller gab ihm recht. »Ja, eigentlich wäre ich auch längst abgelöst worden, aber hier läuft nicht wirklich alles rund.«

»Und da verlässt du dich lieber auf deine Hilfssheriffs?«

»Exakt. Bist du«, fragte Weller, »an Karneval mal als Pirat gegangen oder so?«

»Nein. Warum?«

»Besorg dir Piratenklamotten. 'ne Augenklappe, ein Kopftuch – irgend so was.«

Im Umgang mit Weller und dieser ganzen ostfriesischen Bande fiel es Wolfgang manchmal schwer zu unterscheiden, wann sie Spaß machten und wann sie es ernst meinten. Dies hier hörte sich zwar witzig an, war aber todernst gemeint.

Er versuchte, zum eigentlichen Grund seines Anrufs zurückzukommen: »Ann Kathrin hat mich gebeten, etwas für sie herauszufinden. Ich kriege aber gerade keinen Kontakt zu ihr.«

»Sag es mir.«

Vor Wolfgangs Kanzlei wartete bereits ein Klient. Wolfgang konnte ihn durchs Fenster sehen. Er stand vor der Tür und rauchte nervös. Er wirkte magenkrank, als würde er mit sich ringen, ob er seinem Anwalt gleich die Wahrheit sagen sollte oder nicht.

Wolfgang ließ ihm noch eine kurze Bedenkzeit und sprach mit Weller weiter. »Also, um es kurz zu machen, Frank. Ich hab mich ein bisschen umgehört. Die Frau von Big Aslan, Ava Jakobs, hatte tatsächlich vorgehabt, sich scheiden zu lassen. Sie war bei einem Leeraner Kollegen von mir. Es ging wohl um eine ziemliche Summe. Sie waren zwar nur eine kurze Zeit verheiratet, doch sie behauptete, sehr viel über ihn zu wissen. Irgendwelche illegalen Geschäfte, und ich glaube, hier ging es nicht um das Übliche. Normalerweise profitiert ja die Steuerfahndung hauptsächlich von bösen Scheidungen, weil die betrogene Ehefrau die Schwarzgeldkonten ihres Mannes verrät oder versucht, ihn damit zu erpressen. Hier war es, glaube ich, etwas anderes. Der Kollege zeigte sich ganz schön zugeknöpft. Vielleicht weiß er aber auch nicht mehr oder wollte keinen Mandantenverrat begehen. Sie hat ihre Rechnungen bezahlt, ihm aber den Auftrag entzogen.«

»Entzogen ist gut«, sagte Weller. »Sie wurde vermutlich ermordet.«

»Ja, aber er sagte, sie hätte sich zwar von ihm beraten lassen, sei dann aber von der Idee einer Scheidung zurückgetreten.«

»Wieso«, empörte Weller sich, »ist er damit nicht zur Polizei gegangen?«

»Mein Gott, Frank! Er hat wahrscheinlich – wie ich auch – aus der Presse erfahren, dass sie überfahren worden ist. Wenn überhaupt. Und bei ihm habt ihr euch nicht nach ihr erkundigt. Ich glaube, dem Kollegen kann man da nichts vorwerfen. Ich muss jetzt. Draußen wartet ein Klient auf mich.«

Weller hustete. »Sag ihm, du musst den Termin verschieben. Du wirst jetzt als Pirat gebraucht.«

»Sofort?«

»Ich fürchte, ja.«

»Wo soll ich hinkommen?«

»Ich komme morgen früh um acht mit dem ersten Flieger von Juist nach Norddeich. Könntest du uns am Flugplatz abholen?«

»Sicher.«

»Und ab dann klebst du einfach an Sophie dran. Mit ein bisschen Glück kannst du mit ihr bei uns im Distelkamp bleiben, und ich erledige die Übergabe alleine. Wenn es nicht anders geht, musst du aufs Piratenfest.«

»Geht es Ann gut?«, fragte Wolfgang besorgt nach.

»Uns ging es allen schon mal besser«, antwortete Weller und drückte das Gespräch weg. Das Letzte, was Wolfgang hörte, war Möwengeschrei.

Polizeidirektorin Elisabeth Schwarz betrachtete Marion Wolters und Ann Kathrin Klaasen mit einer Mischung aus Erstaunen, Respekt und Unverständnis. Andere hätten einen Nervenzusammenbruch bekommen, sich krank gemeldet und – sehr zu Recht – psychologische Betreuung gesucht. Die beiden schienen zur Tagesordnung überzugehen, wurden sachlich und wollten weiter an der Lösung des Falles arbeiten.

Wieso berichteten sie nicht aufgeregt? Stattdessen bestand Ann Kathrin darauf, ein Diensthandy zu bekommen, auf das all ihre Anrufe umgeleitet wurden. Marion half ihr mit erstaunlicher Sicherheit dabei, dies einzurichten, während Ann

Kathrin Fragen stellte. Sie wollte nur auf den neuesten Stand kommen und wissen, was sie in ihrer Abwesenheit verpasst hatte.

Wenn sie so analytisch und kalt, wie sie an diesen Fall heranging, Schach spielen würde, wäre sie unschlagbar, dachte Elisabeth Schwarz.

Marion Wolters versuchte ihren Schock immerhin dadurch zu kompensieren, dass sie die ganze Zeit aß. Ihre Apotheke hieß ten Cate. Ihre Medizin bestand aus Deichgrafkugeln, Marzipan und Baumkuchenspitzen.

Monika Tapper kam mit einem großen Kuchentablett rüber und stellte es auf den großen runden Tisch. Das Tablett berührte die Fotos der toten Frauen. Monika bemühte sich, die Bilder nicht anzusehen. Es gelang ihr aber nicht.

Elisabeth Schwarz wollte einwenden, dass sie nichts bestellt habe, doch Monika und Ann Kathrin nickten sich kurz zu: »Ein Gruß von uns hilft beim Denken«, erklärte Monika Frau Schwarz und hatte schon wieder die Türklinke in der Hand. Es war fast, als würde sie vor den Bildern davonlaufen. Doch dann schaffte sie es nicht, einfach so zu gehen, und rief: »Ich muss dich einmal drücken, Ann!« Sie lief zu ihrer Freundin. Die beiden umarmten sich und verstanden sich wortlos. Marion gesellte sich zu ihnen, und die drei hielten sich umschlungen.

Vielleicht, dachte Elisabeth Schwarz, kommt daher ihre Stabilität. Sie wird auf eine bestimmte Weise bedingungslos unterstützt, ja geliebt.

Für einen Moment kam Elisabeth Schwarz sich sehr einsam vor. Sie hätte heulen können, riss sich aber zusammen.

Warum habe ich nicht solche Freundinnen, fragte sie sich. Warum werde ich nicht so abgöttisch geliebt wie Ann Kathrin von Weller? Warum gehen meine Beziehungen immer schief? Was hat sie, das ich nicht habe? Ist es einfach Glück, oder kann sie den anderen etwas geben, das ich gar nicht sehe?

Monika verschwand mit den Worten: »Wenn irgendetwas ist, Ann …«

»Ich weiß«, bestätigte Ann Kathrin.

Nachdem Monika die Tür geschlossen hatte, widmete Ann sich wieder den Fotos. Sie hielt das Bild der toten Yvonne Diercks neben die Aufnahmen, die den Doppelmord in Dinslaken zeigten.

»Es geht«, sagte Ann Kathrin, »um Gewalt gegen Frauen. Die Morde haben eins gemeinsam: Es ist ein unkontrollierter Blutrausch.«

»Mir wird ganz schlecht, wenn ich denke, dass er eine Frau in seiner Gewalt hat«, sagte Marion Wolters und griff sich an den Magen.

Ann Kathrin gab ihr recht: »Ja. Jede Sekunde, die dieser Zustand länger anhält, ist eine Sekunde zu viel. Es gibt Auslöser, die ihn zur Mordbestie machen. Wir wissen nicht, was es ist, und nicht, wann es geschieht.«

Durchaus gut gelaunt, ja aufgekratzt, erschienen Nowak und Hering zur Dienstbesprechung. Die Pressesprecherin Rieke Gersema und Jessi Jaminski betraten nach den beiden Männern den Raum. Sie setzten sich um den runden Tisch. Marion Wolters zog die Tortenplatte zu sich und entfernte das Papier.

»Oh«, rief Hering erfreut, »hat jemand Geburtstag?«

»Nein«, konterte Marion, »aber Hunger.«

Nowak ließ sich davon nicht die Laune verderben, sondern sprach in Richtung Rieke Gersema und wirkte dabei, als würde er ihr diktieren: »Wir sind hocherfreut darüber, den Fall gelöst zu haben. Der Polizistenmörder – wenn ich ihn mal so nennen darf – wurde von unseren Kolleginnen überführt und hat sich selbst gerichtet. Wir dürfen den Fall als abgeschlossen betrachten.«

Ann Kathrin zog die Fotos zu sich. Darum ging es ja jetzt nicht. Sie wirkte sehr konzentriert und sortierte die Fotos neu, nach einem Prinzip, das wohl außer ihr niemand durchschaute. Die Kanten der Fotos ließ sie auf den Tisch klacken. Es war wie eine Wortmeldung.

Eigentlich wollte Frau Schwarz die Kolleginnen und Kollegen zu dem Erfolg beglückwünschen und ein besonderes Lob an Ann Kathrin und Marion aussprechen. Sie hoffte, so könne auch etwas von dem Glanz dieser beiden Ermittlerinnen auf sie selbst abfärben. Doch noch bevor sie beginnen konnte, klopfte Ann Kathrin noch einmal mit den Fotos auf die Tischplatte, legte sie dann mit den Bildern nach unten vor sich und fuhr Nowak an: »Nichts ist hier geklärt und nichts abgeschlossen! Der Mann, denn Sie Dalibor genannt haben, hat nicht aus eigenem Antrieb gehandelt, sondern war ein Auftragskiller.« Als müsse sie das Wort erklären, fügte sie hinzu: »Ein gedungener Mörder.«

Nowak versuchte zu lachen und zeigte auf sich selbst: »Ich habe ihn Dalibor genannt?«

»Jawohl. Das haben Sie. Er ist Ihnen offensichtlich bekannt.«

Elisabeth Schwarz fuhr dazwischen: »Was wollen Sie damit andeuten, Frau Klaasen?«

»Wir haben«, sagte Ann Kathrin so sachlich wie möglich, »Informationen darüber, dass Ava Jakobs sich von ihrem Mann scheiden lassen wollte.«

»Sie wurde überfahren«, warf Hering in die Runde.

»Ja«, gab Ann Kathrin ihm recht, »so sah es damals aus. Nach einem Unfall. Aber alle, die irgendetwas damit zu tun hatten, sind im Laufe der Zeit ums Leben gekommen: Wolfgang Fröhling, der Richter, der in dieser Sache ermittelt hat. Und auch Heiko Janßen, der Oberstudienrat, zu dem Frau Jakobs ein gutes Verhältnis hatte und der ihr offensichtlich mit Rat und Tat zur Seite stehen wollte, hat es mit dem Leben bezahlt.«

Ann Kathrin wollte fortfahren, doch Nowak wurde laut: »Wo ist da der Zusammenhang mit den Morden an unseren Kollegen? Wir haben es mit einem Polizistenmörder zu tun! Eine weit verbreitete Geschichte. Leider gibt es viele Leute, die uns hassen, weil wir für Recht, Gerechtigkeit und Ordnung stehen. Und sie wollen das Chaos und die Gewalt.«

»Dirk Klatt wurde dafür bezahlt, den Namen von Big Aslan aus allen Akten zu löschen.«

»Haben Sie«, fragte Nowak bissig und sah dabei auffordernd zu Elisabeth Schwarz rüber, so als müsse die auch etwas dazu sagen, »nicht genug mit Ihrem Fall zu tun?«

Der Dinslakener Kollege Sebastian Plottke riss aufgeregt die Tür auf. »Entschuldigung, ich bin zu spät gekommen. Ich dachte, die Besprechung sei in Aurich. Ich konnte doch nicht wissen, dass wir in Norden …«

»Ich schlage vor, Sie kümmern sich um Ihre Sachen, Frau Klaasen«, fuhr Nowak ungerührt fort, »und überlassen das hier dem BKA.«

Ann Kathrin stand auf: »Nein, das werde ich nicht tun. Frau Schwarz, ich fordere Sie hiermit auf …« Weiter kam Ann Kathrin nicht. Frau Schwarz erhob sich ebenfalls und sprach mit blassen, schmalen Lippen: »Sie stehen unter Schock, Frau Klaasen. Ebenso die Kollegin Wolters.«

Marion stocherte in einer Marzipantulpe herum und hatte Sahne an den Lippen.

»Wir nehmen Ihnen Ihre Ausfälle hier nicht übel, das ist alles ganz normal, aber Sie brauchen jetzt eine kleine Pause. Die Dinge wenden sich ja hier gerade zum Guten.«

»Zum Guten?«, schimpfte Ann Kathrin. »Ja, drehen hier jetzt alle am Rad? Vermutlich wird gerade ein neuer Auftragskiller losgeschickt, um die Arbeit zu Ende zu bringen!« Sie stützte sich auf die Fotos: »Jule-Feemke Grube befindet sich in der Hand von Gero Kaiser, und seine Ex, Sophie Hauser, muss um ihr Leben bangen. Aber sonst ist wirklich alles in Ordnung.«

⚓

Gero Kaiser steuerte den Wagen in einen Waldweg. Er sprach sanft und hörte sich für Jule-Feemke ein bisschen an wie ein Pastor, der den Gläubigen Erlösung verspricht, ihnen Trost spendet, ohne zu verleugnen, dass im Hintergrund die Hölle droht.

»Ich liebe dich wirklich. Du hast so etwas Engelhaftes. Ich weiß, was ich für ein Kerl bin. So viel im Leben habe ich falsch gemacht. Aber für dich könnte ich mich ändern.« Er lachte. »Da könnte ich richtig spießig werden, so mit Ehe und Häuschen und Garten und alldem. Wir brauchen nur erst genug Kohle für ein Leben zu zweit. Wenn du mir hilfst und ein bisschen mitarbeitest, sind wir schnell so weit. Erst holen wir uns, was Sophie mir geklaut hat, und dann könnten wir deine Eltern abzocken. Die werden alles tun, um dich von mir zu befreien. Du bist doch ihr Augenstern, oder? Meiner bist du jedenfalls. Wenn du mitspielst, wird alles ganz einfach und schnell gehen, aber …«, seine Stimme veränderte sich, »wenn du versuchst, mich reinzulegen, wirst du nirgendwo vor mir sicher sein. Aber keine Angst, dir tu ich nichts. Ich hole mir deine Eltern. Erst deine Mutter und dann deinen Vater. Oder meinst du, ich sollte mit deinem Dad beginnen? Ich lasse dir die Wahl. Wen hast du lieber?« Er sah zu ihr rüber. »Ja, jetzt guck nicht so entsetzt. Irgendwann werden sie sowieso sterben, und dann erbst du alles.«

»Du drohst, meine Eltern umzubringen?«, fragte sie.

»Nur, wenn du nicht lieb bist«, beruhigte er sie und tätschelte ihre Knie. »Du hast gesehen, was ich mit Yvonne gemacht habe … Ich bin ein herzensguter Kerl, aber wenn man mich reizt, dann …«

Sie saß schockstarr neben ihm.

Ein Reh stand in der Kurve. Er hielt voll drauf zu.

»Rehbraten«, lachte er. »Frischer geht's nicht. Ich steh' auf Wild. Und du?«

Das Reh entkam mit schnellen Sprüngen.

»Wohin fahren wir?«, fragte Jule-Feemke.

Er lachte: »Zu einem süßen kleinen Hexenhäuschen.«

Um sie zu beschäftigen, stieß er sie an und verlangte: »Du bist unser Discjockey. Los, such uns einen schönen Sender. Mach uns klasse Musik! Lass uns das Leben genießen!«

Sie suchte einen Sender. Bruce Springsteens *Born in the USA* ertönte.

»Ja«, lachte er. »Lauter!« Und: »Los, sing mit!«

»Ich … ich kenne den Song nicht.«

»Stell dich nicht so blöd an! Schwing mit der Musik. Komm in den Flow! Lass dich gehen! Du brauchst eine Prise, was? Du bist so verklemmt, so eng, so ...« Er fuchtelte in der Luft herum, als würde er dort versuchen, das richtige Wort zu fassen. »Du bist so Alltag!«

Da sie nicht mitsang, schaltete er unzufrieden das Radio aus und verlangte: »Wenn du den Song nicht kannst, dann sing so was für mich. Such dir was aus.«

Mein Gott, dachte sie, bloß das nicht.

»Ich ... ich ... mir fällt gerade nichts ein.«

Er machte ihr Vorschläge und begann lauthals zu singen: »Auf der Reeperbahn nachts um halb eins!«

Da sie nicht mit einstimmte, schimpfte er: »Kannst du wenigstens *Alle meine Entchen* oder *Hänschen klein*? *Wir wollen fleißige Handwerker sehen*? Oder Westernhagen! Kannst du Westernhagen? *Sexy*? *Freiheit*?« Er schlug aufs Lenkrad: »Die Jugend von heute! Mensch, was bist du für eine trübe Tasse!«

Der Waldweg endete bei einem Rastplatz neben einer Schnellstraße. Dort stand ein Wohnwagen mit einem roten Herzchen und einer Lichterkette. Gero Kaiser hielt hinter dem Wagen und stieg aus.

Jule-Feemkes Magen spielte verrückt. Sie hatte das Gefühl, sich übergeben zu müssen, aber mehr als ein saurer Rülpser kam nicht hoch.

Neben dem Wohnwagen trat ein Mann aus dem Wald. Er machte sich gerade den Hosenschlitz zu und hatte eine Zigarette im Mundwinkel hängen. Er trug eine zerschlissene Jeans, aber ein weißes, offenes Hemd mit einer silbergrauen Anzugjacke und einem Einstecktuch darin. Seine schwarzen Lederschuhe waren nicht für den Wald gemacht, sondern eher fürs Tanzparkett. Er hatte krauses, an der Stirn schon schütteres Haar, schwarz mit blonden Strähnchen drin.

Er hob die Hand und rief: »Gib mir fünf, Alter!«

Die beiden zogen eine richtig große Begrüßungsszene ab, als sei ihnen klar, dass sie dabei beobachtet wurden, und zwar nicht nur von Jule-Feemke, sondern auch aus dem Wohnwagen heraus.

Jule-Feemke sah, dass die Vorhänge hinter der milchigen Scheibe zur Seite gezogen wurden, und sie konnte das Gesicht einer jungen Frau erkennen, nicht viel älter als sie selbst.

»Steig aus«, rief Gero aufmunternd und machte eine große Geste. »Zeig dich dem staunenden Volk, Jule-Feemke!«

Jule-Feemke stieg aus und blieb zwischen der offenen Autotür und dem Wagen stehen, als sei das Auto ein Schutz für sie.

Gero lachte: »Das ist mein alter Kumpel Charlie!« Er klopfte seinem Kumpan auf die Brust: »Charlie, das ist meine neue Errungenschaft Jule-Feemke. Der Name hätte für zwei Frauen gereicht, aber glaub mir, Alter, ihr Temperament und ihre Leidenschaft auch. Die werde ich ganz groß rausbringen! Ja, die steht nicht irgendwo an der Straße und hält mit einem Fuß die Häuser fest. Die hat das Zeug für die richtig geilen Clubs. Ich spreche hier von Escort-Service, Charlie! Da braucht man gebildete Frauen, nicht diese Dumpfbacken!«

Jule-Feemke wäre am liebsten wieder eingestiegen, doch sie traute sich nicht.

Gero rief: »Wie viele Sprachen spricht du, Jule?«

Sie erkannte ihre Stimme kaum: »Englisch, Französisch …«

»Na bitte«, lachte Gero, »und in Französisch ist sie wirklich gut!«

Charlie ging auf Jule-Feemke zu. Er zog sie mit Blicken aus. Ihr wurde ganz kalt. Sie hatte Mühe, Luft zu holen.

»Escort und so'n Scheiß läuft hier nicht«, erklärte Charlie.

»Da musst du nach Berlin oder München. Sylt vielleicht ... bei uns hier, da kommen mehr die Lkw-Fahrer und die frustrierten Papis, die ihre quengelnden Kinder und knatschigen Frauen nicht mehr aushalten und ein bisschen Entspannung brauchen.«

Er spielte mit ihren Haaren, betastete sie und forderte sie gestisch auf, sich einmal rumzudrehen.

»Ich kann ihr eine Chance geben, aber ich weiß nicht, ob sie bei uns viel reißen wird. Das ist nicht gerade ein Talentschuppen hier. Unsere Kundschaft hat es gern schnell und preiswert. Hier macht's nur die Masse.« Er klatschte ihr auf den Hintern. »Strammer Arsch. Kokst du?«

»Sie ist eine brave Gymnasiastin«, scherzte Gero.

Im Wald hämmerte ein Specht. Jule-Feemke sah zu einem Vogelnest hoch und versuchte, sich auf ein Eichhörnchen zu konzentrieren, das dieses Nest gerade plünderte. Sie wünschte sich einfach nur weg von hier, als sei dies ein Albtraum und sie könne gleich aufwachen.

Denk an was anderes, sagte sie sich. Sonst gehst du kaputt.

»Wenn du dringend Geld brauchst, kann ich dir zehn für sie geben – na gut, weil wir alte Kumpels sind, sagen wir fünfzehn. Aber mehr ist wirklich nicht drin.«

»Das war ein Witz, oder? Ein Witz?«, fragte Gero, und Empörung klang in seiner Stimme mit. »Fünfzehn für sie? Bei hundertfünfzig können wir anfangen, zu verhandeln.«

»Ach, Junge, du warst lange im Knast. Die Zeiten sind nicht mehr so. Weißt du, wie viel ein Freier hierlässt?«

Ein Lkw hielt auf dem Parkplatz. Der Fahrer stieg aus und bewegte sich in Richtung Wohnwagen.

»Los, lass uns von hier verschwinden. Kundschaft geht vor.«

Gero öffnete eine Hintertür und lud mit schneller Geste

Jule-Feemke ein, einzusteigen. Charlie setzte sich auf den freien Beifahrersitz. Er lobte die feinen Sitze und die Ausstattung des Wagens.

Gero Kaiser ließ den Motor an und setzte rückwärts. »Ich brauche ein neues Auto.«

»Ist diese Kiste heiß?«, fragte Charlie.

»Nee, alles sauber, sogar mit Papieren. Aber …«

»Ich bin für dich immer da, das weißt du doch. Ich hab zu Hause noch einen Mercedes rumstehen. Frisch über den TÜV.«

Gero verstand genau, dass sich hinter den Worten *frisch über den TÜV* ein älteres Modell verbarg, aber er war jetzt nicht wählerisch.

»Wir könnten tauschen. Und wenn ihr zwei irgendwo unterkriechen müsst, hätte ich auch noch ein Plätzchen für euch. So, jetzt bring uns erst mal aus diesem Dschungel hier raus. Ich bin dein Navi und sag dir, wo es langgeht.«

Jule-Feemke sah noch, wie der Lkw-Fahrer an den Wohnwagen klopfte und ihm von einer leicht bekleideten jungen Frau geöffnet wurde.

Charlie kommentierte: »Die ist nur für Laufkundschaft gut, weißt du. Ich brauche hier eine, die zu Leuten eine Beziehung aufbauen kann und mir Stammkunden reinholt. Mit Laufkundschaft hast du nur Ärger. Am schlimmsten sind Junggesellenabschiede. Die kommen mit einem Kasten Bier, pissen alles voll, vertreiben dir die restliche Kundschaft und sind so laut, dass wir Beschwerden kriegen. Man muss ja heutzutage auf jeden Scheiß Rücksicht nehmen.«

Sie fuhren über die Schnellstraße. Charlie zog aus einem silbernen Zigarettenetui einen vorgedrehten Joint und zündete ihn an. Er ließ ihn kreisen.

Jule-Feemke hätte nicht sagen können, ob sie freiwillig daran sog oder ob sie nur Angst hatte, nein zu sagen. Jedenfalls nahm sie drei Züge, und das Zeug hatte eine enorme Wirkung. Da war irgendetwas beigemischt.

Gero Kaiser gab an: »Ich habe da ein ganz großes Ding am Start.«

Charlie kannte diese Sprüche. Jeder hatte immer gerade irgendein ganz großes Ding laufen, das ihn reich und für immer unabhängig machen sollte. Charlie glaubte schon lange nicht mehr an den großen Coup, sondern mehr an die tägliche Kleinarbeit.

Er sagte es frei heraus: »Du bist im Moment 'ne Menge wert, mein alter Freund. Als ich das mit Dinslaken gehört habe, wusste ich gleich, dass du das mit Anneliese Stierhohn warst. Die suchen dich überall. Wer den Bullen einen Tipp gibt, hat auf Jahre einen Stein bei denen im Brett. Wenn ich denen sagen würde, ihr belästigt mich nicht mehr und lasst mich in Ruhe meinen Geschäften nachgehen, ich gebe euch dafür den King, dann bekäme ich alle Garantien und Freiheiten, die ich brauche.«

»Willst du mich verpfeifen?«, fragte Gero.

Charlie fischte einen zweiten Joint aus seinem silbernen Etui. »Ich doch nicht ...«

Er drehte sich zu Jule-Feemke um und begann sie vom Rücksitz aus zu befingern.

»Willst du mal bei mir probearbeiten? Kannst 'n Praktikum bei mir machen. Das berühmte Nutten-Praktikum. Kannst 'ne Menge bei mir lernen ...«

Das Geld machte Rupert nervös. Die Idee, es einem Frauenmörder zu übergeben, um das nächste Opfer freizukaufen, war für ihn nicht diskussionswürdig. Die Verhaftung musste gelingen. Als Köder war das Geld in Ordnung. Aber wie viele Polizeiaktionen waren schon aus dem Ruder gelaufen und schließlich zu ihrem Gegenteil geworden?

Um sich zu beruhigen, ging Rupert an den Strand. Die Stelen mit den farbigen blauen Säulen darin, die den Wasserstand anzeigten, versprachen Flut. Das war genau Ruperts Ding.

Er trug das Geld bei sich. Nirgendwo war es sicherer.

Ein Sandkünstler hatte Burgen gebaut, Drachen und Meerjungfrauen. Vom Deich aus betrachtet und bei diesem Licht sah alles echt aus, ja beweglich. Sogar die Meerjungfrauen, jetzt von der Flut umspült, wirkten, als würden sie gerade aus der Gischt auftauchen.

Fasziniert stand Rupert da. Was für Kunstwerke?, dachte er. Ohne Bestand, geschaffen nur für ein paar Stunden. Es ging darum, sie zu bauen, und nicht, sie zu besitzen. Ein paar Fotos, mehr würde davon nicht bleiben. Auch er zückte sein iPhone, um ein paar Bilder zu machen.

Eine Geldübergabe auf dem Piratenfest in der Osterstraße hatte etwas völlig Verrücktes an sich, fand Rupert. Vielleicht war es verrückt genug, um Wirklichkeit zu werden.

Rupert spielte in Gedanken alles durch, was Weller ihm angekündigt hatte. Warum brachte dieser King beide Frauen ins Spiel? War das ein kluger Schachzug von ihm oder wollte er einfach nur die Macht demonstrieren, die er über Menschen hatte, indem er zwei seiner Opfer vorführte, und das auch noch auf dem Piratenfest …

Welche Druckmittel konnte er Jule-Feemke Grube gegenüber haben? War sie verliebt in ihn? Machte sie sich mitschuldig?

Rupert hatte bei einem Lehrgang in der Polizeiakademie Lüchow einiges über das Stockholm-Syndrom gehört, bei dem sich Geiseln mit ihren Entführern identifizierten. Er war damals sehr aufmerksam gewesen, denn die Referentin hatte eine ungeheuer erotische Stimme und sah so aus, dass er keinerlei Interesse an den Schaubildern hatte, die sie auf eine Leinwand projizierte, sondern viel mehr an ihrer Silhouette. Er hatte jede ihrer Bewegungen verfolgt.

Wellers Idee, Peter Grendel und Jörg Tapper als zusätzliche Sicherheitskräfte einzusetzen, gefiel ihm. Bei dem Rechtsanwalt Weßling war er sich nicht so sicher. Rupert mochte keine Rechtsanwälte. Ihm wäre Sommerfeldt in diesem Fall lieber gewesen. Einer, der, ohne zu zögern, durchgriff und so einem Dreckskerl zu einem Rendezvous mit seinem Schöpfer verhalf.

Die ersten Wellen überspülten eine Meerjungfrau. Ihr Schwanz löste sich auf. Ihr Oberkörper sackte zusammen und wurde zu einem spitzen Turm, an dem weiße Gischt herunterlief, als wolle das Meer die Zerstörung wiedergutmachen und dem Kunstwerk neue Haare zurückgeben. Eine zweite Welle löste die Meerjungfrau in Sandbrocken auf, die gegen die Mauern der Burg gespült wurden.

Es war auf eine schöne Art traurig und auf eine traurige Art schön. Gern hätte Rupert jetzt seine Beate im Arm gehalten. Beate wäre bestimmt bewegt, ja gerührt von diesem Schauspiel, und in solchen Stimmungen war sie besonders anlehnungsbedürftig und küsste wie keine Zweite.

Ann Kathrin hatte die Sitzung verlassen und saß alleine in ihrem Büro am Computer. Frau Schwarz vermutete, dass Ann Kathrin einen Plan verfolgte, in den sie niemanden einweihte. Die neue Polizeichefin hasste diese Geheimniskrämerei. Man hatte ihr von vornherein gesagt, Ann Kathrin Klaasen sei nicht teamfähig. Wie weit das aber ging und mit welch eigenmächtigen Handlungen hier Polizeiarbeit gemacht wurde, erschreckte sie. Diese Aktionen waren jahrelang gedeckt worden, weil Ann Kathrin Klaasens Erfolgsquote von annähernd hundert Prozent sie unantastbar gemacht hatte.

Vor den anderen ließ sich Ann Kathrin nicht bloßstellen, deswegen suchte Frau Schwarz Ann in ihrem Büro auf.

»Was«, fragte sie, »stimmt mit Ihnen nicht, Frau Klaasen?«

Sie ärgerte sich sofort über ihre offensive Herangehensweise. So konnte sie nur Widerstand ernten, doch irgendwie musste sie auch ihrem Frust Luft machen.

Ohne von ihrem Computer aufzusehen, konterte Ann Kathrin: »Die Frage ist doch eher, was stimmt hier nicht?«

Sie hatte keine Lust, die Fakten neu aufzuzählen, und erst recht nicht, sich in Rückschlüssen und Spekulationen zu ergehen. Sie wollte handeln. Sie hatte eine enorme Spannkraft in ihrer Körperhaltung, so als könne sie jeden Moment den Computer an die Wand werfen, übernatürliche Kräfte nutzen und wie ein Vogel durchs offene Fenster nach draußen fliegen.

»Mit dem, was Sie tun«, erklärte Elisabeth Schwarz, »sprechen Sie nicht nur Nowak das Misstrauen aus, sondern im Grunde doch auch mir – wenn nicht gar unserer ganzen Behörde.«

Ann Kathrin hob kurz die Hände und sagte mehr zu sich selbst: »Behörde ...« Es klang Spott, ja Verachtung, mit.

Frau Schwarz stöhnte. Sie ging näher zum Fenster, um frische Luft zu atmen, und machte einen neuen Versuch: »Statt sich mit mir zu besprechen und die Karten auf den Tisch zu legen, werden Sie als Nächstes vermutlich Ihren alten Chef Ubbo Heide anrufen, um sich mit dem zu beraten.«

Ann Kathrin sah ihre Gesprächspartnerin immer noch nicht an, sondern blickte weiterhin auf den Bildschirm und tippte etwas ein. »Längst geschehen«, kommentierte sie.

Elisabeth Schwarz ließ sich nicht entmutigen. »Und? Was hat er gesagt?«, fragte sie missmutig.

Ann Kathrin klappte den Computer zu und sah Frau Schwarz an, als würde sie sie jetzt erst zur Kenntnis nehmen: »Dass hier etwas ganz gewaltig stinkt ... und damit hat er, wie so oft, recht.«

Frau Schwarz drehte Ann Kathrin den Rücken zu und sah aus dem Fenster. »Was erwarten Sie von mir, Frau Klaasen?«, fragte sie mit einer Stimme, als sei sie eine andere Person, nicht mehr Chefin, sondern Privatmensch.

»Dass Sie weniger logisch denken und mehr hineinspüren.«

Elisabeth Schwarz lachte und fuhr herum: »Das ist jetzt nicht Ihr Ernst?«

»Logisches Denken ist vorausberechenbar«, erläuterte Ann Kathrin. »Die wissen genau, wenn ich das tue, denken die anderen das. Schritte und Züge werden planbar. Man selbst wird planbar. Wenn ich aber«, Ann Kathrin stand auf und legte ihre Hände wie ein Gitter über ihren Bauchnabel, »meinen Gefühlen vertraue, dann bin ich nicht so leicht vorausberechenbar.«

Polizeidirektorin Elisabeth Schwarz legte ihren Kopf schräg und betrachtete Ann Kathrin aus einer anderen Perspektive, als müsse sie sich vergewissern, ob die Person sich wirklich im Raum befand. »Das glauben Sie doch nicht im Ernst, Frau Klaasen? Ihre Gefühle sind genauso beeinflussbar. Jemand kann sich Ihnen als Freund verkaufen, sympathisch auftreten, Wünsche in Ihnen wecken, Sie aufs Eis locken und dann …«, sie machte mit den Händen eine Bewegung, als würde sie eine große Eisplatte mitten in den warmen Raum malen, »einbrechen lassen.«

Sie machte auch das gestisch vor und erzeugte dazu sogar ein Geräusch wie knirschendes Eis. Sie versuchte, Ann Kathrin mit bildhaften Vergleichen zu überzeugen.

»Entscheiden Sie sich, auf wessen Seite Sie stehen«, forderte Ann Kathrin.

»Sie gegen den Rest der Welt, oder was?«, provozierte Elisabeth Schwarz.

»Suchen Sie die Wahrheit oder eine bequeme Erklärung, die möglichst keinem weh tut? Wollen Sie ehrlich einen Fall lösen oder Ihre Karriere befeuern?«

»Ist das ein Widerspruch?«, fragte Elisabeth Schwarz.

»Oh ja«, behauptete Ann Kathrin. »Nicht alles, was richtig ist, nutzt uns und verhilft uns«, sie zeigte mit den Fingern zur Decke, »da oben zu gutem Ansehen. Den Dingen auf den Grund zu gehen, die ungeschönte Wahrheit aufzudecken ist für viele eben auch unbequem.«

»Alles, was Sie sagen, ist voller Unterstellungen, Frau Klaasen. Was haben Sie vor?«

»Ich will Mordermittlungen aufnehmen, gegen den Mann, der allen als Big Aslan bekannt ist.«

»Das fällt nicht in Ihren Zuständigkeitsbereich.«

»Ich bin eine Mordermittlerin. Kollegen von mir wurden umgebracht. Es waren übrigens auch Ihre Kollegen, Frau Schwarz. Und ich gehe davon aus, dass Big Aslan den Mordauftrag erteilt hat, weil die Kollegen kurz davor waren, seine Beteiligung am Mord an seiner Ehefrau aufzudecken.«

Nowak öffnete die Tür. So wie er hereinplatzte, ahnte Ann Kathrin, dass er schon eine Weile gelauscht hatte. »Das sind olle Kamellen«, tönte er.

»Ja«, gab Ann Kathrin ihm recht, »und die schmecken Ihnen nicht, stimmt's?«

Ann Kathrin und Marion benutzten noch einmal den beschlagnahmten weißen Mercedes. Marion fand Gefallen daran, so eng mit Ann Kathrin zusammenzuarbeiten. Sie befürchtete, wenn Weller seine Aufgabe als Personenschützer erledigt hatte, könnte alles wieder werden wie früher und sie müsste in der Einsatzzentrale am Telefon sitzen. Einerseits war das ein Job, der sie vor zu viel Körpereinsatz bewahrte, das konnte sie immerhin mit einer Tasse Kaffee und einem Stück Kuchen am Computer erledigen. Die Menschen kamen ihr nicht zu nahe. Andererseits begann sie jetzt zu verstehen, welchen Kick es auch gab, einem Gegner in die Augen zu sehen.

»Dieser Aslan«, sagte Ann Kathrin, »ist sich vollkommen sicher, dass er unantastbar ist. Deswegen führt er ein öffentliches Leben. Der postet alles, was er tut. Und heute Abend ist er in Oldenburg. Da gibt es eine Fetischparty im Swingerclub. Und das ist doch genau was für uns, oder?«

Marion wurde ganz anders. »Willst du ihn da einkassieren?«

»Am liebsten.«

»Aber?«

»Erstens glaube ich, dass wir dazu ein Mobiles Einsatzkommando bräuchten, und zweitens fehlen uns dafür harte Beweise.«

Marion riet Ann Kathrins Gedanken: »Und du gönnst ihm den Triumph nicht, dass er am Ende freikommt. Du willst ihn dir erst holen, wenn du ihn ganz sicher hast.«

Ann Kathrin schmunzelte: »Ich will ihm aber wenigstens zeigen, dass wir dran sind. Er soll sich nicht mehr sicher fühlen können. Und ich möchte ihm ein paar Fragen stellen.«

Ann Kathrin fuhr in Emden auf die Autobahn.

»Wir waren uns noch nie so nahe«, sagte Marion. »Ich meine, wir waren immer schon mehr als einfach nur Kolleginnen. Ich hätte dich schon als meine Freundin bezeichnet, obwohl ich dich manchmal an die Wand klatschen könnte, wenn du so die kalte Ziege raushängen lässt.«

Ann Kathrin lachte.

»Aber seit wir zusammen – in getrennten Käfigen – gefangen gehalten wurden, fühle ich mich dir auf einer tiefen Ebene verbunden, als seien wir Zwillingsschwestern oder so.«

»Das war eine Extremerfahrung, Marion. Wir wussten beide, dass die Wahrscheinlichkeit, dass wir beide sterben, enorm hoch war.«

Marion ruckelte auf dem Beifahrersitz herum und wischte sich die Lippen ab. »Wie du das sagst«, stöhnte sie. »Mensch, ich hab gedacht, ich geh' drauf! Ich dachte echt, das war's!«

»Du hast aber cool reagiert.«

»Ja ... Ich war irgendwie gespalten, als sei ich zwei Personen. Die eine hatte schon aufgegeben, und die andere wollte vor dir nicht so blöd dastehen und noch irgendwas Tolles reißen.«

Unvermittelt wechselte Ann Kathrin das Thema: »Wir haben keinen Durchsuchungsbeschluss und nichts. Er kann uns einfach an die Luft setzen ...«

»Und wir sind für eine Fetischparty auch nicht so richtig angezogen«, kicherte Marion. »Überhaupt, was trägt man denn da so? Hast du schon mal an einer teilgenommen?«

»Da könnten wir uns von Rupert beraten lassen. Der hat bestimmt Ahnung«, grinste Ann Kathrin.

Marion fragte: »Und wieso glaubst du, dass Big Aslan auch nur ein Wort mit uns reden wird – ich meine, ohne seine Anwälte?«

»Weil er es schon einmal getan hat. Weil er gerne prahlt und Frauen gegenüber den großen Macker heraushängen lässt. Und weil er neugierig ist und herausfinden will, was wir wissen. Typen wie der haben eine Schwachstelle, Marion.«

»Ach ja? Welche denn?«

»Sie glauben, dass sie Frauen überlegen sind.«

Marion rieb sich in freudiger Erwartung die Hände: »Na, dann werden wir ihm mal das Gegenteil beweisen.«

⚓

Gero Kaiser schätzte, dass er bei dem Autotausch einen Verlust von zehn- bis zwanzigtausend Euro machte. Aber was spielte das im Moment für eine Rolle? Er hatte ohnehin nicht vor, Charlie leben zu lassen, sondern begann sich mit dem Gedanken anzufreunden, alles von Charlie zu nehmen, was

Charlie zu bieten hatte, um ihn dann aus der Welt zu räumen. Wer würde dem schon nachtrauern?

Gero stellte sich vor, Charlies Frauen zu übernehmen, die Standorte und natürlich alles Bargeld. Aber noch brauchte er Charlie und machte ihm ein Angebot.

Sie saßen in einer Wohnung in Hinte zusammen. Die Einrichtung deutete darauf hin, dass hier ein älteres Ehepaar viele Jahre verbracht hatte. Klobige, verschlissene Sitzmöbel, das Sofa durch eine Wolldecke geschützt, bestickte Kissen. Ein Schrank, Eiche rustikal. So, stellte Gero sich vor, wohnten Leute zwischen sechzig und neunzig. Charlie passte überhaupt nicht hierhin.

Im Garten gab es einen Goldfischteich. Charlie deutete darauf und prahlte: »Da waren am Anfang nur so scheiß billige Goldfische drin. Aber ich hab uns Kois besorgt. Die Viecher kosten ein Vermögen, aber«, er machte eine abwertende Handbewegung, »was ist schon Geld?«

Hinter dem Garten war vom Wohnzimmerfenster aus ein Kanal zu sehen. Charlie erzählte, mit dem Paddelboot könne man von hier aus bis zum Großen Meer, nach Greetsiel oder nach Emden, das sei ganz romantisch, mit Schwänen, die neben dem Boot herschwimmen. »Die Mädels stehen drauf«, lachte Charlie.

Gero warf einen Blick auf Jule-Feemke. Sie war nervös. Ständig knackte sie mit den Fingern und rieb sich die Arme.

Wahrscheinlich, dachte Gero, braucht sie mal wieder eine kleine Prise.

Gero packte ein bisschen Stoff aus und teilte auf dem Tisch drei Linien ein. »Damit«, lachte er, »kann man auch verreisen, und man muss nicht rudern.«

Charlie sah Geros kritischen Blick und wusste, wie spießig

das alles auf Gero wirken musste. Er holte zu einer lässigen Erklärung aus: »In der Hütte hier«, er machte eine raumgreifende Bewegung, »hat die Oma meiner Sandra gewohnt. Oder Simone. Oder …«, er winkte ab. Er hatte ihren Vornamen vergessen. »Die alte Dame ist alleine nicht mehr zurechtgekommen. Wir haben ihr geholfen, einen guten Heimplatz zu finden. Da kümmert man sich jetzt um sie. Ist bestimmt besser für die Gute.«

Er tat, als sei das eine besonders gute, großzügige Tat von ihm gewesen.

Jule-Feemke wagte es, nachzuhaken: »Und wo ist Sandra geblieben oder Simone oder wie sie heißt?«

Sie rechnete gar nicht damit, dass er ihr wirklich antworten würde, denn das Gespräch – auch über sie – fand die ganze Zeit nur zwischen den beiden Männern statt. Zu ihrer Verwunderung sah Charlie sie sogar an, als er ihr antwortete: »Die hat so eine Art Persönlichkeitsveränderung mitgemacht.«

Gero Kaiser nickte, als würde er das kennen.

Charlie fuhr fort: »Erst ganz die nette, brave – Charlie hier, Charlie da, du bist die große Liebe meines Lebens und ich würde alles für dich tun – der ganze Schmus. Und dann auf einmal«, er breitete die Arme aus und klatschte die Hände vor dem Gesicht zusammen: »Bouww – explodiert einfach alles, und ich bin für jeden Mist verantwortlich, der in ihrem Leben mal passiert ist. Ihre schlechten Schulnoten, ihr mieses Verhältnis zu ihren Eltern, der Schlaganfall ihrer Oma – einfach alles. Dann war ich nur noch dafür gut, ihr den Stoff zu besorgen.« Er machte eine Pause, zog durch einen Fünfzigeuroschein eine Prise in die Nase, reckte sich, als würde er unter der Dusche stehen, schüttelte sich und stöhnte wohlig.

»Ich hab ihr gesagt, dass sie das Zeug nicht verträgt und dass sie aufhören soll damit. Hab ihr die Rationen gekürzt, und da ist sie völlig durchgedreht.«

Gero nickte wissend.

Draußen glitten zwei Schwäne vorbei. Charlie wurde richtig redselig. »Sie ist dann auf Alk umgestiegen. Ist ihr gar nicht gut bekommen.«

Jule-Feemke hätte sich nicht gewundert, wenn er nun damit rausgerückt wäre, dass sie mit durchgeschnittenem Hals im Keller lag. Doch stattdessen sagte er: »Sie hat sich selber einweisen lassen. Das musst du dir mal vorstellen! Die hat tatsächlich selbst in der Klapse angerufen und sich da einen Termin gemacht.« Er lachte. »Ja, wie bekloppt muss die Frau sein?« Er zeigte nach oben: »Ihr könnt hier gerne ein paar Tage bleiben. Sieht alles ein bisschen nach Seniorenheim aus, aber landschaftlich schön gelegen. Und … ich habe hier noch nie einen Polizeiwagen gesehen.«

Gero zog nun seine Linie weg und bot Jule-Feemke an, zuzugreifen. Sie zögerte noch einen Moment, obwohl sie den irren Drang spürte, dieses Hochgefühl in sich einzusaugen, so als wäre alles möglich und sie hätte Superkräfte.

»Wenn man davon genug nimmt, kann man durch Wände gehen«, grinste Charlie und trommelte mit den Fäusten auf seinen Oberschenkeln herum, als wäre es für ihn gerade genau so und er würde den Raum verlassen, um mit den Schwänen im Kanal zu schwimmen oder ihnen die Hälse umzudrehen.

»So. Nun zu den Geschäften«, schlug Gero vor.

Charlie stand auf und holte Bierdosen aus dem Kühlschrank. »Ich knack immer noch lieber ’ne Dose, als dass ich ’ne Flasche Champagner köpfe. Man kann halt nicht verleugnen, wo man herkommt.« Er stellte ein Sixpack auf den Tisch.

Gero sagte: »Lass dich nicht volllaufen. Du brauchst morgen einen klaren Kopf.«

»Volllaufen? Mit dem bisschen Bier?«

»Morgen bringt jemand in ein berühmtes Café einen Rucksack voller Geld. Sie erwarten, dass die schöne Jule-Feemke kommt, um die Kohle in Empfang zu nehmen. Niemand rechnet mit einem Mann.«

»Es wird da vor Bullen bestimmt wimmeln«, ahnte Charlie.

»Vereinbart ist das Gegenteil. Ein verknallter Freier will Sophie freikaufen. Aber du hast schon recht, man kann nicht vorsichtig genug sein. Wenn Bullen da sind, dann haben sie das Bild von Jule-Feemke und natürlich auch meins. Da ist ein Piratenfest. Verkleidungen sind also ganz normal.«

»Piratenfest«, grinste Charlie und flegelte sich in den Sitz. Er schlug das rechte Bein über das linke. »Da muss ich mich ja gar nicht verkleiden. Ich war schon als kleiner Junge ein Pirat, habe mich immer so gefühlt. Also, was soll ich machen?«

»Du kennst Sophie.«

»Klar.«

»Sie wird den Rucksack bringen. Du nimmst ihn und verschwindest damit im Gewühl.«

Damit hatte Jule-Feemke nicht gerechnet. Einerseits war sie erleichtert, andererseits fühlte sie sich irgendwie abgeschrieben. Die hatten etwas anderes, vielleicht Schlimmeres, mit ihr vor.

Sie empörte sich: »Du traust mir nicht! Schickst du ihn, weil du mir nicht traust?«

Gero lehnte sich geschmeichelt zurück. »Doch, Süße, ich trau dir. Aber meinem alten Kumpel Charlie hier vertraue ich noch viel mehr. Wir sind zusammen durch dick und dünn gegangen.«

Charlie fühlte sich geschmeichelt, wiegte den Kopf aber hin und her, als sei es nicht ganz so doll gewesen. »Das ist ein ziemlich hohes Risiko für mich«, sagte er.

Gero lachte gekünstelt: »Seit wann bist du so ein Weichei geworden?«

»Was ist drin für mich?«

»Zehn Prozent.«

»Zehn Prozent? Wovon?«

»Von hundertzwanzigtausend.«

Charlie pfiff beeindruckt. »Wem ist denn Sophie hundertzwanzigtausend wert? Was ist denn der Typ von Beruf? Multimillionär?«

»Machst du's?«

»Sicher. Für fünfzig Prozent.«

Gero empörte sich: »Du willst sechzigtausend, um einen Rucksack abzuholen?«

»Deutsche Wertarbeit hat ihren Preis. Vielleicht warten da schon die Cops auf mich.«

»Dann habe ich«, Gero zeigte auf Jule-Feemke, »immer noch sie. Sie werden dich laufen lassen, wenn ich ihnen mit ihr Druck mache.«

Charlie schüttelte den Kopf: »Bist du bescheuert oder was? Wie soll dann das Leben weitergehen? Klar lassen die mich laufen, damit du ihr nichts tust. Aber ab dann bin ich auf der Flucht. Nee, Alter, ich habe mich hier schön eingerichtet. Keine großen Sachen, alles unterm Radar. Drei junge Mädels arbeiten für mich. Alles schön easy living. Kein Stress mit den

Bullen. Die wollen noch nicht mal Sonderpreise bei mir. Die lassen mich einfach in Ruhe.«

»No risk, no fun«, grinste Gero breit.

Jule-Feemke hasste sich selbst dafür, doch sie beugte sich vor und schnupfte das weiße Pulver von der Tischplatte. Es tat in der Nase weh und war dann wie eine Explosion im Gehirn.

Gero willigte ein: »Also okay. Fünfzig Prozent. Und du kannst sie noch obendrauf kriegen, wenn du willst. Dafür bleiben wir hier, bis die Sache gelaufen ist.«

Charlie lachte, doch Geros Großzügigkeit ließ ihn stutzig werden. Koks führte manchmal dazu, dass man den Wert der Dinge nicht mehr kannte. Kleines wurde groß und Großes klein. Was waren schon Zahlen? Was war schon Geld für jemanden, der alles kann? Er fragte sich allerdings, ob es am Stoff lag, der wirklich ordentlich knallte, oder ob Gero gar nicht vorhatte, ihm überhaupt irgendetwas zu geben, sondern einfach nur einen Doofen suchte, den er danach kaltmachen würde.

Gero benutzte Menschen. Genau wie er selbst. Sie waren aus einem Holz geschnitzt, so empfand Charlie es. Das machte aus ihm einen Bruder, aber gleichzeitig auch einen gefährlichen Gegner.

⚓

Marion war ein bisschen enttäuscht. Aslans Club hatte sie sich anders vorgestellt. Sie hätte gar nicht sagen können, wie, doch sie war in Erwartung von etwas Beeindruckendem. Jetzt stand sie vor einem Wohnhaus, in dem unten wohl mal ein Lebensmittelgeschäft oder vielleicht ein Friseur gewesen war.

Die große Schaufensterscheibe war schwarz zugeklebt worden. Es gab einen Parkplatz, der, von einer Mauer und einer Hecke geschützt, nicht einsehbar war. Dort ein kleines Schild: *Club – Nur für Mitglieder.* Aber es gab nicht mal eine Schranke. Sie konnten einfach so auf den Hof fahren und dort parken. Draußen vorbeifahrende Autofahrer konnten nicht erkennen, wer im Innenhof parkte. Von dort gab es auch einen direkten Zugang ins Gebäude und zur Saunalandschaft.

Das hier war mal anders gedacht gewesen, und Aslan hatte es für seine Zwecke umbauen lassen.

Es gab Platz für gut zwanzig Fahrzeuge. Drei Autos parkten schon da. Keins davon war für unter achtzigtausend zu haben. Plus Mehrwertsteuer, versteht sich.

Der weiße BMW X5 gehörte Aslan, vermutete Ann Kathrin. Sie deutete auf die Kamera in der Einfahrt und sagte: »Wir werden erwartet.«

Marion schluckte.

Die Tür mit der goldenen Aufschrift *Privat* und dem Spion öffnete sich wie ein Vorhang. Der gutgelaunte Aslan betrat die Bühne wie ein Schauspieler, der sich am heutigen Theaterabend auf sein Publikum freute.

Heute sah er ganz anders aus. Er trug einen maßgeschneiderten silbergrauen Anzug, darunter eine Weste mit goldener Taschenuhr, die an einer Kette hing. Die Krawatte um seinen Hals baumelte so locker, als hätte er sie vergessen.

»Na, Ladys«, feixte er, »immer noch keine Zeit gehabt, die Kiste in die Werkstatt zu bringen?«

Er ging auf die beiden zu, legte eine Hand auf seinen weißen BMW, trommelte einen Takt aufs Dach und erklärte großspurig: »Das ist ein Auto! Sie sollten Ihren Wagen wirklich in die Werkstatt bringen. Der Wertverlust wird von Tag zu Tag größer. Außerdem macht es so einen asozialen Eindruck. Aber reden wir nicht über Dinge, sondern über Wichtigeres. Über uns! Was führt Sie zu mir?«

Ann Kathrin wusste, dass sich hinter Geschwätzigkeit oft die Angst vor unangenehmen Fragen verbarg. Sie stand so, dass der Mercedes sich zwischen ihr und Aslan befand. Marion Wolters dagegen war ganz nah bei ihm. Sie musste nur den Arm ausstrecken, um ihn zu berühren, tat es aber nicht, sondern brachte die Hand vorsichtig in die Nähe ihrer Dienstwaffe, ohne dabei eine verdächtige Bewegung zu machen.

Aslan kostete die Situation sichtlich aus.

Ann Kathrin warf einen Blick zum Wohnhaus. Sie ging davon aus, dass sie beobachtet wurden. Möglicherweise war sogar eine Waffe auf sie gerichtet. Ein Fingerzeig von Aslan würde wahrscheinlich genügen.

Sie kam sich dämlich vor, einfach so hier reingefahren zu sein. Dieser Parkplatz konnte schnell zur Falle werden.

Aslan holte weit aus und gab den freundlichen Gastgeber. »Sie müssen sich nicht genieren. Das ist alles ganz natürlich. Am Anfang kommt es einem komisch vor. Man denkt, bin nur ich so? Aber, glauben Sie mir, es geht ganz vielen Menschen genauso.«

»Was labert der für einen Mist?«, fragte Marion Ann Kathrin, als müsse sie sich vergewissern, dass ihre Kollegin noch da war.

»Sagt es doch frei heraus, Mädels«, forderte Aslan. »Ihr habt es genossen. Die Zeit im Käfig, dieses Ausgeliefertsein. Endlich alle Verantwortung abgeben. An nichts mehr schuld sein, über nichts mehr nachdenken müssen. Die Freiheit der

Sklaverei. Das Glück der Gefangenschaft. Dalibor hat mir die Fotos geschickt. Der kleine Drecksack war auch noch stolz darauf. Ich meine, was Sie privat treiben«, er zeigte auf Marion und Ann Kathrin, »ist mir im Prinzip egal, und ich habe wirklich für alles Verständnis. Aber die Käfige gehören mir, verstehen Sie? Die gehören hierhin. Das ist mein Spielzeug! Ich bin schon im Sandkasten immer sauer geworden, wenn mir einer meine Schippe weggenommen hat ... und jetzt haben Ihre Kollegen alles beschlagnahmt. Ich kann Ihnen also das Vergnügen hier heute gar nicht bieten.«

»Er hat in Ihrem Auftrag gehandelt?«, fragte Ann Kathrin.

»Ja, er hat alle Aufträge von mir bekommen. Aber ich bin eher so eine Art Vermittler, wissen Sie?« Er hob zu einem homerischen Gelächter an. »Ich bin immer nur ein Vermittler. Ich trinke das ganze Bier nicht selbst, ich kaufe es und gebe es an Verkäufer weiter. Ich bumse auch die Mädels nicht alle. Gott bewahre! Aber ich vermittle schöne Abenteuer. Big Aslan Im- und Export. Urlaubsreisen, Kredite – nicht verzagen, Aslan fragen!«

»Und manchmal«, konkretisierte Ann Kathrin, »geben Sie auch Mordaufträge.«

Er zog eine Grimasse. »Aus Ihrem Mund, Frau Klaasen, klingt das so unanständig. Irgendwie halbseiden, ja direkt verboten.«

Marion Wolters mischte sich ein: »Das ist verboten!«

Er gab sich Mühe, irritiert zu gucken, als sei das eine neue Erkenntnis für ihn. Dann lachte er: »Na klar! Wusste ich doch! Hatte ich nur vergessen! Man hat ja heutzutage so viel im Kopf, da kann man nicht an alles denken.«

Er griff in die Anzugtasche, Marion zu ihrer Heckler & Koch. Doch dann fischte er nur mit zwei Fingern sein Handy heraus, hielt es ihnen hin und lachte: »Wollen Sie die Fotos sehen?«

»Für Sie ist das alles nur ein Scherz, was?«, fragte Ann Kathrin.

Er zuckte mit den Schultern.

»Was gibt Ihnen die Sicherheit, dass Sie nicht den Rest Ihres Lebens im Gefängnis verbringen werden?«

»Wollen wir nicht reingehen und es uns drinnen gemütlich machen?«, fragte er. »Heute wird hier eine richtig tolle Party steigen. Jetzt ist es noch ein bisschen früh. Wir haben nur zwei, drei Saunagäste. Aber heute Abend, da können Sie hier Ihre Triebe ausleben. Die Käfige sind eigentlich langweilig.«

»Wieso«, kreischte Marion Wolters und genierte sich, weil ihre Stimme sich überschlug und ihre Wut deutlich widerspiegelte, »glauben Sie, sich das alles leisten zu können? Die Party ist zu Ende, Herr Aslan!«

Er zeigte aufs Haus. »Ach, kommen Sie. Machen wir es uns gemütlich. Reden wir miteinander.«

»Warum?«, fragte Marion Ann Kathrin, nahm einen Meter Abstand von Aslan und lehnte sich gegen den Mercedes, als brauche sie Halt.

Bevor Ann Kathrin antworten konnte, sprach Aslan: »Nun, weil es bei mir einfach schöner und gemütlicher ist? Weil ich Ihre Räume nicht ohne Anwalt betrete und sofort stumm werde wie ein Fisch, während ich mich hier frei fühle und gerne ungezwungen mit Ihnen spreche – sofern kein Aufnahmegerät mitläuft. Aber warum sollten Sie das tun? Sie sind zu zweit. Ich bin alleine. Na, ist das ein Deal?«

Es widersprach allen Regeln, doch Ann Kathrin ahnte, dass sie so einer Lösung des Falles rasch näher kommen konnte.

In ihren eigenen Räumen waren Menschen viel gesprächiger als in der Polizeidienststelle.

Sie hatten in der Dienststelle Spielzimmer, um mit Kindern zu reden. Manchmal ging Ann Kathrin mit Menschen, die in der Polizeiinspektion zu verängstigt waren, ins Café ten Cate, um da mit ihnen zu sprechen oder in den Frühstücksraum des Hotels Smutje. Warum sollte so ein Gespräch nicht mal in einem Swingerclub stattfinden?

Ann Kathrin und Marion verständigten sich mit Blicken. Dies war eine der Situationen, in der Marion das Gefühl hatte, nichts richtig machen zu können.

Wenn ich hierbei nicht mitspiele, dachte sie, werde ich mir ewig vorwerfen, gekniffen zu haben. Wenn ich es aber mache und es schiefgeht, fühle ich mich als dämliche Kuh, die auf so einen Macho-Idioten reingefallen ist und offenen Auges freiwillig in die Falle gelatscht ist.

»Ich hätte am liebsten einen Pfefferminztee«, sagte Ann. »Haben Sie frische Minze?«

Er machte eine übertriebene Verbeugung: »Ganz zu Ihren Diensten, Madame.«

⚓

Mara schlief. Sophie und Weller saßen vor dem Haus und guckten in den nachtblauen Himmel. Die Sterne schienen sehr nah und doch unerreichbar weit weg zu sein. Sie ließen die Menschen auf der Erde spüren, wie einsam und verlassen sie in der Weite des Alls waren, und schürten gerade dadurch die Sehnsucht nach Verbundenheit.

Sophie und Weller konnten von hier aus das Meer nicht sehen, wohl aber hören und seine Kraft spüren. Die zwei hätten auf außenstehende Beobachter sicherlich wie ein frisch verliebtes Pärchen gewirkt, das hier Urlaub machte und gerade sein Kind schlafen gelegt hatte. Nun genossen die Eltern ein bisschen Ruhe.

In Wirklichkeit war jeder von ihnen mit den Ereignissen des morgigen Tages beschäftigt.

Weller fürchtete, in ein unkontrollierbares Horrorszenario hineinzulaufen, an dessen Ende er von Polizeidirektorin Schwarz zum unprofessionellen Möchtegernhelden gestempelt werden würde. Wenn das hier schiefging, war in der ostfriesischen Polizei für ihn kein Platz mehr. Vielleicht wäre dann die Fischbude der richtige – glücklich machende – Ausweg.

»Ich ruiniere einfach alles«, sagte Sophie plötzlich.

»Das sehe ich anders«, widersprach Weller. »Du hast dir in Norden ein gutes Leben aufgebaut. Die Menschen mochten dich, deine Tochter ist in den Kindergarten gegangen, hatte Freunde …«

»Ja. Ich habe das als Anneliese gemacht. Ich habe sie alle belogen und betrogen. Ich habe alle enttäuscht. Warum stehe ich nie zu mir? Das ist auch in meinen Beziehungen so, weißt du? Ich passe mich immer so weit den Verhältnissen an und den Typen, mit denen ich zusammen bin, dass ich mich selbst regelrecht auflöse. Ich bin dann gar nicht mehr da. Das ist schrecklich, ganz schrecklich. Ich weiß nicht, warum ich das tue.«

»Das kann man ändern«, behauptete Weller. Er versuchte, ihr Mut zu machen. »Das ist doch kein Fluch. Es muss ja nicht immer so weitergehen. Wenn du so eine Erkenntnis von dir selber hast, dann bist du doch sehr weit. Man kann alles verändern.« Er machte eine große Geste. »Ja, daran glaube ich wirklich. Die Verhältnisse sind vielleicht beschissen, aber sie sind veränderbar. Immer. Und wir Menschen müssen auch nicht so bleiben, wie wir sind. Wir können aus einem Stück Holz einen Schrank machen, einen tödlichen Pfeil oder ein Spielzeug. Alles ist formbar. Auch unser Leben. Glaub mir, wir haben die Gestaltung unseres Lebens selbst in der Hand.«

»Ja, du vielleicht.«

»Ich bin bei einem schrecklich strengen Vater aufgewachsen, der mir so enge Regeln gegeben hat, dass mir die Luft zum Atmen fehlte. In seinen Augen war ich immer nur ein Versager. Ihm konnte ich nichts recht machen. Er hat meine Mutter wie seine Dienstmagd behandelt und mich wie einen Hund, dem er beibringen wollte, Stöckchen zu apportieren. Und aus mir ist trotzdem noch«, er zögerte einen Moment, aber sprach es dann aus, »ein glücklicher Mensch geworden.«

»Ja«, sagte sie, »du hast Menschen gefunden, die dich lieben und akzeptieren, so wie du bist. So etwas habe ich nie gehabt.«

»Du musst«, schlug Weller vor, »den Menschen eine Chance geben.« Einschränkend fügte er hinzu: »Den richtigen.«

Weller versuchte, dem weiteren Gespräch auszuweichen. Er wollte jetzt nicht zu tief gehen. Er hatte Sorge, das Ganze könne ihm entgleiten. Er war ihr Personenschützer, nicht ihr Therapeut und auch nicht ihr Liebhaber. Daran erinnerte er sich selbst mit mahnender Kraft im Zehnminutentakt.

»Lass uns alles noch mal durchspielen«, schlug er vor. »Wenn wir keine anderen Absprachen treffen, dann …«

Sie konnte es nicht mehr hören und kam ihm zuvor. »… werden Mara und ich von Rupert einen Rucksack mit

Geld bekommen. Damit gehen wir aufs Piratenfest zu ten Cate. Ich stelle den Rucksack am Eingang zum Café auf den Boden, geh dann rein und begrüße alle. Schon am Flughafen holen uns Wolfgang Weßling und Peter Grendel ab.«

Obwohl sie es zigmal durchgegangen waren, wiederholte Weller noch einmal: »Du kennst Peter Grendel. Kerl wie ein Baum, Hände wie Bratpfannen.«

Sie stöhnte: »Ja, er ist Kunde bei uns. Ich kenne ihn. Bitte! Ich habe das alles im Grunde auswendig gelernt. Jule wird den Rucksack dann abholen.«

»Und du«, betonte Weller noch einmal, »weichst nicht von Peters oder Wolfgangs Seite. Im Café übernimmt dann Jörg. Monika kümmert sich um Mara, falls irgendwas ist.«

Jetzt stellte sie die entscheidende Frage: »Werden wirklich keine Kollegen von dir da sein und versuchen, ihn einzukassieren? Willst du mich wirklich richtig freikaufen?«

Ihr war immer noch nicht klar, was Weller wirklich plante.

»Zunächst mal geht es darum, dich und Mara in Sicherheit zu bringen und Jule-Feemke nach Möglichkeit auch. Die Kollegen werden sich an sie dranhängen, um Gero Kaiser einzukassieren. Aber das ist nicht mehr dein Problem. Im Grunde darf ich dir das nicht mal erzählen.«

»Weil du Angst hast, dass ich ihn warne? Glaubst du, mein Herz hängt immer noch an ihm?«

»Tut es das?«, fragte Weller.

Sie schüttelte die Haare und deutete auf einen Fasanen, der direkt vor ihnen durchs Gras lief. »Und was machst du«, fragte sie, »wenn alles ganz anders läuft und er den Plan ändert? Der King ist nicht so der Typ, der sich an Absprachen hält, Pläne oder Regeln. Der wirft gerne alles zu seinen Gunsten über den Haufen. Die Unberechenbarkeit ist sein wichtigstes Stilmittel. Deshalb habe ich ewig alles getan, um es ihm recht zu machen, weil ich nie wusste, wie er reagieren würde. Von ganz lieb zu brutal. Mit ihm habe ich kennengelernt, was das heißt, Zuckerbrot und Peitsche.«

Weller war überhaupt nicht müde, er reckte sich aber jetzt und gähnte. »Wir sollten uns hinlegen«, sagte er. »Wir brauchen morgen viel Kraft. Und es wäre mir lieber, wir würden Mara nicht mit dahin nehmen, sondern sie bei Freunden lassen.«

Sophie sah nicht aus, als sei sie bereit, sich von Mara zu trennen. Vorsichtig fragte sie: »Hast du Angst, dass er sich Mara schnappt?«

»Ich will ihm erst gar nicht die Chance geben.«

⚓

Zwei Wände in dem beeindruckend eingerichteten Raum, in den Aslan sie geführt hatte, bestanden komplett aus großen Spiegeln. Ann Kathrin und Marion saßen Big Aslan in breiten Massagesesseln gegenüber. Per Knopfdruck fuhren Fußstützen aus. Aslan räkelte sich in seinem Sessel und stöhnte wohlig. Neben seinem Kopf blinkten rote und blaue Lampen, die eine besondere, wellenförmige Rückenmassage anzeigten.

»Ist das nicht wunderbar«, lächelte er zufrieden, »probieren Sie es aus. Gönnen Sie sich was. Man lebt nur einmal, Mädels.«

Ann Kathrin und Marion wechselten Blicke. Nein, sie wollten sich jetzt nicht auf so einen Mann-Frau-Geschlechterkampf einlassen. Jetzt ging es nicht um Formulierungen und Freundlichkeiten. Sie sahen über den Ausdruck *Mädels* hinweg, den er auf eine Art ausgesprochen hatte, die sie kleinmachen sollte.

Eine junge Frau, vollständig in Lack und Leder gekleidet, kam herein. Sie sah aus wie eine Katze oder eine Fledermaus, das war nicht sofort zu erkennen. Ihr gesamter Körper war mit dem enganliegenden Lackleder bedeckt, wie ein Ganzkörperkondom. Lediglich für die Nasenlöcher und die Augen waren kleine Stellen ausgespart. Erst als die Frau näher kam, bemerkte Marion, dass ihre gepiercten Brustwarzen frei lagen. Vor ihrem Mund ein geschlossener Reißverschluss. Sie bückte sich, um den Tee zu servieren, dabei sah Ann Kathrin, dass die Kleidung der Frau im Schritt frei war.

Aslan griff zum Reißverschluss über ihrem Mund, öffnete ihn und forderte: »Sag den Damen ein herzliches Willkommen.«

»Willkommen im Club«, sagte sie mit einer trocken-metallischen Stimme, fast ein bisschen wie eine Maschine.

»Tun Sie das freiwillig?«, fragte Ann Kathrin.

Die Katzenfrau sah Aslan an. Der nickte. Das nahm sie als Signal, antworten zu dürfen. »Selbstverständlich. Es ist mir eine Ehre.«

Aslan zog den Reißverschluss über ihrem Mund wieder zu. Es roch jetzt nach frischem Pfefferminztee. Die Bedienung zog sich zurück.

»Sie«, sagte Marion Wolters grimmig, »glauben, dass Sie immer mit allem durchkommen und sich alles erlauben können, oder? Gibt es für Sie noch Aufstiegsmöglichkeiten? Was wollen Sie werden? Gott?«

»Im Gefängnis«, fügte Ann Kathrin hinzu, »wird niemand vor Ihnen buckeln oder Ihnen frischen Tee servieren.«

Er grinste breit und schaltete seinen Sessel in einen anderen

Modus. In seinem Nacken drehten sich jetzt Rollen. »Das ist gut gegen verspannte Schultern«, sagte er und schaltete mit einer Fernbedienung Ann Kathrins und Marions Sessel ein. Ann Kathrin wollte das nicht und sprang sofort heraus. Marion genoss es tatsächlich eine kurze Zeit. Sie kam sich blöd dabei vor, aber gegen den verspannten Rücken war es schon genial.

»Die Stühle im Gefängnis sind auch etwas härter«, provozierte Ann Kathrin.

»Ich werde nicht ins Gefängnis gehen, Frau Klaasen, und das wissen Sie genau. Worüber wir hier reden, ist, ob Sie am Leben bleiben oder nicht. Sie kommen aus einer sehr korrupten Behörde. Sie gelten als Frau, die nichts nimmt, Frau Klaasen. Über Sie, Frau Wolters, weiß ich zu wenig. Aber Ihre ganze Bande da oben in Ostfriesland gefällt sich wohl darin, die letzten Aufrechten zu spielen. Das ist sehr gefährlich.«

»Sehr gefährlich für Sie«, stellte Ann Kathrin fest.

»Und wen noch?«, fragte Marion Wolters.

Mit einem Klick ließ er alle Bewegungen der Sessel ruhen. Selbst die Fußstützen fuhren wieder in ihre Ausgangspositionen zurück.

Ann Kathrin wertete das als Zeichen, dass nun die Gespräche ernsthafter werden würden.

Er wiederholte die Frage: »Für wen? Gott, sind Sie naiv! Für Sie selbst ist es gefährlich. Haben Sie das immer noch nicht kapiert? Was brauchen Sie noch?« Er zählte es auf: »Ein toter Richter. Ein paar tote Zeugen. Aber bleiben wir doch bei Ihrer Behörde. Dirk Klatt. Kevin Janssen …«

Ann Kathrin fuhr dazwischen: »Und wir sollten in Ihrem Auftrag die Nächsten sein.«

Marion hielt es nicht mehr im Sessel aus. »Wieso verhaften

wir den nicht einfach? Wieso lassen wir uns das gefallen? Wieso sitzen wir hier rum und reden?«

Ann Kathrin deutete Marion an, sie solle sich wieder setzen. »Weil ich ein offenes Gespräch zu schätzen weiß.« Sie sah Aslan an. »Sie wollen also andeuten, dass man als nicht korrupter Bulle, wie Sie es nennen, gefährlich lebt?«

Er breitete die Arme aus und lächelte milde, wie ein Lehrer, der sich freute, dass seine Schülerinnen endlich verstanden hatten, was er ihnen beibringen wollte.

»Jaa! So ein Deal ist doch nicht nur dazu da, dass Sie Ihr mickriges Gehalt aufbessern, sondern er dient Ihrem Schutz.«

Ann Kathrin suchte nach einer Erklärung und Konkretisierung: »Das heißt, wir könnten Geld kassieren, ein ruhiges Leben führen und wären vor Angriffen sicher.«

Er nickte. »Das habe ich nicht erfunden, Frau Klaasen. Das waren Ihre eigenen Leute. Ich denke, es fing in Amerika an. Es hat dem Staat viel Geld gespart. Keiner der Cops da kann von seinem Gehalt leben, und das weiß doch auch jeder. Also findet man ein Gentlemen's Agreement, schafft sich Regeln, die allen nutzen.«

Er nippte an seinem Tee. Marion Wolters griff zu ihrem, aber Ann Kathrin ließ ihre Tasse stehen, obwohl sie Durst hatte und ihre Stimme trocken war.

»Sie brauchen keine Angst vor K.-o.-Tropfen haben, Frau Klaasen«, grinste er. »Wenn Sie Ihren Pfefferminztee trinken, werden Sie nicht hinterher geschändet in irgendeiner Garageneinfahrt wach werden. Ich behandle meine Gäste mit Respekt. Aber wenn wir uns hier schon so nackt machen, dann schlage ich vor, dass wir das alle tun und unser Gespräch in der Sauna fortsetzen. Dann kann auch jeder von uns sicher sein, dass keiner eine Waffe trägt oder ein Aufnahmegerät in der Tasche hat. Wir würden uns alle freier fühlen. Was meinen Sie?«

Marion Wolters rechnete damit, dass Ann Kathrin dieses Ansinnen vehement ablehnen würde und dass um Aslans Gelenke schon in wenigen Minuten Handschellen klicken würden, doch zu Ihrem Entsetzen nickte Ann Kathrin. »Ja, das ist angesichts der Umstände wohl ein guter Vorschlag.«

Aslan stand auf und begann sein Hemd aufzuknöpfen. Er schnippte mit den Fingern und die Lackleder-Dame erschien, bereit, seine Wünsche zu erfüllen.

»Wir brauchen Bademäntel. Für Frau Klaasen reicht wohl Small, für Frau Wolters XL – oder haben wir auch XXL?«

Marion Wolters schluckte. Sie hätte ihn zu gern geohrfeigt, und sie fragte sich, ob Ann Kathrin wirklich vorhatte, mit ihm in die Sauna zu gehen, oder ob ihre Chefin hier irgendeinen Trick abzog, den sie im Moment noch nicht durchschaute.

Marion klärte beide auf: »Es ist uns nicht erlaubt, uns von unseren Dienstwaffen zu trennen. Eine Polizistin trägt die Waffe immer am Körper. Sie gibt sie nicht an der Garderobe ab.«

»Ja, schön auswendig gelernt«, lachte Aslan. »So machen es die Cowboys mit ihren Colts. Aber wir sind hier nicht im Wilden Westen, und dies ist keine Wagenburg. Viele unserer Kunden haben Wertgegenstände.« Er ging zur Wand und tippte gegen den Spiegel. Mit einem Klicken öffnete er sich und erst jetzt wurde sichtbar, dass sich hinter den verspiegelten Wänden Schränke befanden. Mit dem Zeigefinger tippte er gegen eine Schrankwand mit der Aufschrift *Fanny Hill*. Darin befanden sich Kleiderbügel und ein Safe mit einem Zahlenschloss.

Auf dem Tresor lagen ein Föhn, eine Bürste, in der noch

ein paar Haare hingen und ein Damenrasierer mit der Aufschrift: *Blanke Pussy*.

»Sie können die Kombination selbst wählen. Ich lasse Sie dann jetzt einen Moment alleine. Oder haben Sie noch Fragen?«

»Nein«, sagte Ann Kathrin, »wir kommen klar.«

Die Frau im Catsuit brachte ihnen drei Bademäntel zur Auswahl. Aslan ging nach nebenan.

Ann Kathrin legte ihre Dienstwaffe, ihren Ausweis, ihr Portemonnaie, ihre Uhr und ihr Handy in den Safe.«

»Das ist jetzt nicht dein Ernst«, raunte Marion.

Ann Kathrin sagte laut: »Warum sollen wir nicht ein bisschen Spaß bei der Arbeit haben«, und fügte dann leise hinzu: »Um an die Informationen zu kommen, die er uns geben kann, würde ich auch meinen rechten Arm opfern.« Dann schränkte sie ein: »Na, sagen wir, meinen linken.«

Marion kam sich vor wie Herkules am Scheideweg. Dies war wieder eine der Situationen, die sie damals mit ihrer Therapeutin besprochen hatte. Entweder wird man sich ein Leben lang darüber ärgern, die falsche Entscheidung gefällt zu haben, und sich fragen, wie man so blöd und naiv sein konnte. Oder man wäre später stolz darauf. Das Ganze würde später zu einem wichtigen Teil der eigenen Persönlichkeit werden. Zu einer Tat, auf die man stolz sein konnte und wovon man später den Enkeln erzählte – sofern man welche hatte, was bei ihr nicht zu erwarten war, denn um Enkel zu bekommen, brauchte sie erst einmal Kinder.

Vielleicht lenkte sie sich mit diesen Gedanken ab, um nicht vor Angst handlungsunfähig zu werden.

Da Marion immer noch zögerte, sich zu entkleiden, und ihr die Spiegel zu unangenehmen Beobachtern wurden, während sie sich gleichzeitig fragte, ob sie vielleicht gefilmt werden würden, schlug Ann Kathrin vor: »Du kannst auch hier im Sessel sitzen bleiben, und ich gehe alleine mit ihm in die Sauna.«

Marion spürte durchaus den Impuls, dem sofort zuzustimmen, aber sie hätte dann das Gefühl gehabt, ihre Freundin im Stich zu lassen. Stattdessen sagte sie: »Das ist dann wohl die zweite Krisensituation, die wir beide gemeinsam durchstehen.«

Ann Kathrin warf ihr einen Blick zu, der sie für alles entschädigte.

Ann Kathrin stellte sich so, dass eine Kamera von hinten die Zahlen, die sie eintippte, auf keinen Fall aufnehmen konnte. Trotzdem hielt sie noch die Hand über die Tastatur. Der erste Impuls war 07.07.67 einzugeben, doch dann war ihr der eigene Geburtstag zu naheliegend. Sie wollte aber auch so schnell nichts erfinden. Sie hatte Angst, die Zahl in der Aufregung zu vergessen, und was wäre peinlicher als eine Kommissarin, die am Ende nicht mehr an ihre Waffe kommt, weil sie den Code nicht mehr weiß?

Sie erinnerte sich an die letzte Geburtstagsparty ihrer Freundin Monika Tapper und tippte deren Geburtsdatum ein. Darauf, dachte sie, kommt so schnell keiner.

Ann Kathrin zog sich komplett aus und schlüpfte dann in den Bademantel. Marion dagegen zog erst den Bademantel an und begann, sich darunter auszuziehen.

Ann Kathrin hatte ihre Sachen einfach über den Sessel geworfen, Marion dagegen hängte alles ordentlich auf die Kleiderbügel. So viel Zeit, dachte sie, muss sein.

⚓

Michaela Hering hatte jedes Verständnis für die Überstunden ihres Mannes verloren. Ja, sie sprach das Wort *Überstunden* mit jenem sauren wissenden Zug um die Lippen aus wie das Wort *Seitensprung*. Für sie war ganz klar, dass ihr Mann eine Affäre hatte – vielleicht sogar mehrere. Alle regten sich über diesen Rupert auf, verhielten sich aber im Grunde genauso, taten nur verdeckt, was er offen lebte.

Ihr Mann kam gerne nach Hause, wenn sie schon schlief, oder übernachtete in irgendwelchen Hotels. Sie konnte Freunden nie zusagen, dass er beim nächsten Treffen dabei wäre. Vier ihrer Geburtstage hatte er nacheinander versäumt. Ein Nachbar dachte bereits, sie würden nur noch pro forma zusammenleben, und hatte ihr ein Angebot gemacht. »Ein Wort von dir, Michaela, und ich verlasse meine Frau.«

So blöd das alles war, musste sie sich doch eingestehen, dass sie ihren Nick immer noch liebte, sonst würde wohl nicht die Eifersucht so heiß in ihr brennen.

Da er nicht zu ihr kam, hatte sie sich ein Zimmer im Smutje genommen, um in seiner Nähe zu sein.

Sie war Grundschullehrerin, und sie liebte ihren Beruf. Die Elternabende machten sie traurig, wenn sie all die engagierten jungen Männer sah, deren Koordinatensystem sich, seitdem sie Väter geworden waren, verändert hatte. In den Mittelpunkt ihres Denkens war das Wohl ihrer Kinder gerückt. Sie fand das hochsympathisch, und gleichzeitig machte es sie traurig und wütend, wenn sie an ihren Nick dachte. Letztendlich war doch die Verbrecherjagd für ihn immer wichtiger gewesen als das Familienleben.

Nicht weit vom Smutje war das Wolbergs. Sie erwartete, ihn nachts in der Bar anzutreffen. Sie stellte sich vor, sich schick zu machen, und dann dorthin zu gehen. In ihrer Phantasie flirtete er dort mit aufgedonnerten Frauen, die alle fünfzehn, wenn nicht zwanzig Jahre jünger waren als sie, und glänzte mit seinen Heldentaten als Kriminalkommissar. Damit wäre sie vielleicht noch fertiggeworden. Schlimmer allerdings war die Vorstellung, ihn dort mit einer Frau anzutreffen, die vielleicht gar in ihrem Alter war und mit der er eine ernsthafte Beziehung führte.

Sie hatte in Norden kurz das Zimmer im Smutje bezogen und war dann zum Friseur gegangen, um sich die Haare nachblondieren zu lassen. Dort gab es ein paar graue Strähnchen, die irgendwie nicht zu ihr passten, fand sie.

Sie genoss die Berührungen der Friseurin, die sich als Hair-Stylistin bezeichnete und sich dagegen wehrte, *Frisöse* genannt zu werden.

Michaela hätte schon wieder heulen können, denn ihr wurde klar, wie sehr ihr Berührungen und Körperlichkeit fehlten. Ihr Mann war ja nicht nur einfach abwesend … Sie fragte sich, wann er sie zum letzten Mal angefasst hatte.

Während sie sich die Haare machen ließ, wurde ihr klar, dass sie keinen weiteren Grund brauchte. Sie wollte sich trennen. Dabei spielte es im Grunde keine Rolle mehr, ob er eine Affäre hatte oder nicht. Es war einfach vorbei. Ein Lebensabschnitt ging zu Ende. Sie musste das innerlich akzeptieren, um dann neu, anders weitermachen zu können. So hing sie nur zu Hause herum und litt. Das sollte vorbei sein.

Die neue Frisur kam ihr dann, als sie sich in den Schaufenstern auf dem Neuen Weg betrachtete, zu künstlich, zu gemacht vor. Doch noch bevor sie im Smutje ankam, hatte der Nordwestwind ihren Haaren zu neuer Natürlichkeit verholfen.

Sie lag jetzt auf dem Bett und dachte nach. »Heute«, sagte sie sich, »ist der Tag der Entscheidung. Jetzt oder nie!«

⚓

Der King war aufgeregt und ständig in Bewegung. Er konnte nicht ruhig sitzen. Trotz seiner Nervosität trank er Kaffee.

Sein rechtes Bein wippte auf und ab. Er versuchte, es mit der linken und rechten Hand fest auf den Boden zu drücken, aber es machte sich selbständig.

»Das sind die Nerven«, sagte er. »Hab ich vom Knast zurückbehalten.«

Er hatte sich über dem Knie die Jeans zerschnitten. Sie hing in Fetzen herunter. Jetzt zerriss er einen Hemdsärmel.

Charlie dagegen wirkte ganz ruhig, wie ein Schüler, der weiß, dass gleich eine wichtige Klassenarbeit geschrieben wird, für die er sich aber sehr gut vorbereitet hat.

Jule-Feemke sah aus dem Fenster und beobachtete einen weißen Fischreiher, der den Garten begutachtete und zum Goldfischteich stolzierte. Sein Buffet war angerichtet. Ein Koi war für den Fischreiher eine nicht alltägliche Delikatesse.

»Wir werden uns«, schlug King vor, es klang aber mehr wie ein Befehl, »als Piraten verkleiden und uns Stelzen bauen.«

»Stelzen?«

»Ja. Damit behalten wir den Überblick.«

»Ich kann auf so Dingern nicht gehen«, behauptete Charlie.

»Es gibt für alles im Leben ein erstes Mal«, grinste King.

Charlie grummelte: »Boah, weißt du, wenn ich solche Lebensweisheiten höre!«

Gero griff Jule-Feemke in die Haare und spielte daran herum. Er betastete auch ihr Gesicht und zog dann mit dem

Zeigefinger eine Linie von ihrer Nase über ihre Lippen, ihr Kinn, ihren Hals bis runter zu ihren Brüsten, als würde er einen Knopf suchen, den er drücken musste.

Bin ich für ihn eine Maschine, dachte sie. Ein Spielzeug?

»Und deine Aufgabe, Süße, ist es, so viel Aufmerksamkeit wie möglich auf dich zu ziehen. Falls dort irgendwelche Bodyguards rumlaufen oder gegen jede Absprache Bullen, dann lenkst du sie ab. Das ist mit Arsch und Titten am einfachsten. Bei einem Piratenfest tragen die Leute zerrissene Klamotten. Stimmt doch, oder?«

Genüsslich begann er, ihr Oberteil zu zerfetzen.

»Sie sieht aus, als ob sie von einem Wolfsrudel angefallen worden wäre«, lachte Charlie.

»Dreh dich mal rum, damit ich dir eine Arschbacke freilegen kann«, freute Gero sich.

Jule-Feemke tat, was ihr befohlen worden war. Sie glaubte, das sei jetzt das Beste.

Sie spürte eine Messerklinge kalt an ihrem Hintern, die sich durch ihre Jeans bohrte. Er verletzte sie nicht, sorgte aber dafür, dass Fleisch zu sehen war, und sie begann zu begreifen, dass er das Geräusch liebte, wenn Stoff zerriss.

»Du wirst vorne vor dem Café bleiben.«

»Und was ist mein Part?«, fragte Charlie.

»Während sie die Typen ablenkt, werde ich dieses verlogene Miststück von Sophie Hauser mit dem Geldrucksack zur Damentoilette schicken. Damit rechnen die nicht. Ich glaube nicht, dass irgendwelche Typen ihr folgen werden, nicht mal ihr Lover.«

»Und dann?«

»Sie wird dort den Rucksack aus dem Fenster werfen, und da stehst du.«

Gero hatte in der Wohnung auf dem Kleiderschrank im Schlafzimmer einen großen Rollkoffer mit Reißverschluss gefunden.

»Das Ding ist ideal«, sagte er zu Charlie. »Sie wird dir das Geld in einem Rucksack übergeben. Du stopfst den in den Koffer und ziehst damit ab. Leute mit Rollkoffern sieht man in Norden ständig. Es ist das Kennzeichen für Touristen überhaupt.«

Charlie nickte. »Klar.«

»Hinter ten Cate im Hof gibt es einen direkten Zugang in einen kleinen Garten, mit einem Spielplatz. Das ist der Parkplatz der Volkshochschule. Du bist in ein paar Sekunden weg. Am besten fährst du direkt nach Emden und dort zum Fähranleger nach Borkum.«

»Borkum?«

»Warum nicht? Wenn alles gut gelaufen ist, entspannen wir da erst mal ein paar Tage. Falls irgendetwas Unvorhergesehenes geschieht«, er deutete auf sein Handy, »sind wir in ständigem Kontakt.«

»Und ich?«, fragte Jule-Feemke. »Was wird dann aus mir?«

»Falls da Bullen sind, werden die dich befragen, was los war. Du kannst denen dann erzählen, dass ich dich entführt habe und …«

»Das werde ich nicht tun«, protestierte Jule-Feemke.

»Sondern?«, fragte er. »Was wirst du ihnen sagen?«

»Dass ich freiwillig mit dir mitgegangen bin, weil …, weil ich dich toll finde. Weil ich mich in dich verliebt habe.«

Er lehnte sich zurück und verschränkte die Arme vor der Brust. Sein Wackelknie wurde ruhiger. »Brav«, sagte er. »Sehr brav. Ich werde dich dann kontakten und dir sagen, wohin du kommen sollst.«

Charlie erinnerte an einen Deal: »Ich dachte, ich krieg' sie als Zugabe obendrauf?«

Gero Kaiser hatte Oberwasser. Er spottete: »Meinst du wirklich, sie soll ihr Nuttenpraktikum in so einem billigen Wohnwagenbums machen wie bei dir? Mensch, guck sie dir doch an! Die ist was für den Escort-Service! Die hat's drauf. Von den ersten zehn Freiern wird sich mehr als die Hälfte in sie verknallen, wetten? Die wollen sie bestimmt gleich retten, ihre Ehefrauen verlassen, ihre öden Einfamilienhäuser verkaufen und stattdessen mit ihr ein freies Leben beginnen. Genauso wie dieser Depp, den wir gleich abkochen, weil er Sophie für sich haben will.«

Er sprach Jule-Feemke direkt an: »Du bist ein Goldstück, meine Liebe! Ein Diamant! Wir können reich werden. Wenn du dafür sorgst, dass sich die Typen so richtig in dich verknallen, dann ziehen wir sie ab. Wir ziehen das ein paarmal in ausgesuchten Kreisen durch, und dann bist du reich, mein Engel. Du kriegst bei mir bessere Gagen als die Schlagerstars beim ZDF-Fernsehgarten.« Er breitete die Arme aus: »Ein bisschen harte Arbeit und dann Traumschiff, sage ich nur. Karibik! Wir schauen uns die Welt an. Was meinst du, was für Geldsäcke auf solchen Luxuslinern herumlaufen ... mit mir spielst du in einer ganz anderen Liga. So, und jetzt bauen wir die Stelzen und dann los!«

»Ich fall mit so Dingern um«, beschwerte Charlie sich.

»Ist ja schon gut. Du brauchst ja auch keine. Aber ich muss den Überblick behalten. Ich werde über euren Köpfen thronen, als Piratenkönig.«

Es gab im Innenhof mehrere Saunen und ein fünf mal fünf Meter großes Abkühlbecken, von innen beleuchtet, in dem das klare Wasser sprudelte. Vor einer russischen Sauna, aus der es nach Birken roch, stand Big Aslan, in einen Bademantel gehüllt, auf dem die Buchstaben *BA* gestickt waren. Als er die beiden kommen sah, hängte er den Bademantel vor der Sauna auf und empfing die beiden Frauen nackt. Sein durchtrainierter, aber leicht verfetteter Körper wies mehrere Narben auf, die auf Stichwunden hindeuteten. Zwei davon links auf den Rippen, eine am Oberarm und eine an der Schulter. Er trug diese Verletzungen wie Orden.

Ann Kathrin hängte ihren Bademantel neben seinen und wickelte sich in ein großes Saunatuch.

Aslan sagte mit einer Anzüglichkeit, die als Anerkennung getarnt war: »Darf ich Ihnen sagen, Frau Klaasen, dass Sie für Ihr Alter wirklich noch eine tolle Figur haben?«

»Ein Wort zu mir oder meiner Figur«, drohte Marion Wolters, »und du weißt, warum Eunuchen so eine hohe Stimme haben.«

Die Sauna machte einen ausgesprochen gepflegten Eindruck. Birkenzweige hingen von der Decke. Aslan setzte sich mit gebührendem Abstand, aber breitbeinig, den beiden Frauen gegenüber hin. Er zeigte sein Glied gern und war offensichtlich stolz darauf. Sein Penis war beschnitten.

Er deutete auf einen Holzeimer, der halb voll Wasser war und an dem eine Kelle hing: »Mit dem Aufguss warten wir noch ein bisschen, oder?«

Ann Kathrin sah auf die Saunauhr. Die Sauna hatte 91 Grad. Marion schwitzte sofort, glaubte aber, dass es eher an der Situation als an der Hitze lag. Sie brauchte sonst in der Sauna immer eine ganze Weile, bis sich ihre Poren öffneten. Manchmal ging bei ihr das Schwitzen erst beim zweiten Gang so richtig los.

»Also«, sagte Ann Kathrin, »nun sind wir hier. Wir sind nackt. Wir sind in Ihrer Sauna. Jetzt hätten wir gern Antworten. Sie müssen als V-Mann ja ein wirklich großes Potenzial für uns haben, wenn man Sie so ungeschoren davonkommen lässt. Um welches höhere Gut geht es?«

Er lachte und klopfte sich auf die Schenkel, dass er nur so patschte. »Sie glauben doch nicht im Ernst, dass ich meinen Vater verraten habe, was? Die Familie steht für mich über allem.« Er machte eine große Geste, sah beiden Frauen nacheinander in die Augen: »Ich habe mir den Titel V-Mann gekauft.«

Er weidete sich an ihrer Empörung.

»Früher hat man sich ein Offizierspatent gekauft, einen Adelstitel oder einen Doktorhut. Aber wer will heute noch so einen Schrott? Als V-Mann dagegen bin ich wie ein Botschafter. Ich genieße Immunität – und glauben Sie mir, ich genieße sie wirklich!«

»Moment«, hakte Ann Kathrin nach. »Sie wollen uns weismachen, Sie geben dem BKA überhaupt keine Informationen, sondern Sie gelten als V-Mann, weil Sie dafür Geld bezahlt haben?«

Er nickte. »Ja, klar. Und da bin ich nicht der Einzige. Vier Millionen hat Nowak kassiert.« Er versuchte, das zu relativieren: »Der hat aber höchstens eine für sich behalten und den Rest angeblich an Helfer verteilt und an Leute, die ein paar Augen zudrücken mussten. Da kassieren ’ne Menge Leute, das ist wie so ein ...«

»Ein Schneeballsystem?«

»Ach, nennen Sie es, wie Sie wollen. Jedenfalls hat Dirk

Klatt vierhunderttausend bekommen. Am Ende hat Nowak sich nicht mal mehr die Mühe gemacht, alle Gelder selbst zu verteilen. Nur die oberen Chargen hat er selbst bedient.« Aslan fuhr sich mit dem Handrücken über die Bartstoppeln. »Falls das nicht geflunkert war und er alles selbst eingesteckt hat. Ein paar von den kleinen Gierlappen, wie Klatt, musste ich dann selbst auszahlen. Aber insgesamt waren es vier Millionen.«

»Und dafür gelten Sie als V-Mann?«

»Ja klar. Und ich genieße höchsten Schutz. Ich könnte auch jederzeit neue Papiere bekommen oder in ein Zeugenschutzprogramm. Haben wir alles vorbereitet. Ich sage doch, ich bin wie ein Diplomat. War ja auch teuer genug.«

»Aber warum musste Klatt dann sterben? Er hat doch alles gemacht?«, fragte Marion Wolters und kratzte sich am rechten Oberarm.

Aslan nahm mehrere Birkenzweige und klatschte sich damit auf den Rücken. Schweißperlen spritzten. »Müssen Sie auch mal machen. Tut gut.«

»Warum die Morde«, hakte Ann Kathrin nach, »wenn doch alles so schön mit Geld geregelt war?«

Marion Wolters setzte nach: »Angeblich muss man sich doch dann keine Sorgen mehr machen, wenn man mitspielt.«

»Weil euer Nowak auf Nummer sicher gehen will. Der hat jetzt seine Schäfchen im Trockenen, alles ist für ihn gut gelaufen, und jetzt lässt er jeden umlegen, der damit zu tun hat.«

Ann Kathrin bestand darauf: »Sie haben Dalibor die Aufträge gegeben.«

»Ja, klar habe ich das. Dalibor ist mein Mann. Glauben Sie, Nowak macht sich selbst die Hände schmutzig? Das ist ein Machtmensch, der sagt ganz klar: *Pass auf, Junge, wir können dich von der V-Mann-Liste jederzeit runternehmen. Das ist ein Federstrich.* Angeblich hat er auch alle Beweise dafür, dass ich meine Ehefrau überfahren habe. Das war ich aber nicht.«

»Klar. Sie sind natürlich ein Unschuldslamm«, lästerte Marion.

»Spotten Sie nur. Das Leben ist härter als jeder Schwanz. Ich habe sie alle bezahlt und dachte, die arbeiten für mich, aber jetzt lassen sie mich für sich arbeiten.«

»Nowak hat Sie also in der Hand?«, fragte Ann Kathrin.

»Na sicher. Er kann meinen Diplomatenstatus wirklich jederzeit aufheben. Und er hat Akten über mich gesammelt. Ich habe nicht nur für ihn den Killer beauftragt, nein, nein. Ich habe ihn auch für ihn bezahlt. Verstehen Sie, was das für einer ist?«

Ann Kathrin verschränkte die Arme vor der Brust und setzte sich anders hin. »Wissen Sie, was ich mich frage, Herr Aslan?«

»Nein.«

»Warum erzählen Sie uns das alles?«

»Weil wir ein gemeinsames Interesse haben, Frau Klaasen. Er hat mir gesagt, ich soll dafür sorgen, dass Sie sterben.« Er zeigte auf Marion Wolters: »Die da war eigentlich gar nicht vorgesehen.«

Marion bedankte sich. »Sehr freundlich. Das beruhigt mich aber.«

Aslan machte jetzt ungefragt den Aufguss. Dreimal warf er Wasser aus der Kelle auf die heißen Steine. Es zischte, und die feuchte Hitze im Raum war für einen Moment so heftig, dass Marion Wolters fast herausgestürmt wäre.

Aslan nahm jetzt sein Saunatuch und ließ es wie einen Propeller kreisen. Dabei flogen Schweißtropfen durch die Luft. Er fächerte den beiden heiße Luft zu. Erst nachdem er sich wieder gesetzt hatte, antwortete er: »Ich habe das Prinzip erkannt. Er löscht alles hinter sich aus, lässt keine Verbindungslinie bestehen.« Er lächelte: »*Leichen pflastern seinen Weg*, nannte man das früher wohl. Leichen können nicht aussagen. Es wird niemals Beweise gegen ihn geben, verstehen Sie? Das heißt, ich bin der Letzte. Ich wusste nicht, ob er Dalibor bitten wird, mich umzulegen, und den dann selber ausknipst oder ob er es andersrum macht. Aber dass mein Weiterleben ihn gefährdet, ist doch klar, oder?«

»Wir haben Dalibors Handy«, sagte Marion Wolters und trumpfte damit auf, wusste aber selbst nicht genau, ob der Trumpf noch stach.

Aslan lachte: »Einen Scheiß haben Sie. Das Handy hat garantiert Nowak oder einer seiner Knechte. Euer Kevin war der Einzige, den er nicht in den Griff gekriegt hat. Aber der liegt ja jetzt auch unter der Erde. Verstehen Sie das nicht? Der lässt keine Beweise gegen sich oder seine Leute zu.«

»Wer«, fragte Ann Kathrin, »hängt noch mit drin?«

Weil Aslan schwieg, konkretisierte Marion: »Elisabeth Schwarz? Hering?«

»Leute, das könnt ihr ihn selber fragen, wenn ihr ihn habt«, ermunterte Aslan sie und guckte recht optimistisch.

Marion lief der Schweiß in Rinnsalen herunter. Ihr Gesicht glänzte. Von Ann Kathrins Nase fiel ein Tropfen. Sie tupfte sich mit einer Handtuchspitze das Gesicht ab.

»Nachdem Dalibor nicht mehr unter uns weilt, geht es nur noch um Sie beide und um mich. Glauben Sie mir, wenn jemand diese Sauna hier abschließen könnte, damit wir hier langsam erschwitzen und verdursten, den würde Ihr feiner

Herr Nowak fürstlich belohnen ... bevor er ihn dann auch über die Klinge springen lässt.«

»Nur beweisen kann man das alles natürlich nicht«, sagte Marion Wolters zerknirscht und fragte sich plötzlich, was eigentlich passiert sein musste, dass sie mit dem Mann, der sie gerade noch in einen Käfig hatte sperren lassen, um sie umzubringen, nun friedlich in einer Sauna saß.

»Die Welt ist verrückt geworden«, murmelte sie, und Ann Kathrin reagierte darauf mit dem Satz: »Ja, besonders deshalb müssen wir jetzt einen klaren Kopf behalten. Wenn das, was Sie sagen, stimmt, Herr Aslan, haben wir in der Tat ein gemeinsames Interesse, Nowak zu überführen.«

Er zeigte auf Ann Kathrin und strahlte: »Sie glauben mir, stimmt's?« Mit dem Handrücken fuhr er sich unter der Nase lang, dann über die Stirn. Er wischte sich Schweißwasser ab und schüttelte dann die Hände aus. Er tat es absichtlich so, dass Tropfen von seinem Schweiß in Richtung Ann Kathrin und Marion flogen. Marion erwischte eine Ladung an der Schulter.

»Das«, sagte er, »ist die Blutsbrüderschaft von heute.« Er lachte viehisch.

Marion wollte sich erheben. »Ja, dann können wir ja jetzt diese denkwürdige Versammlung auflösen.«

»Oh nein«, lachte Big Aslan. »Jetzt kommt doch erst der Clou! Außerdem haben Sie sich noch gar nicht dem richtigen Ritual unterzogen. In Russland peitscht man sich mit den Birkenzweigen aus, das ist gut für die Haut, verjüngt sie, treibt Geister aus und verringert den Fettgehalt im Gewebe.«

Ann Kathrin blieb sachlich: »Welchen Clou? Welche Beweise können Sie uns liefern?«

»Ich habe ein Treffen mit Ihrem Herrn Nowak. Ich könnte mir vorstellen, dass ich es, zumindest, wenn alles nach seinen Plänen läuft, nicht überleben werde.«

»Wann? Wo?«

»Heute Nacht um zwei. In Norddeich. Um Mitternacht, wenn die Party hier dem Höhepunkt entgegengeht, werde ich losfahren.«

»In Norddeich?«

»Ja. Offiziell bin ich natürlich hier in Oldenburg in meinem Club, und einige Leute werden mich hier auch sehen. Sie unter anderem. Aber dann werde ich mich mit einer wunderschönen Frau, die mir natürlich für die ganze Nacht ein Alibi gibt, in meine Gemächer zurückziehen.«

»Wir werden Sie verkabeln«, schlug Ann Kathrin vor. »Bringen Sie ihn dazu, uns so viel wie möglich zu erzählen.«

»Ja, ja, ja«, beruhigte Aslan sie. »Aber wer garantiert mir, dass ich die Sache ohne Loch im Kopf überstehe?«

»Sie glauben, dass er heute Nacht versuchen wird, Sie umzubringen?«, fragte Marion. »Und deswegen beordert er Sie nach Norddeich?«

»Angeblich hat er etwas zu besprechen. Wir telefonieren nicht. Wir treffen uns am Deich und reden.«

»Ja«, spottete Marion, »ihr seid richtige Naturburschen.«

»Ich vermute mal«, sagte Ann Kathrin, »Sie wollen keinen Polizeischutz von uns?«

Er lächelte: »Natürlich nicht. Erstens traue ich euren Typen nicht, schließlich arbeiten sie alle für den gleichen Verein wie Nowak. Und ich weiß nicht, wer sonst noch auf seiner Gehaltsliste steht. Außerdem würde Nowak das sofort merken, und Ihre Cops machen doch nichts gegen ihn. Nee, nee, so läuft das nicht. Ich kann mich schon selbst beschützen.

Was ich will, ist, dass Sie danach Nowak aus dem Verkehr ziehen.«

»Und Sie wollen unser Kronzeuge werden?«, fragte Ann Kathrin.

»Wenn ihr einen Kronzeugen braucht, ja. Können Sie mir die Immunität zusichern, die ich bisher von Nowak bekommen habe?«

Ann Kathrin hielt es in der Sauna nicht länger aus. Sie bewegte sich langsam im Richtung Tür. »Ich ernenne weder Botschafter, noch vergebe ich Immunität. Ich mache auch keine Deals. Alles, was ich Ihnen versprechen kann, ist ein gerechtes, ordentliches Verfahren, in dem wir für Sie aussagen.«

Marion Wolters zuckte zusammen. »Du willst doch nicht ernsthaft vor irgendeinem Richter stehen und über unsere Saunabekanntschaften reden ...«

»Die Sie in einem Swingerclub bei einer Fetischparty gemacht haben«, amüsierte Aslan sich. Er war noch vor Ann Kathrin bei der Tür. »So. Genießen Sie die Sauna. Ich empfehle mich. Ich werde ein paar Gäste empfangen. Ich muss mich sehen lassen, Sie verstehen.«

»Wo genau in Norddeich?«

»Wir werden da sein, wo alle sind. Ich parke auf dem großen Parkplatz vorm Ocean Wave, gehe durch den Dörper Weg und bei Moders oll Hus werde ich eine Weile bei der Stele, die Ebbe und Flut anzeigt, stehen, wie Lale Andersen bei der Laterne.«

»Sie werden dort ein gutes Ziel abgeben.«

»Ich fürchte, deshalb verlangt er es von mir. Dann gehe ich die Treppen hoch auf den Deich und auf der Krone in Richtung Greetsiel. Dort kommt man an mehreren Bänken vorbei, auf einer davon wird er sitzen – vermute ich. Ich setze mich daneben, und wir unterhalten uns.«

»Wie wollen Sie sich schützen?«, fragte Ann.

Er deutete auf die Narben auf seinem Körper: »Ich habe drei Attentate überlebt. Zwei Angriffe mit dem Messer«, er zeigte auf seine Rippen, »und einmal hat so ein Stümper auf mich geschossen.« Er legte den Zeigefinger auf die Stelle, an der ihn die Kugel in der Schulter getroffen hatte. »Besser als jeder Helm, besser als jede Schutzkleidung sind Instinkte. Und die habe ich. Nachdem wir jetzt so viel voneinander wissen, Frau Klaasen, geben Sie mir bitte Ihre Handynummer. Ich werde meins laufen lassen, wenn ich mit ihm spreche. Ich hoffe, Sie haben einen guten Empfang. Und mäßigen Sie Ihre Leute. Wenn da irgendwelche Bullen auftauchen, wird er nicht da sein. Seine Spitzel in der Behörde werden ihn vorher informieren.«

»Das lassen Sie mal unsere Sorge sein. Wir verabschieden uns dann jetzt«, schlug Ann Kathrin vor.

Aslan lächelte: »Wollen Sie nicht an unserem Buffet teilnehmen? Es gibt ein lebendes Buffet«, frohlockte er.

Marion Wolters hielt es in der Hitze kaum noch aus. Trotzdem fragte sie: »Sie töten die Tiere nicht, bevor Sie sie essen?«

Er schmunzelte. »Sie haben wirklich vom Leben keine Ahnung … wird Zeit, dass ich Ihnen ein paar Sachen beibringe. Ein lebendes Büffet heißt, dass dort keine gebügelten weißen Tischdecken liegen, auf denen Omas Teller angerichtet werden, sondern drei Sklavinnen, von deren Körpern wir essen. Glauben Sie mir, das ist ein großes Vergnügen. Kann man nicht vergleichen mit so einem spießigen Büffet bei Ihrem Lieblingschinesen.«

Er öffnete die Tür und begab sich mit seinem qualmenden Körper in das Abkühlbecken. Nichts hätte Marion Wolters lieber getan, als sich jetzt ebenfalls in dem Wasser abzukühlen. Aber einerseits wollte sie nicht von demselben Wasser benetzt werden, in dem Big Aslan schwamm, andererseits fragte sie sich auch, ob hier draußen Kameras waren. Sie wollte nicht gerne so gefilmt werden. Diente das alles nur dazu, sie und Ann Kathrin zu demütigen? Waren sie in eine Falle gelaufen?

Zu ihrem großen Erstaunen kühlte Ann Kathrin sich in dem Becken ab. »Komm rein, Marion«, sagte sie und winkte ihr, »wir brauchen jetzt einen kühlen Kopf.«

»Und wenn ich es nie wieder tue«, sagte Marion sich selbst und machte eine Arschbombe.

Aslan freute sich: »So gefallen Sie mir. Ich arbeite nicht gern mit miesepetrigen Menschen zusammen.«

Marion fühlte sich erst wieder wohl, nachdem sie sich abgetrocknet und angezogen hatte und die Heckler & Koch an ihrem Körper spürte. Sie verzichtete ebenso wie Ann Kathrin darauf, sich die Haare zu föhnen.

Sie verließen den Club so, wie sie gekommen waren. Die Außentür ließ sich problemlos öffnen. Ihr Fahrzeug stand da, wo sie es abgestellt hatten. Die Kameras zeichneten zwei zufriedene Frauen auf, die mit nassen Haaren in ihr Auto stiegen.

Ann Kathrin klemmte sich hinters Steuer. Marion stöhnte: »Ich bewundere dich, dass du jetzt fahren kannst. Ich könnte es nicht. Ich bin fertig, Ann, fix und alle. Du glaubst gar nicht, wie mir die Düse geht.«

»Man hat es dir nicht angemerkt.«

»Nee, aber innerlich hatte ich den Flattermann.«

»Glaubst du ihm?«, fragte Ann Kathrin.

»Es klingt alles ungeheuerlich, aber irgendwie auch schlüssig.«

Marion Wolters schwitzte heftig. »Boah, ich diesel total nach. Meine Klamotten sind schon klatschnass. Stört es dich, wenn ich das Fenster aufmache? Ich fühle mich, als würde ich immer noch in der Sauna sitzen, als hätte ich die Hitze gespeichert.«

Ann Kathrin konzentrierte sich auf den Verkehr. Marion ließ ihre feuchten Haare flattern.

»Hast du keine Angst, dich zu erkälten?«

»Ich bin ein Küstenkind. Ich liebe den Wind.«

Ann Kathrin sah auf die Uhr. »Wir fahren jetzt in den Distelkamp«, schlug sie vor, »sortieren uns ein bisschen, ruhen uns einen Moment aus und dann …«

»Du willst das echt alleine durchziehen?«

»Ich glaube, die anderen haben genug Sorgen, und irgendwie ist das jetzt unser Ding, oder?«

»Ja, Schwester«, antwortete Marion. »Kopf oder Zahl. Sieg oder Niederlage. Dir ist schon klar, dass wir gerade alles auf eine Karte setzen?«

⚓

Michaela Hering stand auf dem Marktplatz vor der Polizeiinspektion. Sie wusste nicht einmal, ob ihr Mann sich in diesem Gebäude befand oder in Aurich. Vielleicht wälzte er sich aber auch mit seiner Geliebten im Bett.

Sie wollte nicht länger warten. Sie betrat das alte Haus und bat unten am Empfang, wo ein junger, ausgemergelter Polizeibeamter in Uniform saß, der aussah, als hätte er dringend

Schlaf nötig: »Ich würde gerne Dezernatsleiter Nick Hering aus Osnabrück sprechen.«

Der junge Polizist wischte sich durchs übermüdete Gesicht und fragte: »Worum geht es denn? Und wen darf ich melden?«

»Schöne Grüße, ich bin seine Ehefrau.«

»Ja, wird das Abendessen kalt, oder was?«, fragte er spöttisch.

Sie ignorierte die Unverschämtheit und trommelte mit den Fingern einen nervösen Takt auf die Theke. Der Beamte nahm das Telefon in die Hand, sprach leise und stellte sich so, dass sie nichts von seinen Lippen ablesen konnte.

Dreißig Sekunden später stand Nick Hering vor seiner Ehefrau. Für sie fühlte es sich an, als hätte es eine Viertelstunde gedauert. Auf ihrer Uhr sah sie die reale Zeit, aber die gefühlte war ganz anders. Innerlich erlebte sie es so, als würde er sie wieder mal warten lassen.

Als er bei ihr ankam, war ihm der Spurt durchs Treppenhaus noch anzumerken. In diesem alten Gemäuer gab es keinen Fahrstuhl. Oder japste er vor Aufregung?

Er war blass und guckte sie verunsichert an. Er begrüßte sie mit den Worten: »Ist was, Michaela?«

»Ja.«

»Mit den Kindern?«

»Nein, nur mit mir.«

Er wirkte gleich ein bisschen erleichtert, was sie verletzte. Er holte zu einer Erklärung aus: »Es ist jetzt ungünstig. Wir sind gerade mitten in einer …«

»Es ist immer ungünstig.«

»Ja, herrje, worum geht's denn?«

Für einen Moment befürchtete er, sie habe eine schlimme Diagnose bekommen. Vielleicht Krebs. Aber warum rief sie ihn nicht an? Warum kam sie von Osnabrück hierher und suchte ihn in der Polizeiinspektion auf? Und dann um diese Uhrzeit? Er war verwirrt.

Der junge Kollege hatte wohl genau so etwas gebraucht, um wieder richtig wach zu werden. Er sah und hörte interessiert zu.

»Wollen wir ein paar Meter draußen spazieren gehen?«, fragte Michaela.

Nick Hering hob die Arme und ließ sie kraftlos gegen seinen Körper platschen. »Ich kann jetzt hier nicht weg, Herrgott!«

Michaela wandte sich an den jungen Polizisten: »Dann passen Sie jetzt mal gut auf, junger Mann. Sie lernen was fürs Leben. – Du interessierst dich nicht mehr für mich«, sagte sie ihrem Mann ins Gesicht. »Du versteckst dich hinter deinem Beruf. Wir sind zwar noch verheiratet, aber es spielt im Grunde für dich gar keine Rolle mehr, falls es dir nicht sogar lästig geworden ist. Wenn alles andere, was du tust, immer so wichtig ist, kannst du dir vorstellen, wie klein ich mich dann im Laufe der Zeit fühle?« Sie deutete es mit Daumen und Zeigefinger an. »Wenn ich nicht Grundschullehrerin wäre, würde ich mich wie eine Amöbe neben dir fühlen. Wann hast du mich zum letzten Mal in den Arm genommen? Wann mir ein Kompliment gemacht? Wann mir Blumen geschenkt? Du gibst mir ständig das Gefühl, ich sei dir lästig! Wann haben wir uns zum letzten Mal ernsthaft über etwas unterhalten? Nein, ich meine nicht über Politik oder Fußball, ich meine über ein Buch, über einen Film.« Sie tippte mit dem Zeigefinger gegen seine Brust: »Wann haben wir überhaupt zum letzten Mal gemeinsam einen Film geguckt?« Sie sprach es aus wie eine ganz neue Erkenntnis: »Wir gucken ja nicht mal mehr zusammen fern! Und deswegen bin ich gekommen, um dir zu sagen, es ist Schluss! Lös nur deinen Fall, mach hier all die wichtigen Dinge, die du zu tun hast. Für mich war's das!«

Ganz offensichtlich hatte Nick Hering damit nicht im Geringsten gerechnet. Er sah tatsächlich schockiert aus, aber was er sagte, machte es nicht besser: »Werd jetzt nicht hysterisch. Wir haben hier schon Probleme genug.«

Michaela sah den jungen Polizisten an, der wirklich aussah, als würde er gerade etwas fürs Leben lernen. Sie wandte sich an ihn: »Falls Ihre Frau mal mit solchen Problemen zu Ihnen kommt, das«, sagte sie spitz und zeigte auf ihren Mann, »war exakt die richtige Antwort – wenn man seine Frau loswerden will.«

Der junge Beamte nickte.

Hering rief: »Aber ich will dich doch gar nicht loswerden!«

»Komisch. Genau so fühlt es sich aber für mich an. Seit Jahren.«

Sie drehte sich um und ging in der Hoffnung zur Tür, er würde sie aufhalten, was er nicht tat und im Nachhinein sehr bedauerte.

⚓

Im Distelkamp angekommen, überkam beide das dringende Gefühl, duschen zu müssen, und gleichzeitig wurden sie hungrig.

»Ich könnte einen Bären mit Senf essen«, sagte Marion.

Kochen war so gar nicht Ann Kathrins Ding, das machte normalerweise Weller, aber heute war auch nicht der Tag, um sich eine Pizza zu bestellen. Sie wollte nicht einmal zu Gitti. Sie öffnete die Kühlschranktür und ging nach dem

Frank-Weller-Prinzip vor: Erst mal gucken, was da ist, und dann machen wir etwas draus.

Sie fand bereits gepulte Krabben, genügend Eier, Tomaten, Zwiebeln und fünf große, weiße Champignons. Wahrscheinlich hätte Weller das Ganze noch verfeinert, aber es musste auch so gehen. Während Marion duschte, würfelte Ann Kathrin die Zwiebeln.

Später saßen sie auf der Terrasse zusammen. Es war immer noch eine sehr warme Sommernacht. Marion trug Wellers Bademantel, Ann Kathrin ihren eigenen. Auf dem Tisch zwischen ihnen stand die Pfanne. Sie aßen Krabben mit Rühreiern, dazu Schwarzbrot und Toast. Marion fand es köstlich, Ann Kathrin aß es mehr, um sich Energie zuzufügen.

Marion benutzte die Pfeffermühle und die Salzmühle sehr ausgiebig, Ann Kathrin streute sich nur ein wenig Kurkuma über die Eier und nahm kein Salz, da ihr die Krabben bereits salzig genug waren.

Dazu tranken sie ostfriesisches Leitungswasser. Es war eiskalt und tat gut im Hals.

Sie waren beide hundemüde, aber an Schlafengehen war natürlich nicht zu denken. Mehr als ein kurzes Ausruhen war nicht drin.

Sie fuhren den Mercedes zum Yachthafen. Von dort aus wären sie rasch da, aber weiter wollten sie nicht heran, um die Aktion nicht zu gefährden.

Von der Autobahn aus rief Aslan sie an. Sie verabredeten eine Sprechprobe. Er steckte sich das Handy in die Tasche und fragte: »Können Sie mich jetzt hören?«

»Ja«, antwortete Ann Kathrin, »und aufnehmen kann ich auch alles.«

»Okay. Bleiben Sie in meiner Nähe, aber kommen Sie mir um Himmels willen nicht zu nahe. Dann gefährden Sie alles. Ihr Nowak ist ein misstrauischer Typ.«

Fast hätte Marion gesagt: »Passen Sie gut auf sich auf.« Fast. Sie war froh, sich beherrscht zu haben.

Sie gingen noch ein bisschen im Hafen spazieren. An der Mole sahen sie ein knutschendes Liebespärchen und ein zweites an der Gedenkstätte Meeresblick. Sie sahen nicht aus, als würden sie einen Toten betrauern, sondern eher, als seien sie kurz davor, einen neuen Erdenbürger zu zeugen.

Von hier aus sahen Ann Kathrin und Marion rüber zur Insel Juist. Es war nicht schwer für Marion, Ann Kathrins sehnsuchtsvollen Blick zu deuten.

»Willst du ihn wirklich nicht anrufen und informieren?«

»Er hat selbst genug um die Ohren. Und weißt du, wenn ich ihm Bescheid sage, stürze ich ihn nur in einen Konflikt. Er wird nicht wissen, ob er bei Sophie Hauser und Mara bleiben soll oder zu uns kommen muss. Warum sollten wir ihm das antun? Wir beiden«, sie zitierte jetzt bewusst Big Aslan, »*Mädels* wuppen das doch alleine, oder?«

Marion fühlte sich geehrt und legte einen Arm um Ann Kathrin.

⚓

Nick Hering sah herunter auf den dunklen Marktplatz. Eine Gestalt ging dort entlang. Es hätte gut seine Frau sein können. Aber genau erkennen konnte er die Person nicht. Vielleicht war es sogar ein Mann mit einem langen, wehenden Mantel.

Er hatte schon oft nachts im Büro gesessen und gearbeitet,

aber noch nie um die Zeit eine E-Mail an seine Frau geschrieben. Etwas war mit ihm geschehen. Er spürte Trauer in sich und eine Zerrissenheit. Er wollte Michaela nicht verlieren, und er schämte sich für all die Zeit, die er als Vater nicht mit seinen Kindern verbracht hatte.

Jeder Satz, den er in den Computer tippte, kam ihm falsch vor. In seinem Kopf fühlten sich die Worte noch richtig an, doch wenn sie dann auf dem Bildschirm erschienen, nicht mehr, so als hätte er das gar nicht geschrieben.

Nowak öffnete die Tür und sah seinen Kollegen an. »Was ist denn so dringend?«, fragte Nowak und schloss leise die Tür hinter sich. Er lehnte sich dagegen, als wollte er verhindern, dass noch jemand anders in den Raum kommen könnte.

»Ich steige aus, Wolfgang.«

Nowak beugte sich vor: »Du willst was?«

»Ich steige aus. Du kannst meine Anteile haben. Ich stehe nicht mehr zur Verfügung.«

»Was ist los mit dir? Wir stehen ganz kurz vor dem Sieg! Alles läuft wunderbar für uns.«

Hering wirkte wie ein Schuljunge, der seinem Lehrer gestehen muss, dass er die Hausaufgaben nicht gemacht hat. »Ja, aus deiner Sicht läuft bestimmt alles prima. Aber für mich nicht.«

»Wovon sprichst du überhaupt? Erzähl mir jetzt nicht, du hast Angst vor dieser Klaasen?!«

»Nein. Meine Frau verlässt mich.«

Nowak hatte mit etwas Schlimmerem gerechnet. Er klatschte lachend in die Hände: »Mein Gott, seine Frau verlässt ihn!«, rief er zur Decke, als hätten sie dort ein Publikum. »Welch ein Drama! Das ist doch schrecklich trivial.

Mensch, Alter, freu dich!« Er ging zum Fenster und zeigte nach draußen in die Nacht: »Die Welt ist voller wunderbarer junger Frauen, die nur auf so einen wie dich warten. Du hast alles – Ansehen, Geld, Macht. Du kannst Schutz bieten und ...«, er guckte ein wenig kritisch, »wenn du ein bisschen trainierst, kriegst du auch deinen Körper wieder auf Vordermann. Die Ehe macht aus Tigern Bettvorleger. Du wirst doch jetzt nicht depressiv, weil ein Rosenkrieg auf dich wartet? Sei großzügig. Gib ihr das Scheißhaus, das Auto und was sie sonst noch haben will. Um mehr geht's doch nicht. Mensch, du kannst mit ein paar Abschlägen in Frühpension gehen und bei der Kohle, die wir zurückgelegt haben, ein schönes Leben genießen. Dabei ist deine Michaela dir doch höchstens im Weg.«

»Nein, ist sie nicht. Ich war ein Idiot. Ich liebe sie. Vielleicht können wir noch ein paar gute Jahre zusammen haben. Ich habe vieles wiedergutzumachen.«

Nowak konnte es nicht fassen. »Heißt das, du lässt mich jetzt hängen?«

Die Formulierung klang Hering zu hart. Er versuchte, es anders auszudrücken. Während er noch um Worte rang, trat Nowak an seinen Schreibtisch, griff zum Computer und drehte ihn um. Er wollte lesen, was Hering geschrieben hatte.

Erleichtert sah er, dass es nur Versuche waren, an Michaela zu schreiben. Keine Geständnisse.

»Das ist unser großer Abend, und du sülzt hier in schwülstigen Liebesbriefen herum?«

»Siehst du, genau das meine ich. Ich will auch den Kopf für etwas anderes freihaben. Nicht alles kontrollieren müssen, so wie du. Du guckst hierhin«, er berührte den Bildschirm, »weil du Angst hast, ich könnte etwas verraten. Ich dich … Mensch, wir sind alte Freunde! Zusammen durch dick und dünn gegangen. Und …«

Jetzt sah er es zum ersten Mal in Nowaks Augen, und es kam ihm so vor, als hätte er es die ganze Zeit gewusst, aber nicht wahrhaben wollen. Für Nowak gab es so etwas wie Freundschaft gar nicht. Für ihn hatten Menschen eine Funktion, waren nützlich, oder eben nicht.

»Gleich werden wir Big Aslan erledigen. Wir werden als gefeierte Helden dastehen, Auszeichnungen kassieren, Vorträge halten. Vielleicht schreiben wir ja ein Buch.« Nowak lachte: »Wir müssen es ja nicht selber tun. Für so etwas gibt es ja Ghostwriter. Vielleicht fragen wir mal diesen Bloem, der ist doch ein ganz vernünftiger Mann und in Ostfriesland recht angesehen.«

»Ja. Mach du das, Wolfgang. Ich kann nicht mehr. Ich höre auf. Alles, was wir geschafft haben, hat auch ganz viel von uns genommen, verstehst du? Neben dem normalen Dienst haben wir all das organisiert, diese Nächte im Büro, dieses Planen, diese Treffen … ich kann einfach nicht mehr.«

»Ach, hör doch auf, Mensch! Ich staune, was für ein Sensibelchen du plötzlich geworden bist. Aber bitte, des Menschen Wille ist sein Himmelreich.«

Nowak zog seine Ruger Mark IV mit Schalldämpfer und feuerte zweimal auf Nick Hering. Er traf ihn aus nächster Nähe einmal ins Herz und einmal zwischen die Augen.

Kopfschüttelnd löschte er im Computer, was Hering an seine Frau schreiben wollte. Er kopierte die Festplatte und nahm vorsichtshalber Herings Handy an sich.

Im Grunde gefiel ihm die Sache. Er würde seinen Plan verwirklichen, nur in leicht abgewandelter Form.

Er sah auf die Uhr. Das würde alles noch größer machen, dachte er.

Er warf noch einen Blick auf den toten Nick Hering. Er hing im Stuhl, als sei er eingeschlafen. Durch die Wucht der Treffer war der Bürostuhl vom Schreibtisch weg bis zur Schrankwand gerollt.

Herings Arme lagen auf den Lehnen, sein Kopf hing auf seiner Brust. Nowak wartete noch einen Moment und überlegte, ob er Hering irgendwo im Gebäude verstecken müsste, doch das würde nur Spuren hinterlassen, die später verräterisch werden könnten. Nein, so war es genau richtig. Und ob er aus dem Sessel rutschte oder nicht, was spielte das schon für eine Rolle?

⚓

Big Aslan hielt sich peinlich genau an die Anweisungen. Er parkte auf dem großen Parkplatz beim Ocean Wave. Er sah zu den Wohnwagen hinüber. Vor einem saß eine lustige Rentnerrunde zusammen und grillte Würstchen. Bierflaschen kreisten. Die Männer hatten einen wunderbaren Tag an der Küste verlebt und freuten sich auf den nächsten. Sie waren fröhlich und ausgelassen, aber absolut friedlich.

Ob einer von denen, dachte Aslan, auch Angst haben muss, sich eine Kugel einzufangen? Wäre es so falsch gewesen, so ein Leben zu führen? Mit Kumpels ungezwungen Bier aus der Flasche zu trinken und Rindswürstchen zu essen, statt als Herrscher Sklaven zu haben? Hätte er dann Camper als Freunde?

Während er über den Dörper Weg Richtung Deich ging, befand es sich für ihn durchaus im Bereich des Möglichen, dass ihn jederzeit eine Kugel treffen könnte. Würde Nowak es so beenden wollen, als würde Dalibor noch leben? Ein Schuss aus einem Präzisionsgewehr?

Er hoffte, dass Ann Kathrin Klaasen und Marion Wolters sich in seiner Nähe befanden und war gleichzeitig froh, niemanden zu sehen.

Irgendwie war es die Nacht der knutschenden Liebespärchen. Die Nordseeluft machte etwas mit den Menschen. Je näher sie dem Deich kamen, umso mehr durchströmte sie die Gier des Lebens nach sich selbst.

Er sog die Luft tief in seine Lungen. Sein Oberkörper blähte sich auf. Er hoffte, etwas von dieser Lebensenergie mitzunehmen. Noch bevor er bei der blauen Lichtstele ankam, erreichte ihn die Nachricht: *Wir treffen uns in der Höhle des Löwen.* Keine Frage, damit war die Polizeiinspektion gemeint.

Er nahm nicht die Treppen, sondern ging über die Wiese den Deich hoch.

Am liebsten hätte er Ann Kathrin Klaasen angerufen und über die Planänderung informiert, doch er fühlte sich beobachtet. Zwei seiner Bodyguards waren hier, treu ergebene Männer, die sich seine Brüder nannten und sich für ihn in Stücke reißen lassen würden, davon war er überzeugt. Sie waren klug genug, sich nicht sehen zu lassen und nicht in Erscheinung zu treten. Aber sie waren da. Er wusste nicht nur um ihre Anwesenheit, er spürte sie auch.

Sie konnten sich nicht als Kugelfang vor ihn werfen, wobei jeder von ihnen das vermutlich getan hätte, um seine Loyalität zu beweisen. Doch sie mussten Abstand zu ihm halten, genauso wie die Kommissarinnen, und sie würden ganz sicher nicht in die Polizeiinspektion kommen. Das war ein cleverer Schachzug von Nowak.

Aslans Magenverkrampfung löste sich. Er, der Gangsterboss, Spross eines traditionsreichen Clans, fühlte sich in der Polizeiinspektion sicherer als am Deich. Dort würde ihm nichts passieren.

Er ging jetzt davon aus, dass es ein Gespräch werden sollte. Mehr nicht. Vermutlich darum, wie man Ann Kathrin Klaasen am besten aus dem Weg räumen konnte. Irgendwann würde Nowak ihn töten. Aber noch, so glaubte Aslan, war es nicht so weit. Kein Polizist war verrückt genug, ihn in der Polizeiinspektion umzubringen.

Würde Nowak ihm einen neuen Deal vorschlagen? Vielleicht, so hoffte Aslan, ging es ja um neue, große Geschäfte.

Der Gedanke beflügelte seinen Narzissmus. War er viel zu wichtig, um getötet zu werden? Ging es nur darum, wie Ann Kathrin Klaasen aus der Welt geräumt werden sollte? Einen guten Ersatz für Dalibor zu finden, um dann neue, bessere, noch größere Geschäfte zu machen?

Es war ganz natürlich, dass er als V-Mann nachts ein Polizeipräsidium betrat, um dort an einer Besprechung teilzunehmen. In jeder Akte würde sich das später nur folgerichtig lesen lassen und nicht als merkwürdig auffallen. Der Führungsoffizier traf seinen V-Mann nicht in der Polizeiinspektion, wenn dort reger Publikumsverkehr herrschte. Dies hier könnte später als offizielles Gespräch durchgehen, als taktische Neuausrichtung …

⚓

Ann Kathrin und Marion sahen nur Paare. Norddeich schien ein Ort für Verliebte zu sein. Der nachtblaue Himmel spielte mit, und die Wellen machten ihre eigene Musik, begleitet von

Möwenschreien. Irgendwo sehr weit weg, vielleicht auf einer Insel oder einem Schiff, sang ein Shantychor. Der Nordwestwind wehte Fetzen von *Rollin' Home* zum Hafen.

Die beiden gingen wie ein lesbisches Liebespärchen Hand in Hand. Manchmal umarmten sie sich. Sie trugen Kopftücher gegen den Wind und hofften, so am wenigsten aufzufallen.

»Vielleicht«, sagte Marion, »ist das hier ja überhaupt nicht der tolle Ort für Liebespärchen. Vielleicht sind das alles getarnte Bodyguards oder Killer. Eine viel bessere Tarnung gibt es doch nicht, oder?«

Aslan hatte sein Handy bereits eingeschaltet. Ann Kathrin und Marion konnten jeden seiner Schritte hören und das Rascheln seiner Jacke.

»Was macht der?«, fragte Ann Kathrin Marion. Die verstand den Sinn der Frage nicht und antwortete: »Warten?«

»Hör doch mal genau hin. Er geht nicht mehr über Gras, sondern über Steine. Und er macht viel schnellere Schritte als auf dem Hinweg. Da stimmt was nicht.«

»Na ja, er ist aufgeregt, läuft ein bisschen auf und ab. Vielleicht nicht auf der Wiese, sondern unten auf der Promenade oder der Deichbefestigung.«

Ann Kathrin schüttelte den Kopf. »Der geht über den Dörper Weg zurück zum Parkplatz.« Sie sagte es wie eine Gewissheit, doch Marion glaubte, es konnte sich nur um eine Vermutung handeln.

»Schnell, zurück ins Auto«, schlug Ann Kathrin vor.

Sie liefen zu ihrem Fahrzeug zurück. »Warum«, fragte Marion, »haben wir keine Ortungs-App auf seinem Handy installiert?«

Ann verzog süffisant den Mund. »Ich denke mal, ganz so weit geht seine Liebe zu uns doch nicht ...«

Aslan ließ den Wagen an. Er informierte Ann Kathrin und Marion nicht. Er überlegte sogar, ob er das Handy ausschalten sollte. Obwohl noch gar kein neues Angebot von Nowak vorlag, geriet er doch schon ins Schwanken. Wollte er dieses alte Leben weiterführen, statt als Polizeispitzel, der er ja jetzt wirklich werden würde, für immer in seinen Kreisen als Verräter gebrandmarkt zu sein?

Er stellte sich Fragen, über die er bis vor kurzem noch nicht nachgedacht hatte: Wer bin ich? Wer will ich sein? Wie möchte ich weiterleben? Kann ich mein Leben gestalten, oder ist alles Schicksal?

Er fuhr die Norddeicher Straße runter in Richtung Innenstadt. Er umkurvte einmal den Marktplatz, hielt dann vor der alten Post und ging dann langsam zu Fuß zur Polizeiinspektion. Er überquerte den menschenleeren Marktplatz.

Oben am hell erleuchteten Fenster stand Nowak und deutete an, er solle nicht den Haupteingang nehmen, sondern hintenrum kommen. Er machte eindeutige Bewegungen mit der Hand.

Aslan nickte.

Er ging an mehreren Polizeiautos vorbei über den Parkplatz zum Seiteneingang. Nowak war schneller und öffnete lächelnd die Tür. Mit einer freundlichen Handbewegung bat er Aslan hinein.

⚓

»Wir haben ihn verloren«, sagte Marlon.

Ann Kathrin schüttelte den Kopf und hob den Zeigefinger. »Psst. Hör doch mal. Er ist ausgestiegen, über Asphalt gegangen, über Kopfsteinpflaster und jetzt …«

Marion versuchte, sich aus Ann Kathrins Informationen ein Gesamtbild der Situation zu machen. »Er kann nicht weit sein. Am Markt. Auf dem Parkplatz vor dem Combi. Oder …«

»Psst«, forderte Ann Kathrin noch einmal. Sie hatte ihr Handy auf die größtmögliche Lautstärke eingestellt. »Was ist das für ein rhythmisches Geräusch? Treppen? Steigt der gerade Treppen?«

»Originelle Idee, mich hierhin zu bitten«, sagte Aslan. »Ich wäre fast nicht gekommen.«

Nowaks Lachen ertönte. »Aber mein Freund! Du arbeitest offiziell für uns. Warum sollen wir uns nicht treffen?« Unvermittelt fragte er hart: »Doch sag mir eins: Wieso lebt Ann Kathrin Klaasen noch?«

Ann Kathrin reagierte darauf kühl, als würde es nicht um sie gehen, doch Marion erschrak und berührte Ann Kathrin, als müsste sie sich vergewissern, dass sie wirklich neben ihr saß und Zeugin dieses Gesprächs wurde.

»Dalibor hat erbärmlich versagt, das weißt du doch.«

Erneut lachte Nowak. »Du bist für deine Mitarbeiter verantwortlich, und ich für meine. Wenn untere Knallchargen Mist bauen, muss ein Minister zurücktreten. So ist es alte Sitte.«

»Zurücktreten«, spottete Big Aslan.

»Ja«, gab Nowak zu bedenken, »in deinen Kreisen sieht ein Rücktritt etwas anders aus als in der Wirtschaft oder Politik. Leute wie du erhalten keine dicke Abfindung und auch keine gute Pension, sondern eine Kugel.«

Eine Tür öffnete sich.

»Die sind in der Inspektion«, zischte Ann Kathrin.

Aslan erblickte den toten Nick Hering auf seinem Stuhl. »Was ist denn mit dem?«, fragte er verblüfft.

»Den hast du umgebracht«, antwortete Nowak und richtete den Lauf der Ruger auf Aslans Rücken. Er schob ihn vor sich her in den Raum.

Die Tür schloss sich.

»Du hast dich im Verhör verplappert. Im Grunde alles gestanden. All diese Morde …« Nowak sagte es bedauernd: »Mein Kollege war unvorsichtig und hat dir die falschen Fragen gestellt. Du hast zweimal auf ihn gefeuert. Zum Glück konnte ich dir dann die Waffe entreißen.«

Aslan hob beide Arme. Seine treu ergebenen Leibwächter in Norddeich nutzten ihm jetzt wenig. »Das ist nicht dein Ernst«, sagte er, wusste aber genau, dass er damit falschlag.

Ann Kathrin parkte vor der Polizeiinspektion. Sie rannte wortlos zum Gebäude. Im Laufen zog sie ihre Dienstwaffe.

»Ich kann dich nicht genauso töten wie du ihn«, Nowak zeigte auf Hering. »Ein gezielter Schuss zwischen deine Augen oder in dein Herz steht mir nicht zu. Es soll ja nicht nach einer Hinrichtung aussehen. Aber ich denke mal, du wirst verbluten.«

Nowak feuerte zweimal in Aslans Bauch.

Aslan brach zusammen.

Der Schock, den die Kugeln in seinem Körper auslösten, ließ ihn sofort ohnmächtig werden.

Nowak drückte Aslans rechte Hand ein paarmal gegen die Ruger, um genügend Fingerabdrücke darauf zu haben. Dann schoss er sich selbst in den linken Oberarm … Es war schlimmer, als er gedacht hatte. Aber es würde alles wunderbar echt aussehen lassen.

Er würde als Held dastehen und in Kollegenkreisen geradezu zum Popstar werden. Der Mann, der den Polizistenmörder erledigt hatte.

Aslan wurde wach und versuchte davonzukriechen.

Nowak trat nach ihm. »Verreck, du Aas! Hast du immer noch nicht genug?«

Lange konnte er nicht mehr warten. Er feuerte noch einmal auf Big Aslan und holte tief Luft, um laut zu schreien. Er wollte in den Flur laufen und die Kollegen um Hilfe bitten.

Ann Kathrin und Marion kamen ihm entgegen. Marion japste. Sie bekam kaum noch Luft. Diese Rennerei war einfach nicht ihr Ding. Ann Kathrin dagegen schien energiegeladen.

Nowak hielt ihr die Ruger hin wie ein Geschenk und stöhnte: »Er hat Nick erschossen. Wir brauchen einen Krankenwagen. Und ich fürchte, auch einen Leichenwagen.«

Dann sackte er auf einem der Klappstühle im Flur zusammen.

Ann Kathrin zog ihr Handy aus der Tasche. »Ich weiß. Wir haben alles mitgehört. Sie sind verhaftet. Bitte heben Sie Ihre Arme hoch, damit ich Sie abtasten kann.«

»Ich kann meinen Arm nicht heben. Big Aslan hat auf mich geschossen.«

»Ich würde Ihnen am liebsten ins Gesicht spucken«, schrie Marion, die gar nicht mehr wusste, wohin mit ihrer Wut.

»Ja«, sagte Ann Kathrin, »das verstehe ich gut. Aber auf dieses Niveau begeben wir uns nicht. Der Rest ist Sache von Richtern und unserer Leitenden Oberstaatsanwältin.«

Ann Kathrin wollte eigentlich nur zurück in den Distelkamp, um sich aufs Bett fallen zu lassen. Was sie jetzt überkam, war eine Mischung aus Müdigkeit und Lähmung. Sie hatte das Gefühl, auf Watte zu stehen, und brauchte viel Energie, um ihre Arme, Hände und Beine dazu zu bringen, zu tun, was sie sich wünschte.

Sie bewegte sich wie in Zeitlupe. Der Schock saß tief. Sie sehnte sich nach Weller. Gern hätte sie auch ihren alten Chef Ubbo Heide bei sich gehabt. Sie brauchte eine Schulter, an die sie sich anlehnen konnte.

Sie hörte die Stimme ihres Vaters. Es war, als wäre er von den Toten auferstanden oder niemals gestorben, und er sagte seiner Tochter, wie stolz er auf sie war.

Marion Wolters rührte in Wassergläsern irgendeine kraftspendende Mixtur zusammen. Vielleicht war es einfach nur Vitamin C. Ann Kathrin kam es vor, als würde eine Hexe ein Lebenselixier mischen.

Sie trank das gelb sprudelige Wasser gierig und voller Vertrauen, denn Marion sagte: »Das wird dir guttun.«

Irgendwem musste man doch noch vertrauen können und irgendetwas musste doch noch richtig sein auf dieser Welt. Es konnte doch nicht nur Lug und Trug geben.

Elisabeth Schwarz öffnete die Tür. Sie sah nicht aus wie

die clevere Chefin, die alles im Griff hatte, sondern wie eine aufgeschreckte Mutter, der gerade tragende Wände ihres neu gebauten Einfamilienhauses eingebrochen waren. Sie wischte sich sogar Staub aus dem Gesicht.

Sie stützte sich auf einen Bürostuhl, so dass er jetzt wie eine Gehhilfe wirkte. Ja, sie schien ihn tatsächlich als Rollator zu benutzen. Hatte sie Angst, zusammenzubrechen?

Sie stöhnte: »Die Spurensicherung, eine Schießerei in der Inspektion, zwei tote Polizisten – das ist der Super-GAU.«

Marion Wolters klang recht schnippisch, als sie sagte: »Nowak ist nicht tot. Nur angeschossen.« Das *leider* schluckte sie runter. Es war ihr aber deutlich anzusehen, dass sie es bereits auf der Zunge hatte.

»Was ist hier los?«, wollte Polizeidirektorin Elisabeth Schwarz wissen. Sie konnte sich zwar kaum auf den Beinen halten, wollte sich aber auch nicht setzen. Die Knöchel ihrer Finger waren weiß, so sehr krampfte sie sich in die Rückenlehne des Bürostuhls.

Wortlos legte Ann Kathrin ihr Handy auf den Tisch und spielte das aufgenommene Gespräch ab. Schon nach wenigen Sätzen hielt sich Frau Schwarz erschrocken die Hände vor den offenen Mund.

Marion Wolters ging einen Schritt in ihre Richtung, weil sie befürchtete, ihre Chefin könne ohnmächtig werden. Die riss sich aber noch einmal zusammen und setzte sich jetzt doch auf den Bürostuhl. Sie erinnerte Ann Kathrin in ihrer kraftlosen Art, wie sie sich auf die Lehne stützte, an den erschossenen Nick Hering.

»Ich weiß nicht«, sagte sie leise, noch bevor das Ploppen der Schüsse durch den Schalldämpfer zu hören war, »ich weiß nicht, was ich dazu sagen soll. Ich …«

»Sagen Sie uns einfach, dass Sie nichts damit zu tun haben«, bat Ann Kathrin.

»Natürlich nicht, Frau Klaasen. Aber ich schäme mich so. Ich bin auf diese Leute hereingefallen. Ich habe sie für meine Freunde gehalten. Sie waren wirklich gute Schachspieler … Gegen Nowak habe ich zweiunddreißig Züge gebraucht, um ihn matt zu … ich … oh mein Gott …«

Sie sprach nicht weiter. Jetzt ertönten die ersten beiden Schüsse.

»Er hat den V-Mann geführt«, sagte Elisabeth Schwarz und wirkte, als könnte sie immer noch nicht begreifen, was geschehen war.

»Er hat ihn nicht geführt. Er hat Geld genommen, um ihn zum V-Mann zu machen. Er hat es verkauft, wie Aslan es so schön ausdrückte, wie einen Adelstitel.«

»Wie sind Sie an die Aufnahme gekommen? Warum wusste ich nichts von Ihrer Aktion?«

Marion Wolters nahm Ann Kathrin den schweren Satz ab: »Weil wir Ihnen nicht getraut haben. Überhaupt niemandem.«

Elisabeth Schwarz nickte. Sie wirkte sehr nachdenklich. »Ja«, sagte sie, »das verstehe ich gut. Ich hätte an Ihrer Stelle genauso gehandelt. Ich darf Ihnen versichern, dass ich auf Ihrer Seite stehe. Voll und ganz.«

Ann Kathrin leerte das Glas mit der von Marion Wolters angerührten Flüssigkeit. Es war tatsächlich, als würde augenblicklich neue Energie durch ihre Adern fließen.

Der ostfriesische Wettergott war gut gelaunt. Ein sanfter Nordwestwind kämmte das Deichgras, ein paar Schäfchenwolken grasten am Himmel. Vogelschwärme am Himmel und Seehunde im Watt machten den kurzen Flug von Juist nach Norddeich für Mara zum Erlebnis.

Rita Grendel hatte sich bereiterklärt, auf Mara aufzupassen und mit dem Kind einen Ausflug in Birgits Tiergarten nach Rechtsupweg zu machen. Hauptsache, weg von den Geschehnissen und Ablenkung. Da war so ein Zoo, in dem auch ein paar Tiere gefüttert und gestreichelt werden konnten, genau richtig.

Peter und Rita warteten zusammen mit Wolfgang Weßling in Norddeich am Flugplatz. Peter und Wolfgang hatten sich als Piraten verkleidet. Mit ihren Kopftüchern und Augenklappen gefielen sie Mara besonders gut. Peter trug sogar ein Holzschwert, und Rita hatte ihm mit Lippenstift eine Verletzung ins Gesicht gemalt, als hätte er gerade einen Schwertkampf bestanden.

Dass Rita ihre beiden Hunde mithatte, machte es Mara besonders leicht. Sie spielte schon mit den Tieren, während die Erwachsenen noch ein wenig unschlüssig auf dem Parkplatz vor der Flughalle herumstanden.

Sophie fühlte sich mit Peter und Wolfgang gleich besser.

Weller sah auf die Uhr. Wo bleibt Rupert, fragte er sich und wollte ihn schon anrufen, da kam er ihnen auf dem Rad entgegen. Er hatte den Geldrucksack hinten auf dem Gepäckträger und japste außer Atem: »Ausgerechnet heute Morgen springt meine Kiste nicht an. Ich konnte mich ja schlecht mit einem Dienstwagen hierhin bringen lassen, am besten mit Blaulicht und Sirene.«

Weller nahm den Rucksack an sich und guckte hinein. Aus

Gründen, die sich den anderen nicht erschlossen, hielt Rupert dann seine Hand hoch und rief: »Gib mit fünf, Alter, wir haben die Mistsau!«

Sie klatschten ihre Hände gegeneinander.

»Den King?«, fragte Sophie.

»Nee«, grinste Rupert verschmitzt, »einen anderen. Aber den King kriegen wir auch noch. Seine Stunden sind gezählt. Der Countdown läuft.«

Rita fuhr mit Mara los. Die Kleine verabschiedete sich herzzerreißend von Weller, aber von ihrer Mutter fast unterkühlt. Das Kind begriff nicht wirklich, was geschah, spürte aber, dass die Lockerheit der Erwachsenen nur gespielt war und sie in Wirklichkeit alle heftig unter Anspannung standen. Etwas würde in den nächsten Stunden geschehen. Eine Entscheidung fallen. Jeder hatte Angst davor, einen Fehler zu machen.

Rita und Mara winkten noch. Sophie stand jetzt ganz nah bei ihrem Anwalt Wolfgang Weßling. Sie wusste, dass das jetzt nicht zu seinen Aufgaben gehörte. Es war mehr ein Freundschaftsdienst innerhalb dieser Männerbande, die auf Gedeih und Verderb zusammenhielt.

Weller ging noch einmal mit ihnen alles durch. Er gab Sophie das Handy. »Darüber wird er dich möglicherweise kontakten und dich vielleicht sogar woandershin lotsen. Kümmere dich nicht um uns. Wir werden einfach in deiner Nähe sein. Vom Piratenfest kommt man so gut nicht weg, da werden Hunderte Fußgänger sein und Touristen. Autos kommen gar nicht durch die Osterstraße.«

Rupert rieb sich die Hände: »Das wird ein Bodyjob!« Er zog jetzt aus seiner Jacke ein Piratentuch mit Totenköpfen drauf und band es sich um.

Sophie schluckte und verschaffte sich durch ein Räuspern

Aufmerksamkeit: »Ich wollte«, sagte sie, »mich bei euch bedanken. Es ist nicht selbstverständlich, was ihr macht. Ich habe so viel Scheiß gebaut und …«

»Oh«, rief Rupert, »wenn es darum geht, wer im Leben am meisten Mist gemacht habt, dann bewerbe ich mich hier aber um einen der ersten Plätze!«

»Ich könnte mich auch ganz vorne anstellen«, ergänzte Weller.

Sie stupste ihn an: »Ach … Ich wollte euch einfach … ich wollte euch danke sagen.«

»Noch haben wir ja nichts geleistet, außer uns zu verkleiden«, grinste Wolfgang, und Rupert schlug vor, ein paar Selfies zu machen.

Eigentlich sollte alles unauffällig über die Bühne gehen. Im Auto fragte Jule-Feemke sich allerdings, ob ein Wagen, aus dessen Fenster meterlange Stelzen herausragten, wirklich so unauffällig war. Am Steuer saß ein Pirat, doch in Norden schien das alles ganz normal zu sein. Da fuhren ja gerade auch Autos herum, auf denen Piratenflaggen flatterten.

Als Gero, Charlie und Jule-Feemke in Norden ankamen, war der Parkplatz hinter der Kreisvolkshochschule bereits belegt. Sie mussten ein Stückchen weiter. Hinter der Piratenschule bei der Sparkasse fanden sie noch einen freien Platz. Sie lösten sogar einen Parkschein.

Gero machte erste Laufversuche mit seinen Stelzen. Es fühlte sich großartig an.

»Das ist besser als Koks«, freute er sich. »Man sieht die Welt aus einer ganz anderen Perspektive.«

»Sollen wir uns«, fragte Charlie, dem das überhaupt nicht passte, »wirklich auf Borkum wiedersehen?«

»Ja, Borkum ist genau richtig. Es sind«, sagte Gero, »ein paar Sachen passiert, die es nötig machen, dass ich mich aus Deutschland eine Weile zurückziehe. Die Sauerei in Greetsiel und in Dinslaken wird mir lange an den Hacken kleben. Aber von Borkum aus komme ich schnell nach Holland und von dort aus überallhin.«

Charlie meinte: »Papiere kann ich dir ...«

Gero winkte ab. »Papiere sind kein Problem. Ich brauche nur erst ein bisschen Bargeld. Hauptsache, ich breche mir mit diesen Scheißstelzen nicht die Knochen. Als Kind konnte ich das unheimlich gut, aber das ist schon lange her.«

Jule-Feemke fühlte sich schrecklich in den zerrissenen Klamotten. Es war, als würde sie am Abgrund stehen und in die Hölle schauen, während das Lachen vom Piratenfest bereits laut zu hören war. Volksfeststimmung.

Peter und Wolfgang kamen sich komisch vor, neben Sophie herzugehen, während sie den Rucksack tragen musste. Beide verspürten den Impuls, den Rucksack für sie zu nehmen, doch genau das ging in diesem Fall nicht.

»Ist das wirklich echtes Geld?«, fragte sie.

»Ja«, grinste Rupert, »echtes Falschgeld.«

Warum, fragte Sophie sich, will King ausgerechnet, dass das Ganze bei ten Cate passiert? Ist es sein Versuch, mich zu demütigen, weil ich alle dort, die so nett zu mir waren, belogen und betrogen habe? Will er mir damit zum letzten Mal eins reinwürgen? Will er mich vorführen?

Sie wusste nicht, wie sie Jörg und Monika oder ihren Arbeitskolleginnen in die Augen sehen sollte.

⚓

Bettina Göschl hatte vor dem Café ten Cate bereits ihre Anlage aufgebaut. Ihr musikalischer Komplize Heinz Edzards stimmte seinen E-Bass. Ein Fanclub aus der *Grundschule Im Spiet* hatte sich schon in freudiger Erwartung versammelt. Bettina war Patin für die *Schule ohne Rassismus* und hatte in einer Feierstunde mit den Schülern ihren Song *Anna im Land Verkehrtherum* eingeübt. Jetzt waren sie gekommen, um sie zu unterstützen und natürlich um mit ihr *Piraten Ahoi!* zu singen.

Jörg Tapper brachte für die Kinder Quarkbällchen nach draußen.

Jörg und Monika Tapper waren informiert und bereit, sollte eine schwierige Situation entstehen, Sophie entweder in ihrem Büro oder oben in ihrer Wohnung in Sicherheit zu bringen.

Marion Wolters saß schon im Café und verglich ostfriesischen Käsekuchen mit einem American Cheesecake. Sie stellte fest, dass der amerikanische Käsekuchen nicht einfach einen anderen Namen hatte, sondern auch wirklich anders schmeckte. Sie saß da wie eine glückliche Touristin und trank genießerisch Tee aus ostfriesischem Teegeschirr, doch in ihrer Handtasche, ganz nah am Körper, trug sie ihre Dienstwaffe und Pfefferspray. Es gefiel ihr, dass die meisten Kriminellen, die aus dem Verkehr gezogen werden mussten, Männer waren. Das machte ihr wesentlich mehr Spaß als Frauen zu verhaften. Langsam begriff sie auch, welchen Gefallen Rupert an dem fand, was er *Die Jagd* nannte.

Ann Kathrin hatte geduscht, sich die Haare geföhnt und mit ein bisschen Schminke versucht, die dunklen Ränder unter den Augen zu überdecken. Aber sie war überhaupt nicht gut in so etwas, kam sich selbst schon im Spiegel fremd vor, wusch sich das Gesicht ein zweites Mal, legte nur ein wenig Lippenstift auf und verstärkte das Schwarz ihrer Wimpern.

Ich sehe noch genauso gut aus wie früher, dachte sie, es dauert nur im Bad ein bisschen länger.

Andere Frauen machten mehr aus sich. Es fiel ihr aber leicht, sich jetzt als Piratin zu verkleiden. Das bereitete ihr eine spitzbübische Freude.

Sie wusste, was Weller plante. Sie hatte nicht nur mit ihrem Mann gesprochen, sondern Elisabeth Schwarz hatte ihr auch zugesagt, die ganze Aktion im dienstlichen Rahmen abzusichern und ihnen diesmal keine Steine in den Weg zu legen.

Die Polizeidirektorin saß nur wenige Meter vom Geschehen entfernt in ihrem Zimmer in der Polizeiinspektion am Markt. Sie schwankte immer noch. Es war ein bisschen wie bei ihren zwei geschiedenen Ehen. Diese Frage: Beende ich das alles oder kann man das Blatt noch mal wenden, auf der Abfahrt drehen? Zweimal hatte sie sich entschieden, besser ein Ende mit Schrecken als ein Schrecken ohne Ende.

Jetzt fragte sie sich, ob das wieder so eine Situation war.

Sie wurde hier nicht wirklich akzeptiert und gehörte nicht wirklich dazu, war aber gleichzeitig die Chefin. Sie hätte jeden Einzelnen dieser ostfriesischen Bande mit Disziplinarverfahren überziehen können, und persönlich war sie manchmal kurz davor, sie an die Wand zu klatschen. Sie gestand sich sogar ein, davon geträumt zu haben, Ann Kathrin Klaasen vergiftetes Essen zu servieren.

Ann Kathrin saß in ihrer Küche. Sie hatte für sie gekocht. Und dann, als Ann Kathrin schlecht wurde und ihr Kopf drohte, in den Teller zu klatschen, spielte sie sich als Retterin auf und rief die 112 an.

Sie war selbst über ihren Traum erschrocken. Was bin ich für ein Mensch, dachte sie, dass ich davon träume, jemanden zu vergiften, um ihn dann zu retten. So ähnlich musste einer der größten Serienkiller unseres Landes gedacht haben. Der Krankenpfleger Högel hatte Hunderte Menschen durch eine falsche Medikation in Lebensgefahr gebracht, um dann als ihr Retter dazustehen. Mindestens achtzig von ihnen waren gestorben, deswegen war er vom Landgericht Oldenburg zu lebenslanger Haft verurteilt worden.

Bin ich wie er, fragte sie sich. Sind vielleicht viele so? Wie der Feuerwehrmann, der Feuer legt, um dann beim Löschen glänzen zu können?

Vielleicht, dachte sie, sollte ich – noch während diese Aktion läuft – mein Kündigungsschreiben aufsetzen.

Aber gleichzeitig war da auch etwas anderes. Dieser Wunsch, zu diesem Clan dazuzugehören. Eine zu sein, die von dieser ostfriesischen Bande akzeptiert wurde. Vielleicht nicht als Chefin, aber doch als eine von ihnen.

Vielleicht geben sie mir eine Chance. Dann werde ich versuchen, sie zu nutzen, dachte sie.

Hier gab es etwas, das sie erschreckte und zugleich begeisterte. Sie waren sich im Grunde alle einig darüber, dass die Welt verrückt geworden war. Sie ließen sich keine Vorschriften machen, sondern entschieden für sich selbst, was sie richtig oder falsch fanden.

Elisabeth Schwarz sah viele Menschen über den Marktplatz in die Osterstraße strömen. Längst nicht alle waren verkleidet. Ein Pirat auf Stelzen vor der Stadtbibliothek faszinierte sie besonders. Wie schön, dachte sie. Wie witzig.

Er winkte allen und genoss es wohl, von vielen Touristen fotografiert zu werden.

Sie hielt ihn für einen Künstler, vielleicht einen Clown. Auf jeden Fall für jemanden, der von der Werbegemeinschaft oder dem Tourismus-Service bezahlt wurde.

Auch Ann Kathrin sah direkt bei der Ankunft, als sie den froschgrünen Twingo parkte, den Piraten auf Stelzen sofort.

Was mache ich, fragte sie sich, wenn ich Jule-Feemke entdecke oder Sophie Hauser, die für sie immer noch ein bisschen Anneliese geblieben war, die nette Servierkraft aus dem Café.

Weller hatte gefordert: »Lasst alles laufen. Wir sichern nur die beiden Frauen ab, damit er uns nicht zwei Leichen beim Piratenfest hinterlässt.«

Schon von weitem hörte sie Bettinas Stimme:

»Wir haben dem König das Gold geklaut,
nun guckt, wie blöd er schaut!«

Ann Kathrin kannte das Lied und hatte es oft mitgesungen, doch jetzt kam es ihr vor wie ein Spottlied auf die ganze Aktion hier. Sie hörte die Kinder mitsingen und dachte: Oh mein Gott – genau deswegen hat der Typ sich das Piratenfest ausgesucht! Der weiß, was er tut. Niemand wird eine Waffe benutzen können. Es sind viel zu viele Menschen da. Er kann jederzeit ein Kind als Geisel nehmen. Er kann sich in dieser fröhlichen Menschenmenge wie ein Hai im Heringsschwarm bewegen.

⚓

Links neben Sophie Hauser ging Wolfgang Weßling, rechts Peter Grendel. Hinter ihr, mit gut zwei Metern Abstand, Frank Weller. Sie gaben sich bewusst fröhlich. Jetzt schienen ihnen ihre Augenklappen plötzlich keine gute Verkleidung mehr zu sein, denn sie brauchten wirklich einen wachen Blick auf alles, was geschah.

Wolfgang pappte sich die Augenklappe auf die Stirn. Peter tat es ihm gleich. Weller hatte erst gar keine aufgesetzt.

Mit seinen meterlangen Stelzen hatte Gero wirklich den Überblick. Auf Kopfhöhe der Piratenfestbesucher waren seine Schuhe. Es kam ihm vor, als würde er über ihre Köpfe laufen. Er hatte sein Handy in der Jacke und gab Sophie über ein kabelloses Bluetooth-Headset Anweisungen: »So, die starken Männer neben dir lässt du jetzt mal weitergehen. Bleib einfach ruhig da stehen, wo du bist, bevor du in den Laden reingehst.«

Am liebsten hätte sie ausgerufen: »Er kann euch sehen« oder »Er weiß, dass ihr hier seid«, aber damit hätte sie die gesamte Aktion verraten. Sie beherrschte sich.

Wolfgang Weßling sah es an ihrem Blick und gab Peter ein Zeichen.

Sophie blieb starr stehen. Die beiden gingen weiter mit der Menge in Richtung Café ten Cate, wo Bettina Göschl gerade das Publikum aufforderte, Handbewegungen beim Singen zu machen. Sie zeigte ihnen den Piratengruß und wie man Segel setzt. Neben ihr stand Jörg Tapper, der alle Gesten mitmachte, sehr zur Freude der Gäste und seiner Angestellten. In der ersten Reihe saß Rita Trettin.

Weller tat so, als würde er im Schaufenster der Buchhandlung nach Neuerscheinungen suchen. In Wirklichkeit konnte er in der Spiegelung der Scheibe genau sehen, was Sophie tat.

Nur wenige Meter weiter drehte sich ein Kinderkarussell. Sie hatten sich mit Bettina Göschl darauf geeinigt, ihre Musik nicht spielen zu lassen, während sie sang.

Nun ahmten Kinder auf dem Karussell, sowohl im Feuerwehrauto als auch auf dem Pferd, die Bewegungen nach, die Jörg Tapper ihnen vorspielte.

Rita Trettin fotografierte den Konditor, was ihn zu immer neuen Verrenkungen anstachelte. Sie zeigte ihm den erhobenen Daumen und rief: »Du machst das toll, Jörg!«

Jule-Feemke setzte sich auf einen Stuhl, ganz nah bei den Kindern der *Grundschule Im Spiet*. Sie wusste nicht, wo sie hingucken sollte. Sie hatte ihre Eltern in der Menge entdeckt. Waren die aus Oberstdorf zurückgekommen, weil die Polizei sie informiert hatte? Oder war ihr Urlaub einfach zu Ende? Jule-Feemke wusste nicht einmal, seit wie vielen Tagen dieser ganze Albtraum lief.

Die Anwesenheit ihrer Eltern veränderte alles. Jetzt spürte sie noch viel mehr, wie sehr sie angestarrt wurde. Selbst die Grundschüler guckten, weil eine Frau mit so zerrissenen Kleidern, bei denen man alles sehen konnte, nicht gerade alltäglich war. Nicht einmal auf einem Piratenfest.

Gero Kaiser dirigierte auch sie. Er forderte sie auf, nicht blöd auf dem Stuhl zu sitzen, sondern sich auf den Stuhl zu stellen, von dort *Piraten Ahoi!* mitzusingen und alle Bewegungen der Sängerin mitzumachen.

Jule-Feemke tat, was er verlangte. Sie wusste nicht, warum. Tränen liefen dabei über ihr Gesicht, und sie war erleichtert darüber. Sie dachte: Wenn meine Eltern sehen, dass ich weine, dann wissen sie, dass ihr Tochter das hier nicht freiwillig macht.

Der Widerstandsgeist in ihr wuchs. Das alles würde bald vorbei sein. Sie würde sich nicht verkaufen lassen, nicht in einem Escort-Service Männer verliebt in sich machen, um sie dann abzukochen. Sie würde ein Einserabitur hinlegen und dann studieren. Vielleicht würde sie Polizistin werden, um solchen Typen das Handwerk zu legen, oder Psychologin, um mit den Opfern zu arbeiten. Das wusste sie noch nicht. Doch sie spürte, dass die Ereignisse der letzten Tage sie geprägt und verändert hatten.

Sie schaffte es nicht, zu ihren Eltern zu gucken. Sie presste die Lippen aufeinander, machte mit den Fingern Sturmbewegungen nach, dann Regen oder Nebel. Ja, auch sie würde die Stürme des Lebens überstehen. Der Song gab ihr plötzlich Gewissheit, und die Anwesenheit der vielen fröhlichen Kinder tat ihr gut.

Sie lachten über ihren halbnackten Po, witzelten, zeigten dorthin. Touristen machten Fotos, und viele wurden sich einig, dass hier in Norden wirklich der Bär steppte.

»Ja«, hörte sie hinter sich in klarem Ruhrgebietsslang, »wenn die Ostfriesen von watt Ahnung haben, dann von Ebbe und Flut und vom Feiern. Man denkt immer, die sind so trocken und stieselig, sind die aber gar nicht. Guck dir dat ma an, Frederike!«

»Willste etwa, dass ich auch so rumlaufe?«

»Die Figur dafür hättest du, Schatz …«

»Alter Charmeur!«

»So«, sagte Gero zu Sophie, »jetzt gehst du mit dem Rucksack ins Café. Dann in die Toilette, und dort wirfst du ihn aus dem Fenster. Du bleibst aber in der Toilette, bis ich dir sage, dass du rauskommen sollst. Und wehe, du gibst irgendwem ein Zeichen. Ich schneid' Mara die Nase ab, wenn du …«

Sophie wurde schwindlig. Sie schluckte und ging auf den Eingang des Cafés zu. Es war gar nicht leicht, sich mit dem Rucksack durch die Menge zu wühlen.

Jörg Tapper, der noch zwischen dem Bassisten Heinz Edzards und Bettina Göschl stand, um den Kindern die Bewegungen zu den Liedern vorzumachen, stoppte sein Spiel, tat so, als könne er vor Lachen einfach gar nicht mehr, und folgte Sophie ins Café. Peter Grendel blieb draußen vor dem Café stehen, Wolfgang Weßling ging hinein, Weller ebenfalls.

Weller fragte sich, ob der Typ wirklich die Nerven hatte, im Café zu sitzen. Er fixierte jeden hier ganz genau. Marion Wolters zwinkerte ihm zu. Weller kapierte sofort, dass Gero Kaiser nicht im Café war.

Der hintere Raum des Cafés war mit einer roten Kordel abgesperrt. An diesem gästereichen Tag hatte die Familie Tapper nicht genug Personal, um die Gastronomie draußen, die Verkaufstheke innen und gleichzeitig beide Café-Räume zu bewirtschaften. Deswegen war das sogenannte *zweite Café* geschlossen, die Türen waren allerdings offen, um die Luft zirkulieren zu lassen.

Wolfgang Weßling fragte die Angestellten hinter der Theke höflich: »Darf ich mal Ihre Toilette benutzen?« Dann nahm er in der Nähe der Damentoilette Aufstellung und war entschlossen, sollte er einen Hilferuf oder verdächtige Geräusche hören, diesen Raum sofort zu betreten und Peter Grendel zu sich zu rufen.

Sophie Hauser blieb verdächtig lange auf der Toilette.

Die Angst um ihre Tochter machte sie fast wahnsinnig. Sie hatte das Gefühl, ihr Gehirn sei gelähmt, sie würde einerseits alles um sie herum ganz genau wahrnehmen, hätte aber Schwierigkeiten, zu reagieren. Sie hoffte, wach zu werden aus diesem Albtraum.

Auf der Damentoilette öffnete sie das Fenster. Es ließ sich aber nur einen Spalt kippen, und sie konnte den Rucksack nicht hindurchschieben. Außerdem wurde ihr klar, dass der Rucksack keineswegs die Wand runterfallen würde, sondern auf einem Vor- oder Zwischendach landen müsste.

Kein Wunder, dachte sie, ganz typisch für King. Seine Pläne sind nicht durchdacht. Es scheitert bei ihm am Ende immer am Detail.

Dieser Gedanke gab ihr Mut, und gleichzeitig fürchtete sie, Gero würde Mara für seine Fehler büßen lassen.

Seine Stimme ertönte: »Was ist? Beeil dich! Mach nicht lange rum! Ich hab dich nicht ins Café geschickt, um Torte zu essen!«

»Das funktioniert nicht. Ich krieg' den Rucksack nicht durchs Fenster!«

»Dann schlag die Scheibe ein, du dusselige Kuh!«

»Dann liegen Scherben in der Toilette, und der Rucksack landet auf einem Zwischendach!«

»Du sollst ihn aus dem Fenster werfen, hinten in den Hof, wo die Parkplätze von den Johannitern sind und von Dr. Scheche.«

»Das Fenster der Damentoilette führt aber nicht dorthin!«

»Verdammt«, fluchte er, »verdammt! Wenn das hier schiefgeht, dann …«

Die Drohung in seiner Stimme ließ Sophie zittern. »Was soll ich machen? Sag mir, was ich machen soll! Ich mache, was du sagst, aber es muss ja auch funktionieren. Das hier funktioniert nicht!«

»Scheiße«, fluchte er, »warum muss immer alles so kompliziert sein?«

Sophie ahnte, dass sie mal wieder das Problem für ihn lösen musste. Sie machte ihm einen Vorschlag: »Ich könnte in das hintere Café gehen. Da sind jetzt keine Gäste. Von der Damentoilette aus gibt es eine Tür dorthin. Da kann ich ein Fenster aufmachen und den Rucksack rauswerfen. Er landet dann in der Einfahrt, gegenüber von Dr. Scheche.«

»Ja, mach das. Aber wehe, es ist eine Finte. Wehe, du legst mich rein. Ich schneide deiner Tochter die Nase ab!«, drohte er erneut.

»Es ist auch deine Tochter«, erinnerte sie ihn, hatte aber wenig Hoffnung, dass die Mahnung etwas bringen würde.

Bettina Göschl sang inzwischen schon mit einer begeisterten Menschenmenge den *Bi-Ba-Badewannenboogie*, normalerweise ihr letztes Lied.

Weller gab von draußen durch die Scheibe Marion Wolters ein Zeichen. Sie ging zur Toilette, um nachzusehen. Sie nickte Wolfgang Weßling kurz zu. Der verschwand in die Herrentoilette und hielt sich dort hinter der Tür bereit.

Sophie Hauser lief an Marion Wolters vorbei, schnurstracks ins hintere Café. Sie öffnete ein Fenster und warf den Rucksack im hohen Bogen nach draußen.

Marion Wolters wartete vor der Toilette.

Sophie Hauser stieg jetzt über die rote Kordel, ging in das geöffnete Café, an allen Tischen vorbei zum Ausgang.

Ann Kathrin hatte sich vorgenommen, den Hinterausgang zu sichern, und stand im Eingang zu Dr. Scheches Praxis.

Das war eins der ersten Dinge, das sie an der Polizeiakademie gelernt hatte: Immer auch die Rückseite eines Gebäudes zu sichern, wenn drinnen zum Beispiel jemand verhaftet werden sollte. Ganoven benutzten gerne den Hinterausgang.

Sie sah Charlie herumlungern, nervös rauchend. So sah jemand aus, der etwas nicht Korrektes im Schilde führte. Das wandelnde schlechte Gewissen, die Angst, entdeckt zu werden, all das war ihm ins Gesicht geschrieben. Er hatte nichts von dem, was die fröhlichen Touristen ausstrahlten, die vor dem Café am Piratenfest teilnahmen.

Da er in seiner Nervosität, wie kleine Jungs in der Schule vor der Klassenarbeit, Wasser lassen musste, durfte Ann Kathrin ihm auch dabei zusehen, wie er an die Garage pinkelte.

Er hatte einen großen Rollkoffer bei sich, der aber wohl leicht zu bewegen war, denn der Stoffkoffer fiel zweimal durch eine leichte Windböe um.

Als sich ein Caféfenster öffnete und ein Rucksack nach draußen geworfen wurde, sah er kurz hinein, schien zufrieden und packte den Rucksack in den Rollkoffer.

So, dachte Ann Kathrin, das war's dann.

Sie trat aus dem Hauseingang hervor. Sie hatte die rechte Hand auf ihre Dienstwaffe gelegt, sie aber noch nicht gezogen. Vielleicht ließ sich das alles ja ohne einen Schusswechsel regeln.

»Hände hoch! Polizei!«, rief Ann Kathrin.

Charlie fuhr herum, sah sie.

Sie machte ein paar Schritte auf ihn zu.

Er guckte nach rechts und links.

Sie lächelte: »Ein bisschen spät, die Gegend zu checken, nicht wahr? So etwas müsste man doch auf der Verbrecherschule im ersten Semester lernen. Oder haben Sie da auch die Schule geschwänzt?«

Manchmal kam sie mit solchen Sprüchen ganz gut durch und verhinderte damit Gewalttätigkeiten. Doch Charlie wollte sie angreifen.

»Machen Sie es nicht schlimmer, als es ist. Sie kommen hier sowieso nicht weg. Alle Ausfallstraßen der Stadt sind von den Kollegen abgesichert.«

Er, der sonst Frauen gegenüber gern das Kommando führte und ihnen sagte, was sie zu tun hatten, wurde plötzlich ganz klein und war kurz davor, zu bitten: *Lassen Sie mich doch laufen.* Stattdessen sagte er nur: »Ich hab gar nichts damit zu tun! Ich wurde nur gebeten …«

»Kennen wir«, sagte Ann Kathrin. »Das ist im Grunde immer so. Dann legen Sie mal schön die Hände auf den Rücken, damit ich Ihnen Handschellen anlegen kann. Das spricht später vor Gericht für Sie. Sie haben keinen Widerstand geleistet, sondern sich einsichtig gezeigt. Das kann Ihnen ein Jahr Gefängnis ersparen.«

»Gefängnis?«, fragte er entgeistert, als wäre er bisher noch gar nicht auf die Idee gekommen, dass sein Tun mit einer Gefängnisstrafe belohnt werden könnte.

»Ja, Gefängnis. Da staunen Sie, was? Hatten Sie gedacht, dass wir einen Wellnessurlaub verlosen?«

Er drehte ihr tatsächlich den Rücken zu und legte die Hände auf seine Hüften. Schon klickte die silberne Acht um seine Gelenke.

Wenn nur jeder Fang so einfach wäre, dachte Ann Kathrin.

Hauptkommissar Sebastian Plottke aus Dinslaken beobachtete aus der Menge heraus Ann Kathrins Verhaftungsaktion. Er hätte nur zu gern eingegriffen, um bei der von ihm bewunderten Kommissarin Eindruck zu schinden. Doch als er sich zu ihr durchgewühlt hatte, war bereits alles beendet.

Genau so hatte er sich das vorgestellt: eine Kommissarin, der es gelang, selbst einen schlimmen Schwerverbrecher ohne den Einsatz von Gewalt zu verhaften.

»Ich habe wirklich im Grunde nichts gemacht! Mich hat nur ein Freund gebeten, hier was für ihn abzuholen.«

»Ich weiß«, sagte Ann Kathrin und klopfte ihm freundschaftlich-ironisch auf die Schultern. »Ihre Mutter ist bestimmt mächtig stolz auf Sie, wenn Sie der das erzählen. Und nun sagen Sie mir, wie Sie heißen und wo ich Gero Kaiser finde. Am besten bringen Sie mich zu ihm. Das könnte Ihnen noch mal ein Jahr ersparen.«

Sie gab an ihre Kollegen durch, dass sie ihn hatte.

Auf seinen Stelzen ging Gero Kaiser ein paar Schritte in Richtung Juwelier Eilers. Er konnte durch die Einfahrt in den Innenhof gucken. Er wackelte ein bisschen, kam aber mit den überlangen Stelzen erstaunlich gut klar.

Vielleicht, dachte er, wäre auch ein guter Akrobat aus mir geworden.

Seine gute Laune verflog sofort, als er sah, dass Charlie verhaftet wurde. Gero versuchte sofort, mit Riesenschritten davonzukommen. Wenn auch niemand in dieser Menge sich wirklich schnell bewegen konnte, so war es für ihn kein Problem, denn alle machten dem Piraten auf Stelzen Platz, der von oben rief: »Ho, ho, ho, ich muss an Bord! Meine Leute brauchen mich! Wir laufen aus!«

Einige klatschten ihm sogar Beifall. Ein kleiner Junge rief: »Nimm mich mit!«

Jule-Feemke hielt es nicht länger aus. Sie zeigte auf ihn und rief: »Das ist er! Das ist er!«

Alle machten dem Stelzenmann freundlich Platz. Es war

nur dumm für ihn, dass er auch an Peter Grendel vorbeimusste. Der rief Jule-Feemke zu: »Der da?«

Sie nickte, und Sophie, die aus der Cafétür stürmte, stimmte ebenfalls zu: »Das ist er!«

Bevor der Mann auf Stelzen Ruperts Dienstwaffe ziehen konnte, schlug Peter Grendel den rechten Gehstock weg.

»Auf einem Bein steht es sich schlecht«, sagte Peter noch, während der Pirat sich mit beiden Händen an seine letzte verbliebene Stelze klammerte und mit ihr langsam, aber sicher umfiel. Die Menge spritzte auseinander.

Der King krachte hart auf den Boden.

Peter hatte zwar keine Handschellen zur Verfügung, aber er drückte die Holzstelze quer über Gero Kaiser und hielt ihn damit auf dem Boden fest.

Schon war Rupert bei ihnen.

Gero Kaiser angelte Ruperts Dienstwaffe aus seiner Hose und bedrohte damit Peter Grendel. Er lag allerdings ungünstig. Rupert stand hinter seinem Kopf, nahm ihm problemlos die Waffe ab, brach dabei noch Geros Mittelfinger und stellte fest: »Das ist meine! Damit spielt man nicht, Kleiner!«

Gero machte eine schnelle Bewegung, die Rupert missdeutete. Ruperts Faust ließ nicht nur Geros Lippe aufplatzen, sondern kostete den King auch einen Schneidezahn.

»Hey, hey«, rief Weller, »der gehört mir!«

Peter Grendel stoppte Weller, indem er ihn an sich zog. Er raunte ihm ins Ohr: »Mach jetzt keinen Scheiß, alter Freund«, und klopfte ihm auf den Rücken.

Im Grunde war Weller froh, dass Peter ihn festhielt.

Zu ein paar Kindern, die erschrocken auf den Piraten sahen, der mit den Stelzen umgestürzt war und der jetzt aus dem Mund blutete, sagte Rupert: »Der Onkel ist hingefallen und hat sich weh getan. Wir bringen den jetzt zum Zahnarzt.«

Monika Tapper hielt Sophie im Arm. Beide Frauen weinten vor Glück.

Jule-Feemkes Eltern liefen auf ihre Tochter zu.

Bettina Göschl beendete ihr Konzert. Sie, Heinz und auch Jörg Tapper verbeugten sich vor dem Publikum und ernteten tosenden Applaus und »Juchhu«-Rufe. Es war ein bisschen, als würde auch der Polizei und ihrer Aktion Beifall gespendet.

Wolfgang Weßling stand inzwischen bei Rita Trettin. Er gestand sich ein, dass er die Situation genoss.

Jörg Tapper gesellte sich zu seiner Frau und Sophie Hauser und legte seine Arme um die beiden. »Wie geht es Mara?«, fragte er.

Peter Grendel stand mit einer Holzstelze da, wie ein Krieger mit einem überlangen Speer. Er wirkte, als würde er die drei schützen. Hinter seinem Rücken waren sie sicher.

»Mara ist bei meiner Frau«, rief Peter. »Und ich brauch' jetzt was zwischen die Zähne!«

»Welch ein Glück, dass wir dich heil zurückhaben«, sagte Monika Tapper zu ihrer ehemaligen Angestellten.

Sophie gestand: »Ich schäme mich euch gegenüber so, weil ich euch doch alle belogen habe …«

Jörg und Monika reagierten nicht verbal darauf, sondern drückten Sophie nur einmal. Das kam sehr ehrlich rüber.

»Am liebsten«, sagte Sophie, »würde ich wieder bei euch arbeiten. Das Schönste wäre, wenn alles wieder so werden könnte, wie es mal war.«

»Wenn du wieder hier anfangen willst«, sagte Monika, »herzlich willkommen. Meinetwegen sofort.« Sie deutete auf die vielen Menschen vor dem Café: »Du siehst ja, was hier los ist.«

Sophie lachte.

»Moment noch«, bremste Jörg. Die beiden Frauen sahen ihn an, ein bisschen in der Sorge, er könne einen Einwand haben. Stattdessen sagte er: »Unter welchem Namen sollen wir dich denn anmelden?«

Erleichtert sagte Sophie: »Am besten unter meinem richtigen.«

Jörg Tapper lächelte: »Na, das ist doch mal ein Anfang.«

ENDE

Leseprobe

Klaus-Peter Wolf
EIN MÖRDERISCHES PAAR

DAS VERSPRECHEN

Ostfriesenkrimi

Das Buch erscheint
am 24. Mai 2023

Dr. Bernhard Sommerfeldt hatte eine gefälschte Heiratsurkunde besorgt und ein in Leder gebundenes Stammbuch. Er hieß darin Ernest Simmel, und sie war eine geborene Winterberg. Doch Frauke bestand auf einer romantischen Hochzeit. Am besten einer Trauung auf einer Insel in einem Leuchtturm. Sie wollte einen echten Standesbeamten für den Neuanfang.

Er sah ihre Enttäuschung, als sie im Stammbuch blätterte. Er hatte als gemeinsamen Familiennamen Simmel eintragen lassen, war aber sofort bereit, alles umzuwerfen und ihren neuen Namen anzunehmen, der natürlich genauso unecht war wie seiner.

Er hatte seinen Namen so oft im Leben gewechselt, es spielte keine Rolle mehr für ihn, wie er hieß. Wichtig war nur, dass er ihn sich merken konnte und nicht im Hotel mit einem Namen unterschrieb, der nicht im Ausweis stand.

Doch darum ging es ihr nicht. Namen waren auch für sie nur wie Bilderrahmen, die man wechseln konnte. Hauptsache, das Gemälde darin war echt.

Sie schmollte: »Ich wurde jahrelang als Ehefrau für zig verschiedene Typen gebucht. Die meisten waren verheiratet und brauchten mich nur für den Urlaub, die Geschäftsreise oder als Übergang zwischen zwei Ehen …«

»Aber du warst doch auch mal richtig verheiratet.«

»Ja, mit einem Riesen-Arsch. Erinnere mich nicht an den.« Sie hob den rechten Arm und schlug mit der flachen Hand demonstrativ auf den Frühstückstisch. Die Teekanne hüpfte auf dem Stövchen. Die Tassen klirrten auf den Untertellern. Ostfriesische Rose. Ihr Lieblingsservice.

Die Möwe auf der Balkonbrüstung glaubte, der Wutanfall gelte ihr. Sie flatterte erschrocken weg.

Sommerfeldt biss in den Rosinenstuten und kaute langsam, um Zeit zu gewinnen.

Sie sagte trotzig: »Ich will eine richtige Hochzeit! Ein weißes Kleid! Einen Bräutigam, der mich über die Schwelle trägt und …«

»Aber«, wandte er ein, »das bedeutet, wir müssen Papiere beim Standesamt vorlegen. Abschriften aus Geburtsregistern. Personalstandsurkunden, und wenn du auch noch kirchlich heiraten willst …«

Da lag wenig Zweifel in seiner Stimme. Es war mehr Spott, als könne das ja überhaupt nicht sein. »Dann bräuchten wir auch noch Tauf-, Firmungs- oder Konfirmationsbescheinigungen«, lachte er. »Außerdem Bestätigungen, dass wir ledig sind, und irgendein Geistlicher muss uns das alles auch noch glauben … Dazu kommt …«

Sie unterbrach seinen Redeschwall: »Natürlich will ich kirchlich heiraten.«

Er war baff. »Ich bin ein Serienkiller, und du …« Er sprach es vorsichtshalber nicht aus.

»Na und? Träumen wir deswegen nicht vom Glück? Sollen wir immer nur finster gucken und keine Sehnsüchte mehr haben?« Sie verschränkte die Arme vor der Brust und schob ihr Kinn vor: »Ich will eine Leuchtturmhochzeit. Nimm mich richtig oder gar nicht!«

Er gab zu bedenken: »Wir bräuchten dann auch Trauzeugen.«

»Und wenn schon. Haben wir keine Freunde?«

»An wen denkst du da?«

»Es müssen ja keine Gangster sein, die in deiner Klinik einen Drogenentzug gemacht haben oder denen du eine Schusswunde genäht hast.«

»Sondern?«

»Ich dachte eher so an ganz seriöse Leute.«

»Seriöse?« Er sprach das Wort aus, als suche sie dreibeinige Zyklopen.

»Ja, halt normale Menschen.«

Er guckte nur.

»Menschen wie du und ich«, erklärte sie.

Er lachte: »Wir sind nicht seriös und auch nicht normal. Überhaupt ist mir schon das Wort suspekt.« Er verzog den Mund und sprach es angewidert aus: »Normal … wen meinst du damit? Rupert?« Jetzt hatte er sie erwischt.

»Du schlägst ausgerechnet einen Kommissar vor, dessen Miet-Ehefrau ich war?«

Sommerfeldt schüttelte den Kopf. »Du warst nicht die Ehefrau des Kommissars, sondern des Gangsterbosses, den er gespielt hat. Frederico Müller-Gonzáles.«

Sie winkte ab. »Kalter Kaffee.« Nach einer kurzen Zeit des Nachdenkens gestand sie: »Ich war mal richtig verknallt in ihn … glaub ich … bevor ich dich kennengelernt habe.«

Er nippte am Tee und goss nach. Die Möwe beäugte den Frühstückstisch jetzt von der Dachrinne aus. Da lagen noch frische Brötchen im Korb und Käse aus der Krummhörn.

Sommerfeldt erinnerte sie daran: »Er hat mich als Kommissar gejagt.«

Sie wehrte ab: »Ach was, hör doch auf! Ihr seid Best Buddys.«

Sie guckte zum Himmel, als müsse sie Gott oder zumindest einen Engel sprechen. »Der Serienkiller und der Hauptkommissar! Was für ein Dream-Team.«

Die Möwe fühlte sich gemeint und verstand Fraukes Worte wohl als Einladung. Sie setzte zum Sturzflug auf den Frühstückstisch an. Sommerfeldt sprang auf und fuchtelte mit den Armen über dem Tisch herum. Federn flogen durch die Luft. Die Teekanne fiel vom Stövchen. Die Möwe stahl ein Brötchen und floh in Richtung Deich.

Sommerfeldt sah ihr nach, als wäre er am liebsten hinterhergeflogen.

Solch kleine Widrigkeiten des Küstenlebens nahm Sommerfeldt gelassen hin. Er saugte mit einem Handtuch die Teepfütze vom Holztisch auf und schmunzelte.

»Geht's uns nicht gut?!«

»Schlechten Menschen, sagte meine Mutter oft«, antwortete Frauke, »geht es immer gut.«

Sommerfeldt tat beeindruckt und wrang das Handtuch über dem Balkon aus. Der Tee tropfte auf das Dach des dunkelblauen Bentleys, der unten parkte.

Frauke fügte nachdenklich hinzu: »Und der Teufel scheißt immer auf den größten Haufen. Das war auch so ein Spruch von ihr.« Sie lachte. »Ich habe mir das als Kind immer bildlich vorgestellt.«

»Deine Mutter war eine kluge Frau.« Sommerfeldt deutete auf das Haus und das Anwesen drum herum: »Ich bin ein schlechter Mensch, und es geht mir wahrlich gut. Ich bin Leiter dieser Privatklinik hinterm Deich. Ich habe«, er zeigte auf sie, »eine bezaubernde Frau. Und ich wohne im Weltnaturerbe.«

Sie schüttelte den Kopf. »Du«, sagte sie und strahlte ihn an, »bist kein schlechter Mensch! Du bist der beste Mensch, den ich kenne.«

»Deshalb muss ich ja auch unter falschem Namen hier leben. Ich werde auf drei Kontinenten gesucht.« Er berührte sein Kinn. »Und ohne die Gesichts-OP könnte ich mich nicht frei bewegen ...«

»Ja, gut«, gab sie zu, »du hast ein paar echt miesen Typen zu einem Rendezvous mit ihrem Schöpfer verholfen ...«

»Genau genommen, Liebste, war das nicht ganz legal.«

Sie küsste ihn. »Aber dafür liebe ich dich.«

Er sah ihr in die Augen und ging vor ihr auf die Knie.

»Wird das jetzt ein richtiger Heiratsantrag?«

»Ja, denkst du, ich will den Boden wischen?«

Sie freute sich: »Ich glaube, du willst nur mit mir ins Bett.«

Er guckte, als müsse er darüber nachdenken, und sagte dann sehr bedächtig: »Nein. Was denkst du von mir? Meinetwegen können wir auch den Küchentisch nehmen oder den Schaffellteppich vor dem Kamin.«

Die Möwe war mit zwei Freunden zurückgekehrt. Sie witterten ihre Chance und formierten sich zu einem Angriff. Der Käse aus der Krummhörn duftete im Nordwestwind einfach zu gut, und knutschende Pärchen waren leicht auszutricksen. Dieses Wissen wurde von Möwengeneration zu Möwengeneration weitergegeben.

»Man kann heutzutage auch schon ohne Trauzeugen heiraten, glaube ich. Aber das will ich nicht. Es fühlt sich falsch an. Ich will raus aus der Anonymität und es am besten vor der ganzen Welt bekennen: Ja, ich liebe diesen Mann und will mit ihm zusammenbleiben!«

»Ich fühle mich geehrt, Schönste«, sagte er. Weiter kam er nicht. Die Möwen griffen an.

Sie hatten zwar noch keinen Termin für die Trauung festgelegt, aber Frauke war bereits mit Monika Tapper verabredet, um die Hochzeitstorte zu besprechen. Für sie war das wichtig. Alles sollte passen.

Für Dr. Bernhard Sommerfeldt benahm sie sich wie ein Teenager. Sie holte da etwas nach, das sie lange vermisst hatte. Er wäre auch gern mit zu ten Cate gegangen, obwohl er sich kaum vorstellen konnte, viel zur Planung einer Hochzeitstorte beitragen zu können. Aber es ging nicht. Er hatte dringende Termine.

In der Klinik hatte er geschickt dafür gesorgt, dass er nicht für jeden Kleinkram zuständig war. Der Laden lief auch gut ohne ihn. Fast reibungslos. Mit Schwarzgeld als Schmiermittel. Nirgendwo wurde das Pflegepersonal besser bezahlt als hier. Es gab offizielle Gehälter am oberen Rand der Tarifverträge. Dazu dann monatliche Bargeldzahlungen, meist zwei- bis dreitausend Euro, in einem Briefumschlag – natürlich steuerfrei. Das Ganze wurde *Treueprämie* genannt. Von der Putzkolonne bis zu den Security-Leuten profitierten alle davon.

Es hatte sich herumgesprochen, dass Ärzte in der *Klinik*

hinterm Deich fürstlich entlohnt werden würden. Dr. Sibylle Birk, Spezialistin für Plastische, Rekonstruktive und Ästhetische Chirurgie, die er unbedingt in seinem Team haben wollte, weil sie ihn mit Erfolg operiert hatte, gehörte nun auch endlich dazu. Sie war durch einen Vermögensberater in Schwierigkeiten geraten, der wohl mehr sein Vermögen im Sinn gehabt hatte als ihres. Das Finanzamt verlangte Geld von ihr zurück, mit dem ihr Berater durchgebrannt war.

Dr. Sommerfeldt rettete sie mit zwei Millionen und einer zusätzlichen Bürgschaft. Jetzt arbeitete sie für ihn, und die Asche ihres Vermögensberaters war in der Nordsee verstreut worden.

Sommerfeldt hatte ein Gespür für hochqualifizierte Fachleute, die dringend Hilfe brauchten. Zu seinen besten Mitarbeitern zählten ein koksender Zahnarzt und ein spielsüchtiger Facharzt für Hämatologie und Onkologie.

»Warum willst du nicht mit? Es macht keinen Spaß, die Hochzeitstorte alleine auszusuchen. Monika hat mir extra einen Abendtermin gegeben, damit wir alleine sind und …«

»Ich habe noch einen Hausbesuch zu machen.«

Frauke sah ihn erschrocken an und machte eine abwehrende Geste: »Du hast doch versprochen, es sein zu lassen!«

»Ich kann das nicht, Liebste. Ich muss es einfach tun.«

»Aber du wolltest damit aufhören!«

»Wenn man herausgefunden hat, wer man ist, dann muss man versuchen, es zu sein. Mit allen Konsequenzen. Und ich bin nun mal Dr. Bernhard Sommerfeldt.«

Es war typisch für ihn, dass aus seinem Jackett entweder ein Taschenbuch herausragte oder eine Tageszeitung. In diesem Fall war es die Nordwestzeitung.

Sie fischte die Zeitung aus seiner Jacke, schlug sie auf und klatschte auf das Titelbild: »Was ist wichtiger als unsere Hochzeitstorte?«, fragte sie. »Lodwijk van Eeden?«

Er grinste auf dem Bild wie ein Feuermelder, der darum bat, eingeschlagen zu werden. Frauke las den Artikel nicht. Die Überschrift sagte alles: *Freispruch für Lodwijk van Eeden.*

Sommerfeldt versuchte, die aufgebrachte Frauke zu beruhigen. Er wollte sie in den Arm nehmen, doch sie wich ihm aus, als könne sie seine körperliche Nähe gerade nicht ertragen.

»Warum du?«, fragte sie. »Es gibt Leute, die werden dafür bezahlt, diesem Typen das Handwerk zu legen.«

»Ja. Aber sie haben versagt.«

Sie formulierte es hart: »Ist er dir wichtiger als unsere Zukunft?«

Sommerfeldt schüttelte den Kopf. »Nicht er. Aber seine zukünftigen Opfer.«

»Ich weiß«, zischte sie. »Er hat den Heroinverkauf auf den Schulhöfen im ganzen Land organisiert.«

»Und man kann ihm mal wieder nichts nachweisen, weil alle Zeugen umkippen und Polizisten sich plötzlich nicht mehr so richtig erinnern. Stell dir vor, unser Kind würde auf dem Schulhof angefixt.«

Frauke hob abwehrend die Hände und verzog den Mund: »Also gut. Den noch.«

Er lächelte zufrieden: »Es ist wunderbar, eine Frau zu haben, die einen versteht.«

Sie nahm das Kompliment geschmeichelt an, stoppte ihn aber gleich: »Den *einen* noch! Und dann ist Schluss, Bernhard! Verstehen wir uns richtig?«

Er küsste sie, aber nicht so leidenschaftlich wie sonst, sondern eher flüchtig, als sei er längst mit anderen Dingen beschäftigt.

Er ging in sein Zimmer, wie ein meditierender Mönch. Sie folgte ihm, blieb in der Tür stehen und sah zu, wie er das passende Messer aussuchte. Sechs lagen vor ihm. Sie wusste, dass er das Einhandmesser nehmen würde, bevor er es berührte. Er betrachtete es fast so zärtlich, wie er sie sonst ansah.

Alle Messer waren gepflegt und geschärft. Trotzdem zog er die Klinge noch zweimal über den grauen Schleifstein, der wie ein phallisches Kunstwerk auf seinem Schreibtisch stand.

»Gibst du ihm noch eine Chance?«, fragte sie.

Er drehte sich nicht zu ihr um, sondern antwortete in Richtung Klinge: »Sollte ich?«

Leseprobe

Klaus-Peter Wolf
OstfriesenHASS

Der neue Fall für
Ann Kathrin Klaasen

Der neue Roman (Band 18)
erscheint am 31. Januar 2024

Ann Kathrin Klaasen war schon auf dem Heimweg, als der Hilferuf eintraf. Im Muschelweg, nahe beim *Krabbenkutter,* seien die Schreie einer Frau gehört worden. »Hilfe, er bringt mich um!«, habe sie mehrfach gerufen.

Ann Kathrin fuhr gerade über die Norddeicher Straße. Sie wollte eigentlich noch einen Spaziergang an der Wasserkante machen, um nach diesem stressigen Tag runterzukommen.

Sie brauchte keine zwei Minuten bis zum Muschelweg. Sie parkte vor dem geschlossenen Imbiss und stieg aus. Lauschte in die Nacht.

Ein gutes Dutzend Spatzen stritt auf der Straße um die Krümelreste eines Fischbrötchens, das eine Möwe gestohlen und im Flug verspeist hatte.

Ann Kathrin sah sich nach den Touristen um, die angerufen hatten und angeblich auf der Straße vor dem Haus warteten. Das Ehepaar Ehrlich. Herr Ehrlich war Mitte sechzig, stand da in Badelatschen und knielangen Boxershorts. Er trug ein olivfarbenes T-Shirt mit der Aufschrift: *Freigänger.*

Seine Frau war, im Gegensatz zu ihm, warm angezogen.

Dicke Windjacke, Wanderschuhe, Wollmütze mit Ohrenschutz.

»Haben Sie angerufen?«, fragte Ann Kathrin Klaasen.

Die Frau nickte und deutete auf ein Ferienhaus. »Da!«

Herr Ehrlich wunderte sich: »Fährt die Polizei hier in Ostfriesland Twingo?«

»Nein«, antwortete Ann Kathrin, »normalerweise kommen wir mit dem Rad oder zu Fuß.«

Sie stieg über das Gartentor und ging auf die Haustür zu. Die Rollläden waren heruntergelassen, aber zwischen den Lamellen schien noch Licht.

Ann Kathrin klingelte zweimal. Eine Männerstimme schimpfte: »Bist du bescheuert? Warum klingelst du? Ich hab gut eine Stunde gebraucht, um den Kleinen schlafen zu legen.«

Ann Kathrin klopfte und rief: »Aufmachen! Polizei!«

Sie war nicht bereit, sich abwimmeln zu lassen. Sie kannte die Tricks gewalttätiger Männer, die Polizei loszuwerden.

Ann Kathrin klingelte noch einmal und klopfte gleichzeitig: »Aufmachen! Polizei!«, wiederholte sie laut und deutlich.

»Verarschen kann ich mich selber! Hau ab, du blöde Ziege!«

Es wurde also ernst. Ein Adrenalinschub vertrieb Ann Kathrins Müdigkeit. Sie war von der einen auf die andere Sekunde wieder hellwach.

Die Ehrlichs traten näher ans Tor, um alles mitzubekommen.

Ann Kathrin forderte bei Marion Wolters in der ihr eigenen Art Verstärkung an: »Ich glaube, hier bittet jemand um ein Zimmer für die Nacht. Haben wir noch eines in den gekachelten Räumen frei?«

Das Übernachtungsangebot wurde durchaus als Drohung verstanden. Der Schlüssel drehte sich im Schloss.

Noch bevor die Tür sich öffnete, brüllte jemand: »Ich hab die Faxen dicke! Penn doch bei deinen versnobten Single-Freundinnen!«

Ann Kathrin blickte in das verblüffte Gesicht eines zornigen Mannes. Er hatte klare, blaue Augen, trug ein Muscle-Shirt und Flip-Flops. Sein Atem roch nach Rotwein, er hielt ein halbvolles Glas in der Hand.

»Wer sind Sie? Was wollen Sie? Wenn Sie zu Ingrid wollen, die ist nicht da.«

»Sehen Sie«, sagte Ann Kathrin selbstsicher, »genau das glaube ich nicht.«

Sie zeigte ihren Ausweis vor und schob ihren rechten Fuß so in den Türspalt, dass der Mann ihr die Tür nicht vor der Nase zuknallen konnte. Er registrierte das, und es gefiel ihm nicht.

»Der Mädelsabend findet nicht hier, sondern bei Meta oder Wolbergs oder in irgendeinem anderen Baggerloch statt.«

Er wirkte, als hätte er Lust, ihr den Rotwein ins Gesicht zu kippen.

»Bitte machen Sie mir keine Schwierigkeiten. Lassen Sie mich rein. Ich möchte mich nur mal umsehen.«

Er zeigte auf das Touristenpaar. »Gehören die auch zu Ihnen?«

Ann schüttelte den Kopf. »Nein.«

Er rief zu den Ehrlichs rüber: »Was glotzt ihr so? Wir sind hier nicht im Zoo!«

»Lebt die Frau noch?«, fragte Herr Ehrlich besorgt.

Seine Frau wollte Ann Kathrin beistehen: »Brauchen Sie Hilfe?«

Ann Kathrin reagierte nicht darauf, deshalb ergänzte sie triumphierend: »Mein Mann kann Judo!«

»Bitte machen Sie mir keine Schwierigkeiten«, wiederholte Ann Kathrin. »Man hat Hilferufe gehört, und ich würde mich gerne davon überzeugen, dass alles in Ordnung ist.«

Der Mann im Muscle-Shirt fragte: »Sind Sie wirklich von der Polizei?«

Ein Kind weinte laut. Für Ann Kathrin war dies ein klares Signal. Sie drängte sich an dem Mann vorbei ins Haus.

»Keine Sorge, wir warten hier, Frau Kommissarin!«, rief der Judo-Kämpfer.

Schon stand Ann Kathrin im Wohnzimmer. Der Hausherr nippte an seinem Wein und witzelte: »Ach, kommen Sie doch rein.« Er schloss die Tür, was Ann Kathrin nicht gefiel, und kommentierte: »Bevor noch die ganze Nachbarschaft rebellisch wird ...«

Das Kinderweinen ging in ein Schreien über.

»Ich nehme mal an, Sie haben keinen Hausdurchsuchungsbeschluss. Ich bin aber bereit, das zu vergessen, wenn es Ihnen gelingt, Paul in den Schlaf zu singen.«

»Wo ist seine Mutter?«

Er lachte: »Das wüsste ich auch gerne. Mädelsabend. Sagte ich doch. Schon der dritte in diesem Urlaub. Sie ist nicht wirklich gerne verheiratet. Zumindest nicht mit mir.«

Er ging voraus ins Kinderschlafzimmer und gestikulierte: »Sie holt gerade ihre Pubertät nach oder was.«

Mit Ann Kathrin ging sofort die Mutter durch, als sie Paul sah. Ihr Sohn Eike war längst erwachsen, aber Paul in seinem durchgeschwitzten Schlafanzug erinnerte sie sehr an ihn. Gleich meldete sich wieder das schlechte Gewissen, weil sie als berufstätige Mutter viel zu wenig für Eike da gewesen war.

Sie stellte fest, dass Paul ganz glasige Augen hatte.

»Haben Sie mal Fieber gemessen?«

»Ach, Fieber. Der ist bloß übermüdet.«

Er stellte sein Weinglas auf einer Anrichte neben einem Kampfroboter ab und hob seinen Sohn aus dem Bett.

»Das ist eine richtige Polizistin«, sagte er. »Die fragt sich dasselbe wie wir beide: Wo treibt sich die Mama mal wieder herum?«

Der Kleine schrie lauter und bäumte sich auf.

»Hör jetzt auf mit dem Scheiß, sonst nimmt dich die Tante von der Polizei mit.«

Ann Kathrin reagierte allergisch darauf, wenn Erwachsene Kindern mit der Polizei Angst machten.

»Wir holen keine Kinder ab, nur weil sie nicht brav sind«, erläuterte sie. »Wir helfen Kindern in der Not aber gerne.«

Sie öffnete jede Tür, ging in jedes Zimmer. Manchmal versteckten verprügelte Frauen sich aus Scham oder gar, um ihren Mann zu schützen. Sie hatte schon Frauen hinter Sofas, unterm Ehebett oder im Kleiderschrank gefunden. Sie war einiges gewohnt.

Ingrid entdeckte sie aber nicht. Dafür half sie, Pauls Windeln zu wechseln und dem Jungen einen frischen Schlafanzug anzuziehen. Er stellte sich dabei als Edgar Leymann vor.

Paul beruhigte sich und trank noch einen kalten Tee. Er war gerade drei Jahre alt geworden und spürte genau, dass seine Eltern dabei waren, sich zu trennen.

Der Kleine mochte Ann auf Anhieb, und als er sie bat, ihm noch eine Geschichte vorzulesen, nahm sie kurzentschlossen eines seiner Bilderbücher und begann.

Sie saß vor dem Bett und las. Edgar hockte bei ihr, als plötzlich Pauls Mutter im Türrahmen stand, die direkt los lästerte: »Ich dachte, du stehst mehr auf junge Dinger. Bist du so notgeil, oder haben die anorgastischen Gymnasiastinnen die Nase voll von dir?«

Er verzog den Mund und brummte: »Das ist meine Noch-Ehefrau Ingrid. Sie trinkt gern mehr Wein, als sie vertragen kann.«

Paul weinte wieder.

Ann Kathrin klappte das Bilderbuch zu, reichte es dem Vater und stand auf. »Das hier ist wohl eher ein Fall für die Eheberatung als für die Kripo«, sagte sie mehr zu sich selbst als zu den Anwesenden. Paul tat ihr leid, doch ihre Müdigkeit meldete sich zurück. Sie unterdrückte ein Gähnen.

Als sie das Haus verließ, hörte sie Ingrids laute Stimme hinter sich: »Na, wie ist sie so im Bett? Mehr das devote Mäuschen, oder lässt sie die Domina raushängen?«

Herr Ehrlich und seine Frau hatten alles mitbekommen. »Hab ich dir doch gleich gesagt, dass die nicht von der Polizei ist. Guck dir mal das Auto an, das fällt doch schon auseinander.«

Ein silbergrauer Polizeiwagen rollte in den Muschelweg.

»Da, jetzt kommen die Echten«, freute er sich.

Ann Kathrin ging auf den Wagen zu. »Falscher Alarm, Kollegen«, sagte sie.

Sie lauschte in die Nacht und blickte zu den anderen Häusern. Alles schien ruhig zu sein. Nur ein paar Wildgänse schnatterten aufgeregt.

Er war einer der Auserwählten. Er trug diese Last. Er hatte die Gabe. Er konnte sie erkennen und durchschaute ihren Plan. Er musste diese Teufelsbrut vernichten. Die einfachen Menschen würden es nicht verstehen. Sie waren bedroht. Sie alle. Besonders die Küstenbewohner.

Er musste es heimlich tun. Er war ein Held. Wie ein edler Ritter, der den Drachen tötet, um die Dorfbewohner zu retten. Nur sah diesmal der Drache nicht furchterregend aus wie im Märchen. Die richtigen Monster stanken nicht und spuckten auch kein Feuer. Im Gegenteil. Sie waren schön, rochen gut, sahen aus wie Menschen und flirteten gern. Sie tarnten sich als harmlose Urlauberinnen, doch ihn konnten sie nicht täuschen. Ihn nicht.

Ja, er hatte die Gabe. Es machte ihn stolz. Er war sich der Verantwortung bewusst. Er musste töten und dabei unerkannt bleiben. Die Menschheit ahnte ja nicht, in welcher Gefahr sie sich befand.

Heute hatte er eins dieser Monster vernichtet.

Er stand unter dem Sternenhimmel am Deich und atmete tief durch. Es war, als würden die Sterne heute nur für ihn leuchten. Sie luden ihn mit neuer Energie auf. Er brauchte viel Energie. Er hatte eine große Aufgabe vor sich …

Er hatte beide töten wollen, aber nur eine erwischt. Er kam sich als Versager vor, und er durfte nicht versagen!!!

Er saß jetzt in der künstlich angelegten Dünenlandschaft und ritzte sich mit der Klinge in den linken Unterarm. Der Schmerz sollte ihn daran erinnern, dass er besser werden musste. Viel besser! Er durfte sie nicht entkommen lassen.

Als Ann Kathrin Klaasen nach Hause kam, hatte ihr Mann Frank Weller auf der überdachten Terrasse gedeckt. Es roch fruchtig und ein bisschen säuerlich.

Sie freute sich und registrierte mit einem kurzen Blick, dass er für vier Personen eingedeckt hatte.

»Bekommen wir Besuch?«

»Sag bloß, du hast es vergessen?«

»Nein, natürlich nicht«, behauptete sie.

Er durchschaute ihre Lüge: »Wer kommt?«

»Rita und Peter?«

»Falsch.«

»Moni und Jörg?«

»Falsch.«

»Ach, klar, wie konnte ich das nur vergessen – Angela und Holger natürlich.«

Er schüttelte den Kopf.

Ein bisschen kleinlaut riet sie weiter: »Bettina und … Komm, mach's mir nicht so schwer.«

Er half ihr: »Meine Tochter Sabrina und ihr Neuer.«

»Sie stellt ihn uns vor?«

»Hm.«

»Na, du klingst ja begeistert. Ist sie schwanger?«

Weller lief in die Küche und rührte im Topf.

»Was gibt's denn?«

»Alte Seefahrerkost. Gut gegen Skorbut.«

»Sauerkraut?«, fragte sie lang gedehnt.

Er ließ Ann probieren. »Das ist nicht einfach Sauerkraut«, schwärmte er, »sondern Sauerkraut mit geriebenen Äpfeln, Ananas und Mangostückchen.«

Sie sah das Messer auf dem Tisch und die Obstschalen.

»Natürlich nicht aus der Dose«, sagte sie und tat so, als

hätte sie es geschmeckt. Sie schmatzte bewusst, um ihm eine Freude zu machen.

Im siedenden Wasser lagen Bockwürstchen. Vier Sorten Senf standen auf dem Terrassentisch.

»Das ist«, sagte Ann, »wirklich gut …«

Er hatte das Gefühl, dass es ihr überhaupt nicht schmeckte und sie nur nett sein wollte. Er probierte selbst noch einmal. Er fand es köstlich. Außerdem vitaminreich und gesund.

Weller ordnete die Senfgläser neu, als wisse er schon genau, wer süßen Senf, wer mittelscharfen und wer extrascharfen essen würde. Dann hatte er noch selbstgemachten Senf von Rita Grendel, den er heute zum ersten Mal probieren wollte.

Es klingelte an der Tür.

»Das sind sie schon! Nur knapp eine Stunde zu spät«, lachte er. »Darin ist Sabrina dir ähnlich.«

Jeder Mensch sollte ein
selbstbestimmtes und
würdevolles Leben bis zum letzten
Augenblick führen können.
Sterben ist ein Teil des Lebens.

Unser Hospiz am Meer steht. Es war ein weiter Weg von der Idee – wir hatten noch nicht einmal ein Grundstück – bis jetzt. Ich bedanke mich bei den vielen Menschen, die uns mit ihren Spenden geholfen haben. Es macht mich stolz und glücklich, dass so viele meiner Fans dabei mitgeholfen haben. Natürlich sind wir auch weiterhin auf Spenden angewiesen.

Hier unser Spendenkonto:

FÖRDERVEREIN
HOSPIZ
AM MEER

Förderverein Stationäres Hospiz Norden e.V.
Spendenkonto: IBAN DE 04 2835 0000 0145 4027 98
BIC BRLADE21ANO Sparkasse Aurich-Norden